JN251197

新潮日本古典集成

平家物語

上

水原 一 校注

新潮社版

目次

平家物語上　細目

平家物語　巻第一

平家物語　巻第二

平家物語　巻第三

平家物語　巻第四

凡例

〔本文〕

本書は『平家物語』の数多い諸本の中から特に「百二十句本」(平仮名本)を底本とし、直接には国立国会図書館蔵本によって本文を作成し、上・中・下三分冊として刊行するものの上巻である。

近来読書界に相次いで上梓される『平家物語』はもっぱら一方流系統(いわゆる「覚一本」から「流布本」におよぶ系列)の本文であり、十二巻の後に「灌頂の巻」を加えて建礼門院物語を以て終曲とする文芸的な形体として親しまれて来た。しかし語り物文芸としての平家物語には、他方に灌頂の巻を加えない純粋十二巻の本文を持つ八坂流(城方流)があった。これは建礼門院の後日談は巻十一・十二間の相当年月の箇所に布置され、巻十二を平家嫡流最後の人である六代(維盛の子、重盛の孫)の処刑記事で終えるという形で、平曲(平家琵琶)ではこれを「断絶平家」と呼んだ。「百二十句本」はそのような、八坂流十二巻系統の古本として重要視されている本文であり、昨今ともすれば忘れ去られようとしている断絶平家型の十二巻本を広く読書人に提供することは、それなりに意義深いものがあると信ずるのである。

平曲では物語の各章段を「句」というが、百二十句本は平家物語の各巻を十句(すなわち十章)ずつに構成し、十二巻を全百二十句で語るという、いかにも語り物『平家物語』にふさわしい形体を明瞭に見せている。しかもその本文内容は多くの諸本とも共通する、平家物語の主要記事・物語・説話を完備し、その配置も無理なく整い、文学として『平家物語』を本書のみによって鑑賞することに何ら支障はないのである。

百二十句本には、

◇漢字・片仮名交り本（斯道文庫本）

◇平仮名本（国会図書館本・京都府立資料館本・天理図書館本〈旧鍋島家本・旧青谿書屋本〉・小城本・佐賀県立図書館本）

があり、同系統と見なし得る間に存する若干の異同については、研究上の意義はあるが、本書の目的とする所は百二十句本そのものに固執した翻刻ではなく、それを一例として八坂流系十二巻本平家物語の読みやすい本文を提供し、関心を寄せられたいというに他ならない。したがって、国会図書館本にできるだけ忠実に依りながら他の百二十句本やその他の諸本をも参照しつつ、なお読者の便宜のため左のような配慮を施した。

1、底本は句読点なく僅少の漢字を交えた平仮名本で、読み方が明瞭であるという利点があるが、字面が冗長で読みにくい欠点もある。読みやすく、意味のとりやすいように適宜漢字（当用漢字を主とする）を当て、仮名遣いを統一（歴史的仮名遣いを主とする）し、段落・句読点を設け、引用の「　」『　』を用いた。また振り仮名をなるべく多く付し、底本の特色を残すとともに、朗読の際の便をはかった。

2、底本には平家物語の他本と異なる独特の読みが仮名で示されている所が少なくない。その誤記・誤写と判定される場合は他本を参照して修正し、その場合なるべく頭注にことわり、なお下巻に修正一覧表を付することとしたが、必ずしも誤りといえない、底本独自の読み方として存したと思われるものはつとめてその読み方を残した。それらは国語資料としての価値もあり、また流派上の主張に基づいている場合も少なくないと考えたからである。

3、ただし仮名表記の傾向が発音の実際と異なる場合（底本は拗音・長音・促音等の表記法が不完全である。「大くわう大ごぐう」〈太皇大后宮〉・「たいしよくわん」〈大織冠〉・「しうへい」〈承平〉など）はいちいち注にことわることなく修正した。

4、底本は若干濁点を付している。全巻を見渡して濁音に発音したと思われるものはそのように処理したが、濁点がなくとも濁音に発音した語も多いはずで、連濁法等考え合せ処理したが、なお完全は期しがたかった。しかし清濁は文章上の正誤として特にこだわる要はないであろう。

5、底本にはいわゆる平安文法の規範に合致しない例が多い（「申せし」「世にすぐれたる〈連体止め〉とぞ感ぜられける」その他係結びの破格など）。その極端な場合は修正したが、他の語り物文芸の文体とも共通する必ずしも誤りといえぬ慣用形はあえて残した所も多い。

〔章段・見出し〕

底本は各巻十句の句名が設けられて、底本本文が截然（せつぜん）と区分されているので、本書での章段の区分・題目はすべてこれを採用した。また各巻頭に目録があり、句名の他に各句ごとに数項の小題目が添えられている。目録の句名は本文中の句名と表現に小差ある所もあり、小題目は本文の段落と必ずしも一致しないものもある。本書上欄の小見出し（色刷り）は右の底本目録の小題目をできるだけ活用し、時に修正（主として順序について）し、なお記事に応じてそれと違和感のないような新たな小見出しを多く加えて、内容把握の便をはかった。底本目録は本書各巻扉裏に掲げてあるので、本書に付した小見出しとの関係について、必要ある場合は比較されたい。

〔頭　注〕

重要語句についての注解を上欄に掲げた。見開き二頁を超えない制約内で付したのであるが、旧注・辞書類の引き写しを極力避け、真に本文理解を助けるための記述に心がけた。なお次のような約束によっていることを予め承知されたい。

1、平家物語諸本を参照する場合次のような略称を用いてある。

底本…国会図書館蔵百二十句本をさす。

類本…底本以外の平仮名百二十句本。特に明示する必要ある時は「京都本」「鍋島本」等略記した。

斯道本…斯道文庫蔵の漢字・片仮名交り百二十句本。

広本…平家物語諸本中「延慶本」「長門本」「源平盛衰記」（盛衰記）の三本。従来「増補本」「読み本」等の称で呼ばれていたが、大部の異本である特色を明らかにするため「広本」の称を用いた。解釈上、また本文の古形推理上これら三本、とりわけ延慶本の役割は重要であるため触れることが多い。「源平盛衰記」は平家物語の異本の一つであり、広本系統に属するのである。

略本…広本に対して、それ以外一般通行の平家物語を総称する。

語り物系…略本中から平曲と関連性の薄い「四部合戦状本」（四部本）・「源平闘諍録」（闘諍録）・「南部本」等を除いた、一方流・八坂流両系につながる本の総称。

2、他文献を引用する場合、書名は『　』内に示し、理解の許す範囲で略号を用いた所がある。また引用文は『古事記』『万葉集』等以外はなるべく原典の形で示したが、難読と思われるものは原典にない振り仮名等を補ってある。漢文（漢詩文・公卿の漢文日記類）はすべて返り点・送り仮名を付した。漢文に割注のある時は〈　〉内にこれを記した。

3、本文中の語句の読み方を特に問題とする時は片仮名の歴史的仮名遣いで示し、さらに発音を示す時は〈　〉内に発音仮名遣いで示した。

なお理解を助けるために、地図・系図・挿絵を挿入したが、重要なもので紙面の都合上掲載しきれない場合は付録に収めた。

〔補説（＊印）〕

頭注語釈に処理しきれない歴史・風俗・人物・資料・語句・文体等についての重要な事がら（解説・考証・研究・参考など）を＊印二字下げで頭注欄に記し、適宜見出しを設けた。著者独自の解釈類の簡単なものは語釈中にも配したが、特にこの欄には新見・創見を多く示した。

〔傍　注〕

新潮日本古典集成の独特の企画に随って、本文の右傍に色刷りで口語訳を添えたが、制限的条件の間を縫っての訳文であるから十分とは言いがたい。訳の巧拙を問わず、あくまでも本文理解の踏み台として利用されたい。省略された主語や原文にない補訳は〔　〕内に示し、また、話者、称号等が誰であるかその人物を示す時、また年月・場所・情況等の指示を必要とする場合（　）内に略記した。

〔解　説〕

本書上巻には『平家物語』への途と題して、軍記物語の流れ、源平時代の歴史的経過・背景等について概観した。中巻には『平家物語』の作品解説を行う。

〔付　録〕

付録として上巻本文に関係ある有職（ゆうそく）挿図・系図・地図等を収めた。

本書底本の翻刻・公刊については、国立国会図書館の許可を頂いた。また同じ底本の複製本である、古典文庫『平家物語——百二十句本——』を利用させて頂いた。

注釈面には新旧の諸注を参照したが、特に近年のものとしては、『平家物語略解』（御橋悳言）・『平家物語評講』（佐々木八郎）・『平家物語全注釈』（冨倉徳次郎）・『日本古典文学全集平家物語』（市古貞次）・『平家物語辞典』（市古貞次編）・『平家物語研究事典』（同）等の学恩を蒙（こうむ）るところが大きかった。

本書の翻刻・草稿・訳注・校正等の作業には、神谷道倫・横井孝・久保田実・竹端知寿子の諸氏の尽力があり、また編集部の労に負うところも少なくない。併せ記して感謝申し上げたい。

平家物語 上

巻第一

目録

平家物語　巻第一

第一句　殿上の闇討

[一]祇園精舎の鐘のこゑ、[二]諸行無常のひびきあり。[三]沙羅双樹の花の色、[四]盛者必衰のことわりをあらはす。おごれる者もひさしからず、ただ春の夜の夢のごとし。たけき者もつひにはほろびぬ、ひとへに風のまへのちりに同じ。とほく異朝をとぶらへば、[五]秦の趙高、漢の王莽、梁の朱异、唐の禄山、これらはみな旧主先王のまつりごとにもしたがはず、[六]たのしみをきはめ、いさめをも思ひいれず、天下の乱れんことをもさとらずして、民間のうれふるところを知らざりしかば、

一　祇樹給孤独園にある無常堂の鐘をいう。中印度舎衛国の須達長者は祇陀太子の庭園（祇陀林樹園、略して祇樹園、祇園）を買い取り、寺（精舎）を建てて釈迦に献じ、孤独者を僧としてここに置いたので給孤独と呼ばれた。精舎の諸堂の中に病僧の入る無常堂があり、四隅の鐘が病僧臨終の時自然に鳴って次のような偈（四句の法文）を唱えるという。

二　「諸行無常、是生滅法、生滅滅已、寂滅為楽（諸行は無常にしてこれ生滅の法なり。生滅滅しをはりて寂滅なるを楽しみとなす）」（無常偈）の第一句。万物が常住し得ないことを前提として超越解脱に至ろうとする仏教の大原理を告げるものである。

三　釈迦が跋提河畔で涅槃に入る時、床の四隅にあった一双八株の沙羅の木をいう。淡黄色の花をつける常緑喬木であるが、この時白く枯れて倒れたという。

四　『涅槃経』に「盛者必衰、実者必虚」と見える。仏教語は普通呉音で読み、ジャウシャというところであるが、底本は漢音で読ませている。

五　以下中国の権臣・叛臣の滅亡の例。趙高は始皇帝の死後二世皇帝をしのいで権力を振った大臣。王莽は西漢の成帝の舅で独裁した。朱异は武帝の佞臣。禄山は玄宗に叛した安禄山。

六　中世の用法では物質的な楽しみをいった。富裕・豪奢などの意。

ひさしからずしてほろびし者どもなり。ちかく本朝をうかがふに、承平の将門、天慶の純友、康和の義親、平治の信頼、これらはみなおごれることも、たけき心も、みなとりどりにこそありしか、まぢかくは六波羅の入道前の太政大臣平の朝臣清盛公と申せし人のありさま、つたへ聞くこそ心もことばもおよばれね。

その先祖をたづぬれば、桓武天皇第五の皇子、一品式部卿葛原の親王、九代の後胤讃岐守正盛が孫、刑部卿忠盛の朝臣の嫡男なり。かの親王の御子高見の王、無官無位にしてうせ給ひぬ。その御子高望の王のとき、はじめて平の姓を賜はりて、上総介になり給ひしよりこのかた、たちまちに王氏を出でて人臣につらなる。その子鎮守府の将軍良望、のちには常陸大掾国香とあらたむ。国香より正盛まで六代は、諸国の受領たりしかども、殿上の仙籍をばいまだゆるされず。

しかるに忠盛、いまだ備前守たりしとき、鳥羽の院の御願得長寿

我が国の例を調べてみると
勢威に誇る点でも　勇猛な心の点でも　皆それぞれ（に甚だしいもの）であったが
想像もできず言うべき言葉もないほどである
九代の子孫
（葛原）　官職も位階もないままにおかくれになった
皇室を離れて臣下の列に加わった
改名した

一 以下日本の叛臣として承平の乱の平将門、天慶の乱の藤原純友、康和の変に流罪に服せず誅せられた源義親、源義朝と共に平治の乱を起した藤原信頼を挙げる。諸本では義親・信頼をギシン・シンライと音読。

二 清盛は仁安二年（一一六七）五十歳の時太政大臣。同年辞任し、翌年出家した。在俗のまま仏徒となるのを入道という。「六波羅」は平家邸のあった地で、平家や清盛の異称として使われる。

三 語法上は「申しし」だが、語りの調子である。

四 「一品」は親王の極位で一位。「式部卿」は式部省の長官。親王が任ぜられ、文官の官位や礼式を司る。

五 刑部省の長官。裁判・処刑を司る。

六 上総は親王の任国で現地に赴任しないので、事実上は次官の介が国守の仕事をする。

七 常陸などの大国で介・権介の下に設けた職。

八 前任者から引き継ぐ意で「国守」と同義。貴族間では地方職として下級視された。ズリヤウとも。

九 清涼殿の殿上の間に伺候する昇殿の臣の名を書いた札。日給簡。「仙」は宮中を仙境にたとえて冠した。

〔平氏先祖系図〕

桓武帝—葛原親王—高棟王（堂上平家祖）……
　　　　　　　　—高見王—高望王—国香—貞盛—維衡
　　　　　　　　　　　　　　　　—良将—将門
正度—正衡—正盛—忠盛—清盛

忠盛昇殿　殿上闇討

＊ 序文の美　この序は、古典の中でもたぐい稀な名文と

院を造進し（建立してさしあげ）、三十三間[一二]の御堂を建て、〔本尊として〕一千一体の御仏を据ゑたてまつる。〔落成の〕供養は天承元年[一三]三月十三日なり。〔忠盛への〕勧賞には闕国を賜はるべきよし（国守欠員の国を下さると）仰せ下されける。をりふし播磨の国のあきたりけるをぞ賜はりける（国守が欠員であったので播磨守に任命された）。上皇御感（賞讃）のあまりに内（内裏）の昇殿をゆるさる。忠盛三十六にてはじめて昇殿す。

雲の上人（殿上人は忠盛の昇殿をねたみ憤慨して）これをそねみいきどほり、同じき年の十一月二十三日、五節[一四]の豊明の節会の夜、忠盛を闇討[一五]にせんとぞ擬せられける（たくらみなさった）。忠盛このよしをつたへ聞きて、「われ右筆の身にあらず（文官の身ではない）、武勇の家にむまれて（武士の家に生まれて）、いま不慮の難にあはんこと、身のため、家のため（自分一身としても家門としても）、心憂かるべし（無念なことだ）。詮ずるところ（つまりは）『身を全うして君につかへよ』[一六]といふ本文[一七]あり」とて、かねて用意をいたす（あらかじめ支度をした）。

参内のはじめより、大きなる鞘巻[一八]を束帯[一九]の下にさし、灯のほのぐらきかたに向かつてこの刀をぬき出だし、〔切れ味を試すように〕鬢にひきあてけるが（鬢の毛に当てて引いたが）、よそよりは（はた目からは）氷などのやうに見えたり。諸人〔ぞっとして〕目をぞすましける（目を見はった）。そのう

して愛誦されてきた。対句・比喩・五七調七五調などの音楽的韻律に託された輝くような文体美の魅力の中に、いかなる例外も許さぬ冷厳で不可抗な無常の理が述べられている。無常が美しく宣告されるという逆説の序曲として、和漢の野望家たちと並べて清盛を挙げ、平氏の家系の下降から上昇への大きなうねりを把えて歴史物語が語り始められる。冒頭から滅亡を予告される巨人清盛の登場によって、われわれは平家物語全巻にわたる課題の集約を感じ取ることができる。

一〇 御願寺。皇族の発願によって建てる寺院。

一一 京都市左京区聖護院辺にあったが現存しない。

一二 いわゆる三十三間堂。柱と柱の間を一間といい、内陣が三十三間の長さの本堂。現存の蓮華王院三十三間堂は清盛が父に倣って建てたもので、得長寿院のもほぼ同様の規模・体裁と考えてよい。観音を本尊とし、中央に一体、左右五百体ずつ、計千一体を置く。

一三 長承元年（一一三二）が正しい。諸本皆一年前へ誤っている。

一四 新嘗祭四日間の最終の宴会。群臣に新穀の食事を賜い宴遊する。無礼講的な雰囲気があった。

一五 暗闇で袋叩きなどにすること。殺害ではない。

一六 「全レ身奉レ公是臣之忠也」（『明衡往来』）。

一七 典拠となる漢籍。

一八 腰刀。鞘に長い緒をつけ腰に巻きつける。

一九 宮廷行事の時の廷臣の礼装。

へ忠盛の郎等、もとは一門たりし平の木工助貞光が孫、進の三郎大夫家房が子に、[一]左兵衛尉家貞といふ者あり。[二]木賊色の狩衣の下に、[三]萌黄縅の腹巻を着て、[四]弦袋つけたる太刀わきばさみ、[五]殿上の小庭にかしこまつてぞ侍ひける。

[六]貫首以下あやしみをなし、「[七]うつほ柱よりうち、[八]鈴のつなの辺に、[九]布衣の者の侍ふは何者ぞ。まかり出でよ。狼藉なり」と、六位をもつて言はせられたりければ、家貞かしこまつて、「[一〇]相伝の主備前守殿今夜闇討にせられ給ふべきよし、つたへ承つて、そのならんやうを見んとて、かくて侍ふ。えこそまかり出づまじう候へ」とて、かしこまつて侍ひければ、これらをよしなしとや思はれけん、その夜の闇討はなかりけり。

忠盛・季仲・家成五節の舞

忠盛また[一一]御前の召によて舞はれけるを、人々拍子をかへて、

[一二]伊勢へいじはすがめなりけり

とぞはやされける。かけまくもかたじけなくも、この人は[一三]柏原の天

一 正衡の兄貞季から分れた平氏支流。「左兵衛尉」は宮門警固に当る左兵衛府の三等官。父は季房が正しい。
二 黒緑色の狩衣。狩衣は貴族の平常着にも、下級官人の正装にも用いる。
三 黄緑色の緒で編んだ、腹に巻き背で合せる簡略な鎧。
四 弓弦を巻いておく輪。太刀に弦袋をつけるのは武官・武士の装備。
五 清涼殿の殿上の間に面した庭。
六 蔵人の頭の唐名。蔵人は天皇身辺の用を勤める、五位・六位の職で、四位の者二名が頭になる。
七 殿上の間前庭の立蔀の端にある雨樋の柱。
八 殿上の間の西南隅から庭を隔てた校書殿に張ってある、鈴を鳴らすための蘇芳色の綱。蔵人が小舎人を呼ぶのに引き鳴らす。
九 木綿の狩衣。フイの訛。ホイ・ホウイ・ホウエとも。「布衣の者」は服装で身分をさした言い方。
一〇 父祖代々伝えること。譜代。重代。
一一 豊明の節会の余興に天皇の御前で舞を舞うこと。
一二 伊勢産の徳利(瓶子)は粗末で酢甕にしか使えぬ、の意と、伊勢の平氏である忠盛は細目(眇目)だ、の意をかけた嘲弄。
一三 桓武天皇。柏原の御陵による称。

皇の御すゑ（ご子孫）とは申しながら、中ごろは都のすまひもうとうとしく（〔先祖の〕中ほどでは都に居住することもめったになく）、地下（ぢげ）[一四]にのみふるまひなつて（在野の人として終始して）、伊勢の国に住国（ぢゆうこく）ふかかりければ（長かったので）、その（伊勢で）国のうつはもの（造る土器）にことよせて（あてつけて）、「伊勢へいじ」[一五]とぞはやされける。そのうへ忠盛の目のすがまれたりければ（細目でおられたので）、かやうにははやされけるなり。

忠盛いかにすべきやうなくて（〔無念であったが〕何としようもなくて）、御前（おんまへ）をまかり出でられけるが、紫（し）[一六]宸殿（しんでん）のうしろにして（後ろ〔の控えの間〕で）、かたへ（同輩）の殿上人（てんじやうびと）の見給ふまへにて、主殿司（とのもづかさ）[一七]を（の）召して（女官を呼び）、よこたへさされたりける（腰にさしておられた）刀を（例の鞘巻を）、あづけおきてぞ出でられける。家貞待ちうけて、「さていかが候ひけるやらん（どうでございましたか）」と申しければ、忠盛、かくとも言はまほしくは思はれけれども（〔舞の侮辱など〕これこれだと言いたいのはやまやまだったが）、言ひつるものならば（もしそんなことを言おうものなら）、殿上までも斬りのぼらんずるもののつらたましひにてあるあひだ（駆け上って斬り込みかねない面構えであったので）、「べちのことなし」（別にどうということはなかったと）とぞ答へられける。

五節（ごせつ）には、

白（しろ）[一八]うすやう

一四　昇殿を許されない下級貴族・武士・庶民の総称。

一五　平氏は当初坂東に広がったが、貞盛（さだもり）の子維衡（これひら）の時伊勢守となり、その後正盛・忠盛の頃伊賀・伊勢に地盤を築いて、伊勢平氏と呼ばれていた。

一六　皇居の中心となる正殿。シシイデンとも。節会はここで行われる。その北廂（きたびさし）の間を「御後（ごご）」といい装束を調（ととの）えたりする、いわば楽屋に当てられる場所。「うしろ」はそこをさす。

一七　燈火薪炭のことを扱う女官。宴会の給仕も勤める。

一八　歌謡の歌詞。『綾小路俊量卿記（あやのこうじとしかずきょうき）』『建春門院中納言日記』その他に見え、よく歌われた。「うすやう」は上質の薄様紙。「こぜんじ」は濃い染紙か。「まきあげの筆」は筆軸を色糸で巻いたもの。底本この句を脱するを補った。「巴」は筆軸に巴紋を描いたもの。文具の名物を並べた歌か。

こぜんじの紙
まきあげの筆
巴かきたる筆の軸

なんど、さまざまおもしろきことをのみうたひ舞はれしに（歌ったり舞ったりしたものだが）、中ごろ[一]大宰権帥季仲の卿といふ人あり。あまりに色のくろかりければ、見る人「くろ帥」とぞ申しける。この人いまだ蔵人頭たりしとき、これも五節に舞はれけるに、人々拍子をかへて、

[二]あな、くろ、くろ
くろき頭かな
いかなる人のうるし塗りけん

とぞはやされける。

また、[三]花山の院のさきの太政大臣忠雅公、いまだ十歳と申せしとき、父中納言忠宗の卿におくれ給ひて（先立たれなさって）、みなしごにておはせしを（孤児になっていらっしゃったのを）、故[四]中の御門藤中納言家成の卿、そのときはいまだ播磨守たりしとき、

一 小野宮実頼の子孫。藤原経季の子。「大宰権帥」は大宰府の帥（長官）の輔佐の官。

二 わあ黒い黒い。黒い頭だな。いったい誰が漆を塗ったのだ。「頭」は蔵人頭に頭髪をかける。

三 藤原氏花山院流。左大臣家忠の子孫。忠宗（底本「ただいゑ」と誤る）の子。仁安三年（一一六八）太政大臣になった。

四 藤原氏六条流。家保の子。鳥羽院政の権臣で、屈指の富豪であった。家成の妹が忠宗に嫁して忠雅を生んだ関係で、この甥の忠雅を娘の婿としたのであるが、この御前の召の嘲弄は家成二十八歳頃。したがってその娘も幼く、早婚の時代といえども珍しい話題だったのであろう。

婿にとりてはなやかにもてなし給ひければ、拍子をかへて、

播磨米[五]は
木賊か、むくの葉か
人の綺羅をみがくは

とぞはやされける。「上古にはかやうのこともありしかども、事いでこず。[六]末代いかがあらんずらん、おぼつかなし」とぞ人々申しあはれける。

忠盛申しひらき

案にたがはず、五節はてにしかば、殿上人、一同にうつたへ申されけるは、「それ雄剣[七]を帯して公宴に列し、兵仗[八]を賜はりて宮中を出入するは、みな格式[九]の礼をまぼる綸命よしある先規なり。しかるに忠盛、あるいは相伝の郎従と号して、布衣のつはものを殿上の小庭に召しおき、その身は腰の刀をよこたへさして、節会の座につらなる。両条希代、いまだ聞かざる狼藉なり。事すでに重畳[一〇]せり。罪科もつとものがれがたし。はやく御簡をけづりて、解官[一一]、停任にお

（傍注）娘の婿に迎えはでにお世話してさし上げていたので〔これも〕／一昔前にはこのようなこともあったけれども　別に事件にもならなかった／末法の世の当今はどうなることやら　気がかりなことよ／はたして／五節の行事も終ったところで／そろって／代々仕える郎等だと　称して／狩衣姿の武士を／召し連れて置き　自分は／この二か条　前代未聞の／絶対に許せません　直ちに〔殿上の〕　はずして　処置

五　播磨の米は、米ではあるまい。木賊か、それともむくの葉か。坊やをせっせと磨いているわい。「木賊」も「むく」の木の葉もざらざらして、やすりとして物を磨くに使う。「綺羅」は綾絹と薄絹。転じて美装の意。衣服・調度・住居などに華美をつくすことを「綺羅をみがく」という。

六　時とともに世は悪化するという仏教の末法思想をふまえた発言。事実は、季仲の件は四十年ほど前のことだが、家成の件は、播磨守在任と忠宗の死から長承二年（一一三三）の時と考証されているので、忠盛のこの事件より一年後である。

七　単に「剣」でよいところを装飾的に言った。以下漢文日記のような文体で、いかにも殿上人の訴訟という雰囲気を表現している。

八　護衛の兵士を連れて。「兵仗」は武器だが、宮中に衛兵随従を許されることを「兵仗を賜はる」という。

九　公に定められている、身分や家柄による礼法に従って、勅命のとおりに行う先例によることだ。「格」は律令の補助命令、「式」は律令の施行細則。「綸命」は天子の命令。勅命。

一〇　重なっている。二重の罪である。

一一　免職。「解官」は官職を解くこと。諸本で「闕官」とするのは欠員の意であるから正しくない。「停任」も任務をとどめることで「解官」と同義語。

こなはるべき」よし一同にうつたへ申されけり。

上皇大きにおどろかせ給ひて、忠盛を召して御たづねあり。陳じ申されけるは、「まづ郎従小庭に伺候のこと、まつたく覚悟つかまつらず。ただし、近日あひたくまるるよし、年来の家人つたへ承るによつて、その恥をたすけんがために、忠盛に知らせずしてひそかに参候の条、力およばぬ次第なり。つぎに刀のことは、主殿司にあづけ置きをはんぬ。召し出だされて、刀の実否によつてとがの左右あるべきか」と申す。「しかるべき」とて、刀を召し出だし、法皇叡覧あるに、うへは鞘巻の黒く塗りたりけるに、中は木刀に銀薄をぞ押したりける。「当座の恥辱をのがれんがために、刀を帯するよしあらはすといへども、後日の訴訟を存知して、木刀を帯しける用意のほどこそ神妙なれ。弓箭にたづさはらん者のはかりごとは、もつともかうこそあらまほしけれ。かねてまた、郎従小庭に伺候の条、かつうは武士の郎従のならひなり。忠盛がとがにあらず」とて、

一 「郎従」「郎等」「家人」は同義語であるが「郎従」はやや改まった言い方。「家人」はむしろ卑称で、従僕という程の意。特に氏族制的奴婢を「年来の家人」と称する。武家制度での「御家人」の意ではない。

二 「預置畢矣」のような漢文の日記・書簡の文体が応用されている。確認して言い切る語法である。

＊ **受領の財力** 受領は地方官なので貴族間では蔑視されたが、四年の任期の間に侮りがたい私財を得る者も多く、一度富裕国に勤めれば生涯安楽とさえ言われた。特に院政の荘園削減政策には院近臣の受領が積極的に活躍し、公領拡大の実績をあげつつ任国から吸い上げる収益は膨張してとどまらなかった。受領は蓄積した私財で皇室のための造宮・造寺・造仏を競い（「成功」という。公認の賄賂）、貴族社会での地歩を固めて行った。院北面武士から富裕国の受領となった忠盛には、御願寺造営の実力が十分あったのである。後年忠盛が死去した時、「経二数国之吏一而富累二巨万一」（『宇槐記抄』）と貴族たちを驚嘆させている。

三 弓矢を扱う者。すなわち武士。「箭」は矢。

＊ **「殿上闇討」の意義** 格式・綸命・先規などの王朝的権威に依存する殿上人に恥辱を受けるところを、忠盛は温厚沈着な智略で未然に防いだ。特に家貞の違法の潜入は「相伝の主」の危機に対する従者の倫理であり、かような主従団結こそ武士が階級的に進出する動力であったことを物語る。し

かへりて叡感にあづかりしうへは（おほめいただいた以上は）、あへて（もはや）罪科の沙汰もなかりけり（おとがめの処置などはなかったのであった）。

その子どもは諸衛[四]の佐になりて昇殿しけるに、（もはや）殿上のまじはりを人きらふにおよばず（廷臣たちも忌避することはできなかった）。

忠盛和歌　忠度の母の事

[五]そのころ忠盛、備前の国よりのぼりたりけるに、鳥羽の院「明石の浦はいかに（どうであったか）」と仰せければ、忠盛、

[六]有明の月もあかしの浦風に
　波ばかりこそよると見えしか

と申したりければ、御感ありて、やがて（さっそく）この歌をば金葉集[七]にぞ入れられける。

またそのころ、忠盛、仙洞[八]に最愛の女房ありてかよはれけるが、あるとき、かの女房の局に、つまに月いだしたりける扇を（端に月の描いてある扇を）とり忘れて（置き忘れて）ぞ出でられける。かたへの（朋輩の）女房たち「いづくよりの月影ぞや（どこから出て来た月かしら）[九]、出所（持ち主）おぼつかなし（主が気になりますこと）」なんど、笑ひあはれければ、かの女房、

かも法皇の判決が、王朝的権威を放棄して武士倫理を賞讃してしまう。武士の世の到来する機運を見ることのできるこの章句は、清盛の父の逸話というだけでなく、平家物語の第一話として示唆に富んだ話なのである。

四　六衛府（左・右の近衛・兵衛・衛門）の次官。

五　忠盛の備前守は『金葉集』成立後で、「そのころ」は正しくない。説話連結上よくある接続法である。

六　有明の月も明るい明石の浦吹く風に、ただ波の寄るのばかりが夜と見えました。「明石」「明し」、「寄る」「夜」をかけ、朝と夜と景を交錯させた歌である。

七　白河院の命で源俊頼が撰進した勅撰集の第五番。

＊**「有明の」の和歌**　この歌は『金葉集』に「月のあかかりけるころ明石にまかりて月を見てのぼりたりけるに都の人々月はいかにと尋ねければよめる」と詞書して載る。『忠盛集』も同様だが、『異本忠盛集』には「秋伯耆よりのぼりておはしましけるに殿上の人々あかしの月はいかにととひければよませ給ひける」とある。平家物語諸本でも若干差があって、質問者、時期など詠歌のいきさつは種々である。それだけに平家全盛の中で語り種となっていた説話と思われる。

八　上皇の御所。仙人の住む国にたとえていう。

九　月の出の扇にからませ、出所（持ち主）を取り沙汰してからかったのである。

雲井[一]よりただ漏りきたる月なれば
　おぼろけにてはいはじとぞおもふ

と詠みたりければ、いとどあさからず思はれける（〔忠盛はこの女房を〕ますますいとしく思われた）。薩摩守忠度[二]の母これなり。似るを友とかやの風情にて（似た者夫婦とかいう趣で）、忠盛も歌に好いたりければ（歌道をたしなんだので）、この女房も優なりけり（〔和歌に〕すぐれていたのである）。

第二句　三台[三]上禄

忠盛死去　清盛官途

忠盛、刑部卿にいたつて、仁平三年正月十五日歳五十八にてうせ給ひぬ（亡くなった）。清盛嫡男たるによつて、そのあとを継ぐ。保元元年七月に宇治[四]の左大臣殿世を乱し給ひしに、（〔清盛は〕）安芸守とて御方（官軍）にて勲功ありしかば、播磨守にうつりて、同じき三年に大宰大弐[五]になり、つぎに平治元年十二月信頼[六]の卿の謀叛のとき、また御方に

一　雲間からそっと漏れて来た月なのですもの、めったなことでは申し上げられません。「ただ漏り……」に「忠盛」を隠し、月の縁語で「おぼろけに」（そう簡単には。下に否定をともなう）と言った。「雲井」は宮廷の意を含ませている。

二　忠盛の六男。清盛兄弟の末弟。平家物語では特に歌道にすぐれた武将として造型する。母が仙洞の女房ということは確かめがたい。

三　最高官太政大臣に至ること。「三台」は三台星（虚精星・陸淳星・曲順星）で、太政大臣・左右大臣をたとえていう。「上禄」は官位の最高を極めること。斯道本「参内上禄」と当てるが、改めた。

四　藤原頼長。忠実の次男。忠通の弟。左大臣に至る。崇徳上皇と共に保元の乱を起したが、敗れ、流れ矢に当って死んだ。

五　大宰府の次官。平安末期には帥も大弐も遥任（現地に赴任しない）となっていたが、大弐は帥（親王の任）よりも実権を持っていた。特に私貿易の盛んな頃に清盛がこの要職につき貿易管理権を握った意味は大きい。

六　藤原信頼。道隆・隆家流、忠隆の子。右衛門督に至る。源義朝と共に平治の乱を起したが、敗れて刑死した。

て先を駆けたりければ、「勲功ひとつにあらず、恩賞これおもかるべき」とて、つぎの年正三位に叙せられ、うちつづき、宰相、衛府督、検非違使別当、中納言、大納言に経あがつて、左右を経ずして、内大臣より太政大臣従一位にあがる。大将にあらねども、兵仗を賜はりて随身を召し具して、牛車、輦車に乗りながら宮中を出で入りぬ。ひとへに執政の臣のごとし。

「太政大臣これ一人の師範として四海に儀形せり。国をさめ、道を論じ、陰陽をやはらげをさむ。その人にあらずんば則ち闕けよ」といへり。されば「則闕の官」とも名づけられたり。その人ならでは、けがすべき官ならねども、一天四海をたなごころににぎり給ふうへは、子細におよばず。

すずき

そもそも、平家かやうに繁昌せられけることを、いかにといふに、熊野権現の御利生にてぞありける。そのゆゑは、清盛いまだ安芸守にておはせしとき、伊勢の国安濃の津より船にて熊野へ参られける

七 永暦元年（一一六〇）清盛四十三歳。以下仁安二年（一一六七）五十歳で太政大臣になる異例の昇進ぶりを略記している。「宰相」は参議の唐名。

八 随身の随行を許されて。「兵仗宣下」という。「兵仗」は武器の意から転じて随身をさす。「随身」は摂政関白・大臣・大将など貴人が外出の時勅宣によって随行する衛士。

九 勅許によるもので「牛車の宣旨」「輦の宣旨」という。「輦車」は轅を腰の高さに持って引く車。

一〇 摂政関白の異称。執柄・摂籙・博陸などともいう。

一一 『職員令』の文を引く。「一人」はイチジンと読んで天子の意。「儀形」は適切な師範の意。

一二 『職員令』の「燮二理陰陽一」を訳した言い方。徳政によって天地感応し、風雨寒暑が時にかなうをいう。

一三 紀伊の国熊野大社。本宮（熊野坐神社）・新宮（熊野速玉神社）・那智（熊野夫須美神社）を併せ熊野三社また三所権現という。「権現」は仮に現れる意で、本地垂迹思想で説くところの、仏が化現した日本の神。三所はそれぞれ阿弥陀如来・薬師如来・千手観音が本地の仏といわれる。

一四 三重県津市の南の辺に当る、古く栄えた港。熊野参詣には普通紀伊路が用いられるが、途中船を用いる伊勢路もあった。

に、大きなる鱸の、船にをどり入りたりけるを（跳び込んだことがありました）、先達申しけるは、「むかし、周の武王の船にこそ白魚はをどり入りて候ひしか。これ（この魚）をば参るべし（を召し上がるがよろしかろう）」と申されければ、さしもの（〔熊野詣という〕）精進潔斎の道なれども（道中ではあったが）、みづから調味して（調理して）、わが身食ひ、家の子、郎等どもにも食はせられけるゆゑにや、子孫官途も（官位昇進も）龍の雲にのぼるよりもなほすみやかなり。（〔高望王以来〕）九代の先蹤越え給ふこそめでたけれ（先例を越えられたのはすばらしいことであった）。

清盛五十一出家の事

かくて清盛、仁安三年十一月十一日歳五十一にて病に冒され、たちまちに出家入道す。法名を「浄海」とこそ名のられけれ。そのしるしにや、宿病たちどころに癒えて、天命を全うす。人のしたがひつくこと（人が服従することは）、吹く風の草木をなびかすがごとし。世のあまねくあふげることも（世人の仰望することも）、降る雨の国土をうるほすに同じ。「六波羅殿の御一家の公達」とだに言ひてんしかば、肩を並べ（〔対等に〕）、おもてを向かふる者もなし（顔を向ける者もない〔というほどである〕）。入道相国の小舅平大納言時忠の卿のたまひけるは、「この一門にあらざらん者は人非人たるべし」とぞのたまひける。されば（〔誰もが〕）、

一 鯉に似てえらの大きい魚。
二 旅行の先導をする、老練の修験者。
三 殷の紂王を討って周を建てた王。
＊ **武王と白魚** この故事は『史記』周本紀に「武王渡レ河、中流白魚躍入二王舟中一、武王俯取以祭」と見える。天文年間（一五三二〜五五）に風流（作り物の山車をめぐって歌舞音曲を配する芸能）の古今の作を記録した『大風流』（実禅著）には「周武王船入白魚事」の演目が見える。おそらく古くから祝言の芸能としてこの武王白魚の故事が演じられていたと思われる。清盛のこの話にもそのような祝言芸能が説話と交渉を持った傾向が認められるようである。
四 「言ひてしかば」の訛。言ったものならば。言っただけでも。
五 太政大臣、左・右大臣の唐名。
六 平時忠。桓武平氏高棟王（葛原親王の子、高見王の兄）の流。清盛系を武家平氏と称するに対し貴族平氏という。兵部大輔時信の子。清盛の妻時子の弟に当るので「小舅」といった。
七 仏教語で八部の鬼衆（天・龍・夜叉・乾闥婆・阿修羅・迦楼羅・緊那羅・摩睺羅迦）をいう。人ではないが仏法を聞くために人の形をとる。仏国にあっては

外周或いは下層に配せられるので、平氏の天下における他氏の立場をこう譬えたのである。時忠の言葉を俗に「人にして人に非ず」と解するのは正しくない。

八 烏帽子の折り具合。貴族は正装の時は冠を着け、平服の時には立烏帽子をつけたが、無官の者は折烏帽子を常用した。その折り方に種々の風俗があった。

九 入道。禅定法門に入った者の意。

一〇 禿髪。髻を結わず短く切りそろえた頭。おかっぱ。

一一 一般人の衣服。方領（普通の和服の襟型）で、襟・袖・袴に括り緒を通す。

一二 「ほどこそあれ」は、その間はともかくもそれが終ったらたちまちという用法。他本では「聞きいださぬほどこそあれ」とする本が多いが、結局意味は同じことである。

一三 動詞ではツイフク（す）またツイブク（す）で、人を捕縛したり、住居・資財を押収すること。名詞ではツイブ。

「いかにもしてこの一門にむすぼほれん」とぞしける。衣文のかきやうよりはじめて、烏帽子[八]のためやうにいたるまで、「六波羅様」とだに言ひてんしかば、一天四海の人みなこれをまなぶ。

かぶろの沙汰

いかなる賢王賢主の御まつりごと、摂政関白の御成敗をも、世にあまされたるいたづら者などの、かたはらにてそしりかたぶけ申すことは、常のならひなれども、この禅門[九]の世ざかりのほどは、いささかいるがせに申す者なし。そのゆゑは、入道相国はかりごとに、十四五六ばかりの童部を三百人そろへて、髪を禿[一〇]にきりまはし、赤き直垂[一一]を着せて、召しつかはれけるが、京中にみちみちて往反しけり。おのづから平家の御ことをあしきさまに申す者あれば、一人聞[一二]き出ださるるほどこそあれ、三百人に触れまはして、その家に乱れ入り、資財雑具を追捕[一三]して、その奴をからめて六波羅に率てまゐる。されば目に見、心に知るといへども、言葉にあらはして申す者なし。「六波羅殿の禿」とだに言ひてければ、道をすぐる馬、車も、みなよけてぞとほしける。「一禁門を出入すといへども（宮中の門を出入りしても）、姓名をたづねらるるにおよばず（ことさえもない）。京師の長吏これがために目をそばむ」（〔恐れて〕見て見ぬふりをした とあるがその通りである）と見えたり。

わが身（清盛自身）栄華をきはめ給ふのみならず、一門みな繁昌して、二嫡子重盛、内大臣左大将。二男宗盛、中納言右大将。三男知盛、三位の中将。四男重衡、蔵人頭。嫡孫維盛、四位の少将。すべて一門の公卿十六人。殿上人三十余人。そのほか諸国の受領、衛府、諸司、都合六十余人なり。世にはまた人なきとぞ見えたりける（〔平家以外に〕国家には人材なきがごとくであった）。

兄弟左右大将

むかし奈良の帝（聖武天皇）の御時、三神亀五年近衛大将をはじめおかれてよりこのかた、兄弟左右にあひ並ぶこと（左右の大将を占めた例は）、わづかに三四箇度なり。文徳天皇の御時、左に良房〔兄〕、右大臣の左大将。右に良相〔弟〕、大納言右大将。これは四閑院の左大将冬嗣公の御子なり。朱雀院の御宇に、左に実頼〔兄〕小野の宮殿。右に師輔〔弟〕九条殿。五貞信公の御子なり。後冷泉院の御時、左に教通〔弟〕大二条殿。右に頼宗〔兄〕堀河殿。六御堂の関白の御子なり。二条の院の御時、左に基房〔兄〕松殿。右に兼実〔弟〕月の輪殿。これはみな七摂籙の

一 『長恨歌伝』（陳鴻）に、楊貴妃の一門が寵に奢る様を「出入禁門不問、京師長吏為之側目」と記しているのを引く。「禁門」は王宮の門。「京師」は帝都。「長吏」は役人の頭。

二 以下列記する官職は安元三年（治承元年・一一七七）当時で紹介されている。しかし「公卿十六人」は該当する時期がない。寿永二年（一一八三）都落ちまでの平家の歴史の通算で言ったのであろう。殿上人三十余人も、受領等の六十余人も同様に通算であろう。

＊禿　禿の任務は放免（刑余者で検非違使の下働きに雇われた者）に類しており、その髪型が濫僧や餌取に共通するところからも、忌避されるべきスタイルをことさらに装ったものといえる。異本には烏を持ち歩くとも見える。平家の広大な六波羅館は、都の東の出口を警衛する形で賀茂川の東に、鳥辺野・六波羅蜜寺などの葬祭の地を覆って建設された。雑業生活者であった先住民の多くが下級武士や各種の召使として平家勢力の底部に吸収されたことは疑いない。その子弟も忠実な召使童として奉公を競ったであろう。不気味な集団性をもつ少年諜報機関「禿」の母体をそこに想像してみると納得がいくようである。

三 既設の近衛に対してこの年中衛を置き、後に左右の近衛となった。左右近衛設置の起点の意味で「近衛大将」としたか。他本「中衛大将」とあるのが正しい。

臣の御子息なり。凡人[八]にとりては（並みの家柄の者は）その例なし。殿上のまじはりをだにきらはれし人（忠盛）の子孫にて、禁色[九]、雑袍をゆるされ、綾羅錦繡を身にまとひ、大臣の大将になつて、兄弟左右にあひ並ぶこと、末代といひながら（いかに末代とはいえ）不思議なりしことどもなり（意外なことどもである）。

八人の娘

そのほか入道相国（清盛）の御むすめ八人おはしき。みなとりどりにさいはひし給ふ（皆それぞれに良縁を得られてしあわせであった）。一人ははじめは桜町[一〇]の中納言成範の卿の北の方にておはすべかりしが（おなられるはずであったが）、八歳の年、平治の乱れ以後ひきちがへられ（話がかわって）、のちには花山[一一]の院左大臣殿の御台所にならせ給ひて、公達あまたましましけり（お生れになられた）。

そもそもこの成範の卿を「桜町の中納言」と申しけることは（こと）、すぐれて心すき給へる人にて（のほか風流をめでられたお方であって）、つねは吉野の山を恋ひつつ（あこがれて）、町[一二]に桜をうゑ並べ、そのうちに家を建てて住み給ひければ、見る人「桜町」とぞ申しける。桜は咲きて七か日に散るを、なごりを惜しみ、天照御神に祈り申されければにや、三七日までなごりあり（二十一日も咲き残った）。君も賢王に（「当時の」帝も賢明）

四　藤原内麻呂の子。左大臣左大将に至る。底本「左大将」は誤りではないが他本の「左大臣」が穏当。
五　藤原忠平。基経の子。摂政関白太政大臣に至る。
六　藤原道長。法成寺を建立したので御堂と称する。
七　摂政関白のこと。セツロクとも。基房・兼実は関白太政大臣忠通の子である。
八　摂籙や清華（華族）以外の家柄の総称。
九　「禁色」は勅許により着用する服色。「雑袍」は直衣。略服の参内が認められること。
＊**兄弟大将**　重盛・宗盛が左右大将に並んだのは安元三年一月から六月までの半年の間であった。しかし兄弟左右大将の先例が重大視されているように、この半年間は平家の栄光を最も象徴する期間であった。前段に清盛の子息たちの複雑な官途が安元三年に焦点をしぼって記されているのも、平家の栄華の頂点がそこにあったことに歩調を合わせているわけである。
一〇　藤原成範。信西の子。平治の乱に信西が殺されたとき縁座して一時下野に遠流された。
一一　藤原兼雅。太政大臣忠雅（三〇頁注三参照）の子。清盛の女との間に右大臣忠経・中納言家経を儲けた。
一二　平安京で小路に囲まれた区画の単位。大路に囲まれた「坊」の十六分の一。「保」の四分の一。延慶本には成範が「東山ノ山荘ノ町町ナリケルニ」西南に桜、北にもみじ、東に柳を植えたとある。成範の邸の規模がちょうど一町だったわけである。

てましましければ[の君であられたので]、神(しん)も神徳をかがやかし[神としての恵みを発揮し]、花も心ありければ[花にも〔感得の〕心があったので]、二十日(はつか)のよはひをたもちけり。

一人はきさきに立たせ給ふ[〔高倉帝の〕后にお立ちあそばされた]。皇子[(安徳)]御誕生ありて皇太子に立ち、位(くらゐ)につかせ給ひしかば、院号[二]からぶらせ給ひて[女院号をお受けになって]、「建礼門院(けんれいもんゐん)」とぞ申しける。

一人は六条の摂政殿(せつしやうどの)[三]の北の政所(まんどころ)にならせ給ふ。

一人は普賢寺殿(ふげんじどの)[四]の北の方にならせ給ふ。

一人は後白河の法皇に参り給ひて、女御(にようご)のやうにてましますこ[女御のような待遇を受けられた]れは安芸(あき)の厳島(いつくしま)の内侍(ないじ)[五]が腹の[を生母とする]姫宮なり。

一人は冷泉(れいぜい)[六]の大納言隆房(たかふさ)の卿の北の方にならせ給ふ。

一人は七条の修理大夫(しゆりのだいぶ)[七]信隆(のぶたか)の卿にあひ具し給ふ[嫁ぎなさった]。

そのほか九条の院[八]の雑仕(ざふし)常盤(ときは)が腹にも一人。これは花山の院殿[(兼雅)]に参らせ給ひて、上臈(じやうらふ)[九]女房にて「臈(らふ)の御方(おんかた)」とぞ申しける。

日本秋津島(あきつしま)はわづかに六十六箇国(かこく)。平家の知行(ちぎやう)[一〇]の国三十余箇国、

一 名は徳子。安徳天皇の生母である。

二 帝の母后・内親王等に贈る尊号。皇居の門の名や居所の名をつける。

三 藤原基実(もとざね)。忠通の長男。基房・兼実らの兄。摂政関白左大臣に至り、永万二年（一一六六）二十四歳で薨(こう)じた。その室清盛の女(むすめ)盛子（白河殿と称した）はその前年に後妻として入り、夫の広汎(こうはん)な遺領を相続して平家の管理下に置いたので藤原氏の憤慨をかったが、治承三年（一一七九）二十四歳で薨じた。

四 藤原基通。基実の長子（母は藤原忠隆女で、平盛子ではない）。摂政関白内大臣に至る。その室となった清盛の女(むすめ)は完子(さだこ)。

五 厳島神社に奉仕する巫女(みこ)。清盛は高倉院崩御の頃厳島内侍腹の姫（世に巫女(みこ)姫君(ひめ)と呼ばれた）を後白河院の妾としたことが『玉葉(ぎよくよう)』に見える。

六 藤原隆房。六条流家成（三〇頁注四参照）の孫、隆季の子。四条また冷泉と号した（巻六「小督(こがう)」に登場）。延慶本によれば隆房室となった清盛の女は、以前に藤原信親（信頼の子）に嫁(か)したという。

七 藤原信隆。右京大夫信輔の子。その五男参議隆清の生母が清盛の女。なお信隆の娘殖子(しげこ)は、高倉院の寵(ちよう)を受け後高倉(ごたかくら)院・後鳥羽院を生んだ七条院。

八 源義朝の妾として全成（今若）・円成（乙若）・義経（牛若）を生み、三児を助けるために清盛の妾となった。後年藤原長成の後妻となり能成を生む。「九条の院」は太政大臣藤原伊通(これみち)

すでに半国にこえたり（〔日本国の〕半分以上である）。そのほか荘園田畠いくらといふ数を知らず。綺羅みちみちて堂上花のごとし（着飾った一門の人々が溢れて宮中は）。[一一]軒騎群衆して門前市をなす。[一二]楊州の金、荊州の珠、呉郡の綾、蜀江の錦、七珍万宝ひとつとして欠けたることなし。[一三]歌堂舞閣の基、魚龍爵馬のもてあそび、おそらくは帝闕、仙洞（宮廷も上皇御所も）もこれにはすぎじとぞ見えし。

むかしよりいまにいたるまで、源平両氏朝家に召しつかはれて、王化（君主の徳化）にしたがはず朝憲（国法）をかろんずる者には、（〔源氏平氏が〕相互に制裁を加えあっ）たがひにいましめをくはへしか（たので）ば、世の乱れもなかりしに、保元（〔の乱〕）[一四]に為義斬られ、平治（〔の乱〕）[一五]に義朝誅せられ（殺されて）てのちは、末々の源氏どもあるいは流され、あるいはうしなはれて、いまは平家一類のみ繁昌して、（〔ほかに〕頭角をあらわす者もいない）かしらをさし出だす者もなし。さればいかならん末の世まで（先々どんな時代になっても）もなにごとかあらんとぞ見え（〔平家の世は〕大盤石であろうと思われた）し。

女呈子で近衛帝皇后。「雑仕」は雑役を勤める女官。

九 身分により上臈・中臈・下臈とわける。宮中では二・三位の典侍が上臈だが、ここは単に上席の意。

一〇 国司の任免権を持って一族子弟を申請できる国。国守の所得を主家の経済に組み入れるしくみである。三十余箇国は一時期でも知行権を有した国としての通算であろう。治承四年（一一八〇）に最も多く、ほぼ三十国を数えうる。治承三年十一月に政変を強行して、多数の院分国（上皇の年給として近臣を国司に任ずる国）に平家知行権を及ぼしたためである。

一一 「軒」は車、「騎」は馬。この辺「軒騎聚レ門、綺羅照レ地」（源順「河原院賦」）、「堂上如レ花、門前成レ市」（橘直幹「請レ被レ兼二任民部大輔一状」）などによる。

一二 中国産の宝物を挙げる。「楊州」「呉郡」は揚子江下流東海辺。「荊州」は湖南地方。「蜀江」は揚子江上流山間部。

一三 歌舞をする堂閣や、演芸・競技の遊び。『文選』鮑昭の「蕪城賦」に「藻扃黼帳、歌堂舞閣之基、琁淵碧樹、弋林釣渚之館、呉蔡斉秦之声、魚龍爵馬之玩」とあるによる。「魚龍」は魚が龍になるさまを演ずる芸。「爵馬」は壺に矢を投げ入れる競技。

一四 源為義。対馬守義親の子。祖父義家の養子となる。六条判官と称する。保元の乱に崇徳上皇方の将として戦ったが敗れ、降服して許されず斬られた。

一五 源義朝。為義の長男。平治の乱を起し、敗れて尾張に逃れたが、家臣に謀殺された。

第三句　二代后

鳥羽の院の御晏駕ののち、兵革うちつづきて、死罪、流刑、解官、停任おこなはれて、海内もしづかならず。世間もいまだ落居せず。なかんづく永暦、応保のころより、院の近習者をば内より御いましめあり、内の近習をば院よりいましめらるるあひだ、上下おそれをののいて、やすき心もなし。ただ深淵にのぞんで薄氷をふむがごとし。

主上、上皇、父子の御あひだになにごとの御へだてかあるべきなれども、思ひのほかの事どもありけり。主上、院の仰せをつねは申しかへさせましましける中にも、人耳目をおどろかし、世もつて大きにかたぶけ申すことありけり。

一　崩御。「晏」は遅い。崩御を婉曲に、朝廷にお出ましの乗物が遅いと言ったもの。鳥羽院崩御は保元元年（一一五六）七月二日で、その直後に保元の乱が起きている。読みは普通はアンガ。

二　合戦。「兵」は刀槍、「革」は甲冑。

三　「永暦」も「応保」も二条帝の代の年号。

四　怖れ慎むことのたとえ。「戦々兢々　如レ臨ニ深淵一　如レ履ニ薄氷一」（『詩経』小雅「小旻」）。

宮中に御艶書の事

堀河　苡子　公実　鳥羽　待賢門院　実能　季成　美福門院（藤原長実女）　近衛　崇徳　公能　多子　建春門院（平時信女）　後白河　実定　忻子　成子　藤原経実女　二条　育子　以仁王　壱岐善盛女　六条　高倉

〔皇室・閑院家系図〕

五　鳥羽院六子。崇徳・後白河院の弟。生母美福門院の寵により三歳で即位。久寿二年（一一五五）十七歳で崩御した。

六　藤原氏閑院流公能の女。名は多子（サハコ・マス

二化の御宇の沙汰

そのころ故近衛の院の后、太皇太后宮と申せしは、大炊の御門の右大臣公能の御むすめなり。先帝におくれたてまつらせ給ひてのちは、近衛河原の御所にうつり住ませ給ひける。長寛のころは御年二十二三にもやならせましましけん。御さかりもすぎさせ給ひたり。されども天下第一の美人の聞こえましましければ、主上色に染みたる御心して、ひそかに高力士にみことのりして、この大宮へひきもとめしむるにおよんで、御艶書あり。大宮あへて聞こしめしもいれざりけり。されどもこのことほにあらはれて、后御入内あるべきよし、右大臣家に宣旨を下さる。このこと天下において殊なる勝事なれば、公卿僉議あつて、おのおの意見を申さる。

まづ異朝の先蹤をたづぬるに、則天皇后は唐の太宗の后、高宗皇帝の継母なり。太宗崩御ののち皇后尼になりて、盛興寺といふ寺にこもり給へり。高宗「ねがはくは宮室にかへり、まつりごとをたすけ給へ」とて、御つかひかさねて五たび来たるといへども、あへて

コ・マサルコ等読みに諸説ある）。藤原頼長養女。久安六年当時十二歳の近衛帝に入内した。

七　藤原公能。閑院流。左大臣実能の子。大炊御門また徳大寺と号す。永暦元年（一一六〇）八月右大臣に至り二年八月に四十七歳で薨じた。

八　賀茂川東、近衛通末にあった。

九　二条帝の時の年号。永暦・応保に続く二カ年であるが、多子が二条帝に入内したのは永暦元年で「長寛」の年号を示す必要はないところである。

一〇　唐の玄宗皇帝に信任篤かった宦官。二条帝が多子に求婚したことの喩えとして、玄宗が高力士に命じて楊貴妃を求めた「詔高力士潜捜外宮、得宏農楊元琰女子寿邸」（『長恨歌伝』）を引いた文である。

一一　大事件。「勝」はすぐれる意だが、特に重い凶事を逆説的にいう忌み言葉。通例シヨウシと読み、「笑止」と同語だが、底本は濁音に表記している。

一二　公卿の会議。「僉」はみな、全員の意。

一三　荊州の都督武氏の女、貞観の明君といわれた太宗の才人（歌舞をする官女）となった。太宗の崩後高宗に迎えられ、皇后となり政を専らにした。高宗の崩後いよいよ権を振い、唐の王室を殺戮し則天武后と号し、国名を周と改めた。神龍元年（七〇五）崩じた。

一四　太宗の子。母は長孫皇后。父帝の寵姫であった武后はいわば高宗には継母に当るのである。

一五　「感業寺」が正しい。太宗の菩提寺。

したがはず。帝、盛興寺に臨幸なつて、「朕まつたくわたくし（自分一身の）の心ざしをとげんとにはあらず。先帝太宗の世をながからしめ給へ（治世の道を長く保たせて頂きたいと思う）となり（のである）」。皇后のたまはく「われ太宗の菩提をとぶらはんがために、すでに釈門に入りぬ（仏門に入りました）。ふたたび塵屋にかへるべからず（俗世間に戻ることはできませぬ）」とて、確然[一]としてひるがへさず。ここに高宗の近臣たち、よこしまに（無法に）とりたてまつるがごとく（掠奪でもするかのようにして）にして、皇后を内裏へ入れたてまつる。そののち皇后と高宗と二人、まつりごとをめでたうし給ひしかば（善政を行いなさったので）、「二化[二]の御宇」とぞ申しける。かくて帝世をさめ給ふこと三十三年。国富み、民ゆたかなり。高宗崩御ののち、皇后女帝として世をうけとり、位をつぎ給へり。皇后世をあらためて、年号を神功元年と号す。この人（后）は周王の孫（子孫）なるゆゑに大周則天太上皇帝とぞ聞こえし（申し上げた）。そののち中宗[三]皇帝に世をゆづり給ふ。中宗世をあらためて（周を再び唐と改めて）年号を神龍元年と号す。〔中宗の〕在位七年。これはわが朝の文武[四]天皇にあたり給へり。

「されどもそれは異国の先規たる（先例であるし）うへ、別段のこと（特別の例である）なり。本朝には

---

* **高力士に詔して**　この『長恨歌伝』の引用は前後の文となじまぬ直喩法を見せているために、文に欠陥があるかとも言われている。しかしこれは支配者が美女に求婚することをいう慣用的な比喩なのである。『古今著聞集』好色「後嵯峨天皇某少将の妻を召す事並びに鳴門中将の事」に、帝の恋をとりもつ近衛殿の詞として「高力士にみことのりして尋ねさせ給はん」とあり、『神道集』「諏訪縁起事」に甲賀三郎が春日姫と結婚することを「国司打侣桶後人々閑　秘　高力使詔　春日姫呼取」とする例もある。なお底本の「この大宮へ」（前頁六行目）は他本「外宮へ」とある方が『長恨歌伝』に近く、正しいであろう。

一　固く心を決めて変えない様子。確然。

二　皇帝と皇后と二人で天下を徳化した時代という意。「二和」とも書く。『唐書』には「二聖」と称したとある。

三　高宗と武后の間に生れた子。二兄が廃せられた後高宗崩御を承けて即位したが、一年で廃せられ、弟の睿宗に譲った。十四年後の神龍元年（七〇五）復位。武后が改めた国号周を唐に復した。景雲元年（七一〇）皇后韋氏に弑せられた。

四　中宗の復位した神龍元年は日本の文武帝慶雲二年に当る。復位より弑せられるまでは六年で、「在位七年」とは先の一年間の

きさき御入内

神武天皇よりこのかた、人皇七十余代にいたるまで、いまだ二代の后に立ち給ふこと、その例を聞かず」と諸卿一同に申させ給へども、主上（二条）仰せなりけるは、「五天子に父母なし。われ六十善の戒功によて万乗の宝位をたもつ。などかこれほどのこと叡慮にまかせざるべき（思いのままにならぬことがあ）」とて、すでに御入内の日宣下せられけるうへは、力およばせ給はず。

大宮かくと聞こしめされけるより、御涙にむせばせおはします。「先帝（近衛）におくれまゐらせにし七久寿の秋のはじめ、同じ草葉の露とも消え（御あとを慕って命を捨てる）、（あるいは）出家をもし、世をものがれたりせば（遁世でもしていたならば）、いまかかる憂きことは聞かざらまし」とぞ、御なげきありける。父の大臣こしらへ申させ（なだめ申し上げるには）給ひけるは、「八『世にしたがはざるをもつて狂人とす』と見えたり。すでに詔命（勅命）を下さるるうへは、子細を申すにところなし（あれこれ申し上げる余地はない）。ただすみやかに御入内し給へ。もし皇子御誕生あらば、君（そなた）も国母と言はれ、愚老も外祖とあふがるべき瑞相にてもや候ふらん（これはその前兆ではないのでしょうか）。ひとへに愚老を（老父の願い）

帝位をも合算したのである。

五 「王者父レ天母レ地為二天子一」（『白虎通』）によるか。

六 仏教で前生に十種の善戒（十善）を守ると次生で王となるという。また中国で王は戦車一万台（万乗）を持つという。

＊ **閑院家の期待** 当時結婚に政略はつきものであった。閑院家は摂家の名臣太政大臣公季を祖としながら藤原氏支流の位置に甘んじてきた。しかし後三条帝に后を入れて以来、堀河・鳥羽・近衛・後白河・二条と代々女子を入内させて皇室と縁を深めている。特に鳥羽后となった待賢門院璋子は崇徳・後白河二帝を生んで生家の地位を高めたが、その後外孫の皇子誕生がない。近衛帝の早世によって政略圏外の女性となった多子の再度の入内はまさに家門栄達の鍵と思われたのであろう。公能の「皇子御誕生あらば……」と諭す言葉には、閑院家の切実な願いがかけられていたのである。

七 近衛院は久寿二年（一一五五）七月二十三日十七歳で崩御した。七月は陰暦で初秋である。

八 「行基菩薩だにおもひわづらひて、随レ世似二望有一、背レ俗如二狂人一空憂 世間何処隠レ身」（『宝物集』九冊本）。『沙石集』にも見える。

たすけさせおはします（をかなえて下さることこそが）、御孝行のいたりなるべし」とこしらへ申させ給へども、〔大宮は〕なほ御かへし（ご返事）もなかりけり。大宮そのころなにとなき御手ならひ（御すさび書き）のついでに、

一 うきふしにしづみもやらで河竹の
　世にためしなき名をやながさん

世にはなにとして漏れたりけん、やさしき御ことにぞ申しける（胸うたれる話だと噂されたことであった）。

すでに御入内の日にもなりしかば、父の大臣、供奉の二上達部、三出車の儀式なんど、心のごとく（十分に）仕立てまゐらせ給ひける（支度をしてさしあげた）。大宮もの憂き御いでたち（お心のすすまぬお輿入れであるから）なれば、とくも出で給はず（お出かけもためらっておられ）、はるかに夜ふけ、小夜もなかばになつてのち、御車にたすけ乗せられさせ給ひけり。ことに（ことさら色）色ある（美しい）御衣をば召されず、〔喪服になぞらえて〕しろき御衣をぞ召されける。御入内ののちは四麗景殿にぞましましける。五ひたそらあさまつりごとをすすめ申させ給ふ御さまなり（ただただ早朝からの政務を滞りなく行われるよう帝におすすめなさるという有様であった）。

きさき障子の御歌の事

かの紫宸殿の皇居には、六賢聖の障子を立てられたり。伊尹、第伍

一 近衛院崩御の悲しみの時お跡を追うべきであったのに、生き永らえて今二度の入内と取り沙汰されて、世に例のない恥ずかしい名を残すことになるのでしょう。「ふし」「河竹」「世（節）」は竹の縁語。「うき」「しづみ」「河竹」「ながす」は水の縁語。

二 公卿というに同じ。読みはカンダチベとも。

三 随行の女房が簾の下に裾を見せて（出衣という）乗った牛車。出車を連ねるのは入内の作法である。読みは普通訓読でイダシグルマ、音読でスイシヤとも。

四 後宮の一殿。皇后・中宮・女御の居所。

五 「春宵苦レ短 日高起、従レ此君王不二早 朝一」（『長恨歌』）をふまえ、大宮は傾国の后ではないことをいう。

六 紫宸殿の母屋と北廂の境の襖。中国の名臣三十二人を描く。「伊尹」以下その中の人物だが、「角里先生」「思摩」は該当しない。

七 清涼殿孫廂北にある荒海の障子（衝立）。『山海経』に見える手長・足長の怪人の川渡りを描く。

八 清涼殿西渡殿の奔馬の衝立。普通ウマカタ。

九 清涼殿西南廂の間。白沢王が鬼を斬る図がある。

一〇 小野道風が賢聖の障子の銘を七度書き直したことをいう。『本朝文粋』の道風の申状（菅原文時作）によ

倫、虞世南、太公望、甪里先生、李勣、思摩。七手長、足長、八馬形の障子。九鬼の間、尾張守小野の道風が一〇「七廻賢聖の障子」と書きたりしもことわりとぞ見えし。かの清涼殿の一一絵図の御障子には、むかし金岡が書きたりし遠山のありあけの月もありとかや。故院（近衛）のいまだ幼少にてましましけるそのかみ（その昔）、なにとなき御手ならひ（無邪気な御筆すさび）に、ありあけの月の出でたるを書きくもらかさせ給ひたりしが（〔墨で〕曇ったように落書きなさったことがあったが）、ありしながら（その当時のままに）にすこしもたがはぬを御覧じ、先帝のむかしもや御恋ひしくおぼしめされけん（昔のことをも恋しくお思いになられたのであろうか）、

一二思ひきやうき身ながらにめぐりきて
おなじ雲井の月を見んとは

世にはまたあはれなる御ことにぞ申しける。

一三そのあひだの御仲（その後の二条帝と大宮との間）は言ひ知らずあはれにやさしきことどもなり。

る。

一一 宇多帝の仁和四年（八八八）絵師巨勢金岡に勅して清涼殿南廂東西の障子を描かせたことが『扶桑略記』に見える。これをさす。

＊思摩 賢聖障子中に該当しない思摩は、諸本で「志摩」・「司馬」とも書くが謎の人名とされている。これは唐の将軍李思摩のことで、『貞観政要』に、矢を受けた時太宗自ら傷を吸って癒したと見える。白楽天『七徳舞』に太宗を讃えて「剪レ鬚焼レ薬賜二功臣一、李勣嗚咽思レ殺レ身、含レ血吮レ瘡撫二戦士一、思摩奮呼乞レ效レ死」と、李勣に並べて歌ったところから、障子に描かれた太宗の名臣李勣に引かれてここに誤入されたのである。

一二 思いもかけぬことであった。故近衛院に後れたてまつった悲しい身で再び入内することとなり、この同じ内裏の障子の雲井の月を見るさだめになろうとは——。『今鏡』に「むかしの御すまひも同じさまにて雲井の月も光かはらずおぼえさせ給ひければ」として載り、『玉葉集』にも「二条院の御時さらに入内侍りけるに月あかかりける夜おぼしいづる事ありて」と詞書して載る（第一句「知らざりき」）。いずれも実景としての月を詠んだことになり、画図の障子とは無縁になる。

一三 諸注近衛帝と大宮との御仲と解するが、それは上の「申しける」で終了し、この話全体を現時点に戻して婉曲に言い収めたと見たい。

第四句　額打論

二条の院皇子親王宣旨の事

さるほどに、永万元年の春のはじめより主上御不予のよし聞こえさせ給ひしが、夏のはじめになりしかば、ことのほかにおもらせ給ふ。これによつて、大蔵大輔壱岐の兼盛がむすめの腹に、今上一の宮の二歳にならせ給ふを、「太子に立てまつらせ給ふべし」と聞こえしほどに、同じき六月二十五日、にはかに親王の宣旨を下され給ふ。やがてその夜受禅ありしかば、天下なにとなうあわてたるやうなり。そのとき有識の人々申しあはれけるは、「本朝童帝の例をたづぬるに清和天皇九歳にして文徳天皇の御ゆづりをうけさせ給ふ。これはかの周公旦の、成王にかはりて、南面にして一日万機のまつりごとをさめ給ひしになぞらへて、外祖忠仁公幼主を扶持し給

一　病気。不例。不快。特に王の病気をいう。「予」はよろこぶ意。
二　系譜不詳。名も善盛（『皇胤紹運録』他）・致遠（『顕広王記』他）など諸伝あり定めがたい。
三　二の宮とすべきである。名は順仁。二条中宮育子（実能女、忠通養女）に養育された。六条帝。
四　前帝の譲りを受けて位につくこと。践祚。「禅」はゆずる意。
五　故実・先例に詳しい人。「有職」とも書く。
六　元服以前に即位した天皇。幼帝。
七　名は惟仁。生母は染殿后（藤原良房女）。天安二年（八五八）八月父文徳帝の崩御により帝位につく。
八　周の武王の弟。武王の崩じた後、幼い成王を輔佐して善政を行い、聖人といわれた。
九　天下の政治をとること。「聖人南面而聴天下」（『易経』説卦伝）によっていう。
一〇　藤原良房。忠仁公は諡号。外孫に当る清和幼帝を立て、摂政として政権を握り、藤原氏の摂関政治の基を開いた。

ふ(さった)。これぞ摂政のはじめなる。鳥羽[一一]の院五歳。近衛[一二]の院三歳。これをこそ『いつしかなり[一三]』(幼すぎる)と申せしに、これは(この度の新帝は)二歳にならせ給ふ。先例なし。ものいそがはしともおろかなり」(あまりにも気ぜわしいことである〔という批評であった〕)。

二条の院崩御二十三　后御出家の事

七月二十七日、上皇(二条)つひに崩御なりぬ。御年二十三、つぼめる花の散るがごとし。玉のすだれ、錦の帳のうち、〔后妃たちは〕御涙にむせばせおはします。御位を去らせ給うて、はつかに(わずかに)三十余日にぞありける。やがて(ただちに)その夜、香隆寺[一四]のうしとら(東北)、蓮台野の奥、船岡山にをさめたてまつる(葬り申し上げた)。少納言入道の子息澄憲[一五]、御葬送を見たてまつり給ひて、泣く泣くかうぞ申されける。

[一六]つねに見し君がみゆきをけふとへば
かへらぬたびと聞くぞかなしき

大宮、このたびもさまでの御さいはひもわたらせ給はず(今度のご入内もあまりお幸せではいらっしゃらない)。この君にさへおくれたてまつり給ひしかば、やがて(すぐに)御出家[一七]ありて、近衛河原の御所へうつしまゐらせ給ひける。

一一 堀河院長子。名宗仁。生母は閑院実季女苡子。嘉承二年（一一〇七）七月堀河院崩御により帝位につく。
一二 鳥羽院六子。名体仁。生母は美福門院（六条長実女）。母后の寵により永治元年（一一四一）十二月長兄崇徳院に代り三歳で帝位につく。
一三 早急である。副詞「いつしか」（いつの間にか）から生じた「いつしかなり」という形容動詞。
一四 京都市衣笠にあった寺。その東北方紫野に蓮台野があり、当時は墓地であった。その奥船岡山北麓に御陵を築いたのである。（現在二条帝陵は等持院東に移されている）。
一五 藤原通憲（信西）の七子。唱導説法の名人として聞え、法印大僧都に至る。安居院流唱導の祖。
一六 日頃拝見していた君の行幸を今日参ってみれば、二度とお帰りなさらぬ御葬送であるとは、何と悲しいことであろう。この歌は『千載集』哀傷に「二条院隠れさせ給うて御業の夜詠み侍りける　法印澄憲」として載る。平家物語諸本に、この歌を高倉院崩御の時のものとして巻六に載せるのは誤りである。また作者も八条長方・隆憲などと誤るものがある。
一七『顕広王記』によると多子出家はこの年（永万元年・一一六五）十二月二十七日であった。

御葬送の夜、延暦寺、興福寺の大衆[一]ども額打論といふことをしいだして、たがひに狼藉におよぶ。一天の君崩御なりてのち、御墓所へわたしたてまつるときの作法（で御葬儀の時の式にして）、南北二京[二]の大衆ことごとく供奉し（お供）て、御墓所のまはりにわが寺々の額[三]を打つことあり。まづ聖武天皇[四]の御願所、あらそふべき寺なければとて（肩を並べる寺はないのだからということで）、「東大寺」の額を打つ。つぎに淡海公[五]の御願とて（〔の寺だから〕）、「興福寺」の額を打つ。北京には（〔の寺では〕）興福寺とむかひて（向い合せに）「延暦寺」の額を打つ。つぎに天武天皇[六]の御願（勅願寺で）、あらそふべきやうなし（異議のあろうはずはない）、智証大師の草創とて、「園城寺」の額を打つ。そのほか末寺末寺の額ども打ちならぶる。しかるを、山門の大衆（延暦寺の山法師たちは）いかが思ひけん、先例をそむきて東大寺のつぎ、興福寺の上に、延暦寺の額を打つあひだ（打ったものだから）、南都の大衆（奈良法師たちは）、「とやせまし、かくやせまし」（どうしてくれようか）と僉議する（相談していると）ところに、興福寺の西金堂[七]の衆、観音房、勢至房とて大悪僧二人あり。観音房は黒糸縅の腹巻に白柄[八]の長刀のさやはづし、勢至房は萌黄縅の腹巻に黒漆[九]の大太刀もつて、二人づんと走り出で、

一 諸大寺の僧侶をいう集合名。衆徒とも。集団化した僧兵をもいう。
二 奈良（南都・南京）と京都（北京）。
三 墓所の四方に門を築き寺号の額をかけること。
四 聖武天皇は仏法興隆の大願によって、天平十五年（七四三）東大寺を建立し、金銅の盧遮那仏大像を造立したことをさす。
五 藤原不比等（淡海公は諡号）は和銅三年（七一〇）子孫繁栄を願って興福寺を建立した。
六 園城寺の由来には複雑な諸伝があるが、初め大友皇子（弘文帝）が天智帝の勅願寺として崇福寺建立を志し、壬申の乱に崩じて果さなかった。その子与多は大友村主氏を称し、天武帝の勅許を得て三井に氏寺を建て、崇福寺をここに合併し、三井寺と称した。これを天武帝御願寺といったのである。文徳帝の天安二年（八五八）智証大師円珍が唐伝来の経典書籍を霊夢によってこの寺に置き、再興し園城寺と号したので、草創を智証大師といったのである。
七 興福寺には三金堂といって、東金堂・中金堂・西金堂があった。「衆」は堂衆で、寺内外の雑役に従事する下級僧。いわゆる僧兵の主力となる法師。
八 木をけずったまま塗りをほどこさない柄。
九 太刀の柄・鞘を黒うるしで塗ったもの。
一〇 延年舞（興福寺・東大寺・延暦寺・四天王寺等で

延暦寺の額を切つておとし、散々に打ち破り、
　[10]うれしや、鳴るは滝の水
　日は照れどもたえず、とうたへや
とはやしつつ、南都の衆徒の中へぞ入りにける。帝かくれさせ給ひてのちは、心なき草木にいたるまで〔弔意を示しているべきなのに〕うれへたる色にてこそあるべきに、この騒動のあさましさに、〔身分の〕たかきもいやしきも、肝魂をうしなつて四方へみな退散す。山門の大衆、〔このような〕狼藉をいたさば〔当然〕手むかひすべき〔ところだが〕ところに、〔心中に深く企むことでもあったのか〕心ふかうねらふかたもやありけん、一ことばも出ださざりけり。

同じき（七月）二十九日の午の刻ばかりに、「山門の大衆おびたたしく下[11]洛す」と〔噂が立ったので〕聞こえしかば、武士、[12]検非違使[13]西坂本に行きむかつて防ぎけれども、〔大衆は〕事ともせず、〔都に〕押し破り乱入す。また、何者の申し出だしけるやらん、「[14]一院、山門の大衆に仰せ、平家を〔追討なさるであろう〕追討せらるべき」と聞こえしかば、「軍兵、内裏に〔集合して〕参じて、[15]四方の陣頭警固すべし」と

法会の余興に僧や稚児の演じた舞）の詞。『梁塵秘抄』四句神歌に「滝は多かれど、うれしやとぞ思ふ。鳴る滝の水。日は照るともたえでとふたへ。やれことつとう」とあり、『義経記』その他中世の作品によく見える。詞にそれぞれ差があり、第四句は「と歌へ」「滔たり」「問うたり」「と絶えず」などとある。元来滝の水を讃えた擬音で、謡曲「翁」の「とうとうたらり」などもこの類かといわれる。

＊**観音房の後日**　広本系ではこの悪僧観音房の後日に言及している。平家滅亡後、頼朝の密命を受けて都の義経を襲い、敗れて殺される、いわゆる堀川夜討の敵役土佐房昌春がその後身だとするのである。また観音房が頼朝に仕えるに至ったいきさつとして、興福寺荘園で代官や衆徒と争って訴えられ、大番役として上京していた土肥実平に預けられ、これに随行して伊豆に下ったことなどが語られている。中世を代表する悪僧の一人であった。

一一　比叡山から下山して入京すること。

清水炎上

一二　京都の警察・裁判を司った職。ケビヰシとも。

一三　比叡山東西の降り口を坂本という。その西麓の口。左京区修学院の辺。

一四　後白河上皇。「一院」は単に「院」というのと同じだが、上皇が二人の場合「新院」に対して特に「一院」という。

一五　皇居四方の門にある衛府の詰所。

て、一類みな六波羅へ馳せあつまる。小松殿、そのころは中納言右大将にてましましけるが、「当時、なにごとによつてさあることあるべき」としづめられけれども、上下ののじりさわぐことおびたたし。法皇もいそぎ六波羅へ御幸なる。山門の大衆、六波羅へは寄せずして、そぞろなる清水寺へ押し寄せて、仏閣、僧房、一宇ものこさずみな焼きはらふ。これは去んぬる葬送の夜の会稽の恥をきよめんがためとぞ聞こえける。清水寺は興福寺の末寺たるによてなり。清水寺焼けたるあした、落書あり。「観音火坑変成池はいかに」と札を書きて、大門のまへに立てたりければ、つぎの日また、「歴劫不思議力およばず」とかへしの札をぞ立てたりける。

衆徒かへりのぼりければ、一院も六波羅より還御なる。重盛の卿ばかりこそ御おくりに参られけれ。父の卿は参られず。なほも用心のためとぞ聞こえし。重盛の卿御おくりよりかへられたりければ、父の卿のたまひけるは、「さても一院の御幸こそ大きにおそれおぼ

一 平重盛。六波羅の東方小松谷に邸があったので小松殿という。この年右兵衛督で、「中納言右大将」は誤り。翌年権中納言となる。右大将はさらに七年後（大納言で兼任）である。広本系にはこの誤りはない。

二 清盛の疑いを晴らすため平家の邸に行かれたのである。ただし後白河院出家はこれより三年後で、まだ法皇と称すべきではない。

三 清水寺。京都市東山区音羽山にある法相宗の名寺。延暦二十四年（八〇五）坂上田村麿の建立。本尊は十一面観音、霊験を以て知られる。礼堂の舞台造りは有名。

四 敗北の恨み。中国春秋時代に越王勾践が呉王夫差に敗れ会稽山で降服したが、後に復讐の軍を起し、夫差を同じ会稽山で滅ぼしたという故事から出た語。

五 『法華経』普門品に「仮使興二害意一推二落大火坑一、念二彼観音力一、火坑変成レ池」とあるのを用いて、観音の力にすがれば火の坑も池と変って危難を逃れるというのに、その観音を本尊とする清水寺が焼けてしまったのはどうしたわけか、と皮肉を言ったのである。

六 同じく『法華経』普門品に「汝聴二観音行一、善応二諸方所一、弘誓深如レ海、歴レ劫不二思議一」とあるのを用いて答えたもの。観音の誓いは永遠にして測りがたいものであるから、この炎上も人力で如何ともしがたいのだ、という意である。

左衛門入道西光近習騒口の事

＊ **二条帝の反骨** 平治の乱の時十七歳の二条帝は一

ゆれ。かけてもおぼしめしより仰せらるるむねのあればこそ、からは聞こゆらめ。それにもうちとけ給ふべからず」とのたまへば、小松殿「この事ゆめゆめ御ことばにも出ださせ給ふべからず。なかなか人に心づけ顔に、あしき御ことなり。それにつけても、叡慮にそむかせ給はで、いよいよ人に御なさけをほどこさせ給はば、神明三宝[七]の加護あるべし。さあらんにとりては、御身のおそれ候ふまじ」とて起たれければ、「あはれ、重盛はゆゆしうもおほやうなる者かな」と、父の卿ものたまひける。

一院還御ののち、御前にうとからぬ近習たちあまた侍はれけるに、仰せられけるは、「さても不思議のことを申し出だしたるものかな。おぼしめしよらぬものを」とのたまひければ、院中のきり者に西光[八]法師といふ者あり。「『天に口なし。人をもつて言はせよ』[九]と申すこと候。平家もつてのほかに過分に候へば、天の御告げにてもや候ふらん」とぞ申しける。人々、「この事よしなし。[一〇]『壁に耳あり』お

旦信頼のために拘禁されたが、女装して脱出した。即位の年の事件である。以来七年の在位の間、父後白河院と事ごとに対立し、特に人事問題は紛糾を極めた。不孝の帝という批判が寄せられるが、むしろ変態的な院政に対する親政・摂関政回復の主張であったともいえる。帝の生母は摂関支流大炊御門経実女で、支流とはいえ摂関系から出た帝は後三条・白河の院政開始以来初めてのことである。閨閥面で総崩れになっていた摂関家の期待がかかったのは当然であった。崩御に当って二歳で庶腹の順仁（六条）に譲位したのも院政への反抗の執念からであった。多子入内の強行もまた同じ線上に置かれる恋愛事件である。

七 神仏というに同じ。「三宝」は仏・法・僧をいう。

八 俗名藤原師光。信西に仕え、中御門家成の養子となる。後白河院北面となり、平治の乱に信西が横死した時出家して西光と改める。その後も院の権臣として勢を誇っていた。

九 天はものを言わないが、天意を人の口から言わせるのである。「言はせよ」（命令形）は「言はせよとて言はするなり」の意を略したもの。「天ニ口ナシ、人ヲモテイハセヨ」（『五常内義抄』）。

一〇 どこで誰が聞いているか知れないものである。秘密の保ちにくいこと、言を慎むべきことをいう諺。「室本暗無、垣亦耳アリ」（『事文類聚』）。

そろし、おそろし」とぞ申しあはれける。

主上高倉の院御即位

さるほどに、その年も天下諒闇なりければ、御禊、大嘗会もおこなはれず。建春門院そのころはいまだ「東の御方」と申しける、その御腹に一院の宮おはしけり。同じき十二月二十四日、にはかに親王の宣旨をかうぶらせ給ふ。

あくれば改元ありて仁安と号す。「ことしは大嘗会あるべき」とて、そのいとなみあり。

同じく十月八日、去年親王の宣旨をかうぶり給ひし皇子、東三条にて春宮に立たせ給ふ。春宮は御叔父、六歳。主上は御甥、三歳。昭穆にあひかなはず。ただし寛和二年に、一条の院五歳、三条の院十一歳にて春宮に立たせ給ふ。先例なきにあらず。

主上わづかに二歳にて御ゆづりをうけさせ給ひて、五歳と申せし二月十九日、春宮践祚ありしかば、位をすべりて「新院」とぞ申しける。いまだ御元服もなくして「太上天皇」の尊号あり。漢家本朝

＊**西光の舌禍**　西光はこの後権威にまかせて、白山事件・叡山強訴事件・鹿谷事件をひき起してついに非業の刑死をとげる。ここに早くも彼の傲慢な平家批判が紹介され、今後の伏線が示されたわけである。しかし事実はこの頃は、建春門院・高倉帝を鍾愛する後白河院とその院政勢力は清盛との間にこうした批判が出る情勢はなかった。文学的虚構による插話なのである。

一　帝・院・母后等の崩御によって国家が服喪する一カ年をいう。

二　新帝即位の年の十一月の新嘗会を特に「大嘗会」という。それに先立って十月下旬に天皇が川（賀茂河原）でみそぎをする式を「御禊」という。

三　平時信の女滋子。時子（清盛妻）・時忠の妹。後白河院の寵愛をうけて応保元年（一一六一）高倉帝（憲仁）を生み、これが平家の外戚としての路線の基盤になった。「建春門院」の院号は高倉帝即位により母后となって贈られたのである。

四　東三条殿。烏丸御所ともいう。三条北、東洞院西、烏丸東にあった。

五　長幼の序に合っていない。「昭」「穆」は宗廟の順位の称。中央の太祖に対し、左に二世・四世以下を祀って「昭」といい、右に三世・五世以下を祀って「穆」といった。ここでは帝（六条）が甥で、皇太子（高倉）が叔父であ

（七七）後白河─（七八）二条─（七九）六条
　　　　　　└（八〇）高倉

ることと、皇太子が帝より年長であることと、二重の意味で昭穆が相応しないのである。

六 寛和二年（九八六）一条帝が従兄三条帝を皇太子に定めたことをさす。一条帝七歳（底本の「五歳」は誤り）三条帝十一歳、これは主として年齢について昭穆が一致しない。

村上（六二）—冷泉（六三）—花山（六五）
　　　　　　　　　　　—三条（六七）
　　　　　—円融（六四）—一条（六六）

七 大内裏八省院中央の正殿。国家的行事を行う殿。読みはダイコクデン・タイゴクデンとも。

八 平時信女時子。西八条邸に住み、二位に至る。

九 兄。底本「御おと丶」とあるを改める。

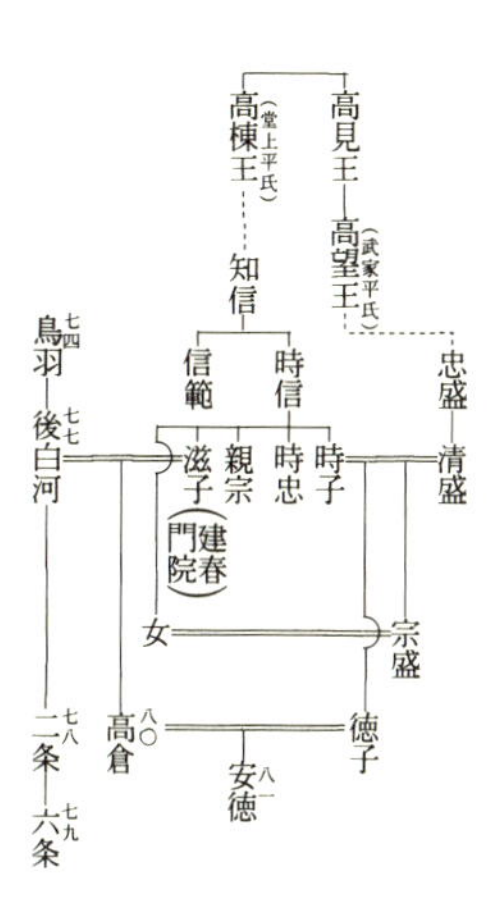

一〇 楊貴妃の従兄。名は釗。無頼の徒であったが楊貴妃寵の縁で登用され、国忠の名を賜り、宰相となって権を振った。安禄山の乱の時貴妃と共に殺された。

義王・妹義女が事　母のとぢの事

これやはじめなるらん。

同じき二十日、（高倉）新帝大極殿[七]にして御即位あり。この君の位につかせ給ふは、いよいよ平家の栄華とぞ見えし。国母建春門院と申すも平家の一門にておはしけるうへ、とりわき入道相国の北の方八条の[八]二位殿は、女院の御姉なり。平大納言時忠の卿と申すも、女院の御[九]せうとにておはしければ、〔朝廷の〕内外につけて執権の臣とぞ見えし。玄宗皇帝に楊貴妃がさいはひせしとき、〔いとこの〕楊国忠[一〇]がさかえしがごとし。世のおぼえ、時の聞こえ、めでたかりき。〔この時忠は〕入道相国、天下の大小事をのたまひあはせられければ、時の人、「平関白」とぞ申しける。

第五句　義王

入道相国かやうに天下をたなごころににぎり給ふあひだ、世のそしりをもはばかり給はず、不思議のことをのみし給へり。たとへば、そのころ京中に白拍子の上手、義王、義女とておとといあり。これはとぢといふ白拍子のむすめなり。姉の義王を入道最愛せられければ、妹の義女をも世の人もてなすことかぎりなし。母とぢにもよき家つくりてとらせ、毎月百石百貫をぞおくられける。家のうち富貴にしてたのしきことかぎりなし。

白拍子の因縁

そもそもわが朝に白拍子のはじまりけることは、むかし鳥羽の院の御宇に、島の千歳、若の前、これら二人が舞ひいだしけるなり。はじめは水干に立烏帽子、白鞘巻をさして舞ひければ、「男舞」とぞ申しける。しかるを中ごろより烏帽子、刀をばのけられて、水干ばかりを用ひたり。さてこそ「白拍子」とは名づけけれ。

義王がさいはひのめでたきことを、京中の白拍子どもつたへ聞きて、うらやむ者もあり、そねむ者もあり。「あなめでたの義王がさいはひや。同じ遊びの者とならば、たれもあのやうにこそありたけ

一　白拍子舞のこと。またそれを演ずる遊女のことをもいう。

二　特に男女の愛にいう。「その方より吹きくる風南風と申す。これをふくみて最愛とす」（『御曹子島渡』女護島の話）。

三　米百石と銭百貫。

四　「たのしみをきはめ」（二五頁注六）の例もあったが、物質的な富裕をいう。中世には「たのし」が精神的快感に用いられた例はきわめて少ない。

五　狩衣に似た男の平服。白絹を水張りにして製する。水干着用の時は立烏帽子をつけるのがならわしである。一般に男性の衣服は盤領（まるくび）が多く、女性の衣服は方領（たれくび）で、女性が盤領の水干を着用するだけで性的倒錯感を誘う魅力があったわけである。

六　遊び女となるならば。「遊び」は多義があり、遊猟・歌舞・行楽・漂泊、あるいは神霊の遊行の意にも用いた。遊女の職能はこれらに多角的にかかわるのであるが、一般には歌舞の遊びを職とする女の意とする。

＊**白拍子**　白拍子の起源として名の見える千歳・若は並び称せられた舞妓であったらしく、『続古事談』臣節に「松殿（関白基房）御時、内ノ女房宇治ニ参リテアソビケルニ和歌会アリケレバ……其時白拍子ノ会アリケリ、若・千歳ニゾアリケル」と特に二人の名が見える。『徒然草』二百二十五段は別の起源説を載せる。磯禅師が信西入道に学

んで男舞を始め、娘の静がこれを継いだというのだが、芸能の起源には特定者の創始をいえぬことが多く、しかも起源の説明はいろいろに付会されるものである。「白拍子」の語源もここでは水干の白によるというがもちろん俗説である。楽器を用いない素拍子の意とか、調べ拍子の訛とか諸説あるが、鼓だけを伴奏とする唯拍子を声明（仏教音楽）で白拍子ともいい、義王や仏の物語にもこれが適するようである。諸記録には法師・稚児・北面武士なども白拍子を舞ったと見え、女の芸とは限らないのだが、男装の女優の魅力が、この音楽用語を職業名として獲得してしまったのである。

仏御前の事

七「なのめ」は「ななめ（斜）」に同じ。語源は「七目」であろう。七分目どころでない相当の程度が「なのめならず」である。「なのめなり」と肯定の形で言っても相当なものだということで結局同じ意味になる。

八 おしかけて参上すること。遊女の風俗に関する特殊用語で、常識的には非礼だが遊女社会では許された。この後にも「遊び者の推参はつねのならひ」「推参の者」などと見える。

九 清盛の邸。八条北、大宮西にあった。東寺の北に当る。方一町。清盛は蓬を愛し庭に植えて、この邸を蓬壺と称したという。六波羅の本邸に対し別邸として造られ、近隣に一門の私邸が散在していた。

れ。あはれ、これは『義』といふ文字をついて、かやうにめでたきやらん。いざ、わらはもついてみん」とて、あるいは「義一」とつき、あるいは「義二」とつき、「義福」「義徳」といふもあり。ねたむ者は、「なにとて文字にはよるべき。さいはひは先の世のむまれつきにこそあるなれ」とて、つかぬ者もおほかりけり。

かくて三年と申すに、京中にまた白拍子の上手一人出できたり。これは加賀の国の者なり。名をば仏とぞ申しける。年十六とぞ聞こえし。「むかしよりおほくの白拍子のありしかども、かかる舞はいまだ見ず」とて、京中の上下もてなすことなのめならず[七]。

あるとき仏御前申しけるは、「われ天下に聞こえたれども、当時さしもめでたうさかえさせ給ふ太政入道殿へ召されぬことこそ本意なけれ。遊び者のならひ、なにかはくるしかるべき。推参[八]して見ん」とて、あるとき西八条[九]へぞ参じける。

人参りて、「当時都に聞こえ候ふ仏御前こそ参りて候へ」と申しければ、(清盛)「一なんでう、さやうの遊び者は人の召しにしたがひてこそ〔人から呼ばれて参るものなのに〕参れ、左右(さう)なう推参するやうやある〔勝手におしかけて来るということがあるか〕。そのうへ義王があらんところへは〔ここにいる以上は〕、神ともいへ〔神だろうと〕、仏ともいへ〔仏だろうと〕、かなふまじきぞ〔来てもだめだ〕、とくとくまかり出でよ」とぞのたまひける。

仏御前すげなう言はれたてまつりて、すでに出でんとしけるを、義王、入道殿に申しけるは、「遊び者の推参はつねのならひにてこそさぶらへ。そのうへ年もいまだをさなうさぶらふなるに〔若うございますというのに〕、たまたま思ひたちて参りてさぶらふを、すげなう仰せられて返させ給はん〔追い返しなさるとは〕ことこそ不便(ふびん)なれ。二いかばかりはづかしく、かたはらいたくさぶらふらん。三わがたてし道なれば、人の上ともおぼえず。たとひ舞を四御覧じ、歌をこそ聞こしめされずとも、御対面(ごたいめん)ばかりはさぶらひて、返させ給はんは、ありがたき御なさけにてさぶらふべし」と申しければ、入道、「いでいで〔どれどれ〕、さあらば、五わごぜがあまりに言ふことなれば〔そなたがそれほどまでとりなすのなら〕、見参(げんざん)してかへさん〔会ってやってから返そう〕」とて、御つかひをたてられたり。

一 なんだって。なんで。「なにといふ」の訛(なまり)。副詞で下に疑問や反語文がくる。ここは「左右なう推参するやうやある」にかかるのである。ここを「なんでう?」(なんだと)と切って感動詞的な詰問と見ることもできるが、「なんでう、その儀あるべき」(六〇頁一三行)などの例に同調して副詞としておきたい。

二 私(義王)としてどんなにか恥ずかしく、そばで見ていて心が痛むことになりましょう。「はづかし」「かたはらいたし」とも義王の気持と解するのがよい。

三 私の専門とする道。仏と自分とは同業だというのである。

四 「舞を御覧ぜずとも、また歌を聞こしめされずとも」の意で「めされず」の否定は上全体にかかる。対偶否定という中世によくある語法。

五 「わが御前」で、女性に対する親称の代名詞。

* **義王の文字**　主人公姉妹の名は底本仮名書きであるが、同系統斯道(しどう)本によって「義」の字を当てた。諸本によって「義」(延慶本・屋代本等)、「祇」(盛衰記・南都本・覚一本等)、「妓」(流布本系)と種々である。「妓」は遊女の意だからふさわしいものの、あまりにうますぎておかしい。妹のギニョを「妓女」と書くとなると普通名詞になってしまう。「祇」は神の意(天神に対する地祇(ちぎ)。くにつかみ)で、仏御前と対照させてふさわしく、また名のめでたさも納得できる。しかし清盛が最

仏御前すげなう言はれたてまつり、すでに車に乗りて出でけるが、召されてかへり参りたり。入道出であひ対面して、「けふの見参あるまじかりつるを（せぬはずであったが）、義王あまりに申しすすむるあひだ（勧めるものだから）、かやうに見参しつ。見参するほどにては（対面したからには）、いかでか声をも聞かではあるべき（歌をも聞かずにはすまされぬ）。今様[六]一つうたへかし（歌ってみよ）」。仏御前「承りさぶらふ」とて、今様一つぞうたうたる。

君をはじめて見るときは[七]
千代も経ぬべしひめ小松
おまへの池なる亀岡に
鶴こそむれゐてあそぶめれ

と、おし返しおし返し（くり返し）、[八]三返うたひすましたりければ（見事にうたってのけたので）、一門の人々[九]耳目をおどろかし、入道相国もおもしろげに思ひ給ひて、「わごぜは今様は上手なり。[一〇]この定にては舞もさだめてよかるらん。一番見ばや。つづみうち召せ（鼓を打つ者を呼べ）」とて召されけり。仏御前、つづみうたせて

初に仏を退けるのに「神ともいへ、仏ともいへ、かなふまじきぞ」と言うのだから、寵姫の名が神では理に合わない。南都本は「祇」を当てながら「祇ト云文字ニハヨシトイフヨミノ有レハニヤ」とやや無理な説明をしている。とすれば明らかに「よし」と訓ずる「義王・義女」が本来の字であったかと考えられる。

六　平安末期から鎌倉時代にかけて流行した歌謡。「今様」はもともとは当今の風潮、今はやりの風俗の意で、「今様の烏帽子」「今様の衣紋」などといった。その中で特に「今様の歌」のことを単に「今様」と呼ぶようになったのである。

七　殿さまにはじめてお目にかかりましたが、姫小松のようなこの私は千年も長生きできるに違いありません。お庭先の池の亀の形をした岡に鶴が群がってあそんでおりますもの。鶴・亀・松というめでたい景物を歌いこんで挨拶とした祝言の歌謡である。「姫小松」は正月に小松を植えて長寿を祈る「子の日の小松」に歌姫である自分を託している。

八　今様は普通三回くり返して歌う。「すます」は動詞の下に添えて、立派に……するの意を示す。

九　見て驚き聞いて驚き、つまり仏御前の姿にも歌声にも驚嘆したのである。

一〇　この分では。「定」は提示された事物・言葉などをそのまま肯定的にうけとる形式名詞。

一番舞うたりけり。仏御前は髪すがたよりはじめて、みめかたち世にすぐれ、声よく、節も上手なりければ、なじかは舞も損ずべき。心もおよばず舞ひすましたり。

君が代をももいろといふうぐひすの
声のひびきぞ春めきにける

とうたひて踏みめぐりければ、入道相国、舞にめで給ひて、仏に心をうつされけり。

仏御前申しけるは、「こはさればなにごとさぶらふぞや。もとよりわらはは推参の者にて、出だされまゐらせさぶらひつるを、義王御前の申し様にてこそ召し返されてさぶらふに、かやうに召しおかれさぶらひなば、義王御前の思ひ給はんずる心のうちこそはづかしうさぶらへ。はやはやいとまを賜はりて出ださせ給へ」と申しければ、入道「なんでう、その儀あるべき。ただし義王があるをはばかるか。その儀ならば義王をこそ出ださめ」とのたまふ。仏御前申

一 殿さまのお栄えが百年も続きますようにとさえずる鶯の声もすっかり春らしくなりました。「百色」は鶯の美しいさえずりをいう歌語。これに百年の祝意を託す。仏御前がこの和歌を歌うことは一般諸本には見えない。

二 広本系はかなり露骨に、清盛が仏を閨に連れこむ様子を記す。そうした情景を略化した婉曲な表現なのである。

三 直訳すると、これはそれではどういうわけでございますか、ということになるが、自分の上に起きた事態に驚きをあらわす慣用的な用法である。

＊ **今様「君をはじめて」** この今様の第三句は諸本により差がある。「お前の池の亀岡に」(屋代本)・「御所の前なる亀岡に」(延慶本)・「お前まぢかき亀岡に」(南都本) など。『梁塵秘抄』に見える「万劫年ふる亀山の、下は泉の深ければ、苔むす岩屋に松老いて、梢に鶴こそ遊ぶなれ」と類似するところから、平家物語のはその替え歌であるとも言われるが、もともと歌謡は詞が流動するものであって、『梁塵秘抄』所載歌を原拠とせねばならぬ理由はない。『とはずがたり』巻一には「御前の前なる亀岡に、鶴こそ群れゐて遊ぶなれ、齢は君が為なれば、天の下こそ長閑なれ」というのもある。要するに亀岡に鶴という題材を適宜に歌う祝言の習慣があったのである。『梁塵秘抄』の類歌

にはなお「海には万劫亀遊ぶ、蓬萊山をや戴ける、仙人童を鶴に乗せて、太子を迎へて遊ばばや」・「万劫亀の背中をば、沖の波こそ洗ふらめ、いかなる塵の積りゐて、蓬萊山と高からん」などがある。鶴の舞う亀の山（岡）は蓬萊の仙境に見立てたのである。蓬萊山の図は海面の亀の背の上に聳える山として描かれ、上空に松食い鶴を配する形が多い（法隆寺蔵「蓬萊山蒔絵袈裟箱」など）。おそらく蓬萊山図を意識しつつ、いろいろの詞に歌う祝言の今様が流行していたのであろう。

四 ひとりでにの意から、偶然に。転じて、もしかりに、ひょっとして、の意。

義王西八条を退去

五 同じ木の下に憩いあったとか、同じ川の流れを汲んで飲んだとかいった程度の行きずりの間柄。「或処二一村一、宿二一樹下一、汲二一河流一、一夜同宿、一日夫妻、一所聴聞、暫時同道、半時戯笑、一言会釈、一坐飲酒、同杯同酒、一時同車、同畳同坐、同牀一臥、軽重有レ異、親疎有レ別、皆是先世結縁」（『説法明眼論』）。

六 「今はかくこそあれ」の略。もはやこれまで。諦め思い切る気持をいう慣用語。

しけるは、「それまたいかでかさることさぶらふべき（なんでそのようなことがなりましょう）。もろともに召しおかれんだにもかたはらいたうさぶらふに（心苦しいことでございますのに）、義王御前を出だされまゐらせて、わらは一人召しおかれまゐらせなば、いとど心憂く（いたたまれなくなる）さぶらふべし（ばかりでございます）。四おのづから（もしも）のちまでも〔私を〕わすれぬ（お忘れ下さらないのでしたら）御ことならば、召されてまたは参るとも、けふのいとまを賜はらん」とぞ申しける。入道「すべてその儀あるまじ（一切それはならぬぞ）。ただ義王とくとく（さっさと）まかり出でよ」と〔義王のもとへ〕御つかひかさねて三度までこそたてられけれ。

義王、もとより思ひまうけたる道なれども（覚悟していたその身のなりわいではあるが）、さすがきのふけふ〔の運命〕とは思ひよらざりしに、いそぎ出づべきよし、しきりにのたまひけるあひだ、〔部屋を〕掃き、拭ひ、ちりひろはせ、出づべきにこそさだまりけれ（退出する決心をした）。五一樹のかげにやどりあひ、同じ流れをむすぶだに、わかれの道はかなしきならひなるに、いはんやこれは、この三年がほど住みなれし所なれば、なごりも惜しくかなしくて、かひなき涙ぞこぼれける。さてしもあるべきことならねば（いつまでそうしてもいられないので）、六「いまはかう」とて出でけるが、

「なからんあとの形見にもや」（去ったあとに残すしるしにでもなろうか）と思ひけん、一障子（しやうじ）に泣く泣く一首の歌をぞ書きつけける。

二 もえいづる枯るるもおなじ野べの草
　いづれか秋にあはではつべき

さて車に乗りて宿所（しゆくしよ）にかへり、障子のうちにたふれ臥し、ただ泣（泣く）くよりほかのことぞなき（ばかりであった）。母や妹これを見て、「いかにや（どうしたの）、いかに（どうしたの）や」と問ひけれども、三とかうの返事にもおよばず（どうといって返事もできない）。具（ぐ）したる女（供の女）にたづねてぞ、さる事ありとも知りてけり（そういうことがあったと分ったのである）。

さるほどに、毎月おくられける百石百貫も、はや（もはや）とどめられて、いまは仏御前のゆかりの者ぞはじめてたのしみさかえける。京中の上下、「義王こそ入道殿のいとま賜はりて出でたるなれ（〔西八条を〕出たそうだ）。いざや、見参してあそばん」とて、あるいは文（手紙）をやり、あるいはつかひをたつる者もあり。義王「さればとて（暇を出されたからといって）、いまさら人に見参してあそびたはぶれべきにあらず（今さらほかの客に呼ばれて）」とて、文をとり入るることもなし（受け取ることもしない）。ましてつ

一　からかみ。ふすま。後世のような障子（明（あか）り障子）は鎌倉時代以後の武士の簡素な住居から現れるので、この頃にはまだなかった。

二　新しく萌（も）え出るのも、古く枯れゆくのも、所詮（しよせん）は同じ野の草なのです。どちらにしても秋を迎えずにはいないでしょう。仏御前を萌え出る草に、自身を枯れる草にたとえ、「枯るる」に「離（か）るる」、「秋」に「飽（あ）き」（清盛の寵愛がさめること）をかけた。「秋にあはではつ」は最後まで秋などに出会わずに終る意。これを「いづれか……べき」と反語の形で結局否定したのである。他本みな「もえいづるも」と字余りにする。

三　「とかく」の音便。あれこれ。どうこう。「と」は「そう・それ」、「かく」は「こう・これ」に当り、とかく、ともかく（も）、とやかく（や）、とにかく（に）、などのように一対にして用いられる。

かひにあひしらふまでもなかりけり(応対するなどはしなかった)。[四]これにつけてもかなしくて、涙にのみぞしづみける。

かくてことしも暮れぬ。あくる春のころ、入道相国義王がもとへ使者をたてて、「いかに義王(どうだ)。そののちなにごとかある(その後どうしているか)。[五]さては仏御前のあまりに[六]つれづれげに見ゆるに、[七]なにかくるしかるべき、参りて今様(いまやう)をもうたひ、舞なんどをも舞うて、仏なぐさめよ」とぞのたまひける。義王かへりごとにおよばず(返事もできず)、涙をおさへて臥(ふ)しにけり。入道かさねてつかひをたて、「義王、など返事をばせぬぞ。参るまじきか(参らぬつもりか)。参るまじくはそのやうを申せ(参らぬつもりならそのわけを言え)。浄海(じやうかい)がはからふむねあり(考えがある)」とぞのたまひける。

母とぢ教訓

母のとぢ、これを聞きて、「いかにや、義王御前。ともかうも(どうなりとも)御返事を申せかし。かやうにしかられまゐらせんよりは」と言へば、義王涙をおさへて申しけるは、「参らんと思ふ道ならばこそ(参る気になるものでしたならば)、[八]やがて『参らん』とも申さめ。参らざらんものゆゑに(参らぬつもりですので)、なにと返事を申(申し)

四 多くの客から求められるようになったわが身の上の変化を思うにつけても悲しくて。

五 「さて」の強め。ところで。

六 退屈そうに見うけられるから。「つれづれ」はすることがなく退屈であること。「見ゆるに」は理由を示し、「参りて……」に続く。

七 何のさしつかえがあろう。かまわぬ、遠慮はいらぬの意。清盛の女性心理を無視したわがままさを象徴する言葉である。

八 すぐにも「参りましょう」と申し上げますが。「参らんと思ふ道ならねば『参らん』とも申さず」のような形を略した言い方。「……ばこそ」という仮定に対して「(申さ)め」は結局実現しないこと、自分の意図とは違うことを仮に言ってみただけのこと。次の「参らざらんものゆゑに……」はこの論理を入念にくり返したものである。「やがて」はすぐさま、即座に。「申さめ」にかかる。

すべしともおぼえず（てよいか分りません）。このたび『召さんに参らずは、はからふむねあり』と仰せらるるは、都のほかへ出ださるるか、さらずは命を召さるるか、この二つにはよもすぎじ（二つ以外にはありますまい）。たとひ命を召さるるとも、惜しかるべきわが身かは（惜しいわが身とも思いません）。また都のほかへ出ださるるとも、なげくべきにあらず。ひとたび憂き者に思はれまゐらせ（〔入道殿に〕うとまれました以上は）、ふたたびむかふべきにあらず（もはや対面するつもりはありません）」とて、なほ返事を申さず。

母とぢかさねて教訓しけるは（さとすには）、「あめが下に住まん者は（この国に住むからには）、ともかうも（何であれ）入道殿の仰せをばそむくまじきことにあるぞ（そむくことは許されないのです）。一をとこをんなの縁、宿世、いまにはじめぬことぞかし（今に始まったことではないのですよ）。千年、万年とちぎれども、やがてはなるることもあり（たちまち別れてしまうこともありますし）、二あからさまとは思へども（ふとした浮気心のつもりでも）、ながらへはつる仲もあり（終生添いとげてしまうという仲もあります）。世にさだめなきは（分らないものは）男女のならひなり。それに（それなのに）、わごぜは（あなたは）、三年まで思はれまゐらせたれば（〔入道殿に〕ご寵愛をうけたのですから）、ありがたきことにこそあれ（めったにない幸せではありませんか）。このたび召さんに参らねばとて、命を召さるるまではよもあらじ。都のほかへぞ出だされんずらん（追い出されるのでしょう）。たとへ都を出ださるるとも、わご

一　男女の縁も運命も。「宿世」は前世からの運命。「縁宿世」を熟語とする解釈、「縁は宿世」の略形とする解釈もある。

二　かりそめ、ついちょっと、の意。

＊**白拍子の歌**　白拍子は和歌や今様をよく歌った。和歌も今様も純粋の謡い物で数種の旋律があるが、白拍子はこれを自分たちの芸として編曲し、舞の振付もしたのであろう。それがどんなものであったか分らないが、妙音院師長（八一頁注九参照）が次のような批評を残しているのがおそらく唯一の描写資料であろう。「世間ニ白拍子トイフ舞アリ。其曲ヲキケバ、五音ノ中ニハコレ商ノ音也。コノ音ハ亡国ノ音也。舞ノスガタヲミレバ、タチマハリテソラヲアフギテタテリ。ソノスガタ甚物オモフスガタナリ。詠曲・身体トモニ不快ノ舞ナリ」（『続古事談』臣節）。たぶん単純な所作の中に哀艶の表情を見せるというものだったのであろう。歌謡はもともと歌詞の流動するもので、また当座にかなった歌いかえもする。義王や仏の歌った今様が、平家諸本の中でも差があるのは、伝本の問題だけでなく、風俗としての白拍子の即興性が反映しているであろう。今様は遊女の歌であったと言われる。恋愛や祝言の歌ばかりでなく、神仏の縁起や、経典の理などの歌も今様に多く、それらも遊女は歌った。それらは彼女らと

社寺の縁、歌謡と声明の関係、客の求めに応じてという以外に、絶えざる生の不安を背負った彼女らの心の歌でもあったろう。義王の物語はその証明でもある。

三 どんな片田舎の岩や木の間でも。「岩」「木」は辺鄙な地を象徴する。「面々はまづいかならん木の陰岩のはざまにも隠れゐて、事しづまらん程を相待つべし」（『保元物語』為義降参の事）。

四 想像しただけでも悲しいことです。「かねて」はあらかじめ。そうなる前に今から、の意。

五 痛ましいことである。「無慚」は仏教語で、元来は慚ずべきことをしながら「慚無し」の意。残酷な行為を批判する語であったが、残酷な状態を同情してもいうようになった。

六 はかない露のようなこの私が、清盛公にお別れしたあの秋に死んでしまえばよかったものを、おめおめと生きながらえて、またお言葉を受けるとは何というつらさでしょう。「露」「きえはて」「葉」「かかる」は縁語。「秋」は「飽き」にかける。この歌一般諸本には見えない。

義王西八条に参向

七 牛車は普通一、二人で乗るが、定員は四人。

八 茵・円座・席などを敷いて設けた座席。

九 捨てられ申したばかりか。「捨てられたてまつるだにくちをしくありしに」の意。「捨てられ」は自分のことを受身で表したのだが、相手の清盛に対する敬語で「たてまつる」という。

ぜたちは年若ければ、[三]いかならん岩木のはざまにても、すごさんこと（生活してゆくことは）やすかるべし（やさしいでしょう）。ただし（けれども）、わが身年老い、よはひおとろへて、都のほかへ出だされなば、ならはぬ（慣れない）ひなのすまひ（片田舎の）こそ[四]かねて思ふにかなしけれ。ただわれを都のうちにて住みはてさせよ（一生送らせて下さい）。それぞ今生、後生の孝養にてあらんずる（親孝行ではありませんか）」と言へば、義王、憂しと思ひし道なれど、親の命をそむかじと、泣く泣く出でたちける心のうちこそ[五]無慚なれ。

涙のひまよりも（せき上げる涙の合間から）、

[六]露の身のわかれし秋にきえはてで
またことの葉にかかるつらさよ

「ひとり参らんはあまりにもの憂し（せつないから）」とて、妹の義女をもあひ具し（連れて行った）ける。そのほか白拍子二人、総じて四人、[七]ひとつ車に乗り具して（そろって乗って）、西八条へぞ参りける。日ごろ召されける所へは（かつて頂いていた部屋へは）入れられずして、はるかにさがりたる所に、[八]座敷をしつらうて（こしらえて）置かれたり（控えさせられた）。義王「こは（これは）さればなにごとぞや（まあ何ということと）。わが身にあやまることはなけれども（罪とがはないのに）、[九]捨てら

*女語り　「義王」の物語は蜒々(えんえん)と二句にわたって語られる。特に二句に分けない他本でも話の規模は同様であり、その文章量は平家物語全十二巻中でも際立っている。「小督(こがう)」「小宰相(こざいしやう)身投ぐる事」「大原御幸」などの女性哀話にこの傾向が強く、規模はこれほどでなくとも（「横笛」など）、また女性が主人公でなくとも（「六代」など）、類似の傾向の物語をも含めて、この種の物語を「女語り」と呼んでおきたい。女性の語り手による物語として、この纏綿(てんめん)とした文体が納得されるのである。語り手だけでなく聴き手も女性たちであろうし、登場人物にも哀れな女性が多かったであろう。合戦談や武士説話とははっきり別系統の話で、「義王」をその典型的なものとして、平家物語の構造をこの角度から、「男語り」と「女語り」とに二大別してみることも可能なのではなかろうか。

　こうした語り物では、特に登場人物の中のある特定の女性の視点が物語を統括する傾向を示す。義王の物語では、いうまでもなく義王の眼や心が物語作者のそれと重なっていると読みとれる。それは纏綿たる抒情(じよじやう)文体などとともに平家物語作者の小説的技法だと説明することもできるが、むしろ女語りというあり方で語られていたものが平家物語にとりこまれ、女語りの条件をなお濃く残しているのだと考えるべきであろう。そして義王が作品の統括的立場（元(げん)）にあることも、おそらく

れたてまつるだにありし、いまさら座敷をさへさげらるることのくちをしさよ。いかにせん」と思ふに、知らせじとする(〔気持を〕さとられまいとする)袖のしたよりも、あまりて(押えきれずに)涙ぞこぼれける。仏御前あはれに思ひ、入道殿に申しけるは、「さきに召されぬ所にてもさぶらはず(以前もお召しになった部屋なのですから)、これへ召されさぶらへかし(〔義王様を〕ここへお呼び下さいませ)。さらずは、わらはにいとま賜はりて、出でて見参せん(〔私が〕出て〔義王様に〕)」と申しけれども、入道「すべてその儀あるまじ(一切そのようなことは許さぬ)」とのたまふ(おっしゃるので)あひだ、力およばで出でざりけり。

　入道出であひ対面し給ひて、「いかに(どうだ)義王、なにごとかある(変りはないか)。さては(ところで)、仏御前があまりにつれづれげに見ゆるに、なにかくるしかるべき(何の遠慮もいらぬから)、今様(いまやう)一つうたへかし」。義王「参るほどでは(参ったからには)ともかくも仰せをばそむくまじきものを」と思ひければ、落つる涙をおさへて、今様一つうたひける。

　一 月もかたぶき夜もふけて
　　心のおくをたづぬれば

仏もむかしは凡夫なり
われらもつひには仏なり
いづれも仏性具せる身を
へだつるのみこそかなしけれ

と、泣く泣く二三返うたひたりければ、その座に並みゐ給へる一門の公卿、殿上人、諸大夫[二]、侍[三]にいたるまで、みな感涙をぞ流されける。入道もおもしろげにて、「時に（時宜にかなって）とりては神妙に申したり（よくうたった）。このちは、召さずともつねに参りて、今様をもうたひ、舞などをも舞うて、仏をなぐさめよ」とぞのたまひける。義王かへりごとにおよばず、涙をおさへて出でにけり。「親の命をそむかじとて、つらき道におもむき、ふたたび憂き目を見つるくちをしさよ」

義王自身になりかわって語る尼や遊女の中にこの物語が生れ、伝承されていたであろうことを想像させるのである。

一 月も西の空に移り、夜もふけた今私の心の中を問うてみれば、こんな思いが浮んでまいります——貴い釈迦仏も昔は凡夫（普通の人）でありました。この賤しい私でも最後は仏になれるはずです。仏も私もいずれも仏になるべき本性を備えておりますのに、分け隔てをなさるとは悲しゅうございます。「仏」に仏御前を暗示し、仏と凡夫の関係を、仏御前と自分との受けた差別待遇によそえたのである。『梁塵秘抄』に見える「仏も昔は人なりき、われらもつひには仏なり、三身仏性具せる身と、知らざりけるこそあはれなれ」に似る。諸本でははじめの二句がないので、いっそう『梁塵秘抄』に近い。

二 親王・摂関・大臣家などの家司。主家の家政をつかさどる。五位以上の中・下級貴族で、公の官職にもつく。

三 貴族の家臣で六位以下の者をいう。

第六句 義王出家

「生きてこの世にあるならば、また憂き目をも見んずらん。いまはただ身を投げんと思ふなり」と言ひければ、妹の義女も、「姉の身を投げば、われもともに投げん」と言ふ。母とぢこれを聞きかなしみて、いかなるべしともおぼえず（どうしてよいか分らず）、泣く泣くまた教訓しけるは、「まことに、わごぜがうらむるもことわりなり（そなたが〔私を〕うらむのももっともです）。かやうのことあるべしとも知らずして（そんなことがあろうとも思わず）、教訓して参らせつることのくちをしさよ（〔西八条へ〕行かせた私が愚かでした）。ただし二人のむすめどもにおくれなば（先立たれたら）、年老い、よはひおとろひたる母、とどまりてもなにかせん（残って長生きしたとて何になりましょう）。われもともに身を投げんなり。いま（〔そうなれば〕）だ死期もきたらぬ親に身を投げさせんこと、五逆罪[一]にやあらんずらん（当るのではありませんか）。この世はわづかに仮の宿りなり。恥ぢてもなにならず（恥辱もこの世にいる間だけのこと）。今生[二]でこそあらめ、後生でだにも悪道[三]へおもむかんことのかなしさよ」と袖を顔に押しあてて、さめざめとかきくどきければ、義王涙をおさへて、「一旦恥を見つることのくちをしさにこそ申すなれ（〔死ぬなどと〕）。まこと

＊「義王」の章段　底本は義王の物語を第五・六句の二章にわたって語るが、文脈も明らかに継続した一話で、句を改めたのは内容よりも語る上での便宜的な処置であろう。他本ではこのように章を分けることはない。なお「義王」の位置づけは、この後に殿下乗合事件をきっかけに展開する平家横暴史の序曲として暴君清盛像を確立するのだが、多くの諸本は、早く平家栄華（「三台上禄」に当る）を紹介した後に置き、いわば物語の本舞台開幕以前に、あたかも諸行無常の序曲を入念に繰り返すように語るのである。また盛衰記は福原遷都の間に置いて、清盛横暴の最高潮を彩っている。要するに独立した遊女物語が、歴史文学への挿入位置によってそうした別な意義を示し得るのである。

義王出家

一　仏教で戒めている五つの大罪。殺父・殺母・殺阿羅漢（聖者を殺す）・破和合僧（僧の和合を妨げる）・出仏身血（仏身の血を出す）の五種。ここは、義王は直接母を殺すわけではないが、義王のゆえに母が自殺すれば結局義王が殺母の罪を犯すのと同じことになる。

二　現世のことはどうであろうと、死後の永遠の世界でまでも（怖ろしい悪道に沈んで浮ばれないとしたら）。前文の生きて恥辱を蒙ることに対して、母子で投身して五逆罪を犯した死を遂げたりしたら、という仮定についていう。「後生でだにも」は「さへ」とあるべきだが、中世には混用した。後にも「姉の身を投げ

にさやうにさぶらはば、五逆罪はうたがひなし。さらば自害は思ひとどまりぬ。かくて都にあるならば、また憂き目をも見んずらん。いまは都のうちを出でん」とて、義王二十一にて尼になり、嵯峨の奥なる山里に、柴のいほりをひきむすび、念仏してぞゐたりける。

妹義女出家　母とぢ出家

妹の義女も、「姉の身を投げば、ともに投げんとだにちぎりしに、まして世をいとはんには、たれかはおとるべき」とて、十九にて様をかへ、姉と[四]一所にこもりゐて、[五]後世をねがふぞあはれなる。母とぢこれを見て、「若きむすめどもだにも様をかゆる世の中に、年老い、よはひおとろへて、白髪つけてもなにかせん」とて、四十五にて髪を剃り、二人のむすめもろともに[六]一向専修に念仏して、ひとへに後世をねがふぞあはれなる。

かくて春すぎ夏たけて、秋の初風吹きぬれば、[七]星合の空をながめつつ、[八]天の戸わたる[九]かぢの葉に思ふこと書くころなれや。夕日のかげの西の山の端にかくるるを見ては、「日の入り給ふところは[一〇]西方

ば、ともに投げんとだにちぎりしに」の例がある。

三 三悪道。仏教で説く霊魂がめぐる世界の中で最下位の地獄・餓鬼・畜生の三道。悪業によってそこに生れる。五逆罪に当る死を遂げれば母子とも悪道に堕ちるというのである。

四 同じ所に。一か所に。現代語「一緒」のもとの形だが名詞としては用いず、「一所に」「一所で」という副詞として用いる。

五 今生の善業によって来世（後生）の安楽を願う。

六 他の修行はせずひたすら念仏のみを修すること。

七 牽牛・織女二星が天の河で会うという七夕の空。

八 「梶の葉」にかかる序詞。天の河を渡る牽牛（彦星）の舟の楫から「梶」にかけた。「天の河と渡る船の梶の葉に思ふことをもかきつくるかな」（『後拾遺集』秋上、上総乳母）をふまえた表現。古くは二星の会う方法としては彦星が舟で天の河を漕ぎ渡ると考えられていた。この歌からいえば「天の戸」ではなく「と渡る」（「と」は接頭語）と見るべきであるが、ここは天の河を「天の戸（門）」という水路とした語であろう。

九 注八の引歌参照。七夕の夜梶の葉に願い事を書いて星に祈る風習があった。梶は楮の類。葉は掌状。

一〇 阿弥陀如来の浄土。極楽浄土。「従レ是西方過二十万億仏土一有二世界一、名曰二極楽一、其土有レ仏号二阿弥陀一、今現在説法」（『阿弥陀経』）。

浄土にてあるなり。いつかわれらもかしこにむまれて、ものを思はですごさんずらん」と、かかるにつけても、ただつきせぬものは涙なり。

たそがれ時もすぎければ、竹の編戸をとぢふさぎ、灯かすかにかきたてて、親子三人念仏してゐたるところに、竹の編戸をほとほとと打ちたたく者出できたり。そのとき尼ども肝をけし、「あはれ、これはいふかひなきわれらが、念仏してゐたるをさまたげんとて、一魔縁きたりてぞあるらん。昼だにも人も訪ひこぬ山里の、柴のいほりのうちなれば、夜ふけてたれかたづぬべき。わづかの竹の編戸なれば、あけずとも押し破らんことやすかるべし。なかなかただあけて入れんと思ふなり。それになさけをかけずして、命をうしなふものならば、年ごろたのみたてまつる二弥陀の名号をとなへたてまつるべし。声をたづねてむかへ給ふなる三聖衆の来迎にてましませば、などかは四引摂なかるべき。あひかまへて念仏おこたり給ふな」と、た

＊ **補助動詞「さふらふ」（男性語）と「さぶらふ」（女性語）**　お仕えするとか控えるとかの意の動詞「侍ふ・候ふ」は、武士を「侍」という語源でもあるが、会話の丁寧な口調（補助動詞）として便利がられ、後世の「候文体」となる。平家物語では語源に近い「さぶらふ」を女性語、崩れた「さふらふ」を男性語として使いわけ、平曲の書にも明記されている。「候（サフラウ・サブロウ）、これは男はサウロウ、女の詞の時はサブラウ也」（『平曲指南抄』）・「男の言葉は、候（ソヲロウ）、女の詞は、候（サブロウ）」（『追増平語偶談』）。言語社会は絶え間なく過渡的なもので、使用率の高い語ほど変化も激しい。言葉を崩してゆくのはまず男性の方であったというのも面白い。男性語の場合「ここざふらふ」「切ったるざふらふ」など、名詞や用言連体形に直接つけると濁音化する例もある。

一　人の智恵を曇らせ修道を妨げる魔物。因縁により人にとりつき悩ますので「魔縁」という。

二　阿弥陀如来の名。すなわち「南無阿弥陀仏」と唱えること。

三　念仏行者の臨終に当って阿弥陀如来が観音菩薩・勢至菩薩以下眷族の諸仏を率いて迎えに現れること。

四　阿弥陀如来が臨終の人を導き、浄土に迎えとること。引導摂受。

五　あなたはまあ。「あれ」は対称代名詞的に用いられる。「こはさればなにごとぞや」が自分の上のことの驚きであるのに対し、相手の上のことを驚く場合の慣用的な言い方である。

仏　出　家

＊義王の伝説　義王たちが出家して住んだ嵯峨に残る祇王寺は有名だが、滋賀県野洲郡野洲町中北にも祇王寺がある。義（祇）王の出身地だという。父は北面の武士橘時国で保元の乱に討死した。清盛の寵を受けるようになった義王は、清盛に乞うて故郷に用水を造り、今に妓王川として残るという。これを証すべき史料はもとよりないが、その地が篠原・鏡など遊女の宿駅に近いことは注意されてよい。謡曲「二人妓王」では、父は紀州の粉河某に仕えていたが、囚人を逃がしたため処刑されるところ、都からかけつけた妓王の孝心で許されるという筋である。ほかにも幾つか伝説があるが、遊女の物語がしばしば彼女に仮託されたのであろう。

　一方仏は加賀の国仏原の出身といわれ、出家の後故郷へ帰ったが、美貌がたたって殺害されたという伝説が土地に伝わり、また越後の出身で父の仇を討つため遊女となり上京したという伝説（『平家族伝抄』）などもある。

がひに心をいましめて、竹の編戸をあけたれば、魔縁にてはなかりけり、仏御前ぞ出できたる。

義王、「[五]あれはいかに、仏御前と見たてまつるは、夢かや、うつつかや」と言ひければ、仏御前、涙をおさへて、「かやうのこと申せば、なかなか事あたらしきことにてさぶらへども、申さずはまた思ひ知らぬ身となりぬべければ、はじめよりして申すなり。もとよりわらはは推参の者にて、出だされまゐらせさぶらひしを、義王御前の申し様によりてこそ召し返されてさぶらひしに、をんなのかひなさは、わが身を心にまかせずして、おしとどめられまゐらせしこと、心憂くこそさぶらひしか。わ御前を出だされ給ひしを見るにつけても、『いつかわが身の上とならん』と思ひしかば、うれしとはさらに思はず。障子にまた『いづれか秋にあはではつべき』と書きおき給ひし筆のあと、『げにも』と思ひ知られてさぶらふぞや。いつぞやまた召されまゐらせて、今様うたひ給ひしにも、思ひ知られてこそさぶらひしか。このほど御ゆくへをいづくにとも知らざりつるに、かやうに様をかへてひとつ所にと承りてのちは、〔あなたが〕あまりにうらやましくて、つねはいとまを申せしかども（いつもお暇を頂きたいとお願いしましたが）、入道殿さらに御もちひましまさず（まったくお聞き届け下さいません）。つくづく物を案ずるに、娑婆[一]の栄華は夢のうちの夢[二]、〔その娑婆で〕たのしみさかえてもなにかせん。人身[三]は受けがたく、仏教にはあひがたし。〔今人間に生れ〕このたび泥梨[四]に沈みなば、多生曠劫[五]を経るとも浮かびがたし。〔人の身は〕年の若きをたのむべきにもあらず。老少不定[六]のさかひなり。〔死期の到来は〕出づる息[七]の入るをも待つべからず（一呼吸の間の猶予もありません）。かげろふ[八]、いなづまよりもなほはかなし。一旦のたのしみにほこりて（ただ一時の栄華に心おごって）、後生を知らざらんことのかなしさに（顧みなかった〔過去の私の〕）、今朝まぎれ出でて（こっそり邸を抜け出て）、かくなりてこそ参りたれ（このような姿になって参りました）」とて、かづき[九]たる衣をうちのけたるを見れば、尼になりて出できたる。

「かやうに様をかへて（出家して）参りたれば、日ごろのとがを（これまでの〔私の〕罪を）ゆるし給へ。『ゆるさん』と仰せられれば（許そうとおっしゃって下さるならば）、もろともに念仏して、〔来世は〕[一〇]ひとつ蓮の身とならん。それもなほ心ゆかずは（この姿にもなお許し下さらないなら）、これよりいづちへも迷ひ[一一]ゆき、い

一 人間世界。俗世間。梵語サハの当て字で、内に種種の煩悩、外に寒暑風雨などの苦がある世界。

二 夢の中で夢を見るようなもの。正体もなくはかないことのたとえ。「旅の世にまた旅寝して草枕夢のうちにも夢を見るかな」（『千載集』羇旅、慈円）などこの類の用例は多い。この前後『白氏文集』二十一「自詠」の詩句「栄華瞬息間、求得将何用、形骸与冠蓋、仮合相戯弄、何異睡著人不知夢是夢」をふまえる。

三 六道を輪廻する霊魂が六道の中でも特に人間界に生れるというのはよくよくのことであり、たまたま人間界に生れたとしても、その短い生涯の間に仏法の教えを受ける機会を得るというのは稀なことである。すなわち仏縁との邂逅が至難であることをいう。「人身難受仏法難遇」（『六道講式』）による。

四 地獄。梵語ナラカの当て字で、「奈落」ともいう。

五 霊魂が生れ変り生れ変りして長時間を経たとしても。「多生」は輪廻によって何度も生れ変ること。「曠劫」は久遠劫というに同じ。「曠」は長久の意。「劫」は長時間の単位。

六 老人が先に死に少年が後に残るかどうかはきまっていない国。寿命の長短前後の予測のできない所。すなわちこの娑婆世界。

七 『往生要集』巻上義記に安養尼の詠歌として「出息農入息麻多奴世中遠農土加仁君波思希留哉」とある。

八 人生のはかなさのたとえによく用いられる比喩。

『涅槃経』寿命品に「是身無常　念々不レ住、猶如二電光暴水幻炎一」とあるによる。暴水は日なた水、幻炎はかげろう。「かげろふ」は虫の蜻蛉・蜉蝣などもいい、やはりはかないものの喩えに用いるが、涅槃経によれば春の野の大気をいう陽炎の意である。

九 かぶった衣。当時婦人が外出の時頭から衣をかぶる風俗を「衣かづき」といった。「かづく」は潜る、かぶる意。

一〇 一緒に極楽往生すること。「蓮」は仏の台座。「後の世にはおなじはちすの座をわけんとちぎりかはし聞こえ給ひて」（『源氏物語』御法）。

一一 放浪して行き。単に道に迷うのでなく、零落放浪の乞食者となることを「まよふ・まどふ」といった。

一二　形容詞「まづし（まどし）」と同根の語である。

一三　極楽往生したいという本懐。

一三 住家の「嵯峨」に性質の意の「さが」をかける。「を鹿鳴くこの山里のさがなれば悲しかりける秋の夕暮」（『藤原基俊家集』）。

一四 けがれた現世を去って仏の国に生れたいと願うことをいう。仏国を清浄の国土すなわち「浄土」というに対し、六道の苦界を汚穢不浄の国土すなわち「穢土」という。『往生要集』に「第一厭離穢土、第二欣求浄土」とあり、浄土教の第一義とされている。

かならん苔のむしろ、松が根にもたふれ臥し、命のあらんかぎりは念仏して、往生の素懐をとげん」と言ひて、袖を顔に押しあてて、さめざめとかきくどきければ、義王、涙をおさへて申しけるは、「まことに、それほどにわごぜの思ひ給ひけるとは夢にも知らず、憂き世の中のさがなれば、身を憂しとこそ思ふべきに、ともすればわごぜをうらみて、往生をとげんこともかなふべしともおぼえず。今生も、後生も、なまじひにし損じたる心地してありつるに、かやうに様をかへておはしたれば、日ごろのとがは露塵ほどものこらず。いまは往生うたがひなし。このたび素懐をとげんこそ、なによりもつてうれしけれ。われらが尼になりしをこそ、世にありがたきやうに、人も言ひ、わが身も思ひしが、それは世をうらみ、身をうらみてなりしかば、様をかゆるもことわりなり。わ御前の出家にくらぶれば、事の数にもあらざりけり。わごぜはなげきもなし、うらみもなし。今年はわづかに十七にこそなる人の、かやうに穢土をいとひ、浄土をねがはんと思ひ入り給ふこそ、まことの大道心とはおぼえたれ。うれしかりける善知識かな。いざ、もろともにねがはん」とて、四人一所にこもりゐて、朝夕仏のまへに花香をそなへ、余念もなくねがひければ、遅速こそありけれども、四人の尼どもみな往生の素懐をとげけるとぞ聞こえし。

されば後白河の法皇の長講堂の過去帳にも、「義王、義女、仏、とぢが尊霊」と四人一所に入れられけり。あはれなりしことどもなり。

第七句　殿下乗合

さるほどに、嘉応元年七月十六日、一院御出家あり。御出家ののちも万機のまつりごとを聞こしめされければ、院、内分くかたなし。

一　仏道を求める貴い心。

二　仏道へ導き入れる機縁。本来は仏法を説く賢者の意であるが、仏道に志す契機そのものをもいうようになる。義王の真の道心が仏の行為に刺激されて生じたので、仏は義王にとって善知識僧と同じ存在となる。

三　法華経を長日間講説する堂。ここは後白河院創建の六条長講堂で京都市下京区河原町五条下ルに現存。後白河院の御所六条殿に造られた持仏堂であった。

四　寺院で死者の法名・俗名・享年・死去年月日などを記しておく帳簿。長講堂過去帳は現存するが江戸時代の書写と思われる。「閇、妓王、妓女、仏御前」の名が記されているが、おそらく平家物語等に合せて作られたものであろう。

四人後白河法皇の過去帳にある事

＊**義王の物語の意義**　この物語は清盛の横暴の例話として平家物語中に位置づけられているわけであるが、この話自体としても「諸行無常、盛者必衰」を主題とした、平家物語の一縮図ともいうべき意味を見せている。もし一篇のドラマとしてならば、芸の魅力、性の魅力、また発心の姿勢において、義王よりもむしろ仏の方を主役と考えたくなるはずである。謡曲「祇王」で、シテが仏の方であるのはそういう見方を代表するものであろう。だが文芸上の二人の優劣差や、母・妹の影の薄さにもかかわらず、彼女らが「四人一所に」籠りつつ、

後白河院御法体の事

院に召しつかはる公卿、殿上人、上下[七]の北面にいたるまで、官位俸禄身にあまるばかりなり。されども人の心のならひにて、なほ（〔彼等は〕）あきたらず、「あはれ（ああ）、その人が失せたらばその国はあきなんず（死んだらその国守が欠員になるだろう）」「その人がほろびたらばその官にはなりなん（その官職にはつけるだろう）」などと、うとからぬどしは（親しい者どうしは）寄りあひ寄りあひささやきあへり。一院も内々仰せなりけるは、「むかしより朝敵をたひらぐる者おほしといへども（武将は多かったが）、いまだ（〔その行賞が〕）[八]かやうのことなし。貞盛[九]、秀郷が将門を討ち、頼義[一〇]が貞任、宗任をほろぼし、義家[一一]が武衡、家衡を攻めたりしも、勧賞おこなはるること、わづかに受領にはすぎざりき（国守どまりであった）。清盛がかく心のままにふるまふこそしかるべからね（不当である）。これも世の末になりて、王法[一二]の尽きぬるゆゑなり」とおぼしめせど、ついでなければ（きっかけもないことで）御いましめもなし（〔平家に対する〕おとがめもない）。

また平家もあながちに（特に）朝家をうらみたてまつることもなかりしに、世の乱れそめぬる根本は、去んぬる嘉応二年十月十六日、小松殿（〔重盛〕）の次男新三位の中将資盛、そのときはいまだ越前守とて、十三[一三]にならう

「遅速こそありけれ」往生を遂げたという終曲（宗教の世界においては遅速も優劣もすべての人間的差異は問われず一切平等）は平家物語の仏教文学としての重要な一面を示すのである。そしてまたこの怨親平等の仏教的説話が、義王の側（あえて人間的差異にこだわるならば劣弱者の側）の眼や心を通して語られつつ、結局は「仏」ならぬ「義王」の物語となっているところに、文学としての課題が考えられるのである。

殿下乗合

五 「殿下」は摂政殿下で、藤原基房（二十七歳）。「乗合」は車馬に乗ったまま行き合うこと。特に迷惑な相手に行き合うとか、下乗の礼をせぬとかの不穏な出会いについていう。この句名諸本によって、テンガノノリアヒ、テンガニノリアヒなどとも読ませる。

六 多事多端の政務。帝王の政治をいう。

七 上北面（四・五位）と下北面（六位）。院政における上皇直属の臣下で、詰所が北に面した所からいう。

八 清盛や平家一門が官職を思いのままにすること。

九 承平の乱（九三五―九四〇）をいう。

一〇 前九年の役（奥州十二年役・一〇五一―六二）をいう。

一一 後三年の役（一〇八三―八七）をいう。

一二 帝王の政道。王道。王威。

一三 資盛がこの年越前守であったのは事実だが、年齢はまだ十歳であった（『公卿補任』による）。

れけるが、〔折から〕雪ははだれに降りたり、枯野のけしきもまことにおもしろかりければ、若侍ども二三十騎ばかり召し具して〔召し連れて〕、蓮台野や紫野、右近の馬場にうち出でて、鷹どもあまた据ゑさせて〔何羽も〔こぶしに〕止らせて〕、鶉、雲雀追つたて追つたて、ひめむす〔一日中〕に狩りくらし、薄暮におよび六波羅へこそかへられけれ。

そのときの御摂籙は松殿にてぞましましける〔でいらっしゃった〕。中の御門の東の洞院の御所より御参内あり。郁芳門より入御あるべきにて、中の御門東の洞院の大路を南へ、大炊の御門を西へ御出なる。資盛の朝臣大炊の御門猪熊にて、殿下の御出に鼻つきに参りあふ〔真正面から行き当った〕。殿下の御供の人々、「何者ぞ。狼藉なり。御出のあるに、おり候へ」と言ひてけれども、〔資盛の方は〕あまりに勇み誇りて、世を世ともせざりけるうへ、召し具したる侍ども、みな二十よりうちの若き者どもにて、礼儀骨法をわきまへたる者一人もなし。殿下の御出ともいはず〔など物ともせず〕、一切下馬の礼儀にもおよばず、駆け破りて通らん〔通ろうとしたので〕とするあひだ、暗さはくらし、殿下

一 うっすらとまだらに降っていることであるし。「はだれ」ははだら、まだら、まばら、などと同語。「降りたり」は終止形を用いながら意味は切れず、むしろ勢いよく続く中世語法（終止形中止法）。
二 京都市北区紫野蓮台野付近。当時墓所であった。
三 同じく大徳寺付近。
四 京都市一条大路北大宮通。北野神社東南の馬場。
五 いわゆる小鷹狩で、冬の野で小鳥を獲る（雉子・山鳥・鶴などを獲るのは大鷹狩）。
六 ひねもすに同じ。一日中。
七 藤原基房。忠通の次男。仁安元年（一一六六）兄基実の薨後二十三歳で摂政となっている。
八 基房の邸松殿。中御門大路と東洞院大路の交差する所にあった。
九 作法。「骨」は要点、勘どころの意から礼儀故実などのわきまえるべき筋をいう。
一〇 すこしも。「つゆつゆ」というに同じ。後に否定形を伴う副詞。 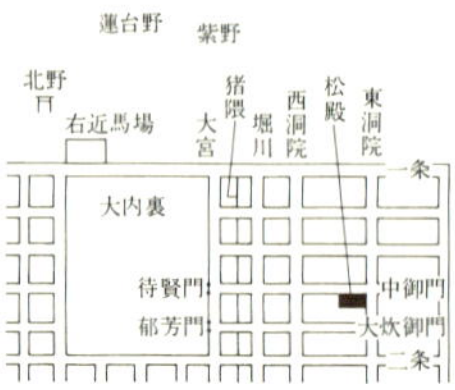
＊ **乗合事件の史実㈠** 藤原兼実の日記『玉葉』によると、この事件があったのは嘉応二年（一一七〇）七月三日のことで、法勝寺八講に出席した帰途の基房が、折から女車で外出中の資盛と出くわしたのである。平家物語はこれを十月十六日とし

ているが、次に起る十月二十一日の報復事件との間が実際は百余日あったのを、わずか五日に切りつめて、事件の性格を強調したのである。また資盛が女車で外出というのは十歳の少年には自然な形なのであるが、いかにも血の気の多い少年武士らしく、また平家の子弟には日常的行事だったはずの鷹狩という趣向を盛りこんだわけである。事実として基房はこの衝突の後、度々平家の武士につけ狙(ねら)われておびえていたから、五日に切りつめた虚構もそう無理なこととも言えない。

清盛殿下を恨む

一一 馬鹿にされるのだ。「あざむく」は嘲(あざけ)る、見くびる意。

一二 多田源氏の武将。保元・平治の乱に官軍として働き、平家全盛の世にも残っていた。治承四年（一一八〇）謀叛を起して滅びた。

〔多田源氏諸流系図〕

- 頼光─頼国
  - 頼弘─家光─淳国─時光
  - 実国─行実─光行─行頼
    - 信光─時光（信親）
    - 国基─光基
  - 頼綱─仲政─頼政
  - 国房─光国─光信
    - 光基
    - 光長

一三 多田源氏の一流であろうが定めがたい。頼弘流淳国の子時光か。または実国流信光の子時光か。他本「光基」とするものも多くこれも決定しがたい。

一四 無作法。痴愚(ちぐ)の意の「をこ」の当て字「尾籠」を音読し、一般化した語である。

の御供の人々、一〇つやつや太政入道殿の孫とも知らず、少々はまた知りたりけれどもそら知らずして〔そらとぼけて〕、資盛の朝臣をはじめとして侍ども、馬(むま)よりとつて引き落し、すこぶる〔さんざんに〕恥辱(ちじよく)におよびけり〔恥をかかせてしまった〕。

資盛の朝臣はふはふ〔ほうほうのていで〕六波羅へおはして、祖父(そぶ)相国禅門(しやうこくぜんもん)へこのようつたへ申されたり。入道、最愛の孫にてはおはします〔ことゆえ〕、おほきに怒(いか)つて、「たとへ殿下(てんが)なりとも、浄海(じやうかい)があたりをば〔の身内に対しては一度は遠慮なさるべきで〕一度はなどかはばかり給はざるべき〔あろう〕。をさなき者に左右(さう)なう〔むやみと〕恥辱をあたへらるるこそ遺恨(ゐこん)の次第なれ〔無念の限りだ〕。かかることよりして、一一人にはあざむかるるぞ〔侮られることになるのだ〕。このこと思ひ知らせたてまつらでは、えこそあるまじけれ〔おさまらぬ〕。殿下をうらみたてまつらばやと思ふはいかに〔こらしめてさし上げたいと思うがどうだ〕」とのたまへば、小松殿申されけるは、「これはすこしもくるしく候ふまじ〔少しもお恨みする筋ではありますまい〕。一二頼政(よりまさ)、一三時光(ときみつ)なんどと申す源氏どもにあざむかれ候はんには〔侮辱を受けたとでもいうのでしたら〕、まことに一門の恥辱にても候ふべし。重盛が子どもにて候はんずる者が、殿下の御出(ぎよしゆつ)に参りあひたてまつり、乗物よりおり候はぬこそ一四尾籠(びろう)に候へ」とて、そのとき行きむかひたる侍どもみな召し出だし、「自今以後もなんぢらよく心得べし。[一]重盛はこれより殿下へ、あやまつて無礼のおそれをこそ申さんと思へ」とのたまへば、そののちは入道相国、小松殿にはかくとものたまひもあはせられず、かた田舎の侍どもの、「入道の仰せよりほかはおそろしきことなし」と思ふ、[二]難波、瀬尾をはじめとして都合六十余人召し寄せ、「来る二十一日、[三]主上御元服の御さだめに殿下参内あらんとき、いづくにても待ちうけたてまつりて、[四]前駆、[五]随身どもがもとどり切つて、資盛が恥をそそげ」とぞのたまひける。兵どもかしこまり承りてまかり出づ。

平家悪行のはじめ

殿下これをば夢にも知ろしめされず、主上明年[六]御元服、[七]御加冠、[八]拝官御さだめのために、[九]御直廬にしばらく御座あるべきにて、つねの御出よりひきつくろはせ給ひて、今度は待賢門より入御あるべきにて、中の御門を西へ御出なる。六波羅の兵ども、猪熊堀川の辺に、[一〇]ひた兜三百騎ばかりにて待ちうけたてまつり、殿下をう

一　この辺底本の語序は「あやまつてしけもりはこれよりてんかへふれいのおそれをこそ……」とあり、順当でないのを正した。多くの諸本にも混乱が見られる。「おそれ」は恐縮すなわち謝罪の意。「思へ」は「こそ」に応じた已然形の結び。「あやまる」を謝罪と解したり、「思へ」を命令形ととるのは正しくない。

二　難波経遠と瀬尾兼康。難波は備前、瀬尾は備中の武士で、清盛の近習としてしばしば名が見える。

三　高倉天皇。前々年仁安三年に六条帝は八歳の高倉帝に譲位した。高倉帝はこの嘉応二年には十歳。明年元服の予定で、そのための会議があったのである。「元服」は男子の成人式。「元」は頭の意で髻を結い上げること。「服」は大人の服を着ること。

四　騎馬で先導する者。セング・ゼングとも。

五　貴人の外出に護衛として従った近衛府の舎人。摂政関白には十人が随従するきまりである。

六　底本「みやう日」とあるのを改めた。

七　冠をかぶることで「元服」と同義だが、ここは加冠の役の意で、元服の式で当人に冠をかぶせること。

八　帝が元服を終えて諸臣に宴を賜い、位階を進めること。

九　宮中に設けた摂政・関白・大臣の宿所。

一〇　全員が兜をかぶること。完全武装。

ちにとりこめ、前後より鬨をどつとぞつくりける。前駆や随身どもが今日を晴れと装束したるを、あそこに追つかけ、ここに追つつめ、馬よりとつて引き落し、散々に陵轢[11]して、いちいちにみなもとどりを切る。随身十人がうち、右[12]の府生武基がもとどりも切られてんげり。その中に藤蔵人大夫高範[13]がもとどりを切るとて、「これはまつたくなんぢがもとどりと思ふべからず。主のもとどりと思ふべし」と言ひふくめてぞ切りてける。そののちは御車のうちへも弓の筈つき入れなんどして、簾かなぐりおとし、御牛の鞦[14]・鞅切りはなち、散々にしちらして、よろこびの鬨[15]をつくり、六波羅へこそ参りけれ。入道「神妙なり」とぞのたまひける。

御車副[16]には鳥羽[17]の先使国久丸といふをのこ、下﨟なれども心ある者にて、様々にしつらひ、御車つかまつりて、中の御門の御所へ還御なしたてまつり、束帯の御袖にて涙をおさへつつ、還御の儀式のあさましさ申すもなかなかおろかなり。大織冠[18]、淡海公[19]の御こ

一一 踏みにじって。車輪のきしむ意から転じて、踏みつけること。さらに迫害すること。

一二 右近衛府の府生。武基は武光・武朝とする本もあるがいずれも系譜明らかでない。「府生」は六衛府や検非違使の武士の官で、特に近衛府の府生は院・摂関の随身をつとめた。

一三 系譜不詳だが、『玉葉』の記事の中にこの時前駆として「高範」の名が見える。

一四 「しりがき」「むながき」の音便。牛馬の鞍から尾にかけて廻す緒を「しりがい」、胸にかけて廻す緒を「むながい」という。

一五 勝鬨。勝利を宣言する喚声。

一六 牛車の横につきそう従者。

一七 鳥羽の国久丸という男。「先使（前使）」は公卿が国司兼帯の時、任国の在庁の官人に訓示する文書を届ける使者。他本「因幡の先使鳥羽の国久丸」などとある。因幡の国の先使を勤めたことを肩書風に誇示したのである。

一八 藤原鎌足。「大織冠」は七色十三階の冠位のうち最高位。天智帝の時鎌足が賜り、他に類例がないところから、鎌足をさす称とする。

一九 藤原不比等の諡号。鎌足の子。

とはなかなか申すにおよばず（軽々しく申し上げるまでもないが）、忠仁公[一]、昭宣公[二]よりこのかた、摂政関白のかかる御目にあはせ給ふこと、いまだ承りおよばず。これぞ平家の悪行のはじめなる。

小松殿これを聞き、大きにおどろき、そのとき行きむかひたる（事件に参加した）侍ども、みな勘当せらる（追放なさった）。「およそは（すべては）資盛奇怪なり（けしからぬ）。『栴檀は二葉より香ばし』[三]とこそ見えたれ（と言われているのに）。すでに十二三にならんずる者は、礼儀、骨法を存知してこそふるまふべきに、かく尾籠を現じて、入道の悪名をたて、不孝のいたり、〔罪は〕なんぢひとりにあり」とてしばらく伊勢の国へ追ひ下さる。さればこの大将（重盛）を、君も臣も御感ありける（賞讃なさったということである）とぞ聞こえし。

これによりて、主上御元服の御さだめ（ご相談の会議は）、その日は延べさせ給ひて（延期なさって）、〔十月〕同じき二十五日、院の殿上にてぞ御元服の御さだめはありける。〔加冠の役の〕摂政殿さてもわたらせ給ふべきならねば（もとの官職のままであるはずはなく）、同じき十一月九日、兼宣旨[四]かうぶらせ給ひて（お受けになって）、十四日、太政大臣にあがらせ給ふ（昇進なさった）。やがて（引き続き）同じ

一 藤原良房の諡号。冬嗣の子。初めて摂政となった。

二 藤原基経の諡号。長良の子。叔父良房の養子となり、摂政となった。

三 香木である栴檀は芽生えの双葉の時からすでに芳香を放つ。偉人・賢人は幼童の時から非凡であることをいう諺。『観仏三昧経』に「栴檀根芽漸々生長纔欲成樹香気昌益」とある。

資盛伊勢の国へ追つくださるる事

* **乗合事件の史実**(二) 向う見ずな復讐はいかにも清盛らしい。しかし実は復讐の主犯は意外にも温厚君子重盛なのであった。『玉葉』に見えるばかりでなく、慈円の『愚管抄』にも「コノ小松内府ハイミジク心ウルハシクテ」と賞讃しながら、「イカニシタリケルニカ父入道ガ教ヘニハアラデ不可思議ノ事ヲ一ツシタリシナリ」と、この事件を記しているのである。平家物語は清盛を暴君、重盛を賢臣として造型しているが、作者の恣意というよりも時代の結論的意見を反映しているといえる。この事件は摂関の権威に挑戦する無法がまかり通ったという衝撃を貴族たちに与え、「コノ不思議コノ後々ノ事ドモノ始メニテアリケルニコソ」という。平家物語の文学的姿勢ばかりでなく、同じ見方が時代の中にあったのである。平家諸本の中では盛衰記だけが史実に合う形であるが、おそらく史料を得て後から修正したもので、「此間其説甚多」(『玉葉』)というような中から平

く十七日、慶申しありしかども、世の中なほもにがにがしうぞ見えし。

さるほどに、今年も暮れ、嘉応も三年になりにけり。

第八句　成親大将謀叛

同じき三年正月五日、主上御元服ありて、同じき十三日、朝覲の行幸ありけり。法皇、女院待ちうけさせ給ひて、〔帝の〕初冠の御よそほひいかばかりらうたくおぼしめされけん。主上御年十三歳、入道相国の御むすめ、女御に参らせ給ふ。法皇御猶子の儀なり。

そのころ、妙音院の太政大臣、内大臣の左大将にておはしけるが、大将を辞し申させ給ひけるときに、〔そのあとを〕徳大寺の大納言実定の卿も所望あり。そのほか、故中の御門の藤中納言家成の卿の三男、新大納言

家物語に流れこんできた材料が幾つかあったに違いない。髻を切られた高範が苦心して髻を修理し恥を隠した面白い挿話が広本系に見えるがそれもそうした一つの話題であったろう。

四　大臣または大将に任ずべき人にあらかじめ宣旨を賜ること。この場合基房は帝元服の加冠を勤めるので、その褒賞的昇進として太政大臣になるのである。

五　任官叙位などの御礼を申し上げること。

六　正月または即位・元服の式後に天皇が上皇・皇太后の御所に行幸すること。ここは父後白河院と母后建春門院に元服ご挨拶の行幸である。

七　徳子。後の建礼門院。入内はこの年（嘉応三年改元して承安元年・一一七一）十二月十四日で、二十六日女御となった。

主上高倉の院御元服　清盛女入内

八　名目上の養子。徳子が院の猶子となったのは、鳥羽帝中宮璋子が白河院猶子として入内した例に倣ったのである。

九　藤原師長。左大臣頼長の次男。保元の乱の後父に連座して一時土佐に流されたが、還任昇進し、安元三年（一一七七）四十歳で太政大臣となった。本文は前節の嘉応三年（一一七一）に連続する形だが、実際はすでに六年の飛躍がある。「妙音院」は師長が音楽に優れ、邸内に妙音菩薩を祀ったところからの号。

新大納言祈誓

一〇　藤原実定。閑院流公能の長子。大宮多子の兄。

[一]成親の卿もひらに申されけり。これは院の御気色よかりければ、さまざまの祈りをはじめらる。[二]八幡に百人の僧を籠めて[三]真読の大般若を七日読ませられけるあひだに、[四]高良の大明神の御前なる橘の木に、男山のかたより山鳩二つ飛びきたりて、くひあうてぞ死ににける。[五]「鳩は、これ八幡の第一の使者なり。[六]宮寺にかかる不思議なし」とて、時の[七]検校慶清法印このよし内裏へ奏聞せられたりければ、[八]神祇官にして御占かたあり。「重き御つつしみ、ただし君の御つつしみにはあらず。臣下の御つつしみ」とぞうらなひ申しける。新大納言それにおそれをもいたさず、昼は人目しげければ、夜な夜な歩行にて、中の御門烏丸の宿所より[九]賀茂の上の社へ七夜つづけて参られけり。七夜に満ずる夜、宿所に下向して、苦しさにちとまどろみたる夢に、賀茂の上の社へ参りたるとおぼしくて、御宝殿の御戸を押し開き、ゆゆしうけだかき御声にて、

[一〇]さくら花賀茂の川風うらむなよ

（傍注：せつに望み申された／寵が深いので／〔希望を抱き〕／参籠させて／〔今まで〕／占いがあった／厳重な物忌みでありますが／(成親)／反省もせず／疲れて／いかめしく貴い）

一　藤原成親。六条流家成の三男。「新大納言」は大納言の中の新任者の意。
二　石清水八幡宮。京都府綴喜郡男山にあり、応神天皇・神功皇后等を祀る。朝廷の祖神として伊勢神宮と並び尊崇されていた。八幡宮護国寺・八幡宮寺、略して宮寺ともいう。注六参照。
三　正式に大般若波羅蜜多経を全巻読むこと。略式の「転読」（題目のみ読み、経紙を繰る）に対していう。
四　男山の麓放生川畔にある八幡宮末社の一。高良玉垂命を祀る。古く瓦（河原）明神、のち高良・甲良と称する。
五　八幡の神使は鳩・鷹・猪といい、鳩を第一とする。石清水八幡の開基行教和尚の袖に金の鳩の影が映ったことに由来する。
六　石清水八幡は寺格をも有し、護国寺と号し、神職を置かず検校・別当以下の僧官（紀氏の世襲）を置いた。宮であり寺である意で通称を「宮寺」（ミヤデラ・ミヤジ）という。
七　石清水二九代別当紀慶清。勝清の子。のち検校に至るが、この段階では「時の別当」というべきである。
八　大内裏郁芳門内にあり、祭祀卜兆を掌る役所。
九　上賀茂社。賀茂川東岸にあり、賀茂別雷神を祀る。
一〇　桜花よ、賀茂の川風を恨むな。賀茂の神威を以てしても花の散るのをとどめることはできぬのである。

散るをばえこそとどめざりけれ

新大納言、なほも（それでもまだ）それにおそれをもいたさず（反省もせず）、賀茂の上の社の御宝殿のうしろなる大杉のほらに壇をたてて（祭壇を築いて）、ある聖[11]を籠めて（籠らせて）、百日吒枳尼[12]の法をおこなはせられけるに、いかづち[13]おびたたしく鳴りて、かの杉に落ちかかり、雷火もえあがつて宮中も（神殿も）すでにあやふく見えしかば、神人[14]はしり集まりて、これをうち消しつ。さて、かの外法[15]をおこなひける聖を追ひ出ださんとしけるに、（聖）「われ百日参籠の大願あり。今日七十五日にあたる。まつたく出でまじ（断じて立ち去らぬぞ）」とてはたらかず（身動きもしない）。社家[16]よりこのよし内裏へ奏聞したりければ、「ただ法にまかせよ（法令どおりに処置せよ）」と仰せらるるあひだ（ご指示があったので）、そのとき、神人白杖[17]をもつて、聖のうしろ（首すじ）をしらげ[18]て、一条大路より南へ追ひ出だしてんげり。「神[19]は非礼をうけ給はず」と申すに、この大納言非分の大将を祈り申されければにや（分不相応の大将の官を祈願なさったことから）、かかる不思議も出できたる（このような奇怪なことも起きたのであろうか）。

そのころ叙位[20]、除目と申すは、院、内の御はからひにもあらず、

神力にも限りがあると言い、非法の願を退ける託宣歌。

一一 広本系は仁和寺の俊堯法印とする。

一二 吒枳尼天に延命長寿・大願成就などを祈る呪法。吒枳尼天は死者を予知してその心臓を食うというインドの外道の鬼神で、大黒天に降伏せられて仏法守護神となった。しかし仏から切り離してこの神だけを本尊として外法（邪法）の祈禱をすることができるのである。

一三 賀茂の上下の神は雷神としての性格を有する。この雷鳴・落雷・雷火は賀茂の神の怒りを示す。

一四 下級の神職。ジンニンとも。

一五 仏教を「内法」というに対し、仏教以外の教法をいう。

一六 神官の総称。

一七 白木の杖。神幸の際に神人が用いる警棒。

一八 打ちすえて。「しらぐ」は徹底的に打つこと。

一九 神はよこしまな祈りを受け入れはなさらない。「包氏曰、神不レ享二非礼一」（『論語集解義疏』）。

二〇 「叙位」は位を与えること。「除目」は官職に任ずること。前官をのぞいて新しく官職を任じ、目録に記す意。

摂政、関白の御成敗にもおよばず。ただ一向平家のままにてありければ、徳大寺、花山の院もなり給はず。入道相国の嫡男小松殿、大納言の右大将にてましましけるが、左にうつりて、次男宗盛、中納言にておはしけるが、数輩の上臈を超越して、右に加はられけるこそ申すばかりもなかりしか。

中にも徳大寺殿は一の大納言にて、華族英雄、才学優長におはしけるが、越えられ給ひぬるこそ遺恨の次第なれ。「さだめて御出家なんどやあらんずらん」と、人々ささやきあはれけれども、「しばらく世のならんやうを見ん」とて、籠居とぞ聞こえし。

新大納言のたまひけるは、「徳大寺、花山の院に越えられたらんはいかがせん、平家の次男宗盛の卿に越えられぬるこそ遺恨の次第なれ。これもよろづ思ふさまなるがいたすところなり。いかにもして平家をほろぼし、本望をとげん」とのたまひけるこそおそろしけれ。平治にも越後の中将とて、信頼の卿に同心のあひだ、すでに誅

一 処置。後世は斬罪の意となるが、古くは賞罰に限らず処置一般を言った。
二 後徳大寺実定。当時三十九歳。権大納言を辞任していた。
三 花山院兼雅。太政大臣忠雅の長男。当時三十歳権中納言。のち左大臣に至る。
四 安元三年（一一七七）一月二十四日の除目に内大臣。左大将師長は左大将を辞し、重盛・宗盛の兄弟左右大将が実現したのである。三八頁参照。
五 上級の貴族数人をとび越えて。「上臈」は年功を積んだ人、の意から転じて、上級の人。
六 高い家柄。名門。「華族」「英雄」は同義で摂家に次ぎ、大臣・大将から太政大臣に昇進し得る家。清華ともいう。
七 どうしようか、どうしようもない、の意から、やむを得ないという諦めの気持を表す言葉。
八 成親が平治の乱の時信頼の謀叛に与したことをいう。『平治物語』に詳しい。当時成親は越後守兼右中将。二十二歳であった。
九 仏教で説く欲界第六天の魔王。仏道を妨げ、人心を惑わす。

せらるべかりしを、小松殿やうやうに申して、頸をつぎたてまつる。しかるにその恩をわすれ、かかる心のつかれける、ひとへに天魔の所為とぞ見えし。外人なきところに兵具をととのへ、軍兵をかたらひおき、そのいとなみのほかは他事なし。

鹿の谷

東山のふもと鹿の谷といふ所は、うしろは三井寺につづきて、ゆゆしき城郭にてぞありける。これに俊寛僧都の山荘あり。つねはその所に寄りあひ寄りあひ、平家をほろぼすべきはかりごとをぞめぐらしける。あるとき法皇も御幸なる。故少納言入道信西の子息静憲法印も御供申す。その夜の酒宴に、静憲法印にこのこと仰せあはせられたりければ、法印「あなおそろし。人のあまた承り候ひぬ。ただいま漏れ聞こえて、天下の御大事におよび候はん」とあわてさわぎければ、大納言気色かはつて、御前をざつと起たれけるが、御前に候ひける瓶子を狩衣の袖にかけてひき倒されたりければ、法皇「あれはいかに」と仰せければ、大納言たちかへりて、「へいじすで

一〇 うとき人、の意で、敵。敵視すべき者がいるわけでないのに、と成親の野望が根拠のないものであることを言ったのである。

一一 京都市左京区鹿ヶ谷町。東如意ヶ岳の麓。現在はシシガタニと呼ぶ。

一二 要害の地。後世の構築した城構えの意ではなく、地形を利用した陣地というほどの意。

一三 村上源氏中院流。大納言雅俊の孫。法印寛雅の子。後白河院寵臣の一人で法勝寺の執行職にある。

一四 藤原信西の六男。字は浄憲・静賢とも書く。平治の乱で一時配流されたが、許された。後白河院の信任篤く、法勝寺・蓮華王院などの執行を勤めた。説法の大家であった。「法印」は僧の位。法眼・法橋の上位。

＊ **鹿谷山荘と静憲**　俊寛の山荘で謀叛の相談があった、そのため俊寛はのち鬼界が島で許されず死ぬことになる。平家物語はそう語るのだが、『愚管抄』によるとそれは実は静憲の山荘であったという。静憲も俊寛の前に法勝寺執行だったので、鹿谷に法勝寺領があったのかとも思うが分らない。平家物語の中での静憲は院と清盛との橋渡し的な要人で、彼が関係し提供したらしい話題が少なくない。鹿谷謀議のこの話にも、彼の傍観的な視線がはたらいている。そもそもが静憲の語る鹿谷の物語だったとすれば、山荘の主が俊寛にされているのも納得できそうである。

に倒れ候ひぬ」と申されければ、法皇、ゑつぼにいらせおはしまし（満足げにお笑いになって）て、「者ども、参りて猿楽つかまつれ（余興をせよ）」と仰せければ、平判官康頼つと出でて、「あまりにへいじ（瓶子・平氏）のおほく候ふに（たくさんありまして）、もち酔ひて候（目が回りました）」と申す。俊寛僧都「それをばいかがつかまつり候ふべき（どうしたらよろしかろうか）」と申せば、西光法師「首をとるにはしかじ（取るのがよかろう）」とて、瓶子のくびをとりてぞ入りにける（もぎ取って引きさがった）。かへすがへすもおそろしかりしことどもなり。静憲法印はあまりのあさましさに（狂態にあきれて）、つやつや物も申されず（ろくに物も言えなかった）。

謀叛のともがら

与力のともがら（謀叛の一味）は誰々ぞ。近江の中将入道俗名成雅、法勝寺の執行俊寛僧都、山城守基兼、式部大輔章綱、平判官康頼、宗判官信房、新平判官資行、摂津の国の源氏多田の蔵人行綱をはじめとして、北面のともがら多く与力したりけり（加担したのであった）。

あるとき新大納言、多田の蔵人行綱を呼びて、「御辺（貴殿）をば一方の大将軍にたのむなり。この事しおほせつるほどならば（この謀叛が成就したときは）、国をも、荘をも、所望は請ふによるべし（望むにまかせよう）。まづ弓袋の料に」とて、白布五十反

一　滑稽な所作をする芸能。
二　系譜不詳。後白河院の寵臣。今様・和歌などの才があり、『梁塵秘抄口伝』にも名が見える。承安四年（一一七四）に検非違使尉。「判官」はその異称。のち鬼界が島に流され、その関係話題が多く載る。
三　五三頁注八参照。
四　源成雅。村上源氏。右大臣顕房の孫。陸奥守信雅の子。保元の乱に一時流罪となり、許されて入道し蓮浄と称した。後白河院側近の一人で、今様に長じ、『梁塵秘抄口伝』に名が見える。
五　白河院御願寺として北白河に建てられた大寺院。六勝寺（勝の字を寺号につけた六所の御願寺。北白河に集まる）の中の最初、最大の寺。「執行」は寺務の総官職で、後にも俊寛妻子のことが出るが（第二十六句「有王島下り」）、純粋の僧侶ではない。
六　中原基兼。系譜不詳。以下同様院の側近の名であるが系譜不詳。芸能などの才によって地下から抜擢された者たちであろう。「宗」は惟宗という姓の略。
七　清和源氏頼光流。多田源氏。摂津源氏とも。摂津守頼盛の子。伯耆守。八条院蔵人となる。
八　弓を納める布製の袋。普通白布を用いる。ここは衣料としての贈り物を卑下して「弓袋の料に」と言ったのである。

＊西光の名の脱落　西光法師の敵役的存在が次第に鮮明になってくるのだが、この「与力のともがら」

の中に彼の名がない。多くの伝本がそうである。これは古くはあった名が、本文伝流の間に落ちてしまったもので、延慶本に彼が「左衛門入道」の名で登場し、この連名の末にも「左衛門入道」と彼を載せている形が鍵になる。古くはそれだけで西光と分ったのである。しかし後の諸本では実名のない肩書だけの「左衛門入道」が誰のことやら分りにくく、また重要人物とも思えずに切り捨てられ、そのまま本文が固まってしまったらしい。

九　立腹しやすい短気な人。

一〇　源定房。村上源氏。中納言雅兼の子。右大臣雅定の養子となり、大納言に至る。

一一　大炊御門経宗。当時左大臣。しかし『玉葉』によればこの時の尊者（主賓）は三条大納言実房であった。

一二　師長の家としては左大臣が昇進の限度だが。「一の上」は一の上卿の意で左大臣の通称。「先途」はその家としての昇進の上限。

一三　藤原頼長。左大臣に至るが保元の乱を起して滅びた。

一四　七五頁注七参照。

一五　藤原為俊。童名今犬丸。小舎人童であったが白河院の寵を受け、北面となり、藤原章俊の猶子となる。

一六　藤原盛重。童名千寿丸。東大寺の稚児であったが白河院の寵を受け、北面となり、藤原国仲の猶子となる。また高階経敏の家人となる。

おくられけり。

　そもそもこの法勝寺の執行俊寛僧都と申すは、京極の源大納言雅俊の卿の孫、木寺の法印寛雅の子なり。祖父大納言はさせる弓矢を〔別に武門の人という〕とる家にはあらねども〔わけではないのだが〕、あまりに腹あしき[九]人にて、三条坊門京極の家の前をば人をもやすく通さず〔めったに通行を許さず〕、つね〔いつも〕は中門にたたずみて、歯をくひしばり、いかってのみぞおはしける。かかる人の孫なればにや、俊寛も僧なれども、心もたけく、よしなき〔無意味な〕謀叛にもくみしてけり〔加担したのであった〕。

北面の因縁

　安元三年三月五日、妙音院殿〔(師長)〕、太政大臣に転じ給へるかはりに、小松殿〔(重盛)〕、大納言定房[一〇]の卿を越えて、内大臣にあがり給ふ。やがて〔早速その〕大饗〔披露宴があった〕おこなはる。大臣の大将〔大臣で大将とは〕めでたかりき。〔(大饗の)〕尊者〔主賓は〕には、大炊[一一]の御門の右大臣経宗公とぞ聞こえし。〔(師長公は)〕一の上[一二]こそ先途なれども、父宇治の悪左府[一三]〔(頼長)〕の御例〔(不吉ゆえ)避けられたのである〕そのはばかりあり。

　上古には北面[一四]なかりき。白河の院の御時はじめて〔(北面を)〕置かれてよりこのかた、衛府〔(の武士)〕どもあまた侍ひけり〔伺候した〕。為俊[一五]、盛重[一六]、童〔の頃から〕より今犬丸、千寿丸とて［という名で〔伺候し〕］、これらは左右(さう)なききり者にてぞありける［並ぶ者ない寵臣であった］。鳥羽の院の御時も、季範(すゑのり)[一]、季頼(すゑより)、父子(ふし)ともに〔北面に〕召しつかはれて、つねは伝奏(でんそう)[二]するをりもありなんど聞こえしかども［あるとかいうことであったが］、〔これらは〕みな身のほどを〔わきまえて〕ふるまひてこそありしに［奉公していたのだが］、〔しかし〕今の北面のともがらは、もつてのほかに過分(くわぶん)にて、下北面(げほくめん)より上北面(じやうほくめん)にあがり、上北面より〔院の〕殿上のまじはりをゆるさるる者もおほかりけり。かくおこなはるるあひだ［このようなことが常であったから］、おごれる心どももつきて、よしなき謀叛にもくみしてんげり。

故少納言入道信西の、もと召しつかひける師光(もろみつ)[三]、成景(なりかげ)[四]といふ者あり。師光は阿波(あは)の国の在庁(ざいちやう)[五]、成景は京の者、熟根(じゆこん)[六]いやしき下臈(げらふ)なり。小舎人童(こどねりわらは)[七]、もしは恪勤者(かくごしや)[八]なんどにて召しつかはれけるが、さかさかしきによりて［よく気がきくものだから］、師光は左衛門尉(さゑもんのじよう)、成景は右衛門尉(うゑもんのじよう)、〔引き立てられて〕二人一度に靫負(ゆぎへの)[九]尉(じよう)になりぬ。信西事にあひしとき〔平治の乱で〕[一〇]、二人ともに出家して、左衛門入道は西光(さいくわう)、右衛門入道は西景(さいけい)とて、これらは出家ののちも〔後白河〕院の御蔵(みくら)[一一]預り(あづかり)でぞありける［の職にあった］。

一 文徳源氏。白河院最初の北面康季の子。鳥羽院北面、河内守(かわちのかみ)。その子季頼は崇徳院北面、右衛門尉(うえもんのじょう)。

二 訴訟や申請を院に取次ぐ役。院政の定着につれ政治を左右する要職となる。申次(もうしつぎ)。

三 五三頁注八参照。

四 鳥羽院の寵童。笙(しょう)の名手。信西の家人(けにん)となり後白河院にも信任される。盛重の猶子(ゆうじ)。師光と共に出家し「西景」と称した。

五 国司の下で執務する地元の役人。在庁官人。

六 素生(すじょう)。宿根・種根とも書く。

七 貴族に使われ雑用を勤める少年。宮中蔵人所(くろうどどころ)に属する御蔵(みくら)の小舎人(こどねり)もあるが、それではあるまい。この語他本「健児童(こでいわらわ)」(兵士の意)とするものも多い。

八 貴族に仕えた下級の侍。字は怠らず精励するとの意。カクゴン・カクキンともいう。

九 左右衛門尉の称。靫(ゆぎ)(矢を入れる儀式用の具)を負って警固に当るところから衛門府を靫負(ユギオヒ・ユゲヒ・ユギヘ・ユキヘ)の司(つかさ)という。

一〇 平治の乱の時、信西は領地

〔北面諸流系図〕

(文徳源氏)
信季—康季—**季範**—季国
　　　　　　—**季頼**
　　　　　　—季実

(藤原氏良門流)
善理—為資＝章俊
　　—資国＝国仲
　　—**為俊**(今犬丸)
　　—**盛重**(千寿丸)—**成景**(西景)
　　　　　　　　　—能盛
　　　　　　　　　—盛景—**信盛**
　　　　　　　　　—兼盛

(藤原氏六条流)
顕季—長実—得子(美福門院)
　　—家保—家成
　　—顕輔—清輔
隆季—**隆房**
成親—**成経**
師光(西光)—**師高**
　　　　　　—**師経**

師経狼藉

かの西光が子に師高といふ者あり。これも左右なききり者にて検非違使五位の尉まで経あがつて、安元元年十二月二十九日、追儺[一二]の除目に加賀守にぞなされける。国務をおこなふ間、非法非礼を張[一三]行し、神社、仏寺、権門勢家の荘園を没倒して、散々のことどもにてぞありける。たとへ召公[一四]のあとをつぐといふとも、穏便のまつりごとをおこなふべかりしが、かく心のままにふるまふあひだ、同じき二年夏のころ、国司師高が弟、近藤判官師経、目代にて加賀の国へ下着のはじめ、国府[一五]の辺に鵜川[一六]といふ山寺あり、をりふし寺僧ども湯をわかして浴びけるを、乱入して追ひあげ、わが身浴び、雑人ども馬の湯あらひなんどをしける。寺僧いかりをなして、「むかしよりこの所に国方[一七]の者入部することなし。先例にまかせてすみやかに入部、押妨[一八]をとどめよ」とぞ申しける。「先々の目代は不覚でこそいやしまれたれ。当目代はすべてその儀あるまじ」とて、国方のついでをもつて乱入せんとす。寺僧どもは追ひ出ださんとす。た

の大和田原に逃れて穴に隠れたが発見され斬首された。『平治物語』に詳しい。
一一 院の財産管理の重職。底本「御くらひあつかり」とあるのを改めた。
一二 年末の鬼やらい（節分）の後に行う人事異動。
一三 強行。勝手気ままに行うこと。
一四 邵公とも書く。中国周代北燕侯となり、周公と共に成王を輔佐した。俗に武王・周公の弟という。
＊**召公のあと**　諸本は底本とは逆に「召公のあとを隔つとも」とするものが多い。召公は領内を巡察し甘棠（やまなし）の樹下で獄政を決した。領民は皆心服し、その木を伐らずに遺徳をしのんだというので、名君召公の時代から隔たったとはいえ、というわけである。しかし古来名君も数多い中から特に召公を挙げるのは、召公が地方行政官の最初の人と見なされるからで、国司（受領）の唐名を「邵（召）公」といい、「甘棠」も国司の人望の比喩に用いる。受領師高を召公の系譜上に置き、しかるに……というのが底本形で（延慶本も「召公ガ跡ヲ伝トモ」）、他本は「召公」のそうした意味を失って変形したものであろう。
一五 石川県小松市古府町の辺が加賀の国府であった。
一六 国府の西。白山中宮八院の一である涌泉寺。
一七 「国方」は国府の役人。「入部」は支配領分に立ち入ること。白山領は国司の管轄外だという主張。
一八 押領し乱暴すること。

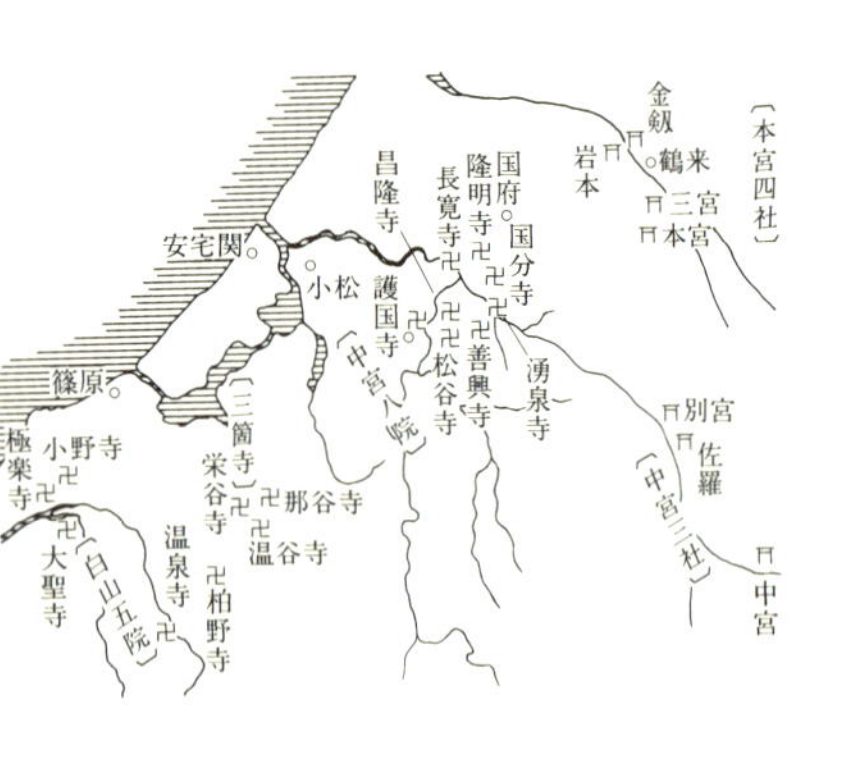

一　白山は加賀・越前・飛驒・越中・美濃五か国にまたがる大嶺で、絶頂御前岳を白山本宮とし、白山妙理権現を祀る。これを中心に末寺・末社があった。本宮・金剣宮・三宮・岩本宮を本宮四社。「三社」は別宮・佐羅・中宮の中宮三社をいう。「八院」は中宮末寺の隆明寺・涌泉寺・長寛寺・善興寺・昌隆寺・護国寺・松谷寺・蓮華院。

二　鎧の左の袖。弓矢の合戦では左を敵に向けるところからいう。この辺僧兵の完全武装を美文調で言う。

がひに打ちあひ、張りあひしけるほどに、目代師経が秘蔵しける馬の足をぞうち折りける。そののちは、弓箭兵仗を帯して打ちあひ、切りあひ、数刻たたかふ。目代かなはじとや思ひけん、引きしりぞきて、当国の在庁官人、数千人もよほし、鵜川に押し寄せて坊舎一宇ものこさず焼きはらふ。

鵜川と申すは白山の末寺なり。「この事うつたへよ」とてすすむ老僧誰々ぞ。智釈、学明、法台坊、性智、学音、土佐の阿闍梨ぞすすみける。白山[一]の三社八院の大衆ことごとくおこりあひ、都合その勢二千余人、同じき七月九日、目代師経がもと近うぞ押し寄せたる。「今日は日暮れぬ。明日のいくさ」とさだめて、その夜は寄せでゆられたり。露ふきむすぶ秋風は射向[二]の袖をひるがへし、雲井を照らすいなづまは兜[三]の星をかがやかす。あくる卯[四]の刻に押し寄せて、鬨をどつとぞつくりける。城のうちには音もせず。人を入れて見ければ、「みな落ちたり」と申す。大衆力およばで引きしりぞく。

「さらば山門へうつたへん」とて、白山の神輿をかざりたてまつりて、比叡山へ振りあげたてまつる。

白山みこし東坂本へ入御

同じき八月十二日、午の刻ばかりに、「白山の神輿すでに比叡山東坂本につかせ給ふ」といふほどこそありけれ、北国のかたより雷おびたたしく鳴つて、都をさして鳴りのぼるに、白雪降りて地をうづみ、山上、洛中おしなべて、常盤の山のこずゑまでみな白妙になりにけり。

神輿を客人の宮へ入れたてまつる。客人と申すは白山妙理権現にておはします。思へば父子の御仲なり。まづ沙汰の成否は知らず、生前の御よろこび、ただこの事にあり。浦島が七世の孫にあひたりしにもすぎ、胎内の者の霊山の父を見しにもこえたり。三千の大衆くびすをつぎ、七社の神人袖をつらね、時々刻々に法施祈念の声たえず。言語道断のことどもなり。

山門の上綱等、奏状をささげて、「国司師高流罪に処せられ、目

三　兜の鉢板をはぎ合せる鋲の頭。
四　夜明けの六時頃。
五　常緑樹に覆われた緑の山。陰暦八月は秋半ばで、時ならぬ雪は神霊の発動を感じさせる。『玉葉』はこの時を好天気と記し、広本系には降雪の記述はない。久安三年夏叡山に白山を勧請したが大雪が降ったといわれ、その他白山の霊威談に不時の降雪をいう例は多い。
六　比叡山王七社（九三頁注一三参照）の一。白山妙理権現顕現の地に社壇を建てて勧請したという。
七　前世での父子が現世で再会したという喜び。
八　『浦島子伝』に「尋不値七世之孫」とあるによったか。浦島は七世の子孫に会えなかったが、白山神輿と客人宮との出会いはその七世の子孫に会ったというどころではない、という論理である。
九　釈迦出家の後に生れた子の羅睺羅が釈迦に対面できたことをいう。「霊山」は霊鷲山。摩訶陀国の王舎城東北の山で、釈迦が多年説法した所。
一〇　読経や祈禱。
一一　言語に絶すること。言い表しようもない大変なこと。善悪ともにいうが、ここは賞嘆の意である。
一二　上層部の僧。上座・寺主・都維那の三綱をいう。「綱」は僧官。

代師経を禁獄せらるべき」よし奏聞度々におよぶといへども、御裁許なかりければ、さも然るべき公卿殿上人は、「あはれ、これはとくとく御裁許あるべきものを。山門の訴訟は他にことなり。大蔵卿為房、大宰権帥季仲の卿と申せしは、さしも朝家の重臣なりしかども、山門の訴訟によて流罪せられにき。いはんや師高なんどは事の数にやあるべき」と申しあはれけれども、「大臣は禄を重んじていさめず、小臣は罪をおそれて申さず」といふことなれば、おのおの口を閉ぢ給へり。

「賀茂川の水、双六の賽、山法師、これぞわが心にかなはぬ」と、白河の院も仰せなりけるとかや。鳥羽の院の御時、越前の平泉寺を山門につけられけるには、「当山の御帰依あさからざるによつて、非をもつて理とす」と宣下せられてこそ、院宣を下されしか。されば江の帥の申されしやうに、「そもそも神輿を陣頭に振りたてまつりて、訴訟いたさんときには、君はいかが御はからひ候ふべき」と

一 藤原氏勧修寺流。中宮大進隆方の子。白河院に重用され左少弁中宮大進に至ったが、寛治六年（一〇九二）叡山に訴えられて一時阿波権守に左遷された。のち参議右大弁に至る。

二 三〇頁注一参照。長治二年（一一〇五）叡山の強訴により周防に流され、翌年常陸に移され歿した。

三 『本朝文粋』慶滋保胤「令上封事詔」に「昔晋平公問叔向曰、国之患孰為大、対曰、大臣重禄不諫、小臣畏罪不言、下情不上通、此患之大者也」とある。

四 白河院が叡山の強訴を嘆いた有名な言葉だが、他書に見えない。賀茂川は京の都市計画によって流域を変える工事をしたためしばしば氾濫し、防鴨河使を特任して治水に当らせたが効果がなかった。双六の賽は思う目を振り出すことがむずかしい、との意である。

五 福井県勝山市平泉町にあった白山の別当寺。

六 大江匡房。大学頭成衡の子。後三条・白河・堀河三代の侍読として仕え、和漢の学才で知られた。権中納言大宰権帥に至り「江帥」と通称する。以下の言葉は盛衰記によれば為房事件の時のことである。

＊ **久安の院宣** 応徳元年（一〇八四）白山は別当寺である平泉寺を叡山末寺として寄進したが、これを機に叡山は白山を末寺とすべく久安三年（一一四七）訴訟を起し、五年後仁平二年ついに実現させた。この訴訟に関する叡山奏状と鳥羽院院宣が

申されければ、（白河院）「げにも（まったく）山門の訴訟はもだしがたし（聞き届けぬわけにいかない）」とぞ仰せける。

第九句　北の政所誓願

去んぬる嘉保二年三月二日、美濃守[七]源の義綱の朝臣、当国新立[八]の荘を賜ふあひだ、山の久住者[九]円応を殺害す。これによて日吉の社司、延暦寺の寺官、都合三十余人、中文をささげて（訴状を掲げて）陣頭へ参じける。関白殿[一〇]、大和源氏[一一]中務丞頼治に仰せて、これをふせがせらる。頼治が郎等のはなつ矢に、矢庭[一二]に射殺さるる者八人、傷をかうぶる者十余人なり。社司、諸司四方へ散りぬ（逃げ散った）。これによて山門の衆徒、子細（事情を）を奏聞のために下洛す（下山入京すると噂されたので）と聞こえしかば、武士、検非違使、西坂本へ行きむかつて追つかへす。

山門には（叡山では）大衆、七社[一三]の神輿を根本中堂[一四]に振りあげたてまつりて、

延慶本・長門本には採録されている。「当山の御帰依云々」はやや分りにくいが、院宣中に「御帰依僧不レ浅　遂以レ非為レ理所レ被ニ裁許一也」とある部分を抽出し、奏状・院宣の紹介を捨てた形なのである。

七　清和源氏。頼義の子。諸国受領を歴任したが、嘉保二年（一〇九五）叡山と事件を起す。のち天仁二年（一一〇九）甥義忠殺害の罪で佐渡に流刑された。

八　新設の荘園を賜った時に（叡山と騒動を起して）。「新立」は公地から新たに荘園となった地のこと。固有名詞の地名ではない。他の諸本「シンリフ」。

仲胤法印後二条の関白殿呪咀

九　『中右記』に「中堂久住者円応験者」とある。「久住者」は大寺の伽藍に住み修行する僧。

一〇　後二条関白師通。師実の子。内大臣関白となる。堀河帝の康和元年（一〇九九）三十八歳で薨じた。

一一　満仲の子頼親から分れた清和源氏の一流。大和に住し宇野を姓とし、武勇を以て知られた。

一二　合戦用語で、矢の飛びかっているその場で、の意。現代語で、即座に、いきなり、という副詞に用いるが、その語源がうかがわれる用語である。

一三　山王七社。山王権現（大宮・大比叡）・地主権現（二宮・小比叡）・聖真子・八王子・客人・十禅師・三宮の七社をいう。

一四　比叡山東塔にある一乗止観院。延暦寺の本堂に当る。本尊は薬師如来。

その御前にして真読[一]の大般若を七日読うで（七日間読んで）、関白殿（師通）を呪咀したてまつる。結願[二]の導師には仲胤[三]法印、高座にのぼり、鉦打ち鳴らし啓白[四]のことばにいはく、「われら（われわれが）が芥子[五]の二葉より（御誕生の最初から）おほしたてまつる（かしずき申し上げている）神たち、後二条の関白殿に鏑矢一つはなちあて給へ（射当てて下さいませ）。大八王子権現」と高らかに祈誓したりけり。やがて（さっそく）その夜不思議の事ありけり（怪しいことが起きた）。八王子の御殿より鏑矢の声いでて（飛ぶ音がして）、王城をさして鳴り行くとぞ人の耳には聞こえける。

関白殿御病の事

その朝（翌朝）関白殿の御所の御格子[六]をあげらるるに、ただいま（つい今しがた）山より取つてきたるやうに、露にぬれたる樒[七]一枝御簾にたちける（刺さっていたのは）こそ不思議なれ。その夜よりやがて（ただちに）関白殿、山王の御とがめとて重き御やまひをうけさせ給ひたりしかば、母上（母君である）、大殿[八]の北の政所大きに御なげきあつて、いやしき下臈のまねをして（姿をよそおって）、日吉の社に七日七夜が間御参籠あつて、祈り申させおはします。まづあらはれての（表立っての）御祈りには、百番の芝田楽[九]、百番のひとつもの[一〇]、競馬、流鏑[一一]、相撲、おのおの百

一 大般若波羅蜜多経を全巻読むこと。八二頁注三参照。

二 法会の最終日の式作法の長となる僧。

三 大宰権帥季仲の子。説教の名人として有名。

四 神仏に向って申し述べる言葉。

五 菜種。いわゆる罌粟ではない。他本は「菜種」。非常に小さいものの譬えだが、特に神霊誕生の姿をいう。『竹取物語』にはかぐや姫誕生を「菜種の大きさ」とする例がある。以下の文諸本「おほしたて給へる」とするため、山僧を幼少時から神が育てたごとく解されるが、底本の形が妥当であろう。

六 蔀格子。家屋の内外の仕切りになる戸。上下に分れ、上部の戸は上へ吊り上げる。

七 木蓮科の常緑灌木。葉は楕円形で光沢あり、香気を放つので仏前の供花に用いる。

八 師実の妻、師通の生母は、源師房女、山井大納言信家の養女麗子。京極北政所と号した（京極は師実の号）。「大殿」は師実をさす。

九 野外で筵を設けず行う田楽。「田楽」は猿楽・延年とともに民間で演じられた舞楽。これを百番演じて奉納するというのである。

一〇 揃いの仮装。祭礼の行列などに異形の姿を一様に造ること。これを百種造って奉納するというのである。

一一 騎射。馬を走らせながら的を射る競技。流鏑馬。

番、百座の仁王経[一二]、百座の薬師講[一三]、一揲手半[一四]の薬師百体、等身の薬師一体、ならびに釈迦、阿弥陀の像をおのおの造立し供養せられけり。

また御心のうちに三つの御立願あり。御心のうちのことなりければ、人いかでこれを知りたてまつるべきに（誰もこれを知るはずはないのに）、それに（それにもかかわらず）不思議なることには、八王子の御前にいくらもありける参人（参詣人）の中に、陸奥の国よりはるばるとのぼりたる童巫子[一五]の、夜半ばかりに、にはかに絶え入り（気を失った）ぬ。はるかにかき出だして（離れた所にかつぎ出して）祈りければ、やがて（いきなり）立ちて舞ひかなづ（舞い踊った）。人奇特の思ひをなして（奇異に打たれて）これを見るに、半時ばかり舞うてのち、山王〔の霊が巫子に〕おりゐさせ給ひて（おつきになって）、御託宣こそおそろしけれ。「衆生ら、たしかに承れ。大殿の北の政所は、今日七日、わが御前にこもらせ給ふ（参籠なさった）。御立願三つあり。まづ一つには、『今度殿下の寿命をたすけてたばせ給へ。さもさぶらはば（それがかないますならば）、この下殿[一六]に侍ふ（お仕えする）もろもろのかたは人[一七]にまじはりて、一千日があひだ宮仕ひ申さん』となり（ということである）。大殿の北の政

一二 道場に百の講座を設け仁王般若経を講ずること。
一三 注一二と同様にして薬師経を講ずること。
一四 「一揲手」は手の親指と中指を張った長さ。それにその半分を加えた約一尺二寸（約三六センチ）の長さで、造仏の定型の寸法の一種。
＊ **義綱の事件**　白河院の時新立荘園の濫立は最も激しく、国司の支配地は一国中百分の一に過ぎなかった。院政の課題は私領の厳しい取締りであり、新興階級の武士はまたその院政の忠実な手足であった。『中右記』（嘉保二・一〇・二三）に叡山強訴の記事があり、その原因としての義綱事件を付記している。叡山が美濃に非法の荘園を設け、国司義綱が抑制した。義綱は終始院の指示を仰いで処理したが、悪僧逮捕の際に円応が流れ矢に当って死んだ。その時期については中右記は記していないが、たぶん平家物語にいうように三月頃のことで、その後逮捕の悪僧も恩赦を受けてから、叡山は義綱を訴えたのである。朝廷側は義綱に罪はないとして断乎訴訟をはねつけ、事態が悪化したのであった。
一五 少女の霊媒。盛衰記には羽黒山の身吉と名を記している。
一六 参詣の人々の控え所。
一七 不具者。参詣の人々から施しを受けようとする物乞い。社寺に寄生して保護と監督を受け、雑用を勤めたりもした。

所にて（の身で）、世を世ともおぼしめさでゝすごさせ給ふ御心に（世間のことに何の気がねもなくお暮しなさっているお心であるのに）、子を思ふ道[一]にまよひぬれば、いぶせきこと（むさ苦しいことも気にせず）もわすれて、あさましげなるかたは人にまじはりて、『一千日があひだ朝夕宮仕へ申さん』と仰せらるるこそ、まことにあはれには（感心なことと）おぼしめせ[二]（思うぞ）。二つには、『大宮の橋殿[三]より八王子の御社まで、廻廊造りて参らせん』となり。三千の大衆降るにも照るにも、社参のとき、あまりにいたはしければ（気の毒であるから）、廻廊造（造ら）られたらんは（れたとしたならば）、いかにめでたからん[四]（どんなにかよいことであろう）。三つには、『八王子の前にて、毎日退転[五]なく法華問答講[六]おこなはすべし』となり。この御願はいづれもおろかならねども（並々ではないけれども）、かみ二つはさなくともありなん（はじめの二つは行われなくともすむことであろう）。法華問答講こそまことにあらまほしく（実現してほしいと思う）おぼしめせ。ただし、今度の訴訟はや（もと）すかりぬべきことにてありつるを（もと簡単におさまるはずであったのだが）、神人、宮仕、射殺され、切り殺されて、衆徒おほく傷をかうぶりて、泣く泣く参りてうつたへ申すがあまりに心憂くて（無念で）、〔この遺恨は〕いかならん世までもわするべしともおぼしめさず。そのうへ、かれら（武士ども）がはなつ矢は、しかしながら[七]和光垂迹[八]の御〔我

一 「人の親の心は闇にあらねども子を思ふ道にまどひぬるかな」（『後撰集』藤原兼輔）によった文。

二 ここは「思へ」（「こそ」の結びで已然形）とあるべきところ、山王の言葉なので、自敬表現（高貴の発言者が自身のことに敬語を用いる）の「おぼしめせ」（已然形）を用いたもの。

三 七社の第一山王権現（大比叡）の社前の渓流にかけた橋。檜皮葺の屋根がかけられていた。これを渡ると大宮から順次七社に参る山路がある。

四 底本「いかで」とあるを改めた。

五 怠りなく。「退転」は怠り退くこと。怠慢。

六 法華経について論題を立て論議問答する法会。

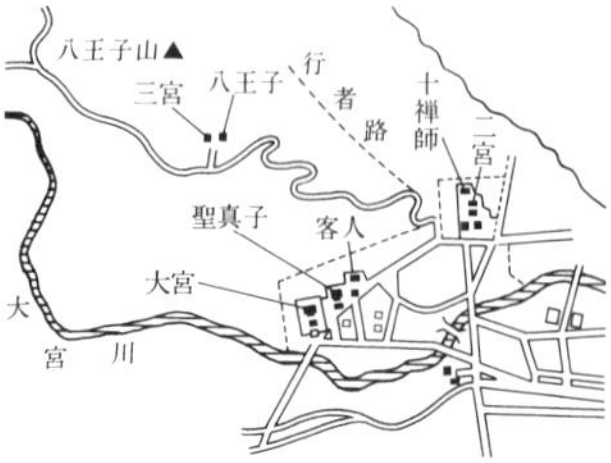

七 そっくりそのまま。すべて。「然ながら」（「さながら」と同義）に強意の助詞「し」を加えた副詞。

八 仏が本来の智光を和らげ隠して俗塵に交わるのを「和光（和光同塵）」と言い、本地の仏が衆生を救うために神として現れるのを「垂迹（本地垂迹）」と言う。ここは八王子の神体をさす。

＊関白呪咀の事件　この章段は叡山の強訴・呪詛の恐ろしさを証する回想記事で、結局は後二条関白師通が強訴を退けて叡山の恨みをかい、呪い殺されたというのが中心話題である。師通は「受レ性豁達、好レ賢愛レ士以レ仁施レ人、以レ徳加レ物」（『本朝世紀』）といわれる才質を以て政に臨み、院や前関白父師実にも妥協しなかった。『愚管抄』『今鏡』にもそのような性格が指摘されている。義綱をかばったのは朝廷側共通の姿勢だが、それを代表する硬骨の関白だったのである。中務丞頼治の防戦もその公職とは無関係で、広本系によれば頼治は関白家の侍だったので直接師通の命を受けたのである。また師通に強行策をすすめたのが中宮大夫師忠であったことも広本系や『山王絵詞』『日吉山王利生記』に見える。師忠は師通の母麗子の弟であるから、叡山が院や朝廷よりも師通を敵視したのも的外れではない。北の政所の山王祈誓も母の愛であるとともに弟師忠の責任を思ってのことでもあったに違いない。

九　和歌山県那賀郡打田町にあった関白領。

一〇　社寺に永久に寄付すること。田中荘の収益を以て法華問答講を経営するのである。

関白殿平癒の事

はだへにたちたるなり。まことそらごとはこれを見よ」とて、肩ぬいだるを見れば、左のわきのしたに、大きなるかはらけの口ほど、穿げのいてぞ見えたりける。「これがあまりに心憂くて、いかに申すとも、始終のことはかなふまじ。法華問答講一定あるべくは、三年が命を延べてたてまつらん。それに不足におぼしめさば、力およばず」とて、山王はあがらせおはします。

母上御心のうちの御立願なれば、人に語らせ給はず。「誰漏らしぬらん」とすこしもうたがふ方もましまさず。御心のうちのことどもをありのままに御託宣ありければ、いよいよ心肝に染みて、ことに貴くおぼしめして、泣く泣く申させ給ひけるは、「たとひ一日片時にてさぶらふとも、しかるべうこそさぶらふに、まして三年が命を延べて賜はらんことこそ、まことにありがたうさぶらへ」とて、泣く泣く御下向ありけり。やがて都へかへらせ給ひて、殿下の御領、紀伊の国に田中の荘[九]といふ所を、八王子の御社へ永代寄進[一〇]せられけり。されば今の世にいたるまで、法華問答講毎日退転なしとぞ承る。

かかりしほどに、後二条の関白殿御やまひかろませ給ひて、もとのごとくならせ給ふ。上下よろこびあはれしほどに、三年すぐるは夢なれや、永長二年になりにけり。

関白殿御薨御の事

六月二十一日、また後一二条の関白殿、御髪のきはにあしき御瘡出できさせ給ひて、うち臥し給ひしが、同じき二十七日、御年三十八にてつひにかくれさせ給ふ。御心のたけさ、理のつよさ、さしもゆゆしき人にておはしけれども、まめやかに事の急になりしかば、御命を惜しませ給ひけるなり。まことに惜しかるべき四十にだにも満たせ給はで、大殿に先だちまゐらせ給ふこそかなしけれ。かならず父を先だつべしといふことはなけれども、生死のおきてにしたがふならひ、二万徳円満の世尊、三十地究竟の大士たちも力およばぬことどもなり。四慈悲具足の山王、五利物の方便にてましませば、御とがめなかるべしともおぼえず。

＊師通呪殺説話　師通が山王の祟りで夭死した事件は『愚管抄』『日吉山王利生記』『山王絵詞』などにも記されて、当時恐怖の霊異談として語り継がれたものと想像できる。平家物語と大同小異で、特に利生記・絵詞は詳しく、それも平家広本系と近い。その比較も興味あることだが、平家物語にないものとして、師通死後の話がある。師通の霊は八王子三宮の大石の下に閉じこめられて苦吟していたが、年経て法華講不退転の功徳で救われたというのである。北の政所心中の誓願のうち実現したのが法華講であったということの意味は、平家物語では尻切れとんぼになっているが、この物語がそもそもは八王子講といわれるこの法華講の由来談の性格をもった説話だったと考えられる。

一　底本「後」の字を脱するを補った。
二　無限の徳をそなえて欠けるところのない釈迦。
三　十地を経て最上位を究めた菩薩たち。「十地」は菩薩修行の十階位で、歓喜・離垢・発光・焔慧・難勝・現前・遠行・不動・善慧・法雲をいう。「大士」は菩薩のこと。
四　慈悲の心をそなえておられる山王権現も。
五　衆生を導くためには方便もなさるわけだから。「利物」は衆生の利益。「方便」は衆生を導く便法。
六　底本「十せんしのまれうと」とあるを改めた。
七　神輿に幡・帽額・華鬘・瓔珞・比礼などつけて荘

さるほどに、山門の大衆「国司師高流罪に処せられ、目代師経を禁獄せらるべき」よし奏聞度々におよぶといへども、御裁許なかりければ、十禅師[六]、客人、八王子三社の神輿[七]をかざりたてまつりけるとぞ聞こえし。

第十句　神輿振り

渡辺の長七唱、頼政の御使する事

[八]同じき四月十三日、日吉の祭礼をうちとどめて、陣頭へ振りたてまつる。下り松[九]、柳原、賀茂河原、河合、梅忠、東北院の辺に、白[一〇]大衆、神人、宮仕、専当[一一]みちみちて、いくらといふ数を知らず。神輿は一条を西へ入らせ給ふに、御神宝は天にかがやき、「日月地に落ち給ふか」とおどろかる。これによて源平両家の大将軍に、「四方の陣頭をかためて、大衆をふせぐべき」よし仰せ下さる。平家に

厳すること。神輿巡幸（ここは強訴）の準備。

＊**師通の死**　師通の死はその人の不幸というだけでない歴史への影響を残した。師通が関白として輔佐した堀河帝も「末代の賢王」（『続古事談』）と讃えられ、道理を先とする善政によって「天下粛然」と評される一時代が実現したのであるが、師通が急逝し、病身の堀河帝も八年後に崩御する。師通が薨じた時子息忠実は権大納言、二十一歳の若年で関白職を嗣ぎ得ず、祖父師実の養子となるが、二年後にその師実も薨じて摂関家は弱体化し、六年間摂関空白が続く。従来相続のならわしであった摂関職であるが、長治二年（一一〇五）忠実がやっと関白となった時は院の任免権が確立してしまい、平家の時代には完全な院政体制の下に摂関は形骸的な名誉職にすぎなくなるのである。

八　歴史進行の軌道に戻って安元三年（一一七七）である。日吉の祭礼は四月・十一月の中の申の日に行う。四月は大祭でこの年は四月十五日に当っていた。

九　以下は叡山から西坂本へ下り都に入る辺の地名。「河合」は下賀茂の二川合流する森。「東北院」は上東門院彰子の御所の旧跡。一〇一頁地図参照。

一〇　僧官僧位を持たない僧。

一一　専当法師。雑用を勤める下法師で、神輿出幸に杖をついて先払いする。

は小松の内大臣左大将重盛公、三千余騎にて大宮面の陽明、待賢、郁芳三つの門をかため給ふ。舎弟宗盛、知盛、重衡、伯父頼盛、教盛、経盛なんどは、西、南の門をかため給ふ。

源氏には大内守護の源三位頼政[一]さきとして（先陣となって）、その勢わづかに三百余騎、北の縫殿[二]の陣をかため給ふ。所はひろし（警固区域は広いのに）、勢はすくなし、まばらにこそ見えたりけれ。

山門大衆、〔そこが〕無勢たるによつて、北の門、縫殿の陣より神輿を入れたてまつらんとす。頼政はさる人[三]にて、いそぎ馬よりおり、兜をぬぎて、手水うがひをして、神輿を拝したてまつる。兵どもも（従う武士たちも）みなかくのごとし（皆これにならった）。頼政、大衆の中に言ひつかはす旨あり。その使には渡[四]辺の長七唱とぞ聞こえし。唱、その日の装束には、麹塵[五]の直垂、小[六]桜を黄にかへしたる鎧着て、赤銅[七]づくりの太刀を佩き、二十四さし[八]たる白羽の矢負ひ、滋籐[九]の弓わきにはさみ（横に持ち）、兜をぬぎて高紐[一〇]にかけ、神輿の御前にかしこまり（唱）、「しばらくしづまられ候へ。大衆の御中

一 頼政が三位になるのは翌々年で、この年は正四位下。右京権大夫を辞任して無官であるが、特に宮廷警固のために出動した。なお「大内守護」は皇居の敷地を警備するが、慣行的な職で正式の官職名ではない。

二 内裏の北中央の朔平門のこと。門の北に縫殿寮があるところから「縫殿の陣」という。

三 そういう人。相当の人物。なかなかのしたたか者というような批評語で、以下にその人柄を説明する話が続く形である。

四 摂津源氏渡辺党の武士。渡辺党は多田源氏に臣従し、頼政の軍の中心的戦力であった。

五 萌黄の黄ばんだ色の鎧直垂。「直垂」は武士の平服で、方領（着物の形の襟）。襟・袖・袴に括り緒を通すのが特徴。鎧の下に着用するものを特に鎧直垂というが、武装の紹介では単に「直垂」で鎧直垂をさすのが普通である。キクヂンとも。

六 小桜革（藍地に白く小桜を染めぬいた革）で縅した鎧を、さらに黄で染めかえし、萌黄地に黄桜の配色にしたもの。

七 太刀の鍔や金具を赤銅で作ったもの。

八 箙には矢を二十四本差すのが定法。その矢の羽が鷲の白い羽で作ってある。

九 弓の竹を籐のつるでしげく巻いたもの。「わきにはさむ」は横わきに持つこと。

一〇 鎧の前後を前肩で結ぶ紐。脱いだ兜の緒をその紐に結んで背に負うのである。

へ源三位入道殿の申せと候。〔（頼政口上）〕『今度山門の御訴訟、御理運(ごりうん)[一一]の条、勿論(もちろん)に候。ただし御成敗(ごせいばい)[一二]遅々(ちち)こそ、〔（私ども）よそながら〕よそでも遺恨(ゐこん)〔残念に思っております〕におぼえ候へ。されば〔しかしそれも陣を〕神輿をこの門より入れたてまつるべきにて候ふが〔お入れしたいところでありますが〕、しかもひらきて通したてまつる門より入(い)らせ給ひて候ふものならば〔明け渡してお通し申し上げる門から〕、山門の大衆は目だり顔(がほ)[一三]しけりなんど、京童部(わらんべ)の中さんこと〔噂になりますと〕、後日(ごにち)の難(さしさ)にや候はんずらん〔わりではありますまいか（我らとしても）〕。またあけて入れたてまつれば、宣旨(せんじ)をそむくに似たり。ふせぎたてまつれば、医王(いわう)[一四]山王(さんわう)に頭(かうべ)をかたぶけたてまつる身が〔信敬を寄せ申し上げるこの身が〕、ながく弓矢の道にわかれなんず〔背くことになりましょう〕。かれといひ、これといひ、かたがたもつて〔いずれにつけても〕難儀(なんぎ)〔困惑いたします〕にこそ候へ。東の陣頭は小松殿大勢(たいぜい)かため給ふ。それより入(い)らせ給ふべうも候ふらん〔お入りになるのがよろしいかと存じます〕』」と申したりければ、唱がかく言ふにふせがれて〔気勢をそがれて〕、神人(かみびと)、宮仕(みやじ)しばらくここにひかへたり。

若大衆(わかだいしゆ)、悪僧(あくそう)どもは、「なんでふその儀あるべき〔そんなことを問題にするな〕。ただこの陣〔何でもよいから〕より入れたてまつれ」と言ふやからもおほかりけれども、老僧どもの中に三塔[一五]一の僉議者(せんぎしや)と聞こえし摂津(つ)[一六]の竪者豪雲(りつしやがううん)、すすみ出でて、

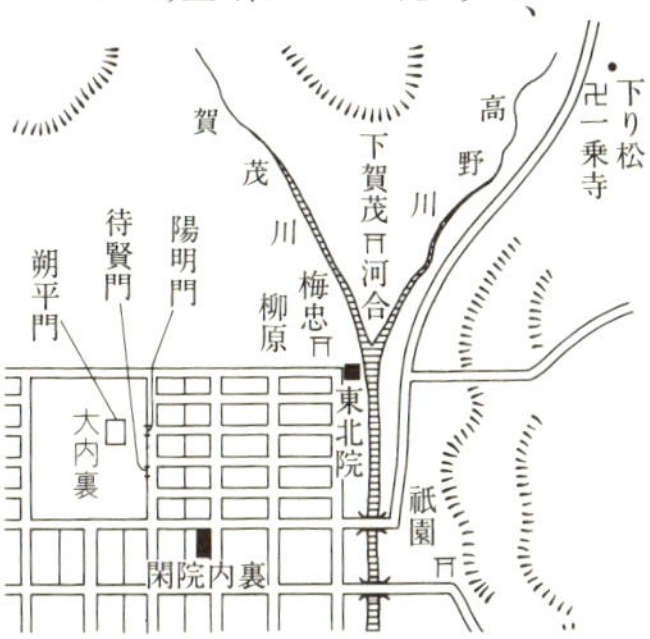

一一 道理にかなっていること、全く問題ありません。

一二 判決が長びいているのは。「成敗」は事の成否の意から、結果・処置・判決などをいい、後世には処刑・斬罪の意ともなる。

一三 目尻を下げ、しめたとばかり相好(さうがう)をくずした顔。

一四 薬師如来(にょらい)の異称。薬師如来は叡山根本中堂の本尊で、山王(さんのう)の本地仏とされている。

一五 叡山第一の論者。「三塔」は叡山の東塔(とうどう)・西塔(さいとう)・横川(よがわ)をいい、叡山全体をさす。「僉議」は会議。僉議によく発言するのが「僉議者」である。

一六 村上源氏。権大納言雅俊の曾孫。民部(みんぶ)大輔(たゆう)憲雅の子。法眼(ほうげん)に至る。「竪者」は天台宗の竪義(りゅうぎ)（教義の試験）に及第した僧。底本「りつし（律師）」とあるのを改めた。広本系は豪雲の僉議ぶりを伝える逸話を併せ紹介する。

下り松
一乗寺
高野川
下賀茂
河合
賀茂川
梅忠
柳原
陽明門
待賢門
朔平門
東北院
大内裏
祇園
閑院内裏

頼政深山の花の和歌

＊閑院内裏　この安元三年の神輿入洛の時、高倉帝はいわゆる大内裏ではなく、閑院殿を里内裏としておられた。平家諸本は大内裏に寄せたとして記しているのであるが、延慶本・長門本・屋代本では閑院内裏に寄せたとし、特に延慶本がその記事に地理上の矛盾を見せていない。この臨時里内裏のことが注意されなくなって、大内裏を舞台とする諸本の形ができあがったものであろう。（冨倉徳次郎氏『平家物語全注釈』上参照）

一　深山木のなかにあるとも見えなかった桜であるが、春がおとずれ花を咲かせて、はじめてそれと知れたことだ。『詞花集』春の部に「題しらず」、『頼政集』に「深山花といふ事を」として載る。

二　優美な男であるのに。「やさ男」は風流のたしなみのある男のことで、単なる柔和な性格の男の意ではない。「やさし」は非常なほめ言葉で、この場合も礼讃の気持が含まれている。「やさ男に」は、であるのに、の意。

三　底本「十せんのみこし」とあるを改めた。

四　仏教でいう色界（欲界の上の世界）にある四禅天の中の最下の初禅天。大梵天という神が支配している。ここはその大梵天をさす。

神輿祇園に入御

五　閻浮（人間界・大地）を守護し、堅固にする神。

「もつともこの儀言はれたり（いかにもこれは道理を言われた）。われら神輿を先だてまゐらせて訴訟をいたさば、大勢の中を駆け破りてこそ後代の聞こえもあらんずれ（名誉もあるのだろう）。そのうへこの頼政は源氏嫡々の正統、弓矢をとりてはいまだその不覚を聞かず。およそ武芸にもかぎらず、歌道にもまたすぐれたり。近衛の院の御時、当座の御会（即席の歌会）ありしに、『深山の花』といふ題を出だされたりしに、人々みな詠みわづらひたりしに（難しい題で）、この頼政、

深山木のそのこずゑとも見えざりし
さくらは花にあらはれにけり

といふ名歌をつかまつり（詠み申し上げ）、御感にあづかるほどの（おほめを頂いたほどの）やさ男に、いかが（何でこの）当座にのぞんで恥辱をあたふべき（場の成り行きで恥をかかせたりしてよいものか）。この神輿を舁きかへしたてまつれや」と僉議したりければ、数千人の大衆、先陣より後陣にいたるまでみな、「もつとも、もつとも」と同じけり（賛成した）。

さて神輿を舁きかへしたてまつり、東の陣頭、待賢門より入れたてまつらんとするに、狼藉（乱闘がすぐさま始まって）たちまちに出できたりて、武士ども散々

に射たてまつり、[三]十禅師の神輿にも、矢どもあまた射たてたり。神人、宮仕射殺され、切り殺され、衆徒おほく傷をかうぶりて、をめきさけぶ声、上は[四]梵天までも聞こえ、下は[五]堅牢地神もおどろきさわがせ給ふらんとぞおぼえける。神輿をば陣頭に振り捨てたてまつりて、泣く泣く本山へこそかへりのぼりけれ。

（四月）同じき二十五日、院の殿上にて公卿僉議あり。「去んぬる[六]保安四年七月十三日、神輿入洛のとき、座主に仰せて[七]赤山の社へ入れたてまつる。（放置された神輿を）また[八]保延四年四月に、神輿入洛のときは、[九]祇園の別当に仰せて祇園の社へ入れたてまつる。今度は[一〇]保延の例たるべし」（先例にならえ）とて、祇園の別当に[一一]権大僧都澄憲に仰せて、祇園の社へ入れたてまつる。山門の大衆、日吉の神輿を陣頭へ振りたてまつること、[一二]永久よりこのかた、治承までは六箇度なり。されども毎度武士を召してこそふせがせらるるに、かやうに神輿射たてまつることは、これはじめとぞ承る。『[一三]霊神いかりをなせば、災害ちまたに満つ』といへり。お

六 底本「ほうえん（保延）四年四月十三日」とあるを改めた。崇徳帝の保安四年（一一二三）七月十八日、平忠盛が神人を捕えたために叡山大衆が強訴し、これを官兵が防ぐと神輿を河原に棄てて祇園に籠った。その事件をさす。

七 京都市左京区修学院にある社で、天台宗の守護神。慈覚大師が唐から招来した泰山府君を祀る。

八 底本「ほうあん（保安）四年七月」とあるを改めた。崇徳帝の保延四年（一一三八）四月二十九日叡山大衆は賀茂神社下司が馬上で勤務すべきことを訴えて入洛し、裁許された。その事件をさす。

九 祇園感神院の別当。寺務の総管職を祇園では別当という。感神院は八坂神社の旧称。延暦寺末社で牛頭天王（感神大王）を祀る。

一〇 底本「ほうあんのれい」とあるを改めた。保延の時の神輿処置の例と同様にせよ、というのである。

一一 少納言信西の第七子。成範・静憲の弟。法印大僧都に至る。説法の名人として聞え、安居院流唱導の祖となる。

一二 鳥羽帝の永久元年（一一一三）大衆が神輿を奉じて白河院に強訴した。それからこの年（安元三年、改元して治承元年）までその種の強訴が六度あった、というのである。

一三 「人怨メバ則チ神怒リ、神怒レバ則チ災害必ズ生ズ」（『仮名貞観政要』君道篇）とあるによった文であろう。

そろし、おそろし」とぞ、人々申しあはれけり。

平大納言時忠山門勅使の事

（またまた山法師たちが）山門の大衆おびたたしく下洛すと聞こえしかば、主上腰輿[一]に召して、夜の間に院（後白河）の御所法住寺殿[二]へ行幸なる。中宮（徳子）は御車に召して行啓あり。小松（重盛）の大臣、直衣[三]に矢負うて供奉せらる。嫡子権亮少将[四]維盛、束帯に平胡籙[五]負うて参られけり。京中の貴賤、禁中（内裏）の上下さわぎののじることおびたたし。されども山門には、神輿に矢たち、神人、宮仕射殺され、切り殺され、衆徒おほく傷をかうぶりしかば、（山法師）「大宮、二の宮、講堂[六]、中堂、一宇ものこさず焼きはらつて、山林[七]にまじはるべき」よし、三千[八]一同に僉議す。

これによて、「大衆申すところ御ばからひあるべし（山法師たちの訴訟は何とか裁決があるだろう）」と聞こえし（噂されていた）ほどに（が）、平大納言時忠の卿[九]、そのときはいまだ左衛門督たりしが、（叡山鎮撫の）上卿[一〇]にたつ。大講堂の庭に三塔会合して（全山の僧が）、上卿をひき張ら[一一]んとす。[一二]「しや冠うちおとし、その身をからめとつて湖にしづめよ」なんど（山法師は）ぞ申しける。時忠の卿さる人にて、いそぎふところより小硯、たた[一三]

一 両手で腰の高さに支えて運ぶ簡単な輿。手輿。

二 後白河院の御所。京都市東山区三十三間堂の辺。

三 通常の行幸に大臣・大将が弓箭を帯することはない。この場合非常の行幸・行啓なので内大臣である重盛自身警固に当ったのである。「直衣」は貴族の平常着で、これも行幸の供奉の服装ではない。底本「なをい」とあるのを改めた。

四 維盛は当時十八歳。中宮権亮で右近衛少将であった。

五 矢を並べて盛り入れる箙型の器。壺胡籙に対していう。儀式の時武官が背負う。底本「ゑひらやなくひ」とあるのを改めた。

六 延暦寺の大講堂や根本中堂。

七 延暦寺を捨てて山林に籠ろうと。延暦寺の鎮護国家祈願の勤めを放棄して朝廷に打撃を与えようというのである。

八 叡山僧侶の概数。『二中歴』に「天台山三千人、嘉承年中計レ之」とある。

九 平時忠。時信の子。清盛の義弟。この時権中納言兼中宮権大夫兼左衛門督であった。

一〇 公事を担当する者の上席の公卿。ここは衆徒鎮撫役の頭。シヤウケイとも。

一一 両腕を左右に引きひろげて捕えることをいう。

う紙を取り出でて、思ふこと一筆書きて、大衆の中へつかはす。これをあけて見るに、「衆徒の濫悪をいたすは（乱暴するのは）魔縁の所行なり。明王[一四]の制止を加ふるは、善逝の加護なり」とこそ書かれたれ。大衆これを見て、「もつとも、もつとも」と同じ、谷々へくだり、坊々へぞ入りにける。一紙一句をもつて、三塔三千のいきどほりをやすめ、公私の恥をのがれ給ひける時忠の卿こそゆゆしけれ（立派なものであった）。

師高・師経御裁断

（四月）同じき二十日、花山[一五]の院の中納言兼雅の卿、上卿にて、国司師高を流罪に処せられ、目代近藤判官師経を獄定[一六]せらる。また去んぬる十三日、神輿射たてまつりし武士六人禁獄せらる。これらはみな小松殿の侍なり。

内裏そのほか京中焼失の事

（安元三）同じき四月二十八日、樋口[一七]富の小路より火出できたりて、京中おほく焼けにけり。をりふし辰巳（東南）の風はげしく吹きければ、大きなる車輪のごとくなる炎が、三町、五町をへだてて、飛びこえ、飛びこえ、焼けゆけば、おそろしなんどもおろかなり。あるいは具平[一八]親王

一二「しや」は口汚なくののしる接頭語。語源は「その」。
一三「たたみがみ（畳紙）」の音便。懐紙。衣冠束帯の時には必ず懐中する作法である。
一四 法皇がこれを取り鎮めなさるのは、むしろ薬師如来が叡山をお守り下さるのに等しいのである。「明王」は明君。後白河院。「善逝」は医王善逝の略で薬師如来のこと。
一五 太政大臣藤原忠雅長男。左大臣に至る。当時権中納言。しかしこの時の上卿は権中納言忠親とするのが正しい。忠親は忠雅の弟。内大臣に至る。当時権中納言兼検非違使別当右衛門督。中山と号し、日記『山槐記』を残している。
一六 入獄を決定すること。
一七 樋口小路（五条南）と富小路（京極西）の交差点。六条院の北の辺。『方丈記』によるとこの出火点は「舞人を宿せる仮屋」であったという。
一八 村上帝第七皇子具平親王。村上源氏の祖。和漢の学に秀で中務卿となり、後中書王と称せられた。秋草を愛して邸に植え、「千種殿」といった。

の千種殿、あるいは北野の天神の紅梅殿、橘の逸成の蝿松殿、鬼殿、高松殿、鴨居殿、東三条、冬嗣の大臣の閑院殿、昭宣公の堀河殿、むかし、いまの名所三十四箇所、公卿の家だに十六箇所まで焼けにけり。殿上人、諸大夫の家々は記すにおよばず。つひには内裏に吹きつけ、朱雀門よりはじめて、応天門、会昌門、大極殿、豊楽院、諸司八省、朝所にいたるまで、一時がうちに灰燼の地とぞなりにける。家々の日記、代々の文書、七珍万宝（ことごとく）さながら塵灰とぞなりぬ。そのあひだの費え（損失）いかばかりぞ。人の焼け死ぬること数百人、牛馬のたぐひ数を知らず。これただごとにあらず、「山王の御とがめ」とて、比叡山より大きなる猿ども二三千おり下りて、手々に松に火（たいまつに）をともして（火をつけて）、京中を焼くとぞ人の夢には見えたりける。

大極殿は貞観十八年にはじめて焼けたりければ、同じき十九年正月三日、陽成院の御即位は豊楽院にてぞありける（行われた）。元慶元年四月九日、事始めありて（［大極殿の］着工式があって）、同じき二年十月八日にぞ造り出だされける。

一 菅原道真。紅梅を愛して邸に植えた。
二 橘諸兄の曾孫。能書で嵯峨帝・空海と共に三筆と称する。承和の変で流罪となり配所で歿した。「蝿松」は蚊松・岐松とも書くが「這松」の意か。
三 藤原有佐（冬嗣孫）の邸。昔落雷で死んだ男の霊が棲む不吉の地であったという。
四 源高明（醍醐帝皇子。安和の変で流罪）の邸。
五 堀河帝誕生の殿で、常に鴨がいたという。
六 藤原兼家（法興院太政大臣）の邸東三条殿。
七 藤原冬嗣（閑院左大臣）の邸。
八 藤原基経（昭宣公）の邸。
九 大内裏正門が朱雀門。その内の八省院の正門が応天門。さらにその内の朝堂院の正門が会昌門。奥の正殿が大極殿。
一〇 朝堂院の西隣にある宮中の宴会所。底本「ふらくもん」と誤る。
一一 中務・式部・治部・民部・兵部・刑部・大蔵・宮内の八省をいう。
一二 大蔵省以外すべて朝堂院・豊楽院の周辺に集まっている。

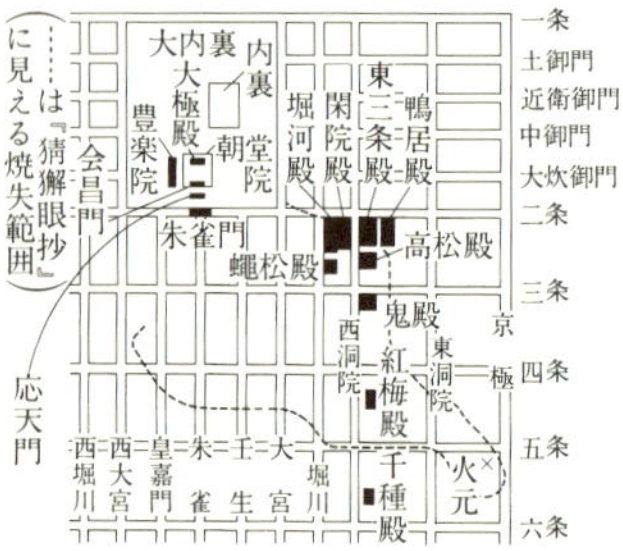

（……は『猜獺眼抄』に見える焼失範囲）

天喜五年[17]二月二十六日に、また焼けにけり。治暦四年四月十五日に事始めありしかども、いまだ造り出だされざるに、後冷泉院崩御なりぬ。後三条[18]の院の御宇、延久四年四月十五日に造り出だされて、遷幸なしたてまつり、文人詩を奉り、伶人楽[19]を奏しけり。いまは世の末になつて国の力もおとろへたれば、そののち[20]はつひに造られず。

一二 朝堂院東隣の太政官庁内にある、公卿会食の間。
一三 数多くの宝。「七珍」は金・銀・瑠璃・玻璃・硨磲・珊瑚・瑪瑙をいう。
一四 猿は日吉山王の使者とされている。
一五 清和帝在位の終りの年（八七六）。
一六 清和帝皇子。貞観十八年九歳で践祚。翌元慶元年（八七七）即位。
一七 天喜六年（一〇五八）が正しい。後冷泉帝の代。その十年後治暦四年（底本「ちしう〈治承〉」と誤るを正した）四月十九日に後冷泉帝は崩御された。
一八 後冷泉帝の弟。延久四年（一〇七二）は治世の終りの年。
一九 音楽家。中国古代の楽官伶倫の名にちなんだ語。
二〇 実際は保元二年藤原信西が造営している。
* **安元大火の記録**　この時の大火が広本『方丈記』の五大災害の一に記されており、比較してみると平家物語はかなり方丈記をとり入れて文を作っている。もっとも延慶本では方丈記の影響はなく、他の何らかの史料によってまず書かれたのちに本文伝流の過程で方丈記が参照されたと考えられる。この火災については多くの史料中最も詳しいのは『後清録記』（『猜獬眼抄』に引用されて残る）で、挿図を添えて、被害の殿宅等を記録している。それによれば公卿邸の焼失は十三で、基房・実定・邦綱・雅頼など平家物語に見える人々の邸も焼けている。

巻第二

目録

平家物語　巻第二

第十一句　明雲座主流罪

治承元年[一]五月五日、天台座主明雲大僧正[二]、公請[三]を停止せられけるうへ、蔵人をつかはして、如意輪[四]の御本尊を召しかへし、護持僧[五]を改易せらる。そのうへ庁使[六]をつけて、今度神輿を内裏へ振りたてまつる衆徒の張本を召されける。「加賀の国に座主の御坊領あり。師高[七]これを停廃[八]のあひだ、門徒の大衆寄りて訴訟をいたす。すでに朝家の御大事におよぶ」よし西光法師父子が無実の讒訴によつて、「ことに重科に処せらるべき」よし聞こえけり。明雲は法皇の御気色あ

一　八月四日改元で、「治承元年」となる。五月にはまだ「安元三年」である。

二　大納言源顕通の子。仁安二年（一一六七）第五五代天台座主となって在任十年。この前年安元二年（一一七六）に僧正となる（「大僧正」は五年後のことで、広本系に「僧正」とするのが正しい）。この時の流罪で座主職を解かれたが、二年後の治承三年第五七代座主に再任した。寿永二年（一一八三）義仲の法住寺焼討の時殺害された（六十九歳）。

三　公会請用の意。僧が宮中の恒例・臨時の法会に召請されること。

四　如意輪観世音。帝の聖運祈願のために、内裏で護持僧による三壇の修法を行うことが後三条帝以来の例であった。三壇は如意輪法（延暦寺）・不動法（園城寺）・延命法（東寺）と分担する。高倉帝の時から宮中に壇を設けず、各本尊を護持僧に付託して各本寺で修するようになっていた。すなわち明雲は高倉帝から如意輪本尊仏を預かっていたが、返上させられたのである。

五　延暦寺・園城寺・東寺から宮中に伺候して、帝の聖体護持の祈禱をする僧。

六　検非違使庁の使者。「庁」は検非違使庁（「使庁」とも）の略。

七　西光の子。八九頁参照。

八　停止廃絶。私領を国司の権限で没収したこと。

覚快法親王座主の事

しかりければ、印鎰[一]をかへしたてまつりて、座主を辞し申さる。同じき十一日、鳥羽の院の七の宮、覚快法親王[二]を天台座主になしたてまつらせ給ふ。これは青蓮院の大僧正行玄[三]の御弟子なり。

同じき十二日、前の座主所職をとどめられ、検非違使二人に仰せて、[四]火を消し、水にふたをして、水火の責におよぶ。これによつて、大衆参洛すと聞こえしかば、京中またさわぎあへり。

同じき十三日、太政大臣以下の公卿十三人参内して、陣の座[五]につき、前の座主罪科のこと議定あり。八条の中納言長方[六]の卿、そのときはいまだ左大弁の宰相にて、末座に侍はれけるが、「法家[七]の勘状にまかせて、死罪一等を減じて、遠流せらるべきよし見えて候へども、先座主明雲大僧正は、顕密兼学[八]して、浄戒持律[九]のうへ、大[一〇]乗妙経を公家にさづけたてまつり、菩薩浄戒[一一]を法皇に保たせたてまつる。かつうは御経の師なり、かつうは御戒の師なり。かたがたもつて重科におこなはれんこと、冥の照覧[一二]はかりがたし。されば還[一三]

明雲俗名大納言大夫藤井の松枝

一 延暦寺の印と、経蔵を開く鍵。ともに天台座主が保管する。「鎰」は鑰とも書く。最澄が中堂建立の時八舌の鍵を地中から得て、入唐に際し携行し、中国の天台山の経蔵をこれで開いたといわれる。

二 本名円性。生母は八幡別当光清女。安元三年第五六代天台座主、法性寺座主と称する。治山二年。治承三年（一一七九）辞任。養和元年（一一八一）入寂。

三 摂政藤原師実の子。第四八代天台座主。東塔の住坊を御願所として青蓮院を開いた。京都市粟田口の現在の青蓮院はその里坊。

四 給水薪炭の道を断って苦しめたのである。

五 宮中宣陽殿中の、公卿が政務を議する所。左近衛の陣に近いので「陣の座」と通称した。

六 藤原氏勧修寺流。顕長の子。養和元年権中納言となる。この時参議右大弁で、まだ左大弁ではない。

七 明法家。法律（明法道）学者。坂上・中原両家が明法博士の家である。「勘状」は勘文とも。法例・故実・吉凶などの調査報告書。「勘」は考える意。犯罪に対して宣旨により罪名を判定し報告すること。

八 天台座主として顕教・密教を共に修学すること。「顕」は華厳・般若・法華・涅槃等の天台系の教説。「密」は大日・金剛頂経等の真言系の教説。真言宗では密を貴び、顕を劣るとし、これを東密というが、天台宗では顕密一致を説き、これを台密という。

九 戒律を守り心身清浄に修行すること。

俗遠流をばなだめらるべきか」と申されたりければ、当座の公卿みな「長方の卿の儀に同ず」と申しあはれけれども、法皇御いきどほりふかかりければ、なほ遠流にさだめらる。太政入道も、「このこと申しなだめん」とて、院参せられたりけれども、法皇をりふし御風の気とて、御前にも召され給はねば、本意なげにて退出せらる。

僧を罪するならひとて、度縁[一四]を召しかへして還俗せさせたてまつり、「大納言の大夫藤井の松枝」[一五]といふ俗名をこそつけられけれ。

この明雲と申すは、村上の天皇第七の皇子、具平親王より六代の御末、久我の大納言顕通の卿の御子なり。まことに無双の碩徳、天下第一の高僧にておはしければ、君も臣もたつとみ給ひて、天王寺[一六]、六勝寺[一七]の別当をもかけ給へり。されども陰陽頭[一八]安倍の泰親が申しけるは、「さばかりの智者の『明雲』と名のり給ふこそ心得ね。上に日月の光をならべ、下に雲あり」とぞ難じける。仁安元年二月二十日、

一〇 大乗妙典とも。四阿含等の経典を小乗経というのに対して、華厳・大集・般若・法華等の経典を大乗経というが、その中の法華経（妙法蓮華経）のこと。安元二年八月に高倉帝は建春門院菩提のために明雲を師として法華経を書写した。ここはそのことを指す。その写経布施の使者となったのが長方であった（『百錬抄』）。

一一 大乗菩薩戒とも。声聞・縁覚の小乗戒に対して、菩薩となるための戒。安元二年四月後白河院は叡山に登り、明雲を戒師として菩薩戒を受けた。

一二 仏菩薩がご覧になること。

一三 僧尼を罰するに俗人に戻して流罪に処すること。

一四 僧尼の出家を認める証書。死去・還俗の時は治部省に返上する定めである。

一五 俗名をつけるのは僧籍剥奪の重要な一環であった。「大納言の大夫」は父大納言顕通にちなむ俗名。「藤井」は特にこのような時の追放名に用いられた。藤井元彦（法然）・藤井善信（親鸞）などの例がある。

一六 大阪市天王寺区にある四天王寺。聖徳太子創建。古く八宗兼学だったがこの当時天台宗となっていた。

一七 京都市東山区白河にあった六つの御願寺。法勝寺・尊勝寺・最勝寺・円勝寺・成勝寺・延勝寺。ただし明雲が天王寺・白河六箇寺別当となるのは実は治承三年座主再任後のことである。

一八 陰陽師晴明五代の子孫。陰陽頭・天文博士となる。当時卜占の名人といわれた。ただし当時陰陽頭はまだ泰親ではなく、賀茂在憲であった。

天台座主にならせ給ふ。同じき三月十五日、御拝堂ありけり。中堂の宝蔵を開かれけるに、方一尺の箱あり。白き布にてつつまれたり。一生不犯の座主、かの箱をあけて見給ふに、中に黄なる紙に書ける文一巻あり、伝教大師、未来の座主の御名をかねて記しおかれたり。わが名のある所まで見て、それより奥をば見給はず、もとのごとくに巻きかへしておかるるならひなり。さればこの僧正もさこそはおはしけめ。かかるたつとき人なれども、先世の宿業をばまぬかれ給はず。あはれなりし事どもなり。

同じき二十二日、『配所伊豆の国』と定めらる。人々様々に中されけれども、西光法師父子が讒奏によて、か様にはおこなはれけるなり。「やがて今日都を出ださるべし」とて、追立の官人、白河の御坊へ行きむかひて追立てまつる。僧正泣く泣く御坊を出でさせ給ひて、粟田口のほとり、一切経の別所へ入らせおはします。

山門には大衆起りて、僉議しけるは、「所詮われらが敵は西光法

一 天台座主に就任した時諸堂を巡拝する式をいう。実際は座主就任は仁安二年、拝堂は同年四月十三日。

二 一生涯不邪淫戒を保つこと。女犯せぬこと。秘宝の類を見る資格条件として言ったのである。

＊ **未来記** 不犯の座主のみが見る「座主記」は奇怪な未来記の一つである。そういう秘記については広本系には見えず、古い文献にもない。叡山の『御拝堂導師所作表白』（明暦元・一六五五）にはここと同様の伝が紹介されているが、むしろ平家物語を逆輸入した近世の資料というべきであろう。延慶本（巻一「後二条関白殿滅給事」）には叡山経蔵に「天台一ノ箱ト名テ一生不犯ノ人一人シテ見事ニテ輙ク開ク座主希ナリ」という秘函のあることを記し、また『平治物語』には経蔵一の箱の中の秘宝を信西入道のみが知っていた話を載せている。こうした秘密尊重の伝承が次第に座主未来記に発展したのであり、南北朝期の乱世に特に高まった、予言・未来記信仰の風潮がこれに関係したものと考えられる。

三 遠流は重犯級の流罪。『延喜式』では安房・常陸・佐渡・隠岐・土佐が配所。のち伊豆などにも流した。

四 罪人を連行する検非違使の役人。

五 東塔の青蓮院の白河にある里坊。すなわち現在の粟田口の青蓮院に当る。

六 一切経谷にあった延暦寺別院。行基

根本中堂に至って西光呪咀の事

師にすぎたる者なし」とて、かれらが親子の名字を書いて、根本中堂におはします十二[七]神将のうち、金毘羅大将の左の御足の下に踏ませたてまつりて、「十二神将、七千[八]の夜叉、時刻をめぐらさず西光父子が命を召しとり給へや」と、をめき叫びて呪咀しけるこそ聞くもおそろしけれ。

〔五月〕同じき二十三日、〔明雲は〕一切経の別所より配所へおもむき給ひける。さばかんの法務[九]の大僧正ほどの人を、追立武士[一〇]がまへに蹴たてさせて、今日をかぎりに都を出でて、〔逢坂の〕関の東へおもむかれけん心のうち、おしはかられてあはれなり。大津の打出[一一]の浜にもなりければ、文殊楼[一二]の軒端のしろしろとして見えけるを、二目とも見給はず、袖を顔におしあてて、涙にむせび給ひけり。

祇園の別当澄憲法印[一三]、そのときはいまだ権大僧都にておはしけるが、あまりに名残を惜しみたてまつりて、泣く泣く粟津[一四]まで送りまゐらせて、それよりいとま申してかへられけり。明雲僧正、〔澄憲の〕心ざし

が一切経を納めた所という。粟田神社の南に当る。「粟田口」は京より大津に出る東海道の口。

七 薬師如来に随って行者を守護する諸神。根本中堂の本尊は薬師如来で、その瑠璃壇の周囲に藤原道長寄進の十二神将を配する。「金毘羅」はその一、「宮毘羅」とも称する。青色で鉾を持つ。もと星宿の名ともいい、ガンジス河の鰐の化神ともいう。

八 十二神将の眷族。「夜叉」は捷疾鬼と訳す半神で、諸神の配下となり、悪人を食うといわれる。

九 大寺院の業務を司る職。

一〇 前に「追立の官人」とあったのに同じ。検非違使の役人のこと。諸本に「追立の鬱使」のごとく不可解な語に書くもの多く、「打使（庁使の当て字）」が誤読されたかと考えられているが、底本は「ぶし」としている。

一一 逢坂の関から大津の湖岸に出た辺をいい、湖上交通の要津であった。

一二 叡山根本中堂東にある二重の高楼。清和帝御願により建立。慈覚大師作の文殊菩薩を安置する。実際には大津から見えない。広本系でこの描写のないのが妥当。

澄憲法印伝法

一三 藤原信西の子。四九頁注一五、一〇三頁注一一参照。

一四 大津市の東南の辺。

の切なることを感じて、としごろ心中に秘せられける天台円宗[一]の法門、一心三観[二]の血脈相承[三]の論を、澄憲にさづけられけるとかや。この法は釈尊の付属、波羅奈国[四]の馬鳴比丘[五]、南天竺の龍樹菩薩[六]より、次第に相伝し来たれるを、今日のなさけにさづけらる。わが朝は粟散[七]辺地の域、濁世末代といひながら、澄憲に付属して、法衣のたもとをしぼりつつのぼられし心のうちこそたつとけれ。

第十二句　明雲帰山

大衆先座主奪ひとるべき僉議

山門には、大衆、大講堂の庭に三塔会合して僉議しけるは、「そもそも伝教[八]、慈覚[九]、智証[一〇]大師、義真[一一]和尚よりこのかた、天台座主はじまりて五十五代にいたるまで、いまだ流罪の例を聞かず。つらつら事の心を案ずるに、延暦[一二]十三年十月に、皇帝は帝都をたて、大師

一　天台宗のこと。「円」は円満の意で法華経の譬え。
二　天台の観想法。空観（一切を空と観ずる）・仮観（仮と観ずる）・中観（空仮同じと観ずる）の三観を同時に思うこと。
三　「相承血脈」が正しい。法統を弟子に伝えること。
四　中印度の国名。波羅奈河流域に当る。
五　釈迦滅後六百年頃の中印度の仏教家。『大乗起信論』を著す。説法で馬を感動させ馬鳴菩薩と呼ばれた。
六　釈迦滅後七百年頃の南印度の仏教家。『中論』『智度論』を著す。
七　辺境に粟つぶをまき散らしたような小国。印度・中国が大国であるのに対して日本をさす。
八　最澄の諡号。日本天台宗の開祖。延暦四年（七八五）叡山に草堂を建て、延暦寺の創始となった。
九　円仁の諡号。最澄の弟子。三世座主。治山十年。山門派の祖となった。
一〇　円珍の諡号。五世座主。治山二十三年。延暦寺の別院として園城寺を起し、寺門派の祖となった。
一一　最澄の弟子。共に入唐修行した。最澄寂後、延暦寺の寺額を得て初代座主となる。治山十年。慈覚・円珍は帝より大師号を贈られたが、義真にはなかった（修禅大師というが私号）ので三世・五世座主の後に挙げたのである。
一二　桓武帝の平安遷都（延暦十三・七九四）をさす。最澄の延暦寺建立は延暦七年でほぼ同じ頃といえる。

は当山によぢのぼり、四明[一三]の教法をひろめ給ひしよりこのかた、五[一四]障の女人あと絶えて（入山することなく）、三千[一五]の浄侶居を占めたり。峰には一[一六]乗読誦年ふりて（年々絶えず）、麓には七[一七]社の霊験日あらたなり（日々あらたかである）。かの月[一八]氏の霊山は、王[一九]城の東北、大聖の幽窟なり（釈迦説法の地である）。これ日域の叡岳も、帝都の鬼[二〇]門にそばだつて、護国の霊地なり。されば代々の賢王智臣も、このところにして壇場（道場）を占む。いはんや末代といふとも（今は末世であるとしても）、いかでか（どうして）わが山[二一]にきずをつくべき（叡山に恥辱を残してよかろうか）。心憂し（無念なことだ）」と申すほどこそあれ（言うやいなや）、満山の大衆のこりとどまる者なく、東坂本へおりくだり、十[二二]禅師の御前にて僉議しけるは、「そもそも、粟津のほとりに行きむかつて、貫[二三]首をうばひとどむべきなり。ただし、われら、山王大師の御力のほかまた頼むかたなし。まことに別の子細なくうばひとどめたてまつるべくは（障害なく奪いとどめ申すことができるものならば）、われらに一つの瑞相を見せしめ給へ（吉兆をお示し下さいませ）」と、おのおの肝胆をくだき祈念しけり。

十禅師権現御託宣

ここに、無[二四]動寺の法師の中に、乗円律師が童に、鶴丸とて十八歳

一三 天台宗のこと。中国浙江府寧波省の四明山に擬して比叡山を四明山という。
一四 最澄が叡山に女性の出入を禁じたことをいう。「女人勿レ進ニ界地一況院内哉」（『伝教大師伝』）。仏教では女性は梵天・帝釈・魔王・転輪王・仏身となることを得ないとし、これを五障（五つの障碍）と称する。
一五 清浄伴侶の略で、心身清浄の僧侶。叡山の住僧は三千人といわれた。
一六 法華経を読むこと。「一乗」は一乗妙典。法華経の別称。「読」は文字を読む読経。「誦」はそらで読む誦経。
一七 山王七社。九三頁注一三参照。
一八 釈迦が説法をした霊鷲山。「月氏」は西域の国だが、ここは「日域（日本）」に対し印度をさす。
一九 印度摩訶陀国の王舎城をいう。
二〇 東北の角。邪鬼が侵入する方向とされる。「帝都之艮者鬼門閣也。鬼門者邪鬼通入之径路、波旬往反之凶方也」（『四明安全義』）。
二一 比叡山の別称。当山という意ではない。
二二 十禅師権現。山王七社の一。
二三 天台座主の別称。元来は首長の意で、蔵人頭の唐名にも用いる。二八頁注六参照。
二四 叡山東塔の東南無動寺谷にあり、不動明王を本尊とする。相応和尚の建立。「無動」は不動と同義。「乗円律師」については所伝不詳。

になりしが、身心くるしみ、五体に汗をながして、にはかに狂ひ出でたり。（鶴丸）「われに十禅師(じふぜんじ)権現(ごんげん)乗りゐさせ給へり〔乗り移りなさっている〕。末代といふとも、いかでか〔どうして〕わが山の貫首(くわんじゅ)を他国へは移さるべき。生々世々(しやうじやうせせ)[一]に心憂し〔残念なことだ〕。さらんにとつては〔そんなことになるくらいならば〕、われこの麓に跡をとどめてもなにかせん〔祀られていたくはない〕」とて、双眼(さうがん)より涙をはらはらとながす。大衆大きにあやしみて、「まことに十禅師の御託宣(ごたくせん)にてましまさば、われらにしるしを見せ給ひて〔証拠をお示し下さって〕、〔この数珠を〕もとの主(ぬし)へかへし給へ」とて、しかるべき老僧ども数(す)百人、面々(めんめん)に持ちたる念珠(ねんじゅ)を十禅師の大床(おほゆか)のうへへぞ投げあげける。かの物狂ひ[二]（鶴丸）走りまはり、ひろひあつめて、すこしもたがはずいちいちにもとの主にぞくばりける。大衆、神明霊験(しんめいれいけん)のあらたなることのたつとさに、みな随喜(ずいき)の涙をぞながしける。

「その儀ならば〔誠に託宣を蒙った上は〕、行きむかつて貫首(くわんじゅ)をうばひたてまつれや」と言ふ〔言いも〕ほどこそあれ〔おわらず〕、雲霞(うんか)のごとく発向(はつかう)す。あるいは志賀(しが)[三]、辛崎(からさき)の浜路(はまぢ)に歩みつづきける大衆もあり、あるいは山田、矢橋(やばせ)の湖上に舟おし出

座主奪還

*「かの月氏の霊山」の出所　座主流罪を憤って山僧たちが僉議(せんぎ)する言葉は、叡山の権威を説いて堂堂たる格調の名文であると評価されている。ここには実は、治承四年（一一八〇）の福原遷都に関して広本・四部本に収められた叡山からの還都奏請状の一節、「彼月氏霊山則攀二王城東北一大聖之遊窟、日域叡岳又峙二帝都丑寅一護国之勝地」が転用されているのである。広本も座主流罪の僉議を凝った文で記すが、これに当る辞句はなく、略本は還都奏状文を掲載しない。広本の奏状を削ったが、その中の名文句を流罪僉議に残したと考えられる。

一　何度も生き変り死に変りして経過する世の中。

二　神霊の乗り移った童。

*わが山　「わが山にきずをつくべき」「わが山の貫首」「わが山の興隆」は、我等の山・当山と訳してよいようだが、実は叡山をさす固有名詞的な別称なのである。京で「山」といえば叡山であることとも関連し、また「わが立つ杣(そま)」（伝教大師の和歌の中の詞(ことば)）がやはり叡山の別称だったこととも関連するであろう。建久二年（一一九一）に近江(おうみ)の佐々木定綱が叡山と騒動を起した時、頼朝は京の高階泰経(たかしなやすつね)に書簡を送って、叡山側の非法を鋭く批判したが、その書中に、敵対側の叡山を「自二吾山一致二騒動一」と言っているなどはその好例であろう。延慶本には叡山

だす衆徒もあり。おもひおもひ、心々にむかひければ、きびしかりつる領送使、座主をば国分寺に捨ておきたてまつり、われ先にと逃げ去りぬ。

大衆国分寺へ参りむかふ。先座主大きにおどろき給ひて、「『勅勘の者は月日の光だにもあたらず』とこそ承れ。いかにいはんや、『時刻をめぐらさず、いそぎ追ひ出だすべし』と、院宣のむねなるうへ、暫時もなずらふべからず。衆徒とくとくかへりのぼり給へ」とて、端近う出でてのたまひけるは、「三台槐門の家を出でて、四明幽渓の窓に入りしよりこのかた、ひろく円宗の教法を学し、顕密の両宗をつたへて、わが山の興隆をのみ思へり。また国家を祈りたてまつることもおろかならず。衆徒をはごくむ心ざしふかかりき。両所三聖、山王七社、さだめて照覧し給ふらん。身にあやまることなし。無実の罪によて遠流の重科をかうぶる、先世の宿業なれば、世をも、人をも、神をも、仏をも恨みたてまつることなし。これま

の由来を、「帝（桓武）余リニ当山ヲ執シ思食テ御詞ノツマニモ我山トソ仰有ケル、サレハ近来モ山門ヲ我山ト申ハ彼御詞ノ末トカヤ」と説明している。

三 以下琵琶湖南岸辺の地名。一二〇頁地図参照。

四 罪人を受領し配所に護送する役人。

五 大津市石山国分山の東にあった。現存しない。

六 勅命で勘当された者。公の罪人。「勅勘無二風情一、不レ見二天気一、閉門之外無レ他」（『禁秘抄』）。配所の頼朝の言葉にも「勅勘ノ者ハ日月ノ光ニダニモアタラズトコソ申伝タレ」（延慶本二末）の例がある。

七 「なずらふ」は比較する、準拠するなどの意だが、ここは他本「やすらふべからず」とするのと同義。斯道本「擬」と字を当てる。

八 三公（太政大臣と左右大臣）の家柄。「三台」は三四頁注三参照。「槐門」は周代に三公の座に面して槐を植えたところから三公の家門の意。明雲は村上源氏久我流出身で、曾祖父顕房（右大臣）、その兄俊房（左大臣）が出た。

九 四明岳（叡山）の深谷の意で、延暦寺をさす。

一〇 一一六頁注一参照。

一一 顕教と密教。顕教は明瞭に顕示した教。密教は真言の教。天台では両系を兼学するのである。

一二 日吉山王諸社。「両所」は大宮・二宮。「三聖」はこれに聖真子を加える。なお八王子・客人・十禅師・三宮を加えたのが「七社」である。

でとぶらひきたり給ふ衆徒の芳志こそ、申しつくしがたけれ（芳情には〔感謝の〕言葉もない）」とて、一香染の袖（法衣の袖）をぞしぼられける。大衆もみな袖をぞぬらしける。

さて御輿をさし寄せて、（大衆）「とくとく」と申せば、（明雲）「昔こそ三千貫首（三千の衆徒の）たりしか（座主であったが）、いまはかかる流人の身となりて、いかでかやんごとなき修学者たちに舁きささげられてはのぼるべき（かつがれて山へ帰れようか）。たとへのぼるべきにてありとも、二藁沓なんどいふものを履いて、〔皆と〕同じやうに歩みつづきてこそのぼらめ」とて乗り給はず。

ここに西塔の法師、三戒浄坊の阿闍梨祐慶といふ悪僧あり。長七尺ばかりありけるが、四黒革縅の鎧の大荒目なるを五草摺り長に着なし（着こみ）、兜をばぬぎて、六白柄の長刀わきばさみ（抱えこみ）、「ひらかれ候へ（道をお通しなさい）」とて大衆の中をおしわけおしわけ、先座主の御前にづんと参り、大の眼にてしばしにらまへて申しけるは、「七あつぱれ、不覚の仰せどもかな（何と愚かなことを仰せられるのですか）。その御心にてこそ（そんなお心だからこそ）、かかる御目にもあはせ給へ（おあいなさるのです）。とくとく召され候へ（〔輿に〕お乗りなさい）」と申しければ、先座主あまりのおそろしさにや、いそぎ乗り給

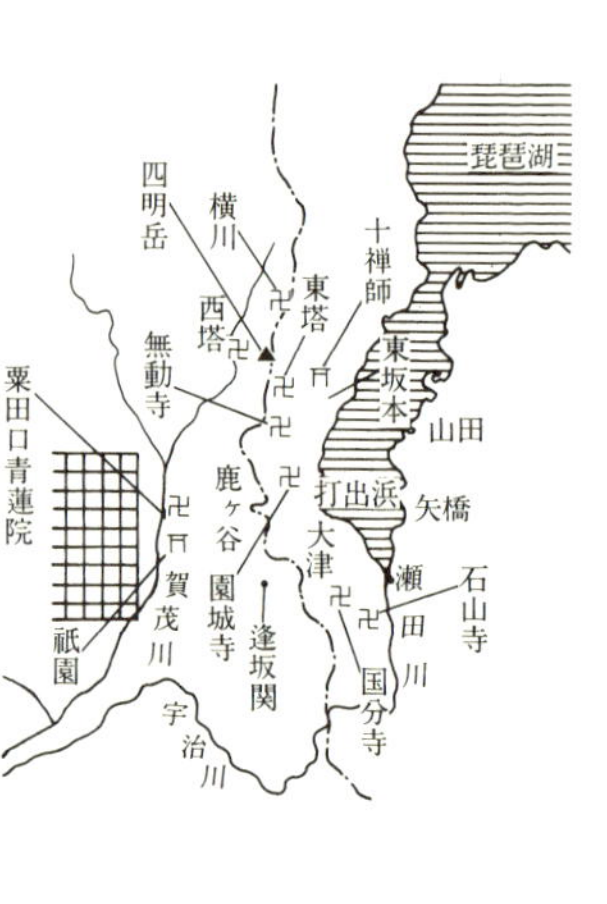

いかめ坊

一 香木の皮から取った汁で染めた色。丁子染めの色。香色（黄味を帯びた淡紅色）のややを黒がちのもので、僧衣の中でも最高の位をあらわす。

二 「わらぐつ」の音便。わらじのこと。

三 出自等不詳。「戒浄坊」は叡山中の僧房の一つであろうが不詳。「悪僧」はしたたか者の僧兵の意で、道徳的悪の意ではなく、むしろ剛強に対する賞讃の意をさえ含む逆説的な称呼であった。

四 鎧を縅す（綴り合せる）のに普通は太紐で編むところを、黒染の皮紐で編んだもの。「大荒目」はその紐の太く、編み目の荒いものをいう。

五 「草摺り」は鎧の胴より下に垂れる部分。その丈が普通よりも長く膝を覆うものを着用したのである。

ふ。

　大衆取り得たてまつるうれしさに、いやしき法師[八]、童[九]にはあらねども、修学者たち、をめき叫んで舁きささげのぼりけるに、人はかはれども祐慶はかはらず、前輿舁いて、輿の轅も、長刀の柄も、くだけよと取るままに、さしもさがしき東坂本を、平地を歩ぶがごとくなり。

　大講堂の庭に輿舁きすゑて、大衆僉議しけるは、「そもそも、勅勘をかうぶりて流罪せられ給ふ人を取りかへしたてまつり、わが山の貫首にもちひ申さんこと、いかがあるべき」と言ひければ、戒浄坊の阿闍梨さきのごとくにすすみ出でて、「それ当山は、日本無双の霊地、鎮護国家の道場なり。山王の御威光さかんにして、仏法、[一〇]王法牛角なり。されば衆徒の意趣にいたるまでならびなし。いやしき法師ばらまでも、世もつてかろんぜず。いはんや智恵高貴にして、三千の貫首たり。徳行おもくして一山の和尚[一一]たり。罪なくして罪を

六　削ったまま塗りをほどこさない木の柄。
七　感動詞。「あはれ」と同語だが、中世の語り物では促音化して「あっぱれ」という。
八　寺の雑務をおこなう僧形の召使。
九　俗体で寺の内外の雑役に当る者。
＊　**悪僧の造型**　鎧兜に身を固め長刀を抱えた大入道祐慶。公の罪人となった先座主を力ずくで奪還しようと、躊躇する座主には眼をむいて叱りつけ、粟津から比叡山頂へ輿を一気にかつぎ上げてしまう。それを支えるのは満山の大衆を感動させ得る山法師の純情であって、怖ろしいが愛すべき人物である。「阿闍梨」というからには教授級の学僧なのである。学僧が一旦事あれば僧兵に変身する、それは力なくして解決のあり得なかった中世という時代が、宗教の上にも見せた象徴的産物であった。中世の教団内外には、あるいは真摯な修行僧を生み、あるいは庶民救済の伝道僧を生むが、同時にまた軍記物語の中にこそ出番を得た祐慶のごとき、弁慶のごとき、昌春のごとき行動型の悪僧をも生み出すのである。
一〇　仏法を崇めるのと皇威を崇めるのと平等である。「牛角」は牛の角のように相並んで甲乙ないこと。「王法仏法牛角ノ如シ」(『愚管抄』)。
一一　授戒の師僧の意で座主のこと。この語叡山ではクワシヤウ、奈良諸宗ではワジヤウ、禅宗ではヲシヤウと読む。

かうぶること、これ山上、洛中のいきどほり、興福、園城のあざけりにあらずや。このとき顕密のあるじを失つて、修学の学侶螢雪の[一]つとめおこたらんこと心憂かるべし。今度祐慶張本に称ぜられ、いかなる禁獄、流罪にもせられ、首をはねられんこと、今生の面目、冥途のおもひでたるべし」とて、双眼より涙をはらはらとながす。大衆みな、「もつとも、もつとも」とぞ同じける。それよりしてこそ祐慶をば「いかめ坊」[二]とは言はれけれ。

先座主は、東塔の南谷妙光坊[三]へおきたてまつりけり。

一行阿闍梨の沙汰

時[四]の横災は権化[五]の人ものがれ給はざりけるにや。むかし大唐の一[六]行阿闍梨は、玄宗皇帝の護持僧にてましましけるが、大国も、小国も、人の口のさがなさは、后楊貴妃に名をたて給ふ。あとかたなきことなれども、そのうたがひによて、果羅国[七]へ流され給ふ。

くだんの国には三つの道あり。「臨地道」とて御幸の道、「遊地道」とて雑人のかよふ道、「闇穴道」とて重科の者をつかはす道な

一 中国の車胤聚螢（車胤が貧しくて油が買えず、螢の明りで書を読んだ）・孫康映雪（同様に孫康が雪の明りで書を読んだ）の故事から、刻苦勉学すること。
二 恐ろしい法師の意のあだ名。「いかめ」は「厳し」の語幹。「いかめな御山伏」（狂言「腰祈り」）。
三 叡山僧坊の一。後世妙光院というのに当るか。
四 不慮の災難。以下底本には「一行阿闍梨の沙汰」という見出しを設けるが句を独立させてはいない。
五 仏菩薩が仮に人間に現れた者をいう。権者。
六 中国唐代の高僧。善無畏・金剛智について密教経典の翻訳を助けた。天文・暦数に通じて大衍暦を作ったほか種々の研究・著書がある。玄宗に信任され、開元十五年（七二七）四十五歳で寂。当時楊貴妃はまだ寵幸せられず、一行が妃との仲を疑われたとは俗説である。流罪の事実も全くない。
七『西域記』に載る都貨羅（吐火羅）国のことかという。パミール高原の西、アム河流域。そこに通ずる三道のことは不詳。中国よりここに至るシルクロードに三コースあることと関連があるか。
八 谷間。広本系を参照するとここは「遊子猶行ニ於残月ニ函谷鶏鳴ク」（『和漢朗詠集』暁、賈嵩）によったと見られるので「函谷」（函谷関）とするのが正しい。
九 修行者の衣を「苔の衣」というが、それに無実の意の「ぬれ衣」をかけた。
一〇 日月火水木金土の七曜星に羅睺・計都を加える。

り。この闇穴道と申すは、七日七夜、月日の光を見ずして行く所なり。しかれば、一行は重科の人とて、くだんの闇穴道へつかはさる。冥々として人もなく、行歩に前途まよひ、森々として山深し、ただ澗谷に鳥の一声ばかりにて、苔のぬれ衣ほしあへず。無実の罪によつて遠流の重科をかうぶることを、天道あはれみ給ひて、九曜のかたちを現じつつ、一行阿闍梨をまぼり給ふ。ときに一行右の指をくひ切りて、左の袖に九曜のかたちをうつされけり。和漢両朝に真言の本尊たる「九曜の曼陀羅」これなり。

九曜の曼陀羅

第十三句　多田の蔵人返り忠

座主流罪沙汰やみ

先座主を大衆取りとどめたてまつるよし、法皇聞こしめして、やすからずぞおぼしめされける。西光法師申しけるは、「むかしより

一一「曼陀羅」は密教の諸仏を布置した祈禱の壇、またその図。胎蔵界・金剛界の二種があり、またその応用の諸種がある。九曜その他の星宿は普通曼陀羅の外院に配置し、また全形の構図を九曜形にするものは多いが、「九曜曼陀羅」と称するものは不明。

＊**一行流罪説話**　一行冤罪の事情は広本系に詳しい。一行が楊貴妃の絵姿を描き、誤って臍下に筆を落したのが妃の黒子に当っていたため、密通とされたというので、説話としてはそうした経緯を含むのが古態であろう。平家物語は高僧流罪の例話として掲げるが、元来は曼陀羅由来談だったはずである。一行の無実を憐み助けるのが仏菩薩ならぬ「天道」だというのは問題になる。源信が応天門放火の罪を蒙った時、庭上で訴えたのも（『宇治拾遺』『伴大納言絵詞』）菅原道真が配所の山上で訴えたのも（『天神縁起絵巻』）天道に対してであった。「天道」を太陽とか天部の鬼神と解するのは誤りではないが、大きく天空・天体・天候を神格化した、いわゆる拝天信仰の対象であったろう。それは仏教の中に吸収された異教の神であり、曼陀羅の諸星や天部鬼神はその守護神化したものなのである。高僧であると同時に天文暦数学者でもあった一行の事跡が投影した奇怪な説話なのである。

山門の大衆みだりがはしき訴へをつかまつることは、いまにはじめずと申せども、これほどのことは承りおよばず。もつてのほかに過分に候。これを御いましめなくは、世は世にては候ふまじ。よくよくいましめ候ふべし」とぞ申しける。わが身のただいま亡びんずることをもかへりみず、山王大師の神慮にもはばからず、「讒臣国を乱す」とは、か様のことをや申すらん。

大衆「[一]王地に孕まれて、さのみ詔命を対捍せんもおそれなり」とて、内々院宣にしたがひたてまつる衆徒もありと聞こえしかば、先座主妙光坊にましましけるが、「つひにいかなる目にやあはんずらん」と、心ぼそうぞおぼしめしける。されども流罪はなだめられけるとかや。

多田の蔵人返り忠

新大納言成親の卿は、山門の騒動により、わたくしの宿意をばおさへられけり。日ごろの内議[二]支度はさまざまなりしかども、[三]議勢ばかりにて、させる事しいだすべしともおぼえざりければ、[四]むねとた

＊**明雲事件の結末**　悪僧たちの強引な先座主奪還は文学としては劇的な盛り上りを見せて終ったかに見えるが、現実の歴史としては大変な事態に突入してしまったわけで、院側としても叡山側としても引っこみがつかないのである。不穏な睨み合いの最中に（奪還から七日後）、突如清盛は鹿谷の陰謀者を一網打尽に処断する。話題一転と見えるが、叡山にとっては清盛様様で、西光が血祭りにあげられると、僧兵たちは下り松まで下って来て清盛に「令レ伐レ敵給之条喜悦不レ少、若有下可二罷入一之事上者、承レ仰可レ支二一方一云々」（『玉葉』安元三・六・三）と申し送っている。平家に加勢して院と衝突しようという意気である。院の方は側近勢力が潰滅して、ついに六月十一日明雲召還の宣下があって、叡山問題はけりがつく。明雲はその後治承三年（一一七九）十一月平家の大クーデターの時機に座主に再任するのである。

一　天子のご領地に生れて、そうむやみに法皇のご命令に背くのも恐れ多い。「対捍」は反抗すること。「捍」はふせぐ意。

二　平家を討つための内々の相談や準備。

三　議論ばかりで実行力のない連中。底本仮名書きに、斯道本・延慶本等により字を当てた。他本「義勢」「擬勢」などの字も当てる。見せかけの勢の意。

四　主として。「むね」は、中心になる大事なもの（胸

・棟など同義である)。「むねと」はその副詞化した形。

五 家来たち。武家で、惣領に対して一族・支流が臣従した者を「家の子」、縁戚関係でなくて臣従した者を「郎等」(郎党)という。「家の子郎等」は家来たちを総称する熟語としてよく用いられた。

六 武士の常服。「直垂」は方領(着物式の襟形)。襟・袖に括り緒を通す。これに合わせるのが「小袴」で、裾が短く括り緒を通す。鎧下に着るさらに小作りの鎧直垂も「直垂」と通称する。

七 忠勤する対象としての主君をかえてしまうこと。特に主君の敵対者に心を寄せること。裏切り。変節。

八 桓武平氏季衡から分れた一族で、清盛一家に重臣として信任されているいわば家老である。「主馬判官」は主馬寮の長で検非違使尉を兼ねる。

九 武家の館で外塀と本屋との間にめぐらしてある廊造りの郭(外侍という)。「中門」はそこに設けられた門。一般の来訪者はそこで応接された。

一〇 さればでございます。「然にて候」の略である「さ候」の訛。「さふらふ」が撥音〈ン〉にひかれて濁音化したもの。そうです、そのことです、と相手の言葉をすかさず受けていう返事。

のまれける多田の蔵人行綱、「このこと無益なり」と思ふ心ぞつきにける。成親の卿のかたより「弓袋の料に」とておくられたる白布ども、家子郎等[五]が直垂[六]、小袴に裁ち着せてゐたりけるが、「つらつら平家の繁昌を見るに、たやすくかたぶけがたし。よしなきことに与してんげり。もしこのこと漏れぬるものならば、行綱まづ失はれなんず。他人の口より漏れぬさきに、返り忠[七]して、命生きん」と思ふ心ぞつきにける。

五月二十五日の夜ふけ人しづまつて、入道相国の宿所西八条へ、多田の蔵人行きむかつて、「行綱こそ申し入るべきこと候うて参りて候へ」と申し入れたりければ、「なにごとぞ。聞け」とて、主馬[八]の判官盛国を出だされたり。行綱「まつたく人してかなふまじきにこそ」と申すあひだ、入道中門[九]の廊に出であひ対面あり。「こよひははるかにふけぬらんに、ただ今なにごとに参りたるぞ」とのたまへば、「さん候[一〇]。昼は人目しげう候ふほどに、夜にまぎれて参り候。新大納言成親の卿、そのほか院中の人々このほど兵具をととのへ、軍兵をあつめられしこと、聞こしめされ候ふや」。入道「いさ、それは山門の衆徒攻めらるべしとこそ聞け」と、こともなげにのたまへば、行綱近うゐよりて、「さは候はず。御一家を滅ぼしたてまつらんずる結構とこそ承り候へ」と申せば、「さて、それは法皇も知ろしめされたるか」。「子細[一]にやおよび候ふ。大納言の軍兵をもよほされしことも、『院宣』とてこそもよほされ候ひしか」、「俊寛が、と申して」、「西光が、かう申して」と、ありのままにさし過ぎさし過ぎ、いちいちに申せば、入道大音をもつて侍ども呼びののじり給ふ。聞くもまことにおびたたし。行綱「よしなきこと申し出だして、ただ今証人にやひき出だされんずらん」と思ひければ、大野[二]に火をはなちたる心地して、いそぎ門外へぞ逃げ出づる。

六波羅つはもの揃ひ

入道、筑後守貞能[三]を召して、「やや、貞能。京中に謀叛の者みちみちたり。一向当家の身のうへにてあんなるぞ。一門の人々呼びあ

一 「子細」は詳しいわけ。詳しい説明をする必要がありましょうか、それまでもない分り切ったことです、の意から、問答無用的な慣用語となる。

二 広い野原につけ火したような。無責任な大事件を引き起した気持をたとえた。

三 平家貞（二八頁注一参照）の子。重臣の一人。

つめよ。侍ども召せ」とのたまへば、馳せまはつて披露す。馳せあつまる人々には、右大将宗盛[四]、三位の中将知盛、左馬頭行盛以下の人々、甲冑弓矢を帯して馳せあつまる。夜中に西八条に兵六七千騎もやあらんとぞ見えし。

あくれば六月一日、いまだ暗かりけるに、入道、検非違使安倍[五]の資成を召して、「やや、資成。御所[六]へ参りて、大膳大夫信業[七]呼び出だして申さんずる様は、『このごろ、近う召しつかひ候ふ人々、あまりに朝恩にほこり、あまつさへ世をみださんとの結構どもにて候ふなるを、たづね沙汰つかまつり候はんことをば、君は知ろしめされまじう候[八]』と申せ」とのたまひければ、資成御所へ参りて、大膳大夫を呼び出だして、この様を申しけり。信業色をうしなひ、御前へ参りてこのよし奏しければ、法皇はや御心得あつて、「あつぱれ、これらが内々はかりしことの漏れけるよ」とぞおぼしめされける。「こはなにごとぞ」とばかり仰せられて、分明の

四 宗盛は清盛の三男。知盛は四男。行盛は早世した次男基盛の子。目下重盛に気がねしている清盛としては、一門中最も縁が近く頼りにする若者たちである。

- 清盛
  - 重盛
    - 維盛
    - 資盛
  - 基盛
    - 行盛
  - 宗盛
  - 知盛

五 安倍氏系図に見えないが、『玉葉』に名がある。異本に「入道ノ検非違使」（延慶本）、「入道の内の検非違使」（長門本）などともあり、検非違使ではあるが清盛の息のかかった者だったのであろう。

六 後白河院の御所、法住寺殿（一二九頁注八参照）。

七 平信業。系譜不詳。後白河院側近として信任篤かった。「大膳大夫」は大膳職の長官。

八 直訳すると、ご存じないはずのことです。つまりご存じないことにしておくのがよろしい、私の処置に対しては黙認してください、口出し無用ですぞ、と威圧を加えた言い方なのである。

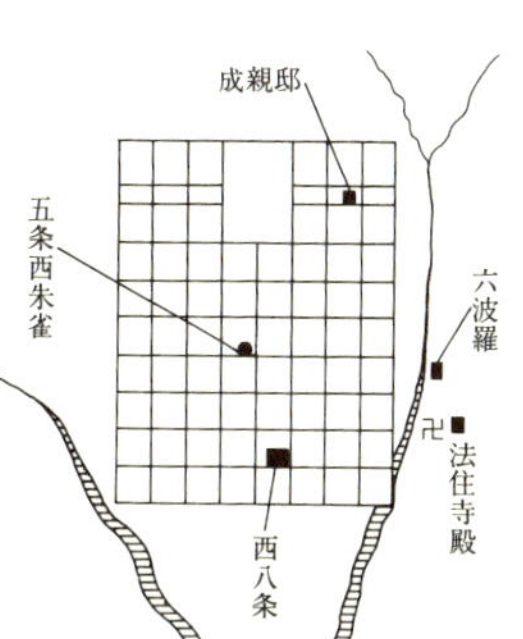

御返事もなかりけり。資成やや久しう待ちまゐらせけれども、そののちはさして仰せ出ださるむねもなかりければ、資成走りかへりて、「かうかう」と申せば、入道相国「さればこそ、君も知ろしめされたり。行綱このこと告げ知らせずは、入道安穏にあるべしや」とて、筑後守貞能、飛騨守景家を召して、からめとるべき者を下知せられければ、二百騎、三百騎、押し寄せ、押し寄せ、からめとる。

新大納言追捕

まづ雑色をもつて中の御門の新大納言成親のもとへ、「きつと申しあはすべきことあり。立ち入り給へ」と言ひつかはしたりければ、大納言「あつぱれ、これは山門の衆徒攻めらるべきこと、申しゆるさんためにこそ。法皇御いきどほり深ければ、いかにもかなふまじきものを」とて、わが身の上とはつゆほども知らず、うちきよげなる布衣をたをやかに着なして、八葉の車のあざやかなるに乗り、侍四五人召し具し、雑色、舎人、牛飼にいたるまで、つねの出仕

一 平景家。清盛の重臣の一人。「盛俊、景家、忠経等已上三人彼家第一之勇士等也」(『玉葉』寿永二・六・五)。

二 使い走りなど勤める召使の男。読みザツシキとも。

三 この語は擬態語「キッ」を副詞化したもので、「きつと四方を見まはせば」(巻七「木曾の願書」鋭く、ぎゅっとの意)、「きつと思ひいでて」(巻九「宇治川」とっさに、はっと)、など意味広く用い、現代語の、たしかに、必ずの意にも接近する例も多い。

四 この語覚一本系では「ないきよげ」とあり、「萎へ清げ」(布をしなやかに織った清潔な)と解し「布衣」にかけて説くが、八坂系では多く「内清げ」である。延慶本「上キヨゲ」をも参考して「うち」をそのままに解しておく。

五 八葉の紋をつけた牛車。大臣公卿の常用車であ

る。「八葉」は八弁の花の形の意で、九曜の紋に同じ。なお紋の小さいものを小八葉といい、四位・五位の常用の牛車とする。

六 左右の手をひろげた形にして捕えること。一〇四頁注一一参照。

七 中間の柱のない小部屋。端の間の類。「一間（ひとま、いっけん）」は寸法に関係なく、柱と柱の間をいう。「一間なる所」はその一間四方の間取りで、貴族の邸宅としては屋舎の端などに設ける小部屋である。

八 賀茂川東、七条末・八条末の間にあった法住寺に付属した離宮。法住寺は一条帝の頃太政大臣藤原為光が女忯子（花山院女御）の菩提のために建立した寺。鳥羽・後白河院の離宮として拡大した。特に後白河院は、法住寺の北に法住寺殿、南に最勝光院、西に蓮華王院（現在の三十三間堂）等を建て、院の御所として居住が長かった。

よりもひきつくろひてぞ出でられける。そもそも最後とは、のちにて思ひあはせける。西八条近うなつて、兵どもあまた町々にみちみちたり。「あなおびたたし。こはなにごとやらん」と、車よりおり門をさし入り見給へば、内にも兵どもひしと並みゐたり。

中門の外に、おそろしげなる者ども二人たちむかひ、大納言の左右の手をひつぱり、たぶさとつてひき臥せたてまつる。「いましむべう候ふやらん」と申しければ、入道「あるべうもなし」とのたまふ。とつてひき起したてまつり、一間なる所におし籠めて、兵これを守護したり。大納言夢の心地して、つやつやものもおぼえ給はず。供にありつる侍ども、散々になり、雑色、牛飼も、牛、車をすてて逃げうせぬ。

西光法師追捕

さるほどに、法勝寺執行俊寛僧都、平判官康頼、捕へて出できたる。西光法師もこのことを聞いて、院の御所法住寺殿へ鞭をあげて馳せ参る。平家の侍ども道にて行きあひ、「西八条殿へきつと参らるべし。たづね聞こしめすべきことあるぞ」と言ひければ、「これも法住寺殿へ奏すべきことありて参るなり」とて、通らんとしけるを、「にくい奴かな。さな言はせそ」とて、馬よりとつて引き落し、宙にくくつて西八条に参り、坪のうちにひきすゑたり。

入道いかつて、「[一]しやつ、ここへひき寄せよ」とて縁のきはへひき寄せさせ、「天性おのれが様なる下臈のはてを、君の召しつかはせ給ひて、なさるまじき官職をなし、父子ともに過分のふるまひして、あやまたぬ天台座主を流罪に申しおこなふ。[二]あまさへ入道をかたぶけんとす。奴ばらがなれる姿よ。ありのままに申せ」とぞのたまひける。

西光もとより剛の者なれば、ちとも色も変ぜず、わろびれたる気色もなく、居なほりて申しけるは、「[三]さもさうずとよ。院中に召しつかはるる身なれば、[四]執事別当新大納言の『院宣』とてもよほされしことに、『与せず』とは申すまじ。それは与したり。ただし耳に

一 そやつ。そいつ。目前の人を罵って呼ぶ語。(「しや冠」一〇五頁注一二参照)。

二 そればかりか。「あまつさへ」(語源「あまりさへ」の促音便)の約。

三 そんなことはないぞ。「さうず」は「さふらはず」の約。「とよ」は、ということだ、の意だが、会話で強く断定する口調。

西光法師死去

四 「別当」は院の総管理。院政において政治の中枢に参画する重職で、公卿殿上人数人が任ぜられる。そのうち特に事務一切を掌握する者を「執事別当」または「執行別当」といい、権勢をほしいままにした。

とまることのたまふものかな。他人のことをば知らず、西光がまへにて過分のことをばえこそ言はれまじけれ。見ざりしことかとよ。御辺は刑部卿の嫡子にてありしかども、十四五までは出仕もせず、故中の御門の家成[五]の卿の辺にたちよりしを、京童が『高平太』[六]とこそ笑ひしか。そののち保延のころかとよ。忠盛の朝臣備前より上洛のとき、海賊[七]の張本三十余人からめ参られし勲功の賞に、御辺は十八か九にて、四位して兵衛佐と申せしをだに、過分とこそ時の人申しあはせられしか。殿上のまじはりをだにきらはれし人の子孫の、太政大臣までなりあがりたるや過分なるらん。侍ほどの者の、受領、検非違使になること、先例、傍例なきにあらず。などあながちに過分なるべき」と、はばかるところなく申しければ、入道あまりにいかつて、そののちは物をものたまはず。「しやつが首、左右なう切るべからず。よくよくいましめよ」とぞのたまひける。足手をはさみさまざまに痛め問ふ。西光もとより陳じ申さぬうへ、糾問はきび

五　三〇頁注四参照。

六　下駄ばきの平家の総領息子という意のあだ名。広本系に「縄緒の足駄はきて通ひ給ひしかば」（盛衰記）、「朝夕ひらあしだはきて閑道より通り給ひしをば」（長門本）などと説明される。足駄・平足駄ともに下駄のことで、僧や庶民がはいた。（現在の足駄に当るのは高足駄といった）。普通は草履をはくところ、武士の下駄ばきは異風で、丈高く見えたのである。「平太」は平家の長男の意の一般的な名。

七　保延元年（一一三五）四月、忠盛は海賊追討使に任ぜられ、八月海賊日高禅師以下三十人余りを捕えて上洛し、功によって清盛は従四位下に叙せられた（『中右記』『長秋記』その他）。ただし「兵衛佐」はそれ以前からの任であった。

しく、残りなう（隠すところなく）こそ申しけれ。白状[一]四五枚に記させ、やがて口をぞ裂かれける。つひに五条[二]西の朱雀にてぞ切られける。

師高・師経誅戮

その子師高、尾張の井戸田[三]へ流されたりけるを、討手をつかはして誅せらる。弟近藤判官師経、獄定せられたりしを召し出だされ、首を刎ねられ、その弟師平ともに切られ、郎等二人おなじく首を刎ねられけり。天台座主流罪に申しおこなひ（讒言して流刑にしたが）、（それから）十日のうちに山王大師の神罰、冥罰をたちまちにかうぶつて、あとかたもなく滅びけることそあさましけれ。

新大納言成親拷問

新大納言（成親）、一間なる所におし籠められ、「これは日ごろのあらまし[四]（計画）ごとの漏れ聞こえたるにこそ。たれ漏らしけん。さだめて北面のうちにぞあるらん」と、思はぬことなう案じつづけて[五]（考えつくかぎりのことを考えつづけて）おはしけるところに、内のかたより、足おとたからかに踏みならしつつ、大納言のうしろの障子をざつとあけられたり。

入道相国、もつてのほかにいかれる気色にて、素絹[六]の衣のみじか

一 罪人が自分の罪状を認めた箇条を記した文書。「白」は、自白・告白などの白で、マウス（申す）と訓ずる字。

二 五条（京の東西大路の中央）と朱雀（南北大路の中央）の交差点西側で、つまり都の中央である。普通は郊外（賀茂河原・北山の葬場辺など）でするところ、重犯人として都の中央で斬首したのである。

三 熱田の東、鳴海の西北の地。今名古屋市瑞穂区。広本系によれば師高はここに流されていたが、京の事件を知って逃走し、美濃の海津郡鹿野に隠れ、郡司の探索を受けて自害したという。

四 「あらましごと」の「まし」は予想・希望の助動詞。

五 この事件に関連することをあれこれとすべて思い起している心理状態の描写。

六 織文のない白絹で製し、僧衣の形で端袖のない衣。

七 平絹・張絹・精好などで製する下袴。裾口が広いところからいう。普通は紅平絹であるが老者は白を用いる。この上に表袴を穿くのが正式だが、略式の夏姿

やかなるに、白き大口[七]踏みくくみ、聖柄[八]の刀[九]まへだれにさしはらし、しばらくにらまへて立たれたり。ややありて、(清盛)「さても御辺をば、内府が様々に申し[一〇]平治の乱れのとき、〔朝敵として〕すでに誅せらるべかりしを、御辺の首をば継ぎたてまつり候ひしぞかし。それになにの遺恨あれば、この一門ほろぼすべき御結構は候ひけるぞ。されども、当(平家)家の運尽きぬによりて、[一一]これまで迎へたてまつる。日ごろの結構の次第、ただ今直にうけたまはり候はん」とのたまへば、大納言「まつたくさること候はず。人の讒言にてぞ候ふらん。よくよく御たづねあるべう候」とぞ申されける。入道、言はせもはてず、「人やある」と召されけり。筑後守参りたり。「西光が白状持つて参れ」とのたまへば、やがて持つて参る。おし返し、おし返し、二三返読み聞かせ、「あらにくや。このうへは、されば、なにと陳ずるぞ」とて、大納言の顔にさつとなげかけ、障子をはたとたてて出でられける。

なのである。
八　鮫皮をかぶせない木地のままの刀の柄。「刀」は普通は鞘巻の類をいう。
九　刀を腰にさすのに、前さがりに、柄よりも鞘尻の方が高くなるようにさすこと。鞘がつっ張るので「さしはらす」というのであろう。
一〇　成親が藤原信頼に加担して乱を起し、捕えられたが重盛のとりなしで特に助命されたことをいう。『平治物語』に詳しい。
一一　事件を未然に防いで成親を平家邸内に監禁したことを婉曲に言った。
＊　**清盛と家成と西光**　西光の雑言に中御門家成邸に出入した高平太清盛を素破ぬいたのが面白い。語り物系では説明不足だが、延慶本に「継母ノ池ノ尼公ノアハレミテ」とあるので納得できる。忠盛の後妻宗子(池尼)は家成とはいとこ同士なのである(一三六頁系図参照)。家成は当代無双の徳人(富豪)、鳥羽院政第一の権臣で「挙二天下事一一向帰二家成一」(『長秋記』)とさえ言われた。十四五歳で無官は武家では普通だが、宗子には惨めに思えたのだろう、清盛をいとこにとりもったわけなのである。ところで西光は下賤の出だが院の寵を受け、お声がかりで家成の養子になった。高平太時代の清盛の弱味も知りぬいていたはずで、家成の恩を忘れたように成親や自分を処断する清盛に抑えようのない憤りにも燃えていたであろう。

入道なほも腹をすゑかね給ひて、「経遠。兼康」と召されければ、一難波の次郎、瀬尾の太郎参りたり。「あの男、とつて庭へひきおろせ」とぞのたまひける。二人の者どもかしこまつて侍ひけるが、「小松殿の御気色いかがあるべう候ひなん」と申しければ、「よしよし。さればなんぢらは内府が命をおもくして、入道が仰せを二かろんずるござんなれ」とのたまへば、「あしかりなん」とや思ひけん、大納言のもとどりをとつて、庭へひきおろしたてまつる。とつておさへて、「いかやうにも懲すべうや候ふ」と申せば、「ただ、をめかせよ」とぞのたまひける。二人の者ども、耳に口をあて、「いかやうにも御声を出だすべう候」とささやきて、もとどりをとつておし臥せたてまつる。二声三声ぞをめかれける。あるいは三業の秤にかけ、あるいは四浄頗梨の鏡にひきむけ、娑婆世界の罪人を、罪の軽重によて、五阿防、羅刹どもが呵責すらんもかくやとぞおぼえたる。たとへば、「六蕭樊とらはれ、韓彭すしびしほにせらる。鼂錯戮をう

一 難波次郎経遠と瀬尾太郎兼康。七八頁注二参照。

二 「かろんずるにこそあるなれ」の訛。変化の過程は「にこそあるなれ」が「にこそあんなれ」「にこさんなれ」となり、「に」が撥音便で「ん」となるため連濁で「(ん)ござんなれ」となり、その上で「ん」が脱落し、さらに訛音で「ござんなれ」となるのである。

三 閻魔王宮に置かれた、亡者を載せて罪の軽重を量る七つの秤。『十王経』五官王宮に「大殿左右各有二一舎一、左秤量舎、右勘録舎、左有二高台一、台上有二秤量幢一、業匠構巧懸二七秤量一、身口七罪為二紀軽重一、意業所作不レ懸二秤量一……」と見える。

四 閻魔王宮に置かれた九面の鏡の中の中央の大鏡で亡者の生前の悪業を映し出すという。『十王経』閻魔王宮に「光明王院於二中殿裏一有二大鏡台一、懸二光明王鏡一名二浄頗梨鏡一……亡人策髪右繞令レ見、即於二鏡中一現二前生所作善福悪罪一一切諸業各現二形像一……」と見える。

五 閻魔王の眷族。俗に牛頭・馬頭の両獄卒のこととされるが、「牛頭獄卒、馬頭羅刹」(『首楞厳経』)、「獄卒名二阿傍一、牛頭人手」(『五苦章句経』)などあり、必ずしも明確でない。地獄の使者を獣神とするところから、牛頭・馬頭と説明し、また二者一対のごとくに扱うのである。

く。周魏つみせらる。（すなわち）蕭何、樊噲、韓信、彭越、これらはみな漢の高祖の忠臣なりしかども、小人の讒言によて禍敗[七]のはぢをうく」と言へり。大納言「わが身のかくなるにつけても、子息丹波[八]の少将以下（の子供が）いかなる目にかあはん」と、くやまれけるぞいとほしき（気の毒なことである）。さしもあつき六月に、装束をだにもくつろげず、胸せきあぐる心地して、一間なる所におし籠められて、汗もなみだもあらそひ流れつつましましけり。

第十四句　小教訓

小松殿成親を乞ひ請くる事

さるほどに、小松殿（重盛）善悪にさわぎ給はぬ人にて（善いにつけ悪いにつけとり乱さぬ人であるから）、はるかにあつて（だいぶたってから）車に乗り、嫡子権亮[九]少将（維盛）、車のしり輪に乗せたてまつり[一〇]（牛車に同乗させ申し上げ）、衛府[一一]四五人、随身三人召し具して、兵一人も具し給はず、まことにおほ（悠然と）

六　以下『文選』「李陵答蘇武書」の「蕭樊囚縶、韓彭葅醢、鼂錯受戮、周魏見辜」を引いた文。「蕭樊」は蕭何と樊噲、「韓彭」は韓信と彭越で、いずれも漢の高祖の功臣であったが誅せられた。「すしびしほ（葅醢）」は首級を酢や塩につけること。「周魏」は周勃と竇嬰（魏侯）。周勃は高祖の臣で誅せられた。竇嬰と鼂錯とは漢の孝文・孝景二帝に仕えたが誅せられた。

七　同じく「李陵答蘇武書」に「受小人之讒、並受禍敗之辱」とある。災難と失敗という恥辱。広本系は出典を前項からこの語まで引用するが、語り物系は中間を省略して作文している。

八　成親の子成経。この当時二十一歳。丹波守兼右近衛少将であった。

九　平維盛。当時十七歳。中宮権亮兼近衛少将。

一〇　「車のしりに乗せ」というに同じ。牛車に二人乗る時は上位者が前に、下位者が後ろに乗る。

一一　大臣外出の公式の供ぞろいだけで、自分の部下としての武士を随行しないのである。

〔成親の家系(藤原氏中御門・六条流)と平家との姻戚系図〕

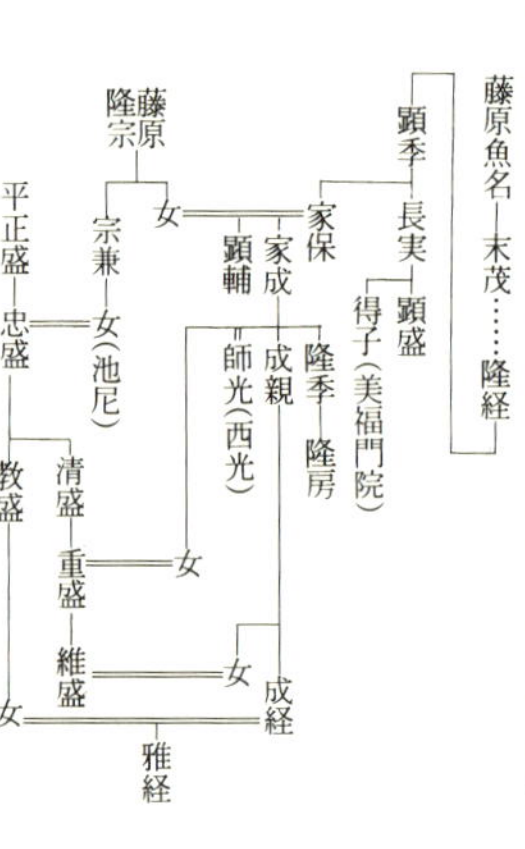

一 何となくたじたじとなって。辟易して。諸本「そぞろいて」とする。「そぞろく」という動詞である。

二 材木を縦横に交差させて縄を張り、出入りできぬようにふさぐこと。

三 釈迦の滅後、弥勒菩薩出生までの間、六道を遊化して天上より地獄までの一切衆生を救う能化尊。その図像は種々伝えられるが、『延命地蔵経』(偽経)にいうところの、錫杖を持つ円頂僧形が最も知られる。

四 「然ありとも」の約。そうであっても、いくら何でも。まさかお見捨てはなさるまいと、窮地にあってなお一縷の望みを託してすがる心情をあらわす言い方である。

やうげにてぞおはしける。車よりおり給ふところに、筑後守貞能つつと参り、「など、これほどの御大事に、軍兵をば召し具せられ候はずや」と申しければ、小松殿「『大事』とは天下の大事をこそ言へ、わたくしを『大事』と言ふ様やある」とのたまへば、兵仗帯したる者ども、みなそぞろ退きてぞ見えける。「大納言をばいづくに置かれたるやらん」とて、かしここの障子をひきあけ、ひきあけ見給へば、ある障子のうへに、蛛手結うたるところあり。「ここやらん」とて、あけられたれば、大納言おはしけり。うつぶして目も見あげ給はず。大臣「いかにや」とのたまへば、そのとき目を見あげて、うれしげに思はれたりし気色、「地獄にて罪人が地蔵菩薩を見たてまつるらんも、かくや」とおぼえてあはれなり。

大納言「いかなることにて候ふやらん。憂き目にこそ遇ひ候へ。さてわたらせ給へば、『さりとも』と頼みまゐらせ候。平治にもすでに失すべう候ひしを、御恩をもつて首をつぎ、位正二位、官大納言にいたつて、すでに四十にあまり候。御恩こそ生々世々[五]にも報じつくしがたう存じ候へ。おなじくは今度もかひなき命をたすけさせおはしませ。命だに生きて候はば、出家入道して、高野[六]、粉河[七]にとぢこもり、一すぢに後世菩提のつとめをいとなみ候はん」とのたまへば、小松殿「人の讒言にてぞ候ふらん。失ひたてまつるまでのことは候ふまじ。たとひさも候へ、重盛かくて候へば、御命は代りたてまつるべし」とて出でられけり。

大臣、入道相国の御前に参りて申されけるは、「あの大納言左右なう失はれ候はんことは、よくよく御ばからひいるべう候。先祖修理大夫顕季[八]、白河の院に召しつかはれてよりこのかた、家にその例なき正二位の大納言にいたつて、当時君の無双の御いとほしみなり。左右なう首を刎ねられんこと、いかがあるべう候はんや。都のほかへ出だされたらんには、こと足り候ひなん。かくはまた聞こしめすとも、もしそらごとにても候はば、いよいよ不便のことに

五 幾つもの生、幾つもの世。霊魂が生死輪廻を重ねること。

六 高野山金剛峰寺。和歌山県伊都郡高野にある、真言宗大本山。

七 粉河寺。和歌山県那賀郡粉河にある風猛山施音寺の通称。天台宗。大伴孔子古の建立にかかり、補陀落浄土の地とされ、中世に高野・熊野信仰の隆盛になるとともに、順路に当る霊場として尊崇された。

八 藤原氏六条流。隆経の子。成親の曾祖父。いわゆる諸大夫の家であったが、生母親子が白河院乳母であったため、恩寵を受けて修理大夫兼大宰大弐という破格の要職につき、受領を歴任して財をなした。白河院政の初めから別当として権勢をふるった。「修理大夫」は修理職の長官。造宮・造寺等の建築をつかさどり、院政期には特に重要な官で、院近臣の受領層が任命されるのを常とした。

候」

「(重盛)北野の天神(道真)は、時平の大臣の讒奏により憂き名を西海の波にながし、西の宮の大臣(源高明)は、多田の満仲が讒言によて恨みを山陽の雲に寄す。これみな無実なりしかども、流罪せられ候ひき。延喜の聖代、安和の帝の御ひが事(御あやまちであったと)とぞ承る。上古なほかくのごとし(〔無実の罪過の例は〕昔でもこうでした)。いはんや末代においてをや(ましてや今は末代であります)。賢王なほ御あやまりあり、いはんや凡人においてをや(ましてや〔父上は〕凡人であります)。すでに召し置かれ候ふうへは(〔身柄を〕監禁なさったのですから)、いそぎ失はれずとも(急いでお殺しにならなくても)、なにのくるしきことの候ふべき(不都合がありましょうか)。『罪のうたがひをば軽くせよ(うたがわしい罪は軽く罰せよ)。功のうたがひをば重んぜよ(うたがわしい功は重く賞せよ)』とこそ(〔経書にも〕)見えて候へ。重盛かの大納言が妹にあひ連れて候(夫妻の縁を結んでおります)。維盛(〔息子の〕)また大納言の聟なり。『か様にしたしければ申す(親しい関係だから取りなすのだ)』とやおぼしめされん(とお思いかもしれませんが)、まつたくその儀にて候はず。ただ世のため人のためを存じてかやうに申し候ふなり」

「一年保元に故少納言入道信西が執権のときにあひ当つて、嵯峨の天皇の御宇、右兵衛尉藤原の仲成が誅せられてよりこのかた、

北野の天神の事

一 菅原道真。宇多・醍醐帝に仕え右大臣となったが、藤原時平の讒言で大宰権帥に左遷され、延喜三年（九〇三）配所で薨じた。天暦元年（九四七）北野天満天神として祀られた。

二 源高明。醍醐帝皇子。左大臣に至ったが安和二年（九六九）女婿為平親王擁立の嫌疑で大宰権帥に左遷された。二年後召還され、天元五年（九八二）薨じた。

三 源満仲。経基の子。頼光・頼信等の父。摂津多田に住み清和源氏の基礎を築いた。為平親王擁立の陰謀ありと密告して、高明を連座せしめた。

四 延喜は醍醐帝の治世の年号（九〇一―九二三）。安和は冷泉帝治世の年号（九六八―九七〇）。

五 法よりも人を尊重すべしとの精神をうたった語。「罪疑 惟軽、功疑 惟重」（『尚書』大禹謨）。

六 種継の子。参議右兵衛督（「尉」は誤り）に至る。妹の尚侍薬子と謀って大同四年（八〇九）平城京還都及び平城帝重祚を画策したが、弘仁元年（八一〇）嵯峨帝に誅せられ、薬子も毒死した。

宇治の悪左府実検の事

『死罪ほど心憂きことなし』とて、君二十五代のあひだ絶えておこなはれざる死罪を、信西はじめておこなひ、宇治の悪左府[七]のしかばねを掘りおこし実検せしことどもをば、あまりなるまつりごととこそおぼえ候ひしか。されば、いにしへの人にも『[八]死罪をおこなはるれば海内に謀叛のともがら絶えず』とこそ申しつたへて候へ。そのことばにつきて、なか二年ありて、平治に事いできて、信西が[九]生きながら埋もれしを掘り出だし、首を刎ねられ、大路をわたされて、『保元に申しおこなひしことの、いく程もなうて身のうへに報ひ候ひにき』と思へば、おそろしうこそ候ひしか。これはさせる朝敵にもあらず。かたがたおほそれあるべし。御栄華残るところなければ、おぼしめすことあるまじけれども、子々孫々の繁昌をこそあらまほしう候へ。『父祖の善悪は、かならず子孫に報ふ』と見えて候。『[一〇]積善の家には余慶あり、積悪の門には余殃とどまる』とこそ承り候へ。かの大納言、今夜失はれ候はんこと、しかるべうも候はず」と申さ

七 左大臣藤原頼長。厳正の人格を「悪左府」（「左府」は左大臣の唐名）と称せられた。保元の乱を起し、敗走の間流矢に当り、奈良に行って死んだ。般若野に埋葬されたが、信西の意見で、朝敵の屍として掘り起されて、検分の後死体を棄てられた。『保元物語』に詳しい。

八 出典未詳。『保元物語』『平治物語』にも見え、平家物語のこの部分と関連すると思われる。「誠に国に死罪をおこなへば海内に謀叛の者絶えずとこそ申すに、おほくの人を誅せられけることこそあさましけれ。正しく弘仁元年に仲成を誅せられてより、帝皇二十六代、年記三百四十七年、絶えたる死刑を……」（『保元物語』古活字本）。

九 平治の乱の始め、信西は都を逃れて大和田原の所領に潜み、生きながら墓に入ったが、発見され、首を斬られ獄門にかけられた。頼長の墓をあばいた報いと言われた。『平治物語』に詳しい。

一〇 善業を積む家は子孫にまで幸福が及び、悪業を積む家は子孫にまで禍いが及ぶ。「殃」はわざわい。「積善之家必有㆓余慶㆒、積不善之家必有㆓余殃㆒」（『易経』文言伝）による。「積善」「積悪」は平家諸本多くはシヤクゼン・セキアクと読ませるが、底本はかな書きで「しやくぜん」「しやくあく」である。

れたりければ、入道「げにも」とや思はれけん、死罪をば思ひとどまり給ひけり。

小松殿武士を教訓

大臣中門の廊におはして、侍どもにむかつて仰せけるとて、「なんぢら、あの大納言左右なう切ることあるべからず。入道腹の立ちのまま、ひが事しいだして、かならず悔み給ふべし。ものさわがしきことしいだして、重盛うらむな」とのたまへば、武士ども舌を振りておそれ、をののきあへり。「さても、今朝、経遠、兼康が大納言に情なうあたりけること、かへすがへすも奇怪なり。重盛がかへり聞かんところを、などかはばからざらん。片田舎の者どもは、いつもかくあるぞ」とのたまへば、難波の次郎、瀬尾の太郎もふかく恐れ入りたりけり。大臣は、かく下知して小松殿へぞかへられける。

* **平安時代の死刑停止**　仲成・薬子の乱の後、死刑は名目のみあって実施されなかった。「嵯峨天皇の御宇に左衛門督仲成を誅せられし時、死者再び還らず、遠流無期の罪は已に死罪に同じとて、死罪を取止めしより以来年久し」（『保元物語』鎌倉本）とあるごとく、人命尊重の趣旨によるものであった。二十六代（本文「二十五代」は誤り）三百四十七年を経て保元の乱の時、藤原信西は朝敵厳罰を主張し、源為義・平忠正等大量に死刑に処し、家族にまで及んだ。『百錬抄』（保元元・七・二九）に「源為義已下被レ行ニ斬罪一、嵯峨天皇以降所レ不レ行之刑也、信西之謀也」とある。崇徳院の謀叛・合戦そのもの以上に当時驚愕すべき事件であり、乱世開幕の具体的な形であった。重盛が死刑をめぐって清盛を制止するのは、いわば王朝の倫理が中世の暴走を食い止めようとする姿だともいえるであろう。

一　この重盛からお前たちに罰を与えるぞ、その時になって重盛を恨んでも及ばぬぞ、の意。

二　成親の長男成経。母は参議藤原親隆女だが、ここに見える「北の方」は成経母ではあるまい。成経は丹波守兼近衛少将に至り、当時二十二歳。事件で父に連座して解官、遠流となる。治承三年（一一七九）帰洛、元暦二年（一一八五）官途に復し、参議右中将に至って建仁二年（一二〇二）四十七歳で卒した。

第十五句　平宰相、少将乞ひ請くる事

大納言の侍ども、中の御門烏丸の宿所へ走りかへり、このよしいちいちに申せば、北の方以下の女房たちも、をめきさけび給ひけり。「二『少将殿をはじめまゐらせて、三公達もとられさせ給ふべし』とこそ承り候へ。上をば『夕さり失ひまゐらすべし』と候。これへも追捕の武士どもが参りむかひ候ふなるに、いづちへもしのばせ給はで（は）」と申せば、「われ残りとどまる身として、安穏にてはなにかはせん。ただ同じ一夜の露とも消えんこそ本意なれ。さても今朝をかぎりと思はざりけるかなしさよ」とて、ふしまろびてぞ泣き給ふ。すでに追捕の武士どもの近づくよしを申しければ、「さればとて、ここにてまた四恥がましき目をみんもさすがなり」とて、十になり給ふ姫君、八になり給ふ若君、車にとり乗り給ひて、いづくともなく

三　成親の息子には成経のほかに成宗（親家、母成経に同じ）・親実（母源忠房女）・公佐（家国また盛実とも、母俊成女）・覚観（或は覚親か、生母不詳）・尊親（生母不詳）が系図上に見える。これらの人々をいう。

＊**成親の北の方**　成親には何人かの妻妾があった。『尊卑分脈』によると藤原親隆女（成経・成宗母）・源忠房女（二条院女房。親実母）・藤原俊成女（後白河院女房京極局。公佐母）などである。ここに出てくる北の方は後に「山城守敦賢女」（一九二頁）と紹介されるが、系図では確認できない。盛衰記には、山城守敏賢女が二条院女房で、成親に引き取られていると記すところから、親実母をこの北の方に当てるという説がある。女流歌人姉妹として聞えた神祇伯顕仲の姪に当り、この成親物語にまつわりつく王朝物語的情調を考える上に興味ある推定かと思うが、その父の名の違いは説明できない。この後成親の死までつながる北の方の話は、むしろ、没落沈淪の貴婦人のたどった一つの人生の型が、成親の北の方に託して語られていると見ておくのがよいかもしれない。

北の方烏丸宿所出でらるる事

四　検非違使が罪人を逮捕し、その家屋・財産を破却没収する仕方は、苛酷なものであった。家族の者への狼藉もしばしば行われた。「恥がましき目」を見まいとは、そうした狼藉から退避することなのである。

やり出だす。中の御門を西へ、大宮をのぼりに、北山のほとり雲林[一]院へぞ入れまゐらせける。そのほとりなる僧坊におろし置きたてまつり、御供の者どもも、身の捨てがたさに、たれに申しつけおきたてまつるともなく、いとま申してちりぢりになりにけり。いまは幼き人々ばかり残りとどまつて、またこととふ人もなくてぞおはしける。

北の方の心のうち、おしはかられてあはれなり。暮れゆくかげを見給ふにつけても、「大納言の露の命、この暮れをかぎり」と思ひやるにも消えぬべし。いくらもありつる女房、侍ども、世におそれ、かちはだしにてまどひ出づ[二]。門をだにもおしたてず。馬どもは厩にたて並びたれども、草飼ふ者も見えず。夜あくれば、馬、車、門にたて並べ、賓客座につらなり、あそびたはぶれ、舞ひをどり、世を世とも思ひ給はずこそ昨日まではありしに、夜の間にかはるありさまは、「生者必滅」のことわりは目の前にこそあらはれけれ。「楽しみ[三]

一 京都市北区紫野大徳寺の東南、舟岡山東北にあった古名刹。ウリンキン・ウジヰ等ともいう。古くは淳和帝の離宮。仁明帝皇子常康親王に伝領し、僧正遍昭が付嘱を受けて天台の寺院とした。本尊は千手観音。境内にあった菩提講寺は『大鏡』の舞台として知られる。西林院・知足院等もここに属した。

二 さすらい出て行く。「まどふ」は生活のより所を失い、零落放浪することを言った。ここも単にうろたえて出たという以上に、主家の没落破産という情況下での従者たちの、漂泊へ落ちこむ姿を思うべきであろう。

三 『本朝文粋』巻十四大江朝綱作「重明親王為家室四十九日願文」に見える「生者必滅、釈尊未免栴檀之煙、楽尽哀来、天人猶逢五衰之日」を引く。『和漢朗詠集』雑「無常」にもこの句が収められている。

尽きて、悲しみ来る」と江相公[四]の筆のあと、思ひ知られてあはれなり。

少将院の御所に御いとま乞ひの事

丹波の少将は、院の御所法住寺殿に上臥[五]して、いまだ出でられざりけるに、大納言の侍ども、いそぎ法住寺殿へ参りて、少将を呼び出だしたてまつり、「上は西八条に今朝すでにおし籠められさせ給ひぬ。公達もみなとらはれさせ給ふべしとこそ承り候へ」と申せば、少将「など、さらば、それほどのことをば宰相[六]のもとよりは告げざるやらん」とのたまひもはてぬに、つかひあり。「なにごとにて候ふやらん、西八条より『きつと具したてまつれ』と候。いそぎ出でさせ給へ」と申しければ、少将やがて心得て、院の近習の女房たち呼び出だしたてまつり、「などやらん、世の中ゆふべよりものさわがしく候ひしを、『いつもの山法師[七]のくだるか』なんどよそに思ひて候へば、はや[八]成経が身のうへにて候ふなり。大納言夕さり失はれ候はんなれば、成経も同罪にてこそ候はんずらめ。八歳のとき

四 大江の宰相の公の意で、大江音人およびその孫大江朝綱が該当し、普通は音人を「江相公」、朝綱を「後江相公」と呼びわけるが、ここは大江朝綱である。大江氏は阿保親王の子孫。朝綱は音人の孫、玉淵の子、左大弁文章博士となり、参議に至る。漢学に優れ、詩文の作を残し、歌人としても有名。

五 宿直して。貴人の寝所近く宿直することを「上臥」という。

六 平教盛。清盛の弟。「門脇宰相」と通称した。その娘が成経の妻になっている。一三六頁系図参照。

七 叡山の僧たちが日吉神輿をかついで強訴するのか。京都の騒動としてはそれが頻繁なので「いつもの」と言ったのである。

八 「はやく」ともいい、速度をいう「早」と同語であるが、事態や物件を集中的に説明する時に用いる副詞。

より御所へ参りはじめ、十二より朝夕龍顔に近づきまゐらせ、朝恩にのみあきみちてこそ候ひつるに、今いかなるめにあふべく候ふやらん。今、御所へも参り、君をも見まゐらせたう候へども、かかる身にまかりなりて候へば、はばかりを存ずるなり」とぞ申されける。

女房たち、いそぎ御所へ参り、このよしを奏せらる。「さればこそ、今朝入道がつかひにはや心得つ。これらが内々はかりしことのあらはれぬるにこそ。さるにても、成経これへ」と御気色ありければ、世はおそろしけれども、参られたり。法皇御覧じて、御涙にむせばせおはします。上より仰せ出でらるるむねもなし。少将も涙にかきくれて、御前をまかり出づ。法皇、うしろをはるかに御覧じおくらせ給ひて、「ただ末の世こそ心憂けれ」と、「これがかぎりにて、御覧ぜられぬこともやあらんずらん」とて、御涙をながさせ給ふぞかたじけなき。少将、御所をまかり出でられけるに、院中の

一　天子のお側に伺候して。「龍顔」は天子のお顔。ここは後白河院をさす。「龍」は天子のたとえに用いる語。

＊**鹿谷陰謀の処断**　明雲事件に都中が目を奪われている時、院中勢力に対する清盛の手入れは上下の人々を震駭させた。六月一日逮捕者は西光・成親だけで、『玉葉』によれば西光は年来の凶悪や明雲讒言等について訊問され、その間「可レ危二入道相国一之由、法皇及近臣等令二謀議一之由」を認め、謀議参加者の名を自白し、その夜のうちに首を刎ねられた。平家物語の伝えるところと符合するようである。成親は翌二日早くも備前に流される。西光自白の噂に院の近習は生きた心地もなく、ただ妻子を逃がして、院の袖を頼むばかりであった「院中上下形気如レ存如レ亡　失レ色損レ容　云々、或有二流レ涙之輩一云々」。三日夜、俊寛・基仲法師・基兼・信房・資行・康頼の六人が逮捕される。基仲以外は平家物語にも伝える名である。平業房だけが院のとりなしで放免されたという。『玉葉』は後日に「或人云、西光白状事実事　云々」（六月十日）と書き添えている。事件の背後に後白河院のあることは誰にも疑えぬところであったろう。

少将西八条屈請の事

人々、少将のたもとをひかへ、袖をひき、涙をながさぬはなかりけり。

少将は舅(しうと)の宰相(教盛)のもとへ出でられたれば、北の方[二]、近う産すべき人にておはしけるが、今朝よりこのなげきうちそへて、すでに命も消え入る心地ぞせられける。少将御所をまかり出でられけるより、ながるる涙つきせぬに、この北の方のありさまを見給ひては、いとどせんかたなげにぞ見えられける。少将の乳母(めのと)に、六条(ろくでう)[三]といふ女房あり。少将の袖をとり、「御産屋(おんうぶや)のうちより参りはじめ、君をそだてまゐらせて、わが身の年ゆくをも知らず、去年より今年は大人(おとな)しくならせ給ふことのみ、うれしと思ひまゐらせて、すでに二十一年なり。あからさまにもはなれまゐらせず。院内(ゐんない)[四]へ参らせ給ひて、おそく出でさせ給ふだにも、心もとなく思ひまゐらせつるに」とて泣きければ、少将「いたうな嘆きそ。宰相殿のさてもおはしければ、命ばかりはなどか申しうけられざらん」と、こしらへなぐさめ給へ

二　平教盛の娘の一人で成経の妻。当時の例として妻は実家に住んでいる。成経の長子雅経の生母で（『尊卑分脈』）、今その弟の出産をひかえているのである。

三　成経の乳母(めのと)であったが、北の方に付き添って教盛邸にいる。乳母の名で「六条」は中世の物語によく見える名で、事実としての名を伝えているのではあるまい。

四　院の御所の中の意。他本「院(ゐん)・内(うち)」と読ませて、院の御所と天皇の内裏との意とする。あるいはそれが妥当であろうか。

ども、六条、人目も知らず泣きもだえけり。

さるほどに、西八条より「少将おそし」といふ使しきなみのごとし[一]（次々とひまもなく来る）。宰相「ともかくも行きむかうてこそ（出向いてみてから）」とて出でられけり。少将をも同じ車に乗せてぞ出で給ふ。宿所には女房たち、亡き人[二]なんどをとり出だす心地して、みな泣きふし給ひけり。保元、平治よりこのかた、〔平家の人々には〕たのしみさかえはありしかども、憂きなげきはなかりしに、この宰相ばかりこそ、よしなき（なまじの）聟ゆゑに（娘聟のために）、かかるなげきはせられけれ。西八条近うなりければ、宰相車をとめて、まづ案内を申し入れられければ、入道「少将はこの内へはかなふまじ（邸内へ入れてはならぬ）」とのたまふあひだ（とおっしゃるので）、そのへん近き侍の宿所におろしたてまつり、兵ども守護しけり。宰相には離れ給ひぬ、少将の心のうちこそかなしけれ。

少将乞ひ請け安堵の事

宰相中門にましまして、入道相国に見参に入らんとし給へども（対面しようとなさったが）、入道相国出でもあはれず。源大夫判官季貞[三]をもつて（取次として）申されけるは、「（教盛）よしなき者にしたしうなり候ひて（つまらぬ者と縁を結びまして）、かへすがへすも悔しく候へど（後悔しておりま

一　あとからあとからと寄せて来る波。これから副詞「しきなみに」（ひっきりなしに）の語を生じる。

二　死者を葬式に運び出すような心地がして。成経の助命については絶望という気持で送り出すのである。

三　源季貞。清和源氏の一流。季遠の子。代々北面の家柄であるが父の代から平家の侍となっている。甥に『源氏物語』学者源光行がある。「大夫」は五位、「判

も、今はかひも候はず。そのうへあひ具して候ふ者、近う産すべきとやらん承り候ふが、このほどまた悩むこと候ふなるに、このなげきを今朝よりうちそへて、身々[四]ともならぬさきに、命も絶え候ひなんず。しかるべく候はば、成経を教盛にしばらくあづけさせおはしませ。なじかはひが事をばさせ候ふべき」と申されければ、季貞この様を、参りて申すに、入道「あつぱれ、この例の宰相がものに心得ぬよ」とて、しばしは返事もなかりけり。宰相、中門にて「いかに、いかに」と待たれけり。

ややありて、入道のたまひけるは、「行綱このこと告げ知らせずは、入道、安穏[五]にえやはあるべき。当家また失せなんには、御辺とてもつつがなうはおはせじ。この少将といふは、新大納言の嫡子なり。ものをなだむるにも様にこそよれ。[六]えこそはゆるすまじけれ」とのたまへば、季貞かへり参りて申せば、宰相世にも本意なげにて、「仰せのむねおしかへし申すことは、[七]そのおほそれすくなからず候

官」は検非違使尉。

四 出産も終えぬうちに。妊婦が出産することを、二つの身となる、身々となる、という。

五 「え」は……できる、の可能の意で、「えやは……」は強い反語文を作り、結局否定文となる。

六 「え」は前項と同じく可能だが、下の否定文と組んで強い不可能・禁止をあらわす。

七 「おほそれ」は「おそれ」の訛。恐縮。

へども、（〔私は〕）保元、平治よりこのかた、大小事に身をすてて、（〔入道殿の〕）御命にもかはりたてまつり、あらき風をもまづ防ぎまゐらせんとこそ存じ候ひしか。このちもいかなる御大事も候へ（大事がありましても）、教盛こそ年老いて候ふとも、子ども[一]もあまた候へば、一方[二]の御方にはなどかならでは候ふべき（ならないはずはありません）。それに（しかるに）、『成経しばらくあづからん』と申すを御ゆるされなきは、一向教盛を『二心ある者』とおぼしめさるるにこそ（お思いであるに違いありません）。このうへは、ただ身のいとまを賜はつて、出家入道をもし、片山里にこもりゐて、一すぢに後世菩提のつとめをいとなみ候はん。（〔思えば〕）よしなき（〔俗世の〕）憂き世のまじはりなり（生活でありました）。世にあればこそ望みもあれ。望みかなはねばこそ恨みもあれ。しかじ[三]憂き世をいとひ（何よりもこの世をのがれて）、まことの道に入りなんには（仏の導く真の道に入るほかはありません）」とぞのたまひける。

季貞「[四]にがにがしきことかな（よわったことになったな）」と思ひて、この様をまた参りて申す。「（〔教盛〕）門脇殿は（〔遁世を〕）おぼしめしきりたるげに候ふものを（思いつめたご様子でございますぞ）」と申せば、入道おほきにおどろき給ひて、「出家入道こそけしからず（とはまたとんでもないことだ）おぼえ候へ。

一 教盛の子には、通盛・教経・業盛があり、父と共に後年いずれも合戦に臨んで平家に殉じている。また僧となった忠快も没落の平家と行を共にしている。特に教経は勇将の聞えが高い。

二 一方の守備は引き受けるほどの身方の意。謙遜と自負を兼ねた言い方。「たとひ千騎もあれ、万騎もあれ、一方は射はらはんずるなり」（『保元物語』古活字本）、「いかなる御大事をも承りて、一方はかため申さん」（『平治物語』古活字本）など軍記に例が多い。『玉葉』には僧兵が清盛へ申し送った例も見える。一二四頁＊印参照。

三 「（いかなる方法も）憂き世をいとひ、まことの道に入りなんにはしかじ」という意を倒置して強く言い切った形。「しかじ」は「しく」（及ぶ、かなう）の否定で、まさるものはあるまい、及ぶものはあるまい、の意。

四 現代語のような相手に対する批判ではなく、困惑した自分の心中をいう。

さらば成経をば御辺の宿所へしばらく置かれ候へ(預かっておきなさい)」と、しぶしぶにのたまひける。季貞この様をまた参りて申す。宰相よにもうれしげに、「あはれ(ああ)、子をば人の持つまじきものかな(子というものは持つものではないな)。わが子の縁にむすぼほれずんば(ひかれなければ)、これほど教盛心をば砕(くだ)かじ」とてぞ出でられける。

少将待ちうけて、「さて、なにと候ふやらん(どうでございました)」と申されければ、宰相「されば、入道かなふまじき(許すわけにはいかぬと)よしのたまひつるを、〔私が〕出家入道まで〔の決意〕申したれば(まで申したので)、『しばらく宿所に置きたてまつれ』とこそのたまひつれ、されども、五始終はよかるべしともおぼえず(最後まで無事ですむとも思われぬ)」とのたまひければ、少将「されば、御恩をもつて(〔舅殿の〕お蔭で)しばしの命は延び候ひぬるにこそ(延ばされましたのですね)。さ(それ)ても大納言の(にしても父の)ことはいかにと聞こしめされ候ふやらん(何とお聞きになられましたでしょうか)。もし〔父が〕夕さり失はれ候はんにおいては(処刑されますならば)、成経も命生きてなにかせん。六同じ御恩にて候はば(どうせお蔭を蒙るのでしたなら)、ただ一所にて、いかにもならん(〔父と〕同じ所で死にたい)様を申させ給ふべし(〔私の〕気持を〔入道殿に〕申し上げて下さい)」と申されければ、そのとき宰相よにも心くるしげにて(まことにつらそうに)、「それも小松(父上のことも重盛)

＊心を語る文体　成親・成経の逮捕をめぐる一連の話群には立ち入った心理表現を特色として指摘することができる。「少将乞ひ請け安堵の事」の段での舅(しゅうと)教盛の言動の描写はことに注目すべきものであろう。助命嘆願の詳細な問答をさしはさんで、「よしなき聟(むこ)ゆゑに」心労する心的矛盾を言い、「子をば人の持つまじきものかな」と娘への愛を逆説風に呟(つぶや)き、さらに成経が父を思う言葉に当惑しながら「子をば人の持つべかりけるものかな」と結論をひるがえす。まさに娘を持つ親の、舅としての感情が生々しく吐露されている。いわば人間教盛の眼で、心で記された段だといってよい。平家物語にはそうした、或る特定登場人物の生きた視野がうかがわれる所がしばしば見当るが、ここはその顕著な一例なのである。

五「始終」は始めから終りまでの意だが、ここは特に終りの意に用いている。第九句「北の政所誓願」にも「いかに申すとも、始終(しじゅう)のことはかなふまじ」（九七頁）の例があった。

六 せっかく私の命を助けて頂いても父成親が処刑されるのだったら、私としては立つ瀬がない。それくらいなら、というのである。舅の苦衷(くちゅう)とはかみ合わない成経の真情である。

の内府の（殿から）、一とかう申されければ（いろいろ嘆願なさったので）、しばらく延び給ふ様にこそ承り候へ（永らえなさるとか聞きました）。御心やすくおぼしめせ（ご安心なさい）」とのたまへば、少将手をあはせてぞよろこばれける。「子ならざらん者は（（宰相）子供でもなければ）、誰かただ今わが身のうへをばさしおいて（一体誰がさしせまった自分のことをあとにして）、これほどによろこぶべき（（父のしばしの命を））。まことの契りは親子の中にぞありける。されば（だから）、子をば人の持つべかりけるものかな（やはり子というものは持つべきものなのだな）」と、やがて（すぐに）二思ひかへされける。

今朝の様にまた同車してこそかへられけれ。宿所には女房たち、死したる人のただ今生きかへりたる心地して（蘇生した（のを迎えるような）気持で）、みなよろこびの涙をぞながしあはれける。この門脇の宰相と申すは、入道の宿所ちかく、門脇といふ所にましましければ、「門脇殿」とぞ申しける。

第十六句　大教訓

一 「とかう」は「とかく」の音便。成親助命のために重盛が種々嘆願したことをさす。

二 先に「子をば人の持つまじきものかな」と、子ゆえの苦しみに否定的感想を抱いたことを、思い改めたのである。

三 憤懣やるかたなく。不安という程度ではなく、憤怒・憤激の気持を抱くことをいうのである。

四 赤い地色に金銀糸で刺繡した直垂。「直垂」は武士の平服。鎧の下に着用する鎧直垂も略して「直垂」という。ここは平常は法服の清盛が特に直垂を着たのであるから、鎧直垂であろう。

五 銀の金具をつけた黒糸で編んだ腹巻鎧。「腹巻」は二八頁注三参照。「胸板」はその胴の前面上部の横長の板金。ここについている相引の緒と高紐（肩の紐）を強く結び、体にぴったり着こなすのを「胸板せめて」といった。

六 清盛が安芸守であったのは久安二年（一一四六）二十九歳から保元元年（一一五六）三十九歳までの十一年間である。その間に高野大塔修理を契機として、厳島神社造営をも遂げ、厳島明神から「銀の蛭巻したる小長刀」を賜ったことが第二十四句「大塔修理」に見える。実際には厳島造営は清盛出家後の仁安四年（一一六九）頃から数年を費やしているので、ここで長刀拝領が安芸守当時というのは矛盾する。しかし安芸在任中に厳島参詣は当然なされたであろうから、奇瑞の伝承である長刀拝領の時期をあえていずれかに限る

入道相国、か様に人々あまたいましめおかれても、なほもやすから[三]ずや思はれけん、「仙洞をうらみたてまつらばや」（院に思い知らせてさし上げたい）とぞ申されける。すでに[四]赤地の錦の直垂に、[五]白金物うちたる黒糸縅の腹巻、胸板せめて着給ふ。先年[六]安芸守たりしとき、厳島の大明神より、霊夢をかうぶりて、うつつに（〔夢でなく〕現実に）賜はられたる[七]秘蔵の手鉾の、銀にて蛭巻したる小長刀、つねに枕をはなたず立てられたるを脇にはさみ（〔寝所に〕立て置かれたのをかかえこみ）、中門の廊にこそ出でられけれ。その気色まことにあたりをはらつて、ゆゆしうぞ見えける（近づきがたく恐ろしいほどに見えた）。筑後守貞能を召す。貞能、[八]木蘭地の直垂に緋縅の鎧着て、御前にかしこまつてぞ侍ひける。「やや、貞能。このこといかが思ふ。一年、保元に[九]平右馬助忠正をはじめて、一門なかばすぎて（平家一門の半分以上は）新院（崇徳）の御方へ参りにき。中にも[一〇]一の宮の御ことは、故刑部卿（忠盛）の養君にてわたらせ給ひしかば、かたがた見放ちまゐらせがたかりしかども（何としてもお見捨てするにしのびなかったけれども）、[一一]故院（鳥羽）の御遺誡にまかせたてまつりて（ご遺言にお従いして）、御方にて先を駆けたりき（官軍として真っ先に戦った）。これ一つの奉公なり。つぎに平治の乱れのとき、[一二]信頼、

べきでもなかろう。

七 「秘蔵」は中世にはヒサウと清音でいうことが多いが、底本濁点を施している。「手鉾」は片手で使うほどの小形の鉾。鉾は槍のように刺突する古代の武器だが、槍と違って穂が柄の上にかぶさっている。ここは小長刀を手鉾と称しているが、長刀は新種の武器で、広義に鉾と呼んだのである。「蛭巻」は刀剣の柄や鞘に帯状の金属を巻きつけたもの。蛭の巻きつくに似るところからいう。

八 赤黄色に黒味を帯びた色の鎧直垂。

九 正盛の次男。忠盛の弟で清盛の叔父。保元の乱に崇徳院に召されて戦い、乱後刑せられた。

一〇 崇徳院第一皇子重仁親王。保元の乱により出家して空性という。応保二年（一一六二）薨ずる。忠盛室宗子（池尼）がその乳母であった。

一一 『保元物語』によれば、清盛は重仁親王の乳母子に当るので当然崇徳院方につくものとして、後白河院に警戒され官軍召集の中に除かれていた。それを美福門院の策で、「故院の御遺誡にまかせて内裏を守護し奉るべし」（古活字本）との使を受け、院方を離れて官軍に参加したという。「故院」は鳥羽法皇。保元元年七月二日崩御になったことがきっかけで乱が起きた。

一二 藤原信頼。大蔵卿忠隆の子。後白河院の寵を受け権中納言右衛門督に至ったが、平治の乱を起し、内裏を占拠したが、清盛のために敗れて刑死した。

義朝[一]、内裏にたてこもり（を占領して）、天下くらやみとなりしを、命をすて、追ひ落し、経宗[二]、惟方を召しいましめしよりこのかた（逮捕した時から以来）、君の御ために身を惜しまざること、すでに度々に（たび重なった）およぶ。たとひ人いかに申すとも、この一門をばいかでか捨てさせ給ふべき（平家一門をどうしてお見捨てになれようか）。それに（しかるに）、成親といふ無用のいたづら者（碌でもない馬鹿者）、西光といふ下賤の不当人が申すことにつかせ給ひて（無法者の言葉に引きずられなさって）、この一門滅ぼすべきよし、法皇御結構こそ遺恨の次第なれ（お企てになったとは無念なことだ）。こののちも讒奏する者あらば、当家追罰の院宣下されんとおぼゆるぞ（平家追討の）。朝敵となりなんのちはいかに悔ゆるとも益あるまじ（〔そんなことで〕朝敵の汚名を着てしまってからではいかに後悔しても後の祭りだ）。さらば、世をしづめんほど（鎮めるまでの間）、法皇をこれへ御幸をなしまゐらするか（この邸へ）、しからずは、鳥羽[三]の北殿へ遷したてまつらんと思ふはいかに（思うがどうだ）。その儀ならば（そういうことになれば）、北面の者どもの中に（〔院の〕北面の侍たちの中の何人かは）、さだめて矢をも一つ射んずらん（抵抗して戦おうとするであろう）。侍どもに『その用意せよ』（いくさ支度せよ）と触るべし（命令せよ）。大方は入道、院方[四]の奉公においては（院に対する忠勤のことは）、はや思ひ切つたり（もはや断念した）。馬に鞍おけ。着背長[五]とり出だせ」とのたまひける。

一　源義朝。為義の子。信頼に加担して平治の乱を起し、敗れて尾張に逃れ旧臣長田忠致に殺された。

二　経宗は藤原氏大炊御門流、権大納言経実の子。その妹懿子は二条院生母。惟方は藤原氏葉室流、民部卿顕頼の子。光頼の弟。妹に藤原忠隆室となって信頼を生んだ人、また信頼室となった人がある。共に平治の乱に一時信頼に与したが、翻意して幽閉の二条帝を脱出させた。永暦元年（平治二年・一一六〇）経宗は阿波に、惟方は長門に流された。各数年にして帰京、官途に復し、経宗は左大臣に、惟方は参議に至る。

三　京都市伏見区鳥羽にあった鳥羽離宮の中の一画。城南森の東北に当る。保安四年（一一二三）頃鳥羽院が造営し、田中殿・泉殿・東殿・安楽寿院・勝光明院等を配した。南殿を秋山と称するのに対して北殿を春山と称したという。また城南の離宮ともいう。

四　帝と院といわば二元的な政治が院政の特性である。その院の方への忠勤を放棄すると決意したのである。帝は高倉（清盛義妹建春門院が生母、女徳子が中宮）であるから、清盛としては帝政一本が望ましいわけなのである。

五　大鎧の美称。腹巻・胴丸に対して全体の丈が長いところからいう。

＊**経宗・惟方事件**　諸注に経宗・惟方の処罰を平治の乱に当初謀叛に加担した故と解するが、乱後処理と並行して逮捕（二月二十日）、流罪（三月十一日）が行われたため錯覚されたのである。平治の

乱とは別件で、延慶本・長門本では区別している。信頼に幽閉された二条帝・後白河院のうち、帝は経宗・惟方の策で脱出し、清盛邸に入ったが、院は単身仁和寺へ脱走した。つまり平治の乱の解決は二条帝に象徴され、両人はその功臣となり、朝権を左右するに至る。院は正月藤原顕長邸に入ったが、「ソノ家ニハ桟敷ノアリケルニテ大路御覧ジテ下衆ナンドメシヨセラレケレバ、(帝は)経宗・惟方ナドサタシテ堀河ノ板ニテ桟敷ヲ外ヨリムズムズト打ツケテケリ」(『愚管抄』。『平治物語』にも見える)ということがあり、院は清盛に命じて両人を除こうとした。清盛は院・帝のいずれに奉公するか岐路に立ったが、職分外の両人逮捕を断行して、院への奉公の意志を表明し、院帝父子の仲はいよいよ険悪となったのである。

六　九州のこと。天平十五年(七四三)に鎮西府が置かれ、二年後に廃せられたが名称のみ残って、大宰府を鎮西府と称することもあり、平安末期頃には九州の異称として言うようになった。

七　公卿殿上人というに同じ。「卿」は公卿で参議あるいは三位以上の者。「相」は大臣。「雲客」は雲の上人の意で殿上人。ただし平家一門の卿相雲客に相当する者は十人で、「数十人」というのは誇張である。

八　鞍をつけるため馬腹に回して結ぶ帯。ハラオビの約。

小松殿西八条入御の事

主馬の判官盛国、小松殿へ馳せ参じ、涙をながせば、大臣「いかにや。大納言斬られぬるか」とのたまへば、「さは候はず。『御院参あるべし』とて、上すでに着背長を召されて候。侍どもみなうちたつて、ただ今寄せられ候。法皇をも鳥羽の北殿へ御幸とは聞こえ候へども、内々は『[六]鎮西のかたへ移したてまつるべし』とこそ承り候へ」と申せば、小松殿「いかでかさる事あるべき」とは思はれけれども、「今朝の入道の気色は、さも物狂はしきこともやましますらん」とて、いそぎ車に乗り、西八条へぞおはしける。

門のうちへさし入りて見給へば、入道すでに腹巻を着給へるうへ、一門の[七]卿相雲客数十人、おもひおもひの直垂、色々の鎧着て、中門の廊に、二行に着座せられたり。そのほか諸国の受領、衛府、諸司は縁に居こぼれ、庭にもひしと並み居たり。旗竿をひきそばめひきそばめ、馬の[八]腹帯をかため、兜の緒をしめて、ただ今すでにみなうちたたれんずる気色どもなるに、小松殿は烏帽子直衣[一]に大文の指貫[二]のそばをとり、しづかに入り給ふ。ことのほかにぞ見えられける。

太政入道は遠くより見給ひて、「例の[三]、内府が世を表する[四]様にふるまふものかな。陳ぜばや」とは思はれけれども、子ながらも、内に[五]はすでに五戒をたもち、慈悲をさきとし、外[六]には五常を乱らず、礼儀をただしうし給ふ人なれば、あのすがたに腹巻を着てむかはんこと、さすがおもはゆく恥かしうや思はれけん、障子[七]をすこし引きたてて、素絹[八]の衣を腹巻のうへに着給ひたりけるが、胸板[九]の金物すこしはづれて見えけるを、かくさんと、しきりに衣の胸を引きちがへ、引きちがへぞし給ひける。

小松殿は弟の右大将宗盛の座上につき給ふ。相国ものたまふことなく、大臣も申し出ださるる旨もなし。ややあつて、入道のたまひけるは、「やや、成親の謀叛は、事の数にもあらざりけり。これはただ一向法皇の御結構にて候ひけるぞ。さればしづめんほど、

一 直衣に立烏帽子を着けた姿。冠直衣（参内の服装）に対していう。「直衣」は衣冠の袍に似るが位階による色の制がない常用服。袴は指貫を用いる。

二 大きい紋様のある指貫袴。「指貫」は衣冠・直衣・狩衣等に着用する袴で、裾を内側へくくるのが特色。紋をつけるのは公卿に限られる。歩行の時袴の横を少しかかげるのを「そばをとる」という。

三 例によって、と訳すべき副詞である（連体詞ではない）。

四 底本「ひうする」とあるが〈ヒョースル〉と読むべきであろう。斯道本その他諸本により「表」字を当てた。屋代本に「摽」とある点から、正しくは「慓」（軽んずる意）かとする説が妥当であろう。『八雲御抄』に「あさむく、なべては物をへうするを云」（四、世俗言）とあり解釈上参考になる（「あさむく」は嘲る意）。

五 仏法についていえば不殺生・不偸盗・不邪淫・不妄語・不飲酒の五種の禁戒を守り。「内」は仏法をいう。

六 儒教においては仁義礼智信の徳を守り。「外」は仏教以外の教法で特に儒教をいう。

七 唐紙。ふすま。現代の障子（当時は明障子といった）ではない。

八 白い生絹で作った僧衣。

九 腹巻（鎧も同様）の胴の前面上部の横長の板を「胸板」といい、その縁に金属の装飾を施す。前に「白金物うちたる黒糸縅の腹巻」とあったが、その白金物

法皇を鳥羽の北殿へ御幸なしたてまつらばや（お移し申し上げよう）。しからずは御幸これへなりともなしまゐらせんと思ふはいかに（お迎え申し上げようと思うがどうであろう）」とのたまへば、小松殿聞きもあへ給はず、はらはらとぞ泣かれける。入道、「いかに、いかに」とあきれ給ふ。

ややありて、大臣涙をおしのごひて申されけるは、「この仰せを承り候ふに、〔父上の〕御運ははや末になりぬとおぼえ候。人の運命のかたぶかんとては（衰えるときには）、かならず悪事を思ひたち候ふなり。かたがた（諸事につけ）〔父上の〕御ありさまを見たてまつるに、さらに（全く）現ともおぼえ候はず（正気とも思われません）。さすが（何といっても）、わが朝は、粟散辺地とは申しながら（辺境の小国とは申せ）、天照大神の御子孫、国の主として、[一〇]天の児屋根の命の御末、朝の政をつかさどり給ひてよりこのかた、太政大臣の官にいたるほどの人の甲冑をよろひましまさんこと（身にお着けなさるなどということは）、礼儀をそむくにあらずや。なかんづく（とりわけ）〔父上は〕出家の御身なり。それ[一一]三世の諸仏解脱幢相の法衣を脱ぎすてて、たちまちに甲冑を着給はんこと、内には[一二]破戒無慚の罪をまねき、外にはまた仁義礼智信の法にもそむ（そむく）

（銀）は主に胸板にほどこすのである。

＊**法衣の下の鎧**　息子に頭の上がらない清盛入道が、衣の下の鎧を気にしては襟をかき合せかき合せする画題的な名場面である。この鎧は簡略な腹巻であって、大鎧では到底無理である。最初腹巻姿で登場した清盛が「着背長とり出だせ」と言い、重盛に急報した盛国も「上すでに着背長を召されて候」と言う。しかし清盛は結局大鎧（着背長）を着用しなかった。腹巻はそれ自体軽武装であるとともに、殿上闇討の家貞のように狩衣の下に着こむこともする。大鎧もまず腹巻を着た上に重ねて着用するのを常とした。清盛の腹巻も大鎧を着る前提としての姿であり、家貞が「着背長を召されて候」と報じたのも早合点だが、無責任な誤報でもないのである。

大教訓

一〇　中臣（藤原）氏の祖神。天照大神の岩戸隠れの時祝詞を奏し祈った。「時中臣遠祖　天児屋命、則以神祝祝之、於是日神方開磐戸而出焉」（『日本書紀』神代上）。

一一　諸仏が解脱のしるしとするところの法衣、すなわち袈裟。「三世」は過去・現在・未来。「解脱」は煩悩を脱し覚醒すること。「幢相」は旗じるし。『往生要集』下末に「袈裟名為解脱幢衣」とある。これに解脱の主体である「三世諸仏」を冠し、併せて袈裟の美称としたのである。

一二　仏の戒法を破ってしかも慚じないという罪。

き候ひなんず（ことになりましょう）。かたがた（何事も）おそれある申しごとにて候へども（恐れ多い申し分ではございますが）、世にまづ四恩[一]候。天地の恩、国王の恩、父母の恩、衆生の恩これなり。これを知れるをもつて人倫[二]とす。されどもその中にもつとも重きは朝恩[三]なり。『普天[四]の下、王土にあらずといふことなし』。されば、穎[五]川の水に耳をあらひ、首陽山[六]に蕨を折りし賢人も、勅命をばそむかず、礼儀をば存ずとこそ承れ（礼節を保ったと聞いております）。いはんや〔父上は〕先祖にもいまだ聞かざりし、太政大臣をきはめ給ふ。いはゆる重盛が（たとえば重盛ごときが）無才愚暗の身をもつて、蓮[七]府槐門の位にいたる。しかのみならず（そればかりでなく）、国郡[八]なかば一門の所領となり、田園ことごとく一家の進止[九]たり。これ希代の朝恩にあらずや。今これらの莫大の御恩をおぼしめしわすれ給ひて、みだれがはしく（無法にも）君をかたぶけまゐらせ給はんこと、天照大神、正八幡宮[一〇]の神慮にもそむきなんず」

（重盛）「[一一]日本はこれ神国なり。神[一二]は非礼をうけ給はず。しかれば（ですから）君（院）のおぼしめし立つところ、道理なかばなきにあらずや（全く道理がないともいえぬわけです）。中にもこの一門は、

一 「出世恩有其四種、一父母恩、二衆生恩、三国王恩、四三宝恩、如是四恩一切衆生平等荷負」（『心地観経』）。その「三宝」を「天地」に言いかえた諺。四恩の種類にはなお諸説がある。

二 人。特に儒教で人間関係を前提としていう。

三 朝廷の恩。すなわち四恩中の国王の恩。

四 全天下みな国王の領土である。「溥天之下莫非王土、率土之浜莫非王臣」（『詩経』小雅・北山）。『孟子』にこれを引き「溥天」を「普天」とする。「溥」「普」は同音同義で訓はアマネシ。

五 『高士伝』に見える許由の故事。聖帝尭が賢人許由に世を譲ろうとしたが、許由は山に逃れ、汚れたことを聞いたと川で耳を洗った。「穎川」はその川。

六 『史記』に見える伯夷・叔斉兄弟の故事。周の武王が殷の悪王紂を討つ時、暴を攻めるに暴を以てする非を諫めたが及ばず、首陽山に入り蕨を食とし、ついに餓死した。兄弟は王命に服しなかったが、叛逆したわけでなく、身を退き命を縮めたのである。

七 大臣のこと。晋の大臣王倹が邸の池に蓮を植え愛したことから「蓮府」という。「槐門」は一一九頁注八「三台槐門」参照。

八 第二句「三台上禄」に「平家の知行の国三十余箇国、すでに半国をこえたり」とあった。四〇頁参照。

九 進めるも止めるも意のままに支配すること。

一〇 単に「八幡」というに同じ。応神帝を主祭神とし、天照大神と並んで皇室の祖神として崇敬される。

代々朝敵をたひらげて、四海（天下の）の逆浪をしづむることは（反乱を鎮めたことは）、無双の忠なれども、その賞にほこること、傍若無人とも申しつべし（申すべきです）。されば聖徳太子の十七条の御憲法にも、『人みな心あり。心おのおのおもむきあり（固執するところがある）。彼を是とし、我を非とし（［あるいは］）、我を是とし、彼を非とす（［そういう］）。是非の理たれかよく定むべき（誰が決定できよう）。相共に賢愚なり。環の端なきがごとし。これをもつて、たとひ人怒るといふとも（［それを人の非とせず］）、かへりて我とがをおそれよ（自分が過失あることを怖れよ）』とこそ見えて候へ。しかれども、御運（［父上の］）いまだ尽きせざるによて、この事すでにあらはれ候ひぬ（この度の事件はすでに露顕したのであります）。そのうへ大納言召しおかれ候ふうへは（監禁なさった以上は）、たとひ君（法皇が）いかなることをおぼしめしたつとも、なにのおそれか候ふべき。所当の罪科をおこなはれ候ふうへ（相当の処罰を行われたのち）、今は退いて事のよし（事情の説明を）申させ給はば（申し上げなさって）、君の御ためにはいよいよ奉公の忠勤をつくし、民のためにはますます撫育の哀憐をいたさしめ給はば、神明の加護にもあづかり、仏陀の冥慮にそむくべからず。神明仏陀の感応あらば、君もおぼしめしなほすことなどか候はざるべき（法皇もかならずお考えを改めなさるにちがいありません）。君と臣とをくらぶ

一一 古くは宣命・祝詞・表白等にも用例があるが、一般には鎌倉末期伊勢神道の隆昌に伴って言われた諺で、『神皇正統記』に「大日本は神国なり」とあるのが最も有名。延慶本・長門本にはこの部分は見えない。

一二 八三頁注一九参照。

一三 推古帝十二年に制定された。その第十条に「絶忿棄瞋、不怒人違、人皆有心、心各有執、彼是則我非、我是則彼非、我必非聖、彼必非愚、共是凡夫耳、是非之理、詎能可定、相共賢愚、如鐶无端、是以彼人雖瞋、還恐我失、我独雖得、従衆同挙」（『日本書紀』推古）とあるのを引く。

一四 人はお互いに相手を賢と思い、また愚と思うものである。賢・愚の評価が相対的であることをいう。

一五 耳輪に始め終りがないようなものである。どうどうめぐりで結論の出ないことをたとえる。「環」は玉などを緒で連ねて手首や耳につける古代の装飾具。『日本書紀』の十七条憲法の「鐶」にミミカネの訓がある。

一六 その罪状に相当する処刑。底本「そのうへしようのさいくわをおこなはれ候うへは」とあるを斯道本により修正した。

一七 あわれみを以て生活を守っておやりなさるならば。「撫育」はかわいがり育てること。

一八 深いお心にもかならうでしょう。「冥」は暗く測り知れぬ意。

一九 信仰が神仏に通じて効験利益があること。

るに、君につきたてまつるは忠臣の法なり。道理とひが事をならぶるに、いかでか道理につかざるべき。これは君の御理にて候へばかなはざらんまでも、重盛は院中に参りて守護したてまつらばやとこそ存じ候へ。そのゆゑは重盛叙爵より、今大臣の大将にいたるまで、しかしながら朝恩にあらずといふことなし。その恩のおもきことを思へば、千顆万顆の玉にもこえ、その徳のふかき色を案ずれば一入再入の紅にもすぎたるらんとこそおぼえ候へ。しかれば院中へ参じて、法皇を守護したてまつらんと存じ候。命にかはらんとちぎりて候ふ侍ども、一二千人も候ふらん。かれらをあひ具して、防ぎたてまつらんには、もつてのほかの大事にてこそ候はんずらめ。かなしいかな、君の御ために奉公の忠をいたさんとすれば、迷盧八万の頂よりもなほ高き親の恩、たちまちに忘れんとす。いたましきかな、不孝の罪をのがれんとすれば、君の御ためにすでに不忠の逆臣ともなりぬべし。進退すでにきはまれり。是非いかにもわきまへが

一 はじめて従五位下に叙せられること。重盛は久安七年（仁平元年・一一五一）十三歳で叙爵している。

二 たくさんの数の宝玉。「顆」は球・丸粒などをかぞえる単位。

三 「入」は布などを染料にひたす回数。「一入再入の紅」はいく度も染料につけて濃く染めた紅。この辺の文菅原文時の「瑩日瑩風高低千顆万顆之玉、染枝染浪表裏一入再入之紅」（『本朝文粋』十「暮春侍宴冷泉院池亭同賦花光水上浮応製」。『和漢朗詠集』春）の句を用いている。

四 高さ八万由旬といわれる須弥山。「迷盧」は蘇迷盧ともいい、須弥山のこと。世界の中央金輪の上に聳え、須弥海に囲まれ、海中に八万由旬、海面上に八万由旬（「由旬」は距離の大単位）の高さという。諸天ここに住し六道四生、二十五有界みなここに存する。

五 「富貴而驕自遺其咎、功成名遂身退天之道」（『老子』道経上）によったものか。「ときんば」は「ときは」の訛。

六 一三五頁注六参照。『漢書』蕭何伝に「上以何功最盛、先封為酇侯、食邑八千戸、賜帯剣上殿、

たし」

（重盛）「ここに老子の御詞（ことば）こそ思ひ知られて候へ。『五功なり名とげて、身しりぞけ位をさげざるときんば、その害にあふ』と言へり。かの六蕭（せう）何（か）は大功かたへに七こえたるによつて、官大相国（だいしやうこく）にいたり、剣（けん）を帯（たい）し沓（くつ）をはきながら殿上へのぼることをゆるされしかども、叡慮（えいりよ）にそむき、高祖ことにおもくいましめ給へり。か様（やう）の先蹤（せんじよう）を思ふにも、富貴（ふつき）といひ、栄華といひ、朝恩といひ、重職（ぢゆうしよく）といひ、御身にとつてはことごとくきはめ給ひぬれば、御運の尽きさせ給はんこと、いまは難（かた）かるべからず。『八富貴（ふつき）の家に禄位（ろくゐ）九重畳（ぢゆうでふ）せり。ふたたび実なる木はその根かならずいたむ』と見えて、心細うこそ候へ。いつまでか命生きて乱らん世を見候ふべき。ただ末の世に生（しやう）をうけて、かかる憂き目にあひ候ふ重盛が一〇果報のほどこそつたなう候へ。ただ今も侍（さぶらひ）一人（いちにん）に仰せつけて、御坪（おつぼ）のうちへ召し出だされ、重盛が首（かうべ）を刎（は）ねられんことは、やすき御ことにてこそ候はめ。そののちはともか

〔成功を収め名声を揚げたなら／あとは引退し位を辞せよ／そうしなければ災いを受けるものだ／と言っております／同輩よりすぐれていたので／王の意に背き／きびしく罰せられました／先例／安心はできませぬ／〔しかし〕年に二度実を結ぶ木は／〔平家の運命も〕／いつまで生き永らえて世の乱れゆく果てまで見たいとも思いませぬ／末法の世に／宿命というものが情けなく存ぜられます／お庭の中に引き据えなさって／わけもないことでございましょう／何とでも〕

拝ニ丞相一為ニ相国一」とある。その後不遜（ふそん）の罪のあったことを記し、「下ニ何廷尉一械ニ繋スルコト之ヲ数日」という。

七 かたわらの意から転じて、同僚。朋輩（ほうばい）。底本「かたい」とあり「夏台」の字を傍書するが、改めた。

＊対句くずれ 「かなしいかな、君の御ために云々」は重盛諫言（かんげん）の中でも最高潮部分だが、親の恩を「迷盧八万」に比べたのに対し、「君の御ため」に比喩（ひゆ）の言葉がないのが不満に思われる。平家諸本ほとんど同様である。この比喩は「先迷盧八万之巓、高猶高、若比ニ観音一則非レ高、蒼海三千之底、深又深、喩ニ父徳一是非レ深」（『言泉集』）など表白文（ひようびやくぶん）にはよく見うけられ、特に「蒼海三千」のごときと対句を作ることが多い。平家諸本中延慶本のみ「迷盧八万ノ頂猶下レル父ノ御恩……蒼海万里之底猶浅キ君ノ御為」と深海の比喩を対照させた対句になっている。そうした整った形が本文の伝流の間にくずれて行ったのである。

八 「常観ニ富貴之家ヲ禄位重畳、猶ニ再実之木其根必傷一」（『後漢書』明徳馬皇后紀）。

九 「重畳」は重なること。読みは普通チョウデフ。底本「ぢう〳〵」とある。ヂュウデフと読ませる表記であろう。

一〇 前生での因縁に対する今生での結果としての報い。普通はよい報いをいうことが多いが、善悪ともに用いる。

くもおぼしめすままなるべし（〔父上の〕御意のままになさいませ）」とて、涙をながし給へば、直衣(なほし)の袖もしぼるばかりなり。これを見て、その座に並(な)みゐたる一門の卿相(けいしやう)雲客(うんかく)よりはじめてみな袖をぞぬらされける。

入道、「いやいや、これまでは思ひもよらず（それほどまで思っているわけではない）。〔院が〕『一悪党どもが申すことにつかせ給ひて（口車に乗せられなさったりして）、ひが事（御過ちなどでも）なんどもや出で来(こ)んずらん（起きはせぬか）』と思ふばかりにてこそ候へ」とのたまへば、大臣(おとど)、「たとひひが事候ふとも（御過ちがありましょうとも）、君（院）をばなにとかしまゐらせ給ふべき（に対してお手出しはなりませぬ）」とて、つい起(た)つて（さっと）中門にぞ出でられける。侍どもにのたまひけるは、「〔私が〕今申しつることをば、なんぢら承らずや（よく聞いたか）。今朝(けさ)よりこれに（この邸に）侍(さぶら)ひて（居て）、か様のことども申ししづめんと（とりしずめようと）思ひつれども、ひたさわぎに見えつれば（あまりにのぼせ上がっているようなので）、かへりつるなり（一旦帰宅したのだ）。院参(ゐんざん)の御供においては（お供をするつもりならば）、重盛が首を召されんを見てつかまつるべし（〔父上の手で〕首討たれるのを見てからせよ）。さらば（では）二人参れ（供せよ）」とて、小松殿へぞかへられける。

〔重盛は〕そののち主馬(しゆめ)の判官(はんぐわん)盛国を召して、「『重盛こそ天下の大事を、別(べつ)して聞き出だしたれ（また別に聞きつけたぞ）。三われをわれと思はん者どもは（重盛を重んずるほどの者は）、いそぎ物具(もののぐ)し（武

一 不逞(ふてい)の輩(やから)。社会の秩序を乱す者。鎌倉末期から南北朝ごろには幕府や荘園(しようえん)領主の支配に反抗する武士団（時には地頭・名主(みようしゆ)をも含めて）を「悪党」と呼んだ。ここはそれほどの意ではないが、謀叛(むほん)に加担したのが多く体制外の北面の武士であったところに悪党的性格を考えてもよいようである。

二 某(なにがし)よ来い。自分の家来を召す言葉。

＊ **重盛諫言** 暴君清盛と君子人(くんしじん)重盛。この親子の対立の構図は極めて対照的である。先に成親の助命と、今は院への叛逆(はんぎやく)の阻止(そし)と、俗に「小教訓」「大教訓」といわれる二度にわたる諫言は、平家物語の構想上ややしつこいと思われるほどであるし、重盛のいかにも理屈っぽい道学者的風貌は、現代人にとってあまり好感を持たれず、むしろ下の鎧(よろい)を気にしては衣の襟(えり)をかき合せる清盛の人間味の方が愛されもするようである。しかし何といっても平家物語作者が重盛を語る熱意を無視してはなるまい。諫言の論理も表現も、行き届いた名文として綴られているのである。ここに平家物語の中に、英雄清盛に立ち向う賢臣の道を力説することによって、大きな文学的構造を作り上げているというべきなのである。もっともこの重盛像はあながち文学的虚構というものでもなく、『愚管抄』にも「コノ小松内府ハイミジク心ウルハシクシテ」父の謀叛に心痛していたというから、当時一般の重

小松殿つはもの揃ひ

盛評が平家物語に反映しているのである。それにしても、ただでさえ複雑怪奇な院政時代に、武家政権の萌芽を感じつつ、武門や教団の荒々しい勢力の跳梁という事態の中で、重盛が自らに課した賢臣の良識は、事なかれ主義と見えながら、内には苦悩と危機感を抱きつづけたものであったに違いない。

三 重盛を重盛と思う者。すなわち重盛を重んじる者。他本単に「われと思はん者」とするものもあり、それだと、われこそと自信のある者、の意となるが、底本のように言うのが正しかろう。

四 以下京都周辺の地名。「羽束瀬」は羽束師とも。底本「はつせ」。「志津原」は静原。

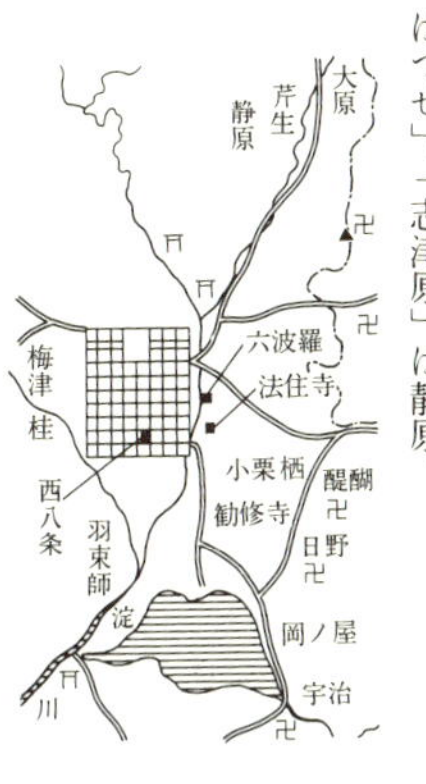

五 馬の鐙に片足だけ、それも踏んでいるかいないかわからぬほどに。馬に乗るのも慌しい姿をいう。「鐙」は鞍から馬腹の両側にさげて、足をふみかける馬具。

六 ざわざわと物音騒がしく連れ立って。

七 若い女房。

て参るべし』このよし披露せよ」とのたまへば、主馬の判官承り、馳せ参りて披露す。「おぼろけにてはさわぎ給はぬ人の、かかる触れのあるは、別の子細あるにこそ」とて、物具して、「われも」「われも」と馳せ参る。淀、羽束瀬、宇治、岡の屋、日野、勧修寺、醍醐、小栗栖、梅津、桂、大原、志津原、芹生の里にあふれゐたる兵ども、あるいは鎧着て兜を着ぬもあり、あるいは矢負うて弓を持たぬ者もあり、片鐙ふむやふまずに、あわてさわいで小松殿へ馳せ参る。

西八条に数千騎ありつる兵ども、「小松殿にさわぎ事あり」と聞こえければ、入道相国にかうとも申さず、ざざめきつれて、小松殿へぞ参りける。西八条には、青女房、筆取りなんどぞ侍ひける。弓矢にたづさはるほどの者、一人も漏るるはなかりけり。入道相国、大きにおどろき給ひて、筑後守貞能を召して、「内府がなにと思うてこれらを呼びとるやらん。これにて言ひつる様に、浄海がもとに討手なんどをもや向けんずらん」とのたまへば、「人も人にこそより候へ。いかでかさること候ふべき。のたまひつることも、いまさだめて御後悔ぞ候ふらん」と申せば、入道「いやいや、内府に仲違うてはかなふまじ」とて、腹巻を脱ぎおき、素絹の衣に袈裟うちかけ、法皇に向かひまゐらせんずることも、はや思ひとどまり、狂ひさめたる気色にて、いと心もおこらぬそら念誦[一]してこそおはしけれ。

褒姒烽火の事

小松殿には、主馬の判官承りて、着到[二]つけけり。馳せ参りたる勢一万余騎とぞ注しける。着到披見ののち、大臣、侍どもに対面して、「このころなんぢらが、重盛に申しおきしことばの末たがはずして、か様に参りたるこそ神妙なれ。異国にさることあり。周の幽王[三]は、褒姒といふ最愛の后を持ち給へり。ただし幽王の心にかなはぬことは、『褒姒笑みをふくまず』とて、幼少よりわらふことなかりき。幽王本意ないことにしておはしけるに、その国のならひに、天

一 心にもない念仏読経。「念誦」は仏名を唱えまた経を読むこと。斯道本等により字を当てた。覚一本等「念珠」の字を当てる本もあり、それだと数珠を繰り念仏する意となる。

二 到着した者の姓名を記帳すること。またその名簿をいう。

三 以下のこと『史記』周本紀に見える。幽王は褒姒を溺愛し、その所生の子を立てて、正妃（申侯の女）と太子を廃したが、国政乱れ、申侯と犬戎（異民族の一）に滅ぼされた。

四 昔緊急の合図のためにあげた煙火。のろし。延慶

下に事出で来るとき（事件の起きた時は）、烽火とて、都よりはじめて、所々に火をあげ、太鼓をうちて、兵を召すはかりごとあり。そのころ兵革おこつて、天下に烽火をあぐ。后、これを見給ひて、『あな不思議や。されば火もあれほどに高くあがりけるよ』と、そのときはじめて笑み給ふ。一たび笑めば、百の媚あり。幽王うれしきことにして（うれしく思って）、『この后烽火を愛し給へり（しがお好きだったのだ）』とて（というわけで）、そのことなく（必要もないのに）、つねに烽火をあげ給ふ。諸侯（諸国の大名）来たるに（が集まっても）、敵もなければ、すなはち去りぬ（そのまま帰ってしまう）。か様にすること度々におよびければ、兵はや馳せ参らざるほどに（兵はもう駆けつけないようになったそのうちに）、隣国より凶徒起つて、幽王を討たんとするに、烽火あげ給へども、例の后の火にならひて（慣れ切って）、参る者もなかりけり。そのとき、都かたぶいて（陥落して）、幽王敵にとらはれぬ。か様のことがあるぞとよ（こういう例があるのだ）。これより召さんには（「しかし」私から呼び出した時は）、自今以後（今から後も）、ただ今のごとく参るべし。不思議の事を聞き出だしつるあひだ（不穏の事件を聞き出したので）召したるなり。されども聞きなほしつれば（「何事もないと」確認したので）、かへれ」とて、みなかへされけり。

本に「熢火燈炉ト名テ火輪ヲ飛ス術ヲシテ王城ノ四方ノ高嶺峰ニトボシテ諸国ノ兵ヲ召也。又ハ統天輪トモ名タリ」とある。長門本には大鼓の中に火を入れて飛ばすとする。火薬を用いた花火をいうのである。

五 兵乱。「兵」は刃物、「革」は甲冑の意。読みはヘイガク・ヘイカクとも。

六 「廻レ眸一笑百媚生、六宮粉黛無二顔色一」（白楽天「長恨歌」）を引く。

＊ **烽火と九尾伝説**　幽王・褒姒の史話は『史記』に見えて、夏の桀王と末喜、殷の紂王と妲己とともに美女傾国の代表三話である。その相互の混乱もあり、『古注千字文』周発殷湯には、紂王が妲己の笑顔を見るために鐘鼓を打って群臣を召集したとする。他の平家諸本では烽火の結びに、褒姒が野干（狐）となって逃げ去ったと記すものが多く、九尾伝説との連絡が意識されている。金毛九尾の妖狐が、天竺で摩訶陀国斑足王子の妃華陽夫人となり、中国で妲己となり、日本に渡って鳥羽院の寵姫玉藻前となり、最後に那須の殺生石となる伝説で、平家諸本はその妲己を褒姒に誤っているのである。しかし『十訓抄』『唐鏡』などには妲己・褒姒ともに変化の美女だったとしているから、平家諸本の無知の誤りというわけでもない。ただ底本および屋代本・平松本など八坂系の古本では野干になることを記さず、九尾伝説への連絡は現れていないのである。

小松殿の心ばへ

まことにはさせることも聞き出だされざりけれども、（〔重盛は〕実際は別にこれといって）いささか父をいさめ申されつることばにしたがひて、わが身に勢のつくかつかぬかをも（自分に軍勢が従うか従わぬかということをも）知り給ひぬべきためなり（調べておくためなのであった）。[一]いかでか父といくさをし給ふべきにはあらねども（何で父と合戦をなさるはずがあろう　なさるはずはないけれども）、入道の心をも（謀叛の心をも）、やはらげたてまつらんとのはかりごととぞおぼえたる。

大臣（重盛）の存知（思慮のほどは）のむね、君のためには忠あり、父のためには孝あり、[二]文宣王のたまひけるにたがはず。法皇もこれを聞こしめして（お聞きになって）、「今にはじめぬことなれども、内府が心のうちこそはづかしけれ（重盛の心の中を思えば恥ずかしい）。怨をば恩をもつて報ぜられたる（恩で返された）」とぞ仰せける。果報めでたうて（前世からの恵まれた運で）、大臣の大将にこそいたらめ（至ったのであろうが）、[三]「容儀帯佩人にすぐれ、才智才覚さへ世に超えたる」とぞ、時の人感ぜられける。[四]「国に諫むる臣あれば、その国かならずやすし、家に諫むる子あれば、その家かならず正し」とも（との諺も）、か様のことをや申すべき（この重盛のことを言うのであろう）。

一　「いかでか父といくさをし給ふべき」という反語文と「父といくさをし給ふべきにはあらねども」という否定文とを継いで一文としたものであるが、中世語法としては、前者の反語文を体言的に扱って、肯定形の「なれども」で受けるのが普通で、ここも正しくは「いかでか……し給ふべきなれども」とあるべきところである。他本は「いかでか」を脱するものが多く、それならば誤りではない。底本には語りの調子から来た誤りが見られるのである。

二　孔子のこと。孔子は後世度々諡号を受けた。唐の玄宗により「文宣王」と諡される。しかしここに該当する言は伝わらない。「能孝二於親一則必能忠二於君一」（『孝経』）などの例があるが出典を限定しがたい。諸本はなお「君君たらずといふとも、臣以て臣たらずんばあるべからず、父父たらずといふとも子以て子たらずんばあるべからず」とも記し、これが『古文孝経』孔安国序に関連するところから、「孔安国」を「孔子」（文宣王）と誤ったかとも言われる。

三　容姿風采。「帯佩」は刀剣を腰につけること。すなわち貴族が正装した様子をいう。

四　「昔者天子有二争臣七人一、雖二亡道一不レ失二天下一、諸侯有二争臣五人一、雖二亡道一不レ失二其国一、……父有二争子一則身不レ陥二於不誼一」（『古文孝経』諫争章）などによるか。

五　公卿の間とも。邸宅の寝殿の対にある客間。

第十七句　成親流罪・少将流罪

（治承元）同じき六月二日、（成親）大納言をば、公卿[五]の座へ出だしたてまつて、御[六]物したてて参らせたれども（お食事をととのえてさし上げたが）、御覧じもいれず（見向きもなさらない）。（成親が）見まはし給へば、前後に兵みちみちたり。我が方様の者は（ご自分の関係の人は）一人も見えず。やがて（早速）車を寄せて、「とくとく（早くお乗り下さい）」と申せば、大納言、心ならず乗り給ふ。ただ身にそふものとては、つきせぬ涙ばかりなり。朱雀を南へ行けば、大[七]内山をも今はよそにぞ見給ひける。年ごろ見なれし者ども、今このありさまを見て、涙ながし袖をしぼらぬはなし。まして都に残りとどまり給ふ北の方、公達の心のうち、おしはかられてあはれなり。（成親）「たとひ重科をかうぶつて、遠国へ行く者も、ひと一両人はそへぬ（供の一人や二人は付き添わせ）様やある（るものなのに）」と、車のうちにてかきくどき、泣き給へば、近う侍ふ武士ども、みな鎧の袖をぞぬらしける。鳥羽殿を過ぎ給へば、「北の[八]

六　天子や貴人のお食事。飲食を婉曲にいった語。

七　皇居の通称。山があるわけではないが大内裏（大内）を比喩的にこのように呼ぶ。

＊**流罪の作法**　「公卿の座」で「御物」を出されたとは、成親にいわば最後の食事が与えられたのである。その後心細く車に乗り、船に乗り、配流の道に向うのだが、広本系では怖ろしい作法が記されている。「心ナラズ乗給ヒヌ、御車ノ簾ヲ逆ニ懸テ、後ロサマニ乗奉テ門外ヘ追出ス、先ヅ火丁（兵士）一人ツトヨリテ車ヨリ引落シ奉テ、祝ノシモト（穢れを浄めるための鞭）ヲ三度アテ奉ル、次ニ看督長（獄吏）一人ヨリテ、殺害ノ刀トテ二刀突マネヲシ奉ル、次ニ山城判官季助宣命ヲ含奉ル」（延慶本）。死刑執行の所作をし、死人として配所へ送るのである。公の罪人であるから宣命を読みかける（含める）のは当然であろう。『とはずがたり』（巻四）には鎌倉将軍の交替が罪人配流の形で行われ、それも親王に対して張輿を筵で包み、逆さに向けて乗せ、死者のごとくに扱うことが見えて参考になる。こうした不気味で激烈な作法の事実を語り物系では省略し、ひたすら哀れな旅路の人として成親を描くのである。

新大納言配所に赴かるる事

八　鳥羽の北殿（一五二頁注三参照）のこと。ただし他諸本は「此の御所」とする。底本「きたの御しよ」であるが、或いは「此」を「北」と誤読したものか。

御所へ御幸なりし御供には一度もはづれざりしものを」とて、わが山荘の洲浜殿[一]とてありしも、よそに見てこそ通られけれ。南の門[二]にもなりしかば、「舟おそし」（武士）とぞいそぎける。大納言「これはいづちやらん（ここはどこであろうか）。同じくは（どうせ殺されるのならば）、失はれば、都近きこの辺にてもあれかし（斬るがよい）」とのたまひけるぞいとほしき。「近う侍ふ武士は誰そ」と問ひ給へば、「難波の次郎経遠」と申す。「この辺に我が方様の者やある。舟に乗らぬさきに、あとに言ひおくべきことあり」とのたまへば、経遠走りまはりて「この方の人や候ふ（ご縁のある人はいないか）」とたづねけれども、「われこそ」と名のる者もなし。「われ世にありしとき（栄えていた時）は、したがひつく者一二千人もありけんものを、今はよそにてだにも、見送らぬことのかなしさよ（よそながらの見送りさえもしてくれないとは何とも情けないことだ）」とのたまへば、武士どももみな鎧の袖をぞぬらしける。熊野詣、天王寺詣のありしには[三]、二つ瓦の三つ棟づくりの舟に乗り[四]（屋形舟に乗り）、次の舟（供の舟）二三十艘漕ぎつづけさせ、さこそめでたうおはせしに（あれほどすばらしいよそおいでいらしたのに）、今はけしかる[五]舁きする屋形の舟に[六]（仮ごしらえの屋形舟に）、大幕ひきまはさせ、見も慣れぬ兵ど

一 下鳥羽城南神社辺が遺跡という。成親が鳥羽の御領地内に頂いた山荘であろう。

二 鳥羽殿の南門。その南に桂川が淀川に合流する草津の乗船地があった。

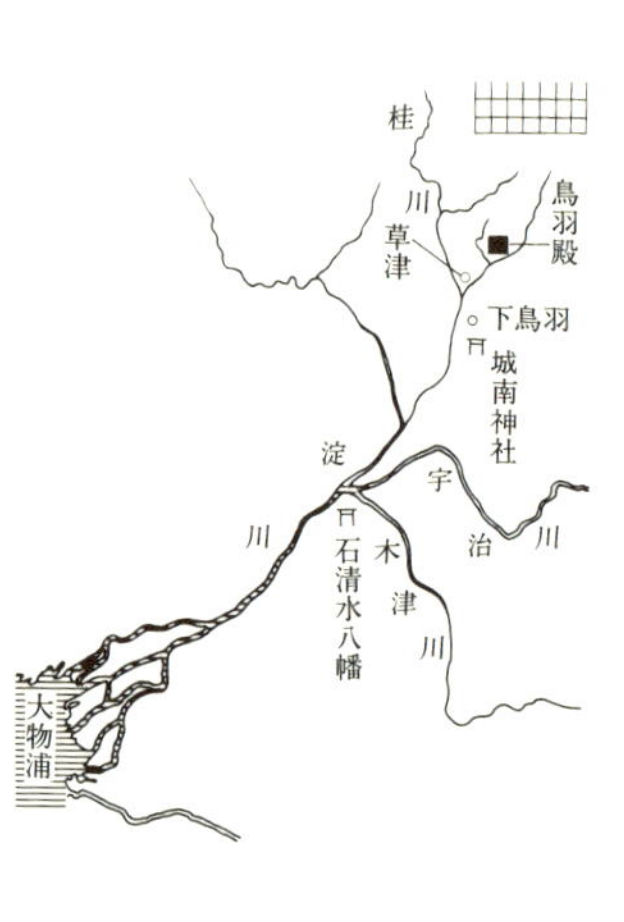

三 熊野参詣・四天王寺参詣の御幸があった時は。この下鳥羽草津から船で淀川を下るのが盛大だったことをしのぶのである。

四 「瓦」は船の龍骨のこと。龍骨が船底に二筋入っている大船に屋形を構え、その棟を三段に作った。

五 「怪しくある」の約。普通と違った見苦しい、の意。「けしからぬ」（この否定形は強意の働きをする）というのも同じ意である。

六 屋形を造りつけた船ではなく、平船に屋形を据え

もに乗り具して（一緒に乗って）、今日をかぎりに都のうちを出で給ふ、心のうちこそかなしけれ。その日は摂津の国大物[七]の浦にぞ着き給ふ。

この人（成親）すでに死罪におこなはるべかりしを、流罪になだめられ給ふ（ゆるめられなさった）ことは（のは）、小松殿のたりふし申されける[八]（懇命に嘆願されたお蔭だったのである）によてなり。

この大納言、いまだ中納言たりしとき[九]、美濃の国を知行し給ふに、山門の領（叡山の寺領）平野[一〇]の荘の神人[一一]と、目代右衛門尉正朝と事ひき出だして[一二]、すでに（たちまち）狼藉におよぶ（喧嘩沙汰になった）。神人二三人、矢庭[一三]に射殺さる。これによつて、嘉応元年十一月三日、山門の大衆、蜂起して、「国司成親流罪に処せられ、目代正朝禁獄せらるべき（監禁すべきである）」よし奏聞す。君（後白河）おほきにおどろかせ給ひて、成親を「備中の国へ流さるべし」とて、同じき十日、すでに西[一四]の七条まで出だされたりけるを、君いかがおぼしめされける（何とお考えになったのか）やらん、同じき十六日、西七条より召しかへさる。山門の大衆このことを承り、おびたたしく（しきりに）呪咀す（「成親を」）と聞こえしかども（「それをよそに」）、同じき二年正月五日、成親、右衛門督を兼ねて検非違使別当になり給ふ。

乗せたものをいう。

七 兵庫県尼崎市の海岸。当時淀川の河口に当り、西海へ出る船の要港であった。淀川を下った川船をここから海路の船に乗り換えるのである。

八 折り入って、ねんごろにの意。「垂る」「伏す」の合した副詞で懇願・懇請の時に用い、「たりふし申す」の形になることが多い。また助命・宥免をとりなす用例が多い。底本「おりふし」とするが、斯道本に「折伏」とあるのによって改めた。

新大納言の官途

九 嘉応元年（一一六九）、三十二歳、権中納言の時。以下十一月のこととする事件は、正しくは流罪十二月二十四日、召還二十八日。

一〇 岐阜県大垣市の北、神戸・赤坂の辺。木曾川・長良川の三角洲にあった。

一一 神社の下級神職。

一二 他本によれば、神人が葛布（葛の繊維で織った布）を売りに来て値段のことで争論となり、酔っていた目代が葛布に墨をつけたため喧嘩沙汰となったという。

一三 矢の飛びかっているその戦場で（即死する）の意。九三頁注一二参照。

一四 七条通りの朱雀より西。西の京の七条。

承安《じようあん》二年七月二十一日、従《じゆ》二位に叙せらる。そのとき資賢《すけかた》[一]、兼雅《かねまさ》の卿越えられ給ふ〔成親に〕。資賢の卿はふるき人、おとな[二]（経験ゆたかな お年寄り）にておはしき（であられた）。兼雅の卿は栄華[三]の人なり、家嫡《かちやく》[四]にて越えられ給ふぞ遺恨《ゐこん》なる。同じき三年四月十三日、正二位[五]に叙せらる。今度は中の御門中納言宗家《むねいへ》[六]の卿越えられ給ふ〔成親に〕。安元元年十一月二十七日、検非違使別当《けんびゐしのべつたう》より権大納言にあがり給ふ。かく様に時めき給ひしかば〔成親は〕（羽振りがよかったので）、人あざけつて、「山門の大衆には呪《のろ》はるべかりしものを」〔悪運強い方だ〕とぞ申しける。およそ神《かみ》の罰《ばち》、人の呪ひ、〔結局は免れぬものでただ〕疾きもあり、遅きもあり（現れ方に遅速があり）、同じからざることどもなり。

児島の配所

〔六月〕同じき三日、大物《だいもつ》の浦に「京より御使《おつかひ》あり」とてひしめきけり。大納言、「ここにて失へとや」（さてはここで殺せということか）と聞き給へば、さはなくして（そうではなくて）、「備前《びぜん》の児島《こじま》[七]へ流さるべし」となり。小松殿〔重盛〕よりも御文あり。「『都ちかき片山里にも置きたてまつらばや』と申しつれども（請願しましたが）、かなはぬことこそ（聞き届けられなかったのは〔残念で〕）、世にあるかひも候はね。されども御命ばかりは申しうけて候」（助命の点だけは保証していただきました）

一 源資賢は宇多源氏。和歌・音楽の名手として知られた。六十歳。藤原兼雅は花山院流。忠雅の子。左大臣に至る。二十五歳。共に正三位権中納言で、資賢は首席、兼雅次席。成親第三席であった。

二 老人・成人の意味だが、老練な経験者、成熟した人格者という賞讃の批評を含みとした語である。

三 華族。大臣になりうる家柄。摂関に次ぐ高家《こうけ》。

四 一家のあとつぎ。

五 八幡・賀茂行幸の行事上卿の賞である。

六 藤原頼宗（道長次男）の孫流。内大臣宗能の子。権大納言に至る。承安三年（一一七三）当時は三十五歳、従二位中納言。権官成親に位を越えられたわけである。底本「かねいゑ」とあるを改めた。

七 岡山県の児島半島。当時は浅海にへだてられた島であった。

八 「宮仕ふ」で他動詞四段活用。「宮」は美称・誇張の接頭語。

＊ **成親の経歴** 官途の上での成親は賞罰の変転まことに甚だしい。第一回の変動は平治元年（一一五九）、二十二歳。平治の乱に信頼に加担したため死罪になるべきところ、右中将免職で助命。しかし二年後には復職している。第二回は永暦二年（一一六一）、二十四歳。平時忠が皇子（高倉）擁《よう》

立運動の罪を得た時、連座して右中将免職。しかし五年後に復職。第三回嘉応元年（一一六九）、三十二歳。本文にも見える平野神人との争いで叡山に訴えられ、権中納言免職。備中に流罪となったが、配所へ行かぬうちに赦免され、復職した。第四回嘉応二年、三十三歳。前記処置の上さらに検非違使別当となったので叡山の憤激甚だしく、右衛門督免職。しかしこれも二カ月にして復職する、という次第で、その後本文に見るごとく出世してゆく。承安二年（一一七二）の従二位は、後白河院の三条殿造進による功賞で、『百錬抄』に「不日造営之、其勤過差」と見えるから、強引な突貫工事、しかも驚くような出来ばえだったのであろう。そしてついに第五回の事件として治承元年（一一七七）、四十歳。鹿谷の陰謀発覚して、備中に流罪となって果てることになるのである。五回の処分の事情はまちまちで、院政期の政界の複雑さを考えるべき面もあるが、それにしても例のないめまぐるしい経歴で、彼自身の人格的欠陥と、それにもかかわらぬ後白河院の偏寵ぶりが想像できるようである。たとえば鹿谷陰謀の加担者たちが逮捕されるとみな官職剝奪されたのに、成親はその処分を受けていない。「禅門依私意趣遂其志、仍自公家不被停任」（『玉葉』安元三・六・一二）というのが後白河院のせめてもの成親援護であった。

とて、難波（経遠）がもとへも「あひかまへて（心して）よくよく宮仕ひ申せ（お世話申し上げよ）。八 御心に（お心に）ばし違ひたてまつるな（そむいてはならぬぞ）」と仰せられ、旅のよそほひまでもこまごまと沙汰しおくられけり（ととのえて届けて来られた）。

大納言、さしもかたじけなうおぼしめされし（あれほど恩寵をいただいた）君にも（後白河院にも）離れまゐらせ、つかの間も離れがたう思はれし妻子にも別れつ。「いづちへとて行くらん（一体どこへ行くのであろうか）。ふたたび故郷へかへりて、あひ見んこともありがたし（会うことも望みがない）。一年山門の訴訟によて、備中へ流さるべきにて（流罪となるはずで）、すでに西七条まで出でたりしかども、なか五日にしてやがて（すぐに）召しかへされぬ。これはさせる君の御いましめにてもなし（この度は別に院のご処分での罪科というわけでもない〔のに〕）。こはいかにしつることぞや（これは何としたことであろうか）」と、天に仰ぎ地に俯して、かなしび給ふぞあはれなる。すでに舟おし出だして下り給ふに、道すがら、ただ涙にのみしづみて、「ながらふべし」（どうにか生きのびたい）とはおぼえねども（などとは思わぬのに）、さすがに露の命消えやらで（絶えもせず保って）、跡の白波へだたれば、都は次第に遠ざかり、日数やうやうかさなれば、遠国も近づきぬ。あさましげなる（むさ苦しい）柴のいほりに入れたてまつる。島のなら（島のことであ）

丹波の少将遠流の事

ひにて、うしろは山、まへは海なれば、岸うつ波、松ふく風、いづれもあはれはつきもせず。

　大納言一人にもかぎらず、か様にいましめらるる輩おほかりけり。[一]近江の中将入道、筑前の国。山城守基兼、出雲の国。式部大輔章綱、隠岐の国。宗判官信房、土佐の国。新平判官資行、美作の国。次第に配所をさだめらる。入道相国[二]福原の別業におはしけるが、都にまします弟宰相のもとへ使者をたて、「少将いそぎこれへ下され候へ。存ずるむねあり」とのたまへば、宰相「さらば、ただ、[三]ありし時、ともかくもなりたりせば、ふたたびものをば思はじ」とぞのたまひける。「さらば、とくとく出でたち下り給へ」とありければ、泣く泣く出でたたれけり。女房たち「あはれ、宰相のなほもよき様に申されよかし」とぞなげかれける。宰相「存ずるほどのことをば申しつ。今は世を捨てつるよりほかは、なにごとをか申すべき。たとひいづくの浦にもおはせよ、わが命のあらんかぎりは、いかに

一　以下の人々いずれも鹿谷謀議の所に見えた（八六頁注四、六参照）。「信房」は底本「のふまさ」とあるを改める。各配所については諸本間で差がある。

二　神戸市西部。和田岬の西、須磨との間の地。清盛はここに別荘を経営したが、その起源は不詳。

三　以前に。あの時。先に西八条に召喚された時をさす。「ただありしとき」と続けて、普通であった時、すなわち身柄を自分が預からなかった時、とする解釈もあるが、斯道本「サラハ、只、有シ時……」と句読を施す。延慶本は「サラハ中々有シ時……」で、「ただ」はやはり切り離して接続詞と見るべきであろう。

もとぶらひ申すべし〔てお世話してさし上げよう〕」とぞのたまひける。

少将、今年（こんねん）二歳になり給ふ若君[四]ましましけり。このころは〔その当時の少将は〕若き人[五]〔幼な気の残る人で〕にて君達などのことをもこまやかにはのたまはざりけるが〔お子様などの上を気をつかっておっしゃることもなかったのであるが〕、いまは[六]〔別れの時にもなったので〕のときになりしかば、さすがに心にやかかりけん、「幼き者を一目見候はばや〔子供に一目会っておきたい〕」とのたまひければ、乳母（めのと）の女房抱き（いだき）たてまつりて参りたり。少将、若君を膝のうへにおき、髪かきなでて、「無慚や〔痛わしいことだ〕、なんぢが七歳にならば男[七]になし〔元服させて〕、内へ参らせん〔官途につかせよう〕とこそ思ひつるに、今はかかる身になりぬれば、言ふにかひなし〔言ってみたとて仕方がない〕。もしなんぢ命生きて、ことゆゑなく〔無事に〕生ひ（お）たちたらば〔成人したならば〕、法師になり、我が後世をとぶらへ〔私の菩提をとむらえ〕よ」とのたまひもあへず〔みなまで言わずに〕泣き給へば、見る人、袖をぞしぼりける。

福原の使（つかひ）は摂津（つ）[八]の左衛門盛澄（もりずみ）といふ者にてぞありける。「今夜やがて〔（盛澄）直ちに〕鳥羽まで出でさせ給ひて、あかつき舟に召さるべう候〔明朝早く舟に乗っていただきたい〕」と申せば、少将「いく程ものびざらん命に〔どれほども生きられない命なのだから〕、こよひばかり都のうちにて明かさばや」とのたまへども、御使しきりにかなふまじきよし〔許されないことを〕申しければ、

四『尊卑分脈』に見える長男雅経（「母中納言平教盛女」と注記）であろう。諸本により二歳・三歳・四歳等まちまちで定めがたい。

五 年齢に比べて未成熟な人。稚気をはなれない人。「ふるき人」（一六八頁注二）が賞讃的であるのに対しこれは軽視的な批判を含む語である。妻子のことに配慮の乏しいのが若いといわれるゆえんなのである。

六 最後。「今は（これまで）」のごとき慣用句から転じた名詞で、別離・臨終・破滅などの状況にいう。

七「男」は成人男子で、元服以前の童子は男性とは見なされないのである。元服の年齢は特に定めはなく、臣下では五、六歳から二十歳の間に行われ、家のならわしによることが多かった。

八 平家の臣の一人。平盛国の一家か。『玉葉』に治承四年十二月近江追討使知盛（とももり）に随従したことが見える。

少将、その夜鳥羽まで出で給ふ。

六月二十二日、福原へ下りつき給ひければ、入道、瀬尾の太郎兼康に仰せて、少将は備中の瀬尾へ下されけり。兼康、宰相（教盛）のかへり聞き給はんところをおそれて、道の程様々にいたはりなぐさめたてまつる。されども少将は一向仏の御名をとなへて、父のことをぞ祈られける。

〔少将は〕すでに備中の瀬尾に着き給ふ。さるほどに、（成親）大納言をば備前の児島に置きたてまつりけるを、「これは舟着き近き所にてあしかりなん」とて、難波がはからひにて地へわたしたてまつり、備前と備中とのさかひに、庭瀬の郷有木の別所といふ所に置きたてまつる。それより少将のおはする備中の瀬尾はわづかに一里あまりの道なり。少将、その方の風もなつかしうや思はれけん、瀬尾近う召して、「やや、兼康。当時これより大納言殿のおはする有木の別所とかやは、いかほどの道やらん」と問ひ給へば、瀬尾、「知らせまゐらせて

一 岡山市の西南部。当時は海岸の湿地帯で、その南に児島があった（現在は地続きとなる）。兼康は岡山市周辺の領主で、特に瀬尾の地を開拓して館を置き地名を姓としていた。

二 さまざまに。いろいろと。

有木の別所　阿古屋の松の沙汰

三 「舟着き」は港ではないが、舟を着けられるような岸。罪人を置く配所としてはそのような岸が近いのは不用心なわけである。

四 岡山市吉備町。瀬尾のすぐ北に当る。有木はその北部吉備中山の有木山。

五 この算定については不詳。国郡制定には古代から度々変遷があったが、国数は不明で、大宝令の制にはすでに五十八国三島と定められていたかと推定され、三十三国時代があったとしてもいつの頃か全く想定しがたい。六十六箇国の前段階を半数で言った俗説であろう。

はあしかりなん」とや思ひけん、「これより十二三日の道にて候」とぞ申しける。少将、「これこそ大きに心得ね（これは全く納得がいかない）。日本国はむかし三十[五]三箇国にてありけるを、[六]六十六箇国には割られたんなり（分割されたのだ）。東に聞こゆる（東国でもよく知られた）出羽、陸奥両国、[七]むかしは一国なりけるを、文武天皇の御時〔そのうち〕十[八]二郡を分けて、出羽の国を出だされ立てられたり（分立なさった）。一条の院の御宇、[九]実方の中将奥州へ流されたりしに、当国の名所阿古屋の松（みちのくの歌枕）[一〇]といふ所を見んとて、国のうちをたづねまはるが、逢はで帰りける（見つからずむなしく戻ったが）に、道にて老翁一人ゆき逢うたり。中将、『やや、御辺はふるい人（昔を知った人と見受ける）とこそ見ゆれ。当国の名所阿古屋の松といふ所や知りたる』と問ふに、『まつたく当国には候はず（ございません）。出羽の国にてや候ふらん（ではございませんか）』と申しければ、中将、『さては御辺は知らざりけり。世の末なれば名所もはや呼び（もうその呼び）うしなひたるにこそ（名も忘れられてしまったのだろう）』とて過ぎけるに、老翁、中将の袖をひかへて、

『君はよな、

[一一]みちのくのあこやの松に木がくれて

六 国郡の制は改変を重ねたが、天長元年（八二四）全国を六十六国二島と制定して明治に至った。

七 昔は陸奥と呼んで大きな一国であったが。底本「昔は一国なりけるを」を脱する。斯道本等により補った。

八 文武帝の時に陸奥の中から十二郡を分割して出羽を立てたというのであるが、正しくは元明帝和銅五年（七一二）に越後と陸奥から出羽を分立させたのである。古くは十一郡、後に十二郡となった。本文に「文武天皇」とあるが文武帝の大宝の制に、諸国を大国・上国・中国・下国の四等とし、国司の員数を定める等のことがあったので誤ったものか。その段階では陸奥は東山道に属し、出羽と分れてはいなかった。

九 藤原実方。左大臣師尹の孫。侍従定時の子。歌人。一条院の時藤原行成と殿上で口論し、行成の冠を打ち落したので、「みちのくの歌枕を見て参れ」とて陸奥守に左遷されたという（『古事談』『十訓抄』）。陸奥での説話を多く残す。長徳四年（九九八）任地で薨じた。

一〇 山形市平清水の千歳山にあったという名松。歌枕。「阿古屋」は千歳山の旧名。伝説には阿古屋姫の遺跡という。実方が阿古屋の松の所在を問う話、『古事談』に見える。

一一 陸奥の阿古屋の松の茂った蔭にかくれてしまって、それで、出るはずの月も出てこないのであろうか。『夫木抄』松に、読人しらずとして載る。

いづべき月のいでもやらぬか

といふ歌の心をもつて（意味から考えて）、当国の名所とは候ふか（とおっしゃるのですか）。それは六十六箇郡、両国が一国なりしとき（陸奥と出羽がまだ陸奥一国だった頃に）、よめる歌なり（詠まれた歌です）。十二郡を割き分けてのちは、出羽の国にや候ふらん（の方にあるのでしょう）』と申しければ、そのとき、中将、『さもあるやらん（そうかもしれない）。やさしうも答へたるものかな（風雅な答え方をしてくれたな）』とて、出羽の国へ越えてこそ、阿古屋の松をば見たりけり。備前、備中、備後もむかしは一国なりけるを、今こそ三箇国には分けられけれ。筑紫の大宰府より、都へ鰚の使ののぼることそ、歩路十五日とは定められたれ。すでに十（〔父上の配所との距離〕）二三日と申すは、ほとんど鎮西へ下向ござんなれ（するのと同じだ）。備前、備中の境、遠しといふとも両三日にはよもすぎじ。近きを遠く言ひなすは（〔実際は〕近いのを遠いといつわるのは）、大納言殿のおはする所を、成経に知らせじと申すにこそ（知らせまいとして言うのであろう）」と思はれければ、そののちは恋しけれども問ひ給はず。

一 「陸奥六十六郡」といって、出羽分立以前の陸奥は一国六十六郡であったという、分立して「陸奥五十四郡、出羽十二郡」という。底本「六十六かこく」とするが誤りで、他本を参照して改めた。

二 優雅にも。「やさし」は王朝的風雅の心ばえに対する最上級のほめ言葉である。

三 古く吉備の国といった。三国に分れた時期は不明。大宝の制の頃はすでに三国であったと推定される。

四 元日の節会に大宰府から鰚を御贄として献上する使者。「鰚」は腹赤の意で鮸のこと。また鱒の異名ともいう。聖武帝の天平十五年（七四三）正月に大宰府から献上され、以来恒例となり、治承五年（一一八一）以後廃絶した。

五 「下向にこそあるなれ」の約訛。下向するのと同じだの意。「ござんなれ」については一三四頁注一参照。

＊ **阿古屋の松説話**　実方には陸奥流離説話というべき種々の和歌説話が残っている。阿古屋の松もその有名な一つで、成経はこれを地理区画に関する話として引くのであるが、いわば平家物語のサービスであって、この話を欠く延慶本・長門本の形が古いと思われる。『九院仏閣抄』に叡山の九院が東塔に属すべきなのに西塔に属するという疑問を、この阿古屋の松説話を引きながら、東塔・西塔分離の都合によったものと説明しているが、平

第十八句　三人鬼界が島に流さるる事

さるほどに、法勝寺執行俊寛、平判官康頼、備中の瀬尾におはする少将（成経）あひ具して（一緒になって）三人六薩摩方鬼界が島へぞ流されける。この島は、都を出でてはるばると海を渡りてゆく島なり。おぼろけにては（並たいていのことでは）舟も人もかよふことなし。島にも人まれなり。おのづからある者は（まれに住んでいる者は）この地の人（本土の人）にも似ず。色くろうして、牛なんどのごとし。身には（体には）しきりに（一面に）毛生ひ、言ふことばも聞き知らず。男は烏帽子も着ず（かぶらず）、女は髪をもさげず。衣裳なければ人にも似ず（人らしくもなく）、食する物なければ、ただ殺生をのみ先とす（猟や漁ばかりする）。七賤が山田をたがやさねば（農耕の業をしないので）、米穀のたぐひもなし。八園の桑をとらざれば（その養蚕の業をしないので）、絹綿のたぐひもなかりけり。島のうちには高山あり。山のいただきには火燃えて、いかづち常に（雷が絶え間なく）鳴りあがり、鳴りくだり、ふもとにはまた雨しげし。一日片時も人の命あるべしと（［このような所で］生きていけ

家物語の場合もこれと同じで、当面現実の地理問題を説話の引用で解釈したのである。

六 薩摩の国に属する鬼界が島の意。「鬼界が島」は川辺三島の一つ硫黄島がそれに当るといわれる。

康頼出家

＊ **鬼界が島と硫黄島**　俊寛・康頼・成経についての配流の物語の舞台は鬼界が島と呼ばれているが、『愚管抄』などの史料によれば、現在の奄美諸島の喜界島ではなく、川辺三島中の硫黄島であったと考えられている。広本系ではこのことがはっきり記されている。

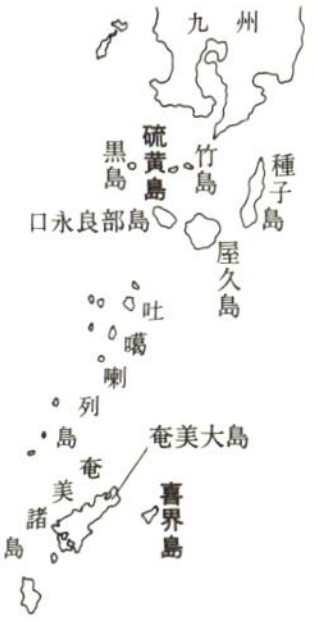

七「賤」は卑賤の者、特に農夫をいう。「賤が」は農村の風物をいうに慣用的に冠する修飾（賤が家・賤が垣根など）。「が」は「の」の意。「農夫が山田を耕さぬので」と「が」を主格に訳すのは疑問。

八「桑をとる」は桑を食べさせて蚕を飼うこと。

も見えざりけり（そうにも思われなかった）。硫黄（いわう）といふものみちみてり（〔島中に〕一杯である）。[一]かるがゆゑに（それゆえに）「硫黄（〔別名を〕）が島」とぞ申しける。

されども丹波の少将（成経）の舅（しうと）、平宰相（へいさいしやう）（教盛）の所領、肥前（ひぜん）の国杵（かせ）[二]の荘（しやう）より衣食をつねに送られければ（〔そのお蔭で〕）、俊寛も康頼も命生きてすごしけり。康頼は流されけるとき、周防（すはう）の室富（むろとみ）[三]といふ所にて出家してんげれば（出家したので）、法名「性照（じやうせう）」[四]とぞ名のりける。出家はもとよりのぞみなりければ（前々からの念願であったので）、康頼泣く泣くかうぞ申しける。

[五]つひにかくそむきはてける世のなかを
　とく捨てざりしことぞくやしき

と書きて、都へ上（のぼ）せたりければ（〔都に〕）、とどめおきし妻子（さいし）ども（〔これを見て〕）、いかばかりのことをか思ひけん（どんな気持であったろうか）。

熊野勧請

されば（さて）、少将（成経）、判官入道（康頼）は、もとより熊野信仰の人にて、「あは（ああ）れ、いかにもして（何とかして）、この島のうちに熊野三所権現（くまのさんじよごんげん）[六]を勧請（くわんじやう）[七]したてまつり、帰洛（きらく）のことを祈らばや（祈願したい）」といふに、俊寛これを用ひず[八]。二人は

一　「しかるがゆゑに」のシ音が脱落した形。

二　佐賀市嘉瀬の地。字は諸本により鹿瀬・加世・賀世などと書くが一応斯道本によって当てた。

三　山口県光市室積町にある港。諸本「室積（むろづみ）」とする。底本「むろとみ」、斯道本は「室富（ムロツミ）」と読み仮名を付す。延慶本は康頼出家の地を摂津国狗林（こまばやし）（神戸市駒林に当るか）とする。

四　読み方他本はシヤウセウと清音にいう。底本濁点をほどこしたところがあるので、ジヤウセウに定めた。字は延慶本には「聖照」とある。

五　結局こうして出家して縁を絶ってしまった世の中を、なぜもっと早く捨てなかったのだろうか。思えばこれまでの俗世の生活が悔まれることだ。康頼の出家はいわば追いつめられてのもので、流罪人のにわか出家は例の多いことである。改悛（かいしゆん）謹慎の意を示し、また出家に対しては減刑のあり得たことも考慮しての出家であるが、それでも出家によってともかく安心の得られた思いを詠（よ）んでいるのである。『宝物集（ほうぶつしゆう）』にもこの歌が見える。

六　熊野神社は、本宮（ほんぐう）・新宮・那智の三所を合わせていう。三五頁注一三参照。

七　神仏の来臨・出現・託宣を請い願うことの意から転じて、神仏を本社・本寺から新たに移し据（す）えて社寺を設置すること。

八　意見を採用しない。聞き入れない。

同心して、「もし熊野に似たる所やある」と、島のうちをたづねまはるに、あるいは林塘[九]の妙なるもあり、紅錦繡[一〇]の粧品々に、あるいは雲嶺のさがしきあり、碧羅綾[一一]の色ひとつにあらず。山のけしき木のこだち、よそよりもなほすぐれたり。南をのぞめば、海漫々[一二]として、雲の波煙の波いとふかく、北をかへり見れば、また山岳の峨峨たるより、百尺の滝みなぎり落ちたり。滝のおとことにすさまじく、松風神さびたる[一三]住ひ、飛滝権現[一四]のおはします那智の御山にさも似たり。さてこそやがてそこをば、「那智の御山」とは名づけけれ。「この峰は本宮」、「かの峰は新宮」、「ここはこの王子[一五]」、「かしこはかの王子」なんどと、王子、王子の名を申して、康頼入道先達[一六]にて、少将あひ具し、毎日熊野詣のまねをして、帰洛のことをぞ祈られける。「南無権現金剛童子[一七]、ねがはくはあはれみをたれさせおはしまし、われらをふたたび都へかへし入れて、恋しき者を今ひとたび見せ給へ」とぞ祈りける。

九 堤にそった並木の美しいところがある。「塘」は堤防の意。「東顧 亦有林塘之妙、紫鴛白鷗逍遙於朱檻之前」(『和漢朗詠集』山家、源 順)。

一〇 花の咲き乱れたありさまをいう。「着野展敷紅錦繡、当天遊織碧羅綾」(『和漢朗詠集』春興、小野篁)。「紅」は花の色、「碧」は空中の糸遊(かげろう)の色。

一一 ここは草木の緑も色とりどりの景をいう。「碧羅綾」は緑色の薄絹。注一〇参照。

一二 「海漫々、直下無底旁無辺、雲濤煙浪最深処、人伝中有三神山」(『白氏文集』「海漫々 戒求仙也」)。「雲の波」は雲形の波頭。「煙の波」は靄に覆われた水面の意。

一三 いかにも神々しい。「さぶ」は名詞について動詞化し、そのものらしい状態になりきる意を示す。例「翁さぶ」「乙女さぶ」。

一四 那智の滝を神格化していう称。

一五 熊野参詣道に沿って設けられた分社。すべて九十九箇所あり、九十九王子という。熊野参詣はこの九十九王子をすべて巡拝しつつ三所に詣でるのである。

一六 山伏・修行者の旅の先導役となる老練の者。

一七 熊野権現の護法神である金剛童子。「金剛童子」は童形の忿怒神で、西方無量寿仏の化身といい、あるいは烏芻沙摩明王(火神)のことという。

あるとき、少将、判官入道二人、権現の御前に参り、通夜したりけるに、夢ともなく現ともなきに、沖より小船一艘よせたり（漕ぎ寄せた）。例の海人小舟、釣舟かと見るほどに、磯によりて、赤きはかま着て、懸[一]帯などしたる女房の五六人、御前に参りて、世にもおもしろき声に（まことに美しい声で）て、

[二]よろづの仏の願よりも
千手の誓ぞたのもしき
枯れたる木にもたちまちに
花咲き実なるとは聞け

と二三返歌ひすまして（見事に歌って）、かき消すやうに失せにけり。そのとき二人の人々、「うつつなりけり（〔夢ではない〕現実のことだったと）」と奇異の思ひをなす。「この権現（那智）の本地[三]、千手観音にておはします。千手の二十八部衆[四]のうちに、海龍神、その一つなり。されば（〔あの女房は〕）龍女[五]の化現にてもやあらん（でもあるのだろうか）」とたのもしかりし（〔思うと〕心強いかぎりで）ことどもなり（あった）。されば、日数つもりて、裁ち替ふべき（着替えるべき）浄衣[六]もなけれ

〔懸帯〕

一　婦人が社寺参詣の時、胸にかけ、背に回して結びさげた紅の帯。

二　仏も数多くおわしますが、いかなる仏の誓願にもまさって千手観音の誓願こそ心強いものです。その誓願によれば、枯木にさえもたちまち花が咲き実がなるということですから。「念彼観音力枯木華更開」（『千手陀羅尼経』）を歌った今様。『梁塵秘抄』『梁塵秘抄口伝』『古今著聞集』にも見え、語句に小差がある。「千手」は千手観音。大悲観音とも。地獄の苦を救い、また諸願成就をつかさどる。「願」「誓」は誓願のことで各菩薩が修行の目的を定め成就を誓うこと。

三　熊野三所のうちの那智社は祭神を熊野夫須美神とし千手観音が本地仏で、その垂迹化現の神（権現）と説かれる。「本地」は本来の真実身としての仏菩薩。

四　観音菩薩の下に属侍する二十八神。梵天・帝釈天・吉祥天・四天王（毘沙門・広目・増長・持国）・阿修羅・金毘羅など。その第二十四に沙迦羅王（沙竭羅龍王）があり、これが海龍神に当る。

五　沙迦羅王の娘。八歳の時文殊菩薩の導きで釈迦の前に至り、男子に変生して南方無垢世界に成仏した。至難な女人成仏を遂げた例としてしばしば引かれる。

六　白の狩衣。神事の礼服に用いる。

七　みそぎをし、水垢離をとり。神仏に祈願する時冷水を浴びて心身を浄めることをいう。

ば、麻の衣を身にまとひ、けがらはしき心あれば、沢辺の水を垢離[7]にかき、（これは）岩田川[8]の清き流れと思ひやり、高き所にのぼりて、（ここが）発心門[9]とぞ観じける。

御幣[10]の紙もなければ、花を手折りて捧げつつ、康頼入道つねは、祝言[11]ぞ申しける。

祝詞

維[12]、あたれる歳次、治承元年丁酉、月のならびは十月二月、日の数は三百五十余箇日、そのうち吉日良辰をえらび、（今この時）かけまくもかたじけなく、日本第一の大霊験、熊野三所大権現、ならびに飛滝大薩埵教令[13]、宇津の広前[14]にして、信心の大施主、羽林[15]藤原の成経、沙弥[16]性照、一心清浄の誠を致し、三業相応[17]の心ざしを抽で、つつしみ敬白す。

夫れ、証誠大菩薩[18]（本宮）は、済度苦海の教主[19]、三身円満[20]の覚王なり。（新宮・那智）両所権現[21]、或は東方浄瑠璃医王の主、衆病悉除の如来なり。或は南方補陀落[22]の能化の主、入重玄門[23]の大士なり。若王子[24]は娑婆世界

八 富田川とも。熊野山中に発し、西流して富田浦に注ぐ。熊野参詣紀州路はこの川を遡り本宮に向う。
九 本宮の総門の名。
一〇 神に供物として捧げる布や紙。幣帛。ぬさ。
一一 「のりと」の音便。神に誓願を捧げる祈りの詞。この文体は実は「祭文」（願文）というべきである。
一二 祭文の発語。底本「いひ」とし、他本も「ゐ」と読むものが多い。
一三 忿怒の相を示す大菩薩。「薩埵」は菩薩の称。「教令」は忿怒相。教法輪身ともいう。正法輪身（愛撫）・自性輪身（自身）とともに三輪という。
一四 神前の意。「宇津」は美称。
一五 近衛府の唐名。成経の少将の肩書をさす。
一六 仏門に入ったばかりの未熟な僧の称。
一七 身・口・意の三業が相互に調和すること。
一八 本宮は本地阿弥陀如来。本殿を証誠殿という。
一九 衆生を六道の苦海から救って浄土に渡す教化主。
二〇 法身・報身（智身）・応身（色身）を一身の中にそなえる阿弥陀如来。
二一 新宮の本地薬師如来。東方浄土に住する。
二二 那智の本地観音菩薩。南方の補陀落浄土に住する。「能化」は仏菩薩の意。
二三 究極の妙覚位に至らんとする時、再び凡夫地から等覚位までの全過程（玄門）を修するという菩薩。
二四 本宮第四殿の若王子権現。本地十一面観音。

の本主、施無畏者の大士なり。頂上に仏面を現じて、衆生の所願を満て給へり。これによつて、上一人より下万民にいたるまで、或は現世安穏のため、或は後生善所のために、朝には浄水をむすび、煩悩の垢をそそぎ、夕には深山にむかひ、宝号をとなふ。感応おこたる事なし。峨々たる嶺のたかきをば、神徳のたかきにたとふ。嶮々たる谷のふかきをば、弘誓のふかきにたとふ。雲をうがちてのぼり、露をしのぎてくだり、ここに利益の地をたのまずは、いかでか歩みを嶮難の路にはこばん。権現の徳をあふがずは、いかが幽遠の境にましまさんや。よて証誠大権現、飛滝大薩埵、相ともに青蓮慈悲の眸をならべ、早鹿の御耳をふりたて、われら無二の丹誠を知見し、一々の懇志を納受せしめ給へ。然ればすなはち成経、性照、遠島配流の苦しみをしのぎ、旧城花洛の故郷につけせしめ給へ。まさに有無妄執をあらため、無為の真理をきよむべし。しかるときは、結、早玉の両所は随機し、或は有縁の衆

一 衆生の災難に対する恐怖を除いてくれる菩薩。
二 十一面観音は本体の一面の他に、頭上に九面、頂上に一面を有し、各慈悲・忿怒等の諸相を示す。
三 弘く衆生を済度しようとの仏菩薩の誓願。
四 青蓮花のような仏菩薩の慈悲のまなざし。「青蓮ノ眦鮮カニ慈悲ノ相ヲ現ズ」(『往生講式』)。
五 祭文で「耳」の枕詞として用いる。「八百万ノ御神達ハ左乎志加ノ御耳ヲ振立テ聞食申ス」(『朝野群載』「中臣祭文」)。「早鹿」は雄鹿の美称。鹿が警戒し耳を動かすことから、注意して聞く意の比喩とした。
六 まごころ。赤心。「丹」は赤で純粋を象徴する。
七 王城として年経た花の都。すなわち京都。
八 有見・無見の迷い。生命の輪廻を無限常住と思いこむのを有見(有)といい、虚無散滅すると決めてしまうのを無見(無)という。
九 那智を「結の宮」、新宮を「早玉の宮」と称する。
一〇 衆生のそれぞれの機縁に応ずること。
一一 七宝樹林に飾られた荘麗なる浄土。金・銀・珊瑚・瑠璃・玻璃・硨磲・瑪瑙を七宝といい、浄土には七宝をつけた林があるという。「荘厳」は仏身・仏土を麗しく飾ること。
一二 仏の八万四千の相好から放つ光。人間の煩悩は八万四千といわれ、これを治める法門も八万四千、それに応じて仏菩薩の相好も八万四千あるとされる。
一三 迷いの世界。「六道」は天上・人間・修羅・畜生・餓鬼・地獄。「三有」は欲有・色有・無色有のこと。

生をみちびき、またみだりに無縁の群類をすくはんがため、七宝荘厳のすみかを捨てて、八万四千の光を和らげ、六道三有の塵に同じうし給へり。かるがゆゑに定業もまたよく転じ、長寿を得る事をもとむ。礼拝して袖をつらね、幣帛を捧ぐる事ひまなし。忍辱の衣を重ね、覚道の花を捧げ、神殿の床を動かし、信心水を澄ましめ、利生の池に湛ふ。神明納受し給はば、所願いかが成就せざらん。仰ぎ願はくは、十二所権現、利生の翅を並べて、はるかの苦海の空にかけり、左遷の愁ひをやすめて、はやく帰洛の本懐をとげしめ給へ。再拝、再拝。

とぞ申しける。

あるとき、沖より吹きくる風の、少将、康頼二人が袖に木の葉一つづつ吹きかけたり。これを取りて見れば、たのみをかくる御熊野の南木の葉にてぞありける。虫くひあり、これを一首の歌にぞよみなしたる。

卒都婆流し

「塵に同じうす」は「光を和らげ」と応じて和光同塵といい、仏菩薩が衆生を救うため、自分の威光を和らげ、その本地を隠して塵界（人間界）に現れ、衆生に交わること。

一四 苦を受けると定まった業でも転じ変えることができる。「若其機感厚　定業亦能転」（『法華文句記』）。観音の霊力を讃えた句。底本「ぢやうごうも又よくうたゝちやうしゆをうること」とするが、「転」を「うたた」と読み、下にかかる副詞と誤ったものなので、改めた。

一五 「求長寿得長寿、求富饒得富饒」（『薬師本願功徳経』）。薬師の霊力を讃えた句。

一六 袈裟のこと。「如来衣者柔和忍辱心是」（『法華経』法師品）。

一七 仏に捧げる花を讃美した語。「覚道」は悟り。

一八 仏の利益の潤沢なことを池にたとえた。「湛ふ」はその利益に浴することをいう。

一九 三所権現に五所王子（若王子・禅師宮・聖宮・児宮・子守宮）・四所明神（一万宮・勧請十五社・飛行夜叉・米持金剛）を加えていう。

二〇 マキ科の常緑喬木。熊野には多く、神木とされている。葉脈が縦一方にのみ通っているのが特色。字は那木・梛・椰などとも書く。

[一]ちはやぶる神に祈りのしげければ
　などか都へかへさざるべき

かへすがへすも、めでたかりける事どもなり。

判官入道（康頼）、あまりに都の恋しきままに、せめてのはかりごとに、[二]千本の卒都婆を作り、[三]阿字の梵字を書きて、年号、月日、[四]仮名、実名、さて二首の歌をぞ書きたりける。

[五]さつまがたおきの小島にわれありと
　親にはつげよ八重のしほ風

[六]思ひやれしばしとおもふ旅だにも
　なほふるさとは恋しきものを

これを浦に持ちて出で、「[七]南無帰命頂礼、梵天、帝釈、[八]堅牢地神、王城の鎮守諸大明神、ことには熊野の権現、金剛童子、厳島大明神、願はくは、この卒都婆を一本なりとも、都のうちへ伝へてたばせ給へ」とて、奥津白波の寄せてはかへるたびごとに、卒都婆を海にぞ

一 お前たちの神への祈りが熱心であるから、必ず都へ帰してつかわそう。「ちはやぶる」は「神」にかかる枕詞。虫の跡がこの歌の文字を作っていたというので、託宣歌によくある話柄である。

二 梵語スツーパの当て字。「塔」と訳す。舎利収納・供養報恩・霊域表示などのために建てる。ここは板塔婆で、五輪塔の形になぞらえて刻んだ細長い板。

三 梵語母音の根本となるア音を表す字。一切の言語・文字の基となる字として卒都婆に書く。

〔阿字〕

四 通称（あざな。「平判官」など）と本名（名乗り。「康頼」など）。

五 薩摩の沖の小島に私が生きながらえていることを母親に伝えておくれ、八重の海原の潮風よ。この歌『千載集』『宝物集』に載る。

六 わかってほしい。ほんの短い間の旅でさえも故郷は恋しいものなのに、まして私は帰るあてもない遠島配流の身なのだから。『玉葉集』に見え、『宝物集』にはない。

七 「南無」と唱え（口）、仏に帰命し（意）、仏足を頂く（身）という口身意三業を以て敬礼する言葉。

八 大地を守護し、堅固にする神。説法の座下にいる。

九 都合よい方角の風。順風。「年をへて思ふ心のしるしにぞ空にたよりの風も吹きける」（『高光集』）。

一〇 広島県佐伯郡宮島（厳島とも）の厳島神社。宗像

浮かべける。日数かさなれば、卒都婆の数も積りけり。その思ふ心や[9]たよりの風ともなりたりけん（思う方への順風となったのであろうか）、また神明仏陀もや送らせ給ひけん（が送り届けてくれたのであろうか）、千本の卒都婆のうち一本は、[10]安芸の厳島の大明神の御前のなぎさに、うちあげたり。この明神と申すは[11]沙竭羅龍王の第三の姫宮、[12]胎蔵界の垂迹にてまします。崇神天皇の御宇にこの島に[13]御影向あり（出現）しよりこのかた（なさってより以来）、済度利生今にいたるまで[14]甚深奇特の事どもなり。さればにや（それゆえにであろう）、[15]八社の御殿甍をならべ、百八十間の廻廊あり。社には海をうけたれば（ひかえているので）、潮のみちて月ぞすむ（澄む・住む）。汐みちくれば、大鳥居のうちの廻廊、緋の玉垣、瑠璃のごとし。汐ひきぬれば、夏の夜なれども[16]御前のなぎさに霜やおく（社前の水際に霜が置くかと思う明るさである）。

判官入道がゆかりありける僧の、西国修業してまよひありきける（さすらい歩いていたが）が、厳島へぞ参りたる。この島は潮のみつときは海になり、潮のひくときは島となる所なり。「それ[17]和光同塵の利生、さまざまなりと申せども、この島の明神は、いかなる因縁をもつて、[18]海漫々の鱗

三女神を祀り、その末女市杵島姫を主神とする。平清盛の帰敬を受け、社殿大修理せられて荘厳華麗を以て知られるに至った。以下の本文および第二十四句「大塔修理」参照。

一一 沙迦羅王。沙迦羅龍王とも。八大龍王の一。海に棲み雨をつかさどる。宮殿は七宝に飾られ天上に似るという。その第一女は龍女（一七八頁注五参照）、第二女が厳島明神になったという（『園城寺伝記』「厳島明神御託宣文」）。「三女」とするは宗像女神の第三女との混同か。

一二 大日如来の理法身をいう。「金剛界」（大日如来の智法身）に対する。一切功徳を保有し失わぬこと、母胎が胎児を抱くさまに似ているのでいう。結局厳島明神は大日如来の垂迹であるという説明。

一三 月が水に宿るごとく仏菩薩が衆生に示現すること。

一四 霊験などのはなはだ神秘で不思議なこと。

一五 厳島の社は本社に三女神、相殿に五座（神名不詳）を祀ることをいう。以下朱塗の廻廊・大鳥居・玉垣等清盛によって増築された厳島独特の規模である。潮の干満による景観も知られている。

一六 「風吹二枯木一晴天雨、月照二平沙一夏夜霜」（『和漢朗詠集』夏夜、白楽天）。

一七 一八〇頁注一三参照。

一八 海の魚。「海漫々」は白楽天の詩題による（一七七頁注一二参照）。「鱗」は魚。

に縁をむすばせ給ふらん（に縁を結んで〔ここに〕現れ給うのだろうか）」と、本誓(ほんぜい)[一]のたつときに（仏の誓願の有難さに）、ひめもす[二]、法施(ほつせ)[三]まゐらせてゐたる（読経をささげて）ところに、沖よりみちくる汐(しほ)にさそはれて、それかともなく（それとさだかでもなく）打ちあげたる（打ち寄せられた）藻(も)くづ（海藻）の中に、卒都婆(そとば)のかたちの見えければ、なにとなう（何気なく）これをとりて見るに、「おきの小島にわれあり」と書きながしたる（書きつづけた）言の葉にてぞありける（歌の言葉なのであった）。文字は彫(ゑ)りいれ（ほりこみ）、きざみつけたれば、波にもあらはれず（洗い流されず）、あざやかにこそ見えたりけれ。「あな（何と）無慚や（痛ましいことだ）。これは康頼入道がしわざ」と見なし（判断し）、泣く泣く笈(おひ)[四]の肩(かた)にさし、都に上(のぼ)り、判官入道が老母の尼公、妻子なんどが、一条の辺、紫野(むらさきの)[五]に忍(しの)びつつ住みけるに、たづねて、この卒都婆をとらせければ（渡したところ）、老母の尼公も、妻子もこれを見て、「されば、この卒都婆の唐(もろ)土(こし)のかたへもゆられゆかずして（流れて行ってもよいはずなのに）、[六]なにしにこれまで伝へきて（何でここまで運ばれて来て）、ふたたび物を思はすらん（〔私たちに〕重ねて悲しい思いをさせるのだろう）」とぞかなしみける。

はるかにあつて（後になって）叡聞(えいぶん)におよびて（貴いお耳にも入り）、法皇、卒都婆を叡覧(えいらん)あつて、「あな無慚(むざん)や、これは鬼界が島とかやに、いまだながらへてありけ（まだ命生き永らえているのだな）

一 本願に同じ。菩薩(ぼさつ)が立てた誓願。

二 ひねもすに同じ。終日。

三 神仏に対し経を読み、法文(ほうもん)を唱えること。

四 僧や山伏が行脚(あんぎゃ)に出る時背負う箱。持仏・仏具・食物・衣類などを入れる。

五 京都市北区舟岡山辺。

六 逆説的な言葉で、康頼の消息に触れ得たのは嬉(うれ)しいのであるが、いよいよ諦(あきら)め切れず、また康頼の悲しみが一層切実に感じられることになったのを恨むのである。

七 持統・文武両朝に仕えた歌人。『万葉集』に多くの歌が載るが、ここは『古今集』羇旅(きりょ)の「ほのぼのと明石の浦の朝霧に島かくれゆく舟をしぞ思ふ」をいう。「題しらず、読人しらず」とするが左注に「この歌はある人のいはく柿本人麿がなり」とある。

る」とあはれにおぼしめして、そののち小松の内府のもとへ、この卒都婆を送らせ給ひけり。内府、この卒都婆を入道に見せたてまつり給ひければ、相国も岩木にあらねば、あはれげにぞのたまひける。

七柿本の人丸は、「島がくれゆく舟」を思ひ、八山辺の赤人は、「あしべの鶴」をながめ給ふ。九住吉の明神は、「かたそぎの思ひ」をなし、一〇三輪の明神は、「杉たてる門」をとざす。一一素戔嗚尊は、三十一字をはじめおき給ひしよりこのかた、もろもろの一二神明、仏陀も、この詠吟をもつて、百千万端の思ひを述べ給ふ。

されば、たかきもいやしきも、「鬼界が島の流人の歌」とて、これを口ずさみぬはなかりけり。千本におよび作りたる卒都婆なれば、さこそ小さうもありけめ、薩摩がたよりはるばると伝はりけるこそ不思議なれ。あまりに思ふ心のふかきしるしなりけるにや。

蘇武

むかし漢王、一三胡国を攻め給ふに、三十万騎の勢をもつてすといへども、胡国の軍こはくして、漢王の軍追つかへさる。そののち五十

八 聖武帝の頃の歌人。紀伊の国行幸に従った時長歌を作り、反歌に「和歌の浦に潮満ちくれば潟をなみ葦辺をさして鶴鳴きわたる」（『万葉集』巻六）と詠んだ。
九 大阪市の住吉神社の神。底筒之男・中筒之男・上筒之男の三神に神功皇后を配し、四座を祀る。『新古今集』神祇に「夜や寒き衣や薄きかたそぎの行合ひのまより霜や置くらん」の歌があり、左注に「住吉の御歌となむ」とある。「かたそぎ」は神殿の千木の先を斜めに切ってあること。屋根の毀れて寒気の堪えがたいことを「かたそぎの思ひ」といったのである。『袋草紙』に「是社破壊之由奏二帝王一とて見レ夢歌也」とある。
一〇 奈良県磯城郡三輪山にある大三輪神社。祭神は大物主神。『古今集』雑下「わが庵は三輪の山もと恋しくはとぶらひ来ませ杉立てる門」。『袋草紙』では「三輪明神御歌」として掲げる。
一一 「素戔嗚尊よりぞ三十文字余り一文字は詠みける」（『古今集』仮名序）。『古事記』に見える素戔嗚尊の「八雲立つ出雲八重垣妻ごめに八重垣つくるその八重垣を」が定型和歌の初めだといわれていた。
一二 「和歌は素戔嗚尊の古風よりおこりて久しく秋津洲の習俗たり。三十一字の麗篇をもて数千万端の心緒をのぶ。……これによりて神明仏陀もすて給はず、明王賢臣も必ず賞し給ふ」（『古今著聞集』五）による文。
一三 匈奴。中国北方の遊牧民族で、漢代に勢力すこぶる強大となり、辺境に侵掠した。普通コクだが底本濁点を付する。

万騎の勢をもつて攻めらる。なほも胡国の軍こはうして、〔漢の〕李陵といふ大将軍をはじめとして千余人捕つて、胡国にとどめらる。その中に蘇武といふ将軍をはじめて、宗との者六十人すぐり出だして、巌窟におつ籠め、三年を経てとり出だし、片足を切つて追放つ。すなはち死する者もあり、程へて死する者もあり。蘇武は片足を切られながら死なざりけり。山に入りては木の実を拾ひ、里に出でては沢辺の芹を摘み、田の面にゆきては落穂を拾ひなんどしてぞ過しける。田にいくらもありける雁どもが、蘇武にはや見なれて、おどろくけしきもなかりけり。蘇武は、故郷の恋しき様を一筆書いて、泣く泣く雁の翅にぞむすびつけける。かひがひしくも田の面の雁、秋はかならず都へ帰りきたるものなれば、漢の昭帝、上林苑に御遊ありけるに、夕ざれの空うす曇り、なにとなくものあはれなるをりふし、一行の雁飛びきたりけるが、その中に一つ飛びさがり、わが翅にむすびつけたる玉づさをくひきつてぞ落しける。官人これをとつて、

一　漢代の勇将。字は少卿。匈奴と歴戦したが、武帝の天漢二年（前九九）敗れて降り、匈奴の将となった。祖父李広も名将として勇名をうたわれた。

二　字は子卿。武帝の天漢元年（前一〇〇）匈奴に使して捕えられたが降服を拒み、抑留十九年にして明帝の始元六年（前八一）帰国することができた。その苦節や雁書によって故郷に連絡した話は有名。しかし片足を切られたことは史書には見えない。

三　古代中国には刖刑という斬足の刑があった。魯の国で越境の芸人を一足切ったことが『教訓抄』に見える。

四　武帝の子。後元二年（前八七）武帝崩御を承けて帝位につく。

五　武帝の作った園。

六　「夕さり」の訛。夕暮れどき。

七　三たび回り来る秋。すなわち三年。諸本「三春」とする。

八　一本足の蛮夷となった。「胡」は北蛮、「狄」は西蛮。「胡敵」の字を当てる本もあるが、斯道本により字を定めた。この表現は「胡狄一足」という成句によるらしいが不詳。『山海経』『淮南子』に中国西方の異境に奇股民・一臂民など一足人間の住むことが見えるが、或いはそれらの伝説に関連があろうか。

九　漢代の名将。文帝・景帝・武帝に仕え、匈奴と戦うこと七十余度。常に勝利を得て、飛将軍と呼ばれ

帝へ奏聞す。叡覧ありければ、「むかしは巌窟の洞に籠められ、むなしく三秋の愁歎をおくる。今は荒田の畝に捨てられて、胡狄に一足の身となる。骸骨はたとひ胡国に散らすとも、魂はかへつてふたたび君辺につかへん」とぞ書いたりける。帝、御涙をながさせ給ひて、「あな無慚や、いにしへこれは胡国へつかはしける蘇武がしわざなり。命の尽きぬあひだに」とて、このたびは、李広といふ将軍をはじめとして、百万騎の勢をおこして、胡国を攻めらる。「今度は胡国の軍破れて、御方の戦ひ勝ちぬ」と聞こえしかば、蘇武、十九年の星霜をおくり、片足は切られながら、ふたたび故郷へ帰りけり。それよりしてこそ、文をば「雁書」ともいひ、使をば「雁使」とも名づけけれ。

漢家の蘇武は、書を雁につけて旧里におくり、本朝の康頼は、波のたよりに札を故郷へつたふ。かれは雁の翅の一筆、これは卒都婆の面の二首の歌。かれは漢朝、これは本朝。かれは上代、これは末

た。元狩四年（前一一九）老軀を以て戦線に出たが、道に迷い戦機を失った責を負って自刃した。李陵の祖父であり、蘇武の匈奴派遣に先立つこと十九年であるから、本文は史実に違う。李陵と共に遠征した将軍李広利の誤りかとも思われるが、これも征和三年（前九〇）敗れて匈奴に降っている。広本系に永律が匈奴を伐ったとするのが妥当で、これを勇将として余りにも知られた李広に置きかえたのであろう。

＊卒都婆の説話　いかに黒潮に乗ったといえ、また千本に一本の偶然といえ、康頼のゆかりの旅僧の手に、厳島神前の渚から拾われるとは、できすぎた話である。広本系では熊野にも卒都婆が着いて、同日に二本都に入ったとさえいうが、そうしたことを疑うよりも、まず驚き、語り種とする時代だったのである。笈に卒都婆をさした旅僧の姿には、和歌説話を現物証拠つきで語り歩く「歌聖」の類型を見ることができる。二首のうち「さつまがた」の歌は康頼作の『宝物集』にも見えて、「きかいが島にはべりける頃いまだ生きたるよしを母のもとへ申しつかはしける」（九冊本）というから、康頼自作であろう。おそらく、つてを得て都の母のもとへ届けられた一首の歌を活用して知人の僧が演出した説話だったと思われる。海に流す卒都婆には「流れ灌頂」の供養作法がヒントとなっているのであろう。康頼の物語には共通して演出性がうかがわれるようである。

代(だい)。さかひをへだて、〔国は遠くへだたり〕世々はかはれども、〔時代も移り変ってはいるが〕風情(ふぜい)は同じ風情にて、ありがたかりし〔まことに珍しいことであった〕ためしなり。

第十九句　成親(なりちか)死去(しきよ)

新大納言成親(なりちか)の卿は「すこしくつろぐ心もや」〔落着く心にもなれるか〕と思はれけるところに、「子息(しそく)丹波(たんば)の少将以下(いげ)、鬼界が島に流されぬる」と聞きて、〔落胆し〕小松殿に〔重盛に請うて〕申して、つひに出家(しゆつけ)し給ひけり。北の方は雲林院(うりんゐん)にましましけるが、さらぬだに〔ただでさえ〕住みなれぬ山里はもの憂きに、〔わびしいものなのに〕いとどしのばれければ、〔全く人目をしのんでおられるので〕過ぎゆく月日もあかしかね、暮らしわづらふ様(やう)なりけり。〔生活にも困窮する〕女房、侍(さぶらひ)おほかりけれども、世におそれ、人目をつつむほどに、問ひとぶらふ人もなし。〔お見舞におとずれる者もない〕

その中に、〔ただそうした中で〕大納言の幼少より不便(ふびん)にして〔いたわって〕召しつかはれける源左衛(げんざゑ)

＊康頼と蘇武　『宝物集』には「さつまがた」の和歌を掲げたあとに続けて、「蘇武が胡国にまかりて十九年までふるさとに帰らざりけんも都は恋しく侍りけんかし。漢王上林苑といふ所にて遊びたまひけるに、雁(かり)の足に文(ふみ)をつけたりけるを見たまひければ蘇武が文なりけり……」（九冊本）と蘇武説話を紹介する。平家物語は『宝物集』から多くの文辞を引用しているので、その例から見て、ここも『宝物集』の「康頼・蘇武」の説話連想が平家物語に採りこまれたものと見るべきであろう。

一　一四二頁注一参照。

成親出家

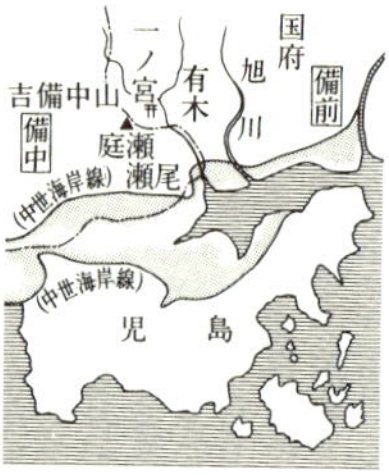

源左衛門尉信俊有木の別所へ使の事

門尉信俊といふ侍あり。なさけある男にて、つねはとぶらひたてまつる。あるとき、信俊参りたりければ、北の方、涙をおさへて、「いかにや、これには備前の児島にましますとこそ聞こえしが、当時は有木の別所とかやにおはすなり。いかにもして、いま一度、文をも奉り、返事をも見んと思ふはいかに」とのたまへば、信俊涙をおしのごひて申しけるは、「さん候。幼少より御情をかうぶりて、一日も離れまゐらすること候はず。御下りのときも、さしもに御供つかまつるべきよし、申し候ひしかども、入道殿御ゆるされも候はざりしかば、参ることも候はず。召され候ひし御声も、耳にとどまり、諫められまゐらせ候ひし御ことばも、肝に銘じていつ忘れまゐらせんともおぼえず候。たとひいかなる目にもあひ候へ、御文賜はり候はん」と申せば、北の方、やがて御文書きてぞ賜はりける。信俊、これを賜はつて、備前の国、有木の別所にたづね下る。守護の武士にまづこのよし申しければ、武士ども、たづね参りたる心ざし

二 成親のこと。「これ」は他人に対して自分の親近の者（配偶者・子・従者など）をさしていう代名詞。

＊ **有木の別所** 「別所」といえば寺院の別院・修行所をさすのが常識だが、その実際は必ずしも明確でなく、隠居所・墓所も別所であった。古く奥羽政略時代に陸奥の俘囚を諸国に配分し、食料を支給し、出入を禁じて、監視と保護を加えた俘囚郷も別所と称した。有木の別所は備中におけるその一か所だったと見られる。そうした俘囚別所は国境・河川流域・山谷・盆地・中洲など交通・農耕の困難な、地形自体が天然の牢舎にも比せられ得る地域であった。おそらく中世にはそういう地域的特性は次第に失われて、開拓されたり、住民も分散したり、他郷と交流したりするようになるが、寺院が修行所・隠居所をそのような別所郷に設置する例も多かったようで、別所の語義を截然と区分することもできない。地獄の支所も別所と呼ばれ、世を異にした閉鎖的区域という性格は共通するわけである。国境山間の有木の別所も、成親の末路に暗い意味と情調を投げかけているようである。

のほどをあはれみて、やがて大納言入道のおはす所にぞ入れたりける。大納言は、ただ今も［ちょうどその時も］都のことをのたまひ出だして［語り出されて］、よにも恋しげに、嘆きしづみてましますところに、「都より信俊（のぶとし）が参つて候」と申し入れたりければ、入道、聞きもあへ給はず起きあがりて、「これへ、これへ」とぞ召されける。信俊参りて見たてまつれば、御住（すま）ひの心憂さもさることにて［わびしさもそうであるが］候へども［〔その上〕］、墨染（すみぞめ）の袂（たもと）にひきかへ給ふ［変っていらっしゃる］を［のを］見て、目もくれ心も消えてぞおぼえける［目もくらみ気も失いそうな思いであった］。北の方の仰（おほ）せをかうぶりし［頂いてきた時の様子を］ありさま、こまごまと申しつづけて、御文［〔北の方の〕］とり出だして奉る。

大納言入道殿、この文（ふみ）を見給へば、水茎（みづくき）の跡は［筆跡は］涙にかきくれて［にじんで］、一そこはかとも見えねども［よく読みとれぬほどであったが］、「つきせぬもの思ひにたへかね、しのぶべしとも［我慢できそうにも思われません］おぼえず。幼き人々も、なのめならず［〔父君を〕一通りならず］恋しがりたてまつる」ありさま［という様子など］、こまごまと書かれたりければ、大納言、これを見給ひて、「日ごろの思ひなげきは［〔今に比べれば〕］、事の数ならず［ものの数でもなかった］」とぞ泣かれける。

かくて四五日過ぎぬ。信俊、入道［〔成親〕］の御前（まへ）に参りて申しけるは、

一　そこがそれとも。はっきりとも。底本「そこはかるとも」。斯道本「許（ソコバカ）トモ」とある。他諸本は「そこはかとも」で穏当。今諸本にしたがった。「そこばく」なども関連する語で、底本も斯道本も誤りとはいえない。

二　どのようにおなりになるとしてもそのご様子を。

「これに候(さぶら)ひて、いかにもならせましまさん御ありさまを見はてま〔ご様子をお見届け申し上げたくは〕ゐらすべう〔存じますが〕候へども、北の方、『あひかまへて〔よくよく〕、今度の御返(かへ)りごと〔(使いの)〕を御覧(ごらん)ぜん』と候ひしに、跡もなく、しるしもなくおぼしめさんことは、罪ふかくおぼえ候。今度はまかり上つて〔都にもどって〕、またこそ〔(改めて)〕参り候はめ」と申せば、大納言、「まことにさるべし〔いかにもそうであろう〕。ただし、なんぢがまた来(こ)んことを待ちつけべしとはおぼえねども〔待つことができるとは思わぬが〕、さらばとくとく上(のぼ)れ。『われいかにもなりたり〔私が死んだ〕』と聞かば、あひかまへて〔心して〕、よくよく後世(ごせ)とぶらへよ〔菩提をとむらってくれ〕」とぞ泣かれける。信俊、御返事賜はつて上りけるに、入道〔(成親)〕、のたまふべきことはかねてみな尽きぬれども〔言うべきことはもうすべて言い尽したのだけれども〕、せめての〔あまりの〕慕(した)はしさのままに、たびたび呼びぞかへされける〔(信俊を)呼びかえしたりなさった〕。

さてもあるべきならねば〔いつまでそうしてもいられないので〕、信俊、いとま申して上りけり。都へ上りて、北の方へ参り、御返事を参らせたりければ、「あなめづらし〔まあうれしい〕。命の今までながらへておはしけるよ」とて、この文を見給へば、文の中に御髪(おんかみ)の一ふさ、くろぐろとして見えければ、二目(ふため)とも見給は

「いかにもなる」は最後をとげる、死ぬ、の意を婉曲(えんきょく)にいう慣用表現。

三 私が帰らないために返事も報告もなくて北の方が落胆なさるとしたら。

四 待ちうけられようとは。それまで待っていられようとは。すなわちそれまでの命の保証については悲観的な心境である。

＊ **成親の死**　死刑を免れて流罪となった成親だが、結局配所で殺されることになる。清盛としては重盛の手前流罪としたまでで、最初から殺す計画だったろう。『玉葉』を見ると、配流の六月二日すでに途中で殺されるという風聞があり、十一日には「或人云、成親在二備前国一于レ今存命、内府密々送二衣裳之類一云々」と存命が意外であるかのようにさえ記している。『公卿補任(くぎょうぶにん)』には「二日配二流備前国一、七月十三日於二難波一薨、先レ是出家」とあるが、難波(なんば)経遠の手で殺害されたことが誤られたのであろう。死去の日は史料でも平家諸本でも七月から八月と種々で決めがたいが、『治承元年公卿勅使記』八月九日に、最近成親の追善法要に出席したという右衛門尉親次が勅使に供奉してよいかどうか質問するという記事がある。おそらく七月中に殺害されたものであろう。謀殺であるだけに、その方法・時期など諸説入り混ったと思われる。異本には直接手を下した者たちに怨霊(おんりょう)の祟(たた)りのあったことをも記している。

ず、「はや、この人様をかへ給ひけり。形見こそ、一なかなか今はあたなれ」とて、これを顔におしあてて、ふしまろびてぞ泣き給ふ。をさなき人々も泣きかなしみ給ひけり。

吉備の中山において毒害の事

さるほどに大納言入道をば、同じき八月十七日、備前、備中の境、二吉備の中山といふ所にて、つひに失ひたてまつる。酒に毒を入れてすすめたてまつりけれども、なほもかなはざりければ、岸の二丈ばかりある下に、三菱を植ゑ、それにつき落し、貫かれてぞ失せ給ひける。

新大納言北の方出家

北の方は、はるかにこれをつたへ聞き給ひて、『かはりぬるすがたを、今ひとたび見たてまつらばや』とこそ思ひつるに、今はなにとかせん」とて、雲林院近き四菩提院といふ所にて、様をかへ、かたのごとくの仏事をいとなみ、かの後世をぞとぶらひ給ひける。

かの北の方と申すは、五山城守敦賢のむすめなり。みめすがた、心ざままで優なる人なりしかば、たがひに心ざしあさからざりし仲な

一　今の場合かえって恨めしい、の意。引き歌のあることについては＊印参照。

＊**引用歌の溶解**　形見を恨む北の方の言葉は一見問題ない散文のようだが、延慶本では「信物コソ今ハアタナレ是ナクハカ斗物ハオモハザラマシトゾ詠ジケル」とあって、北の方は和歌に心情を託しているのである。「かたみこそ今はあだなれこれなくは忘るるときもあらましものを」（『古今集』読人しらず）の作りかえである。これが、「かたみこそ今はあだなれ是なかりせば今更かくは思はざらましとぞ覚されける」（長門本）、「かたみこそ今はかへりてくやしけれ是なかりせばかくばかり覚えざらましと歎かれける」（盛衰記）と和歌から散文へ移行する経緯を見せ、語り物系ではすべて散文化してしまう。典拠ある引用が本文伝流の中で文体調和を遂げたのである。

二　岡山市一宮にあり、山陽道の備前・備中の境界に当った。山頂に吉備津彦の墓があり、これを祀って、東北麓に備前一宮吉備津彦神社、西麓に備中一宮吉備津神社がある。有木はその備中一宮の宮内に属し、両社中間の一峰、細谷川の上流の地に当る。

三　鉄・木などを鋭く切りそいだもの。地に植え並べなどして敵の進入を防ぐ。植物の菱の実（二本の大きいとげがあり、乾くと固くなる）に似るところからい

り。若君、姫君も、花を折り、閼伽の水をむすびて、父の後世をとぶらひ給ふぞあはれなる。時うつり、事去りて、世のかはりゆくありさま、ただ天人の五衰とぞ見えし。

同じく十二月二十四日、彗星、東方に出づ。「蚩尤旗」とも申す。また「彗星」とも申す。「天下乱れて、大兵乱国に起らん」と言へり。

さるほどに年暮れて、治承も二年になりにけり。

第二十句　徳大寺殿厳島参詣

そのころ徳大寺の大納言実定の卿、平家の次男宗盛に大将を越えられて、大納言をも辞し申して、籠居せられたりけるが、「つらつらこの世の中のありさまを見るに、入道相国の子ども、一門の人々

う。刺股（先端にとげを多くつけた長柄の武器）をも菱と呼ぶところから、刺股を植えたとする解釈もあるが採りがたい。斯道本「荊ヲ植ヘ」とある。

四 雲林院内の菩提講寺。『大鏡』の舞台となって有名。「雲林院に菩提講を始め行ひける聖人ありけり。本は鎮西の人なり。極めたる盗人なり」（『今昔物語』十五・二十二）。北の方のこの時の出家を、長門本は「雲林院の菩提講と申す古寺にて」、盛衰記は「雲林院の菩提講に忍びて参り」と記す。

五 系譜等不詳。

六 仏に奉仕することをいう慣用的な表現。「閼伽」は梵語で水の意。仏に供える水をいう。

七 天人が果報尽きて死ぬ時示す五種の衰相。「一者衣服垢膩、二者頭上花萎、三者身体臭穢、四者腋下汗流、五者不レ楽ニ本座ニ」（『涅槃経』）他に諸説がある。

八 ほうき星。妖星と考えられた。読みはケイセイ・スイセイ・セイセイ・サイセイなど種々。ハウキボシと訓読する本もある。

九 彗星の一。赤気とも。「蚩尤旗、類レ彗而後曲象レ旗。見則王者征ニ伐四方ニ」（『史記』天官書）。「蚩尤」は兵乱を好んで黄帝に誅せられた諸侯の名（『史記』五帝本紀に見える）。山東では銅頭鉄身あるいは人身牛蹄四目四手の戦争神で、祭ると赤気が生じ、これを「蚩尤旗」と呼んだことから彗星の名となる。

藤の蔵人大夫意見の事

一〇 八一頁注一〇参照。

に官加階を越えらるるなり。知盛、重衡なんどとて、次第にしつづかんずるに、われらいつか大将にあたりつくべしともおぼえず。つねのならひなれば、出家せん」とぞ思ひたたれける。諸大夫[一]、侍[二]ども寄りあひ、「いかにせん」となげきあへり。その中に、藤蔵[三]人大夫重藤といふ者あり。なにごとも存知したる者なりけり。実定の卿、よろづもの憂く思はれけるをりふし、心をすまし[四]、ただひとり月にうそぶきておはしけるところに参りたり。「いかに重藤か。なにごとに参りたるぞ」。「今夜は月くまなう候ひて、徒然[五]に候ふほどに、参りて候」と申せば、「神妙なり。そこに侍へ。物語りせん」とぞのたまひける。かしこまつて侍ひけるに、実定の卿「当時、世の中のありさまを見るに、入道相国の子ども、そのほか一門の人人に、官加階を越えらるるなり。今は大将にならんこともありがたし。つねのことなれば、世を捨てんにはしかじ。出家せんと思ふなり」とのたまへば、「この御諚こそ、あまり心細うおぼえ候へ。げ

一 親王・摂関・大臣家などの家司。主家の家政をつかさどる。五位以上の中・下級貴族で、公の官職にもつく。

二 貴族の家臣で六位以下の者。「諸大夫、侍」は第五句「義王」にも見えて、家臣たちを一括した言い方である。

三 系譜等不詳。名は諸本により、資基・近宗・賢基・重兼・親範など異同があるが、いずれについても確認できない。

四 蕭条とした心になって。現実世俗のことを忘れて物さびしく冷え冷えとした心になるをいう。特に月に対して逆境の傷心を抱く人が詩歌管絃に思いを紛らすによくこの語が用いられる。

五 退屈で所在ないこと。無聊。「つれづれ」に当る漢語。

にも御出家なんども候はば、奉公の輩のかなしみをば、いかがせさせ給ひ候ふべき。重藤不思議の事をこそ案じ出でて候へ。安芸の厳島の大明神は、入道相国のなのめならず崇敬し給ふ神なり。なにごとも様にこそより候へ。君、厳島へ御参り候ひて、一七日も御参籠あり、大将のことを御祈念候はば、かの社には、内侍[六]とて優なる妓女[七]ども、入道置かれて候ふなり、さだめて参りもてなし申し候はんずらん。さて御上洛のとき、御目にかかりぬる内侍ども召し具して上らせましまさんに、御供に参り候ふほどでは、うたがひなく西八条へ参り候はんず。入道相国『なにごとに上りたるぞや』とたづねられば、ありのままにぞ申し候はんずらん。『さては徳大寺殿は、浄海が頼みたてまつる神へ参られけるござんなれ[八]』とて、きはめて物めでたがりし給ふ人にて、よきやうにはからひもや候はんずらん」と申したりければ、実定の卿「まことにめでたきはかりごとなり。か様のことといかでか思ひよるべき」とて、やがて精進[九]はじめて、

六　厳島神社に奉仕する巫女を宮廷女官になぞらえて「内侍」と称する。

七　遊女。あそびめ。本来は宮中内教坊に属した舞姫をいったが、ここはひろく歌舞の芸を職とする女をさす。

八　参詣されたのだな。底本「まいられけるこそござんなれ」とある。「ござんなれ」は「こそある(ん)なれ」の訛であるから、上に「こそ」を重ねるのは余分である。斯道本によって「こそ」を削った。

九　心身を浄め、汚れに遠ざかること。神拝などに先立って一定期間精進するのである。

厳島へぞ参られける。

西国八重の潮路へおもむき、おほくの浦々、島々をしのぎつつ、厳島へぞ参られける。社頭のありさま、つたへ聞く蓬萊、方丈、瀛州も、これにはすぎじとぞ見えし。

大将の祈誓

七日参籠ありけるに、内侍ども、舞楽も三か度おこなひて、もてなしたてまつる。実定の卿、今様歌ひ、朗詠して、神明に法楽あり。郢曲ども、ねんごろに内侍に教へさせ給ひけり。「平家の公達こそ、つねには御参りさぶらふに、めづらしき御参りなり。なにごとの御祈りやらん」と申しければ、「大将を人々に越えられて、大納言を辞し申して、この五六年籠居したりけるが、もしやと思ひて、その祈誓のために参りたり」とぞのたまひける。

参籠満ちて、都に上り給ふに、宗との若き内侍ども二十余人名残を惜しみて、舟を仕立て送りしに、いとま申してかへらんとしければ、「あまりに名残の惜しさに、いま二日路送れ」、「いま三日路」

一 中国神仙伝説にいう渤海中の三神山。神仙・霊獣等が住み宝樹に被われるという。

二 実定は今様朗詠の名手であった。第四十二句「月見」に逸話が見える。

三 神仏の前で誦経・奏楽・歌舞などし、または詩文を作り、これを捧げて神仏を楽しませること。

四 歌い物。神楽・催馬楽・風俗歌・朗詠・今様・宴曲などの総称。中国春秋時代に楚の都郢で俗曲が盛んに歌われたところからいう。

五 内侍には一﨟から八﨟までの等級があったという(『厳島道芝記』)が、ここはその上﨟たちのことであろう。

六 内侍は厳島内に止住していたのでもなく、舟で参詣客の送迎もしたようである。『高倉院厳島御幸記』(源通親)は治承四年(一一八〇)の高倉院参詣(第三十一句「厳島御幸」参照)の記であるが、それによると、福原まで奉迎して歌舞を奏している。

七 二日分の道程。

＊ **厳島の内侍** 清盛が厳島神社の経営に注いだ情熱のほどは今も残る社殿や神宝にもあらわれているが、「内侍」と呼ぶ巫女にも清盛らしい趣向が見られる。神に仕える巫女が、歌舞を奏し、託宣をとりもち、また参詣人を接待し、それも遊女的な生態を呈するようになったのは、中世の諸社に共通することであるが、清盛はこれを特別に保護育成したわけなのである。歌舞は田楽の類の他に本

式に宮廷雅楽（ががく）を学ばせ、風俗には唐風をとり入れて、いかにも格式高い巫女とした。『高倉院厳島御幸記』はそうした内侍の性格を知る資料ともいえるが、老・若・幼の内侍がいたらしい。貴紳（きしん）の参詣には、内侍も舟を出して送迎したようで、実定を送って都まで来てしまうところなどはそうした風俗が反映している。高倉院御幸には福原まで来て舞楽を演じ、『御幸記』には、「唐の女のよそほひ」をして「天人のおりくだりたらむ」ようだといい、「万歳楽（ばんざいらく）などさまざま舞ひたり。左右にめぐりて、つかるることを知らず」と、熱演ぶりを紹介している。一方寝所に奉仕し、翌朝は名残を惜しむ遊女的側面も伝えるが、実定と内侍の間にも遊客・遊女の関係が汲みとれる。盛衰記・南都本では有子（ありこ）という内侍が実定との別れにたえかねて入水（じゅすい）する話を詳しくのせる。歴史余話にさらに女語りの悲恋談が加わりさえするようになるのである。

八 重盛は治承元年（安元三年・一一七七）正月二十四日左大将となり、三月五日に大納言から内大臣に進んだ。六月五日左大将辞任。以後半年間左大将空席だったが、十二月二十七日、実定が任ぜられた。この関係を、実定を左大将にするための重盛辞任として語っているのである。

厳島の内侍実定の卿を送り奉る事　実定の卿大将成就の事

などとのたまふに（おっしゃっているうちに）、都までこそ参りけれ。〔実定は内侍を連れて〕徳大寺の御第（おんでい）へ入らせ給ひて、さまざまにもてなし、引出物（ひきでもの）賜はつて、出だされけり。〔内侍〕「これまで上りたるほどでは（上洛したからには）、いかでかわが主（しゅう）の入道殿へ参らざるべき（伺わずにすむものではない）」とて、西八条へぞ参りたる。入道相国、やがて出であひ、対面して、「いかに内侍ども、なにごとの列参ぞ（何用でぞろぞろ上洛したのだ）」。〔内侍〕「徳大寺殿、厳島へ御参りあつて一七日籠らせ給ひつるが、『〔お帰りに〕一日おくりまゐらせよ。二日路おくりまゐらせよ』とて、〔とうとう〕これまで召し具せられてさぶらふ（お供して来てしまったのでございます）」。〔清盛〕「徳大寺は、なにごとの祈誓（きせい）に参られたりけるやらん」。〔内侍〕「大将の祈りとこそさぶらひしか」と申せば、そのとき、うちうなづいて、「あないとほしや（ああお気の毒な）。徳大寺は、浄海が頼みたてまつる厳島へ参りて、大将の祈り申されけるござんなれ（祈願を申されたというわけなのだな）。これをばいかでよきやうにはからはではあるべき（何とかよいようにとりはからわねばならない／わけにはゆくまい）」とて、〔重盛〕嫡子（ちゃくし）小松殿、〔当時〕八内大臣左大将にておはしけるを、〔左大将を〕辞したてまつりて（辞任をおすすめして）、次男宗盛の卿の右大将にてましましけるを越えさせて、徳大寺を左大将にぞなされける。やさしかりしはか（見事なはかりごとであった）

りごとなり。

新大納言成親の卿に、かしこきはかりごとおはし給はで（〔このような〕賢明なはかりごとがおありにならず）、よしなき（つまらぬ）謀叛(むほん)をおこして、配所の月に心をみがき（一 痛ませ）、つひに赦免(しゃめん)なくして失(う)せ給ひけるこそくちをしけれ（殺害され給うたのは情けないことであった）。

一 憂愁に心をすりへらし。「心をすます」（一九四頁注四参照）と関連ある語であろう。

＊ **後徳大寺実定の厳島詣** この話は実定が、平家の兄弟大将に関連して籠居(ろうきょ)していた時のこととするのだが、実定籠居の事実はあったけれども、それは十二年も前の経緯によるのである。『古今著聞集(ここんちょもんじゅう)』巻一「後徳大寺実定春日社に詣でて昇任祈請(きせい)の事並びに厳島に参詣の事」によると、永万元年（一一六五）実定は同職藤原実長に位階を越えられて恨み、権(ごん)大納言を辞して籠居した。その間春日に参籠して、「将相(しょうしょう)の栄華を極めるであろう」と託宣をうけたが、はたして安元三年（一一七七）三月大納言重盛が内大臣になったあとに十二年ぶりで還任(げんにん)して大納言となった。また左大将でもあった重盛が同年六月に辞任し、後任が定まらない。実定は大将を望んで、成就したら参詣しようと厳島に願をかけたところ、左大将は半年空席の後、同年十二月実定の任ぜられるところとなった。実定は治承三年（一一七九）三月末親しい公卿たちを誘って厳島に参詣した、という話なのである。平家物語の記すところは結局虚構なのであるが、しかし、籠居の実定が重盛の後任として大納言左大将になったこと、それは厳島への立願(りゅうがん)・参詣と関連があったこと、という骨格的な部分部分においては平家物語のこの説話が生れ出る条件を含んでいたと言えるわけなのである。

巻第三

目　録

平家物語　巻第三

第二十一句　伝法灌頂

朝覲の行幸

治承二年正月一日、院の御所（後白河院の法住寺御所では）には拝礼[一]おこなはれて、四日、朝覲[二]の行幸ありけり。例（〔毎年の〕）にかはりたることはなけれども、こぞ（去年）の夏、大納言成親の卿以下、近習の人々おほく失はれしこと（側近の人々が多数殺害されたことを）を、法皇（〔後白河〕）御いきどほりいまだやまず、世のまつりごとも（政務にも）、もの憂くおぼしめされければ（気がお進みにならなかった）、御心よからぬことにてぞありける（ご不快なご様子であったので）。太政入道も、多田の蔵人行綱が告げ知らせて（〔近習の陰謀を〕）ののちは、君をも一向うしろめたきことに思ひたてまつりて（院に対してもひたすら警戒申し上げる気持で）、上には事なきやうなれども（表面は平穏を装っているが）、下には（内心は）用心して、にが

一　正月元日に院または関白家で行う拝賀の式。

二　年頭に帝が上皇の御所に行幸する式。

＊**彗星の記事**　巻二第十九句「成親死去」にも治承元年十二月二十四日彗星出現の記事があり、また二年一月七日に似た記事が載ったわけである。広本系も同様。諸本は多くこの回のみを記して旧年十二月を欠く。『玉葉』治承二年一月十八日に「泰茂来云、去七日彗星見、去年十二月廿四日又見云々、今夜公家有玄宮北極御祭〈泰親朝臣奉仕之〉彗星者第一之変也」とあって、両度出現が問題になった。巻三の不穏な歴史の前兆としては回数は関係がないところから、諸本ではこれを、巻三巻頭にのみ置いて文学的に整理したのである。

＊**巻二・巻三間の編成**　この年一月二十日、後白河院の園城寺灌頂の情報に、叡山側はいきりたち、院はその予定（二月一日）を中止せざるを得なかった。その後の天王寺灌頂は、実は十年も後の文治三年（一一八七）のことである。また山門合戦はこの年十月のことではあるが、灌頂問題との関連はない。これらを平家物語は一連の記事のごとくにしたのである。覚一系諸本はなおこれらを巻二で扱って、治承元年のこととしてしまい、その後に「卒都婆流し」を置いて巻二を終える。八坂系（底本）とはかなり違った編成で、鬼界が島赦免の動機として、卒都婆流しを文学的に強調する操作なのである。

笑うてぞおはしける。

同じく正月七日、「彗星[一]東方に出づる」とも申す。また「赤気[二]」とも申す。十八日、光を増す。

そのころ、法皇、三井寺[三]の公顕僧正[四]御師範（御導師として）にて、真言の秘法を伝授せられおはしけるが（受けていらっしゃったが）、大日経[五]、蘇悉地経、金剛頂経、この三部の秘経をさづけさせましまして（お受けあそばされて）、「三井寺にて（〔法皇の〕）御灌頂[六]あるべし」と聞こえしほどに（噂があったところ）、山門（叡山）の大衆、これをいきどほり申す。「むかしより、御灌頂、御受戒[七]は当山にてとげさせましますこと先規なり（この叡山でお受けあそばすことは先例がある）。なかにも、山王化導[八]は受戒灌頂のためなり。しかるを、（〔院は〕）園城寺にてとげさせ給ふならば、寺を焼きはらふべし（園城寺を焼き討ちしてしまおう）」とぞ申しける。「（これは）これ無益なり（悪い結果になる）」とて、加行[九]を結願[一〇]して、おぼしめしとどまりぬ（〔その上の灌頂は〕お諦めなさった）。

法皇なほ、御本意なりければ（それでも〔灌頂は〕ご宿願であられたので）、公顕僧正召し具して（をお連れになって）、天王寺[一一]へ御幸なつて、五智光院を建てて、亀井の水をもつて五瓶[一二]の智水として、仏法最初の霊地（〔たる天王寺〕で）にて、伝法灌頂とげさせおはします（伝法灌頂をおとげになった）。

法皇三井寺において伝法
同じく天王寺において灌頂

一 ほうき星。一九三頁注八参照。
二 蚩尤旗（一九三頁注九参照）ともいう。
三 園城寺（五〇頁注六参照）の通称。
四 花山源氏権守顕康の子、神祇伯顕仲の弟。当時天王寺別当。寿永元年（一一八二）園城寺三五代長吏となり、文治六年（一一九〇）第六〇代天台座主となるが、在任四日で辞任した。建久四年（一一九三）寂。
五 正しくは「大毘盧遮那成仏神変加持経」（大日経）・「蘇悉地羯羅経」（蘇悉地経）・「金剛頂一切如来真実摂大乗現証大経王経」（金剛頂経）といい、天台密教で三部の秘経とされる。
六 受戒または修道昇進のしるしに頭に香水をそそぐ儀式。真言では秘法伝授の時、壇を設けてこの式を行い「伝法灌頂」と呼ぶ。もと印度で国王即位の式に海水を頭に灌いだ作法を仏教で用いたもの。キリスト教の洗礼もこれに通じる。なお略式に、仏縁を得させる作法を「結縁灌頂」と称する。
七 三師・七証人を立てて正式に仏教の戒律を受けること。略式には三ないし五人の僧によって受ける。
八 日吉山王が現世に垂迹（化現）し衆生を教導する神であることをいう。
九 正修行に付加する傍修行のこと。ここは灌頂を受ける前段階の修行。
一〇 終了して。「結願」は元来は日数を限った法会の末日の作法。ここは加行を一応終結したことをいう。

山門の学生と堂衆と不快

山門（叡山）の騒動をしづめられんがために、法皇、三井寺にて御灌頂はなけれども、山には（「その」叡山では）、堂衆[一三]、学生[一四]不快のこと出できて（仲たがいという情勢になって）、合戦度々（度）におよぶ。毎度（重なった「それも」）学侶うちおとされて（学生側が敗かされて）、山門の滅亡、朝家（朝廷の）の御大事とぞ見えし（と見受けられた）。

山門に（叡山で）「堂衆」と申すは、学生の所従（従者）なり。童部の法師になりたるなり。もとは仲間の法師ばらにてありけるが（妻帯雑役の法師どもであったが）、金剛寿院[一五]の座主覚尋権僧正治山のときより、三塔に結番[一六]して「夏衆」[一七]と号し（称し）、仏に花香を奉る者どもなり。近年は「行人」[一八]とて（と称して）、大衆をもこととせざりしが（見くびった振舞をしていたが）、かく度々軍に勝ちにけり。

「堂衆等、師主の命をそむきて（命令に背いて）合戦をくはだつ。すみやかに誅伐せらるべき」よし、大衆、公家に奏聞し、武家に触れうつたへけり（通告し）。これによつて、太政入道（清盛）、院宣をうけたまはりて、紀伊の国の住人湯浅[一九]権守宗重、大将として、畿内の兵二千余人、大衆にさしそへ（加勢させて）、堂衆を攻めらる。堂衆、日ごろは東陽坊[二〇]にありけるが、近江の

一一 大阪市天王寺区にある名刹、四天王寺。用明帝二年（五八七）聖徳太子が物部氏誅罰の時刻んだ四天王像を本尊として建てた玉造の難波寺に由来する日本最初の寺院。古く八宗兼学。当時天台宗であった。「五智光院」は後白河院建立の灌頂堂。園城寺唐院に模する。「亀井の水」は三水の一という寺内の井戸。

一二 灌頂に用いる水のこと。五つの瓶に入れる。

一三 叡山三塔に分属した雑役法師。

一四 叡山に十二年間籠って止観・真言を修学した者。「学侶」ともいう。

一五 藤原忠経の子。関白道隆の曾孫。承保四年（一〇七七）第三五代座主となる。治山四年。東塔東谷の住房の名により「金剛寿院座主」と称する。

一六 輪番で当直すること。

一七 仏堂に常直する下級僧。堂方。元来は一夏（印度で雨期、九十日間）遊行せず籠居修行することを夏安居といい、その修行僧を「夏衆」という。堂に常直する法師に戒律を守らせ、この称を用いたのである。

一八 修行者。行者。叡山では廻峰修行者の験方をした者をいう。また修験道の山伏をもいう、意義の限定しがたい語で、正格の学問僧ではない修行僧を広くさした。雑役法師がこの称を利用したのである。

一九 紀伊の国有田郡湯浅の豪族。平家重臣の一人。

二〇 叡山西塔北谷の坊の一。のち正観院に吸収された。

国三箇の庄に下向して、国中の悪党をかたらひ（無頼の徒を引き入れ）、あまたの勢を率して早尾坂の城にたてこもる。大衆、官軍、五千人、早尾坂の城に押し寄せ、散々にたたかふ。大衆は官軍を先に立てんとし、官軍は大衆を先に立てんとするあひだ（するので）、心々にして（気持がばらばらで）、はかばかしうもたたかはず（まともに戦おうともしない）。堂衆にかたらはるる（誘われている）悪党と申すは、窃盗、強盗、山賊、海賊等なり。欲心熾盛にして、死生不知のやつばらなり（命知らずの奴らである）。「われ一人」（自分こそ）と思ひきりてたたかふに（度胸をすえて戦うので）、大衆、官軍、数をつくしてうち殺さる。学生、また負けにけり。

山門衰微

そののち、山門いよいよ荒れはてて、十二禅衆のほかは、止住の僧侶まれなり。谷々の講演（谷々の院坊での）も摩滅して（絶えはて）、堂々の行法も退転す（衰微した）。修学の窓をとぢ（道場は閉鎖され）、座禅の床もむなしくせり（行ずる者は誰もいない）。五時の春の花もにほはず（花やかな説法も聞かれず）、三諦即是の秋の月もかくれり（真理の光も曇って見えない）。〔開山以来〕三百余歳の法燈をかかぐる人もなく、六時不断の香煙も絶えやしにけん（絶えてしまったのか）。〔かつて〕堂舎は高くそびえて、三重のかまへ（三重の建物を）を青漢のうちにさしはさみ（そそり立たせ）、棟梁はるかにひいでて（棟木や梁が高くそびえ出て）、四面の椽

一 大津市下坂本の辺かとされるが疑問。根本中堂領木戸三ケ庄のことであろう。現在滋賀県滋賀町に木戸の名が残る。元久元年（一二〇四）にも堂衆が叛乱して木戸三ケ庄にたてこもった例がある。

二 叡山東坂の坂口、早尾社の辺。

三 貪欲。「熾盛」は火の燃え盛るように興奮する意。

四 法華三昧・常行三昧を行う十二人の僧。

五 釈迦一代の教えを蔵教・通教・別教・円教と分けて「四教」といい、時代区分して華厳時・阿含時・方等時・般若時・法華涅槃時として「五時」という。合せて釈迦一代の教えをいう。他本「四教五時」とする。

六 「三諦即是実相」の略で、真理把握の三段階、空諦・仮諦・中諦をいう。「諦」は真理。

七 一日一時も絶やさぬこと。一日を晨朝・日中・日没・初夜・中夜・後夜に分けて「六時」という。

八 青空。底本「いかん」、斯道本その他八坂系は「井幹」「井韓」等と表記するが「青漢」が正しい。「漢」は天の河の意から天空。

九 たるき。「棟梁」とともに堂の屋根についていう。

一〇 仏を雨ざらしにする。「金容」は仏の貴い姿。「洪灑」は雨露のこと。「洪」はあふれこぼれること、「灑」はしたたり。他本「紅灑」・「空灑」とも。底本「金容を洪灑にうるほす」を欠く。斯道本等により補う。

一一 天竺（印度）・震旦（中国）・日本と伝来した仏法。

一二 以下印度の聖跡。ただし「祇園精舎」は「給孤独園」内にあるので同所。「竹林精舎」は摩訶陀国王舎

城の北。竹林園に頻婆娑羅王が釈迦とその弟子のために建てた寺院。園内に白鷺池がある。
一三 釈迦が修行した霊鷲山にあった「退凡」（凡人を退ける）と「下乗」（王も下車する）のしるしの二つの石塔。頻婆娑羅王がここで下車し、従者をかえした。
一四 中国の古名寺。「天台山」は智者大師が天台宗を開いた所。「五台山」はまた清涼山とも。「白馬寺」は中国最古の寺。「玉泉寺」は智者大師の創建。
一五 南都の七大寺のこと。東大寺・興福寺・元興寺・大安寺・薬師寺・西大寺・法隆寺を総称する。
一六 京都市上嵯峨の愛宕山。愛宕山権現がある。天狗の住処とされていた。
一七 愛宕山の西北の高雄山。神護寺がある。
* **天王寺灌頂の虚構** 平家物語では園城寺灌頂中止によってすぐ天王寺で灌頂を果したように読み取れるが、実際は十年後の文治三年のことであった。延慶本では園城寺灌頂中止までが歴史的記事であり、これに関連する仏教評論ふうの余話が豊富に語られ、その一こまとして天王寺灌頂のことにも言及する。それは年月も特に記さぬ余話だから誤りというべきではないのである。しかしその後になお天王寺縁起に関する一章を付加して、天王寺灌頂の印象を特に強めた形になっている。諸本はおそらくそのような形の影響を受けて、園城寺灌頂中止に天王寺灌頂だけを接続し、年月差を無視した虚構の形を作ったものであろう。

を白霧のあひだにかけたりき（白い霧の間にかけたようであった）。されども、いまは、「供仏を峰の嵐にまかせ（仏の供養は山の風にまかせ）、金容[一〇]を洪瀝にうるほす。夜の月（夜の月が）、ともし火をかかげて（灯火をかかげたように）軒のひま（隙間）よりもれ、あかつきの露、玉をたれ（暁の露が玉を垂れたようにおりて）、蓮座のよそほひをそふ（仏の台座に飾りを加えているとでもいうような有様である）」とかや。それ（そもそも）、末代の俗にいたつては（仏滅後はるか末代の俗世ともなると）、三国[一一]の仏法も次第に衰微せり。とほく天竺に仏跡をとぶらへば、むかし仏の（釈尊が）法を説き給ひし祇園精舎[一二]、竹林精舎、給孤独園も、このごろは虎狼のすみかと荒れはてて、いしずゑのみや残りけん。〔竹林園の〕白鷺池には水絶えて、草のみ高くしげれり。退凡[一三]、下乗の卒都婆も、苔のみむしてかたぶきぬ（苔におおわれて傾いている）。震旦（中国）にも、天台[一四]山、五台山、白馬寺、玉泉寺も、いまは住侶なきやうに（住む僧もないかのように）荒れはてて、大小乗の法文（経文）も、箱の底にや朽ちぬらん。わが朝にも、南都の七大[一五]寺荒れはてて、東大、興福両寺のほかは、のこる堂舎もなし。愛宕[一六]、高雄[一七]も、むかしは堂塔軒を並べたりしかども、荒れにしかば、今は天狗のすみかとなりにけり。さればにや（そのせいか）、さしもやんごとなかりつ（あれほど尊かった）

る天台の仏法さへ、治承の今におよんで滅びはてぬる（全く滅びてしまったのだろうか）にや。心ある人は、かなしまずといふことなし。

離山しける僧坊の柱に、いかなる者のしざまやらん（どういう者がしたことやら）、一首の歌をぞ書きたりける。

　いのり来しわが立つ杣をひきかへて
　　人なきみねとなりやはてなん

伝教大師、当山草創のむかし、阿耨多羅三藐三菩提の仏たちに祈り申させたまひけんこと、思ひ出だし詠みたりけるにや（思い起して詠んだのであろうか）、いとやさしう（まことに殊勝な心根と思われた）ぞ聞こえける。

八日は薬師の日（縁日）なれども、「南無」ととなふる声もせず。四月の垂迹の月（祭礼月）なれども、幣帛をささぐる人もなし。朱の玉垣神さびて（神々しく色あせ）、標縄のみや残りけん。

一 伝教大師以来祈って来たこの叡山が、もはやうってかわって人住まぬ山となって荒れはててしまうのであろうか。「わが立つ杣」は叡山の別称（次注参照）。

二 最澄の歌「阿耨多羅三藐三菩提の仏たちわが立つ杣に冥加あらせたまへ」（『新古今集』釈教。『和漢朗詠集』仏事）をさす。「阿耨多羅三藐三菩提」は仏の覚知の円満無上なることをいう梵語の音を写した語。この歌以来、叡山の別称を「わが立つ杣」（杣は杣木。山の樹木）という。

三 根本中堂本尊は薬師如来で、縁日は八日。また四月は山王権現が垂迹した月で、日吉山王の祭日が四月中の申の日であることをいう。『宝物集』（七巻本）に仲胤已講の説法の詞として「年ノ卯月ハ山王祭月也、サレドモ七社ノ御前ニ幣帛ヲ捧グル人モナク、月ノ八日ハ医王ノ縁日也、サレドモ上下礼堂ニ法施ノ声絶タリトコソ云侍リケレ」とある。

四 日吉山王社の朱塗の垣。「玉垣」は神社の垣。

＊**後白河院と公顕**　後白河院は嘉応元年（一一六九）六月出家したが、その剃手二人の一人が公顕であった。その以前から公顕は院中の仏事に頻繁に招請されて、導師・講師として説法の妙を発揮した。承安二年（一一七二）清盛主催の福原千僧供の導師を勤めた時は、臨幸した院は感動のあまり、破格に僧正に叙せんとしたが、これは師僧公

舜等十余人の先輩を越えることになり、物議をかもした。院の信敬の故に園城寺内でも衆望と嫉視の的となる僧だったと思われる。院は何としても公顕によって灌頂を遂げるのが念願だったのか、十年後彼が園城寺長吏となって、天王寺で実現することになるのである。なおその時の天王寺別当は、院の第六皇子定慧法親王であった。

五 高倉帝中宮徳子。「建礼門院」の院号（帝の母后に贈られる）は養和元年（一一八一）以後でこの時はまだ「中宮」なのである。

六 神祇官から諸社へ献上する幣帛（神前の供物）。

七 密教の特殊の修法。「大法」は東密（真言密教）では孔雀明王法・仁王経法・請雨経法。台密（天台密教）では大熾盛光法・七仏薬師法・普賢延命法・大安鎮法（以上山門）、尊勝法・法華法（寺門）をいう。「秘法」は一字金輪法・仏眼法・愛染王法・八字文殊法・尊勝法・六字烏瑟沙摩法をいう。

八 天球上の星を二十八宿に分けたものをいう。密教では星供と称して、星を祭り災いを払う。

中宮御懐妊

第二十二句　大赦

そのころ、太政入道第二の御むすめ、建礼門院[五]、いまだ中宮と聞こえさせ給ひしが、御悩とて、雲のうへ、天がしたの嘆きにてぞありける。諸寺に御読経はじまり、諸社に官幣[六]をたてらる。陰陽術をきはめ、医家くすりをつくし、大法[七]、秘法ひとつとしてのこるところなうぞ修せられける。されども、御悩ただごとにもわたらせ給はず、「御懐妊」とぞ聞こえし。主上は今年十八、中宮は二十二にならせ給へども、いまだ皇子、姫宮もいでき給はず、「もし皇子にてわたらせ給はば、いかにめでたからん」と、平家の人々、ただいま皇子御誕生なりたる様に、いさみよろこび合はれけり。他家の人々も、「平氏の繁昌、をりを得たり。皇子御誕生うたがひなし」とぞ申し合はれける。高僧、貴僧に仰せて、大法、秘法修し、星宿[八]、仏

覚快法親王変成男子の法行はるる事

菩薩につけても、「皇子御誕生」とぞ祈誓せられける。

六月一日、中宮御着帯ありけり。仁和寺の御室守覚法親王、いそぎ御参内ありて、孔雀経の法をもつて御加持あり。天台座主覚快法親王、おなじう参らせ給ひて、変成男子の法を修せらる。

かかりしほどに、中宮は月のかさなるにしたがつて、御身くるしうせさせおはします。ひとたび笑めば百の媚ありけん漢の李夫人、昭陽殿のやまひの床に臥しけるも、かくやとおぼえ、唐の楊貴妃、梨花一枝雨をおび、芙蓉の風にしほれ、女郎花の露おもげなるよりも、なほいたはしき御さまなり。

怨霊慰撫

かかる御悩のをりふしにあはせて、こはき御物怪どもあまたとりつ入りたてまつる。よりまし、明王の縛にかけて、霊あらはれたり。ことに、「讃岐の院の御霊」「宇治の悪左府の御憶念」「新大納言成親の卿の死霊」「西光法師が悪霊」「鬼界が島の流人どもの生霊」なんどぞ申しける。これによりて、入道相国、「生霊をも、死霊をも、

一 懐妊四、五カ月の頃、妊婦に腹帯を着用させる儀式。この時正しくは二十八日であった。
二 後白河院第二皇子。嘉応元年仁和寺御室となる。通称喜多院御室。「御室」は真言宗御室派本山仁和寺の総管職で法親王の職。
三 「仏母大孔雀明王経」による除災・請雨の呪法。
四 鳥羽院第七皇子。一一二頁注二参照。
五 胎内の女子を変じて男子とするという呪法。
六 「廻レ眸一笑百媚生、六宮粉黛無二顔色一」（白楽天「長恨歌」）。
七 漢の武帝の妃。「翠蛾髣髴平生貌、不レ似二昭陽寝レ疾時一」（白楽天、新楽府「李夫人」）。崩じた時武帝は恋慕のあまり反魂香を焚いて面影を見たという。
八 唐の玄宗皇帝の寵妃。「玉容寂寞涙闌干、梨花一枝春帯レ雨」（白楽天「長恨歌」）。
九 蓮の花。通常いうアオイ科灌木の花ではない。
一〇 修験者が霊をのり移らせて対話するための童子・女性など。霊媒。巫子。
一一 不動明王の呪縛。不動明王に祈って霊媒に霊を移し、これに呪を唱えかけ責め問うのである。
一二 崇徳院。保元の乱後讃岐に流され、長寛二年（一一六四）崩じた。諡号なく「讃岐の院」と通称したが、治承元年七月「崇徳院」と追号した。悪左府頼長も同時太政大臣追贈。御産御祈りとは無関係である。
一三 藤原氏葉室流。惟方の子。当時少納言が正しい。

なだめらるべし」とて、そのころ讃岐の院の御遺号あつて、「崇徳天皇」と号し、宇治の悪左府（藤原頼長）、贈官贈位おこなはれて、太政大臣正一位をおくらる。勅使は少内記惟基とぞ聞こえし。くだんの墓所は、大和の国添上の郡川上の村、般若野の五三昧なり。保元の秋、掘りおこして捨てられしのちは、死骸路のほとりの土となつて、年年にただ春の草のみしげれり。いま勅使たづね来たつて宣命を読みけるに、亡魂いかに「うれし」とおぼしけん。

怨霊は、むかしもかくおそろしきことなり。されば、早良の廃太子をば「崇道天皇」と号し、井上の内親王をば皇后の職位に復す。これみな怨霊をなだめられしはかりごととぞ聞こえし。冷泉院の、御もの狂はしくましまし、花山の法皇の、十善万乗の帝位をすべらせたまひしは、元方の民部卿の霊なり。三条の院の、御目も御覧ぜざりしは、寛算供奉が霊とかや。

門脇の宰相（教盛）、か様のことをつたへ聞いて、小松殿におはして申さ

一四　奈良坂の南、東大寺北御門五劫院の東の葬場。畿内の五大三昧所（「三昧」は葬所）の意という。頼長は保元の乱に横死してここに埋められたが、掘り出されて実検ののち捨てられた。

一五　「古墓何代人、不レ知姓与レ名、化作二路傍土一、年々春草生」（『白氏文集』続古詩十首の二）。

一六　光仁帝皇子。桓武帝の弟。立太子したが、延暦四年（七八五）藤原種継暗殺の嫌疑で淡路に配流の途中食を絶って薨じた。延暦十九年（八〇〇）崇道天皇と追号する。

一七　聖武帝皇女。光仁帝皇后。帝呪咀の罪で所生の皇太子他戸親王と共に幽閉暗殺された。井上内親王・他戸親王、前項早良親王は京都市上京区上御霊社に祀られる。

一八　藤原氏南家、菅根の子。娘祐姫は村上帝女御となり広平親王を生んだが、弟憲平親王（冷泉帝。生母は藤原師輔女）が帝位についたため、失意憤死し怨霊となった。冷泉帝に狂態のあったことは『江談抄』『続古事談』『栄華物語』等に見える。花山帝はその皇子。女御忯子の死を悲しみ、突然退位出家した。

一九　源融曾孫の寛算が時代も合うが詳らかでない。「桓算」（『大鏡』）・「観算」（『宝物集』）とも書く。「供奉」は宮中内道場供奉の僧の称。『大鏡』にこの話が見えるが因縁等不詳。『百錬抄』には三条帝（冷泉帝皇子）失明の祈禱の時、元方と律師賀静の霊が現れたと記す。

れけるは、「今度、中宮御悩の御いのり、さまざまに聞こえ候。なにと申すとも、[1]非常の大赦にすぎたるほどのこと、あるべしともおぼえ候はず。中にも、鬼界が島の流人ども召し返されたらんほどの功徳、善根、なにごとか候ふべき」と申されければ、小松殿、父の相国の御前におはして申されけるは、「あの丹波の少将がことを、宰相なげき申し候ふが、不便に候。今度、中宮の御悩の御こと、承りおよぶごとくんば、成親の卿の死霊なんどの聞こえ候ふ。大納言が死霊をなだめられんとおぼしめさんにつけても、いそぎ、生きて候ふ少将を召しこそ返され候はめ。人の思ひをやめさせ給はば、おぼしめすこともかなひ、人の願ひをかなへさせましまさば、[2]御願ひもすなはち成就して、中宮御産平安に、皇子御誕生あつて、家門の栄華はいよいよさかんに候ふべし」なんどぞ申されける。入道、日ごろにも似給はず、ことのほかにやはらいで、「さてさて、俊寛僧都、康頼法師がことはいかに」「それも、おなじくは召しこそ返さ

一 赦免には常赦・大赦・非常赦の三種があるが、有罪者すべて許す非常赦のみが一般であった。非常赦の中には大赦も当然含まれるので「非常の大赦」という。

＊**鬼界が島**(一) 俊寛らの流されたのが、現在奄美諸島に名を残す喜界島ではなくて、より本土に近い川辺三島の硫黄島であったことは、『愚管抄』(次頁＊印参照)にも見える。『吾妻鏡』(正嘉二・九・二)に、諏訪刑部左衛門入道が殺人の罪で梟首され、平内左衛門尉俊職と牧左衛門入道が連座して硫黄島に流されたとの記事がある。俊職は康頼入道の孫であった。「治承比者祖父康頼流二此島一、正嘉今又孫子俊職配二同所一、寔是可レ謂二一業所感一歟」とあるので、鎌倉中期までは硫黄島配流の物語として知られていたのである。広本系では明らかに「硫黄島」として、しかし総名あるいは異名「鬼界が島」であるとしている。語り物系はその異名の強烈な印象の方をとりあげて、絶海の孤島らしさを強調したのである。

二 中宮徳子の皇子誕生、その皇子の帝位が平家繁栄につながるので、清盛はそれを願っているわけである。

三 口きき。とりなし。

四 謀議の場となった鹿谷山荘は『愚管抄』によれば、俊寛のではなく静憲法印の山荘である。俊寛が遂

に許されない理由づけとして、俊寛山荘での謀議ということにしたのであろう。

＊**俊寛赦免されず**　鬼界が島の三人の流人のうち俊寛だけが許されない。これが「足摺」「有王」の悲劇の伏線になり、ひいては平家の上に積ってゆく怨念のもっとも代表的なものとなるわけだが、徳子御産の大赦に、同罪三人のうち一人が許されないとは、常識的に納得しがたい。平家物語はこれを、清盛の意向として鹿谷謀議の場を提供した罪であると理由づけている。また一方に成経には舅教盛の援護があり、康頼には卒都婆の和歌に同情する世論があったわけである。さらに康頼・成経の熊野祈願に俊寛が同調しなかったこと、熊野の奇瑞が二人の帰洛を約束したこと、といった二重三重の理由づけがなされているわけなのである。しかし前にも触れたが（八五頁＊印）鹿谷山荘は実は静憲法印の山荘であって、平家物語の虚構は俊寛には気の毒なことである。『愚管抄』によると、「俊寛ト検非違使康頼トヲバ硫黄島ト云所ヘヤリテ、カシコニテ又俊寛ハ死ニケリ」とある。おそらく赦免の話がある以前に俊寛は死んだという意であろう。とするとこの後に展開する「足摺」「有王」の物語も虚構ということになる。しかし俊寛だけは帰ることができなかったという骨格的意味においては、物語の悲劇が発生する契機はあり得たというべきであろう。

れ候はめ。もし一人もとどめられたらんは、なかなか罪業たるべう候」と申されたりければ、入道、「康頼法師がことはさることなれども、俊寛は浄海が口入をもつて人となりたる者ぞかし。それに、所こそ多けれ、わが山荘鹿の谷に寄りあひて、事にふれ、奇怪のふるまひどもがありけんなれば、俊寛においては、思ひもよらず」とぞのたまひける。小松殿帰つて、叔父の宰相よびたてまつりて、「少将はすでに赦免候はんずるぞ。御心やすくおぼしめされ候へ」と申されければ、宰相、あまりのうれしさに、泣く泣く手をあはせてぞよろこび給ひける。「下り候ひしときも、『などか申しうけざらん』と思ひたるげにて、教盛を見候ふたびごとに涙をながし候ひしが、不便に候」と申されければ、小松殿、「まことに、さこそおぼしめし候はめ。子は、たれとてもかなしう候へば、よくよく申してみ候はん」とて入りたまふ。

さるほどに、入道相国、「鬼界が島の流人ども、召し返さるべき」

とさだめられて、赦文（赦免状）を書きて下されける。御使、すでに（さっそく）都をたつ。

宰相、あまりのうれしさに、御使にわたくしの使をそへてぞ（公の使いに自分個人の使いを）下されける。「夜を日にして（（教盛）昼夜兼行で）、いそぎ下れ」とありしかども（とは言われたが）、心にまかせぬ海路なれば、おほくの波風をしのぎ行くほどに、都を七月下旬に出でたれども、九月二十日ごろにぞ鬼界が島には着きにける。

御使は丹波の左衛門尉基康[一]と申す者なり。いそぎ船よりあがり、「これに（ここに）、都より流され給ひたる法勝寺の執行俊寛僧都、丹波の少将成経、康頼入道殿やおはす（おられるか）」と声々にぞたづねける。二人は、例の（例によって）、熊野詣してなかりけり（留守であった）。俊寛一人ありけるが、このよしを聞いて、「あまりに思へば夢やらん（あまりに思いつめているので夢を見たのか）。また、天魔[二]波旬[三]が来たつて、わが心をたぶらかさんとて（だまそうとして）言ふやらん。さらにうつつともおぼえぬものかな（とても現実のこととは思われないぞ）」とてあわて騒ぎ、走るともなく（走るようにして）、いそぎ御使の前にゆきむかつて、「なにごとぞ。これこそ（私こそ）都より流されたりし俊寛よ」と名のり給へば、雑色[四]がくびにかけたる文袋[五]より、入道相国の赦文と

一 系譜不詳。架空の名であろう。

二 他化自在天にいる魔王。天上には欲楽を主とする六種の天があり、その第六天を他化自在天という。この魔王は魔軍を起して修行者を悩乱する。

三 悪・殺者を意味する梵語パピャンの音を写した魔王の名。悪心を抱き悪法を成就し、僧を惑乱する。

四 貴族や武家で雑役を勤める召使。ザフシキとも。

五 手紙を入れて紐で首にかける布の袋。

六 お前たちの重罪は遠流の刑で許してやる。「免ず」は底本「まぬかれ」とあるを他諸本により改めた。

七 書状の上に別に巻き重ねる紙。その上に表巻（懸紙）をかける。

＊**基康の名** 「丹波左衛門尉基康」は赦免使に付けられた架空の名と思われる。他諸本「丹左衛門尉基康」とし、「丹」は丹治（たじひ・たんじ）姓と見なされるが、やはり架空であろう。延慶本・長門本によれば康頼には基康という子があり、白馬観音の夢告で父の赦免を知るという話を載せ、赦免使は「六波羅の使」とのみで名を記さない。そうした古態から、語り物系は子の基康の話を削り、名だけを取って丹波少将と合成して使者の名を作ったのであろう。底本の丹波左衛門はその移行経過を思わせる形である。

＊**鬼界が島**(二) 硫黄島を鬼界が島と呼んだことは、「鬼界が島」が元来は某群島中の某島というような明確な地理的称呼でなく、要するに九州よりも

り出だして奉る。これをいそぎあけて見給ふに、「[六]重科は遠流に免ず、はやく帰洛の思ひをなすべし。中宮御悩の御祈りによて、非常の大赦おこなはる。しかるあひだ、鬼界が島の流人ども、少将成経、康頼入道赦免」とばかり書かれて、「俊寛」といふ文字はなし。「[七]礼紙にぞあるらん」とて、礼紙を見るにも見えず。奥よりはしへ読み、はしより奥へ読みけれども、「二人」とばかり書かれて、「三人」とは書かれざりけり。

さるほどに、少将、康頼入道も出で来たり。少将取つて見るにも、康頼入道読みけるにも、「二人」とばかり書かれて、「三人」とは書かれざりけり。夢にこそかかることはあれ、夢かと思ひなさんとすればうつつ、うつつかと思へば夢のごとし。そのうへ、二人の人々のもとへは都よりことづてたる文どもありけれども、俊寛僧都のもとへは、こととふ文一つもなし。「されば、わがゆかりの者ども、都のうちに[八]跡をとどめずなりにけり」と思ひやるにもたへがたし。

遠い南海異郷の呼び方だったからである。源平乱後文治三、四年にかけて頼朝は天野遠景等に貴海島（貴賀井島）を討たせているが、当然一島の占領を目的とするわけではなく、全国支配の一環としての南方輪郭の確保であった。そこは「古来無下飛二船帆一之者上」（『吾妻鏡』）往時平家貞が数度軍船を出したが空しかったという。天竺・震旦・新羅・百済・高麗・契丹などに「鬼界」を添え、北の蝦夷・千島・外の浜と対照させるのが西方異郷をいう常套表現であった。渡宋者の琉球漂着の見聞記『漂到流求国記』（寛元元・一二四三、慶政筆）では難船到着した南海の島を、ここは「貴海」か「流求」か「南蛮」かと疑い、流求に決めたと見える。九州からその順に遠くなるという航海業者の常識らしい。その流求の住民を、面色黒く、髪を肩に垂れて頭巾を用いず、女は髪を結び上げ、言語は南国に類すると紹介しているが、平家物語の鬼界が島の風俗とも通じる点が興味深い。ここは漂流者には鬼の島と見え、必死に脱出して「鬼国之凶啖」を免れたと嘆じている。俊寛らの硫黄島を鬼界が島としたのも、前記の地理的な粗略な認識と同時に、遠流の孤島の映像を鬼の島に重ね合せる意図が潜在していたのだと思われる。

八 没落して行方知れずになってしまったのか。「跡をとどむ」は定住、安住すること。

「(俊寛)そもそも、われら三人は、罪もおなじ罪、配所もおなじ所なり。いかなれば(どういうわけで)、赦免のとき、二人召し返され、一人ここに残るべき。平家の(清盛が)おもひ((私のことを))わすれか(忘れたのか)、執筆[一]のあやまりか(書き損じか)。こはいかにしつる事どもぞや(これは一体何としたことだ)」と、天にあふぎ、地に伏して泣きかなしめどもかひぞなき。

((俊寛は))少将の袂にすがりつき、「俊寛がかくなるといふも、御辺の父故大納言殿((成親))のよしなき(つまらぬ)謀叛のゆゑなり。されば、よそのことに思ひ給ふべからず(ひとごとだなどとお思いなさるな)。ゆるされ[二]なければ、都までこそかなはずとも、船に乗せて、九国[三]の地まで着けてたべ(渡して下さい)。おのおののこれにおはしつるほど(あなた方がここにいらっしゃった間は)こそ、春はつばくらめ、秋はたのむ[四]の雁のおとづるる様に((便りがあって))、京のことをも聞きつれ。((だが))いまよりのちは、いかにして(どうやって)かは都[五]のことを聞くべき(聞くことができよう)」とて、もだえこがれ給ひける(身もだえて都を恋いこがれるのであった)。少将、「まことに(本当におっしゃる通りです)さこそおぼしめされ候はめ。われらが召し返さるるうれしさは、さることにて(それはそれとして)候へども、((あなたの))御ありさまを見たてまつるに、行くべき空もおぼえず((心乱れて)帰るべき方角も分らぬほどです)。う

一 書記。この赦免状を書いた書き手。

二 許可がないならば。「ゆるされ」は受身の助動詞をも併せた名詞。「なけれ」は形容詞。助動詞ではない。口語で言えば「ユルサレ」ガナイのであって、「ユルサレナイ」のごときは後世の語法である。この後に見える「ゆるされなきに」も同様である。

三 九州。筑前・筑後・豊前・豊後・肥前・肥後・日向・大隅・薩摩の九か国であることからいう。

四 「田の面の雁」に「頼む」をかけた歌語。「みよし野のたのむの雁もひたぶるに君がかたにぞよると鳴くなる」(『伊勢物語』十段)。

五 成経がいればこそ舅からの世話もあったが、もうそれもなくなり、暮してゆけない、というべきを婉曲に、都の情報も絶えてしまう、と言ったのである。人間の生活は情報の中でこそなり立つともいえる。

＊ **足摺説話** 島に置き去られる俊寛の悲劇は狂おしい俊寛のしぐさから「足摺」の題で呼びならわされている。延慶本はそういう文学的な章段名をつけないが、後に島に尋ねて来た有王に逢ったときも、餓鬼さながらの姿の俊寛は「足スリヲシテヲメキサケ」ぶとする。土佐の足摺岬や室戸岬には、補陀落海に漕ぎ去る観音を慕って、残された僧が足摺りしたという話が残る。長門本で配流の成経が足摺岬沖を(地理上矛盾するが)過ぎたと

ち乗せたてまつりて上りたうは候へども、都の御使もかなふまじきよしを申し候。そのうへ、『ゆるされなきに、三人ながら島を出でたる』なんどと聞こえ候はんは、なかなかあしう候ひなんず。まづ成経まかり上りて、入道相国の気色をもうかがひ、むかへに人を奉らん。そのほどは、日ごろおはしつる様に思ひなして、待ち給へ。なにとしても命は大切のことにて候へば、このたびこそ漏れさせ給ふとも、つひになどか赦免なうては候ふべき」と、こしらへなぐさめ給へども、こらふべしとも見えざりけり。

さるほどに、「船出だすべし」とて、ひしめきければ、僧都、船に乗りてはおり、おりては乗り、あらまし[六]ごとをぞせられける。少将の形見には夜のふすま[七]、康頼の形見には一部[八]の法華経をぞとどめける。ともづな[九]解いて船押し出だせば、僧都、綱にとりつきて、腰になり、脇になり、たけの立つまでは引かれて出で、たけのおよばずなりければ、僧都、船にとりつきて、「さて、いかに、おのおの。

してその伝説を紹介しているのも注目され、鬼界が島物語と「足摺」には何か関連が感じられる。『私聚百因縁集』巻七「慈覚大師事」には慈覚が唐から帰朝の時、鬼界が島に漂着する話がある。比喩ではない鬼の島である。慈覚が観音を念ずると毘沙門が現れ、磯に乗り上げた船を引き離して助ける。「島鬼失ニ為方一渚倒臥 足摺」とある。島の鬼が去りゆく船に足摺りして呼び泣くという情景は、狂乱の俊寛の姿と重なる。俊寛が有王には餓鬼と見えた(二四三頁六行)こととの意味も大きい。『伊勢物語』六段は、芥川の鬼に女をとられた昔男が足ずりして泣く物語である。鬼と足摺りという説話の要素が、この俊寛の悲劇に裏打ちされており、その意味でも、硫黄島は「鬼界が島」になるべきだったのである。

六 ひとりぎめの帰り支度。「あらまし」はそのようにありたいと願うこと。「まし」は実現しない仮想の希望。つまり客観的には、無駄なことを俊寛は勝手に望みをもってしているそのことの意で、ここは帰り支度。荒々しい振舞、乱暴、とする解は採りがたい。

七 夜具。布団または寝巻と訳すが、昔はやや大きい衣類をかけて寝た。その衣のこと。

八 一組の妙法蓮華経(八巻二十八品)。

九 とも(船尾)にあって舟を岸につないでおく綱。

俊寛をばつひに捨てはて給ふものかな（よくもお見捨てなされるのだな）。都までこそかなはずとも（だめだとしても）、この船に乗せて（〔せめて〕）、九国の地まで」とくどかれけれども（繰り返し頼まれたが）、都の御使、「いかにもかなひ候ふまじ」（何としてもできませぬ）とて、とりつき給ふ手をひきはなして、船をばつひに漕ぎ出だす。僧都、せんかたなさに（今はどうすることもできず）、なぎさにあがり、たふれ伏し、をさなき者（子供が）の、乳母や母なんどをしたふやうに、足ずり[一]をして、「これ具してゆけ（私を連れて行け）[二]、われ乗せてゆけ」とをめきさけべども、漕ぎゆく船のならひとて[三]、あとは白波ばかりなり。いまだ遠からぬ船なれども、涙にくれて（目も曇って）見えざりければ、高きところに走りあがりて、沖のかたをぞまねかれける（手招きなさった）。かの松浦小夜姫[四]が、もろこし船（〔恋人の乗った〕）をしたひつつ領巾[五]ふりけんも（振ったという話も）、これにはすぎじとぞ見えし（〔俊寛の〕悲しみにはまさるまいと思われた）。

船も漕ぎかくれ、日も暮るれども、僧都はあやしのふしどへも（粗末な寝所へも）帰らず、波に足うち洗はせ、露にしほれて（夜露に濡れるにまかせて）、その夜はそこにてぞ明かされける。「さりとも[六]、少将はなさけふかき人にて、よき様に申す（〔清盛に〕とりなし）こともや（してくれるかもしれぬ）」とたのみをかけて、その瀬に身をだに投げざりし（その時〔絶望の余り〕身を投げることもしなかった）心のう

一 地団太ふむこと。いらだち興奮してばたばたと足ぶみすること。

二 「これ」は自称の代名詞。呼びかけの感動詞ではない。平松本「是乗ヲセテ行ケ」とある。底本の「われのせてゆけ」と対句的な形になっているのも代名詞と見るべき証拠といえる。

三 「世の中をなににたとへむ朝ぼらけ漕ぎゆく舟のあとのしらなみ」（『拾遺集』哀傷、沙弥満誓）を用いた文。『万葉集』巻三にも本歌が載るが、第三句以下「朝びらき漕ぎいにし舟のあとなきがごと」であるから、ここに引かれるのは『拾遺集』の方がふさわしい。無常を歌ったものを、舟の跡の白波の叙景に用いたのである。しかし本歌の無常の情感も生かされている。

四 宣化帝二年（五三七）肥前松浦から任那へ派遣される恋人大伴狭手彦の船に別れを悲しみ、松浦山に登って領巾を振ったという。『肥前風土記』に見える。

五 上代婦人が肩にかける細長く薄い布。生絹、紗などを用いる。底本「ひれふしけん」とあるを改める。

六 いくら何でも。「然ありとも」の約。そうであっても、つまり、今自分を置いて行ったとはいえ、と望みを託した気持をいう。

七 南天竺涅婆陀国の梵士長者の二子の名。継母のために南海の孤島に捨てられたが、のち発願してそれぞれ観音・勢至となった。『観世音菩薩浄土本縁経』に見える。「海巌山」はその捨てられた島。実は補陀落山に当るという。「海岸山」とも書く。

ちこそはかなけれ。むかし、早離・速離が海巌山にはなたれたりけんありさまも、これにはすぎじとぞ見えし。

二人の人々、鬼界が島を出でて、肥前の国桛[八]の荘に着き給ふ。宰相、京より人を下して、「年のうちは波風もはげしう、道のあひだもおぼつかなう候へば、春になりて上られ候へ」とありければ、少将、桛の荘にて年をぞ暮らされける。

第二十三句　御産の巻

同じき十一[九]月十二日の寅の刻より、中宮、御産の気ましますとて、京中、六波羅ひしめきあへり。御産所は六波羅の池殿[一〇]にてありければ、法皇も御幸なる。関白殿をはじめたてまつりて、太政大臣以下の公卿、すべて世に人とかずへられ、官加階[一一]にのぞみをかけ、所帯[一二]

八　佐賀市嘉瀬の地。平教盛の所領。一七六頁注二参照。鹿瀬、加世等とも書く。斯道本により字を当てた。

＊ **悲劇文学**　俊寛の物語には恐ろしい悲劇性が貫かれている。それは苛酷な情況設定や執拗な描写にもあるが、「その瀬に身をだに投げざりし心のうち」を突き刺す作者の非情な視線は見逃せない。俊寛はその時死ぬべきだった、という批判なのである。しかし俊寛は「さりとも」とはかない望みにすがる。「さりとも」という語はよく、男に捨てられた女、官途の望みない貧乏貴族、戦い疲れて逃れるすべもない武者等々、つまり客観的には絶望すべき情況の中での、当人だけの諦め切れない一縷の本能の姿勢を示す呟きの言葉であった。「死ね」と俊寛に言う作者はまた、この「さりとも」を俊寛の口に呟かせる作者でもあったのである。平家物語はここに新しい中世的悲劇文学――単なる感情移入的な悲劇性を超えた、凝視と共感とのしのぎ合う――を築いたと言ってよいであろう。

少将肥前桛の荘に着く事

寺社大願祈誓の事

九　底本「十二月」を改めた。

一〇　清盛の弟頼盛の邸。六波羅邸の東南にあった。

一一　官位昇進。「加階」は位の進むこと。

一二　拝命している官職。「所帯」は一身に帯びる意。「所職」は官職。対語並列のようだが、結局「所職」のみに意味がある。

所職を帯するほどの人の、〔このお見舞に〕一人も漏るるはなかりけり。「大治二年九月十一日、待賢門院御産のときも、大赦おこなはるることあり。今度もその例なるべし」（その前例にならうべきである）とて、重科のともがらおほく許されけるなかに、この俊寛僧都一人、赦免なかりけるこそうたてけれ（赦免されなかったのはむごいことであった）。「〔中宮は〕御産平安、皇子御誕生あるならば、八幡、平野、大原野なんどへ行啓なるべし」と御立願あり。全玄法印、これを承りて、敬白す。神社は太神宮をはじめたてまつりて二十余箇所、仏所は、東大寺、興福寺以下十六箇所へ御誦経あり。御誦経の御使は、宮（中宮の）の侍のなかに、有官（官職ある者）のともがらこれをつとむ。平文の狩衣に帯剣したる者どもが、いろいろの御誦経物、御剣、御衣を持ちつづいて、東の台より南庭をわたり、西の中門に出づ。めづらしかりし（めったに見られぬ）見物なり（見ものであった）。

小松の大臣（重盛）は善悪にさわがぬ人にて（善いにつけ悪いにつけ物に動ぜぬ人なので）、そののちはるかに程経て、嫡子権亮少将以下、公達の車ども（牛車を）遣りつづけさせ（走り連ねさせ）、色々の（色とりどり）御衣四十領、銀剣七、広蓋に置かせ、御馬十二匹ひかせ、参らるる。

一 鳥羽帝中宮待賢門院璋子。崇徳院・後白河院の生母。大治二年（一一二七）の御産は後白河院誕生の時。
二 石清水八幡。応神帝・神功皇后等を祀り、皇室祖神として伊勢神宮と並び尊崇された。
三 平野神社。平野韓神社とも。京都市北区宮本町にあり、桓武帝の外戚の祖今木神を祀り、古開神・久度神・比咩神の四座を祀る。
四 大原野神社。京都市右京区大原野の小塩山東麓。藤原氏守護神武甕槌命・経津主命に祖神天児屋根命、比売神を併せ祀る。春日神社を勧請したものという。『山槐記』によると、参詣の立願をしたのは、石清水・平野・日吉であった。大原野・平野は共に平安京建設に関連して祀られた神で、しばしば一組に言われるので、大原野を並べ、日吉を除いたものか。
五 藤原氏小野宮実頼流。少納言実明の子。寿永三年（一一八四）第五九代天台座主となる。
六 謹んで読みあげる。「白」は申す意。
七 色変りの組合せ文様。「評文」「狂文」とも書く。「豹文」（豹の毛皮の斑文）は別。「ひやうもんとはたとへば三色にて染めたる事にて候」（『貞丈雑記』）。
八 誦経に対する布施。
九 衣裳箱のふた。贈り物をのせる盆に用いる。
一〇 藤原道長（御堂関白）の長女彰子。一条帝中宮。寛弘五年（一〇〇八）九月後一条帝を出産した。
一一 徳子は承安二年（一一七二）入内に当って兄重盛の養女となった。父清盛がすでに致仕していたので、

寛弘に上東門院御産のとき、御堂(道長)の関白殿の御馬参らせける、その例とぞ聞こえし。この大臣(重盛)は中宮の御舎兄にてましましけるうへ、父子の御ちぎりなれば、御馬参らせ給ひしはことわりなり。五条の大納言邦綱の卿も御馬二匹参らせらる。「心ざしのいたりか。徳のあまりか」とぞ人申しける。なほ伊勢よりはじめて、安芸の厳島にいたるまで、七十余箇所に神馬を立てらる。内裏には、寮の御馬に幣つけて、数十匹引立てたり。

御産の時よろづ物の怪の事

仁和寺の御室は孔雀経の法、天台座主覚快法親王は七仏薬師の法、寺の長吏円恵法親王は金剛童子の法、そのほか五大虚空蔵、六観音、一字金輪、五壇の法、六字河臨、八字文殊、普賢延命にいたるまで、のこるところなうぞ修せられける。護摩のけぶりは御所中にみち、鈴のこゑは雲をひびかし、修法の声、身の毛もよだち、いかなる御物怪なりとも、おもてをむかふべしとも見えざりけり。なほ仏所の法印に仰せて、御身等身の七仏薬師、ならびに五大尊の像をつくり

現職権大納言である兄を親権者としたのである。

一二 藤原氏良門流。盛邦の子。家門には異例の出世を遂げ、財をなし、特に清盛に信任されていた。

一三 「七仏功徳経」に見える薬師如来等七如来を併せ本尊として、息災・安産を祈る法。七壇御修法とも。

一四 後白河院第五皇子。八条宮と称する。

一五 以下出産に関連する生産・安産・障碍除去・息災など各種の祈禱法。各本尊は「金剛童子法」は金剛童子（天魔を降伏する童形の忿怒神）。「五大虚空蔵」は五大虚空蔵曼陀羅。「六観音」は千手・聖・馬頭・十一面・准胝・如意輪の六種の観音。「一字金輪」は勃嚕唵の一字を真言とし金輪を持つ一字金輪仏頂尊（大金輪明王とも）。「五壇」は五大尊（注二〇参照）を五方の壇に配する。「六字河臨」は陰陽道の河臨禊（七瀬の祓）に密教の調伏法を混じた法。「八字文殊」は唵阿味羅吽佉左絡の八字の咒を真言とする文殊菩薩。「普賢延命」は普賢延命菩薩。

一六 密教で火炉を設けて乳木を焚いて祈ること。智恵の火で煩悩を焼く意を託する。

一七 金剛鈴。密教の修法の具の一。読み方はレイ。リンは禅律の具、スズと読むと巫子の具をさす。

一八 宗教的な威怖を表現する言い方。

一九 京の七条大宮、六条万里小路など仏師の住む所。「法印」はそこに住む仏師の一人であろうが不詳。

二〇 不動・降三世・軍荼利・大威徳・金剛夜叉明王。

はじめらる。

かかりしかども、中宮はひまなくしぎらせ[一]給ふばかりにて、御産もいまだならざりけり。入道相国[二]も二位殿も胸に手を置いて、「こはいかにせん。こはいかにせん」とぞあきれ給ふ。人の参りて、もの申しけれども、ただ、「よき様に」「よき様に」とぞのたまひける。御験者は、房覚[三]、昌雲[四]両僧正、俊堯[五]法印、豪禅[六]、実全[七]両僧都。おのおの僧伽[八]の句どもあげ、本寺本山の三宝[九]、年来所持の本尊たち、責めふせ、責めふせ、揉まれけり。まことに身の毛もよだつて、たつとかりけり。

法皇の御祈りの事

なかにも、をりふし法皇は、新熊野[一〇]へ御幸なるべきにて御精進のついでなりければ、錦帳ちかく御座あつて、千手経[一一]をうちあげ、うちあげ、あそばしけるにぞ、いまひときはこと変つて、さしもをどりくるひける御よりまし[一二]が縛も、しばらくうちしづめける。法皇仰せなりけるは、「たとひいかなる御物怪なりとも、この老法師がか

一 陣痛がおありになるばかりで。諸本「しきらせ」と清音の語とし、副詞「頻りに」と同源の「頻る」（頻繁に起る）と解するが、『中条流摘授全解』によれば「しきり」は陣痛の意。岐阜等の方言にも例が見られる。ここは斯道本に「シギラセ」と濁音に記すのによったが同語であろう。

二 底本「にうたうしやうこく二ゐとのゝむねに」とある。斯道本により改めた。

三 右大臣源顕房の孫、左少将信雅の子。治承四年園城寺長吏となる。

四 少納言大炊御門忠成の子。叡山妙法院に住する。

五 右大臣源顕房の孫、神祇伯顕仲の子。寿永二年天台座主となる。

六 系譜不詳。『山槐記』に「権少僧都豪禅」とある。

七 右大臣徳大寺公能の子。実定の弟。

八 祈禱のとき特に本尊を驚覚するために付け加える句。多くは本尊の名を唱えあげる。

九 仏・法・僧をいうが、ここは仏のこと。

一〇 京都市東山区今熊野にある新熊野社。後白河院が永暦元年（一一六〇）熊野神社を勧請した社。御産所池殿には近い。

一一 「千手千眼観世音菩薩広大円満無礙大悲心陀羅尼経」の略称。千手観音のことを説いた経。

一二 物の怪がのり移ると、よりましが踊り狂う状態になる。験者がそれを祈り伏せるのを、縄でしばること

くて侍はんに、いかで近づきたてまつるべき。なかんづく、ただ今[13]あらはるるところの怨霊は、みなわが朝恩をもつて人となりたる者ぞかし。たとひ報謝の心をこそ存ぜずとも、いかであに障碍をなすべけんや。すみやかにまかりしりぞき候へ」と、「女人生産[14]しがたからんときにのぞんで、邪魔遮障し、くるしみたへがたからんにも、心をいたして大悲呪を読誦せば、鬼神退散して、安楽に生ぜん」とあそばし、皆水精[15]の御数珠をおしもませ給へば、御産平安のみならず、皇子にてぞましましける。

皇子誕生の事

重衡[16]の卿、そのときは中宮亮にておはしけるが、御簾のうちよりづんと出で、「御産平安、皇子御誕生候」とぞ、たからかに申されたりければ、法皇をはじめたてまつり、太政大臣以下の卿相、すべて堂上、堂下おのおの、助修[17]、数輩の御験者たち、陰陽頭[18]、典薬頭[19]、一同に「あつ」といさみよろこぶ声、しばらくはしづまりやらざりけり。入道相国、うれしさのあまりに、声をあげてぞ泣かれける。

にたとえて、「縛」というのである。

一三 広本系および四部本では、この時成親・西光等の物の怪が現れたとし、それをうけて法皇の祈禱があって筋が通る。語り物系はこれを省略したのである。

一四 「女人臨難生産時、邪魔遮障苦難忍、至誠称誦大悲呪、鬼神退散安楽生」（『千手経』）。「大悲呪」は千手経の八十四句の陀羅尼をいう。

一五 全部水晶の玉で造った数珠。

一六 清盛の五男。承安二年徳子が中宮となった時、中宮亮に任ぜられている。

一七 験者の修法の助手となる伴僧。

一八 陰陽寮の長官。当時賀茂在憲。

一九 典薬寮の長官。当時和気定成。三五九頁注七参照。

よろこび泣きとはこれをいふべきにや。

小松の大臣、いそぎ中宮のかたへ参り給ひて、金銭[一]九十九文、皇子の御まくらに置き、「天をもつては[二]父とし、地をもつては母とさだめ、御命は方士[三]、東方朔[四]がよはひをたもち、御心には天照大神入りかはらせ給へ」とて、桑[五]の弓、蓬の矢をもつて、天地四方を射させらる。

御乳[六]には、前の右大将宗盛[七]の卿の北の方とさだめられたりしかど（任命されていたのだが）、去んぬる七月に、難産にて失せ給ひしかば、平大納言時忠[八]の卿の北の方、御乳に参らせ給ふ。（〔この北の方は〕）のちには「帥の典侍殿」とぞ申しける。

法皇、やがて（即刻）還御の御車を門前に立てられたり（用意なさった）。入道相国、うれしさのあまりに、砂金一千両、富士[九]綿二千両、法皇へ進上せらる。人々、「しかるべからず[一〇]」とぞ内々に申されける。

今度の御産に、勝事[一一]なることあまたあり。まづ（第一には）法皇の御験者（〔のこと〕）。次（第二）

一 金で鋳た銭で、これを白い生絹の袋に入れて産児の枕もとに置く。九十九は皇子の寿齢によそえる。
二 「王者父レ天母レ地為二天子一」（『白虎通』）をひいて、皇子に将来の帝位を祝福する言葉。『后宮御産当日次第』に「殿下寄二児耳下一誦二祝詞一三反〈以レ天為レ父以レ地為レ母、領二金銭九十九文一令二児寿一〉置二銭於皇子御帳御枕上一」とあり、これらは御産行事の慣例として行ったのである。
三 方術士。神仙を祭り、不老不死・招魂などの術を行う仙人。
四 漢の武帝の時の仙人。西王母の桃を盗み食いして不老不死の命を得たという。
五 男児が生れると魔よけの法として桑の弓と蓬の矢で天地四方を射る。『礼記』内則篇に見える中国渡来の行事。桑・蓬はいずれも魔を払う力があるとする。
六 お乳の役。乳母。
七 宗盛妻には平時信女（清宗母）と平教盛女とが伝えられている。ここは教盛女で、次男能宗（童名副将。第百十句「副将」参照）を出産した後死んだ。
八 権中納言藤原顕時女。帥典侍、また洞院局という。
九 駿河の国富士郡で産する真綿。「両」は金・綿ともに量目の単位。
一〇 法皇に対して一般の験者に対するような禄を贈ったことが批判されたのである。
一一 異例の事態。四三頁注一一参照。

に、后の御産のときにのぞんで、御殿の棟より甑[一二]をころばかすことあり。皇子御誕生には南へ落し、皇女御誕生には北へ落すを、これは、いかがしたりけん、北へ落す。人々、「いかに」とさわがれて、取りあげ、落し直されたりけれども、なほあしきことにぞ人申しける。をかしかりしは、入道相国のあきれざま。めでたかりしは、小松殿のふるまひ。本意なかりしは、右大将宗盛の卿の最愛の北の方におくれ給ひて、大納言、大将両職[一三]を辞して籠居せられしこと。兄弟ともに出仕あらば、いかにめでたからんに。

七人の陰陽師参りて、千度[一四]の御祓ひつかまつる。そのうちに、掃部頭[一五]時晴といふ老者あり。所従なんども乏少なり。あまりに人参りつどひて、たかんなをこみ[一六]、稲麻竹葦[一七]のごとし。「役人ぞ、あけられよ」とて、おしわけ、おしわけ参るほどに、いかがしたりけん、右の沓をふみぬがれ、そこにてちと立ちやすらふが、冠をさへつき落されて、さばかりのみぎりに、束帯ただしき老者が、もとどり放[一八]

一二 米・豆などを蒸し炊ぐ土器。出産の時これを屋根から落すのは、胞衣がとどこおるのを解くまじないである。「後事遅遅者、或自寝殿棟上落甑破之、〈兼破之以麻仮結之、召使兼在棟北随其告落南庭〉」（『后宮御産当日次第』）。

一三 宗盛はこの年（治承二年）七月に妻の病により右大将を辞任したが、権大納言はそのままであった。十二月右大将復任。翌治承三年二月に権大納言・右大将両職を辞したので、そのことをここに誤ったのである。広本系には大将辞任のことのみで、この誤りはない。

一四 中臣の祓を千度くり返すこと。『とはずがたり』巻一の東二条院御産の条に「陰陽師は庭に八足（八足机）を立てて千度の御祓を勤む」とある。

一五 安倍時晴。天文博士兼時の子。主税助が正しい（『山槐記』『尊卑分脈』）。『古今著聞集』神祇一に安倍泰親と共に賀茂明神の託宣を占った逸事が見える。

一六 たけのこのように密集して。「たかんな」は筍。

一七 混雑し密集すること。稲・麻・竹・葦の密生にたとえた。

一八 むき出し頭で。冠・烏帽子をかぶらず、まげをあらわにすること。無礼でまた醜態とされた。

つてねり入りたりければ（しずしずと歩んで来たので）、若き公卿、殿上人はこらへずして、一同に笑ひあへり。陰陽師なんどいふ者は、「反陪」[一]とて（作法に従って）、足をもあだに踏まずとこそ承れ（歩く足をも無駄には踏まぬと聞いている）。それにかかる不思議のありけるを（それなのにこんな珍事があったのを）、そのときはなにとも思はざりけれども、のちこそ思ひあはせつることども多かりけれ[二]（のちのち思い当ることが多かったのである）。

御産に六波羅へ参り給ふ人々、関白松殿[三]（基房）、太政大臣妙音院殿[四]（師長）、左大臣大炊の御門殿（経宗）、右大臣月の輪殿[五]（兼実）、内大臣小松殿、左大将実定、源大納言定房、三条の大納言実房、五条の大納言邦綱、藤大納言実国、按察使[六]の資賢、中の御門の中納言宗家、花山の院の中納言兼雅、藤中納言資長、池の中納言頼盛、左衛門督時忠、別当忠親、左の宰[七]相の中将実家、右の宰相の中将実守、新宰相の中将通親、平宰相教盛、六角の宰相家通、堀川の宰相頼定、右大弁の宰相長方、左大弁の三位俊経、左兵衛督光能、右兵衛督成範、左京大夫脩範、皇太后宮大夫朝方、大宰大弐親信、新三位実清、以上三十三人。右大弁の

一 陰陽道の足踏みの作法。邪気を踏み鎮める呪術で舞踊や相撲の四股にも見られる。「反閉」とも書く。
二 出生の皇子が薄命の安徳帝であることをさす。
三 藤原基房。忠通の次男、基実の弟。
四 藤原師長。悪左府頼長の長男。底本「めうおんいんの左大しん」とあり、「左大臣」は次の「大炊の御門殿（藤原経宗）」につくべきが誤っている。以下この種の揃い物の文には、人名の出入、誤写・誤記がつきもので、底本にも数箇所の誤りがある。本文にはこれらを修正した。
五 藤原兼実。基実・基房の弟。日記『玉葉』の作者。

公卿揃ひ

六 地方視察の官。源資賢は中納言兼按察使。すなわち「按察使の中納言」を略したのである。この辺、本官としての大納言・権大納言・中納言・権中納言・参議の順に掲げてある。ただし「権」は明記していないが誤りではない。時忠・忠親とも権中納言である。
七 「宰相」は参議の唐名。「左の宰相の中将」は参議兼左中将。「新宰相」は新任の参議。しかし通親が「新宰相中将」に該当するのは治承四年のことである。いわゆる「公卿」とは参議・三位以上をいうが、三位で参議にならぬ者を「非参議（非参議の三位）」という。以下俊経・脩範・実清は非参議。他は参議。ただし光能・成範は権中納言で配列不審だが、兼官の左右兵衛督で並べたものか。
八 広本系は不参者をすべて列記し、不参理由をも記

ほかは直衣なり。
[八]不参の人々には、花山の院の前の太政大臣忠雅公、大宮の大納言隆季の卿以下十四人。後日に布衣着して、入道相国の西八条の第へむかはれけるとぞ聞こえし。（お祝いに行かれたということだ）

御修法の結願に、勧賞どもおこなはれける。（褒賞のことがあった）仁和寺の御室の守覚法親王は、「[九]東寺修造せらるべし。ならびに[一〇]後七日御修法、[一一]大元帥の法、[一二]灌頂興行せらるべき」（とり行われるように）よし、仰せくださる。御弟子[一三]覚成僧都、法印に叙せらる。座主の宮は、「[一四]二品ならびに[一五]御車の宣旨」を（賜り）（たき旨）申させ給ふ（申し出られる）。仁和寺の御室ささへ給ふによて（異議を申し立てたので）、（座主の宮の）御弟子の[一六]法眼円良、法印になさる。そのほかの勧賞ども、[一七]毛挙にいとまあきあらずとぞ聞こえし。

[一八]日数経にければ、中宮、六波羅（池殿）より内裏へ入らせ給ふ。（これより以前）この御むすめ（徳子）、位につかせ給ひしかば（中宮におなりになられたので）、入道相国、「あはれ、皇子御誕生あれかし。皇位につけたてまつりて、（夫婦で）外祖父、外祖母とあふがれん」

す。忠雅はすでに致仕隠居の身であり、隆季は五日前長女が出産で死んだためであった。

九 正しくは教王護国寺。京都市下京区九条大宮にある真言宗本山。延暦十五年（七九六）東西鴻臚館を廃して東寺・西寺を建て、東寺に空海を置き、灌頂道場とした。天台宗延暦寺と並ぶ鎮護国家道場であった。同宗の仁和寺と関係深く、仁安三年（一一六八）守覚法親王の灌頂も東寺で行われ、当時一の長者禎喜僧正がこの時まで在任している。

一〇 年頭七日間の神事の後に正月八日から七日間、宮中真言院で行う国家鎮護・五穀成熟の祈願。

一一 正月八日から七日間、治部省で大元帥明王を本尊として修する国家鎮護祈願。

一二 灌頂を行うこと。「灌頂」は二〇二頁注六参照。

一三 権中納言藤原忠宗の子。守覚法親王灌頂の時教授（作法指導）を勧め、以来弟子中でも重んじられている。正しくは「覚成法印、大僧都に叙せらる」とあるべきで、広本系は正しい。

一四 皇族で二位のこと。覚快法親王は無品であった。

一五 牛車のまま宮中に出入を許されること。

一六 権大納言藤原仲実の子。覚快法親王はご自身の賞を辞退して弟子の円良に譲ったわけである。

一七 些末事までかぞえ挙げること。

一八 『玉葉』によれば、十二月二十二日に徳子は内裏に帰った。皇子はこの前日に内裏に入った。内裏は当時藤原邦綱の五条東洞院邸が里内裏となっていた。

とぞ願はれける。「われあがめたてまつる神に申さん」〔かねがねあがめ信ずる神にお願いしよう〕とて、厳島に月詣し給ひて祈られければ、中宮やがて御懐妊ありて、御産平安、皇子御誕生にてましましけるこそめでたけれ。〔〔のみならず〕皇子がご誕生あそばされたのは結構この上ないことであった〕

第二十四句　大塔修理

そもそも、平家の厳島を信じはじめられけることは、何といふに、鳥羽の院の時、太政入道（清盛）、いまだ安芸守[一]にておはしけるが、「安芸の国をもつて〔の負担で〕、高野の大塔[二]を修理せよ」とて〔との勅命で〕、渡辺の遠藤六郎頼方[三]を雑掌[四]につけて、七年に修理をはんぬ〔七年かかって修理し終えた〕。修理をはりてのち、清盛、高野へ参り、大塔ををがみ、奥の院[五]へ参られたりければ、いづくと[六]もなき老僧の、まゆには霜をたれ〔眉は霜のように白く〕、ひたひに波をたたみ〔額には波のようなしわを刻んで〕、鹿杖[七]にすがりて出で来給へり。ややひさしう御ものがたりせさせおはします。

＊安徳帝の誕生　徳子の御産は二十二歳の時、当時の女性としては遅い方で、十五歳で高倉帝に入内してから七年の後である。清盛としては、藤原氏摂関政治を手本に、外祖父として皇室を掌握することを念願としていたから、その七年の間の焦慮は並々ではなかった。高倉帝は徳子より四歳年下で、結婚時十一歳だったから、そう早急に御子の誕生は望まれないとしても、功子内親王（安元二年か、生母藤原公重女）・範子内親王（治承元年、生母藤原成範女小督）の二内親王はすでに生れている。姫宮でほっとしたものの清盛の苛立ちをそそったであろう。『愚管抄』（巻第五）には日吉に百日参詣して験なく、厳島に早船で月詣でしたことを記している。

弘法大師通化

一　清盛が安芸守であったのは久安二年（一一四六）から保元元年（一一五六）までの間で、久安五年五月に高野山大塔・金堂が雷火により炎上し、その修理に当って、保元元年四月に完成した。

二　金剛峰寺金堂の東北にある根本大塔。大日如来等を安置する多宝塔で弘仁十年（八一九）弘法大師建立。

三　藤原忠文の子孫。摂津渡辺に住し、嵯峨源氏渡辺党と交流した。当時遠藤氏の長者。和泉・紀伊・摂津惣追捕使となる。渡辺党は土木の技術で聞えていたので、高野修理に登用されたのであろう。

四　雑務をとり捌く役の意で、指揮者・監督のこと。

五　弘法大師の廟所。大塔とともに高野の中心。

(老僧)「むかしよりわが山は、[八](この高野山は)密宗をひかへて、(保持して)いまにいたるまで退転な(現在に至るも衰退しない)し。天下にまたも候はず。(二つとはございませぬ)越前の気比[九]の社と安芸の厳島は両界の垂[一〇]迹にて候ふが、気比の社はさかえたれども、厳島はなきがごとくに(ないも同然に荒れはて)荒れはてて候。(ております)大塔すでに修理をはんぬ。(高野の)同じくは、このついでに奏聞して、修理せさせ給へ。(〔厳島も〕)[一一]さだにも候はば、(修理さえなされば)御辺は官加階(官位昇進)肩を並ぶる者もあるまじきぞ」(は世に比べる者もないほどになろうぞ)とて立ち給ふ。この老僧のゐ給へるところに、異香薫じたり。人をつけて見給へば、三町ばかりは見え給ひて、そののちは、かき消すごとくに失せ給ひぬ。

血書きの曼荼羅

「これただ人にてあらず。大師[一二]にてましましける」と、(〔清盛は〕)いよいよたつとくおぼして、「娑婆世界の思ひ出に」(現世の形見に)とて、高野の金堂に曼荼[一三]羅を描かれけるが、西曼荼羅をば、常明法印[一四]といふ絵師に描かせらる。東曼荼羅をば、「清盛描かん」とて、自筆に描かれけるが、いかが思はれけん、(何とお思いになられたのか)八葉[一五]の中尊の宝冠をば、わがからべ[一六]の血を出だして描かれけるとぞ聞こえし。(お描きになったということであった)

六　どこから来たとも分らぬ。得体の知れぬ。

七　鹿角をつけた杖。また杖の上部に枝のある杖。逆股杖。修験僧・遊行僧などが用いる。

八　斯道本・広本系・四部本・八坂系数本に「此山」とあるのが古体であろう。一一七頁注二一参照。

九　敦賀市にある気比神宮。去来紗別命を主神とし、日本武命・息長帯姫命・誉田別命・中津姫命・豊姫命・武内宿禰を併祀する。

一〇　大日如来はその理・智の二性をそれぞれ胎蔵界・金剛界に示すが、「気比」は金剛界、「厳島」は胎蔵界に、大日如来が神として現れた所といわれる。

一一　「さ(然)」は、そう、そのようにと指示する副詞。

一二　弘法大師空海のこと。真言宗の開祖。弘仁七年(八一六)高野山に金剛峰寺を創建した。

一三　密教諸仏を布置した祈禱の壇、またその図をいう。これを応用・模倣した各種の曼荼羅もある。ここは正式の両界曼荼羅で、向い合せにする時の位置から金剛界を「西曼荼羅」、胎蔵界を「東曼荼羅」とする。

一四　広本系に、後白河院に使われていた絵師という。『高野春秋』『紀伊国続風土記』(「浄明」とする)などに名が見える。平家諸本で静妙・常妙・正妙とも。

一五　胎蔵界曼荼羅中央部(中台)は中尊大日如来の周囲に八仏を配し、八葉院の九仏と称する。

一六　特殊の呪願を籠める一方法である。この曼荼羅を「血曼荼羅」と呼び、金剛峰寺に伝わっている。

そののち、清盛都へのぼり、院参して、このよしをぞ奏聞せられたりければ、君なのめならずに御感ありて、なほ程をのべず、厳島を修理せらる。鳥居をたてかへ、社をつくりかへ、百八十間の廻廊をぞつくられける。

厳島の御託宣

修理をはりてのち、清盛、厳島へ参り、通夜せられける夜の夢に、御宝殿のうちより、びんづら結うたる天童の出でて、「これは大明神の御使なり。なんぢ、この剣をもちて、一天四海をしづめて、朝家の御まぼりたるべし」とて、銀の蛭巻したる小長刀を賜はると、夢を見て、さめてのち見給へば、うつつに枕上にぞ立ちたりける。

さて、大明神御託宣ありて、「なんぢ知れりや。忘れりや。弘法をもつて言はせしこと。ただし悪行あらば、子孫まではかなふまじきぞ」とて、大明神はあがらせおはします。めでたかりしことどもなり。

頼豪阿闍梨の沙汰

白河の院の御時、京極の大臣の御むすめ、后に立たせ給ひて、賢

＊**「大塔建立」の位置づけ**　皇子誕生は清盛の切願であった。清盛はこのことを厳島に祈願した。厳島は清盛が修復し信仰した神である。なぜそうしたかという文脈で紹介される高野山大塔建立、弘法大師化現の話は、理屈は分るが、御産記事の付属談としては余剰に過ぎる。諸本みな同様だが、延慶本のみは、巻四の初めに、高倉院が譲位後異例の厳島参詣をする記事に付属させている。それが納得いく古態であったろう。この大塔建立と同内容の説話は『古事談』五「清盛奉仕厳島事」に見え、その題からみて、高野の話題ではなく、厳島の話題として語られていたと思われる。ただし『古事談』には血曼荼羅のことはない。

一　「みづら」（語源耳連）の訛。髪を左右に分け耳の辺で円く結ぶ形。上古男子の髪型で、神霊・神使が出現する時、この姿の童子形となる例が多い。

二　刀剣の柄や鞘に金属を帯状に巻きつけたもの。この小長刀は一五一頁注七参照。

三　下二段動詞の「忘る」ならば「忘れたりや」というべきで、「忘れりや」とは言わない。四段動詞とすべきであろう。

四　藤原師実。師通（第九句「北の政所誓願」参照）の父。その女賢子は実は右大臣源顕房の女。白河院の帝位とともに中宮となり、敦文親王・堀河帝・郁芳門院等を生む。

子中宮とて、御最愛ありけり。主上、この腹に皇子御誕生あらまほしうおぼしめして、そのころ有験の僧と聞こえし三井寺の頼豪阿闍梨を召して、「なんぢ、この腹に皇子御誕生の御祈り申せ。御願成就せば、勧賞はのぞみによつて」とぞ仰せける。頼豪、「やすき御こと候」とて、三井寺にかへりて、肝胆をくだき、祈り申されければ、中宮やがて御懐妊ありて、承保元年十一月十六日、御産平安、皇子御誕生ありけり。主上なのめならず御感ありて、「なんぢ、所望のことはいかに」と仰せられれば、三井寺に戒壇建立のことを奏す。主上、「これは存知のほかなる所望なり。およそは、一階僧正なんどをも申すべきかとこそおぼしめしつれ。およそ皇子御誕生あつて、位を継がしめんことも、海内無為をおぼしめしつるためなり。いま、なんぢが所望を達せば、山門いきどほり、世上しづかなるべからず。両門ともに合戦せば、天台の仏法ほろびなんず」とて、御ゆるされもなかりけり。

応徳元年（一〇八四）宮中に崩御（二十八歳）。

五 藤原宇合の孫流、有家の子。園城寺僧。碩徳を以て聞えた。応徳元年寂（八十三歳）。

六 敦文親王。承保元年（一〇七四）誕生。承暦元年（一〇七七）疱瘡により薨ずる。

七 僧に戒を授ける壇場。日本では東大寺に鑑真が設立したのに始まり、薬師寺（下野）・観世音寺（筑紫）に置き、延暦寺にも置かれたが、園城寺にはなく、授戒は犬猿の間である延暦寺に頼らざるを得なかった。

八 僧位を順次経過せず、ただちに僧正になること。

＊**山門・寺門の対立**　延暦寺と園城寺（三井寺）とは天台同流だが犬猿の間柄であった。延暦寺は宗門発展の中で別院・別所・末寺を輩出したが、正暦四年（九九三）円珍（智証大師）が門下を率いて叡山を下り三井の園城寺に入るや、単に末寺・別院とは言えぬ強大な存在となり、山上の円仁（慈覚大師）との勢力争いは激しく、山門・寺門の二流抗争の形勢となった。朝廷仏事、貴族の帰依、座主その他の要職をめぐって、誹謗・妨害・破壊・放火がくり返された。園城寺は戒壇を持たぬのが弱味で、授戒を山上に依頼せざるを得ない屈辱を、頼豪は皇子誕生祈願の大功によって解決しようとしたのだが、それも叡山側の脅迫で実現しない。頼豪の怨霊説話はそうした背景を以て生れた。第二十一句「伝法灌頂」に見た、公顕による三井寺灌頂が妨げられたのもそれであった。

頼豪、これを口惜しきことにして（と思って）、三井寺にかへりて、持仏堂にたてこもりて、干死[一]せんとす。主上、なのめならずに（ことのほか）御おどろきあつて（お驚きなさって）、江の帥[二]匡房の卿、そのときはいまだ美作守と聞こえしを召して、「なんぢは頼豪と師檀[三]のちぎりあんなれば（師僧檀那の関係にあると聞くゆえ）、行きてこしらへてみよ[四]（とりなしてみよ）」と仰せければ、美作守かしこまり承つて、頼豪が宿坊にゆきむかひ、勅諚のおもむき（天皇の仰せの内容を）を申さんとするに、頼豪つひに対面もせざりけり。もつてのほかにふすぼつたる（異様に護摩の煙のくすぶりたちこめた）持仏堂にたてこもり、おそろしげなる声して、「天子にたはぶれのことばなし、綸言[五]汗のごとしとこそ承れ。これほどの所望かなはざらんにおいては（これくらいの望みもかなわぬというなら）、わが祈り出だしたてまつる皇子にてましませば（わが祈りによってお生ませ申した皇子であらせられるゆえ）、取りたてまつりて（お奪い申して）、〔ともに〕魔道へこそ行かん」とて、つひに対面もせずして、干死にこそしてんげれ（絶食して死んでしまった）。美作守、かへり参りてこのよしを奏聞しければ、主上なのめならず御おどろきありけり。

さるほどに、〔その〕皇子御悩つかせ給ひて（ご病気になられて）、さまざまの御祈りありしか

一　飲食を絶って死ぬこと。餓死。
二　大江匡房。成衡の子。大宰権帥になったところから「江帥」という。後三条・白河・堀河三代の侍読を勤めた学者（九二頁注六参照）。底本「としふさ」とあるを改める。
三　師僧と檀那との関係。
四　懐柔してみよ。なだめ言いこしらえてみよ。
五　天子の言葉は汗のように、出れば再び返ることがない。天子は食言しない。「言二号令一如レ汗、汗出而不レ反者也」（『漢書』劉向伝）。「綸」は糸車から糸を引き出す意。天子の言をたとえる。
六　底本「二歳」とあるを改める。
七　源通輔の子。永保元年（一〇八一）第三六代天台座主となる。西の京に住房があったので「西京座主」と称する。「円融坊」は叡山内の住坊の名。堀河帝御持僧。
八　叡山延暦寺の呪禱の力。一一八頁＊印参照。
九　九条右大臣藤原師輔。忠平の子。兼家の父。女安子は村上帝の皇后となり、冷泉・円融二帝を生んだ。
一〇　法名良源。「慈恵」は諡号。俗姓木津氏。近江浅井郡の出身。叡山に入り博学・弁論を以て知られた。第一八代天台座主となり、文殊楼を建て九条師輔の信敬を得て諸堂・諸院を再興し、叡山中興祖といわれた。
一一　御願によって誕生した皇子すなわち冷泉院の意。広本系「冷泉院の御誕生」とあったものが、一方系で「冷泉院の皇子御誕生」と説明的になり、底本・平松

ども、かなふべしとも見えざりけり（平癒はかないそうにも見えなかった）。白髪なる老僧（頼豪）の、錫杖持ちて皇子の御枕にたたずみて、人々の夢にも見え（〔それが〕人々の夢にも現れ）、まぼろしにもたちけり（〔覚めても〕幻影として見えた）。おそろしなんどもおろかなり（その恐ろしさは口で言い表せるものではない）。

さるほどに、承暦元年八月六日、皇子御年四歳にて、つひにかくれさせ給ふ。敦文の親王これなり[六]。主上なのめならず御なげきあり（帝のお嘆きは一通りでなく）て、またそのころ山門（叡山）に、有験の僧と聞こえし、西京の座主良真大僧正[七]、そのころいまだ円融坊の僧都と聞こえしを、内裏へ召して、「いかがせんずる（これはどうしたものであろう）」と仰せければ、「か様の御願は、いつもわが[八]山の力にてこそ成就することにて候へ。されば、九条の右丞相[九]、慈恵[一〇]大僧正に申させ給ひしによってこそ（お頼みなさったからこそ）、冷泉院[一一]の御願、皇子御誕生候へ。やすきほどの御ことなり（たやすいことでございます）」とて、比叡山にかへりのぼりて、山王大師に百日肝胆をくだいて（精根こめて）祈り申されければ、百日のうちに、中宮やがて御懐妊あつて、承暦三年七月九日、御産平安、皇子御誕生ありけり。堀河[一二]の天皇これなり。

本・鎌倉本でさらにこの形となったのであろう。冷泉院誕生は師輔が鹿島の神に祈願したためともあるが（『左経記』引用の『九条御日記』）、慈恵・師輔の師檀の縁からみても、慈恵が祈願したのも事実であろう。

一三 承暦三年（一〇七九）誕生。応徳三年（一〇八六）即位。末代の賢王と称せられたが、病質で、嘉承二年（一一〇七）崩御した（二十九歳）。

＊**頼豪の怨霊**　平家物語に伝える頼豪怨霊の物語は、『愚管抄』巻四に見える所と同話で、それが平家物語の素材となったと判定される。しかし実際は、頼豪は敦文親王の死より七年後、堀河帝誕生五年後に八十三歳の長寿で死んだし、敦文親王の死も疱瘡流行による。にもかかわらず世上頼豪の怨霊は信じられていた。堀河帝は末代の賢王と言われながら病弱で、嘉承二年二十九歳で崩じたが、その死の床に奉仕した典侍長子（藤原顕綱女）の『讃岐典侍日記』によると、病悩の物の怪に「頼豪など名のりののしる人」が現れたという。敦文親王・堀河帝の母后賢子（源顕房女）を白河院は溺愛し、何としてもその腹に皇子を得て位を嗣がせるのが願いであったが、そういう院の執念と寺門の悲願の交差の中に生れてしかるべき説話である。母后賢子は頼豪の死の四カ月後哀慟する白河院に抱かれて死んだ。それも頼豪怨霊談の発生契機であったろう。頼豪は死後鼠となり、叡山経蔵を食い荒したというのも有名な伝説である。

怨霊はみなみなおそろしきことなり。今度さしも（あれほど）めでたき御産に、大赦おこなはれたりといへども、俊寛僧都一人赦免なかりけるこそうたてけれ。（悲惨なことである）

同じく（治承二）十二月二十四日[一]、皇子、東宮に立たせ給ふ。傅[二]には小松の大臣、大夫[三]には池の中納言頼盛の卿とぞ聞こえし。（が任ぜられたということである）

第二十五句　少将帰洛

さるほどに、ことしも暮れて、治承も三年になりにけり。正月下旬に、丹波の少将成経、肥前の国枻の荘[四]をたつて、都へといそがれけれども、余寒なほはげしく、海上もいたく荒れければ（ひどく荒れたので）、浦づたへ、島づたへして、きさらぎ十日ころにぞ備前の児島[五]に着き給ふ。それより父大納言（成親）の住み給ひける所をたづね入りて見給ふに、竹の柱、

一　広本系「十五日」で正しい。誕生一カ月で、早くも次期帝位が約束されたわけである。二十四日は京官除目の日であった。諸本「八日」とするものが多いが、これは皇子の親王となった宣下の日である。

二　東宮傅。親王が皇太子に定まると坊（皇太子内政を扱う役所）を設立する。その最高官で、大臣級の人が任ぜられ皇太子の教育・輔佐に当る。この時の東宮傅は実は左大臣藤原経宗であった。重盛を称揚する作為か。

三　東宮大夫。東宮坊の長官。これも正しくは、大夫に宗盛、権大夫に藤原兼雅が任ぜられている。重盛称揚とともに宗盛の印象を抑止する平家物語の作為であろう。

四　二一七頁注八参照。

少将有木の別所のとぶらひの事

五　岡山県の児島半島。一六八頁注七参照。

＊ **枻の荘と味木の荘**　枻（斯道本・屋代本による字）は鹿瀬・嘉瀬・賀世・加世などいろいろの字を当てる。現在の佐賀市嘉瀬であるが、異本にその異名を「味木」（延慶本・盛衰記）また「天城」（四部本）というとある。これは誤りで、肥後の益城郡甘木（味木）荘のことと思われる。熊本市

の東南方で緑川に加勢川が合する辺なので、カセの荘とも称して、肥前のカセと混同されたのであろう。古く『和名抄』に肥後の国益城郡に「加西郷」と見えるのがそれに当るであろうか。

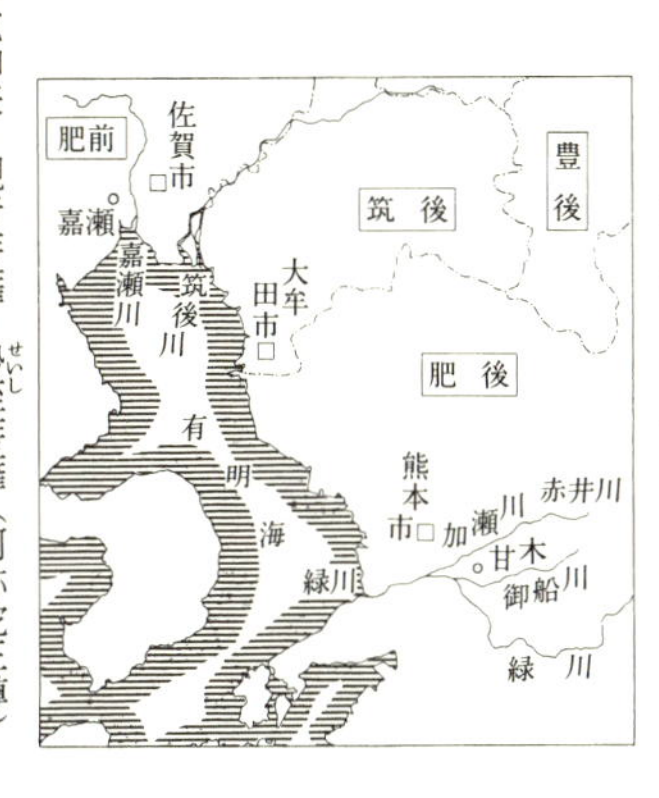

六 阿弥陀如来・観音菩薩・勢至菩薩（阿弥陀三尊）が臨終者を迎えに来ること。

七 浄土に往生するに九種の段階差があること。上品に上生・中生・下生の三階があり、中品・下品各同様の三階ずつがある。『観無量寿経』に説かれる。ここは、九品のいずれであろうとも極楽往生は疑いない、の意。

八 極楽浄土に往生しようと願い求めること。「厭離穢土」と対になる語。

九 あの世から現世の遺族を守る意で、死者をいう。

古りたる障子なんどに書き置き給へる筆のすさみを見給ひてこそ、「あはれ、人の形見には手跡にすぎたるものぞなき。書き置き給はずは、いかでか手をも見るべき」とて、康頼入道と二人、読みては泣き、泣きては読み、「安元三年七月二十日に出家。同じく二十六日信俊下向」と書かれたり。さてこそ、源左衛門尉信俊が参りたるとも知られけれ。そばなる壁には、「[六]三尊来迎のたよりあり、[七]九品往生うたがひなし」とも書かれたり。この形見を見給ひてこそ、「さすが、この人は[八]欣求浄土ののぞみもおはしけり」と、かぎりなき嘆きのうちにも、いささかたのもしげにはのたまひけれ。

その墓をたづね入りて見給ふに、松の一群あるなかに、かひがひしう壇を築きたることもなく、土のすこし高きところに、少将袖かきあはせて、生きたる人にものを申す様に、かきくどき申されけるは、「[九]遠き御まぼりとならせおはしたることをば、島にてもかすかにつたへ承りて候ひしかども、心にまかせぬ憂き身なれば、いそぎ参ることも候はず。成経、おほくの波路（長い船旅の難儀）をしのぎて（をかさねて）かの島へ流され、のちのたよりなさ（その後の頼りなさ）。一日片時のいのちもながらへがたうこそ候ひしに、さすが露のいのち消えやらで（それでもやはりはかない命は消えることもなく）、三年をおくりて、召し返さるるうれしさはさることにて候へども（言うまでもないことではございますが）、この世にわたらせ給ふを見まゐらせ候はばこそ（〔それも父上が〕ご健在であられる姿を拝見してのこと）、一いのちのながきかひも候はめ（それでこそ生き永らえたかいもあったというものでございます）。これまでは（〔帰洛を〕）いそぎつれども、今よりのちはいそぐべきともおぼえず（急ごうという気にもなりません）」とて、かきくどきてぞ泣かれける。まことに存生のときならば、（〔父の〕）大納言入道殿こそ、二いかにものたまふべきに、生をへだてたるならひ（生死を分った者があい会うことのできぬ習い）ほどうらめしかりけることはなし（ほど悲しいことはない）。三苔の下には、誰かはこととふべき（言葉を交わす誰がいよう）。（〔声といえば〕）ただ嵐にさわぐ松のひびきばかりなり。

その夜は、康頼入道と二人、墓のまはりを四行道し、念仏申す。明けければ、あたらしう壇を築き、五釘貫をさせて、前に仮屋をつくりて、七日七夜念仏申し、経書いて、結願（満願）には大きなる卒都婆をたて、六「過去聖霊、出離生死、頓証菩提」と書いて、年号月日の下に、

一 「……ばこそ……め」は事実ではないことを仮定する言い方。「もし父が存命ならば」と条件を仮定して、「自分の生きがいもあろうが」と言い、結局それは事実ではない、空しい、というのである。「め」は「こそ」に応じた推量の「む」の已然形。

二 わが子の赦免帰洛に、父として誰よりも先に喜びの言葉があるはずであるのに。

三 「まれに来る夜半も悲しき松風をたえずや苔の下に聞くらむ」（『新古今集』哀傷、藤原俊成）をふまえた表現。＊印参照。

四 法要で仏前を右から左へ回りつつ読経すること。またそれになぞらえて仏前・堂・墓等を回り歩きつつ経・念仏・呪文など唱えること。

五 簡単な柵。柱に貫板を釘でとめることからとも、柱に板を打ちつけ、向うへ抜け出た釘をそのままにしておくことからともいう。

六 亡魂に向って、生死の世界を離れてすみやかに菩提を得られよ、という祈りの言葉。

七 亡き父母に対して祭祀の時に子が言う自称。

八 「年去年来　而難レ忘撫育之昔思、如レ夢如レ幻難レ尽恋慕之今涙」という漢文（表白であろう）対句であるが、出典未詳。＊印参照。

九 「三世」は過去・現在・未来。「十方」は東西南北とその四隅および中央。時間・空間の全世界をいう。

＊ **典拠詩歌と修辞**　「苔の下には、誰かはこととふべき」の辞句は、諸注で『千載集』雑に載る大江

「孝子成経」と書かれたれば、しづ山がつの心なき（人情を解さぬ身分卑しい山人）も、「子にすぎたる宝なし」とて、涙をながし、袖をぬらさぬはなかりけり。年去り年来たれども、わすれがたきは撫育のむかしの思ひ（育てて頂いた昔の思い出）。夢のごとく、まぼろしのごとし、尽きがたきは恋慕のいまの涙なり（尽きせぬものは亡き父を恋い慕って今流す涙である）。三世十方の仏陀の聖衆もあはれみ給ひ、亡魂尊霊もいかにうれしとおぼしけん（亡き父君の霊もどれほどうれしくお思いのことか）。「いましばらく念仏の功をも積むべう候へども（〔当地にいて〕念仏の功徳を積むべきではございますが）、都に待つ人どもも心もとなう候ふらん（待ち遠しく思っておりましょう）。またこそ（改めてまた）参り候はめ」とて、亡者（亡き人）にいとま申し（別れを告げて）つつ、泣く泣くそこをぞたたれける。草のかげにても、〔故大納言もさぞ〕などり惜しくもや思はれけん。

成経・康頼鳥羽に入る

一〇 同じき三月十六日（治承二）、少将、鳥羽へぞ着き給ふ。故大納言の山荘、洲浜殿とて鳥羽にあり。住み荒らして年経にければ、築地はあれどもおほひもなし、門はあれどもとびらもなし。庭にさし入り見給へば（立ち入ってご覧になると）、人跡絶えて苔ふかし（訪れる人もなく苔のみ深い）。池のほとりを見わたせば、一一 秋の山の春風に、白波しきりにうちかけて、一二 紫鴛白鷗逍遙す。一三 興ぜし人の恋しさ

公景の「鳥辺山君たづぬとも朽ちはてて苔の下には答へざらまし」によったものと解する。しかしこの部分延慶本で「マレニ木ヲ（来テか）ミルモ悲キ松風ヲ苔ノ下ニヤタヘス聞ラムト詠テ」とあるのを参照すれば、注に掲げた俊成歌をふまえたことが明らかである。公景の歌は、詞書によれば実は病気全快の後に見舞の遅れた友人に答えた逆説的な歌で、詠歌事情からいえば適切な典拠とはいえない。また「年去り年来たれども……」の辞句も延慶本はその後に「求レ容而不レ見只想二像苔底之朽骨一、尋レ声而無レ答 又徒聞二墳墓之松風一」と続けて表白体漢文の引用の跡が明瞭である。四部本・盛衰記も同様だが、漢文形としては崩れたり、訳詩調であったりする。延慶本のように引用表白文を插んだものが、地の文と融合したり、原形の漢文性を減退させたりするわけなのである。平家物語の文体・修辞の変遷の跡をこうした諸本の差の中に見ることができる。

一〇 一六六頁注一参照。延慶本に鳥羽の田中の成親山荘を洲浜殿と名づけ、住の江の景を作ったとある。
一一 鳥羽殿の築山の名。春山・秋山が築かれていた。
一二 紫のおしどりと白いかもめ。一七七頁注九参照。
一三 底本「きゐせし人」、京大百二十句本「ゐいぜし人」、斯道本「興ゼシ人」とある。諸本を参照し「興ぜし人」とした。ここで興じた人すなわち成親。

に、尽きせぬものは涙なり。家はあれども格子もなし。蔀、遣戸もたえてなし。「ここには大納言殿の、とこそ住み給ひしか」（〔成経〕ここで父大納言殿は／こうしてお住まいであった）「この妻戸をば、かうこそ出で入りし給ひしか」（こんなふうに出入りなされた）「あの木はみづから（ご自身で）こそ植ゑ給ひしか」なんど言ひて、言の葉につけても（一言一言いうにつけ）、ただ父のことを恋しげにこそのたまひけれ。やよひ（三月）の中の六日（十六日）なれば、花はいまだなごりあり（桜の花はまだ散り残っている）。楊梅桃李のこずゑこそ、をり知りがほにいろいろなれ（春の季節を心得て色それぞれに咲き匂っている）。むかしのあるじはなけれども、春をわすれぬ花なれや（花は春を忘れずに咲いている）。少将、花のもとに立ち寄りて、

一 桃李もの言はず、春いくばくか暮れぬ
　煙霞跡なし、昔誰が住まひぞ

二 ふるさとの花のものいふ世なりせば
　いかにむかしのことを問はまし

この古き詩歌をくちずさみ給へば、康頼入道もそぞろにあはれにおぼえて（おのずとしんみりした思いにさそわれて）、墨染の袖をぞ濡らされける。暮るるほどは待たれけれど（〔もともと〕日暮れまでは出発を待たれていたの）

一 桃や李の花は何も言わないので、春が何度訪れたか問うても答えはない。霞は消えてあとも残さないので、昔誰がここに住んでいたか知るすべもない。『和漢朗詠集』下、仙家、菅原文時の詩句。

二 昔の山荘の花がもしものを言うとしたら、ぜひとも昔のことを問いたずねようものを。『後拾遺集』春下、出羽弁の歌。『古今著聞集』十九、『十訓抄』六にも見えて、菅原道真の作としているが誤りである。

三 「君なくて荒れたる宿の板間より月の漏るにも袖はぬれけり」（『古今和歌六帖』業平。『和漢朗詠集』）。

四 「酒軍在レ座、兎園之露未レ晞、僕夫待レ衢、鶏籠之山欲レ曙」（『新撰朗詠集』下、酒、紀斉名）。「鶏籠山」は中国武昌府通城県の山。

五 出典未詳。『十訓抄』五にも「花ノ本ニ春計ヲ契リ、月ノ前ニ一夜ヲカギル友マデモ、情アルタグヒワスレガタク被思出者也」とある。その他友情を花月の交わりとしていう例は多い。

六 六一頁注五参照。

七 前世の同じ業で、現世に同じ果を受ける身。同じ運命を経験したことを言ったものである。

八 よい縁。ここはただ縁というべきを美化したのである。

＊**康頼の文学圏**　康頼関係の話題には彼自身の経験談的な説話誕生の経緯がのぞき見られる。双林寺隠棲後の彼はその宗教家で文筆家で歌人で芸能人であった多才な個性を発揮した活動を行ったと思

われる。『宝物集』はその一端であるが、彼が「源氏物語供養」にも関係したと記してある。紫式部の業績をその反仏教性によって地獄に堕ちたと批判し、しかも逆説的にそこに仏の救済を信ずるという、中世の狂言綺語観を軸とした供養であったろう。石山寺の源氏供養は有名だが、雲林院でも行われたらしい。北山とも紫野ともいい、紫の上や紫式部に付会される地で式部の墓もある。何よりも『大鏡』の舞台であり、『宝物集』の清涼寺通夜物語の構想は明らかに大鏡の菩提講を意識している。康頼の母・妻子が紫野に住んだこと（一八四頁参照）、成親妻が菩提講寺で出家したこと（一九二頁参照）も偶然として見逃すことはできまい。延慶本は双林寺での宝物集述作のことを記さない代りに、康頼が配流に当って紫野の母に信仰を勧め、「一年書注シテ進セシ往生ノ私記ヲ御覧候ベク候」と言い送っているが、その往生の私記とは延慶本における限り、宝物集の草稿的著作と見なさねばならず、一種の宝物集成立異説というべきものと考えられる。双林寺、その北の長楽寺、その他東山の寺々、そして雲林院、さらに嵯峨の寺々等世を憚る人々の寄り集う所であり、特に女人哀話が京郊外を取り巻く形で平家物語に結びつくのだが、その女人哀話圏の形成者としても康頼の後半生を注目してみたい。

成経・康頼七条河原にて行き別るる事

も、あまりになごりを惜しみて、夜ふくるまでこそおはしけれ。ふけゆくままに、荒れたる宿のならひとて、古き軒の板間より、漏る月影ぞくまもなき。鶏籠の山明けなんとすれども、家路はさらに急がれず。

さてしもあるべきことならねば、都より乗物どもむかひにつかはしたれば、これに乗りて京へ入り給ひける人々の心のうち、さこそうれしうも、またあはれにもありけめ。康頼入道がむかひにも乗物ありけれども、「いまさらなごり惜しきに」とて、それには乗らずして、少将の車に乗つて、七条河原までは行き、それより行き別れけるが、なほも行きやらざりけり。花のもとの半日の客、月のまへの一夜の友、旅びとが一むらさめのすぎゆくに、一樹のかげに立ち寄つて別るるだにも、なごりは惜しきものぞかし。いはんや、これは憂かりし島の住まひ、船中の波のうへ、一業所感の身なれば前世の芳縁もあさからずや思ひ知られけん。

一 参議親隆（藤原氏勧修寺（かじゆうじ）流、為房の子）の女。成経・成宗等を生む。

二 東山の一峰。正法寺（霊山寺）がある。

三 命あればこそ、二度と会えぬと思っていた成経に会うことができた。帰らぬ夫成親を改めて悲しむ気持も示した言葉である。「命あればことしの秋も月は見つ別れし人に逢ふ夜なきかな」（『新古今集』哀傷、能因法師）の転用。

少将帰洛

四 成経のその後の官歴を示すと、流罪によって官職を免ぜられていたが、寿永二年八月（平家都落ちの直後）右少将となって官界に復帰した。元暦二年六月右近衛権中将（こんえごんのちゆうじやう）。文治五年七月蔵人頭（くらうどのとう）。建久元年十月参議（宰相）となった。四年参議を辞し、正三位皇太后宮大夫となり、建仁元年三月、四十七歳で薨（こう）じた。その経歴には平家への遠慮とその解消、また後白河院の寵愛（ちようあい）が汲み取られる。

五 霊鷲山（りようじゆさん）沙羅双樹林寺。京都市下京区鷲尾町にある。伝教大師開創の叡山別院。今は薬師堂が残り、その西南に康頼の墓がある。

六 なつかしい山荘の軒の板ぶきはすき間だらけになっているが、軒には苔が生えてふさがっているために、思っていたほどには月の光も漏

康頼東山双林寺へ着く事　康頼宝物集新作

[一]少将の母上は霊山（りやうぜん）[二]におはしける〔お住まいだった〕が、昨日（きのふ）より宰相（教盛）の宿所〔邸宅〕へおはして待たれける。少将のたち入り給ふ姿〔入って来られる姿〕を一目見て、「命あれば」[三]とばかりぞのたまひける。〔母上は〕やがて引きかづいてぞ伏し給ふ〔そのまま衣をひきかぶって泣き伏される〕。宰相のうちの女房、侍（さぶらひ）どもさし群（むら）がつて〔寄り集まって〕、よろこびの涙をながしけり。乳母（めのと）の六条（ろくでう）は、尽きせぬもの思ひに、黒かりし髪もみな白くなり、北の方は、さしもはなやかにうつくしうおはせしかども〔あれほどはなやかに美しい方でいらっしゃったのに〕、痩（や）せおとろへて、〔かつての〕その人とも見え給はず〔その人とも思われない〕。〔少将が〕流され給ひしとき三歳にて別れし幼き人、おとなしうなつて〔成長して〕、髪ゆふほどになり、そのそばに三つばかりなる幼き者のありけるを、少将、「あれはいかに」〔あれは誰か〕とのたまへば、乳母の六条、「これこそ」〔この御子こそ〕とばかり申して、涙をながしけるにぞ、「〔配所に〕下りしとき、〔懐妊の妻の〕よにも苦しげなるありさま見置きしは〔いかにも気分すぐれぬ様子をあとに出立したが〕、ことゆゑなう育ちけるよ〔無事に生れ育ったのか〕」と思ひ出でてもあはれなり〔感慨ひとしおである〕。少将はもとのごとく院（後白河院）に召しつかはれて、宰相の中将[四]にあがり給ふ〔昇進なさった〕。

康頼（やすより）入道は、東山双林寺（ひがしやまさうりんじ）[五]にわが山荘（さんざう）のありければ、それにおちつ

いて、見れば、三年(みとせ)があひだにあまりに荒れはてたるを見て、泣く泣くからうぞ申しける。

六 ふるさとの軒の板間の苔(こけ)むして
　思ひしほどはもらぬ月かな

やがて〔そのまま〕そこに籠居(ろうきよ)〔ひき籠って〕して、憂かりし昔〔苦しかった往時を思いおこして〕を思ひつづけて、「宝物集(ほうぶつしふ)」七 といふ物語を書きけるとぞ聞こえし〔書いたということである〕。

第二十六句 有王島下り(ありわうしまくだり)

さるほどに、鬼界(きかい)が島(しま)へ三人流されたりしが、二人は召し返されて都へのぼりぬ。いまは俊寛(しゆんくわん)一人のこりとまつて、憂かりし島の島守(しまもり)となりにけるこそあはれなれ〔痛ましい限りである〕。俊寛僧都の、をさなうより不便(ふびん)にして〔可愛がって召し使っていた〕召し使はれける童(わらは)、有王(ありわう)、

れないことだ。まばらになった軒に苔さえ生えた荒れ方を逆説的・自嘲(じちょう)的に詠んだもの。二三六頁注三の引き歌「君なくて……」をふまえ詠んでいる。

七 康頼作の仏教説話文学。広本・略本種々の伝本があり、平家物語に文章上影響を与えるところが多い。

＊宝物集　康頼の『宝物集』は中世文学史上でも異色的な作品である。嵯峨(さが)清涼寺参籠(さんろう)の人々の間で、この世の真の宝とは何かという論が起きたという設定で、黄金か、玉か、愛児か、父母かと話し合いつつ、結局仏法を第一の宝と認め、以下浄土教的教理が展開する――という内容を和歌や説話を引きつつ綴るので、仏教説話集に分類されるが、和歌説話集の側面を持つともいえる。しかし一般の説話集のように話を語り聞かせるというのではなく、説話は簡略な梗概(こうがい)や題目にとどめている。むしろ仏教入門書として中世に流布した。一巻・二巻・三巻・七巻等広略の諸本が多く、康頼原作がどれに近いか意見が分れている。平家物語は、この宝物集の成立事情について貴重な説を紹介しているばかりでなく、本文中に宝物集から引用したと思われる多くの文辞を含んでいる。しかも宝物集の広略諸本からの引き方が錯綜し、また平家物語の広略本間でも差があって、この中世文学の二作間の密接な関係も容易には説明しがたい。

亀王死去の事

有王鬼界が島渡り

亀王とて二人あり。二人ながら、あけてもくれても主のことをのみ嘆きけるが、その思ひのつもりにや（心労がつもったためか）、亀王はほどなく死にけり。

有王いまだありけるが（その後も永らえていたが）、「鬼界が島の流人ども、今日すでに（いよいよ）都へ入る」と聞こえしかば（という噂だったので）、鳥羽まで行きむかひて見れども（出向いて行ってみたけれども）、わが主は見え給はず。「いかに（どうしたのでしょう）」と問ふに、「俊寛の御坊はなほ罪ふかしとて島にのこされぬ」と聞いて、有王涙にぞしづみける。泣く泣く都へたちかへり、その夜は六波羅の辺にたたずみて、うかがひ聞きけれども（〔事情を〕それとなく聞いてみたが）、聞き出だしたることもなし（〔これといって〕）。泣く泣くわがかたに帰りて、つくづく嘆きくらせども、思ひ晴れたるかたもなし。「かくて思へば身も苦し（こうして嘆いていては自分を苦しめるだけだ）。鬼界が島とかやにたづね下つて、僧都の御坊のゆくへを、いま一度見たてまつらばや（見届け申し上げたい）」とぞ思ひける。

姫御前のおはしけるところへ参りて、申しけるは、「君は（〔有王〕ご主人様は）この瀬にも漏れさせ給ひて（大赦の機会にもお漏れになって）、御のぼりも候はず（ご帰京もかないませぬ）。いかにもして（何とかして）、わたらせ給ふ（おいでになる）島に下りて（島に行って）、御ゆくへをたづねまゐらせばや（お尋ね申し上げよう）と思ひたちて候へ（決心いたしました）。

一　有王の物語にほとんど無意味な亀王の紹介をするのは底本の他、屋代本、広本系諸本である。広本系では、この二人を兄弟とし、さらに長兄が法勝寺の僧となったとする。

二　淀川をさかのぼって京に入る時の上陸点。公の西国の旅は鳥羽を経由するのである。

＊**有王問題**　平家物語に対する民俗学的研究に「有王問題」と称すべきものがある。佐賀市嘉瀬の法勝寺、長崎の伊王島等九州諸地に、また四国・関西・北陸にも、俊寛の墓、または有王の墓、あるいは居住の跡を称する地があって、俊寛は実は有王に伴われてこの地に来て世を終えたのである、という類の伝説が多い。有王は、平家物語では最後に高野蓮華谷で僧になったという。すなわち高野聖となって諸国を回りながら、俊寛鬼界が島の物語を語り広めたというのである。（柳田国男氏「有王と俊寛僧都」参照）高野聖の主な仕事は勧進（宣教と寄付募集）であるが、そこに有効な宗教色ある物語を伴うのが通例であった。高野の蓮華谷・清浄心院谷・花折谷・萱堂等の聖の集団の中でそれぞれに物語の演目があり、俊寛の物語は蓮華谷聖の主要な演目だったろう。その話を語る聖が自身をその有王の後身として語るのも、語り物の公式で、「有王」の物語が全体的に有王の経

御文(おんふみ)を賜はりて参り候はん〔お手紙を頂いて参りましょう〕」と申しければ、姫御前、なのめならず(ことのほか)によろこび給ひて〔お喜びになって〕、やがて〔すぐに〕書いてぞ賜(た)びにける〔お与えになった〕。「いとまを乞ふとも、よもゆるさじ〔恐らく許されまい〕」とて〔と思って〕、父〔（有王は）〕にも、母にも知らせず、泣く泣くたづねぞ下りける。

[三]唐船(もろこしぶね)のともづなは、四月(うづき)、五月(さつき)に解くなれば〔出帆というので〕、夏衣(なつごろも)たつをおそくや思ひけん〔夏に発つのでは待ちきれなかったのか〕、三月(やよひ)の末に都を出でて、おほくの波路(なみぢ)〔長い船旅の〕をしのぎつつ〔難儀をかさねて〕、薩摩方(さつまがた)へぞ下りける。薩摩よりかの島へわたる舟津(ふなつ)[四]にて、人あやしみ、着たるものをはぎ取りなんどしけれども、すこしも後悔せざりけり。姫君の御文ばかりぞ〔お手紙だけは〕、人に見せじ〔人に見せまいと〕と、元結(もとゆひ)[五]のうちにかくしたりける。

さて、商人(あきびと)の船のたよりに〔船便をえて〕、くだんの島〔（鬼界が島）〕にわたりて見るに、都にてかすかに伝へ聞きしはことの数ならず〔都でほのかに聞いていたことは何のたしにもならない〕。[六]田もなし、畑もなし、村もなし、里もなし。おのづから人はあれども〔まれに人はいても〕、言ふことばも聞き知らず〔話す言葉も通じない〕。「これに都より流され給ひし、法勝寺(ほっしょうじ)の執行(しゅぎゃう)の御坊(ごばう)の御ゆく

験の順序と範囲と角度を保っているのはそのことと関係がある。いきおいこれを語る聖たちは皆有王自身であった。各地に残る俊寛・有王の異伝とは、聖の物語に感動した土地土地の供養墓を契機とした伝説なのであろう。平家物語には、そうした生きて動いていた説話がまだまだ他にも採り入れられていると考えられるのである。

三 中国へ渡る船。宋船である。摂津の和田泊(わだのとまり)（神戸港）から瀬戸内海を航漕して九州北端から中国へ行くのに、南海を経由するコースがある。これに便乗しようとしたが待ちきれなかったというのである。「夏衣たつ」は、夏が立つ、に「衣」と「裁(た)つ」の縁語をきかせたもの。

四 薩摩の坊津(ぼうのつ)などから渡ったのであろう。

五 束ねてまげにした髪。もとどり。古くは普通組み糸・麻糸などでしばる。

六 「なし」は終止形だが、文意は切れず、むしろ田もなければ畑もなければ……とたたみかけて続けてゆく終止形中止法である。

へや知つたる」と言ふに、〔島人は〕「法勝寺」とも、「執行」とも、知つたらば[一]こそ返事もせめ、頭をふつて、「知らず」と言ふ。そのなかにある者（その中のある者が）が心得て（意味を悟って）、「いさとよ[二]（さてなあ）、さ様の人は（そういう人は）、三人これにありしが、二人は召し返されてのぼりぬ（呼びもどされて都に行ってしもうた）。いま一人のこされて、あそこ、ここにまよひありけども（あちらこちらをさまよい歩いていたが）、ゆくへは知らず」とぞ言ひける。山のかたのおぼつかなさに（山の方に〔いるやも知れぬ〕と気になったので）、はるかにわけ入り、峰によぢのぼり、谷にくだれども、白雲跡を埋んで[三]、ゆききの道もさだかならず（人の往き来する道もはっきりしない）。青嵐ゆめをやぶりて（青葉を渡る風が眠りを覚まして）、その面影も見えざりけり（夢に主人の面影も見られなかった）。山にてはたづねあはずして、海のほとりについてたづぬれば、沙頭[四]に印をきざむ鷗、沖の白洲にすだく（群れ集まる）浜千鳥のほかは、こととふものもなかりけり（尋ねてみる相手もなかった）。

ある朝、磯の方より、かげろふ[五]なんどの様に痩せ衰へたる者、よろぼひ出で来たり（よろめきながら近づいて来た）。「もとは法師にてありける」とおぼしくて、髪はそらざまに（天に向って）生えあがり（まっすぐ生え伸び）、よろづの藻屑[六]とりついて、もどろ[七]をいただきたるがごとし。つぎめ[八]あらはれて皮ゆるみ、身に着たるものは、

一　もし知っているならば返事もしようが、知らぬことだから。二三四頁注一参照。
二　さあどうだったかしら。不確かなことを思い出す時の発語。「いさ」は自信のない返事（下に「知らず」などと続けて副詞にも用いる）。「とよ」は引用を受けて、……だということだ、と伝聞を示す終助詞だが、自分の意志にそえても用い、情をこめて結ぶ。結局ただ「いさ」というに同じ。
三　「山遠雲埋行客跡、松寒風破旅人夢」（『和漢朗詠集』雲、紀斉名）。長門本には全句が、延慶本には後句が引かれており、それが語り物系の「青嵐ゆめをやぶりて」の句を生じたのであろう。
四　「沙頭刻印鷗遊処、水底摸書雁度時」（『和漢朗詠集』水、大江朝綱）。
五　陽炎・糸遊・蜻蛉・蜉蝣（かげろうとんぼ）などをいうが、ここはとんぼをさす。痩せ衰えた肢体をたとえたのである。
六　海藻のくず。
七　他本「おどろ」とあるが同じ語であろう。雑草。いばら・つる草の類。
八　手足の関節が見えるほどに肉が落ちて。

主従邂逅

九　はかどらず。「はかち」ははかどること。「はか」と同語。他本「はかもゆかず」とする。
一〇　乞食（こつじき・こじき）。「丐」は物を乞い取る意の字で、一字で乞食の義にも用いる。

絹布の分けも見えずして（絹か木綿かの見分けもつかず）、片手には海藻をひろひて持ち、片手には網人に魚をもらひて持ち、歩む様にはしけれども、はかちもゆかず（九 一向にはかどらず）、よろよろとして出で来たる。有王、「不思議やな。われ都にておほくの一〇乞丐人を見しかども、か様の者はいまだ見ず（こんなひどい者はまだ見たことがない）。一一諸阿修羅等、居在大海辺とて、修羅、一二三悪、四趣は深山大海の辺にあると、仏説き給へることなれば、一三知らず、一四餓鬼道にたづね来たるか（迷いこんで来たのだろうか）」と思ふほど（と思ううちに）に、かれ（先方）も、これ（自分）も、次第に歩み近づく。「もし、か様の者なりとも、わが主のゆくへもや知りまゐらせたることもや（行方なりとも知っているかもしれぬ）」と、「もの申す（お尋ね申す）」と言へば、「なにごと」と答ふ。「これ（ここ）に都より流され給ひたる、法勝寺の執行の御坊の御ゆくへや知つたる」と問ふに、童（有王）は見わすれたれども、僧都は一五いかでかわすれ給ふべきなれば、「一六これこそよ（我こそ〔俊寛〕だ）」とのたまひもあへず（おっしゃるやいなや）、手に持ちたるものを投げ捨てて、砂の上に倒れ伏す。さてこそ、わが主の御ゆくへとも知りてけれ（そこで初めて〔これが〕自分の主人のなれの果てと知ったのであった）。僧都、やがて消え入り給ふに（そのまま気をお失いになったので）、有王、ひざの上にかき乗せたてま

一一「諸阿修羅等、居在大海辺、自共言語時、出于大音声」（『法華経』法師功徳品）。「阿修羅」は六道の一、常に天上に戦を挑むという。大海のほとりに宮殿を構えているといわれる。「修羅」とも。

一二 三悪道・四悪趣。六道（天上・人間・修羅・畜生・餓鬼・地獄）の畜生以下の世界を「三悪道」といい、修羅を加えて「四悪趣」という。ここは修羅以下の地獄（広義の）世界を包括的にさしたのである。

一三 さあこれは一体。ここは「いさ」（二四二頁注二参照）というべきところ。「いさ」には「不知」の字を当てるが、諸本この形のものも多く、これを「知らず」と読んだのである。

一四 六道の一。常に飢渇の苦を免れないという世界。大海の孤島に来た有王の前に現れた者が餓鬼の姿そのままだったというわけである。地獄絵の流布による六道の具体像が前提となっている語りである。

〔餓鬼の図〕

一五 どうしてお忘れなさろうか、お忘れなさるはずはないから。反語文「いかでか忘れ給ふべき」を体言扱いにして「なり」（指定の助動詞）で受ける中世語法。

一六 私こそだ。私なのだ。他本「これこそそよ」とする（「そよ」はそれなのだ、の意）。

つりて、「有王参りて候（有王が参ったのですよ）。おほくの波路をしのぎて、これまで（〔私が〕）はるばるとたづね参りたるかひもなく、いかでか（どうして）、やがて憂きめを見せさせ給ふぞ（お逢いしたとたんに悲しい目をお見せなさるのです）」と、泣く泣く申しければ、ややあつて、僧都、すこし人ごころ出で来て、たすけおこされ、のたまひけるは、「さればと[一]よ。去年少将、康頼入道がむかひのときも（赦免の迎えが来た折にも）、その瀬に身をも投ぐべかりしを（その機会に海に身を投げるべきであったのだが）、よしなき[二]、少将の『いかにもして都のおとづれをも待てかし（何としても都からの便りを待たれよ）』となぐさめおきしを、おろかに、もしやとたのみつつ（ひょっとしたらとあてにして）、ながらへんとはせしかども（生き永らえようとはしたものの）、この島には人の食ひ物なき所にて、身に力のありしほどは、山にのぼりて硫黄といふものを取り、九国よりわたる商人にあひ、食ひ物にかへなんどせしかども（食物と交換などしたけれども）、日にそへて弱りゆけば（日増しに弱ってゆくので）、〔もう今は〕そのわざもせられず。かやうに日ののどかなるときは、磯に出でて網人に魚をもらひ、潮干のときは（引き潮の時は）貝をひろひ、あらめを取り、磯の苔[三]につゆの命をかけてこそ（磯辺の海藻をたべてわずかに命をつないで）、今日まではながらへたれ（生き永らえてきた）。さらで（そうでもしなくては）は憂き世のよすがをば（この世に生きるてだてを）、いかにしつらんとか思ふらん（どうしたのかと〔お前も〕思うだろう）。ここにて

一 単に「されば」というに同じ（二四二頁注二参照）。他本「さればこそ」とするものが多いが、だからこそ、の意となって不穏当。

二 あてにもならぬ。つまらぬ。「なぐさめおきし（ことば）」にかかる。あるいは連体形を連用形「よしなく」と同義に転用したものか。

三 海岸の岩につく海藻。

四 浜辺や川岸に流れ寄った竹。

五 「たまるべくも」の音便。ふせげそうにも。こらえられそうにも。「たまる」は支え耐える意の動詞。「とまる」と同語。

何事をも言ふべけれども（いろいろ話したいけれども）、いざ（ひとまず）、わが家に」とのたまへば、有王、「あの御ありさまにても、家を持ち給ふことの不思議さよ」と思ひて行くほどに、〔家というのは〕松の一群あるなかに、より竹を柱にし、葦を結ひて桁梁にわたして、上にも下にも松の葉をひしととりかけたれば（びっしりとかぶせてあるのだから）、雨風のたまるべうも見えざりけり（防げようとも見えなかった）。「むかしは法勝寺の寺務職にて、八十余箇所の荘務をもつかさどられしかば、棟門、平門のなかに、四五百人の所従眷属に囲繞せられてこそおはせしに（取り囲まれていらっしゃったのに）、まのあたりに（今眼前でこのような）かかる憂きめを見給ひける（みじめな境遇におられるのは）こそ不思議なれ。業にさまざまあり、順現、順生、順後業といへり。僧都一期のあひだ（一生の間に）、身に用ゆるところは、みな大伽藍の寺物、仏物にあらずといふことなし。されば、かの信施無慚の罪により、はや、今生にて感ぜられにけり（結果となって現れたのだ）」と見えたりける（と思われたのである）。

俊寛姫の文を見る

　僧都、うつつにてありけりと思ひさだめて（〔有王の来島は夢ではなく〕現実のことなのだと得心して）、「少将、康頼入道がむかひのときも、これらが文といふこともなし。ただ今なんぢがた

六 寺院の事務を統轄する職。
七 荘園に関する事務。
八 普通の家屋の棟のように瓦屋根をつけた門。
九 板屋根を平めにつけた門。
一〇 召使や身内の人たちを周囲にはべらして。「囲繞」はぐるりと取り囲むこと。
一一 身・口・意による行為で、これが因となって何らかの果を招くことをいう。
一二 順現業・順生業・順後業の三種。今生で業を作って、今生で果をうけること、次生で果をうけること、二生以後に果をうけることをそれぞれ名づけたもの。
一三 寺院の財産や仏の供養布施の財物。
一四 僧侶として、信者の布施を得てそれにこたえる功徳もせず、心に慚じるところもない、という罪。
一五 有王には、俊寛が早くも順現業の果をうけていると思われたわけである。
一六 私の方の文。私に対する手紙。結局自分の家族からの文であるが、「これら」を家族の意とする注は採りがたい。「これ」は自称の代名詞。
一七 お前がこの島に来たついでにも。「たより」は、手づる、手がかり、ついでの意で、消息連絡は、その方面への旅行者などのあった時、便乗して届けられるのが常であった。語源は「手寄り」。「頼り」と同じ語であり、このことから届けられる手紙そのものが「便り」と呼ばれることにもなる。

よりにも、おとづれ[一]のなきは、かくとも言はざりけるか(何の言づてもなかったのか)」とのたまへば、有王、涙にむせび、うつ伏して、しばしは御返事にもおよばず(しばらくはお答えすることもできない)、ややあつて(少したってから)、涙をおさへて申しけるは、「君(ご主人様)の西八条へ御出で候ひしとき、追捕[二]の官人参りて、御内の人々からめとり(ご一族の方々を捕縛して)、御謀叛の次第をたづねて(いきさつを尋問し)、みな失ひはてられ候ひぬ(〔あげくは〕みな殺してしまわれました)。北の方は、をさなき人を(幼いお子様を)、隠しかねまゐらせ給ひて(お隠しするのにお困りになられて)、鞍馬[三]の奥にしのびてわたらせ給ひ候ひしに(人目をしのんでおられましたので)、この童ばかりこそ(私だけが)、時々[四]参り、宮仕ひつかまつり候ひしか(お仕えいたしておりました)。をさなき人は、あまりに恋しがらせ給ひて(〔お父君を〕あまりにお慕いなされて)、(〔私が〕)参り候ふたびごとに、『わが父のわたらせ給ふ鬼界が島とかやへ具して行け(連れて行け)』とて、むづ[五]がらせ給ひしが、過ぎにし二月に、もがさ[六]といふもの[七]に、失せさせおはしまし候ひぬ(お亡くなりあそばされました)。北の方は、その御思ひ(ご悲嘆)と申し、またこれ[八]の御ことと申し、ひとかたならぬ思ひに、同じく三月二日に、はかなくならせおはしまし候ひぬ(おなくなりあそばされました)。いまは姫御前ばかりこそ、奈良のをば御前のもとにしのびてわたらせ給ひ候ふが(人目をさけて身をお寄せになっておられますが)、その御文は賜はりて参りて(その姫君のお手紙は頂いて参りました)

一 音信。この語の方が手紙をさす。語源「音づれ」で、「おとなひ」も同義。音(声)を伝える意から、訪問すること、さらに訪問にかえて手紙を送ることの意に用いる。

二 罪人を逮捕したり家財を差し押えたりする役人。普通ツイブクは動詞の時の読みで、ここはツイブというべきところであるが、底本のまま読んだ。

三 京都市左京区の山。鞍馬寺がある。

四 しばしば。しょっちゅう。現代語の「時々」よりも具体的・積極的な使い方である。

五 駄々をこねる。ぐずぐずいう。

六 天然痘。疱瘡。当時は赤斑瘡とも。昔はこれで死ぬ者は多かった。語源は「面瘡」「芋瘡」「喪瘡」など種々の説がある。

七 もののために。「に」は理由・契機の意を表す。後の「ひとかたならぬ思ひに」、次頁「御恋しう思ひまゐらせさぶらふに」も同じ。

八 あなた(俊寛)のこと。「これ」は、ここは対称の代名詞で有王から俊寛をさす呼び方。

候」とて、取り出だして奉る（差し上げる）。僧都いそぎこれをあけて見給ふに、「などや（どうして）、三人流され給ふ人の、二人は召し返されさぶらふに（都に呼びもどされましたのに）、いままで御のぼりもさぶらはぬぞ（〔父上だけが〕今まで都にお帰りなされぬのです）。あまりに御恋しう思ひまゐらせさぶらふに、この有王御供にて、いそぎのぼらせ給へ（急いで上京なさいませ）」とぞ書かれたる。

[9]たなばたの海士のつりぶねわれに貸せ
　八重の潮路の父をむかへん

「これを見よ、有王よ。この子が文の書き様のはかなさよ（手紙の書きぶりの幼稚さよ）。おのれを供にのぼれとは、心にまかせたる俊寛が身ならば（自分の思い通りになる境遇のわが身なら）、いままでなにとて（どうして）この島にて三年の春秋をばおくるべき（三年の年月を送るはずがあろう）。ことし十二になるとこそおぼゆれ（たしか十二歳になると思うが）、これほどはかなくては（こんな幼稚なことでは）、いかで[10]人にも見え、宮仕ひをもして、身をもたすくべきか（[11]一人前に世を渡ってゆけようか）」とて泣かれけるにぞ、「[12]人の親の心は闇にあらねども、子を思ふ道に迷ふ」とも、思ひ知られてあはれなれ（身につまされる）。

九　七夕の織姫に逢いに行く彦星の釣舟を私に貸してください。その舟で八重の海原の向うにいらっしゃる父上をお迎えに行きましょう。七夕伝説では、古くは彦星（牽牛星）は鵲の橋を渡るのではなく、自ら舟を漕いで天の河を渡ると考えられていた。この歌は底本独自のもので、他の平家物語諸本には見えない。

一〇　誰かと結婚したり。「見ゆ」は結婚すること。

一一　生活してゆけるだろうか。生活できないのではないか。

一二「人の親の心は闇にあらねども子を思ふ道にまどひぬるかな」（『後撰集』雑、藤原兼輔）。

俊寛死去

（俊寛）「さて、俊寛がこの島へ流されてのちは、暦(こよみ)なければ月日のたつをも知らず。おのづから花の咲き、葉の落つるをもつて、三年(みとせ)の春秋(はるあき)をわきまへ〔判断し〕、[一]蟬のこゑ麦秋(ばくしう)を送るを聞いて夏と知り、雪のつもるを見て冬と知る。[二]白月(はくげつ)、黒月(こくげつ)のかはりゆくをもつて、三十日をわきまへ、指を折りてかぞふれば、ことし六つになると思ふをさなき者も、はや先立ちけるござんなれ〔先立ってしまったと見える〕。西八条へ出でしとき、この子が、『われも行かん』と慕ひしを、『やがて帰らんずるぞ』〔すぐに帰って来ようぞ〕といさめおきし〔と思い止まらせて出かけた〕が〔のが〕、今の様におぼゆるぞや〔つい今しがたのように思われる〕。[三]限りとだに思はましかば、いましばし〔もうしばらくで〕もなどか見ざらん〔も顔を見てやればよかった〕。親となり、子となり、夫婦の縁をむすぶも、[四]この世一つに限らぬちぎりぞかし。などか〔どうして〕、さればそれらがさ様に〔それならば　妻や子がそうして先立って亡くなったのを〕先立ちけるを、[五]夢まぼろしにも知らざりけるよ。人目をも恥ぢず、[六]命を生きうと思ふも、これらをいま一度(ど)見ばやと思ふためなり〔妻子にもう一度会いたい〕。今は生きてもなにかせん〔生き永らえても何になろう〕。姫のことこそ心苦しけれども〔娘のことが気がかりではあるけれども〕、それも生き身なれば、嘆きながらもすごさんずらん〔悲嘆にくれながらも月日を過ごしてゆくだろう〕。さのみながらへて〔私がそういつまでも永らえて〕、おの〔お前〕

一　「千峰ノ鳥路ハ含ミ二梅雨ヲ一、五月ノ蟬声ハ送ル二麦秋ヲ一」（『和漢朗詠集』蟬、李嘉祐(りかゆう)）。「麦秋」は初夏に麦の熟した頃を、秋の稲田に似るところからいう。麦秋が過ぎて蟬の季節になることを、蟬の声が麦秋を送ると見なしたのである。

二　陰暦一カ月の前半十五日を「白月」といい、後半十五日を「黒月」という。

三　せめてあの時が最後の別れと思ったならば。「ましかば」は事実でなかったことを仮定し想像する語法。「だに」には、運命はやむを得ないとして、せめてそのことに気がつくだけでもしたかったのに、という無念の思いを籠(こ)めている。

四　親族の縁は自分で選択できるものでなく、前世から因縁づけられたものだという考え方である。

五　それほどの深い縁ならば、夢に出て来てもよいではないか、幻覚として現れてもよいではないか、と恋しい妻子の死を自分が知らなかった皮肉さに絶望した言葉である。

六　生きようと。原形の「生きむと」から現代語の「生きようと」に遷(うつ)る過渡的な形である。推量の助動詞「む」が「ん」となり、その撥音(はつおん)表記に「う」が用いられ、さらに表記にひかれて〈イキウ〉或いは〈イキュウ〉〈イキョウ〉と発音される段階である（これが「生きょう」「生きよう」と現代語に遷ってゆく）。狂言・中世の語り物によく見られる表記である。

七　臨終に当って心を乱さず仏を念ずること。極楽往

れに憂き目を見せんも、わが身ながらつれなかるべし」とて、おのづから食事をとどめて、ひとへに弥陀の名号をとなへて、臨終正念[七]をぞ祈られける。有王島へわたりて三十三日と申すに、つひにその庵のうちにてをはり給ひぬ。年三十七とぞ聞こえし。

有王、むなしきかばねにとりつき、心のゆくほど泣きこがれ、「やがて後世の御供つかまつるべう候へども、この世には姫御前ばかりこそわたらせ給ひ候へ。後世とぶらひまゐらすべき人も候はず。しばしながらへて、後世とぶらひまゐらせん」とて、臥所[八]をあらためず、庵をきりかけ、松の枯れ枝、葦の枯れ葉をとりおほひ、藻塩[九]のけぶりになしたてまつり、白骨をひろひ、くびにかけ、また商人の船のたよりに、九国の地へぞ着きにける。

泣く泣く都へたちかへり、親のもとへ行かずして、僧都の姫御前の御もとへ直ぐに参り、ありし様を、はじめよりこまごまと語りたてまつる。「なかなかに、御文を御覧じてこそ、御思ひはいとどま

生の最も必要な条件であった。

＊**有王物語の唱導的文体**　有王が最後に高野に入り出家するとしても、島の物語の段階ですでに濃厚な仏教的色彩が見られる。鬼界が島は地理上の孤島であると同時に、有王の錯覚を鍵として、六道地獄絵の具体的印象となって、その画面に俊寛を餓鬼の役として登場させる。それらを語るのも経典の引用や仏教語であり、しかもこれを哀切の情に訴えつつ、他章を凌ぐ長物語として、濃密に執拗に語る。その中で供養や禁戒の教訓や、臨終茶毘の作法を示し、出家を讃嘆する。法勝寺執行の歴史哀話は、いつのまにか高野信仰の物語になっている。こうした物語の特色はまさに、この全体が布教唱導のための物語であって、それは高野聖有王の語るところなのだという、文学の生態を示しているのである。それは有王の経験そのものによっているわけではない。俊寛をたずねあぐむ辺りの美文にしても、俊寛の会話にしても、現場の報告とは違う、練り上げられたものなのである。

八　俊寛の死体の臥している所をそのままに、庵を切り倒して上にかぶせ。外へ運び出し埋葬する等はしないということである。

九　島で火葬にしたことを、海浜の景である塩焼きの煙にたとえた。「藻塩」は海藻を乾して積み上げ、焼いて塩を取る製塩法。昔は海岸の景として各地で見られた。

俊寛の姫出家

有王高野奥の院籠居

さらせ給ひ候ひしか（のりになられました）。すずり、紙もなければ、御返事にもおよばず（ご返事もお書きになれず）、おぼしめすこと（お胸の思いも）、さながらむなしうやみにき（そっくりそのまま空しく消えてしまいました）。今は生々世々[一]をおくり、多生曠劫を経るとも、いかにとしてか（どうしても）、御声をも聞き（〔お父君の〕お声を聞くことも）、御すがたをも見まゐらせ給ふべき（お姿をご覧になることもできませぬ）」と申しければ、姫御前、声も惜しまず（あらんかぎりの声をあげて）をめきさけび給ひけり（泣きさけばれた）。十二の歳、やがて（そのまま）尼になり、奈良の法華寺[二]におこなひすまして（修行に専念して）、父母の後世をとぶらひ給ふぞあはれなる。

有王は俊寛僧都の遺骨をくびにかけ、高野へのぼり、奥の院[三]にをさめ、蓮華谷[四]にて法師になり、諸国七道修行して、主の後世をぞとぶらひける。か様に人の思ひ嘆きのつもりぬる平家のすゑこそおそろしけれ（このように人々の悲嘆が積り積っていった平家の行く末を思えば恐ろしいことである）。

第二十七句　金渡し　医師問答

一　幾つもの生、幾つもの世。霊魂が生死輪廻を重ねること。「多生曠劫」も同じ。

二　奈良市法華寺町にある律宗の尼寺。大和国分尼寺であり、全国国分尼寺の総寺。文武后藤原宮子（不比等女）の宮を寺としたものという。本尊十一面観音。

三　高野山弘法大師廟のある所。堂塔・墓所が集まる。「奥の院」は本来寺院の僧の墓地であるが、高野信仰普及とともに山外の信者等の埋骨が盛んであった。

四　明遍（藤原信西の子）が開いた高野山僧坊集団の一。奥の院に向う途中。往生院谷の東。高野聖の別所として最も知られた。

＊**虚構の辻風**　治承三年五月十二日は日記類によれば晴天で、辻風のことは見えない。当時これほどの辻風は『方丈記』にも書かれている翌四年四月二十九日のそれが、該当すると思われる。平家物語はその事実を一年前の五月十二日に移したと考えられる。四年四月には夕方突風が吹き起り、家屋を多く破壊した。落雷があり、雹も降った。『古今著聞集』怪異にもこのことが載っている。『玉葉』には、この類の異変に対する安倍泰茂の占文が紹介されているが、その中に「兵大レ起」「五穀不レ豊」「兵革縦横」「貴人多死」等の讖であると見える。治承四年四月の辻風は以仁王・頼政謀叛・滅亡の予兆としてまことにふさわしいわけであるが、しかし平家物語は一年前に移すことによっ

辻風

さるほどに、同じく五月十二日の午の刻ばかりに、京中は辻風おびたたしう吹いて行くに、棟門、平門を吹き倒し、四五町、十町吹きもつて行き、桁、長押、柱なんどは虚空に散在す。檜皮、葺板のたぐひ、冬の木の葉の風に乱るるがごとし。おびたたしう鳴り、動揺すること、かの地獄の業風なりともこれには過ぎじとぞ見えし。舎屋破損するのみならず、命失ふ者もおほかりけり。牛馬のたぐひ、数をつくしてうち殺さる。「これただ事にあらず。御占形あるべし」とて、神祇官にして御占形あり。「いま百日のうちに、禄を重んずる大臣のつつしみ。別して天下の御大事。ならびに仏法、王法ともにかたぶきて、兵革相続すべき」とぞ神祇官、陰陽頭どもは占ひ申しける。

重盛熊野参詣

小松の大臣は、か様の事どもを伝へ聞き給ひて、よろづ心細うや思はれけん、そのころ熊野参詣のことあり、本宮証誠殿の御前に参らせ給ひて、よもすがら敬白せられけるは、

て、重盛の死に先行させた。人意を超えた、天意による「貴人の死」として語られるのである。もっとも諸本中で四部本のみはこの辻風を四年四月に記している。それによって四部本の史実性・古態性を評価する意見もあるが、しかし四部本は方丈記を参照して修正した痕跡が明らかで、平家物語としてはかなり古い時代にすでに三年五月に移す虚構が行われていたらしい。

五 二四五頁注八・九参照。

六 「桁」は柱に対して上・下に渡す横木。「長押」は現在は上部の鴨居に添える横木だが、昔は上・下ともにいい、特に敷居の副木についていうことが多い。

七 「檜皮」は檜の樹皮を細く裂いた屋根の材。読み方は〈ヒハダ〉また〈ヒワダ〉。「葺板」も屋根を葺く薄板。檜皮葺は貴族の邸宅や社寺の建築に、板葺は武士や庶民の家に用いられた。

八 地獄で吹いている猛風。人間の悪業によって起るとされる。「一切風中 業風第一、如レ是業風将二悪業人一去到二彼処一」（『往生要集』）。

九 占いに現れた形をいうが、ここは占いのこと。占いは神祇官または陰陽寮の職である。

一〇 兵乱。戦争。「兵」は武器。「革」は武具の意。

一一 熊野神社本宮の神殿の名。

一二 神仏や高貴の人に申し上げること。

親父入道相国のふるまひを見るに、一ややもんずれば、悪行無道にして、君をなやましたてまつり、重盛、嫡子として、しきりに諫めをいたすといへども、身二不肖のあひだ、彼もつて服三膺せず。そのふるまひを見るに、一期の栄華なほあやふし。枝葉連続して親をあらはし、名をあげんことかたし。このときにあたつて、重盛いやしくも思へり。なまじひに世につらなつて浮沈せんこと、あへて良臣孝子の法にあらず。名をのがれ、身をしりぞいて、今生の名利をなげうつて、来世の菩提をもとめんにはしかじ。ただし、四凡夫薄地、是非に迷へるがゆゑに、心ざしをほしいままにせず。南無権現五金剛童子、ねがはくは子孫繁栄に絶えずして、朝廷に仕へてまじはるべくは、入道の悪心をやはらげて、天下の安全を得せしめ給へ。栄耀また一期をかぎつて、後六昆の恥におよばば、重盛が運命をつづめて、来世の苦患をたすけ給へ。両箇の求願、ひたすら冥助をあふぐ。

一 「ややもすれば」の訛。どうかすると。
二 愚か者。「肖」は似る。親に肖ずとの意からいう。
三 心にきざんで忘れぬこと。「服」は着ける、「膺」は胸の意。
四 煩悩に追い迫られている凡人の地位。「薄」はせまる意。
五 熊野権現の護法神である金剛童子。
六 子孫。「昆」は子孫。

* **重盛の熊野参詣** 『山槐記』(治承三・五・二五)に重盛の発病・熊野参詣のことが記されている。重盛は日頃食事なく衰弱していたが、皇子誕生の百日の祝(二月二十二日)に出仕したのを最後に籠居し、三月熊野に参詣した。「三月被レ参二熊野一、中二後世事一云々、於二精進屋一食事、頗復レ例之間、反吐血、其後又不レ含、逐レ日枯槁云々」そして五月二十五日出家したというわけで、熊野参詣はすでに回復の望みを絶って、後生祈願のために、病軀をおして出かけたのであろう。その熊野信仰の並々でないことは、維盛入水の物語(巻十)との連絡の上からも注意されるところである。平家物語は、父清盛の横暴を嘆き、平家の運命を憂うる心情からの熊野参詣とし、発病もその後のこととしている。それも参詣のきっかけが辻風の凶兆によるとする。その経緯は平家諸本間でも多少の差はあるが、平家物語に語るところは史実としての重盛の発病とその心情に通うと言ってよいであ

と、肝胆（一心不乱にお祈り申されると）をくだいて祈り申されければ、大臣の御身より[七]燈籠の火の光の様なるものの出でて、ばつと消ゆるがごとくして失せにけり。人あまた見たてまつりけれども、恐れて（恐ろしく思ってこの事を誰も口にしない）これを申さず。

大臣（重盛）下向のとき、[八]岩田川を渡らせ給ひけるに、嫡子権亮少将維盛以下の公達、[九]浄衣[一〇]のしたに[一一]薄色の衣を着給ひたりけるが、夏のことなりければ、なにとなう河水にたはぶれ給ふほどに（川の水につかって遊んでおられる間に）、浄衣のぬれて、衣にうつりたるが（下の衣に密着して色が映じたのが）、ひとへに（まるで）[一二]色のごとく見えければ、[一三]筑後守貞能、これを見とがめたてまつりて、「あの浄衣、よに（まことに）忌はしげに見えさせ給ひ候（不吉な感じがいたします）。召し替へらるべうや候ふらん（お召し替えなさるのがよろしいかと存じます）」と申しければ、大臣、「さては（それでは）、わが所願（わが願いの筋は）、すでに成就しにけり。あへてその浄衣あらたむべからず（決してその浄衣を着替えるではないぞ）」とて、岩田川より、別して（特に御礼のための）よろこびの[一四]奉幣を熊野へぞたてられける。人「あやし」と思へども、その心を得ず（重盛の真意を計りかねた）。しかるにこの公達、程なく、[一五]まことの色を着給ひけるこそ不思議なれ。

大臣下向ののち、いくばくの日数を経ずして（数日ならずして）、[一六]病ひつき給ひしか

ろう。『愚管抄』は「コノ小松内府ハイミジク心ウルハシクテ、父入道ガ謀叛心アルトミテ、トク死ナバヤナド云フト聞エシニ」と、まさに平家物語そのままの重盛像を伝えている。

七　熊野の神意の反応を示す。延慶本は「御頸ノ程ヨリ大ナル灯籠ノ光ノ」とあり、また後に重盛は頸に悪瘡ができて病に倒れるとして関連させている。

八　熊野山中安堵峰より出て富田浦に注ぐ川。富田川、栗栖川とも。古く熊野参詣道は田辺より山道に入り、岩田川に出て遡り、本宮に向うのである。この道を重盛は下向したわけである。

九　維盛の弟には、資盛・清経・有盛・師盛・忠房などがいる。延慶本では「今度ノ熊野参詣ニ御子息二人共セラレタリ」として、維盛・資盛のみ挙げている。

一〇　神仏参詣のための白い狩衣。

一一　薄紫色。ただし古代紫で、やや紅味がかった色。

一二　喪服のように。「色」は喪服の色の意。鈍色（薄墨色）。喪の軽重により淡く濃く染める。ここは白い狩衣が濡れ下の薄紫が透けて薄墨色に見えたのである。

一三　平貞能。家貞の子。平家の重臣で重盛一家と関連が深い。

一四　神に幣を奉ること。ここはそのための使者のこと。「たてられ」は派遣なされ、の意。

一五　ほんとうの喪服。重盛の死によってである。

一六　延慶本は「同七月廿五日ニ内大臣ノ御頸ニ悪瘡出ニケレバ」とある。

医師問答

ば、「権現すでに御納受あるにこそ」とて、療治もし給はず、また祈禱をもいたされず。そのころ、宋朝よりすぐれたる名医わたりて、本朝にやすらふことありける。入道相国、福原の別業におはしけるが、一越中の前司盛俊を使者にて、小松殿へのたまひつかはしけるは、「所労のこと、いよいよ大事なるよし、その聞こえあり。かねては、また宋朝よりすぐれたる名医わたれり。をりふしよろこびとす。よて彼を召し請じて、療治をくはへしめ給へ」とそのたまひたる。小松殿、さしもに苦しげにおはしけるが、たすけ起されて、人をはるかにのけて対面あつて、「まづ医療のこと、『かしこまつて承り候ひぬ』と申すべし。ただし、なんぢも承れ。二延喜の帝は、さばかんの賢王にてわたらせ給ひしかども、異国の相人を都のうちへ入れられたりしをば、末代までも『賢王の御あやまり、本朝の恥』とこそ見えたれ。いはんや重盛ほどの凡人が異国の医師を都のうちへ入れんこと、国の恥にあらずや。三漢の高祖は三尺の剣をひっさげて天下

一　平盛国の子。平家重臣の一人。

＊**宋の名医**　中国宋代には、『太平聖恵方』（百巻）『和剤局方』（五巻）などの医書が選述された。病門論などは大体唐医学を継承したが、治療法には諸家の活潑な研究があって飛躍的に進歩した。しかし日本から医師が留学する等のことはなかった。鎌倉期に入ると禅宗とともに僧侶によって伝えられることが多くなる。ここにいう宋の名医は、当時今津（斯道本・屋代本等）・摂津今津（延慶本）または筑紫今津（四部本）にいたというが、博多今津湾であろうか。おそらく渡来の宋船の船医であり、貿易船滞在の間が「本朝にやすらふ」折だったであろう。船医には人材がおり、医術も一流であったことは、近世和蘭医学をもたらした和蘭船の船医によっても想像できる。

二　醍醐天皇。「延喜」は治世の年号（九〇一～九二二）。『古事談』六「醍醐天皇保明親王時平道真等人相事」に、相人が簾中の声で醍醐帝を当て、その他貴人を相した話が載るが、同席して才能心操の優美を賞された藤原忠平が、この事を恥じたとある。異国人に会うことは禁忌とされていた。

三　「漢高三尺之剣、坐制諸侯」（『和漢朗詠集』下、帝王）による。以下の医師との話は『史記』高祖本紀に見える。

四　淮南王英布。「淮南」は淮水の南。「黥」は顔に入墨する刑。群盗の出身で、秦のために刑を受けてより

をさめしかども、淮南の黥布を討ちしとき、ながれ矢にあたつて傷をかうぶる。后呂太后、良医を召して見せしむるに、医の曰く、『われこの傷を治すべし。ただし五十斤の金をあたへば治せん』と言ふ。高祖宣はく、『われまぼりの強かりしほどは、多くのたたかひにあうて傷をかうぶりしかども、その痛みなし。運すでに尽きぬ、命はすなはち天にあり、扁鵲といふとも何の益かあらん、しかれば金を惜しむに似たり』とて、五十斤の金を医師にあたへながら、つひに治せざりき。先言耳にあり、いまもつて甘心とす。重盛、いやしくも公卿に列し三台にのぼり、その運命をはかるに、みなもつて天心にあり。何ぞ天命を察せずして、おろかに医療を疲らかさんや。所労もし定業たらば、医療を加ふるとも益なからんか。また非業たらば、医療を加へずとも助かることを得べし。かの耆婆が医術およばずして、大覚世尊、滅度を跋提のほとりにとなふ。これすなはち定業のやまひ癒えざることを示さんがためなり。治するは仏体、

「黥布」と称した。項羽を助けて秦を滅ぼし、高祖に降って項羽を滅ぼし、淮南王に封ぜられたが、高祖に叛して滅びた。『史記』黥布列伝に詳しい。

五 高祖の后。『史記』呂后本紀に伝がある。

六 中国戦国時代斉・趙に活躍した名医。難病を癒し、死者を蘇生させた話を多く残す。最後は秦の医者に嫉まれて殺された。『史記』扁鵲倉公列伝に詳しい。「命乃在レ天、雖二扁鵲一何益」と高祖本紀にも見える。

七 高祖は治世十一年（一九四）十月黥布を討って後、長安で燕を討つ間に矢傷が悪化し、翌年四月崩じた。

八 もっともだと思うこと。共感すること。

九 諸本「九卿」（公卿の異称）とする。底本仮名書きで、「くきやう」或いは「九卿」の読みかえか。

一〇 太政大臣・左大臣・右大臣のことだが、ここは大臣をいう。重盛は内大臣である。

一一 天の心。天意。

一二 前世からの定まった業。運命。「非業」の対。

一三 この病が前世からの業によるものでないならば。つまり逃れられぬ運命というわけではないならば。

一四 中印度摩訶陀国にいた名医。頻婆沙羅王・釈迦等の病を治療し、また悪逆の阿闍世王を仏法に帰依せしめた。扁鵲と並べて名医の代表とする。

一五 釈迦。「大覚」は大なる悟りで仏の意。「世尊」は仏の十号（仏・如来・善逝等十種の称号）の一で、ここは釈迦のこと。釈迦は跋提河畔沙羅双樹林で八十歳の生涯を終えた（二一五頁注三参照）。「滅度」は涅槃。

療ずるは耆婆なり。定業、医療にかかはるべくんば、あに釈尊入滅あらんや。定業治するに堪へざるむね明らけし。しかれば、重盛が身仏体にあらず、名医また耆婆におよぶべからず。たとひ[一]四部の書をかんがへて、[二]百療に長ずといふとも、いかでか[三]有待の依身をすくひ療ぜん。たとひ[四]五経の説をつまびらかにして衆病を癒すといふとも、いかでか前世の業病を治せんや。もしかの医術によて存命せば、本朝の医道なきに似たり。医術効験なくんば、[五]面謁所詮なし。なかんづく、本朝[六]鼎臣の[七]外相をもつて、異朝[八]浮遊の来客に見えんこと、かつうは国の恥、かつうは道の[九]陵遅なり。たとひ重盛命ほろぶといふとも、いかでか国の恥を思ふ心を存ぜざらんや。このよしを申せ」とこそのたまひけれ。

盛俊泣く泣く福原へ馳せ下り、このよしを申したりければ、入道大きにさわいで、「これほど国の恥を思ふ大臣、上古いまだなし。末代にあるべしともおぼえず。[一〇]日本不相応の大臣なれば、いかさま

一 四部の医書。『素問経』『太素経』『難経』『明堂経』。
二 治療の種類の数多いこと。
三 死を免れぬ肉体。「有待」は生滅の理に支配されること。「依身」は、生命・耳・目などのより所となるところの身体。覚一本等「穢身」(汚れた体)とする。
四 五部の医書。『素問経』『霊枢経』『難経』『金匱要略』『甲乙経』。
五 面会してもむだである。
六 大臣。「三公」に同じ。鼎の足が三本であるところからいう。
七 姿。形。「内心」に対していう。
八 たまたま訪れた。ふらりと来合せた。
九 物事の次第に衰えること。丘陵が少しずつ低くなることに託していう。
一〇 小国日本には不相応の立派な大臣であるから。国や時代に不相応なほど優れた人物はかえって不幸であると考えられていた。
一一 底本「しうくう」と仮名書き、京都本「じやうくう」とあるが、斯道本により字を当てた。屋代本・鎌倉本「昭空」。諸本多くは「浄蓮」とする。『帝王編年紀』に「証空」、『神皇正統録』に「静蓮亦名証空」とある。広本系には法名を記さない。なお出家の時期を『山槐記』には五月二十五日とする。『公卿補任』は七月二十八日。

にも今度失せなんず（今度は死ぬに違いない）」とて、泣く泣くいそぎ都へ上られけり。

同じく七月二十八日、小松殿出家し給ふ。法名をば「照空」[一一]とぞつき給ひける。

重盛四十三死去

やがて八月一日[一二]、臨終正念[一三]に住[一四]して、つひに失せ給ひぬ。御年四十三。世はさかりとこそ見えつるに（盛りの年齢と思われたのに）、あはれなりしことどもなり（痛恨にたえないことである）。「さしも入道の、横紙[一五]を破られつるをも、この人（重盛）の直し（是正して）さだめられ[一六]（とりなされた）つればこそ（からこそ）、世もおだやかなりつれ、こののち天下にいかばかりの（どんな大事件が）事か出で来んずらん（起ってくることだろう）」とて、上下なげきあへり。前の右大将宗盛の卿の方様の人々は（身内の人々は）、「世はすでに大将殿へ参りなんず[一七]」とて、いさみよろこびあへり。人の親の子を思ふならひは、愚かなるが先立つ（愚かな子が先に死んでしまうのさえ）だにもかなしきぞかし。いはんやこれは当家の棟梁[一八]、当世の賢人にておはしければ、恩愛のわかれ（肉親との別れ）、家の衰微（平家一門の衰微）、かなしんでもなほあまりあり（いずれもいくら悲しんでも悲しみは尽きない）。されば世[一九]（世間では）には良臣をうしなへることをなげき、家（平家では）には武略のすたれぬることをかなしみ、およそこの大臣は文章[二〇]うるはしくし

一二『公卿補任』も薨日はこの日である。『玉葉』によれば、七月二十九日に「今暁入道内府薨去云々、或説去夜云々」とある。それが事実であろう。

一三 二四九頁注七参照。

一四 心をそこに置くこと。

一五 無理なことを強引に押し通すことを。和紙の縦に繊維の通っているのにさからって横に紙を裂くにたとえる。

一六 或いは誤写か。京都本「なだめられつれば」、斯道本「宥メラレツレハ」とある。

一七 嫡男重盛の死によって、平家の後継者は宗盛になるといって喜んだのである。重盛の嫡男維盛がいるが、当時正四位下右少将兼東宮権亮で二十歳。昇殿もしていない。もっともこの治承三年二月に宗盛は、権大納言および右大将を辞任しているが、ともかく平家の代表者となる立場である。この感想は平家物語の流れの中では違和感がある。重盛を礼讃するのと対照的に宗盛の凡俗性を示すものである。

一八 最も重要な人物。建物でいえば棟や梁に相当する立場の人物。「頭領」・「統領」と書くのも同語である。

一九「その家嫡小松内府のさいぎりて薨ぜし、世には賢相の名誉を惜しみ、家には武将の武略を失へり」（『六代勝事記』）。

二〇 人格が申し分なく端正で。「文章」は人徳の外に現れたもの。「うるはし」はきちんと整っていること。

重盛兼康夢見

て、心に忠を存じ〔心に真心があふれ〕、才芸すぐれて、ことばに徳を兼ね給へり〔弁舌と徳行とを兼ね備えておられた〕。

　この大臣（おとど）は不思議第一の人[一]にておはしければ、去んぬる四月七日の夜の夢に見給ひける事こそ不思議なれ。たとへば〔その夢というのは〕、ある浜路（はまぢ）をいづくともなく〔どことも知れず〕はるばるとあゆみ行き給ふほどに、大きなる鳥居（とりゐ）のありけるを、大臣（おとど）見給ひて、「あれはいかなる御鳥居ぞ〔どういう鳥居か〕」と見給へば、「春日（かすが）[二]の大明神の御鳥居なり」とぞ申しける。人おほく群集（くんじゆ）したり。そのなかに大きなる法師の頭（かうべ）を太刀（たち）のさきにつらぬき、高くさしあげたるを、大臣見給ひて、「あれは何者ぞ〔何者の首か〕」とのたまへば、「これは平家太政（だいじやう）の入道殿の、悪行超過（あくぎやうてうくわ）し給ふ〔あまりに多すぎるので〕によて、当社（たうしや）大明神の召し取らせ[三]給ひて候」と申すとおぼえて〔と申したかと思うと〕、夢さめぬ。大臣（おとど）、「当家は保元（ほうげん）、平治（へいぢ）よりこのかた、度々（どど）朝敵（てうてき）をたひらげ、勧賞（けんじやう）身にあまり〔恩賞は身に余る程で〕、太政大臣にいたり〔［父清盛は］遂に太政大臣に昇り〕、一族の昇進六十余人。二十余年[四]のこのかたは楽しみさかえ〔富み栄えて〕、肩を並ぶる者なかりつる〔他に比べるものもなかったが〕に、入道の悪行によて、一門の運命末になりぬることよ」と案じつづけて、御涙にむせばせ給

一　神通を得た人。超人的な人。

二　奈良の春日神社。武甕槌命（たけみかづちのみこと）・経津主命（ふつぬしのみこと）・天児屋根命（あめのこやねのみこと）・比売神（ひめのかみ）の四座を祀（まつ）る。元明天皇和銅二年（七〇九）藤原不比等（ふひと）の奉祀（ほうし）に始まり、藤原氏の氏神、興福寺の鎮守として尊崇された。神殿は春日造り。一の鳥居を「春日鳥居」と称し、全体朱塗りで反りがなく、額束（がくづか）あり、島木（下段の横木）の端が柱の外に出る。

三　逮捕することもいうが、「取る」には殺す、滅ぼすの意もあり、ここはその意である。

四　治承三年から二十年前は平治元年（一一五九）平治の乱の年に当る。平家の栄華の出発点をこの年において考え、都落ち（寿永二年・一一八三）までの二十四カ年を、平家の栄華「二十余年」と言いならわすのである。ここは治承三年現在というよりも、そうした平家物語としての慣用的な言い方を用いたというべきである。上の「昇進六十余人」も慣用表現であろう。三八頁注二参照。

ふ。

をりふし妻戸をほとほとと打ちたたく。大臣、「あれ聞け」とのたまへば、「瀬尾の太郎兼康[五]が参りて候。今夜不思議のことを見候（夢に見まして）ひて、申し上げんがために（それを申し上げようと思って）、夜の明くるが遅うおぼえて、参りて候。御前の人をのけられ候へ（お人払いを願いまする）」と申しければ、大臣人をはるかにのけて対面あり。大臣見給ひたりける夢を、はじめよりいちいち次第に（〔兼康も同様に〕始めから終りまで順序をおって）語り申したりければ（お話し申したところ）、「さては瀬尾の太郎兼康は、神[六]にも通じたる者にてありける」とぞ大臣も感じ給ひける。

無文の太刀

そのあした、嫡子権亮少将、院へ参らんと出でたたれたりける（法皇の御所へ参ろうとしてお出になられるところを）に、大臣呼び給ひて、「御辺は人の子にすぐれて見え給ふ（そなたは私の子としてはすぐれているように思う）。貞能はなきか。少将に酒すすめよかし」とのたまへば、筑後守貞能うけたまはつて、御酌に参る。大臣、「この盃をまづ少将にこそ取らせたけれども、親よりさきにはよも飲み給はじ（よもやお飲みにはなるまい）」とて、三度うけて（〔ご自分で〕）、そののち少将にぞさされける。少将も三度うけ給ふとき、「いかに貞

五　前出（一三四頁）では敵役的端役であったが、ここでは重盛と同じ夢想を得た通力の人である。説話としての発生や伝承の差によるものであろう。第七十八句「瀬尾最後」には悲劇の平家武士としての話題が語られる。

六　霊界に通じた者。夢想を得る者は常人と異なる宗教的資格を持つと考えられていたのである。

＊**清盛神罰の夢想**　重盛の夢の中で清盛が梟首された所は春日社の鳥居とあるが、それはこの後に起る治承三年十一月の清盛の武力革命が、天照大神および春日大明神の神慮に背くことと批判され、皇室とともに藤原氏に対する弾圧であったことと関連し合うわけなのである。ところが延慶本では梟首は三島社の鳥居となっており、それは当時伊豆配流中の源頼朝の三島社千日祈願が成就したのだと説明される。それに応じて延慶本は、頼朝挙兵記事に関連して、文覚の謀叛煽動に対して頼朝が、藤九郎盛長に三島千日祈願を命じ、満願の日に平家の人々梟首の夢を見たと語る。そういう類似的関連を保っていた二つの夢の呼応であったものが、語り物系では挙兵記事簡略化の中で頼朝の夢想は削られ、重盛の夢が三島であるべき理由も消滅して、春日に変えられたものであろう。もっともこの二つの夢は諸本間での有無出入は種々で、複雑な考察ができるが、結論的には右のように考えられる。

能、少将に引出物せよ」とのたまへば、貞能うけたまはつて、錦の袋に入れたる御太刀を一振取り出だす。少将、「当家に伝はれる小烏といふ太刀やらん」と思ひて、よにうれしげに見給ふところに、さはなくして、大臣葬のとき用ひる無文といふ太刀にてぞありける。少将、もつてのほかに気色あしげに見えられければ、大臣涙をはらはらと流いて、「いかに少将、それは貞能がひが事にはあらず。そのゆゑは、大臣葬のとき用ひる無文の太刀といふなり。この日ごろ、入道のいかにもなり給はば、重盛帯いて供せんと思ひつれども、いまは重盛、入道殿に先立たん。されば御辺に賜ぶなり」とのたまへば、少将これをうけたまはつて、涙にむせび、うつ伏して、その日は出仕もし給はず。そののち、大臣熊野へ参り、下向して、いくばくの日数を経ずして、病ひついて失せ給ひけるにこそ、「げにも」と思ひ知られけれ。

大臣は天性滅罪生善の心ざし深うおはしければ、未来のことをな

一 饗応の時主人から客に贈る景物。みやげ。馬・牛・武器などが普通であった。
二 平家重代の名剣の名。*印参照。
三 太刀の種類の名。銘ではない。柄も鞘も黒塗りで、紋も蒔絵もせず、金具にも彫物を施さない。普通五位以上は蒔絵の剣を帯するが、公卿以上の弔事にはこの無文の太刀を用いる。
四 正しくないこと。間違い。
* **小烏の太刀** 「小烏」と称する太刀は宮内庁に現存している。伝承によれば、伊勢の神使の大烏が桓武帝にもたらした剣といい、平貞盛が将門を討った賞として朱雀帝から拝領し、平家の宝になったという。一方第百八句「剣の巻下」には、小烏は源為義が造らせ、義朝に伝え、義朝滅びて平家の宝となったと異伝を載せているが、それは源氏中心の名剣説話で、『平治物語』で重盛が着用している点から見て、やはり平家嫡流に伝わったものであろう。現存の小烏は、平安初期の直刀から彎刀（反りをつけた刀）への過渡期の姿を見せ、わずかに反りのある両刃造り、六二・六センチの古刀である。
五 罪障を断ち善根を積むこと。「滅罪生善、共生極楽」（『往生要集』）。
* **船頭妙典** 船頭に妙典は奇異な名で、その素姓も知りがたい。如白本、南都本に「妙伝」、盛衰記「妙典

重盛大唐育王山寄進

げいて、「わが朝にはいかなる大善根をしおきたりとも、子孫あひつづきてとぶらはんこともありがたし。他国にいかなる善根をもして、後世とぶらはればや」とて、安元のころほひ、鎮西より妙典といふ船頭を召して、人をはるかにのけて対面あつて、金を三千五百両召し寄せて、「なんぢは大正直の者であるなれば、五百両をなんぢに賜ぶ。三千両をば宋朝へわたして、一千両をば育王山[六]の僧に引き[七]、二千両をば帝へ参らせて、田代[八]を育王山へ申し寄せて、わが後世をとぶらはせよ」とぞのたまひける。妙典これを賜はりて、万里の波濤をしのぎつつ、大宋国へわたりける。育王山の方丈[九]、仏照禅師[一〇]徳光に会ひたてまつりて、このよしを申したりければ、随喜感嘆して、一千両をば僧に引き、二千両をば帝へ参らせて、小松殿の申されける様に、つぶさに奏聞せられたりければ、帝大きに感じおぼしめして、五百町の田代を育王山へぞ寄せられける。されば「日本の大臣、平の朝臣重盛公の後生善所[一一]」と、今にあるとぞうけたまは

といふ唐人」とある。『宗像記』には、宗像氏国の家の子で許斐忠太妙典入道という人物だとする。対宋貿易に九州宗像氏が貢献していた何らかの事実を伝えるものであろうか。ところで「妙典」とは貴い経典の意味、特に法華経をいう語でもある。延慶本には重盛が宋に贈ったのは、金の他に持仏の霊像一鋪と、持経の「自筆彫写一部十巻法花妙典」に書面をそえている。単に金だけを船頭の口上で届けるよりは現実性がある。とすればこの船頭は「法花妙典」の使者であったわけで、誤って船頭の名「妙典」が生じたのであろう。なお亀岡市千代川の小松寺は、重盛の臣妙善が主の死後形見の石仏を郷里に持ち帰って開いた寺といわれ、やはり法華経の経塚がある。重盛の菩提と「妙典」との伝承世界が存在していたように思われる。

六 「阿育王山」の略。宋代の中国五山の一。浙江省寧波府にある。阿育王寺があった。

七 「引く」には物を贈る意がある。

八 田地。「代」は田の一区画の単位。

九 住持。住職。僧の住居は一丈四方であるところから、寺の住職の居室、転じて住職の称となる。

一〇 南宋時代の高僧。孝宗の淳熙三年（一一七六、日本の安元二年）詔によって霊隠寺に入り、帝に仏法を説く。仏照はその時の賜号。

一一 後生は極楽に生れるように、との祈念の言葉。

る。（いている）

入道相国、小松殿にはおくれ給ひぬ（先立たれなさってしまうし）、よろづに心細うや思はれけん（万事につけて心細く思われたのか）、福原へ馳せ下り、閉門してこそおはしけれ（固く門をとざして引き籠っておられた）。

（第二十八句　小督）[一]

第二十九句　法印問答

同じき（治承三）十一月七日の夜、戌の刻ばかり（八時頃）、大地[二]おびたたしう動いて、やや久し（暫く続いた）。陰陽頭[三]安倍の泰親、いそぎ内裏へ馳せ参りて、奏聞しけるは、「今度の地震、天文のさすところ（示すところでは）、そのつつしみ軽からず（重い謹慎とあります）。当道三経[四]のうち、坤儀経[五]の説を見候ふに、年を得ては[六]年を出でず（年でいえば今年中）、月を得ては月を出でず（月でいえば今月中）、日を得ては日を出でず（日でいえば今日中）、もつてのほかに火急に候」（「とあります」ことのほか緊急のこと）とて、はらはらと泣きければ、伝奏[七]の人も色を失ひ（顔色がかわり）、君も（帝も）

一 本文は後出（中巻・巻第六）。

＊ **「小督」の位置**　底本の目録ではここに第二十八句「小督」があるはずだが、本文は巻六・第五十三句「葵の女御」の中に「小督の殿の事」として入っている。諸本ではそのように巻六で高倉院崩御に関連する回想として語るのが普通である。ただ屋代本と斯道本とのみは重盛死去のあとに小督の本文を入れ、平松本は巻三の末尾に入れている。斯道本と同類（共に百二十句本）の底本では、目録のみ斯道本と同じ順序を示し、本文は諸本同様に巻六に置いている。その底本の本文は、もし目録どおりの位置に移すと文面上続きにくいので、やはり巻六にあるべきなのである。したがって句名としては第二十八句は有名無実で、以下一句ずつずれるはずであるが、全体の構成（一巻につき十句仕立て）を崩さぬため、底本の句数によることとした。

二 **大地震**　「亥刻大地震、無二比類一」（『玉葉』治承三・一一・七）その他の記録にもこのことが見える。

三 一一三頁注一八参照。

四 陰陽道で重要とする『金匱経』『枢機経』『神枢霊轄』の三書。

五 『日本国見在書目録』に見える『黄帝注金匱経』がそれかという。

六 年でいえば今年の内。（以下「月」「日」も同様）。

七 申請や訴訟を院に取次ぐ要職。正規の官職名ではない。
八 大したことはないだろう。「なんでうこと」は「何といふこと」の訛。底本「なんちうこと」とする。「ちう」はデウの表記であろう。或いはそのままで、デウの一段階前の形かもしれない。
九 安倍晴明。花山・一条帝の頃の陰陽師。陰陽の達人として聞え、種々の話が伝えられている。
〔安倍氏系図〕 晴明―吉平―時親―有行―泰長―泰親
一〇「苗」は草木の苗から子孫の意。「裔」は衣の裾から同じく子孫の意となる。
一一 時変の吉凶を推察する条目。陰陽道の用語。
一二「さす」は言い当てる。推理する。「神子」は神意に通じるところから霊媒にたとえたものか。或いは人間業ではない、神の申し子と呼んだものか。
一三 泰親にも種々の説話が伝えられているが、この話は他書には見えない。
一四『山槐記』治承三・一一・一四の記事は「衆口嗷々、或曰故内大臣所賜之越前国法皇召取之、大成怨、又白川殿庄園法皇又有御沙汰、又除目間非拠等不甘心云々」とある。
一五 藤原基房。忠通次男。当時三十六歳。二七一頁に「三十五」とあるは誤り。

叡慮をおどろかせおはします。若き公卿、殿上人は、「けしからずの泰親が泣き様や。[8]なんでうことのあるべき」とて笑ひあはれけり。されどもこの泰親は、[9]晴明五代の[10]苗裔をうけて、天文は淵源をきはめ、[11]推条たなごころをさすがごとし。一事もたがはずありければ、[12]「さすの神子」とぞ申しける。[13]いかづちの落ちかかりたりしにも、雷火とともに狩衣の袖は焼けながら、その身はつつがもなかりけり。上代にも末代にもありがたかりし泰親なり。

入道相国朝家を恨む

同じき十四日、入道相国、この日ごろ福原へおはしけるが、なにと思ひ給ひけん、数千騎の軍兵を率して都へ入り給ふよし聞こえしかば、京中の上下、なにと聞きわけたることはなけれども、騒ぎあふことなのめならず。また何者の申し出だしたりけるやらん、「入道相国、[14]朝家をうらみたてまつり給ふべし」といふ披露をなす。[15]関白殿聞こしめすむねやありけん、いそぎ御参内あつて、「今度入道相国入洛のことは、ひとへに基房をかたぶくべき結構にて候ふなり（ざいます）。「つひにいかなる目にあひ候ふべきやらん（どんな目にあうのでございましょうか）」と奏せさせ給へば、主上聞こしめして、大きにおどろき給ひて、「そこ（そなたが）にいかなる目にもあはれんは、ただわがあふにこそあらんずれ（全く自分があうのと同じことであろう）」とて、龍顔より御涙をながさせ給ふぞかたじけなき。まことに天下の御まつりごとは、主上（天皇と）、摂籙の御はからひにてこそありつるに（摂政関白とのおはからいであるはずなのに）、こはいかにしつることどもぞや（これはどうしたことなのであろうか）。天照大神、一春日大明神の神慮のほどもはかりがたし。

静憲法印西八条へ使の事

同じき十五日、「入道相国、朝家をうらみたてまつり給ふべきこと必定」と聞こえしかば（噂が立ったので）、法皇（後白河）大きにおどろかせ給ひて、故少納言入道信西の子息、二静憲法印御使にて、入道相国の西八条の第（邸）へ仰せつかはされけるは（法皇）、「近年、朝廷しづかならずして（平穏でなく）、人の心もととのほらず（人心も定まらず）、世間もいまだ三落居せぬさまになりゆくことを、四惣別につけてなげきおぼしめせども（嘆かわしく思っておるが）、さてそこにあれば（そうしてそなたがいるので）、万事はたのみにおぼしめしてこそあるに（何事につけ頼みに思っているというのに）、天下をしづむるまでこそなからめ（〔そなたが〕進んで天下を鎮めるまでのことはないにしても）、あまつ（その上に）

一 藤原氏の氏神の春日大明神が基房の危機を救い得ないとすると、神意は理解できないというのである。
二 八五頁注一四参照。
三 落着かない。
四 惣じても、また別しても。全般の形勢としても、また個々の事柄としても。
五 もの騒がしい様子。
＊ **清盛の意趣(一)** ここに展開するのが清盛一代の頂点というべき、治承三年十一月の武力革命で、院を幽閉し、関白以下を更迭し、安徳幼帝を立てて独裁体制を強行することになるのだが、当時の情勢から見れば、清盛側の一方的暴挙でもなく、重盛を失った平家をすかさず痛めつけて、院政の権威を回復しようとする、後白河院の露骨な挑戦があったのである。十一月十四日は豊明節会だったが、その夜数千騎を率いて都に入った清盛の電撃作戦は、都を恐怖に陥れた。翌十五日関白基房をその子師家と共に免職、女婿基通を関白・氏長者に据えた。清盛を怒らせた理由を『玉葉』『山槐記』とも、(1)越前の平家知行権停止、(2)清盛女白河殿の遺産干渉、(3)八歳の師家権中納言昇進という不法の除目の三カ条を挙げている。白河殿の事は平家物語に全く見えない。清盛三女盛子は前摂政基実の後妻に入り、仁安元年（一一六六）基実の死後その広大な遺領を相続して平家

太政入道意趣述べらるる事

さへ嗷々なる体にて、朝家をうらむべしなんど聞こしめすは、なにごとぞ」と仰せつかはされける。（朝廷を恨んで報復行為に出るなどという噂があるのは何事であるか）静憲法印、入道相国の西八条の第へむかふ。

入道、対面もし給はず、あしたより夕べまで待たれけれども（〔法印は〕朝から夕方になるまでお待ちになったが）、無音なりければ、さればこそ（やはり〔この使は〕）無益におぼえて（無駄かと思い）、源大夫判官季貞をもつて院宣のおもむきを言ひ入れたりければ（法皇の仰せの趣旨を〔清盛に〕申し入れたところ）、そのとき、入道相国、「法印呼べ」とて出でられたり。呼び返し、（清盛）「やや、法印の御坊、浄海が申すところはひが事か（清盛の言い分は間違っておろうか）、御辺の心にも推察し給へ。まづ内府がみまかりぬること（重盛が亡くなったことについて）、当家の運命をはかるにも（平家の運命を考えても）、入道、随分悲涙をおさへてまかり過ぎ候ひしか（極力悲しみの涙を押えて黙って過して参ったのである）。保元以後は乱逆（反乱）うちつづいて、君やすき御心もわたらせ給ひ候はざりしに（君もみ心をやすませあそばす折とてござらなかったが）、入道はただおほかたをとりおこなふばかりにてこそ候へ（おおまかのところを扱い処置するだけであって）、内府こそ手をおろし、身をくだきて（身を粉にして解決し）、度々の逆鱗をやすめまゐらせ候ひしか（法皇のお怒りをお鎮め申し上げて参ったのである）。そのほか臨時の御大事、朝夕の政務、内府ほどの功臣はありがたうこそ候へ。いにしへを思ふ

に投入、藤氏一門の怨みをかった。重盛逝去の前月死去したが春日の神罰と噂された。重盛の夢に、清盛が春日の神罰を蒙ると見たのも、この情勢とかかわりがある。白河殿の死去を好機として、院はその遺産を掌中に収めるべく、北面の一人大舎人藤原兼盛（盛重の子）を倉預に任じた。これは平家だけでなく、藤原氏にとっても大問題なのだが、関白基房は院に抱きこまれていたらしい。その三男師家がこの年十月の除目に八歳で権中納言に昇進したのもその取引で、女婿基通（基実子、生母は白河殿ではない）を推薦して通らなかった清盛は（白河殿遺産をめぐり基通を懐柔しておくことは必要だったろうから）怒った。『玉葉』に「法皇与二博陸一同意、被レ乱二国政一之由入道相国攀縁（怒る意）云々」と記し、「国家之敗由二官邪一、誠哉此言」というのは、院・関白の腐敗政治を批判する眼が藤原氏内部にもあったのである。

六　音沙汰がないこと。
七　平家重臣の一人。一四六頁注三参照。
八　自ら手をくだして。
九　帝王の怒りをいう。龍の喉に逆に重なった鱗が三枚あり、これに触れると怒るといわれることから、帝王を龍にたとえていう。
一〇　年中行事以外の重要な行事。

に、唐の太宗は魏徴におくれて、かなしみのあまりに、『昔の殷宗は夢のうちに良弼を得、今の朕はさめての後に賢臣を失ふ』と碑の文をみづから書いて廟に立ててこそかなしみ給ひけれ。かるがゆゑに、『父よりもむつまじく、子よりも親しきは君臣の道なり』とこそ申すことにて候ふに、重盛が中陰のうちに八幡へ御幸のあつて御遊ある、人目こそ恥ぢ入り候ひしか。これ一つ。内府随分君のために忠功他に異なるものなり。されば保元、平治の合戦にも、命を君のために軽んじて、かばねを戦場に捨てんとふるまひ候ひしこと、久しからざることなれば、君いかでかおぼしめし忘らるべき。これ二つ。そののち、大小度々御大事に、院宣といひ、勅命と申し、軍忠をぬきんづること度々におよべり。しかれば、越前の国を重盛に賜はりしときは、子々孫々まで下され候ひしが、重盛が中陰のあひだに召し離さるる条、罪科なにごとぞや。これ三つ。次に、中納言闕げ候ふとき、二位の中将殿のぞみ申され候ひしかば、入道随分執

一 唐を建設し、高祖の後を承けて貞観元年（六二七）即位。同二十三年（六四九）崩じた。名君の聞え高く、治世を貞観の治と称せられる。側近と君臣の道について談じた『貞観政要』は治世の教範といわれる名篇である。

二 太宗側近の賢臣。諫議大夫となり、二百余件太宗を諫めたといわれる。貞観十七年（六四三）卒する。

三 「昔殷宗得良弼於夢中、今朕失賢臣於覚後」（『白氏文集』新楽府「七徳舞」の「魏徴夢見天子泣」の白楽天自注の一節）。魏徴が危篤の時、太宗は夢に魏徴と別離し、覚めて泣いた。その夕魏徴が死んだ。太宗は碑文にこの詞を記したというのである。「殷宗」は殷の賢王高宗のこと。傅説という良臣を夢の告げによって見出した。「良弼」はすぐれた輔佐の臣。

四 典拠ある句であろうが不詳。延慶本は「父ヨリモナツカシナカラ怖ク、母ヨリモ昵シクシテ怖キハ君与臣ノ中」とする。

五 人の死後四十九日の間。未だ次の生をうけない期間で、特にねんごろに供養すべき時である。

六 八月二十七日高倉帝の石清水行幸があった（『玉葉』）。後白河院も同行されたのであろう。延慶本「八幡へ御幸有リ御遊アリシ上、鳥羽殿ニテ御会有キ」とある。

七 合戦の功が人よりすぐれること。誰にも負けぬこと。「抜き出づ」の訛。「……をぬきんづ」の形でいう。

八 仁安元年（一一六六）重盛の次男資盛が越前守に

し申し候ひしを（お取りなし申したのに）、関白殿の御子息三位[一一]の中将殿（〔師家〕）、非分[一二]なし給ひしこと。入道たとひ一度は非拠[一三]を申しおこなふとも、いかでか聞こしめし入れざるべき（お聞き入れあってしかるべきであろう）。いはんや（〔基通は〕）、家嫡[一四]といひ、位階といひ、かたがた理[一五]運左右におよばぬことなりしを、ひき違ひ[一六]たてまつらるること、入道面目を失うて候ひしか。これ四つ。次に、昨日や今日、みなもつて（誰も彼も）、この一門を滅ぼすべきよし結構あり（企てがある）。これまた私の計略（個人的な計画）にあらず候ふよし（ではない〔法皇も関係している〕と伝え聞いておるので）、伝へうけたまはるあひだ、先々の忠勤、今において（今となっては）はいたづらごとになりぬ（無意味になってしまった）。向後[一七]さらに以前の軍忠ほどの苦衷（苦しい）あるべきとも存ぜざるあひだ（い立場があろうとも思われないので）、公家奉公のたのみなし（朝廷奉公にもはや愛想がつきた）。これ五つ。度々の忠勤をわすれずんば、いかでか入道をば七代まで捨てらるべき（どうしてこの入道の一門を七代まではお見捨てあってよかろう）。それに、入道すでに七旬[一八]におよび、余命いくばくならず。一期のあひだにも（この一代の間でも）、ややもんずれば[一九]滅ぼすべき御はかりごと（〔平家を〕）あり。申さんや[二〇]、子孫あひ継いで、一日片時も朝家に召しつかはれんことかたし（片時も〔怠ることなく〕朝廷に奉公することはむずかしい）。これ六つ。およそ『老いて子を失ふは、枯木[二一]の枝なきがごとし』と承（と聞い）

任ぜられた時、院と重盛の間に約束があったのであろう。

九 藤原基通。基実の長男。この年従二位右中将。二十歳。清盛の娘婿である。この政変で一躍内大臣関白となる。

一〇 推薦すること。「執す」は取り扱う。取りなす。口添えする意。

一一 藤原師家。基房の三男。この前年七歳で左少将、さらに左中将となり、この年十月従三位より正三位権中納言となる。この政変で解官。

一二 分不相応の昇進をなさったこと。

一三 拠りどころのないこと。無理。

一四 基通は長男、師家は三男という点でも、基通は二位、師家は三位という点でも。

一五 道理にかなっており問題になるはずがないのを。

一六 変更すること。

一七 今後というに同じ。カウゴとも読む。

一八 七十歳。読み〈シッシュン〉とも。清盛この年六十二歳であるが、昔は年齢の概数を上へ大数でいうのが普通であった。

一九 「ややもすれば」の訛。どうかすると。

二〇 「況や」（語源「言はんや」）の丁寧語。申すまでもなく。ましてや。

二一 出典不詳。

り候。内府におくれ、運命の末にのぞめること、思ひ知り候ひぬ。[一]天気のおもむきあらはれたり。たとひいかなる奉公いたすといふとも、叡慮に応ずることあるべからず。これ七つ。このうへは、[二]不定の世の中に、七十におよんで、なにほどの楽しみ栄えを期して、心苦しく無益の奉公をいたしても詮あるべからず。『とてもかくても候ひなん』と存じ候。親の子を思ふならひ、『[三]不孝の子なほ別れの涙いましめがたし』と承り候。いはんや重盛においては、奉公といひ、至孝といひ、礼法と申し、勇敢と申し、子ながらならびなき仁なり。一度わかれてのち、再会期しがたし。老父がなげきをば、いかがとか、一度の御あはれみをかけられざらん。これ八つ。鳥羽の院の御時、[四]顕頼民部卿、させる重臣ではなかりしかども、[五]昇遐のち、御立願の[六]八幡御参詣延引す。なさけある御ことは、かやうにこそ候へ。一度の[七]御芳言にもあづからず。たとひ入道が忠をおぼしめし忘るるといふとも、いかでか内府が労功を捨てらるべき。また重

ている　先立たれて　わが運命の末路にいたったことを　思い知り申した　法皇のご意向に応ずることはあるまい　富貴繁栄を期待して　労多くして　何の甲斐もあるまい　どうでもこうでもなるようになれ　わが子とはいえ比類のない　人物である　死別ののちは　どれほどかと　ご同情の気持をも示されないのであろうか　それほどの　思いやりある　〔天子の〕なされ方は　この通りである　〔清盛は〕　どうして重盛の功労をお見捨てになってよいはずがあろう

一　天子の気分。ここは後白河院の意図。読みはテンケ、テケとも。

二　老少不定の世の中。何事も定めのない現世。

三　勘当した子供に対してさえ、別れの涙はこらえがたい。「不孝」は親から子に対する勘当のこと。

四　藤原氏勧修寺流。権中納言顕隆の子。崇徳帝永治元年（一一四一）十二月権中納言辞任。民部卿に任ぜられ、近衛帝久安四年（一一四八）薨じた（五十五歳）。「鳥羽の院の御時」とは鳥羽院政の頃の意。

五　天子や貴人の死去のこと。遐な所に昇る意。

六　久安四年の八幡行幸延引の事は不詳。三月二十四日は石清水臨時祭で、奉幣使が派遣された。鳥羽院は熊野参詣からこの日還御され、石清水へは臨まれなかったが、特に予定中止というべきか否か不明。

七　情けある言葉。重盛の死を弔問する言葉。

＊　**清盛の意趣**㈡　清盛の院に対する意趣は九カ条にわたって述べられているが、読んでみると箇条立てするような内容ではないものがある。他本は別に箇条的にはしない。ただ広本系は明確に、⑴重盛の喪を無視した八幡行幸、⑵師家の権中納言昇進、⑶越前知行権停止、⑷院近臣の平家討伐計画、の四カ条にしぼり、静憲の返答もはっきりこの一一に対してなされて、まさに「法印問答」にふさわしい形である。右の⑵⑶は史実にかなうわけである。越前はもと崇徳院の御給国であったが、仁

安元年重盛次男資盛が守に任ぜられた時から重盛の知行国となった。国司を推薦し、税を取得し得るのである。以後資盛・通盛が守となり、宗盛も権守となっている。治承三年十月越前守通盛は能登に遷され、藤原季能が代った。かつて資盛の前に越前守だった男で、平家の知行となった越前を取り返した形になる。季能はその後三十年間ついに非参議三位で終ったという凡庸な人物で、美福門院の閨閥の恩恵で父の知行所越前の国守だったのである。『玉葉』によれば、重盛死後の知行権は維盛が継いでいたのだが、これを停止して、院は露骨に平家いじめをしたのである。結局この政変で季能の越前守は一カ月で終り、通盛が再任することとなる。

法印返答の事

八 考えていたとおりのこと。

九 八五頁に見える。

一〇 参加人員のこと。

一一 恐怖の気持をいうたとえ。「栄誉余二於身一、賞過二於分一、如レ履二虎尾一、如レ撫二龍鬚一」（『本朝文粋』大江匡衡「為二左大臣一供二養浄妙寺一願文」）。「三界火宅の上、龍のひげをなづるがごとく、五趣輪廻のさかひ、虎の尾をふむにたり」（『宝物集』九冊本・巻三）。

一二 剛気な人。他から見て恐ろしく思うほどの人物。

盛が奉公を捨てらるといふとも、浄海が数度の勲功をおぼしめし知らざらん（ご存知ないわけがない）。これ九つ。このほかのうらみなげき、毛挙にいとまあらず（細かい点まで一々挙げきれぬ程だ）」。

はばかるところもなくくどきたてて（臆面もなくくどくどと言いたてて）、かつうは（一方では）腹立し、かつうは落涙し給へば、法印は、「この条々案のうちのことなり[八]。ことごとく院の御ひが事（法皇が不当であらせられ）、禅門（清盛）が道理」と聞きなして（聞いて思い）、あはれにも（〔清盛が〕気の毒にも）、またおそろしうもおぼえて、汗水にぞなられける。このときは（こういう場合には）、いかなる人も（誰しも）、一言の返事にもおよびがたきぞかし（一言の返事もできないものである）。そのうへ、「わが身も近習の人なり（自分も法皇の側近である）、鹿の谷[九]に会合したりしことは、まさしう（たしかに）見聞かれしかば（見聞きされたことゆえ）、その人数[一〇]とて（一味だとしてすぐにも）いまも召しや籠められずらん（監禁されまいか）」と思ふに、龍の鬚を撫で、虎の尾を踏む[一一]心地はせられけれども、法印もさるおそろしき人[一二]にて（なかなか剛気な人物で）、ちとも騒がず（少しも動ずることなく）申されけるは、「まことに、度々の御奉公あさからず。一旦申させおはすところ（一応ご言い分は）、そのいはれあり（もっともです）。ただし、官位といひ、俸禄といひ、御身にとつてことごとく満足す（すべて満ち足りている）。しかれば功の莫大なるところを、君御感あってこそ候はめ（法皇も称賛なされてのことでしょう）。しかるに（それなのに）近臣事をみだるを（〔法皇の〕側近が秩序を乱したのを）、君御許容ありといふは、謀臣の凶害にてぞ候ふらん（陰謀を計る者の中傷でございましょう）。耳を信じて目をうたがふは、俗のつねの弊なり（俗人の通弊です）。小人の浮言を重んじて、朝恩の他に異なるに（他とは比較にならぬ朝恩を受けながら）、君をかたぶけ給はんこと（法皇を滅ぼそうとなさることは）、冥顕につけてもその恐れすくなからず候。およそ天心は蒼々としてははかりがたし。叡慮さだめてその儀にてぞ候ふらん（法皇の御心もきっとその通りなのでございましょう）。よくよく御思惟候へ（よくよくご分別なされ）。下として上に逆ふること、あに人臣の礼たらんや（決して臣下たる者の礼ではありませぬ）。詮ずるところ（しかし何はともあれ結局は）、このおもむきをこそ披露つかまつり候はめ（ご言い分の趣きを〔法皇に〕お伝えいたしましょう）」とて立たれければ、その座にいくらも並みゐ給へる人々、「あなおそろし。入道のあれほど怒り給ふに、ちとも騒がず（少しも動ぜず）、返事うちして立たるるよ（さっと応答して座を立たれるとは）」とて、法印をほめぬ人こそなかりけれ。

法印、御所へかへり参りて、このよしを奏せられければ　法皇も道理至極して、仰せ出だされたることもなし（格別のお言葉もなかった）。

一 中傷。讒言。
二 不確実な伝聞を信じて、確実な眼前の事実を疑う。底本「目を」を欠く。斯道本等により補った。
三 弊害。欠点。
四 根拠のない言葉、風説。
五 神仏の照覧につけても、君臣の道につけても。「冥」は見えぬ世界で神仏の意志をいう。「顕」はあらわれた世界で、人間関係。
六 深く青い色。特に天を神格化し、人間世界を支配する神意の正しく深遠なることを形容する言葉である。ここは清盛の正論も天が是非を判断するであろう、さかしらの人智を以て云々できないというのである。なお続けて、院の考えも清盛の批判を超えて天意に等しいはずだという理屈である。
七 いかにも道理であると納得して。清盛の意見をもっともなこととして。

＊ **静憲の物語**　静憲は院の代理として清盛と接触する。『玉葉』（治承三・一一・一六）に「昨日以二法印静賢一為二御使一、両度被レ陳二子細一云々、其後頗事似二和気一」とあって、静憲の交渉はかなり効果をあげたようである。しかしもちろん事態解決には到らない。平家物語の「法印問答」は、この事柄を静憲自身の視野で書いているといってよい。「汗水にぞなられける。このときは、いかなる人も……」というくだりなどは静憲の口ぶりそのままである。広本系は問答の課題を明確に四カ条にし

ぼるばかりでなく、清盛を説得して、明月の下を帰宅する静憲の胸中、これを護衛する法師武者などを描いている。鹿谷(ししのたに)謀議の中での静憲の立場(八五頁頭注*印参照)とも考え合せるべきである。静憲は説法の大家で、当時の説法には物語・巷談(こうだん)・説話がよく用いられた。おそらく静憲の説法の中では彼の経験談的史談が語られたであろう、その投影が平家物語の中に見られるのである。この物語に見られる故事や諺(ことわざ)のふんだんな引用などは、説法の文体の一大特色であろう。

関白流罪

八　この日の罷免(ひめん)は三十九人とするのが正しい。先に十五日罷免の基房・師家父子があり、十八日にさらに五人の解官(げかん)があった。基房父子共に計四十六人ということになる。うち公卿では十一人。

九　京都市伏見区羽束師(はづかし)。下鳥羽の西、木津川の古い川筋であった。流罪の人は普通ここから乗船した。

一〇　岡山市湯迫。国府の北、龍口山(たつのくち)の麓(ふもと)。イハザマ・ユハザマとも。

一一　馬子(うまこ)の孫。天武帝元年(六七三)大友皇子の変に関連して流された。

一二　藤原武智麿(むちまろ)の子。孝謙帝天平宝字元年(七五七)に大宰員外帥(だざいいんがいのそつ)に左遷されたが、病により難波(なにわ)に留まった。当麻(たいま)の中将姫の父かとされる。

一三　藤原房前(ふささき)の子。桓武(かんむ)帝延暦元年(七八二)大宰帥に左遷され、病により難波に留まって翌年薨(こう)じた。

第三十句　関白流罪(くわんばくるざい)

さるほどに、同じき〔十一月〕十六日、入道相国この日ごろ思ひたち給へることなれば〔ここ数日来思い立っておられたことなので〕、摂政(せつしやう)をはじめたてまつり、四十三人[八]が官職をとどめて〔停止して〕、みな追籠(おつこ)めたてまつる〔追放申し上げる〕。なかにも摂政殿をば大宰帥(だざいのそつ)にうつして〔左遷して〕、鎮西〔九州〕へ流したてまつる。「かくあらん世には〔こういう時勢では〕、とてもかくてもありなん〔どうにもこうにもしかたがない〕」とて、鳥羽(とば)の辺(へん)、古川(ふるかは)[九]といふ所にて御出家あり。御年三十五。「礼儀よく知ろしめし〔宮廷の礼儀作法に通暁しておられ〕、くもりなき鏡にてわたらせ給ひつるものを〔明鏡のごとく是非の判断の確かなお方であらせられたのに〕」とて、世の惜しみたてまつることなのめならず。遠流(をんる)の人の、道に〔途中で〕て出家しつるを〔出家した場合は〕、約束の国へはつかはさぬことにてあるあひだ〔所定の流罪の地には流さぬことになっているので〕、はじめは日向(ひうが)の国と定められたりしかども、備前(びぜん)の国府(こふ)の辺に、湯迫(いばさま)[一〇]といふ所にぞしばしやすらひ給ひける〔しばしお留まりなされることになった〕。

大臣流罪の例は、左大臣蘇我(そが)の赤兄(あかえ)[一一]、右大臣豊成(とよなり)[一二]、左大臣魚名(いをな)[一三]、

[一]菅原の右大臣、いまの北野の天神の御ことなり。左大臣高明公[二]、内大臣藤原[三]の伊周公まで、その例すでに六人なり。されども、摂政関白流罪の例、これ初めとぞ承る（これが最初と聞いている）。故中殿[四]の御子、二位の中将基通は入道の聟にておはしければ、大臣関白にあがり給ふ。去んぬる円融院の御宇、天禄三年十一月一日、一条の摂政謙徳公[五]、失せ給ひしかば、御弟堀川の関白忠義公（兼通）、そのときはいまだ従二位中納言にておはしき。御弟法興院の大納言入道殿兼家公は、大納言の右大将にてましましかば（当時大納言で右大将を兼ねていらっしゃったので）、忠義公は御弟に越えられ給ひたりしかども、いままた越えかへして（その時にまた追い越して）、内大臣正二位にあがりて、内覧の宣旨をかうぶらせ給ひたりしをこそ（お受けになったのを）、時の人「耳目をおどろかしたる御昇進」（聞いたことも見たこともない異例のご昇進）とは申せしに、これは（この基通公は）それになほ超過せり。非参議[六]二位の中将より、大納言を経ずして大臣関白になり給ふこと、承りおよばず（まだ聞き及んだことがない）。普賢寺殿[七]の御ことなり。されば上卿[八]、宰相、大外記[九]、大夫史[一〇]にいたるまで、みなあきれたるさまにぞ見えたりける（〔清盛のやり方には〕誰もが呆然たるていに見えた）。

一 菅原道真。昌泰四年（九〇一）大宰権帥に左遷され、配所に薨じた。京都北野天神に祀られる。

二 醍醐帝皇子源高明。安和二年（九六九）大宰権帥に左遷された。いわゆる安和の変。底本「う大しん」と誤る。

三 藤原道隆の子。隆家・定子皇后の兄。長徳二年（九九六）花山院襲撃事件により大宰権帥に左遷されたが、病により播磨に留まる。その後無断入京したため改めて大宰府に配された。

四 藤原基実。近衛殿・中殿・六条殿と号する。永万二年（一一六六）八月薨去（二十六歳）。底本「こ中なこん殿」と誤る。

五 「謙徳公」は藤原伊尹。「忠義公」はその弟兼通。

忠平—師輔
- 伊尹（謙徳公）
- 兼通（忠義公）
- 兼家（法興院）
  - 道隆
    - 伊周
    - 隆家
    - 定子
  - 道兼
  - 道長

六 基通は安元元年（一一七五）右中将で従三位となり公卿に列したが、参議にならなかった。翌年従二位、なお非参議で治承三年に至った。

七 基通は後年山城の国綴喜郡の普賢寺（東大寺良弁開基。観音寺とも）を修造し隠居して「普賢寺」を号とした。

八 議事の長官。ここは基通に関する除目の上卿で、権中納言源雅頼であった。

九 除目の公事を奉行する太政官の外記の上位者。

師長流罪

太政大臣師長(一一)は、官をやめて(官職を停められて)、あづまのかたへ流され給ふ。去んぬる保元に、父悪左府大臣殿の縁座によて(まきぞえで罪を得て)、兄弟四人流罪せられ給ひしに、御兄右大将兼長(一二)、御弟左の中将隆長、範長禅師、三人は、帰洛を待たずして配所にて失せ給ひぬ。これ(師長公)は土佐(一三)の畑にて、九かへりの春秋を送りむかへ、長寛二年八月に召し返されて、本位(一四)に復し、次の年正二位して(正二位になって)、仁安元年十月に、前の中納言より権大納言にあがり給ふ。をりふし大納言あかざりければ(欠員がなかったので)、員(一五)の外に加はられけり。大納言六人になること、これ初めなり。また前の中納言より大納言にあがり給ふことも、後山階の大臣三守公(一六)、宇治の大納言隆国(一七)のほかは、これ初めとぞ承る。(師長は)管絃の道に達し、才芸(学問と芸能に長じておられたので)すぐれておはしければ、次第の昇進(次々と順調に昇進して)とどこほらず、太政大臣まできはめさせ給ひて、いかなる罪のむくいにて(どういう前世の罪の報いによって)、かさねて流され給ふらん(ふたたび流罪の身となられたのであろう)。保元のむかしは南海の土佐へうつされ、治承の今は東関尾張の国とかや。もとより「罪なくして配所の月を見む(一八)」といふことは、心ある人(風雅の心ある人)の

一〇 五位の史。「史」は普通六位で、除目の文書などを扱う官。底本「大けきの大夫さくわん」とあるのを改めた。

一一 藤原頼長の子。安元三年(一一七七)太政大臣になっている(第八句「成親大将謀叛」参照)。この年四十二歳。尾張に流されて十二月に出家する。保元に流罪の時は十九歳で従二位権中納言左中将。

一二 保元元年(一一五六)権中納言右大将であったが出雲に流され、翌々年配所で薨じた。隆長は伊豆、範長は安芸に流され、みな配所で薨じた。

一三 土佐の国幡多郡。師長の配所は同郡入野村宮地山(現佐賀町)であった。

一四 流罪前の位階(従二位)にもどった。ただし長寛二年(一一六四)は正しいが「八月」は「六月」の誤り。

一五 当時大納言の定員は正二人、権三人であった。定員以上に任ぜられたのを「員外の大納言」または「かずのほかの大納言」と称する。この時権大納言だった清盛がすぐ内大臣となって、五人にもどった。

一六 藤原三守。武智麿子孫。真作の子。天長五年(八二八)大納言となる。

一七 源隆国。高明の孫。治暦三年(一〇六七)権大納言となる。『宇治大納言物語』作者に擬せられる人物。

一八 中納言源顕基の言葉。顕基は隆国の兄。後一条帝の寵臣。帝崩御後出家した。平生この言葉を称したこと、『江談抄』『古事談』『十訓抄』『発心集』等に見えて、知られている。

ねがふことなれば、大臣、あへて事ともし給はず。

かの唐の太子の賓客白楽天は、潯陽の江のほとりにやすらひ給ひけん、そのいにしへを思ふに、鳴海潟、潮路はるかに遠見し、つねは朗月をのぞみて浦風にうそぶき、琵琶を弾じ、和歌を詠じて、なほざりに月日をおくり給ひけり。

あるとき、当国第三の宮熱田の明神へ参詣あり。その夜、神明法楽のために、琵琶ひき、朗詠し給ふところに、もとより無智のさかひなれば、なさけを知れる者もなし。邑老、村女、漁人、野叟、かうべをうなだれ、耳をそばだつといへども、さらに清濁をわけて、呂律を知れることもなし。されども瓠巴琴を弾ぜしかば、魚鱗をどりほとばしる。虞公歌をよみしかば、梁塵うごきうごく。ものの妙をきはむるときには、自然に感をもよほすことわりなれば、諸人身の毛よだつて、満座奇異の思ひをなす。やうやく深更におよんで、風香調のうちには、花馥いみじくして気をふくみ

一 東宮の官。太子に経学を授け教育する。
二 唐の詩人、白居易。元和十五年（八二〇）九江郡司馬に左遷された。後に太子賓客となる。
三 「潯陽江頭夜送ル客、楓葉荻花秋瑟瑟」（白楽天「琵琶行」）とある。潯陽江は九江郡の河の名。
四 名古屋市緑区鳴海町の辺。歌枕として知られた。
五 名古屋市南区の熱田神宮。草薙剣を祀り、宮簀姫・氷上明神・日本武尊・天照大神等を合祀する。なお尾張一の宮は真清田神社、二の宮は大県神社である。
六 神に読経・音楽・歌舞などを捧げること。
七 村の老人。「邑」は村。
八 百姓。「叟」はおきな。
九 音の高低。「清」は高音、「濁」は低音。
一〇 調子の陰陽。長調・短調の区別。呂は陰、律は陽。
一一 瓠巴は楚の音楽の名手。「瓠巴鼓レ瑟而流魚出聴」（『荀子』）。底本「へうは」とする。「瓠」の誤読である。「瑟」は大きな琴。
一二 虞公は漢代の唱歌の名手。「楚漢興、以来善ニ雅歌ー者、魯人虞公、発レ声清哀遠動ニ梁塵ー」（『劉向七略別録』）。「梁塵」は梁の上の塵。
一三 読みはジネン。シゼンと読むと万一、もしもの意。
一四 風香調を弾ずると妙なる花の香がこもっており、流泉の曲を弾ずると月光が清らかな明るさを競い合うようである。「風香調ノ中ニハ花芬馥ノ気ヲ含ミ、流泉曲ノ間ニハ月清明ノ光ヲウカブ」（『教訓抄』七）。この朗詠の曲を琵琶で弾じたのである。「風香調」は

流泉曲のあひだには、月清明のひかりをあらそふ

[一五]願はくは今生世俗の文字の業をもつて

狂言綺語のあやまりをひるがへす

といふ朗詠の秘曲をひき給へば、神明感応にたへずして、宝殿大きに震動す。「平家の悪行なかりせば、いかでかこの瑞相ををがむべき」とて、大臣感涙をぞ流されける。

按察の大納言[一六]資賢の卿、子息右馬頭を兼ねて讃岐守源の資時、二つの官をとどめらる。参議皇太后宮権大夫を兼ねて右兵衛督[一七]藤原の光能、大蔵卿右京大夫を兼ねて伊予守[一八]高階の泰経、蔵人の左少弁を兼ねて中宮権大進[一九]平の基親、三官ともにとどめらる。按察の大納言資賢の卿、子息右馬頭、孫の右少将雅賢、「これ三人は、配所を定めず、やがて都のうちを追ひ出ださるべし」とて、三条の大納言[二〇]実房、博士判官[二一]中原の康定に仰せて、追ひ出だしたてまつる。大納言のたまひけるは、「[二二]三界ひろしといへども、五尺の身おき所

琵琶の調子。「流泉」は琵琶の秘曲の一。

一五 どうか現世世俗の文字をもてあそぶこの私の詩を以て、その仏道に背く狂言綺語の罪を転換させてくださいませ。「願 以二今生世俗文字之業狂言綺語之誤一、飜為二当来世世讃仏乗之因転法輪之縁一」(『和漢朗詠集』仏事、白楽天。原拠は『白氏文集』七一「香山寺洛中集記」)。「狂言綺語」は正しくない言葉や飾った言葉。仏教から見た文学さらに芸術一般をさす。これも朗詠の曲を琵琶で弾じたのである。

一六 宇多源氏宮内卿有賢の子。資時はその子。雅賢は孫で養子。父・子・孫とも、鞠・馬・音楽・和歌諸道の名人。後白河院近習。

院近習没落

一七 大炊御門流忠成の子。徳大寺公能養子。のち文覚を通じて頼朝に平家追討宣を送る人物。

一八 若狭守泰重の子。後白河院側近。のち伝奏として院中の権力者となる。底本「右京」を欠く。

一九 参議親範の子。底本「藤原のもとちか」は誤り。

二〇 権大納言藤原実房。内大臣公教の子。

二一 他本「章貞」「範貞」とも。正しくは、資賢父子追出しに当ったのは検非違使清原季光(『山槐記』)。師長追出し役が検非違使範貞(『玉葉』)または検非違使章貞(『山槐記』)で、これを混乱したもの。章貞は中原章貞で、底本はこれをさらに同族康定に誤ったか。範貞は藤原永範の子、文章博士・検非違使。

二二 仏教で霊魂の輪廻する欲界・色界・無色界のことだが、ここは広い世間をいう。

なし。一生程なし（一生は短いとはいうけれども）といへども、一日暮らしがたし（今日の一日を過すことがむずかしい）」とて、夜中に九重のうちをまぎれ出でて（皇都を抜け出して）、八重立つ雲のほかへぞおもむかれける（幾重の雲のかなたへと向われた）。かの大江山[一]、生野の道にかかりつらん、丹波の村雲[二]といふ所にてしばしやすらひ給ひける（しばらく足をとどめられた）。それよりつひにたづね出だされて（しかしついには捜し出されて）、信濃の国とぞ聞こえし（信濃の国に送られたということである）。

また、前の関白松殿[三]の侍に江[四]の大夫の判官遠業といふ者あり。これも平家にこころよからざりければ（この人も平家ににらまれていたので）、六波羅よりからめとるべきよし聞こえしかば（ひっ捕えよとの命が出たとの噂があったので）、子息江の左衛門尉家業うち具して、いづちともなく落ちゆきけるが（どこへともなく逃げて行ったが）、稲荷山[五]にうちあがり、馬よりおりて、親子言ひあはせけるは、「これより東国のかたへ落ちゆき、兵衛佐頼朝[六]をたのまばやとは思へども（頼りたいとは思うけれども）、それも当時は（その頼朝も現在は）勅勘[七]の人の身にて、身ひとつだにもかなひがたうおはすなり（自分の身一つも思うにまかせぬようでいらっしゃるという）。日本国に平家の荘園ならぬところやある（荘園でないところは一つもない）。また年来住みなれたるところを人に見せんも恥ぢがましかるべし（長年住みなれたわが館を他人に踏み荒らされるのも恥さらしだろう）。六波羅よりも召しつかひあらば（召喚の使者が来たら）、腹かき切つて死なん（死ぬに越し

一 「大江山生野の道の遠ければまだふみも見ず天の橋立」（『金葉集』雑、小式部内侍）をふまえて丹波路の遠いことをいったもの。しかし「大江山」は京都府与謝郡・加佐郡・天田郡境の山、「生野」は京都府福知山市生野でいずれも村雲より先である。もっとも京都市右京区大枝の老坂も大江山と称し、山城・丹波境の要路だが、小式部の歌はそれではあるまい。

二 兵庫県多紀郡多紀町。篠山の東。『玉葉』（治承三・一一・二二）「又資賢一族、初越二会坂関一、赴二東国之方一、而忽還二山崎之方一、可レ赴二西海一云々」とあるのが、丹波に逃げたことに当るのであろう。

三 藤原基房のこと。

四 検非違使左衛門少尉大江遠業。字は「遠成」とも。「南方有レ火、後聞大夫尉遠業斬二子息等頸一自害、放二火於住宅一焚死、禅門欲レ召二出件遠業一、仍放火自殺云々」（『山槐記』治承三・一一・二二）。『玉葉』にも見える。

五 京都市伏見区。深草山の北部。稲荷神社（伏見稲荷）が昔はこの山上にあった。

六 頼朝は平治の乱後伊豆の国北条の蛭小島に流されて、この年まで十九年たっている。

七 天皇の咎めをうけた身。朝敵となった身。

にはしかじ」とて、瓦坂の宿所へとつて返す。
さるほどに、源大夫判官季貞、摂津の判官盛澄、ひた兜三百騎ばかり、瓦坂の宿所に押し寄せて、鬨をどつとぞつくりける。江の大夫の判官遠業、縁に立ち出でて、「これを見給へ、殿ばら。六波羅にてこの様を申させ給へ」とて、腹かき切つて、父子ともに焔のなかにて焼け死にぬ。

そもそも、か様に上下多くほろび損ずることを、いかにといふに、「当時関白にならせ給ひたる二位の中将殿と、前の殿の御子三位の中将殿と、中納言御相論ゆゑ」とぞ聞こえし。さらば関白殿御ひとりこそ、いかなる御目にもあはせ給ふべきに、のこり四十余人の人人の、事にあふべしや。去年、讃岐の院の御追号あつて崇徳天皇と号し、宇治の悪左府贈官贈位ありしかども、世間なほしづかならず。「およそこれにもかぎるまじきなり、入道相国の心に天魔入りかはつて、腹をするゑかね給へり」と聞こえしかば、「天下またいかなる

八　京都阿弥陀峰の南、蓮華王院から山科へ向う坂。
九　季貞・盛澄とも平家の家臣。
＊ **政変と霊異**　清盛の武力革命は驚天動地のことであっただけに、事業の原因を不可解な霊異と結びつける見方が流行した。特に崇徳院の怨霊が天狗（天魔）となって清盛に乗り移り、この狂暴な政変を起させたのだというのが通説で、『保元物語』にも見える。関連して春日の神罰が清盛に下ることを期待する声もあった。『玉葉』には白河殿盛子の死を春日の神罰といい（治承三・六・一八）、また重盛の死と併せて西光の怨霊であるとの落書があったとも記す（同・八・一七）。崇徳院怨霊観は特に中世前半を覆う怖畏の信仰となって『太平記』の時代にも及ぶ。一方崇徳院在世の時、日吉神輿入洛を妨げた平忠盛・源為義に祟りがあり、平氏は宗盛で、源氏は実朝で絶えたのも、皇室・都の乱逆続発も日吉の怒りなのだと説明する『延暦寺護国縁起』もあった。乱世を操縦する神仏や魔の力が信じられていたのである。
一〇　治承元年七月二十九日のことであるが、平家物語は治承二年の徳子御産に関する怨霊慰撫のこととしている（第二十二句「大赦」二〇八～九頁参照）。
一一　この事変の由来は、崇徳院・頼長の怨霊のためだとかぎったわけでもない。「入道相国の」以下にかかる終止形中止法的な言い方である。

ことか出で来んずらん」とて、上下おそれおののく。

行隆の沙汰

そのころ、前の左少弁行隆と申せしは、故中山の中納言顕時の卿の嫡子なり。二条の院の御宇には、弁官に加はられてゆゆしかりしかども、この十余年は夏冬の衣がへにもおよばず、朝夕のかしぎも心にまかせず、あるかなきかの体にておはしけるを、入道相国、使者をたてて、「申し合はすべきことあり。きつと立ち寄り給へ」とのたまひつかはされたりければ、行隆、「この十余年は、なにごとにも交はらずありしものを、人の讒言したるにこそ」とて、大きにおそれさわがれけれども、六波羅より、使しきなみのごとし。北の方、君達も「いかなる目にやあはんずらん」とて、なげきかなしみ給ふ。されども力およばず、人に車を借つて、西八条へぞ出でられたる。思うたには似ず、入道やがて出で向うて対面あり。「御辺の父の卿は、随分さばかりのこと申し合はせし人なり。そのなごりにておはすれば、御辺をもおろかに思ひたてまつらず。年来籠居のこ

（傍注：起ってくることだろう／列せられて大いに羽振りをきかして／いたが／衣がえもできず／細々としたありさまで／暮しておられたが／ご相談いたしたいことがある／何事にも関係しないで過してきたのに／誰かが／讒言したに違いない／寄せくる波のごとくしきりに来る／どうにもならず／案に相違して／すぐに／〔この清盛が〕随分とあれこれのことを相談した人である／遺児であられる以上は／粗略に思ってはおりませぬ）

一 藤原氏勧修寺・葉室流。顕時の子。永万元年（一一六五）左少弁となり翌年解官され、治承三年まで十五年を経ている。妹に平時忠室帥典侍がある。＊印参照。
二 太政官の政務を分担する局。少納言・左弁官・右弁官を三局という、その左右の弁官。庶務を処理し、太政官内の文書をすべて扱う要職。
三 炊事。食事。
四 広本系では弟の前左衛門佐時光に借りたという。

＊**行隆・行長** 平家物語作者説にはいろいろあって解決しがたいが、最も知られているのが『徒然草』二百二十六段の「信濃前司行長説」である。その行長は後鳥羽院の時、学問を捨てて遁世し、天台座主慈円に扶持され、そこにいた盲法師生仏のために平家物語を作って教え語らせた、という説である。だが「信濃前司行長」に該当する人物が史料に見出せない。それで、行隆の子で九条兼実の家司となった「下野前司行長」がそれであろうと言われる。それならば、兼実の弟慈円のもとに行くのも理解できるし、兼実の日記『玉葉』借覧の便もあったろう。今、平家物語にさして重

〔葉室中山〕顕時
- **行隆**
  - **行長**
  - 宗行（承久斬罪）
  - 信空（法然弟子）
- 時光（盛隆）— **時長**
- 女（帥局安徳帝乳母）＝時忠

〔平〕時信
- 時忠
- 時子（二位尼）

要記事と思われない行隆還任が扱われるのも、その子が作者ならば納得できる。叔母が時忠室というのも大きな情報源と言えるだろう。しかしそうした説明には、また種々の疑問もさしはさまれる。行隆はこの後清盛の参謀のように働く。一方、造東大寺長官に任命されて、平家に焼討ちされた東大寺大仏再建に奔走もする。そういう歴史的役割を平家物語はあまり扱っていない。また清盛に呼び出された行隆に車を貸してくれた弟の時光は、広本系ではもっと重要視され、その子民部少輔時長が平家物語作者だという『醍醐雑抄』の説も否定できにくくなるのである。この葉室家には平家物語成立に関連すると思われる人物が割合に集まって、問題を投げかけている。

五 荘園所有の認定書。

六 まずさしあたり困っているのだろう。

七 蔵人の唐名。蔵人は五位・六位の職で、五位の蔵人になったのである。底本「しゝう」とあるが、「侍従」と誤ったものであろう。

八 ひとときの栄え。

九 平治元年（一一五九）十二月九日藤原信頼・源義朝は後白河院御所三条殿を襲い、院を内裏へ連行し、藤原信西を捜索して殿に火をかけ、女房たち多く焼死した。『平治物語』に詳しい。

法皇鳥羽殿へ御移りの事

とも、いとほしう思ひたてまつれども〔お気の毒とは存じておったが〕、法皇御政務のうへは力およばず〔法皇のご政務の間はどうにもならなかった〕。いまは出仕し給へ。さらば、とう帰られよ」とて入り給ひぬ。帰られたれば、宿所には女房達、死したる人の生き返りたる心地して、うれし泣きどもせられけり。〔行隆の〕知行し給ふべき〔支配すべき〕荘園状[五]ども、あまた〔何通も〕なし下し〔下付し〕、出仕の料とて〔出仕用にといって〕、直衣、小袖、雑色、牛飼、牛、車にいたるまで、きよげに〔きちんと〕沙汰し送られけり〔調えてお遣わしになった〕。「まづさこそあるらん[六]」とて、百疋〔絹〕、百両〔金〕に、米を積みてぞ送られける。行隆、手の舞ひ、足の踏みどもおぼえ給はず、「こは夢かや。こは夢かや」とぞよろこばれける。

同じき十七日、五位の侍中[七]に補せられ〔任ぜられ〕て、前の左少弁にかへり給ふ〔前官の左少弁に復任なさった〕。今年五十一。いまさら若やぎ給ひけり。ただ〔それも〕片時[八]の栄華とぞ見えし。

同じき二十日、院〔後白河〕の御所法住寺殿へは、軍兵四面をうちかこむ。「平治に信頼[九]が三条殿をしたてまつりし様に〔三条殿にしかけたのと同じように〕、火をかけて人をばみな焼き殺すべし」と聞こえしかば、女房、女童部、物だにもうちかづかず、あわてさわぎ走り出づ。法皇も大きにおどろかせおはします。前の右大将宗盛の卿、御車を寄せて、「とうとう」と奏せられければ、法皇、「こはされば、なにごとぞや。御とがあるべしともおぼしめさず。成親、俊寛が様に、遠国はるかの島へも移しやられんずるにこそ。主上さればわたらせ給へば、政務に口入[一]するばかりなり。それもさるまじくは、自今以後さらでこそあらん」と仰せければ、宗盛の卿、涙をはらはらと流いて、「その儀では候はず。『しばらく世をしづめんほど、鳥羽[二]の北殿へ御幸なしまゐらせよ』と、父の禅門申し候」「さらば宗盛、やがて御供に侍へ」と仰せけれども、父の禅門の気色におそれをなして参らず。「あはれ、これにつけても、兄の内府にはことのほかに劣りたるものかな。ひととせも、かかる目にあふべかりしを、内府が身にかへて制しとどめてこそ、今日まで御心やすうもありつれ。『今はいさむる者もなし』

一 口添えする。意見を言う。

二 鳥羽の離宮には北殿・南殿があった。城南の離宮とも。一五二頁注三参照。

三 下北面のこと。北面で院の昇殿を許された者（四位・五位）を上北面と称し、六位以下を下北面という。

四 力者法師ともいう。剃髪し、黒頭巾、白狩衣、染小袴、脚絆という姿で長刀・短刀を帯し、馬・輿などを扱い、その他力業をする召使。

五 信西の妻、紀伊守藤原兼永女従二位朝子。成範・脩範の母。後白河院乳母であった。しかしこの「尼御前」は実は紀伊二位ではない。＊印参照。

＊**尼御前**　幽閉の後白河院に忠実に付き添う尼女房は、諸本「紀伊の二位」とするものが多いが誤りで、筑前守隆重女、右衛門佐と呼ばれる人であった。広本系や四部本ではその誤りがない。もっとも延慶本・四部本は「左衛門佐」としている。「此左衛門佐ト申女房ハ若クヨリ法皇ノ御母儀待賢門院ニ候ハレケルガ、品イミジキ人ニテハナカリケレドモ、心サカ〱シウシテ一生不犯ノ女房ニテオハシケレバ、浄キ者ナリトテ法皇ノ御幼稚ノ御時ヨリ近ク召使ハセ給ケリ、臣下モ君ノ御気色ニ

ヨテ尼御前トカシヅキヨバレケルヲ、法皇ノウヤマフ字ヲ略シテ、御カタコトニ尼ゼト仰ノ有ケルトカヤ」（延慶本）とその素姓についても詳しい。もちろん歴史の表面には出て来ない女性であるが、『玉葉』によれば文治二年（一一八六）頃にもなお院に仕えていた。『自暦記』（吉田資経の日記）には建久九年（一一九八）老いた彼女の来訪が記される。「故院女房尼右衛門佐入来、故院崩御之後可レ来之由頻雖レ触、亦日比延怠、年九十四、隆重女、待賢門院女房、至于故院令召仕給、当世之寿考第一者也」（建久九・一〇・二四）。なお矍鑠として院の詳しい思い出を語ったという。この鳥羽殿幽閉の頃すでに七十四歳という計算になる。このような歴史の証人と平家物語の成立との関連について思いめぐらすことも面白い問題であろう。

六 深い地底。「洛叉」は億の単位をいう梵語。

七 堅牢地祇とも。大地を堅固にする神。特に仏法流布の処に赴き、法座の下を守るという。

八 平信業（一二七頁注七参照）。この政変で解官されている。この後出家し、寿永元年（一一八二）八月死去。延慶本はこの時参候した者を「大膳大夫業忠ガ子息十六歳ニテ左兵衛尉ト申ケルガ」とある。業忠は信業の子。左馬権守で、父と共に解官されている。そのまた子供の十六歳というのがこの場に適切であろう。

とて、か様にこそあんなれ。行末とてもたのもしからず」とて、御涙せきあへさせ給はず。

さて御車に召されけり。公卿、殿上人、一人も供奉せられず、北面[三]の下﨟、金行と申す力者[四]ばかりぞ参りける。車のしりに尼御前一人参られたり。この尼御前と申すは、法皇の御乳の人、紀伊[五]の二位の御ことなり。七条を西へ、朱雀を南へ御幸なる。あやしのしづの男、しづの女にいたるまで、「あはや、法皇の流されさせおはしますぞや」とて、涙をながし、袖をぬらさぬはなかりけり。「去んぬる十一月七日の夜の大地震も、かくあるべかりける先表にて、十六[六]洛叉の底までもこたへ、堅牢地神[七]もおどろきさわぎ給ひけんもことわりかな」とぞ人申しける。

さて鳥羽殿へ入らせ給ひたりければ、大膳大夫信業[八]が、なにとしてまぎれ参りたりけん、をりふし御前近う侍ひけるを召して、「やや、信業。いかさまにも今夜失はれなんず。御行水を召さばや」と仰せられければ、さらぬだに（そうでなくてさえ）信業、今朝より肝たましひも（気も転倒して）身にそはず、あきれたるさまにてありけるが（ただもう呆然としていたが）、この仰せを承り、かたじけなさに、狩衣に玉襷[一]あげ、小柴垣[二]こぼし（こわし）、大床の束柱[三]破りなんどして、形のごとくの御湯わかしまゐらせけり（どうやら形はととのえて御湯をおわかし申し上げた）。

静憲、法皇の御前に参らるる事

故少納言入道信西の子息静憲法印、入道相国の西八条へ行き、「法皇の、鳥羽殿へ御幸ならせ給ひて候ふなるに（おいであそばされたと聞いておりますが）、御前に人一人も侍はぬよしうけたまはり候ふが（お仕えしていないとのことですが）、あまりにあさましく候（ひどうございます）。なにかくるしう候ふべき（何の差支えがございましょう）。御ゆるされをかうぶりて（ぜひお許しをいただいて）、参り候はん（〔私がお側に〕参りましょう）」と申されたりければ、入道、「御坊は、事あやまり[四]あるまじき人なり（間違いのない人だ）。とうとう（早々に行かれよ）」とのたまへば、法印なのめならずよろこびて、いそぎ鳥羽殿に参り、門前にて車よりおり、門の中にさし入り見給ふに、をりふし法皇、御経[五]うちあげ、うちあげ、あそばされける[六]御声の、ことに（ひときわ）すごうぞ聞こえさせましましける（もの寂しく耳に響いてくるのであった）。法印、づんと参られたりければ（突然入って行かれたところ）、あそばされける御経に（読み上げておられたご経典に〔法皇の〕）御涙のはらはらとかからせ給ふを、見まゐら（拝見して）

一　たすきの美称。狩衣の袖を肩に結び上げること。

二　雑木で作った低い垣根。

三　棟と梁の間とか縁の下等に立てる短い柱。つか。

四　「法印問答」によって清盛は静憲に敬服しているのである。

五　声高く唱えること。

六　お経を読んでおられたお声。「あそばす」は、なさる、の意であるが、「経をあそばす」で経を読むことの敬語。

＊ **粛清された院側近**　清盛の狙いは側近一掃による院政の撲滅である。源資賢・資時のような芸術一家も容赦なく処断された。信西家臣として西光と並び記憶される西景（成景。笙の名手）も追捕を受ける。白河殿倉預となった大舎人兼盛（西景の義理の弟。八八頁北面系図参照）は手を切り落された。海に落し殺された者もある。『玉葉』『山槐記』に伝えるそれらの情報は政変のどす黒さを見せてくれる。左衛門佐相模守平業房は、鹿谷事件で一度逮捕されたが、彼のみは院の再三の申し出で放免された。よくよくの寵臣だったが今度は助からず、解官の上伊豆に流された。ところが警固の隙をついて脱走し、半月ほどは行方が知れない。しかし結局、「右〈左カ〉衛門佐業房〈院近習御寵人〉於清水寺師法師房為兵衛尉知綱被搦取、於右大将許拷問云々、日来所隠遁也」（『山槐記』治承三・一二・二）。

せて、法印あまりのかなしさに、裘代の袖を顔におし当てて、泣く泣く御前へぞ参られける。御前には尼御前ばかりぞ侍はれける。「やや、法印の御坊。君は、昨日法住寺殿にて供御きこしめされてのちは、夕べもきこしめしも入れず、ながき夜すがら御寝もならず、御命もすでにあやふくぞ見えさせましましさぶらへ」と申させ給へば、法印涙をおさへて、「なにごとも限りある御ことにて候へば、平家たのしみ栄えて二十余年、されども悪行法にすぎて、すでに滅び候ひなんず。天照大神、正八幡宮も君をこそ守りまゐらせ給ふらめ。なかにも、君の御たのみある日吉山王七社、一乗守護の御ちかひあらためずんば、かの法華八軸にたち翔つて、君をこそ守りまゐらせ給ふらめ。しからば政務は君の御代となり、凶徒は水のあわと消え失せ候ふべし」と申されたりければ、法皇、この言葉に、すこしなぐさませおはします。

主上臨時の御神事

主上は、関白の流され、臣下の多く滅び失せぬることをこそ御な

その後消息なく、その時殺害されたと思われる。その妻が院の愛妾浄土寺二位といわれた妖婦丹後（高階栄子）で、中納言実教の後妻となり、承仁法親王と通じ、院・頼朝・通親を操って文治・建久の政界に暗躍した。院は丹後やその連れ子たちに、常に業房の遺族としての異常な配慮を見せている。高雄神護寺に後白河院・重盛・頼朝の肖像があることは有名だが、古くはこれと一組になる光能・業房の画像もあった（光能は現存）。光能もこの政変で三官停職されたが、のち福原院宣を画策する（第四十六句「文覚」参照）。光能の子中原親能・大江広元は鎌倉幕府重臣となる人物である。平家物語の外側にも複雑な因縁が渦巻いているのである。

〔裘代〕

七 貴族の着る法服。俗人の直衣に相当する。

八 天皇・上皇等の食事。クゴとも。

九 限定されたどうにもならぬこと、の意で、運命。

一〇 法華経に説かれた一仏乗の法を守護するとの山王の誓願。権大乗（大乗の方便として説かれた声聞・縁覚・菩薩三乗各別の法）に対し、一切衆生をすべて成仏せしめる説法を「一乗」という。天台の仏法の称。

一一 法華経八巻読誦の声に来臨して。「たち翔る」は空を飛ぶことで、ここは神の出現をいう。

げきありつるに、あまつさへ「法皇鳥羽殿へ押しこめられさせ給ひ（幽閉されなさった）ぬ」と聞こしめしてのちは（お聞きなされてのちは）、供御もきこしめしも入れず（食事を召し上がりもなさらない）、御悩とて、つねは夜の御殿に（ご寝所に）のみぞ入らせ給ふ。御前に侍はせ給ふ女房たち、いかなるべしともおぼえ給はず（どうしてよいか分別もおつきにならない）。（〔実は〕）内裏には「臨時の御神事」[一]とて、主上夜ごとに清涼殿の石灰[二]の壇にして、伊勢大神宮をぞ御拝ありける。これはただ法皇の御祈念のためなり（これはひとえに法皇のご無事をお祈りになるためである）。二条[三]の院はさばかんの（あれほどの）賢王にてわたらせ給ひしかども、「天子に父母なし」[四]とて、つねは法皇の（常々父法皇の）仰せをも申し返させましましければにや（仰せに対してお従いあそばされなかったからか）、継体[五]の君にてもましまさず、御年二十三にてかくれさせ給ひぬ。御ゆづりを受けさせ給ひたりし（その御位をお継ぎになられた）六条の院も、安元二年七月十四日[六]、御年十三にて崩御なりぬ。あさましかりしことどもなり（嘆かわしい限りのことであった）。「百行[七]のなかには（あらゆる行いの中では）孝行をもつてさきとす（第一とする）」「明王[八]は孝をもつて天下を治む」と見えたり（と古書に見える）。されば（それで）、「唐堯[九]はおとろへたる母をたつとみ、虞舜[一〇]はかたくななる父をうやまふ」と見えたり（とも書かれている）。かの賢王聖主の先規を追はせましましける（先例にならって孝養を尽くされた）叡慮

一 臨時に特に行われる宮廷の神事。
二 清涼殿昼御座の東南の、石灰で塗り固めてある一室の名。帝が毎日大神宮・内侍所を拝する所。
三 第三句「二代后」、第四句「額打論」参照。高倉帝の兄に当る。高倉帝を孝心の帝、二条院を不孝の帝として対照的に扱っているわけである。「六条の院」は二条院皇子。
四 四五頁注五参照。
五 「創業の君」に対していう。前帝の嫡子として位を継ぎ、前帝の制法を守る君。『史記』外戚世家に「継体守文之君」とあるによる。
六 「十七日」が正しい。安元二年（一一七六）白山騒動の頃であるが、略本系では記事としてはここに初めて記される。
七 「孝百行之本」（『礼記』）・「孝道之美百行之本也」（『白虎通』）。
八 「明王之以孝治天下也如此」（『孝経』）。
九 「帝堯者従母所居為姓也」（『史記』五帝本紀）などによるか。堯は中国古代の聖王。姓を陶唐氏という。孝子舜に位を譲った。
一〇 「舜父瞽叟頑、母嚚、弟象傲、皆欲殺舜、舜

順適不レ失二子道一（『史記』五帝本紀）。舜は堯の帝位を承け聖王となった孝子。姓を有虞氏という。

賢臣隠退

一一「雲井」は宮中。宮中に残っていても、すなわち高倉帝の場合は、帝位にあっても、の意。
一二 何になろう、何にもなるまいから。「なり」が上の反語文を体言扱いにして受ける語法である。
一三 寛平九年（八九七）宇多帝は醍醐帝に譲位の後、昌泰二年（八九九）三十一歳仁和寺に出家。熊野等巡拝するなど仏道に精進した。寛平法皇・亭子院と称する。上皇出家して法皇となる初例。
一四 寛和二年（九八六）花山帝は突如退位し、花山寺に十九歳で出家。諸国を巡拝した。
一五 出家遁世の決心をなされては。「あとなく」は現世・俗世に足跡を残さず、の意で、世を捨てること。
一六 底本「何の」脱、補う。
一七「仲尼（孔子）ノタマハク、君ハフネノゴトシ、民ハミヅノゴトシ、ソレ舟ヲウカブルモ水ナリ、舟ヲクツガヘスモ水ナリ、君ヲタツルモ人ナリ、君ヲホロボスモ人ナリ」（『仮名貞観政要』）。『貞観政要』にはこの類似句が多い。『孔子家語』にも見える。「史書の文」は『貞観政要』をさすか。

（〔高倉帝の〕お心は誠にご立派であった）のほどこそめでたけれ。

そのころ、ひそかに内裏より鳥羽殿へ御書あり。「かくあらんに（こういう時勢では）は、一一雲井にあとをとどめても（帝位にとどまっても）なにか一二せんなれば、一三寛平のむかしをも（宇多帝の古例を）とぶらひ、一四花山のいにしへをたづねて（花山帝の先例にならって）、山林流浪の行者ともなりぬ（なってし）べうこそ候へ（まいとうございます）」とあそばされたりければ（とお書きになられたところ）、法皇の御返事には、「さ（その）なおぼしめされ候ひそ（ようにお思いなさいますな）。さてわたらせ給へばこそ（そうして帝位におられるからこそ）、一つのたのみにても候へ（私の唯一の頼りともなっているのです）。一五あとなくおぼしめしならせ給はんのちは、一六何のたのみか候ふべきか。ただ愚老がともかうもならん様（私がこれから先どうなってゆくか）を御覧じはてさせ給ふべし（最後をお見届け下されたい）」とあそばされたりければ（とお書きになったので）、主上、この返事を龍顔におし当て、御涙せきあへさせ給はず（お涙をこらえかねていらっしゃる）。一七「君は舟、臣は水、水よく舟をうかべ、水また舟をくつがへす。臣よく君をたもち、臣また君をくつがへす」。保元、平治のころは入道相国君をたもちたてまつる（ご守護申し上げたのだけれども）といへども、安元、治承の今はまた君をなやましたてまつる。史書の文に（文句にある通りである）たがはず。

大宮[一]の大相国、三条[二]の内大臣、葉室[三]の大納言、中山[四]の中納言も失せられぬ。いま古き人[五]とては、成頼[六]、親範[七]ばかりなり。この人々も、「かくあらん世には、朝につかへて身を立て、大納言を経てもなにかはせん」とて、いまださかんなりし人々の、出家をし、世をのがれ、民部卿入道親範は大原の奥の霜にともなひ、宰相入道成頼は高野の霧にまじはつて、「一向、後世菩提のほかは他事なし」とぞ承る。むかしも商山[八]の雲にかくれ、潁川[九]の月に心をすます人もありければ、これ、あに清潔にして世をのがれたるにあらずや。なかにも、高野におはしける宰相入道成頼、か様のことどもつたへ聞いて、「あはれ心強うも世をのがれたるものかな。かくて聞くもおなじことなれども、まのあたりにたちまじはつて見ましかば、いかばかり心憂かるべし。雲をわけてものぼり、山をへだてても入りなばや」とぞのたまひける。げにや、心あらんほどの人の、跡をとどむべき世とも見えざりけり。

一 藤原伊通。摂関支流頼宗流。権大納言宗通の子。太政大臣に至る。号大宮または九条。長寛三年（一一六五）薨。七十三歳。

二 藤原公教。閑院流。太政大臣実行の子。叔父実能養子。内大臣に至る。号三条。永暦元年（一一六〇）薨。五十八歳。

三 藤原光頼。勧修寺・葉室流。権中納言顕頼の子。権大納言に至る。承安三年（一一七三）薨。五十歳。

四 藤原顕時。勧修寺・葉室流。因幡守長隆の子。行隆（二七八頁注一参照）の父。権中納言に至る。号中山。仁安二年（一一六七）薨。五十八歳。

五 古老。単に年取った人というのではなく、経験あり、知識あり、見識すぐれた人、という礼讃の語。（二七一頁注五「若き人」）参照。

六 葉室光頼の弟。兄の養子となり、光頼の子宗頼を養子とした。参議に至る。承安四年（一一七四）三十九歳で出家し、高野に住み高野宰相入道と称した。建仁二年（一二〇二）薨。六十七歳。

七 平親範。右大弁範家の子。民部卿参議に至る。承安四年三十八歳で出家。洛北大原に住んだ。承久二年（一二二〇）薨。八十四歳。子に基親（二七五頁注一九）がある。

八 中国漢代の故事、商山四皓。東園公・綺里季・夏黄公・角里先生の四老人が秦の暴政を厭い、長安の南方商山に隠遁したことをいう。

九 中国古代の賢人許由の故事。一五六頁注五参照。

明雲座主還着

(十一月)同じき二十三日、天台座主覚快法親王[一〇]しきりに御辞退ありければ、前の座主明雲大僧正[一一]、還着し給ふに（復任なされたが）、入道相国、かく散々にしちらされたりけれども（このように散々したい放題のことをなされたけれども）、中宮と申すも御むすめにてまします（御娘でいらっしゃるし）、関白(基通)殿も聟なり、よろづ心やすうや思はれけん（万事につけ安心と思われたのか）、(清盛)「政務は一向主上の御はからひとあるべし」（ことごとく主上のご意向のままでよろしい）とて、福原へこそ下られけれ。前の右大将宗盛の卿、いそぎ参内あつて、このよし[一二]を奏せられたりけれども、主上は、「法皇の譲りましましたる世[一三]ならばこそ（法皇がお譲りになられた）。ただ、とうとう（すぐにも）執柄に言ひあはせて（関白と相談して）、宗盛ともかうもはからへ」（宗盛がなんとでも取り計らえ）とて、聞こしめしも入れざりけり（お聞き入れにもならなかった）。

城南の離宮

さるほどに、法皇は城南の離宮にして、冬もなかばすごさせ給へば、射山[一四]の嵐の音のみはげしくて、閑亭[一五]の月ぞさやけき。庭には雪降りつもれども、跡ふみつくる人もなし（その雪を踏んで訪れる人とてない）。池には氷閉ぢかさねて（氷が厚く張りつめて）、群れゐし鳥も見えざりけり。大寺[一六]の鐘のこゑ、入相の耳をおどろかし（暮れゆく一日を告げ知らせ）、西山の雪の色、香炉峰ののぞみをもよほす（を望み見る思いがする）。夜の霜にひややか（霜夜に冷え冷えと響く）

〔賢臣の縁戚関係系図〕

(高階)業遠 — 経敏＝信西 — 静憲○○；重仲 — 泰重 — 泰経○○；女；女 — 基親○○
(葉室)為房 — 長隆 — 顕時 — 行隆○○；為隆 — 顕隆 — 顕頼 — 光頼・成頼 — 宗頼・成頼＝宗頼；女
(平)実親 — 範家 — 親範 — 棟範
(御子左)俊忠 — 忠成 — 光能○○；俊成；女
(閑院)公実 — 実能 — 公能 — 実定・光能；実行(三条) — 公教 — 公教
(六条)顕季 — 女；女
(坊門)宗通 — (大宮)伊通 — 伊実；女

(太字は賢臣・○○印は政変に名の見える人物)

一〇 鳥羽院の皇子。第五六代座主。一一二頁注二参照。
一一 第十一句「明雲座主流罪」参照。
一二 高倉帝親政のことをさす。
一三 下に、自分が政務も執ろうが、法皇が譲られたのでない以上は政務は執らぬ、の意が略されている。
一四 藐姑射の山。仙人の山(『荘子』に見える)の意で、上皇の御所をたとえる。他本「野山」とするものは誤り。
一五 人気のない建物。他本「寒庭」とするものは誤り。
一六 鳥羽の勝光明院の俗称。「遺愛寺鐘欹レ枕聴、香炉峰雪撥レ簾看」(『白氏文集』「香炉峰下新卜二山居一」。『和漢朗詠集』山家)を用いた文。

なる砧のひびき（砧の音）、かすかに御枕につたひ、あかつき氷をきしる車の音、はるかに門前によこたはれり（〔そのわだちの跡が〕門前から遙か遠くまで続いている）。ちまたをすぐる行人征馬[一]のいそがはしげなる気色（忙しげな様子に）、憂き世をわたるありさまも（浮き世の人々の渡世のすがたも）、おぼしめし知られ（自然とお分りになって）てあはれなり（お心をうつ）。（法皇）「宮門を守る蛮夷[二]の、夜も昼も警固をつとむるも、前世のいかなるちぎりにて（どういう定めごとによって）、いま縁をむすぶらん（こうして自分と縁を結ぶのであろう）」と仰せなるこそかたじけなき（もったいないことである）。およそ物にふれ、事にしたがつて、御心をいたましめざるといふことなし（法皇のみ心をお痛めにならぬことはない）。さるままには（そういうご生活につけても）、かのをりをりの（昔の）御遊覧、所所の御参詣、御賀のめでたかりしことどもおぼしめしつづけて（あれこれと思い続けられて）、懐旧の御涙おさへがたし。

年去り年来つて、治承も四年になりにけり。

一 旅ゆく人や馬。「南望則有二関路之長一、行人征馬駱二駅於翠簾之下一」（『本朝文粋』源順「白河院秋花逐レ露開序」。『和漢朗詠集』山家）。

二 野蛮人。ここは宮門警固の武士のこと。衛士。

＊ **賢臣隠退** 当時賢臣といわれた人々が次々と世を去りあるいは隠退した、と記す一段は、語り物系では法皇鳥羽幽閉に関連させて巻三の終りに置かれ、その一節を以て治承三年の政変を批判する意味合いを持たせている。一方延慶本・長門本では治承四年正月の所にこれを置いて、巻四巻頭記事に相当させている。それは巻四で起る以仁王謀叛の序曲などではなく、漠然と賢臣グループを懐かしむ立場からなされた、暴力的な乱世諸相に対するアンチテーゼの形だと言うべきであり、特に十一月政変に固執しないその形が、語り物系のように歴史の一部として組みこまれたのであろう。したがってこの人々の進退や肩書を、治承三年の時点から厳密に解釈するのは必ずしも妥当ではない。彼等はいわば院政の中で良識と学才を発揮した三流貴族であった。成頼はこの後も、時勢の批判者・予言者として顔を出すが、平家物語の上に投影する都市知識人的要素はおそらくこれら賢臣群と地位や立場を共通にするものであり、そうした点で成頼は、平家物語作者の一人高野宰相入道（『平家勘文録』）に擬せられてもいるのである。

巻第四

目　録

平家物語　巻第四

第三十一句　厳島御幸

治承四年正月一日、鳥羽殿には、入道相国もゆるされず、法皇もおそれさせましましければ、元日、元三のあひだ参入する人もなし。故少納言入道の子息、藤原の中納言成範、その弟左京大夫脩範、これ二人ばかりぞゆるされて参られける。同じく二十日、東宮御袴着、ならびに御魚味初めきこしめすとて、めでたきことどもありしかども、法皇は御耳のよそにぞ聞こしめす。二月二十一日、主上ことなる御つつがもわたらせ給はぬを、おし

一　京都市伏見区鳥羽にある離宮。前年十一月以来後白河院が幽閉されている。一五二頁注三参照。
二　藤原信西の子。母は紀伊の二位。当時権中納言。のち中納言に至る。寿永二年法住寺合戦の時も法皇のために奔走し、同年辞任。底本「なりのり」を改めた。
三　成範の同母弟。当時非参議右京大夫。のち参議となる。法住寺合戦の時も兄成範と法皇幽閉を見舞い、同時上醍醐で出家する。法名円浄。
四　高倉帝第一皇子言仁親王。すなわち安徳帝。
五　男児が三歳になった時成長を祝って初めて袴を着る儀式。着袴とも。
六　誕生後初めて小児に魚肉などを食べさせる式。

＊東宮の袴着・魚味初め　袴着は三歳に行うのが吉例といわれるが、当時言仁親王は三歳とはいえ、誕生は治承二年十一月であるから、実際は満一年二カ月の嬰児である。翌月の践祚のための早急な行事だったことは明らかで、誕生一カ月で東宮に立てた時からの一貫した清盛の計画であった。兼実の『玉葉』にもその事情を明記し、なお式の詳細が記されている。御膳は鯛・御飯・漬汁で、東宮亮重衡がお世話した。装束は小葵文の浮織物の紅の直衣に紅の袴であった。東宮は独り置かれてもむずかることなく、「御進退敢非二幼稚之儀一兼有二成人之器一可レ貴可レ貴」と兼実は感激の目で見ている。薄命の幼帝の面影を伝える稀少の記事である。

安徳天皇御践祚

おろしたてまつる（ご退位させ申し上げる）。東宮（安徳）践祚[一]あり。これは、入道相国、よろづ思ふままなるがいたすところなり（独裁の権力にまかせてとりはからったことである）。「時よくなりぬ」（〔平家の〕時節が到来した）とてひしめきあへり（といって一門の人々は大騒ぎである）。

内侍所[二]、神璽、宝剣、わたしたてまつる（〔新帝御所へ〕お移しする）。上達部[三]、陣[四]に集まつて、ふるごとども（古式の儀式を）先例[五]にまかせておこなひしに（先例にしたがって行ったが）、弁[六]の内侍、御剣取て歩み出づ。清涼殿の西面にて、泰通[七]の中将受け取る。備中[八]の内侍、しるしの御箱[九]取り出だす。隆房[一〇]の少将受け取る。内侍所、しるしの御箱、「こよひばかりや手をもかけん」（手をかけるのも今夜限りになろうか）と思ひあへり。内侍の心のうちども（〔その〕）、「さこそ」（さぞかし〔悲しかろう〕）とおぼえて（と思われて）、あはれぞ多かりける（感慨も深いのであった）。なかにも、しるしの御箱をば少納言[一一]の内侍取り出づべかりしを（捧げ持って出るはずであったのだが）、こよひこれに手をもかけては、長くあたらしき内侍にもなるまじきよし（末長く新しい帝の内侍にはなれないということを）、人の申しけるを聞いて、その期に辞して（その場で辞退して）取り出ださざりけり。「年すでにたけたり（年もすでにとっている）。ふたたびさかりを期すべきにもあらず（期待すべきでもあるまい）」とて人々憎みあへりしに（非難しあったが）、備中の内侍は生年十六歳、いまだいとけなき身ながら（若年の身でありながら）、そ（その）

一 皇位に即くこと。「祚」は天子の位。「即位」も同義語だが、皇位継承の事実を践祚といい、その後これを天下に公表する式を即位という。
二 以下三種の神器。八咫鏡・八坂瓊曲玉・草薙剣。「内侍所」は内裏の温明殿の別称で、ここに神鏡を安置するところから、神鏡自体をいう。「神璽」は本来は帝王の印鑑のことで、中国で帝位のしるしであった。日本では曲玉をこれになぞらえたのである。「内侍所……あはれぞ多かりける」の間の文は『厳島御幸記』によっている。
三 公卿の別称。読みはカンダチメとも。
四 公事を行う時、公卿が列座し評議する場。内裏の宜陽殿西廂にあった。陣の座ともいう。
五 応徳三年（一〇八六）堀河帝践祚の例によってこの時の儀式を行ったのである。
六 筑前守高階泰兼女。
七 大宮の太政大臣藤原伊通の孫。参議為通の子。伊通弟の大納言成通の養子となる。のち大納言に至る。
八 醍醐源氏備中守季長の女。
九 神璽をおさめる箱。
一〇 冷泉隆房。藤原氏六条流。家成の孫、権大納言隆季の子。当時右中将が正しい。
一一 少納言平信国女。兵部卿信範の孫女。この時の践祚は平時忠の強硬な意見で行われたが、信国は時忠の従弟である。少納言の内侍としては平家全盛の絶頂期

の期（際）に、わざとのぞみて（特に志望して〔御箱を〕捧げ持って出たというのは）取り出だしける、優なりけるありさまなり（殊勝な振舞であった）。つたはれるものども（皇室伝来のさまざまの御物を）、品々、つかさづかさ（それぞれの役人が）、受け取りてける。新帝の皇居、[一二]五条の内裏へわたしたてまつる。〔高倉前帝の〕[一三]閑院殿には火の影もかすかに、[一四]鶏人の声もとどまり、[一五]滝口の問籍も絶えにければ、ふるき人々（古くから仕えている人々は）、めでたき祝ひのなかにも涙をながし、心もいたましぶ（沈痛の思いにかられる）。[一六]左大臣（藤原経宗）、陣に出で、御位ゆづり（ご譲位）のことども仰せしを聞いて、心ある人々は涙をながし、袖をうるほす。われと御位を（進んで御位を）儲の君にゆづりたてまつれば（皇太子にお譲り申し上げるゆえに）、「[一七]藐姑射の山のなかにも静かに（院御所のうちで静かに余生を送ろう）」などおぼしめす（などとお思いあそばす）。もともとだにも（〔そういう〕自然なご譲位ですら）あはれは多きならひぞかし（悲哀の深いのが常である）。いはんや（ましてや）、これは（このたびは）心ならずおしおろされさせ給ひけんあはれさ、申すもなかなかおろかなり（到底言葉には尽せぬほどである）。

新帝、今年三歳。「あはれ（なんとまあ）、いつしかなる（あわただしい）位ゆづり（ご譲位だな）かな」と人々申しあはれけり。平大納言時忠の卿は、うちの（新帝の）御乳母[一八]帥の典侍の夫たるによつて、「『[一九]今度の譲位いつしかなり』と、たれかかたぶけ申すべき（誰が非難できよう）。異国には、周の[二〇]成王三歳、晋の[二一]穆帝二歳。わが朝には、近

を迎えるにあたり、内侍の職に未練があったわけなのである。

一二 五条大路の南、東洞院大路の東にあった藤原邦綱邸を里内裏とした。

一三 高倉上皇の御所。二条大路の南、西洞院大路の西にあった。一〇二頁＊印参照。

一四 時刻を知らせる官人。鶏冠に似せた頭巾をかぶったためこの名がある。

一五 夜中宿直勤番する滝口の武士が姓名を名乗り、蔵人がこれを取り次いで奏上すること。「滝口」は清涼殿東北にある滝口所に詰め、宮中の警衛に当った武士。この辺の文『厳島御幸記』の「鶏人のこゑもとどまり滝口のもんじやくもたえて」によっている。

一六 以下の一節『厳島御幸記』による文。

一七 「藐姑射之山、有二神人一居焉」（『荘子』逍遙遊）から仙人の居所をいい、転じて上皇の御所をいう。

一八 二二二頁注八参照。

一九 底本「今度譲位……」とする。類本、斯道本により「の」を補う。

二〇 周の武王の子。叔父周公旦の輔佐により三十七年在位して治績をあげた。即位は十三歳であるが、三歳とする説もある。

二一 晋の康帝の子。二歳で即位し、在位十六年。母后が政に当った。晋は三国時代の後に魏の臣司馬昭が建てた国。

衛の院三歳、六条の院二歳、みな襁褓[一]のうちにつつまれて、衣帯正しうせざつしかども、『あるいは摂政[二]負うて位につけ、あるいは母[三]君抱いて朝にのぞむ』と見えたり。後漢の孝殤皇帝[四]は、生れて百日といふに践祚ありて天子の位をふむ。先蹤、和漢かくのごとし」と申されけれど、そのときの有職[五]の人々、「あなおそろし。ものな申されそや。さればそれはよき例どもか」とぞつぶやきあはれける。

東宮、位につかせ給ひしかば、太政入道、夫婦ともに准三后[六]の宣旨をかうむり、年官年爵[七]を賜はつて、上日[八]の者を召し使ひ、絵かき、花つけたる侍[九]ども出で入りければ、院、宮のごとくにてぞありける。出家入道ののちも、栄耀なほ尽きせぬとぞ見えし。出家の人の准三后の宣旨をかうむることは、法興院[一〇]の大入道兼家の卿の例とぞ承る。

新院厳島御幸延引

同じく三月に、「新院、安芸の厳島へ御幸なるべし」とぞ聞こえさせ給ひける。皇帝位去らせ給ひて、諸社の御幸のはじめには、

一 普通「むつき」と訓読して幼児のおしめのこととするが、「襁（繦とも）」は背負い帯、「褓（緥とも）」は産衣の意。子供の着衣・背負い帯・寝具等を広くいった語であろう。二幅五尺の大きな襁褓（『源礼委記』）の例もある。

二 周公旦のこと。武王の弟。成王の叔父。幼王をたすけて善政をしき、聖人といわれた。

三 褚太后のこと。晋の康帝の后。穆帝の生母。穆帝を立てて政を執った。

四 和帝の子。和帝の崩御後、生後百余日で即位したが八カ月で崩じた。底本「かうやうくわうてい」とあるを改める。「高上皇帝・高章皇帝」等と書く本もあるが当て字。

五 宮廷の故実典礼に詳しい人。イウソクとも。

六 三后（太皇太后・皇太后・皇后）と同じ年官年爵を与えられる宣旨。

七 毎年の除目に、掾・目各一人、史生三人分の俸禄と、従五位下一人を叙する分の位田を所得として与えられること。

八 当番として出仕する者。

九 衣服の文様を箔で摺り、また練絹の糸で作った花を冠に着けた侍。華やかな衣裳をいう。

一〇 二七二頁注五参照。永祚二年（九九〇）五月出家の後、准三后の宣旨を受けたが固辞した。底本「ほうきんゐん」とあるを改めた。「卿」は「公」が正しい。

八幡[11]、賀茂[12]、春日[13]なんどへこそ御幸なるべきに、はるばるの西のはて、島国へわたらせ給ふ神へしも御幸なることは、人、「いかに」と申しあへり。ある人申しけるは、「白河の院は熊野[14]へ御幸、後白河の法皇は日吉[15]の社へ御幸なる。すでに知んぬ、叡慮にありといふことを。そのうへ、御心中にふかき御願あり、『御夢想の告げある』とぞ仰せける。厳島は太政入道あがめたてまつり給へば、上には平家と御同心、下には、法皇のいつとなく鳥羽殿へおしこめられてわたらせ給へば、『入道の心をやはらげ給へ』との御祈念のため」とぞ聞こえし。

山門の大衆、憤り申しけるは、「賀茂、八幡、春日なんどへ御幸ならずは、わが山の山王[16]へこそ御幸なるべけれ。安芸の厳島までは、いつのならひぞや。その儀ならば神輿を振り下したてまつりて[17]、御幸をとどめたてまつれ」とぞ申しける。これによつて、しばらく御延引[18]あり。入道相国、様々になだめ給へば、山門の大衆しづまりぬ。

一一 石清水八幡宮。八二頁注二参照。
一二 賀茂神社。上賀茂社・下賀茂社の総称。
一三 春日大社。藤原氏の氏神。奈良市春日野町にある。二五八頁注二参照。
一四 熊野三山（本宮・新宮・那智）のこと。三五頁注一三参照。白河院最初の熊野御幸は寛治四年（一〇九〇）正月だが、譲位後、先に高野山と延暦寺に御幸された（ともに寛治二年）ので、熊野が御幸始めではなかった。
一五 比叡山の鎮守神。後白河院は譲位後永暦元年（一一六〇）三月参詣の御幸があった。
一六 比叡山の異称。一一八頁＊印参照。
一七 日吉の神輿を担ぎ出し下山して。叡山僧兵の強訴のきまった仕方である。
一八 延期。エンインの訛。

＊ **清盛の武家政治** 治承三年の武力革命の仕上げともいうべき、外孫安徳幼帝の践祚によって、清盛は完全な独裁体制を樹立する。院政時代の常識からいえば全権を持つべき法皇は幽閉され、高倉新上皇は柔順な女婿として手も足も出ない。そのことの否応なしの確認が、この異例の厳島御幸だったわけで、そこには清盛の魔王的な意志が覆っている。重盛在世時の貴族化した栄華の時代とは一線を画した、頼朝の幕府型武家政治に先行する、外戚摂関型武家政治ともいうべき一時代が出現し、波瀾を捲き起して行くことになる。

厳島御幸の門出

同じく三月十七日、上皇、厳島の御門出でとて、入道相国の西八条の第へ入らせ給ふ。その夜、やがて（すぐに）厳島の御神事はじめらる。殿（関白）下（基通）より、唐の御車、うつしの馬など参らせらる（お届けなさる）。その日の暮れほどに、前の右大将宗盛の卿を召して、「明日（上皇）、厳島御幸の御ついでに、鳥羽殿へ参りて、法皇の御見参に入らばやと（お目にかかりたいと思うがどうか）おぼしめすはいかに。相国禅門に知らせずしてはあしかりなんや」と仰せければ、宗盛の卿、涙をはらはらとながして、「なんでう事の候ふべき」（何のおさしつかえがございましょう）と申されたりければ、「さらば、宗盛参りて、その様を申せかし」（このことをお伝え申せ）と仰せければ、宗盛の卿、いそぎ鳥羽殿へ馳せ参り、このよし申されたりければ、法皇は、あまりにおぼしめす御ことにて（絶えず心に思っておられたことであっただけに）、「こは夢やらん」（これは夢ではないか）とぞ仰せける。

あくる十九日、大宮の大納言隆季の卿、いまだ夜ふかう参りて、御幸をもよほされけり（ご出発をおうながしになった）。この日ごろ聞こえさせ給ひし（先日来お申し出になっておられた）厳島の御幸をば、西八条の第よりとげさせおはします（ご出発なさる）。ころは弥生なかば過ぎぬ

一 清盛の邸。八条北、大宮東にあった。

二 唐庇の屋根に檳榔の葉で葺いた豪華な牛車。上皇・皇后・摂関などが用いる。

三 供奉の時に用いる乗りかえ用の馬。馬寮から支給されるのが普通だが、基通が餞別として贈ったのであろう。

四 藤原氏六条流。中御門家成の子。冷泉隆房の父。新院の別当であった。

＊**『厳島御幸記』** この辺の文には御幸に随従した源通親（二九八頁注七参照）の『高倉院厳島御幸記』の影響が見られる。御幸記は高倉院の譲位に筆を起し、当時の政情の不穏を暗示的に批判しつつ、海路往復の記事も含めて厳島御幸の前後十八日間を雅文体で綴ったものである。ただし新院が鳥羽殿に寄ったこと、また帰路に邦綱と内侍との和歌贈答のことは御幸記にはない。往路にも福原に寄り、ここから清盛も同行している。厳島の内侍たちも福原まで迎えに出て、福原でも途中の港でも神楽・雅楽・田楽など演じた。にぎにぎしく優雅な招待旅行のような中に、関白基房の配所の方角を聞いて新院の気色が変るなどという微妙な観察も示されている。厳島に逗留の間に奇瑞や神託が

新院鳥羽殿へ入御の事

あったことも記すが、その演出性にも通親は感づいているようである。平家物語はそれらの記事にあまり触れず、公顕の表白や和歌など、文芸的側面を集中的に採りこんでいるのである。なお広本系は御幸の出発と還御を記して簡略であり、御幸記によっていない。そのような広本系に御幸記を併せ作文して語り物系の記事がなったと見なされる。

五 「老いにたり」の音便。夏の鶯を老鶯と呼び、鳴き方も春先とは違う。それを言ったのである。

六 天皇が年頭に上皇や母后の院宮に行幸する儀式。ここでいう治承三年の朝覲行幸は正月二日が正しい。正月六日は東宮（安徳）の生誕五十日の式であった。

七 六衛府の官人が詰所にあって警衛すること。

八 行幸の時や舞楽の始めに奏せられる無拍子の、笛・太鼓・鉦鼓の曲。

九 上皇・女院の役所に仕える官人。

一〇 幔幕を張った門。

一一 宮中の施設や清掃などをつかさどる掃部司の長官。

一二 貴人通行の際に裾を汚さぬために敷く長い筵。

一三 寝殿の南側中央の階段に二本の柱を立て屋根を出した所を「階隠」（普通ハシガクシ）といい、そのすぐ奥の部屋。

るに、かすみにくもる有明の月の光もおぼろにて、越路をさしてかへる雁、雲居におとづれてゆくも、をりふしあはれに聞こしめし、夜のほのぼのと明けけるに、上皇、鳥羽殿へ入らせ給ふ。

門のうちへさし入らせ給へば、人まれにして木暗く、ものさびしげなる御すまひ、まづあはれにぞおぼしめす。春すでに暮れなんとす、夏木立にもなりにけり。こずゑの花の色おとろへて、谷のうぐひすも声老[五]いんだり。

去年の正月六日、法住寺殿へ朝覲[六]のために行幸なりたるには、諸[七]衛陣をひき、諸卿列に立ち、楽屋に乱[八]声を奏し、院[九]司、公卿参りむかつて、幔[一〇]門をひらき、掃[一一]部頭筵[一二]道を敷き、ただしかりし儀式、一つもなく、今日はただ夢とのみこそおぼしめせ。藤中納言成範参りて、御気色をうかがひ申されければ、法皇は寝殿の階[一三]隠の間に御座ありて、上皇を待ちまゐらせさせ給ひけり。上皇は、今年二十にならせおはします。明けがたの月の光に映えさせ給ひて、かがやくほ

新院厳島御参詣

どにいつくしうぞ見え給ふ。故建春門院[一]にゆゆしく似まゐらせましましければ、法皇、まづ故女院の御ことをおぼしめしいだして、御涙せきあへ給はず。御前には、尼御前[二]ばかりぞ侍はれける。両院の御座、近くしつらはれたり。御問答の御ことは、人承りおよばず。はるかに日たけて、上皇、鳥羽殿を出御なる。上皇は、法皇の離宮の故亭、幽閑寂寞の御座のすまひ、御心ぐるしく御覧じおかせ給へば、法皇はまた、上皇の旅泊行宮[三]の、波の上、船の中の御ありさま、おぼつかなうぞおぼしめす。供奉の人々は、前の右大将宗盛、[四]三条の大納言実房、[五]藤大納言実国、[六]五条の大納言邦綱、[七]土御門の宰相中将通親、殿上人には、[八]高倉の中将泰通、左少将隆房、[九]宮内少輔棟範とぞ聞こえし。前の右大将宗盛は随兵[一〇]三十騎召し具し、きらきらしうぞ見えける。まことに、宗廟[一一]、八幡、賀茂をさしおいて、厳島までの御幸をば、神明もなどか御納受なかるべき。御願成就うたがひなしとぞ見えたる。

一 高倉院生母滋子。五四頁注三参照。
二 二八〇頁＊印参照。
三 アングウとも。天皇の旅行先での仮の宮殿。
四 藤原氏閑院流。三条内大臣公教の子。のち左大臣に至る。『御幸記』には随行者中にこの名はない。
五 実房の兄。権大納言。高倉院の笛の師であった。
六 権大納言藤原邦綱。二一九頁注一二参照。
七 村上源氏。内大臣雅通の子。のち内大臣に至り政界を掌握した。当時参議、新院別当。和歌・文筆にも優れ、この御幸のことを『高倉院厳島御幸記』に書いた。
八 「泰通」「隆房」ともに二九二頁注七・一〇参照。
九 平棟範。右大弁範家の子。民部卿親範（二八六頁注七参照）の弟。
一〇 武装し騎馬で警固に当る武士。
一一 「宗廟」は天子の祖先を祀る霊屋の意で、伊勢神宮。「八幡」は石清水八幡宮をさす。
一二 厳島神社の巫女で、清盛の愛妾となり一女を生んだ女性。四〇頁注五参照。
一三 写経して仏前に供え誦経する仏事。この時高倉院は金泥の法華経一部、寿量品・寿命品を手写した。
一四 厳島の舞楽については一九六頁＊印参照。この時二日間にわたり、神楽・田楽・蘇合香・狛鉾などが演ぜられた。
一五 二〇二頁注四・二〇六頁＊印参照。

同じき二十六日、厳島へ御参着あつて（ご到着なさって）、太政入道の最愛の内侍[12]（厳島内侍）が宿所（の邸宅が）、御所になる。なか一日御逗留ありて、経会[13]、舞楽[14]おこなはる。導師には、三井寺の公顕僧正[15]とぞ聞こえし。高座にのぼり、鉦うち鳴らし、表白[16]の詞にいはく、「まことに九重の内を出でさせ給ひて（都の宮中をお出ましになられて）、八重の潮路をわけて参らせ給ふ御心ざしのかたじけなさよ」と高らかに申されたりければ、君も臣も感涙をぞもよほされける。大宮（本社の大宮）、客人[17]をはじめまゐらせて（摂社の客人の宮を始めとして）、社々、所々へみな御幸なる。大宮より五町ばかり山をまはつて、滝[18]の宮へ参らせ給ふ。公顕僧正、一首の歌よみて、拝殿の柱に書きつけられけり。

雲居[19]よりおちくる滝のしら糸に
　ちぎりをむすぶことぞうれしき

国司藤原[20]の在綱、品にのぼせられて（位をあげられて）、加階[21]、従下の四品、院[22]の殿上をゆるさる。神主佐伯[23]の景弘加階、従上の五位。座主尊永[24]、法印[25]になさる。神慮もうごき（明神のお心も動き）、太政入道の心もやはらぎぬらんとぞ見え（きっとやわらぐに違いないと思われた）

一六　法会・修法等に祈願の趣旨を書いて仏前に述べる文。
一七　厳島明神の摂社、客人宮。天忍穂耳命など五神を祀る。
一八　厳島明神の摂社、隈岡宮。湍津姫命を祀る。社の裏に白糸の滝があるのでこの名が付けられた。
一九　はるか雲の上から落ちくる白糸の滝のあるこの宮に、上皇様のお供でお参りできたことはまことにうれしい。「むすぶ」は「糸」の縁語。
二〇　菅原在経とするのが正しい。式部権少輔在長の子。治承三年十二月摂津守より安芸守に転任している。
二一　位階が昇進すること。諸臣の位階は『大宝令』官位令に正一位から少初位まで三十階に定められていた。「従下の四品」は従四位の下。
二二　上皇（高倉院）の御所の殿上に伺候を許されること。
二三　厳島の神主は安芸の豪族佐伯氏の世襲であった。清盛の庇護を受けて昇進し、のち安芸守に至る。平家滅亡後宝剣求使として活動したことが『玉葉』によって知られる。
二四　「尊叡」と書く本もあるが伝未詳。「座主」は宮寺としての厳島の別当の意。『御幸記』には「宮島の座主」とのみで名は記さない。
二五　法橋・法眼の上の僧侶の最高位。「法印大和尚位」の略。僧正に相当する。

し。

同じき二十九日、上皇、御船かざりて還御なる。風はげしかりければ、御船漕ぎもどし、厳島のうち、有の浦[一]にとどまり給ふ。上皇、「大明神の御なごり惜しみに、歌つかまつれ」と仰せければ、隆房の少将、

　たちかへりなごりも有の浦なれば[二]
　　神もめぐみをかくるしらなみ

夜半ばかりに、波もをさまり、風もしづかになりければ、御船漕ぎ出だし、その日は備後の国敷名[三]の泊に着かせ給ふ。このところは、去んぬる応保[四]のころ、一院御幸のとき、国司藤原の為成がつくりたる御所のありけるを、入道相国、御まうけにしつらはれたりしかども、上皇それへはあがらせ給はず。「今日は卯月[五]一日。衣がへといふことのあるぞかし」とて、おのおの都の方を思ひやり、遊び給ふに、岸に、色ふかき藤の、松に咲きかかりたりけるを、上皇叡覧あ

一　厳島の船着き場。蟻の浦とも。
二　また漕ぎ戻ったこの名残ある有の浦なので、打ち寄せる白波と同様に神も恵みをかけて下さるだろう。「なごりもあり」と「有の浦」、「めぐみをかくる」と「かくるしらなみ」がそれぞれ懸詞。『御幸記』によれば通親自身の歌で、第四句「神もあはれを」とある。
三　備後の国沼隈郡口無の泊の別名。鞆の西、阿伏兎岬より口無瀬戸にかかる北。現在広島県沼隈郡沼隈町。
四　「応保」は一一六一～六三。正しくは承安四年（一一七四）三月、後白河院が建春門院を伴って厳島参詣した時のこと（『百錬抄』）をいう。ただし当時国司は高階成章であった。「藤原為成」については不詳。安芸国司には見えない。
五　旧暦では四月一日から夏に入るので、単衣に着かえ、調度類も一斉に夏の物に代える。宮廷では紫宸殿

りて、[六]隆季の大納言召して、「あの花、折りにつかはせ」と仰せければ、[七]左史生中原の康定、[八]はし舟に乗りて御前を漕ぎとほるを召して、折りにつかはす。藤の花を手折り、松の枝につけながら持ちて参りたり。「心ばせあり」など仰せられて御感ありけり。「この花にて歌つかまつれ」と仰せければ、隆季の大納言、

[九]千年まで君がよはひに藤波の
　松の枝にもかかりぬるかな

そののち、御前に人々あまた侍はせ給ひて、御たはぶれごとのありしに、上皇、「白き衣着たる[一〇]内侍が、[一一]邦綱の卿に心をかけたりな」とて笑はせおはしましければ、大納言、大きにあらがひ[一二]申さるるところに、文持ちたる女が参りて、「五条の大納言殿へ」とてさしあげたり。「さればこそ」とて、満座、興あることに申しあはれけり。大納言、これを取りて見給へば、

[一三]しら波のころもの袖をしぼりつつ

で宴が催され（孟夏の旬という）、付随して種々の行事がある。これらを旅中に思いやったのである。

六 二九六頁注四参照。

七 伝未詳。『吾妻鏡』建久三年七月二十五日条に名が見える。「史生」は太政官の文書の作成・書写を扱う役人で、左右各十人と定められていた。

八 小舟。はしけ。

九 千年までも続く君のご寿命にちなんで、松の枝に藤の花が懸っているのでしょう。松は「千代の松」といわれるごとく長寿を象徴する。この歌『御幸記』では通親の歌で「千歳へむ君がかざしの藤波は松の枝にもかかるなりけり」とする。「波」「かかる」は縁語。

一〇 厳島の巫女。

一一 五条大納言藤原邦綱。二一九頁注一二参照。

一二 誓言をたてて自分の意見や立場を主張すること。釈明。陳弁。

一三 白波のような白衣の袖を涙にぬらしてはしぼりつつ、あなた様とのお別れを惜しむゆえに、忘れることはありませぬ。内侍の衣裳の白いのに「白波」をよそえ、「裁ち」を「衣」「袖」の縁語として詠んだ。

君ゆゑにこそたちもわすれね

上皇、「ゆゆしうこそ（ただ事ではないぞ）おぼしめせ[一]。この返事はあるべきぞ（この返歌はせねばなるまい）」とて、やがて（早速）御すずりを下させ給ふ。大納言、返事には、

思ひやれ[二]君がおもかげたつ波の
　寄せくるたびにぬるる袖かな

それより備後の国児島[三]の泊に着かせ給ふ。[四]五日（四月）の日は、天晴れ、風しづかに、海上ものどけかりければ、御所（上皇）の御船をはじめ（のお船をはじめとして）まゐらせて、人々の船どもみな出だしつつ、雲の波[五]、けぶりの波をわけし（漕ぎ分けてお進みになり）のがせ給ひて、その日の酉の刻（午後六時頃）に、播磨の国山田[六]の浦に着かせ給ふ。それより御輿にめして、福原へ入らせおはします。供奉の人々は、「いま一日も都へとく（もう一日も早く都へ帰りたい）」と急がれけれども、なか一日新院御逗留あつて、福原のところどころを歴覧ありけり（巡覧なさった）。隆季の大納言、勅定をうけたまはつて、入道相国の家[七]の賞（恩賞が行われる）おこなはる。入道養子丹波守清邦[八]、正五位の下に叙す。同じく入道の孫

一 自称敬語。「こそ」に応じて已然形で結ぶ。
二 私のことこそ思って下され。あなたの面影が浮ぶたびに涙がとまらず、着物の袖をぬらしておりますよ。「おもかげたつ」と「立つ波」は懸詞で「袖」の縁語。
三 普通コジマという。備前の国児島郡の郡にあった碇泊地。「備後」は誤り。当時児島の北岸に当った。
四 『御幸記』によれば五日は雨で高砂に泊った。ここは三日の記事に「空はれて日さしあがるほどに、我も我もと船ども帆うちあげて、雲の波けぶりの波をわけて走りあひたり」とあるによった文である。
五 「海漫々、直下無レ底旁無レ辺、雲濤煙浪最深処、人伝中有二三神山一」（『白氏文集』「海漫々」）から出た語で、「雲の波」（雲濤）は雲形の波頭。「けぶりの波」（煙浪）は靄のこめた海面。しかしここは直接には『御幸記』によっている（前項参照）。
六 播磨の国明石郡垂水村山田。明石海峡を隔てて淡路島に迫る所。現在神戸市垂水区。
七 自邸を皇居または行宮として提供した褒賞。
八 藤原邦綱の子。清盛の猶子。
九 重盛の次男。七五頁注一三参照。

福原別業入御の事

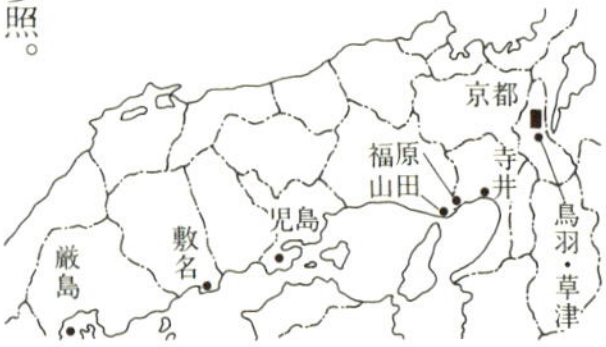
京都
寺井
鳥羽・草津
原田
福山
児島
敷名
厳島

高倉院帰洛

[九]越前の少将資盛、四位の従上とぞ聞こえし。

七日、福原を出でさせ給ひ、その日、寺井[一〇]に着かせ給ふ。御むかへの公卿、殿上人、鳥羽の深草[一一]へこそ参られける。還御のときは鳥羽殿へは御幸もならず（お立ち寄りにならない）。入道相国の西八条の第へ入らせ給ふ。

安徳天皇御即位

同じく（治承四）四月二十二日、新帝（安徳）御即位あり。大極殿[一二]にてあるべかりしかども、ひととせ（安元三）炎上ののちは、いまだ造り出だされず。「太政官[一三]の庁にておこなはるべし」とさだめられたりけるを、そのときの九条殿[一四]申させ給ひけるは、「太政官の庁は、およそ人の家にとらば（一般に人臣の家でいえば）、公文所[一五]体の所なり。大極殿なからんには（がない場合には）、紫宸殿[一六]にて御即位あるべし」と申させ給ひければ、紫宸殿にて御即位あり。「去んぬる康保四年十一月[一七]一日、冷泉院[一八]の御即位、紫宸殿にておこなはれ候ふことは、主上御邪気によつて（ご病気のために）、大極殿へ行幸かなはざりしゆゑなり。その例いかがあるべからん（そのような例によるのはいかがなものか）。ただ延久[一九]の佳例にまかせて（吉例に従って）、太政官の庁にておこなはるべきものを（行われるのがよろしかろうに）」と人々申しあはれけれども、九条殿の

一〇 摂津の国大河尻寺江。現在大阪市西淀川区。
一一 「深草」は「草津」の誤り。
一二 大内裏八省院の正殿。即位・大嘗会・節会などに用いた。五五頁注七参照。安元三年（一一七七）四月二十八日の大火で炎上したこと、第十句「神輿振り」に見えた。
一三 太政官の正庁。大内裏の朝堂院の東にあり、諸政事を扱う所。
一四 藤原兼実。関白忠通の三男。基実・基房の弟。天台座主慈円の兄。九条・月輪等と号する。当時右大臣。平家滅亡後頼朝と提携して政界を掌握し、関白太政大臣となる。その日記『玉葉』は時勢の表裏を詳細に記録した重要史料である。即位に関する意見のことは同書治承四年二月十五日・二十七日等に見えるが、意見の内容は記されていない。
一五 荘園・所領に関する文書を納め、租税などの事務を処理する所。国衙のほか、摂関家にも置かれていた。「体」は「……と同じような」の意。
一六 内裏の正殿。朝賀・公事を行う。
一七 史実は「十月」（『日本紀略』）。
一八 村上天皇第二皇子、第六三代。精神病の疾患があり、狂気による插話は『大鏡』『栄花物語』などに詳述されている。
一九 治暦四年（一〇六八、翌年に延久と改元）七月二十一日に後三条帝の即位式があった。

御はからひのうへは力およばず。（ご意見で決った以上とやかく言うことはできない）

中宮（安徳母后）、弘徽殿[1]を出でさせ給ひて仁寿殿[2]へうつり、高御座[3]へ参らせ給ふありさま、めでたかりけり（ご立派であった）。平家の人々みな出仕せられたりけれども、小松殿[4]の君達ばかり、父の大臣（重盛）去年失せ給ひしあひだ（亡くなられたので）、いまだ色にて（服喪中で）籠居せられたり（引き籠っておられた）。

蔵人右衛門権佐定長[5]、今度の御即位、違乱なくめでたき（整然と見事に行われた）様（様子）こまごまと記いて、入道相国の北の方、八条の二位殿へ奉り給ひければ、入道殿も二位殿も、これを見給ひて、笑をふくみてぞよろこび給ひける。か様にめでたき事どもは有つしかども、世間はなほしづかならず（やはり平穏ではなかった）。

第三十二句　高倉の宮謀叛

一　内裏後宮の一。清涼殿の北にあり、皇后・中宮などの居所。
二　内裏後宮の一。紫宸殿の北、清涼殿の東にある。
三　即位・朝賀などの大礼の際の天皇の座。
四　平重盛の子、維盛・資盛・清経らをさす。
五　藤原氏勧修寺流。参議大蔵卿為隆の孫。左中弁光房の子。のち造東大寺長官・蔵人頭・右大弁を経て参議に至る。この頃兵部権少輔で、「蔵人右衛門権佐」の肩書は二年後のことである。
六　高倉の宮、また三条の宮と称する。後白河院第三皇子だが、同母兄守覚法親王が仏門に入ったので、普通第二子と見なすのである。親王宣旨は受けていないので、「以仁王」というのが正しい。
七　高倉三位の局成子。後白河院に寵愛され、守覚法親王・以仁王・殷富門院亮子・式子・好子・休子内親王等を生む。
八　藤原氏閑院流。権大納言公実の子。実能の弟。保元二年大納言となる。加賀守を兼ねたこと『尊卑分脈』に見えるが、実際は二十余年前の職であった。永万元年（一一六五）二月死去。五十四歳。
九　徳大寺公能女多子。近衛后。二条妃。（巻一「二代后」参照）。近衛末賀茂川東河原の御所に隠棲している。以仁王とはまたいとこに当る。
一〇　後白河后平滋子。高倉帝生母。五四頁注三参照。
一一　天皇の兄弟・子孫に親王の称号を許す勅命。親王は位階を受け官職に任ぜられる。

高倉宮以仁王

一院第二の皇子以仁の親王と申すは、御母は加賀の大納言季成の卿の御むすめ。三条高倉にましましければ、「高倉の宮」とぞ申しける。御歳十五と申せし永万元年十二月十五日の夜、近衛河原の大宮の御所にて、しのびつつ御元服あり。御手跡いつくしうあそばし、御才学すぐれてわたらせ給ひしかども、御継母建春門院の御そねみにて、親王の宣旨をだにもかうむらせ給はず。花のもとの春のあそびには、紫毫をふるつて手づから御製を書き、月のまへの秋の宴には、玉笛を吹いてみづから雅音をあやつらせ給ひけり。かくて明かし暮らし給ふほどに、治承四年には三十にぞならせましましける。

源氏揃ひ

治承四年卯月九日の夜、近衛河原に候ひける源三位入道、この御所へ参りて申しけることこそおそろしけれ。「君は天照大神四十八世の御末、神武天皇より七十七代の宮にてわたらせ給ふ。いまは天子にも立たせ給ふべきに、いまだ親王の宣旨をだにもかうむらせ給はず、宮にてわたらせ給ふことを、心憂しとはおぼしめさずや。こ

一二 以仁王は仁平元年（一一五一）誕生で、治承四年には三十歳とするのが正しいが、当時から異伝があったようである。

＊**以仁王の元服**　以仁王は幼時天台座主最雲法親王（堀河皇子）に入室したが、十二歳で師に先立たれた。十五歳ひそかに元服を遂げたのは、五歳の弟宮（高倉）が親王宣旨を受ける九日前であった。さらにその二日後、元服式場を提供した大宮多子は出家している。二条帝崩御を悼んでという理由だが、以仁王の無断元服の責任もからんでいたであろう。王の生母の兄権中納言公光が四カ月後免職されたのも同様に考えられる。当時二歳の童帝（六条）や五歳の弟親王に対して十五歳で成人した以仁王は、明らかに帝位候補者として優位な足場を固めたのである。そして当然高倉帝位を実現させようとする平家側からは厳しい警戒の目が向けられていたであろう。

一三 源頼政。清和源氏頼光流。兵庫頭仲政の子。白河院以来大内守護として八朝に仕え、兵庫頭となり、昇殿を許され、治承二年従三位。翌年出家して三位入道と称する。武勇に優れ、特に弓術に長じた。また和歌をよくし、『従三位頼政卿集』に約七百首、勅撰集に約百六十首載る一流歌人であった。保元・平治の乱に官軍として行動し、為義・義朝系の源氏潰滅の後は清和源氏の代表格となっていた。

一 『大宝令』公式令(りよう)には、皇太子・三后から命令を発する際の公文書とされていたが、後には親王・王・女院からのものも言うようになった。リヤウジとも読み、底本「りやうし」と記す所もある。

〔「源氏揃ひ」系図〕

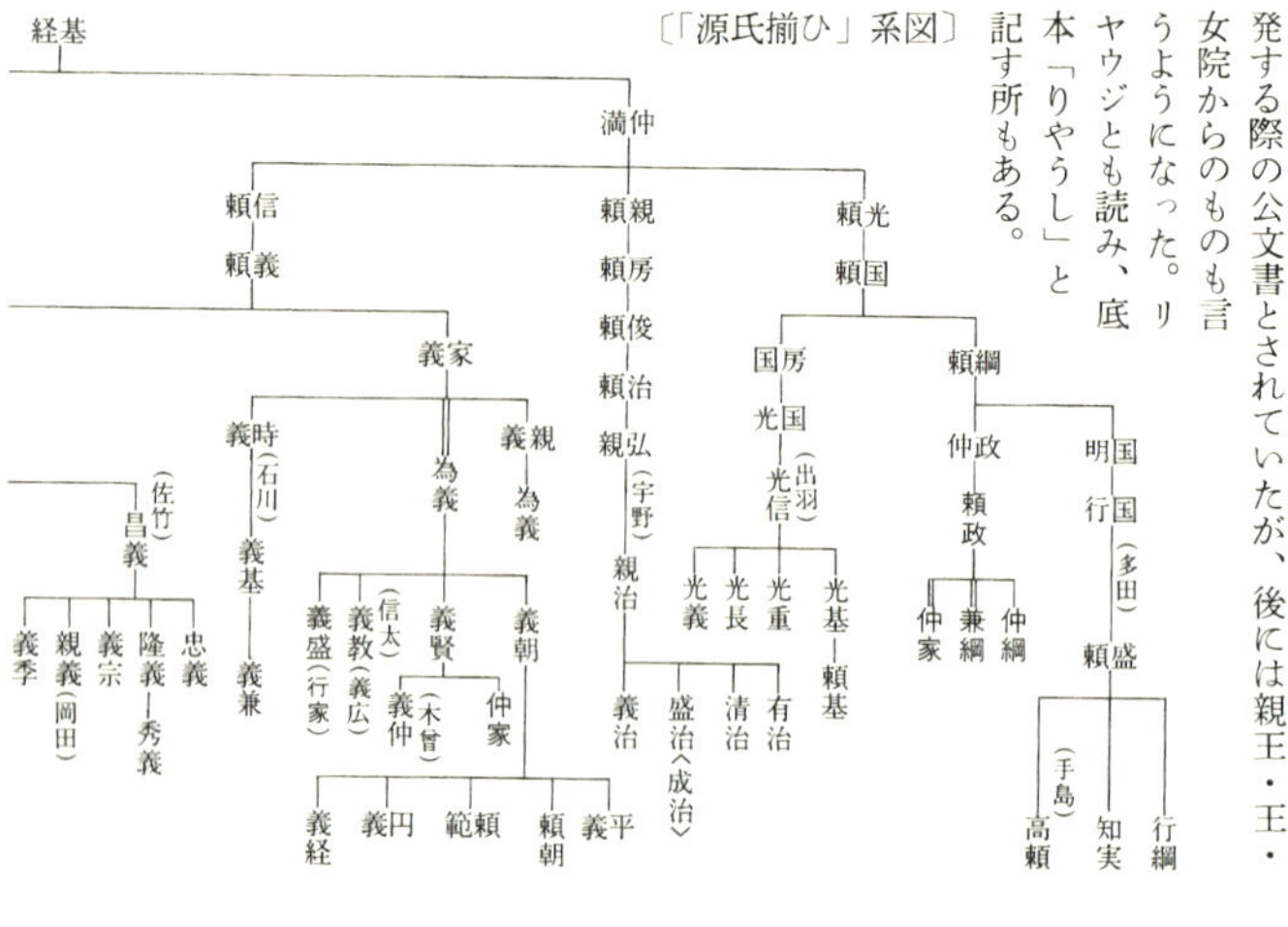

の世の中のありさまを見るに、上には従ひたる様に候へども〔うわべは従っているように見えますが〕、下には〔内心は〕平家をそねまぬ者や候ふ〔平家を憎まない者はございませぬ〕。されば、君、御謀叛(ごむほん)起させ給ひて、世をしづめ、位(くらゐ)につかせ給へかし。また、法皇のいつとなく〔いつまでというあてもなく〕鳥羽殿に押し籠められてわたらせ給ふをも、やすめまゐらせ給へかし〔お救い申し上げなさいませ〕。これ御孝行の御いたりにてこそ候はんずれ。神明三宝もなどか〔神仏も必ずや〕御納受(ごなふじゆ)なかるべき〔聞き入れ下さいます〕。君、まことにおぼしめし立つて〔ほんとうに思い立ちなされて〕、令旨(れいし)を諸国へくだされ給ふものならば、よろこびをなして馳(は)せ参らんずる源氏どもこそ多く候へ」とて申しつづく〔と言ってさらに言葉を続ける〕。

(頼政)「京都には、まづ出羽(では)の前司(ぜんじ)光信(みつのぶ)が子ども、伊賀守光基(いがのかみみつもと)、出羽の蔵人光長(くらんどみつなが)、出羽の判官光重(はんぐわんみつしげ)、出羽の冠者光義(くわんじやみつよし)。熊野には、六条の判官為義(ためよし)が末の子、十郎義盛(よしもり)とてかくれて候。津(つ)の国には、多田(ただ)の蔵人(くらんど)行綱(ゆきつな)こそ候へども、新大納言成親(なりちか)の卿(きやう)の謀叛のとき、同心しながら返り忠(ちゆう)したる〔一味に加わりながら裏切った〕不当人(ぶたうじん)で候へば〔不届者でございますから〕、申すにおよばず〔話になりませぬ〕。さりながらも、その弟に、多田の次郎知実(ともざね)、手島(てしま)の冠者高頼(くわんじやたかより)、太田(おほた)の太郎頼基(よりもと)。河内(かはち)

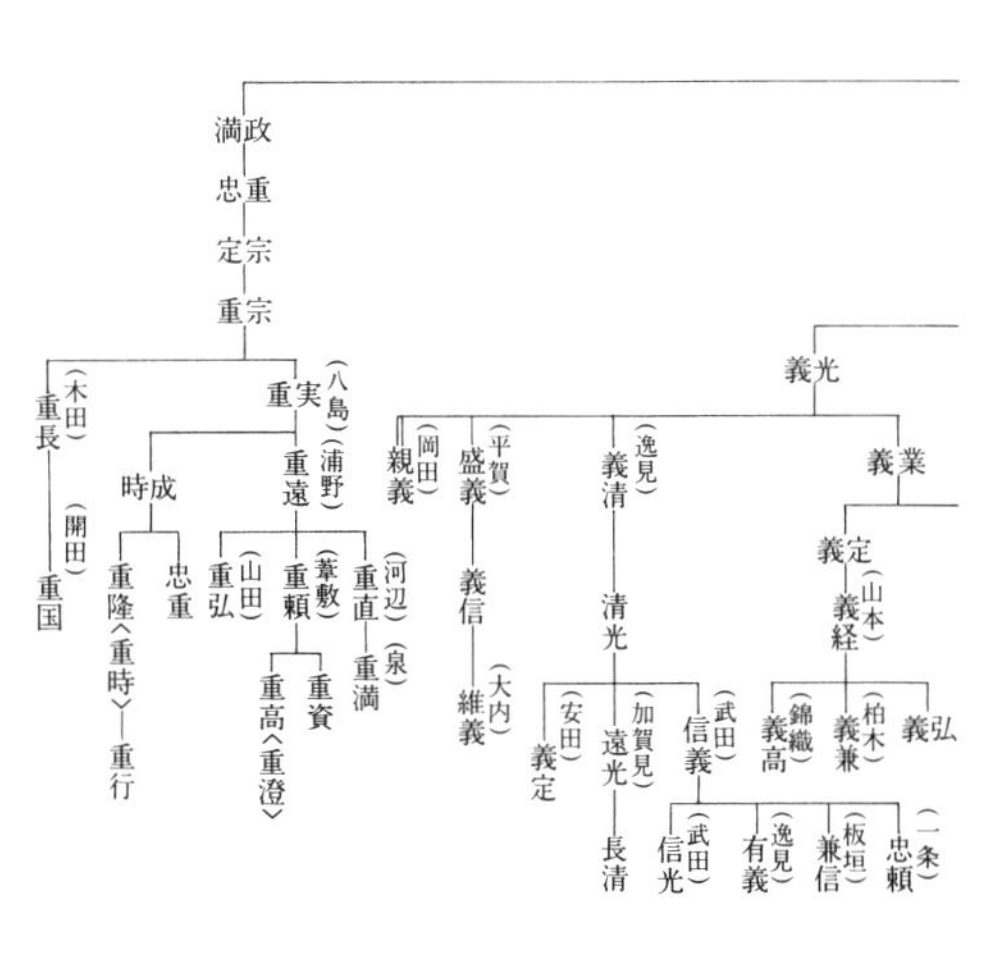

縦書き名は本文に見える人物。太字は頼政謀叛の関係者。
〈 〉内は底本に見えて諸系図と異なる名。
本文の姓名は諸本により異同がある。系図は『尊卑分脈』を参照して示した。

の国には、武蔵権守入道義基、子息石川判官代義兼。大和の国には、宇野の七郎親治が子ども、太郎有治、次郎清治、三郎成治、四郎義治。近江の国には、山本、柏木、錦織。美濃、尾張には、山田の次郎重弘、河辺の太郎重直、泉の太郎重満、浦野の四郎重遠、葦敷の次郎重頼、その子太郎重資、同じく三郎重澄、木田の三郎重長、開田の判官代重国、八島の先生重時、その子太郎重行。甲斐の国には、逸見の冠者義清、その子太郎清光、武田の太郎信義、加賀見の次郎遠光、同じく小次郎長清、一条の次郎忠頼、板垣の三郎兼信、逸見の兵衛有義、武田の五郎信光、安田の三郎義定。信濃の国には、大内の太郎維義、岡田の冠者親義、平賀の冠者盛義、その子四郎義信。帯刀先生義賢が次男、木曾の冠者義仲。伊豆の国には、流人前の兵衛佐頼朝。常陸の国には、為義が三男、信太の三郎先生義教。佐竹の冠者昌義、その子太郎忠義、同じく三郎義宗、四郎隆義、五郎義季。陸奥の国には、故左馬頭義朝の末の子、九郎冠者義経。

これみな六孫王の苗裔、多田の満仲が後胤なり。朝敵をもたひらげ、宿望とげしことは、源平いづれも劣りまさりはなかりしかども、いまは雲泥のまじはりをへだてて、主従の礼にもなほ劣れり。国には国司に従ひ、荘には領家につかはれ、公事雑事にかり立てられて、安き心も候はず、いかばかりか心憂く候ふらん。君、もしおぼしめし立たせ給ひて、令旨を賜はりつるものならば、夜を日についで馳せのぼり、平家をほろぼさんこと時日をめぐらすべからず。入道こそ年寄つて候へども、子どもひき具して参り候ふべし」とぞ申しける。

相少納言占形

宮は、「このこといかがあらん」とて、しばしは御承引もなかりしかども、阿古丸の大納言宗通の卿の孫、備後の前司季通が子、少納言伊長と申せしは、すぐれたる相人なりければ、時の人、「人相少納言」とぞ申しける。その人、この宮を見まゐらせて、「位につかせ給ふべき相まします。天下のこと、おぼしめし放させ給ふべか

一　源経基。清和帝第六皇子貞純親王の子であるところから「六孫王」と称する。天徳五年（九六一）源姓を賜り臣籍に下る。清和源氏の祖。

二　経基の子。頼光・頼信等の父。摂津多田に住し、清和源氏の基を築いた。

三　荘園領主。特に領主が荘園を寄進して名義上の上級領主（本家）ができた時、在来の領主を「領家」という。

四　年貢以外の諸種の課税。公的な労役奉仕を「公事」、生活必需品の徴収を「雑事」という。

＊ **国司・領家と目代・預所**　頼政が源氏の不遇を表現した「国には国司に従ひ、荘には領家につかはれ」という一節は、同様に記す本も多く、一応意味は通るものの、それは当然のことで、特に不遇の材料にはならない。諸本で種々小差あるが、延慶本の「国ニハ目代ニ従ヒ庄ニハ預所ニ仕ヘ」の形が最も納得できる。目代は国衙領の、預所は荘園の、それぞれ直接人民を駆使する出先機関であり、その制度上の性格も時期も対応して、この対句に用いて適切だからである。（石母田正氏「預所と目代」参照）広本系はこれに準ずるが、他本は、国司と預所、目代と領家などとちぐはぐな組合せが多い。なお延慶本は平家滅亡後の平和回復を「国ハ随ニ国司ニ、庄ハ領家之進退也」と表現し、頼朝の武家政治到来には「諸国ニ守護ヲ置庄園ニ地頭ヲ可レ成」要

請があったと記し、国衙領と荘園との段階的変遷を示している点が注目に値する。そうした歴史文学としての着実な記述が、他本では崩れて行ったものなのである。

五　本名宗綱。また宗長とも。藤原氏白河流。右大臣俊家の曾孫。祖父宗通は白河院に寵愛され、幼名を通称として「阿古丸大納言」と呼ばれた。父季通は音楽に長じ、伊長も以仁王の箏の師であった（『秦箏相承血脈』）。伊長が占相に長じて「相少納言」と称せられたことは『玉葉』にも見える。後に以仁王事件の責任を追及されている。三六四頁「登乗の沙汰」参照。

六　為義の十男。熊野別当に嫁した長姉に預けられて新宮にいたので、保元の乱に処刑を免れていた。令旨の使者は無官の者では勤め得ないところから、この時八条院蔵人になったもので、天皇の蔵人ではない。

七　静岡県田方郡韮山町。頼朝の配所蛭小島がある。

八　為義の三男。常陸の国信太に住む。義憲・義範とも書き、また義広とも称した。「先生」は帯刀（東宮の警固の兵）の長。

九　茨城県稲敷郡霞が浦の中の島。昔は信太郡といった。

一〇　一八代熊野別当湛快の子。生母は為義女鳥居禅尼。文治三年（一一八七）二一代別当となる。西牟婁郡田辺に住んで田辺別当と称したが、この当時はまだ権別当である。

らず」と申しけるうへ、源三位入道もか様に申されければ、「しかるべき天照大神の御告げやらん」とて、ひしひしとおぼしめし立たせ給ひけり。

新宮十郎蔵人改名令旨

熊野に候ふ十郎義盛[六]を召して、蔵人になされ、「行家」と改名して、令旨の御使に東国へぞ下されける。同じき四月二十八日、都をたつて、近江よりはじめて、美濃、尾張の源氏どもに触れて行くほどに、五月十日には伊豆の北条[七]に下り着きて、前の兵衛佐殿に対面して、令旨を奉る。「信太[八]の三郎先生義教にとらせん」とて、常陸の国信太浮島[九]へ下る。「木曾の冠者義仲は甥なれば賜ばん」とて、東山道へぞおもむきける。

そのころ、熊野の別当湛増[一〇]は平家に心ざし深かりけるが、なにとしてか漏れ聞こえたりけん、「新宮の十郎義盛こそ、高倉の宮の令旨賜はつて、美濃、尾張の源氏ども触れもよほし、すでに謀叛おこすなれば、那智、新宮の者どもは源氏の方人をせんずらん。湛増は、平家の御恩天山とかうむりたれば、いかでか背きたてまつるべき。那智、新宮の者どもに矢一つ射かけて、平家へ仔細を申さん」とて、ひた兜一千人、新宮の湊へ発向す。新宮には、鳥居の法眼[一]、鶴原の法眼[二]。侍には、宇井[三]、鈴木、水屋、亀甲。那智に、執行法眼[四]以下、都合その勢二千余人なり。鬨つくり、矢あはせして、源氏のかたには、とこそ射られ、平家のかたには、かくこそ射られて、矢叫びの声退転もなく、鏑の鳴りやむひまもなく、三日がほどこそ戦うたれ。熊野の別当湛増、家の子郎等おほく討たれ、わが身手負ひ、からき命を生きつつ、本宮へこそ逃げのぼりけれ。

鳥羽殿鼬怪事の事

さるほどに、法皇は、「成親、俊寛が様に、とほき国、はるかの島へも流しやせんずらん」とおぼしめしけれども、城南[五]の離宮にうつされて、今年は二年にならせ給ふ。

同じき五月十二日、午の刻ばかり、御所中に鼬おびたたしう走りさわぐ。法皇大きにおどろきおぼしめして、御占形[六]をあそばいて、

一　一九代熊野別当行範の子行全。生母は源為義女鳥居禅尼。権別当法印となる。「鳥居」は熊野別当家新宮系の姓の一。

二　行全の兄行快であろう。母は同じく為義女。二二代熊野別当となる。「鶴原」も新宮系の姓の一。底本「たかはら」を改めた。

三　以下熊野豪族の諸姓。新宮系の神職である。

四　行範の子、範誉。行快・行全の兄。母同じく為義女。執行・法眼を別語とする注は採りがたい。

＊**以仁王令旨**　以仁王が諸国源氏に発した令旨は、広本系三本には収録されている。清盛が国政を独占し、皇室を圧迫することを「謀叛」ときめつけ、源氏の武勇によってこれを誅罰せよというものである。文中に「最勝親王勅宣」と言い、「御即位之後」に行賞を行うと明記する。王が自ら親王と名のり、帝位獲得の意図を明瞭に示しているのである。『吾妻鏡』（治承四・四・二）にも同種の院宣が載っている。

＊**新宮合戦**　熊野別当に関する歴史には不明の部分が多いが、古くから平家と因縁深かった熊野勢力は源平戦の途中から源氏方に寝返ってしまうことになる。以仁王謀叛に登壇した行家は、そうした熊野の歴史の火つけ役であった。為義は一五代別当長快の女との間に一女を生ませるが、これが田辺の湛快（一八代別当）に再嫁し、新宮の行範（一九代別当）に再嫁して多く

近江守仲兼[七]、そのころはいまだ蔵人にて侍はれけるを召して、「この占形持ちて、泰親[八]がもとへ行き、きつと勘へさせて、勘状[九]を取つて参れ」とぞ仰せられける。仲兼これを賜はつて、陰陽頭泰親がもとへ行く。をりふし宿所にはなかりけり。「白河[一〇]なるところへ」と言ひければ、それへたづねゆき、勅定のおもむきをしるしければ、泰親、やがて勘状を参らせけり。仲兼、鳥羽殿へ帰り参りて、門より参らんとすれば、守護の武士ども許さず。案内は知りたり、築地を越え、大床[一一]の下を経て切板より泰親が勘状をこそ参らせたれ。法皇ひらいて御覧ずるに、「いま三日のうちの御よろこび、ならびに御嘆き」とぞ申しける。法皇、「御よろこびはしかるべし。これほどの御身となり、またいかなる御嘆きのあらんずらん」とぞ仰せける。

さるほどに、前の右大将宗盛の卿、法皇の御ことを、たりふし中[一二]されければ、入道相国、やうやう思ひ直いて、同じき十三日、鳥羽殿を出だしたてまつり、八条烏丸、美福門院[一三]へ御幸なしたてまつる。

の子女を儲けて熊野諸勢力を操った。鳥居禅尼と呼ばれた女傑である。新宮合戦はその意味で注目すべき事件だが、語り物系で扱わない本も多く、扱っても本宮・新宮・那智の三勢力の結合と対抗の関係が諸本くい違う面もある。要するに行家を擁護した新宮系がこれを機に伸張するのである。

五 鳥羽殿の別名。「二年」は足かけ二年の意。

六 占いに現れたしるし。ここは占う課題を記した状。

七 宇多源氏、後白河院判官代光遠の子。宣陽門院蔵人となる。兄に仲国（巻六「小督」参照）・仲章（源実朝近習）がある。

八 陰陽頭安倍泰長の子。陰陽家として卜占の名人。邸は樋口京極であった。一一三頁注一八参照。

九 宣旨・院宣等を受けて、前例・故実・典拠等によって意見を具申する文書。勘文（カンモン・カモン）とも、また勘録ともいう。ここは陰陽の勘文で、卜占の吉凶を判定した文書。

一〇 京都賀茂川東、粟田口北の辺。

一一 「大床……切板より」類本により補う。

一二 一六七頁注八参照。

一三 故美福門院（四九頁注一二参照）御所の意。『玉葉』には内蔵頭季能邸、『明月記』に八条院旧御所、『百錬抄』に俊盛入道邸などと記すがすべて同所で、八条院は美福門院女。俊盛は美福門院の甥で季能の父。すなわち美福門院生家に伝領して、美福門院御所とも八条院御所ともなった所である。

「いま三日がうちの御よろこび」とは、泰親がこれをぞ申しける(このことを言ったのであった)。

第三十三句　信連合戦

高倉宮謀叛露顕

かかりけるところに(こういうことがあったところに)、熊野の別当湛増、飛脚をもつて、高倉の宮(以仁王)御謀叛のよし、都へ申したりければ、前の右大将宗盛、大きにさわいで、入道相国をりふし福原におはしけるに、このよし申されたりければ、聞きもあへず(聞くやいなや)、やがて(すぐに)都へ馳せのぼり、「是非におよぶべからず(善い悪いを言ってはおられぬ)。高倉の宮からめ取つて、土佐の畑[一]へ流せ」とこそのたまひけれ。上卿[二]には、三条の大納言実房[三]、職事[四]は頭の中将光雅[五]とぞ聞こえし。追立の官人[六]には、源大夫判官兼綱[七]、出羽の判官光長[八]うけたまはつて、宮の御所へぞむかひける。源大夫判官と申すは、三位入道(頼政)の養子なり。しかるを、この人数に入れられけることは(討手の人員に加えられたことは)、高倉の宮

一　土佐の国幡多郡。遠流の流刑地。藤原師長が保元の乱の時、父頼長に縁座してここに流されている。
二　公事を担当奉行する首席の公卿。シヤウケイとも。
三　藤原氏閑院流の一派三条流。内大臣公教の子。のち左大臣に至る。
四　蔵人のことも職事というが、ここは公事の事務をつかさどる官。普通シキジと読む。
五　藤原氏勧修寺流。葉室大納言光頼の子。のち中納言に至る。
六　流刑を執行し罪人を配所へ護送する役人。
七　源頼政の養子。実父は頼政の弟頼行で、保元二年事を起し流罪となったが随わず自殺した。その後伯父頼政に引き取られた。豪勇の聞えあり、宇治の合戦に戦死する。五位検非違使尉を「大夫判官」という。
八　清和源氏頼光流。光信の子。三〇六頁系図参照。出羽守左衛門尉となる。のち頼朝挙兵に与力して解官。伊豆に行き、さらに義仲に加担してともに入洛したが、対立して戦死する。

宮の都落ち

の御謀叛を三位入道すすめ申されたりと（三位入道がお勧め申したとは）、平家いまだ知らざりけるによつてなり。

三位入道これを聞き、いそぎ宮へ消息をこそ参らせけれ（連絡の書状をさしあげた）。宮は五月十五夜の雲間の月を詠ぜさせ給ふところに（お眺めになっているところに）、「三位入道の使」とて、いそがしげにて（あわてふためいて）消息持ちて参りたり。宮の御乳人、六条の佐大夫宗信[九]、これを取りて御前に参り、わなわなと（わなわなと震えながら）読みあげたり。「君の御謀叛、すでにあらはれさせ給ひて（露顕なされて）、官人ども（役人どもが）、ただいま御迎へに参り候ふなり。いそぎ御所を出でさせ給ひて、園城寺へ入らせ給へ。入道（頼政）も子どもひき具し（息子どもを引き連れて）、やがて参り候はん（即刻参ります）」とぞ書いたりける。

宮は、「こはいかがすべき（どうしたらよかろう）」とて騒がせおはします（うろたえていらっしゃる）。長兵衛尉[一〇]信連といふ侍申しけるは、「別の様や候ふべき（格別の方法もございますまい）。女房の装束[一一]を借らせ給ひて、出でさせましますべう候（お出ましあそばすがよかろうと存じます）」と申しければ、「げにも（なるほど）」（「それがよかろう」）とて、かさねたる御衣に市女笠[一二]をぞ召されける。佐大夫宗信、直垂に玉襷[一三]あげて、からかさ[一四]を持ちて御供つかまつる。鶴丸といふ童、袋[一五]

九　藤原氏六条流。左衛門佐宗保の子。中御門中納言家成の甥に当る。以仁王の生母成子とはまたいとこ。その縁で母（藤原仲実女）が以仁王乳母となっていたのであろう。のち以仁王薨後、邦輔と改名。ここ底本「さ大夫」とするが、後には「すけ大夫」ともあるのに統一した。

一〇　長谷部信連。右馬允為連（一説忠連）の子。「長」は長谷部姓の略。もと後白河院北面。

一一　女房の装束。男子の服装は方領（たれくび。今の和服のような合せ襟）の上に盤領（まるくび。前をふさいだ立て襟）を着るが、婦人の服は方領の上着・下着同型のものを重ねて着るところからいう。

一二　菅で編み漆を塗った、円形で中央に巾子（高く上に出た帽子）のある笠。もとは市の物売り女が用いたが、広く婦人の外出用の笠となる。

一三　直垂の袖の括り緒をたすきにして袖を肩に結びあげること。「玉」は美称。巻三「法皇鳥羽殿へ御移りの事」には狩衣に玉襷の例があった（二八二頁参照）。

一四　後世のものより柄が長く、後ろからさしかける形の傘。

一五　貴人外出の時従者にもたせる上刺袋をいう。立方形で口に太緒を通してある。

にもの入れて抱（いだ）きたり。一青侍（あをさぶらひ）の、女の迎へで行く様（やう）にもてなしたてまつる。

（女の迎えとして）（連れだって行くように）（見せかけてお装い申し上げる）


二高倉の西の小門より出でさせ給ひて、高倉をのぼりに落ちさせ給ふ。溝（みぞ）のありけるを、宮のもの軽（がる）く、ざつと越えさせ給ひければ、道ゆく人が立ちとどまつて、「あな、はしたなの女房の溝の越え様（やう）や」とて、あやしげに見たてまつりければ、いとどそこを足早（あしばや）に過ぎさせおはします。

（〔宮邸の〕）（高倉通りを北に）（軽々と）（不審そうに〔宮を〕見つめ申したので）（なんと）（行儀の悪いあの女房の溝の越えざまは）（〔宮は〕）

信連小枝持参

長兵衛（ちやうびやうゑ）は御所の御留守に侍（さぶら）ひけるが、「ただいま官人どもが参りて見んずるに、見苦しきものども取りをさめん」とて見るほどに、宮のさしも御秘蔵（ごひざう）ありける「小枝（こえだ）」と聞こえし笛を、三ただ今しも、常の御枕にとりわすれさせ給ひけるぞ、ひしと心にかかりける、長兵衛これを見て、「あなあさましや。さしも御秘蔵ありし御笛を」と申し、四高倉面（おもて）の小門を走り出で、五町がうちにて追つつきまゐらせて、奉りければ、宮はなのめならずに御よろこびありて、「われ
（留まっていたが）（見るであろうから）（とりかたづけよう）（あれほど）（折も折）（〔宮は〕居間の御枕もとにお忘れになったそのことを）（いたく気にしておられたのであったが）（この笛を見つけて）（これは大変だ）（あれほど大事にしておられた御笛なのに）（五町たらずのうちに追いついて）（お手渡し申したところ）

一　身分の低い若侍。六位の者の着る袍（ほう）（正装の時に着る上着）が青色だったためこの名がある。

二　以仁王の御所は、三条大路の北、高倉小路の西にあった。園城寺（おんじようじ）へは東門から出るのが近道だが、人目を避けて西門から出たのであろう。

三　「心にかかりける」（「かかり給ひける」というべきところ）まで挿入句。信連が笛のことを想起したのではなく、宮自身が置き忘れたことを思い出したのである。延慶本では「忘レサセ給タリケルヲ口惜（シキ）事ニ思（オボシ）食（メシ）テ」戻ろうとしたところに信連が追いつくという、無理のない文脈になっている。

四　高倉小路に面する東門。近道をとったのである。

＊　**以仁王の謀叛**　以仁王謀叛の理由については、従来は平家物語記載のままに頼政の煽動（せんどう）とし、また父法皇幽閉を嘆く孝心の義挙とか、平家横暴に対する義憤とか、消極的・道義的動機を挙げることが多かった。それらを全く否定すべきではないが、出家拒否・無断元服の内奥の意志が汲み取られねばなるまい。高倉帝の治世十二年の間、以仁王は恐らく鬱々（うつうつ）とした歳月を送ったであろうが、皇嗣誕生のない間はなお望みを捨てはしなかったに違いない。しかし治承三年十一月政変で平家独裁体制が確立し、翌年ついに三歳の安徳帝が立つに及んでは、絶望状態となり、武力革命に踏み切る決意を固めることになったわけなのである。幼時の師僧最雲法親王

から、以仁王は城興寺領を伝領していたが、前年政変の機に没収され、明雲座主に渡った。元来座主領だからという道理であろうが、多年の権利が剝奪されて、平家に親しい明雲に渡ったことは、精神的・経済的に甚大な打撃であり、それが謀叛の最後の決意を促す実際的動機となったと考えられる。

五　三条大路に面する正門。

六　兼綱はすでに父に今夜の以仁王追捕の事態を報じてあるので、いわば馴れ合いでこの役に当っている。そのことを暗示した文である。

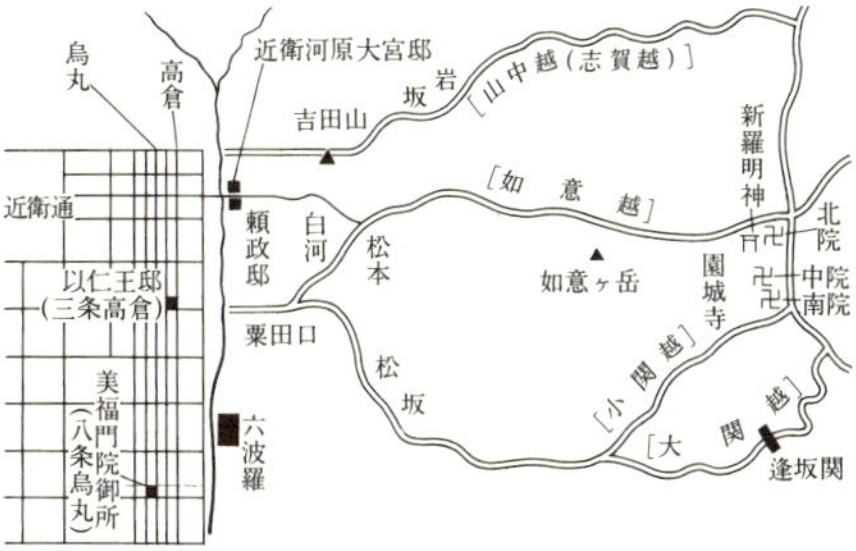

信連合戦

死なば、この笛をあひかまへて（何としても）御棺に入れよ（わが棺に納めよ）」とぞ仰せける。「やがて御供つかまつれ（このまま供に参れ）」と仰せられければ、長兵衛、「もつとも（いかにも）御供こそつかまつりたく候へども、ただいま官人どもが御迎ひに参り候ふなるに（すぐにも役人どもがお迎えに参るとのことでございますのに）、御所中にひと言葉あひしらふ者候はでは（言葉の一つも応対する者がおりませんでは）、あまりうたてしくおぼえ候（あまりに口惜しゅう存じます）。そのものにては候はねども（その任ではございませぬが）、『あの御所には長兵衛信連が侍ふ』と（お仕えしておると）、見る人知りて候ふに、こよひ侍はずんば（今夜おりませんでは）、『それ信連もその夜逃げたる』（その信連もその夜逃げおった）なんど申されんこと、弓矢取る身のならひは（武士のならいからすれば）、かりにも名こそ惜しう候へ（かりそめにも名は惜しゅうございます）。ひと言葉あひしらひて（言葉の一つも相手をして）、やがて参らん（すぐに参りましょう）」とて、いとま申して走りかへる。

五 三条面の総門をも、高倉面の小門をも、ともに開いてただ一人侍つところに、夜半ばかりに、出羽の判官（光長）、源大夫判官（兼綱）、都合二百騎ばかりにて押し寄せたり。源大夫判官、六 存ずるむねありとおぼえて（何か思うところがあると見えて）、門前にしばらくひかへたり。出羽の判官、馬に乗りながら庭にうち入れ、申しけるは、「君の御謀叛すでにあらはれさせ給ひて、官人

ども御迎へに参り候」と申せば、長兵衛尉これを聞き、「なにごとにて候ふやらん。当時はこの御所にては候はず」と申せば、出羽の判官、「なんでう、これならでは、いづちへわたらせ給ふべきか。その儀ならば、下部[一]ども、参りて、御所中をさがしたてまつれ」とぞ申しける。長兵衛、「ものも知らぬやつばらが申し様かな。馬に乗りながら庭上に参るだにも奇怪なるに、『下部ども参りてさがしたてまつれ』とは、なんぢらいかでか申すべき。日ごろは音にも聞き、いまは目にも見よ。左兵衛尉長谷部の信連といふ者ぞや。近う寄りてあやまちすな」とぞ申しける。

源大夫[二]これを聞き、をめいて駆け入る。下部のなかに金武といふ大力の剛[三]の者あり。大長刀の鞘をはづし、信連に目をかけて斬つてあがれば、同類[四]ども十四五人ぞ続いたる。信連は狩衣の下に腹巻[五]を着て、衛府[六]の太刀をぞ帯いたりける。下部ども斬つてのぼるを見て、信連、狩衣[七]の帯、紐をひつ切つて投げすて、衛府の太刀を抜い

一 「庁の下部」（三一八頁注二参照）というに同じ。検非違使庁の下級役人で犯人の逮捕・拷問などに当る。

二 馴れ合いで来ている兼綱が、ここで駆け入るのは時間かせぎの意図もあろうし、光長の手前むしろ自然である。他本多くは光長・兼綱対等に活動している。延慶本は光長だけが踏みこむ形に展開する。

三 勇士。漢音・呉音ともカウと清音で読む。

四 下部のなかま。他本多く「同隷」とする。

五 腹巻鎧。二八頁注三参照。

六 六衛府の役人が着用した儀仗用の太刀。

七 狩衣の腰を締める当帯や袖の括り緒。これを切るとは、上衣を脱ぎすて腹巻姿になるのである。

八 案内知らず。不案内。様子・勝手の分らないこと。

九 馬場殿に通じる長廊下。「面廊」は馬道（メダウ・メンダウ）の訛。渡り廊下の一部に厚板を掛け渡し、とりはずして馬を中庭まで入れる通路にした所。転じて渡り廊下・長廊下。「馬場」はここでは馬場殿（馬場に臨んだ建物）であろう。鍋島本「こゝのめんらう」とある。

一〇 短い腰刀。二七頁注一八参照。

一一 不詳。手塚姓は信濃諏訪神社の神職の家。平松本「手塚別当」とある。他本多くは「長刀持つたる男」とのみで名を記さない。

〔以仁王縁辺関係系図〕

〔閑院〕実季—公実—実兼—成兼
〔楊梅〕敦兼—季行—重季＝女
公実—実能—公能—実定・忻子・多子・育子
実能—公光
公実—季成—成子
公実—璋子（待賢門院）75崇徳
実季—仲実—実衡・女
実季—苡子
〔六条〕顕季—家保—家成・宗保—宗信（邦輔）
顕季—長実—得子（美福門院）・（上西門院）統子
顕季—女
〔白河〕俊家—宗通—伊通・季通—伊長（宗綱）
〔平〕時信—時子・時忠
〔平〕清盛—徳子（建礼門院）
73堀河—74鳥羽—75崇徳・77後白河・76近衛・覚性・暲子（八条院）
77後白河—78二条—79六条
後白河—以仁・守覚・式子・亮子（殷富門院）・女・80高倉・道尊
以仁—道尊・真性・仁誉・法円・道性・某（北陸宮）
滋子（建春門院）—80高倉
80高倉—81安徳

で斬つてまはるに、おもてを合はする者ぞなき。信連一人に斬りたてられて、嵐に木の葉の散るやうに、庭にざつとぞおりたりける。

さみだれのころなれば、ひとむらさめの絶え間の月の出でけるに、敵は不知案内なり、わが身は案内者なれば、馬場の面廊に追つかけては、はたと斬り、かしこの詰に追つこめては、ちやうど斬り、斬つてまはれば、「宣旨の御使をば、いかでかかうはするぞ」と申せば、「宣旨とは何ぞ」とて、太刀ゆがめばをどり退いて、踏みなほし、押しなほし、立ちどころに屈強の者十五人ぞ斬りふせたる。

太刀の切つ先五寸ばかり打ち折りて捨ててげり。「いまは自害せん」とて腰をさぐれば、鞘巻は落ちてなかりけり。高倉面の小門に、人もなき間に走り出でんとするところに、信濃の国の住人に手塚の八郎といふ者、長刀持ちて寄せ合うたり。「乗らん」と飛んでかかりけるに、乗り損じて股をぬひざまにつらぬかれて、信連、心はたけく思へども、生捕にこそせられけれ。そののち御所中をさがしたてまつれども、宮はわたらせ給はず。

信連生捕られて、六波羅へ具して参り、坪にひつすゑたり。前の右大将、大床一に立つて、「いかに、なんぢらは『宣旨とは何ぞ』とて斬りたりけるぞ。なんぢが宣旨の御使悪口し、庁二の下部刃傷殺害、奇怪なり。仔細を召し問ひて、そののち河原三へひき出だし、首をはね候へ、人々」とぞのたまひける。

信連、あざわらひて申しけるは、「さん候四。あの御所を、夜な夜な物が襲ひ候ふほどに、門をひらいて待つところに、夜半ばかりに鎧うたる者が庭に群れ入り、ひかへて候ふあひだ、『何者ぞ』と問ひ候ひつれば、『宣旨の御使』と申し候ひつるあひだ、強盗などと申し候ふやつばらは、あるいは『君達五の入らせ給ふ』あるいは『宣旨の御使ぞ』なんどと申し候ふと、内々うけたまはりおよび候ふほどに、『宣旨とは何ぞ』とて斬つて候。天性、日本国をすでに敵にうけさせ給はんずる宮の侍として、庁の下部刃傷殺害は、こともおろ

信連赦さるる事

一 広廂と同じ。寝殿の母屋より外側に造り出した部屋。
二 検非違使庁の下役人。
三 賀茂川の河原。処刑場に当てられていた。
四 相手の言葉を受け取って言う時の発語。そうです（肯定）。はい（応答）。かしこまりました（承諾）。さあそのことですが（返事）、など種々の意に用いるが、ここは以下に返事を展開する発語。一二五頁注一〇参照。
五 殿様がここにおいでになっている。お忍びで訪問の貴族の供をよそおうせりふ。
六 底本「……持ちて候ひしかば」とあるを改めた。
七 「品」は身分・階級の意。
八 院の御所の警固の人員。武者所の仲間。自分も信連も武者所の同僚であった時、という意。
九 諸国から三年交替で上京し、宮中警固を勤める武士たち。
一〇 一人で敵千人にも当るという勇士。もと仏教語。「譬如人王有ニ大力士一其力当レ千更無レ有下能降ニ伏

之者故称乙此人一人当千甲」（『涅槃経』）。軍記作品に頻繁に用いられ、『太平記』以後には「一騎当千」という。

＊信連の物語　以仁王のために活躍する信連はまさに大胆細心、智略武勇を兼備した武士として描かれる。その奮戦ぶりは記録にうかがうこともできる。『山槐記』によれば、兼綱・光長が宮の御所に向ったが、門は閉ざして応答がない「仍光長令レ踏二開高倉面小門一之間左兵衛尉信連射レ之、被レ疵者有二両三人一」と二、三人が射られたとする。『百錬抄』では「光長郎等四人死去」という。平家物語に軍記独特の誇張はあろうが、特記するに足る抵抗だったのである。ただし逮捕されたことは記録に見えない。なお、以仁王御所には同母姉の前斎院殷富門院亮子が同宿していたが、同じく脱出した。その後塗籠の中まで探索され、「女房等裸形ニテ東西馳走ス」（『山槐記』）という有様であった。『吾妻鏡』によると、文治二年（一一八六）四月信連は鎌倉に参向し、この時の防戦の功によって御家人に加えられ、安芸に所領を受け、建保六年（一二一八）能登で没した。しかし平家諸本中には、この後の宇治の合戦に参加して以仁王に殉死する壮烈な姿を描くものもある（延慶本・四部本）。その他にも種々の伝があって、理想的武士像としてのそれぞれの型が信連に託されて語られて行ったのである。

かに候ふや。鉄よき太刀をだに持ちて候はば、官人どもを安穏にはよも一人も返し候はじ。宮の御在所いづくとも知りたてまつらず。たとひ知りたてまつり候ふとも、侍品の者が『申さじ』と思ひきりぬることを、糺問によつて申すべき様や候はん。信連、宮の御ゆゑにかうべをはねられんことは、今生の面目、冥途の思ひ出に候」と申して、そののちはものも言はず。

平家の郎従、並みゐたりけるが、「あはれ、剛の者の手本なり。あたら男、切られんずらん、無慚や」とて惜しみあへり。そのうちにある者が申しけるは、「先年、御所の衆につらなつてありし時、大番衆が止めかねたりし強盗六人を、ただ一人して追つかかり、四人は矢庭に斬りふせ、二人生捕にして、そのときなされたる左兵衛尉ぞかし。あれこそ一人当千とも申さんずらん」などと口々に申せば、右大将、「さらば、しばしな切りそ」とて、その日は切られず。入道も惜しうや思はれけん、「思ひなほりたらば、のちには当家に奉公もいたせかし」とて、伯耆[一]の日野へぞ流されける。

そののち源氏の世となりて、鎌倉殿より土肥[二]の次郎実平に仰せてたづね出だし、鎌倉へ参りて、事の様、はじめより次第に語り申せば、鎌倉殿、心ざしのほどをあはれみて、能登[三]の国に御恩ありけるとぞ聞こえし。

第三十四句　競[四]

宮は、[五]高倉をのぼりに、近衛河原を東へ、川を渡らせ給ひて、如意山へかからせまします。[六]いつならはせ給ふべきなれば、御足かけ損じて腫れたり。血あえつつ、いたはしうぞ見えさせ給ひける。[七]知らぬ山路をよもすがら分け過ぎさせ給へば、夏山の茂みがもとの露けさも、さこそ所せばくおぼしめされけん。とかうして、あかつき

信連鎌倉殿より召し出ださるる事

一 盛衰記では、信連を獄に下した後に、伯耆の国日野郡金持（現在鳥取県日野郡日野町金持）に流したという。

二 相模の国足柄郡土肥（現在湯河原町）の住人。頼朝挙兵時より与力した重臣。

三 盛衰記には「能登国大屋庄をば鈴の庄と号す、彼の所を賜りたりける」とある。大屋庄は同国鳳至郡、現在の輪島市。『吾妻鏡』（建保六・一〇・二七）によれば能登の国大屋荘河原田で没したとある。

四 この句の主人公渡辺競の名。底本仮名書きで「けい」とするが、他本みなキホフと読むのにしたがう。

五 以仁王の逃走経路。近衛河原の大宮邸と頼政邸との間を西へ向い、中山から如意山と叡山の間を越えて三井寺の背後へ出るのである（如意越え・志賀越え）。「如意山」は東山の一峰。如意ヶ岳、如意宝山とも。

高倉宮三井寺に入御

六 「いつならはせ給ふべき」という反語文を体言扱いにして断定の助動詞「なり」で受けた、中世語法。

七 初めてたどる山道。広本系は、この時以仁王が「ほととぎすしらぬ山路に迷ふには鳴くぞ我が身のしるべなりける」と詠んだとする。語り物系はその和歌を略しつつ、歌中の語句を残したのであろう。

がたに園城寺（三井寺）へこそ入らせ給ひけれ。「かひなき命の惜しさに（役にも立たぬ命だがそれが惜しさに）、衆徒をたのみ来たれり」と仰せられければ、大衆うけたまはつて、法[八]輪院に御所をしつらひて（御座所を設けて）、入れまゐらせけり（そこにお入れ申し上げた）。

あくれば（五月）十六日、「高倉の宮の、御謀叛おこして失せさせ給ひぬ（姿をおくらましになった）」と申すほどこそありけれ（と噂が立つやいなや）、都の騒動おびたたし。法皇、『[九]三日のうち（三日以内に）の御よろこび、ならびに御嘆き（よろこび事と同時にお嘆きの事がある）』と、泰親が勘へ申したりし（占い判断致した嘆きとは）は、これを申しけるにこそ」と、御涙にむせびおはします。

[一〇]年ごろ日ごろもあればこそあれ、源三位入道（頼政）、今年いかなる心にて、か様に謀叛をば起したりけるぞといふに、前の右大将宗盛、不思議（理不尽な仕打ちをなさったからである）の事をし給へり。されば（だから）、[一一]人の世にあればとて（人は世に時めいているからといって）、すまじきことをし、言ふまじきことを言ふは、よくよく思慮あるべきことなり。

[一二]たとへば（それというのは）、そのころ、源三位入道の嫡子、伊豆守[一三]仲綱がもとに、[一四]九重に聞こえたる（都中に名の通った）名馬あり。鹿毛[一五]なる馬のならびなき逸物[一六]なり。名をば「木の下[一七]」とぞいひける。前の右大将、使者を立て給ひて、

八 三井寺の南院の中の一院。
九 城南離宮での鼬の怪異（十二日）の卜占をいう（三一一頁参照）。以仁王失踪（十五日）はちょうど三日めに当る。
一〇 長年何事も起さずにいたからこそ無事に今日あるのに。「あれば……」の「あり」は単に存在を表す用法の他に、平穏・安定・調和・健全等の条件を含んだ存在を示す場合がある。ここはそれで、以下「然るに……」と不穏の事態を示すのである。
一一 宗盛批判を通して教訓を述べる。
一二 例を挙げていうのではなく、事の次第を詳しく説明する場合に用いる語。

木の下鹿毛金焼の事

一三 頼政の長子。母は源斉頼の女。承安二年（一一七二）伊豆守となり、重任してこの年（治承四年、一一八〇）に至っている。
一四 正しくはクヂュウと読み、九条にわたる都の意。ココノヘの読みは宮中の意である。
一五 馬の毛色。茶褐色で、たてがみや尾・足の先が黒いものをいう。（全身茶褐色のものは区別して栗毛と呼ぶ）。
一六 家畜のうち、馬・牛・犬・鷹などの強くすぐれたものをいう。
一七 鹿毛にかけて「木の下蔭」の意を含ませた名。

「聞こえ候ふ木の下を見候はばや」（評判の木の下という名馬を拝見いたしたい）とのたまひつかはされたりけれども、「乗り損じ候ふあひだ（乗り廻していためましたので）、このほどいたはらんがために（休養させるために）、田舎へつかはして候。やがて召しこそのぼせ候はん（早速〔都へ〕呼び寄せましょう）」と返事せられたりければ、右大将、「さらば力およばず（それでは致し方ない）」とておはしけるところに（と〔諦めて〕いらっしゃったところ）、平家の侍並みゐたりけるが、ある者が、「あはれ、その馬は一昨日までありつるものを（〔仲綱の所に〕おりましたのに）」と申す。またある者が、「昨日も候ひしものを」、「今朝も庭乗り候ひつる（〔仲綱が〕）」なんど口々に申せば、右大将、「憎し。さては惜しむごさんなれ（惜しんでいるのだな）。その儀ならば、その馬、責め乞ひに（無理に）乞へや」とて、侍して（侍を使にして）馳せさせ（走らせ）、文などして、おし返し、おし返し（繰り返し繰り返し）、五六度までぞ乞はれけれ。

三位入道（頼政）これを聞きて、伊豆守を呼びて、「たとひ黄金をまろめたる馬なりとも（かためて作った馬だとしても）、それほどに人の乞はんに（それほど人がほしがっているのに）、惜しむ様やあるべき（惜しむということがあるか）。その馬、六波羅へ遣はせ」とありければ、伊豆守、「馬を惜しむにては候はず。権威について責めらるると思へば（権威ずくで強要されると思うと）、本意なら候ふほど（残念に思われまして）

＊以仁王の背後　以仁王謀叛の背後に閑院家の政界への野心があったことは、生母成子の家系、密々の元服の場を提供した多子、という線から想像できる。摂関流に次ぐ名門として皇室に后妃を送りこんで来た閑院家だが、院政期に入ると摂関家は閨閥としても後退し、他流の后妃を養女にするなどの焦慮策が多くなる。それに対して待賢門院璋子が鳥羽后となり、崇徳・後白河二帝を生んだのは閑院家の栄光の極であった。しかしその後忻子（後白河）・多子（近衛・二条）・育子（二条）等の后妃に皇子誕生がない。ただ成子（後白河）が生んだ以仁王は、閑院家にとって何としても生かさねばならない切札だったのである。一方新興閨閥として堂上・武家両系平家が団結して建春門院滋子を応援し、徳子を送りこんで高倉・安徳二代を支配する平家時代を造り上げて行く。そうした政界の濁流の中で、閑院家に焦点を合わせつつ、第三句「二代后」、第二十句「徳大寺殿厳島参詣」あるいは第四十二句「月見」などの行間にも、動乱期における名門貴族の思いを汲んでみたいと思う。以仁王乳母（宗信母）も、北陸宮乳母（重季妻）も閑院家の女性であり、蟬折説話に出る高松中納言も同じ一門、さらに相少納言伊長も結局は縁続きであったことを系図（三一七頁参照）で知ってみると、この謀叛の背後にひそかに渦巻くも

のが浮び上がってくるようである。（なお以仁王を猶子としていた八条院暲子については三六〇頁注一・三六一頁＊印参照）。

一 底本「五六とまてそ」。類本により改める。

二 この馬が欲しいのならこちらへ来てご覧なさい。影のようにいつもわが身に離れず添っているこの鹿毛の馬を、どうして手放すことができましょう。「かげ」と「鹿毛」は懸詞。上句は「恋しくは来ても見よかしちはやぶる神のいさむる道ならなくに」（『伊勢物語』七十一段）の句を取ったもの。贈り物に添えながら歌意は謝絶で、馬を贈るのがいかに不本意であるかを示している。

三 元服後につける通称以外の実名。普通漢字二字を訓読して用いるところから「二字」とも。

四 牛馬の尻・腹などに焼印を押すこと。普通は放牧の際の目印にする。

五 いつ……であろうか（反語の副詞）の意で、「……といふことを聞かん」と結ぶところであるが、反語は結局否定となるので、入念に否定「なし」で結んだ中世の慣用の言い方である。

六 「やすからず」は激しい悔恨・憤慨の気持を表す言葉。

にこそ遣はし候はね」とて、やがて木の下を六波羅へ遣はすとて、歌をぞ一首そへられける。

恋しくば来ても見よかし身にそへる
かげをばいかにはなちやるべき

右大将、歌の返事をばし給はで、この馬を引き廻し、引き廻し、見るべきほど見て、「憎し。さしもこれをば主が惜しみたる馬ぞかし。やがて主が名乗を金焼にし候へ」とて、「仲綱」といふ焼印をしてぞ置かれける。客人来たりて、「聞こえ候ふ木の下を見候はばや」と申せば、右大将、「仲綱めがことに候ふやらん。仲綱め、引き出だせ」「仲綱め、打て」「はれ」なんどぞのたまひける。

伊豆守これを聞き、「馬をば、いつかは『打つ』とはいへども『はる』といふことを聞くことなし。命にも代へて惜しかりつる馬を、権威について取られつるだにやすからぬに、馬ゆゑに仲綱が、けふあす日本国の笑はれぐさとならんことこそ本意なけれ。『恥を見んよりは死をせよ』と申すことの候ふものを」とのたまへば、父の入道これを聞き、「げにも、それほどに人に言はれて、命生きて詮あるまじ。所詮は便宜をうかがふ身にてこそあらめ」とてありしほどに、さすがに私には、え思ひ立たずして、宮をすすめまゐらせたりけるとかや。

これについても、天下の人、小松殿のことをぞ申されける。あるとき、小松殿、参内のついでに、中宮の御方へ参り給ひけるに、四五尺あるくちなは、大臣の指貫の左の輪をはひまはりけるを見給ひて、「重盛さわがば、女房たちもさわぎ、また中宮もおどろき給ひなんず」と思ひ給ひて、右の手にてくちなはの頭をおさへ、左の手にて尾をおさへ、直衣の袖のうちにひき入れて、御前をつい立つて、あゆみ出でられけり。「六位やある、六位やある」と召されけれども、をりふし人もなかりけり。伊豆守、そのとき衛府の蔵人にて侍はれけるを、「仲綱侍ふ」と名のりて参られたりければ、このくち

一 高倉帝中宮徳子。重盛の妹で猶子となっている。
二 「朽ち縄」の意で、形の似ているところからいう。
三 衣冠・直衣・狩衣などの装束の時にはく袴。裾に紐を通して袋状にくくる。裾へりを「輪」という。
四 上着（袍）は衣冠と同様で地質が違い、位階による色の定めがない略服。袴は指貫を用い、冠または烏帽子をかぶる。雑袍とも。臣下が参内に着用するのは直衣宣下を受けた者に限られた。
五 六位蔵人の略。下級の蔵人。蔵人は普通五位だが、六位の諸大夫からも選び加えられた。
六 衛府の官人で蔵人の兼任者。

還城楽の物語の事

七 校書殿の別称。清涼殿の南に南北に長い殿舎。母屋は文殿、東廂が右近衛陣で、その東北に弓場があり、賭弓を帝がご覧になる所。
八 内裏清涼殿の殿上の間に面した中庭。二八頁注五参照。
九 内裏宜陽殿の納殿の出納役人。蔵人所に属し、定員は古く六人。高倉帝の時十二人となる。
一〇 滝口武士である渡辺競。左大臣源融の子孫で嵯峨源氏渡辺党。滝口伝の孫、右馬允昇の三男。渡辺党は摂津渡辺に住し、武勇の士多く、代々一字の名をつけた。「滝口」は蔵人所に属する皇居警固の武士。清涼殿東北の滝口に伺候したところから職名とする。定員二十名。宇多帝の時設置された令外の職だが、皇居の最も内庭の警固に当り、武勇・容姿のすぐれた者が選ばれたので、衛府の武士よりも名誉とされた。

なはを賜ぶ。弓場殿を経て、殿上の小庭に出で、御倉の小舎人を召して、「これを賜はれ」（（仲綱）これを受け取れ）とありければ、頭をふつて逃げ去りぬ。渡辺の競滝口を召して、これを賜ぶ。競賜はつて捨ててけり。そのあした（そのあくる朝）、小松殿、よき馬に鞍おいて、太刀一振そへて、仲綱のもとへつかはさるるとて、「昨日のふるまひこそ、ゆゆしく見えられ候ひしが（この上なく立派に見えましたが）、これは乗一の馬にて候（乗り心地一番の馬です）。夜陰におよび（夜分になって）、傾城のもとへ通はれんとき用ひらるべし（遊君のもとに通われる時にでもお乗りになるがよい）」とて、仲綱へ遣はさる。御返事には、（仲綱からの）六位の使なれば、「御馬かしこまつて賜はり候ひぬ（謹んで頂戴いたしました）。また昨日の（大臣の）ふるまひ、一向、還城楽にこそ似て候ひしが（全く還城楽そのままでございましたが）」とぞ申されける。

いかなれば、兄の小松殿はか様にこそ（心寛く）おはするに、弟の宗盛は、人の馬を責め取つて、天下の大事におよびぬるこそあさましけれ（天下の一大事にまで至ってしまったのは嘆かわしい限りである）。

頼政の都出で　競宗盛を欺く

同じき（五月）十六日夜に入りて、源三位入道、家の子郎等を引き具して、都合その勢三百騎、屋形に火をかけて三井寺に馳せ参る。

渡辺の滝口が宿所は、六波羅の裏の檜垣のうちにてぞありける。

一一 美人の意から転じて遊君・遊女をいう。「北方有二佳人一、絶世而独立、一顧傾二人城一、再顧傾二人国一」（『漢書』外戚伝）から出た語。

一二 舞楽の曲名。古楽の一人舞。玄宗皇帝の凱旋の曲とも、蛇と戯れる曲ともいう。還京楽・見蛇楽とも。「此曲者西国之人好デ蛇ヲ食トス、其ノ蛇ヲ求メ得テ悦ブ姿、不レ可レ説間、模二其体一作二此舞一也、仍名二見蛇楽一」（『教訓抄』四）。

一三 檜の薄板を網代編みにして張った粗末な垣。盛衰記その他に「六波羅裏築地」とある。正盛の頃一町四方だった平家館は清盛の頃には方二十余町に拡大されたが、先住の家屋がそのまま残っていた所もあり、垣や築地で区画されていたものであろう。

＊**説話をつなぐ「競」の名**　広本系では蛇を捨てる仲綱の家来が、競ではなく、同じ渡辺党の「省の次郎」となっている。もともとは、「木の下の話」「蛇の話」「競の話」という別々の話題が、仲綱と馬とを共通項とすることで連結し、この痛快な報復談となったもので、蛇を捨てる端役は誰でもよいのである。多分「省の次郎」とするのが古形であって、語り物系では説話の連結性を強調するために、この端役を競に置きかえたのである。重盛が仲綱に贈ったのも底本や広本系では馬と太刀である。これも他本は太刀が除かれて、全体を馬の物語として印象づけるようになってゆく。

一競が馳せおくれてとどまつて候ふよしを（〔頼政勢に〕加わるのがおくれて留まっていることを）、右大将（〔宗盛〕）聞き給ひて、あくる十七日の早朝に使者を立て、召されければ、競、召しによつて参りたり。右大将出であひ対面し給ひて、「いかに（何故に）、なんぢは相伝の（先祖代々の）主三位入道の供をせずとどまりたるぞ。存ずるむねあるか（思うところあってのことか）」とのたまへば、競、かしこまつて申しけるは、「日ごろはなにごと候はば（常日頃から何事か起きました時は）、まつ（〔三位入道殿の〕）先駆けて討死せんとこそ存じ候ひつるに、今度はなにと思はれ候ひけるやらん（この度は何と思われましたものか）、つひにかうと知らせられず候（〔私には〕ついに何ともお知らせになりません）。このうへは、あとをたづねて行くべきにても候はねば、かうて候（こうして留まっております）」とぞ申しける。

「年ごろなんぢがこの辺を出で入りするを（（宗盛）常日頃汝が我が邸にも）、『召し使はばや』と常に思ひしに、さらば当家に奉公をいたせかし。三位入道の（三位入道が）恩にはすこしも劣るまじ（二 汝に施した待遇にはいささかも劣るまいぞ）」とのたまへば、競、かしこまつて申しけるは、「たとひ三位入道年来のよしみ候ふとも（長年の情誼がございましょうとも）、朝敵となられたる人に、いかでか同心をばつかまつるべき（て味方いたしましょう）。今日よりは、当家に奉公つかまつらむ」と申せば、右大将、よにもうれしげにて入り給ひぬ（〔奥に〕お入りになった）。

一 競の家が宗盛の邸（六波羅の最北）に近いので、頼政は謀叛漏洩をおそれ召集を控えたのである。

二 武家で、奉公に対して給付される所領や報酬をいう。恩顧・恩義ともいう。

三 下に「それ・そこ・誰」などの代名詞を伴って連体詞として用い、対象を明確に意識しながら不特定の形で例示する中世の語法である。単に不確定な指示とする解釈は次のごとき用例から見て、正しいとはいえない。「人輿に入て、そぢやうそこ、いづくの方折戸とこそ尋ぬるに（尋ねるべきであるのに、の意）、唯うはの空に、仁和寺の方折戸と尋ねたるは、と云ひて人多く笑ひけり」（長門本巻十二「小河局事」）。語源は「それといふ」の訛とも説かれるが、「その定」の音便と見るべきであろう。現代語にも「そんじょそこら」などに残る語である。

四 馬の毛色の白黒まじりのものを葦毛という。その白味の勝っているもの。

五 字は諸本「南廷・煖廷・輭鈴」など。底本は仮名書き。斯道本により字を当てた。上質の銀貨のこと。白葦毛の毛色が銀貨の肌に似たところからつけた名。延慶本・盛衰記は馬の名を「遠山」とする。

六 鞍の前輪・後輪の山形の上に銀で覆輪をかぶせたもの。銀覆輪とも。

七 「平文」に同じ。二一八頁注七参照。

八 水干や直垂の縫目に紐を通し、先端の総を菊花状に開いて装飾としたもの。狩衣には普通つけないが、滝口武士の制服であるのでここは鎧直垂に代えて着用し、特に菊綴をつけたのであろう。

＊**頼政の立場**　以仁王の謀叛の内実がある程度臆測できるのに比べると、頼政の場合は歴史の霧に閉ざされた感じである。平家物語が名馬の私憤を語り、謀叛煽動者として描いている点には誇張があろう。治承二年頼政は念願の従三位に昇るが、『玉葉』（同年一二・二四）によれば耳目を驚かす珍事であり、清盛の奏請によることであった。源平両氏の中で源氏が多く朝敵として滅びたのに、「頼政独其性正直、勇名被レ世、未レ昇二三品一已余二七旬一尤有二哀憐一、何況近日身沈二重病一云々」よって存命中に三位に叙せられたいという推挙である。清盛の信頼頗る篤かったのである。その頃の頼政に謀叛など思いもよらなかったろうが、翌三年政変の時出家を遂げたのは、いわば平家王朝路線に対する、源氏の大内守護意識からする苦悩が想像できないでもない。頼政は近衛河原大宮の南隣に住み、それも大宮（多子）のために邸を交換したもので、当然大宮にはよく出入りし、小侍従等の女房歌人とも親しんだ（『頼政家集』）。大宮の兄実定とも特別の歌友である。残存する源氏の中では官位・家門・武勇・教養随一の頼政に閑院家から呼びかけがあったとしても当然であり、以仁王への同情と平家専制への憤懣が、老将の血をかき立てもしたであろう。

その日は、「競があるか」「侍ふ」、「あるか」「侍ふ」とて、朝より夕べまで伺候す。すでに日もやうやう暮れければ、競申しけるは、「宮ならびに三位入道、すでに三井寺にと承り候。さだめて今は討手を向けられ候はんずらん。三井寺法師、渡辺には、三そんぢやうそれなんどぞ候ふらめ。競、撰り討ちなんどつかまつるべう候。乗りて事にあふべき馬の候ひつるを、したしき奴ばらに盗まれて候。御馬一匹、下しあづからばや」と申しければ、右大将、「いかにもして、ありつけばや」と思はれければ、四白葦毛なる馬の太くたくましきが、「五南鐐」とつけて秘蔵せられたるに、六白覆輪の鞍置いて競に賜ぶ。この馬を賜はつて宿所にかへり、「はやはや、とくして日も暮れよかし。三井寺へ馳せ参りて、三位入道殿のまつ先駆けて討死せん」とぞ思ひける。

次第に日も暮れければ、妻子どもしのばせ、わが身は、水に千鳥押したる七狂文の狩衣に、八菊綴大きにきらやかにしたるを着、重代の着背長（きせなが）[一]、緋縅（ひをどし）[二]の鎧（よろひ）着て、いかもの作り[三]の太刀を帯（は）き、大中黒（おほなかぐろ）[四]の矢かしら高[五]に負ひなし、塗籠籐（ぬりごめどう）[六]の弓のまんなか取り、滝口[七]の骨法（こつぱふ）わすれずして、的矢（まとや）[八]一手（ひとて）ぞさしそへたる。賜はりたりける南鐐（なんれう）にうち乗りて、乗りがへ一匹具し、舎人（とねり）の男にも太刀わきばさませて、屋形に火をかけ、三井寺に馳せ参る。

「競（きほふ）屋形より火出できたり」と申すほどこそありけれ、六波羅中騒動す。右大将、「競はあるか」とたづねられければ、「侍（おりませぬ）はず」とぞ申しける。「すは、きやつに出しぬかれけるよ。やすからぬ[九]ものかな」と後悔し給へども、かひぞなき。

三井寺には、をりふし競が沙汰あつて、「あはれ、競を召し具せらるべきものを、すでに[一〇]、捨ておかせ給ひて、いかなる目にあひ候ひなんず」と口々に申せば、入道、心をや知り給ひけん、「その者、無体（むだい）に捕へからめられなんどはよもせじ。いま見よ、参らんずるぞ」とのたまひもはてねば[一一]、参りたり。入道、「さればこそ」とて

（傍訳）いかついこしらえの太刀／高々と背に負って／作法を忘れず／的矢一対を差し添えた／乗り替え馬を一匹ひき連れ／馬の口取りの男／言う間もあらばこそ／競はいるか／おりませぬ／憎い奴だ／ちょうどその頃競の噂をして／ああ／お召し連れあるべきでしたのに／今や／どんな目にあっておりましょう／（頼政）〔競の〕本心をご存知であったのか／むざむざと捕えられ縛られることはよもやあるまい／おっしゃる言葉も終らぬうちに〔競が〕現れた／それ見たことか

一 大鎧（おおよろい）の美称。胴丸や腹巻鎧に比べて大きく、草摺（くさずり）が長いのでいう。

二 緋色の緒（お）で縅した、はなやかな色彩の鎧。

三 いかめしい造りの大太刀。柄（つか）や鞘（さや）を銀の薄金で包み、兵庫鎖（ひょうごぐさり）・虎皮・熊皮等の尻鞘（しりざや）で飾ったもの。

四 矢羽根の上下白く、中央に太い黒斑（くろふ）があるもの。

五 箙（えびら）を腰に密着させて負い、矢が背にそって肩から羽根がのぞく形にすること。実戦にそなえた支度。

六 籐をすき間なく巻き、その上を漆で塗りこめた弓。

七 滝口の武士は、箙に征矢（そや）（実戦用の矢）のほかに的矢二筋を一組（一手）として差し添えるのを例とした。「矢の数十六筋さす。其他に上（うは）ざし二筋さす。的矢也。……滝口の時は的矢一手さしそへたる」（『布衣記』）。

八 的を射るのに用いる、鏃（やじり）の尖（とが）っていない矢。滝口の武士は禁庭警固の間に命ぜられれば直ちに射技を披露（ひろう）できるように、的矢を携行する慣習であった。

南鐐金焼の事

九 三二三頁注六参照。

一〇 「いかなる目に……」にかかる。「捨ておかせ給ひて」は挿入句。

一一 「はてぬに」の意。已然形に「ば」のついた順接確定条件の形だが、中世語法で「はてねば」の場合逆接になる。

よろこばれけり。競、かしこまつて申しけるは、「伊豆守の木の下の代りに、右大将殿の南鐐をこそ取つて参りて候へ」と申せば、伊豆守大きによろこびて、この馬を乞ひて、やがて「宗盛」といふ金焼をさして、そのあした六波羅へつかはし、門のうちへぞ追ひ入れたる。侍ども、この馬を取つて参りたり。右大将、この馬を見給へば、「宗盛」といふ金焼を見給ひて、大いに怒られけり。「今度三井寺に寄せたらんずるに、余は知らず、あひかまへて、まづ競めを生捕にせよ。[一二]のこぎりにて首を切らん」とぞのたまひける。

第三十五句　牒状

三井寺には、[一三]貝鉦をならし、大衆おこつて僉議しけるは、「そもそも、近日世上の体を案ずるに、仏法の衰微、[一四]王法の牢籠、今度に

＊**馬の報復談**　競の武士気質を紹介しながら展開する馬の報復談は、はじめから一連の構想で作られたものではない。結局は三話の組み合せだが、延慶本は事件進行の中でまず語り物系の第三話に当る競の話を出す。競は宗盛に召されて鎧・弓矢・太刀・馬（名は遠山）を貰い、そのまま宗盛に仕えようかとも思うが、三井寺に赴くのである。そして乱後に頼政謀叛の由来として回想的に第一・二話に当る木の下と蛇の話が紹介されるが、次のような一文が目を引く。「サレバ競ノ滝口ニ宗盛ノ引レタリシ遠山ヲバ、園城寺ニテ尾髪ヲ切テ、宗盛ト云札ヲツケ京ノ方へ追放ツ、極メテイサメル馬ナレバ京中ヲハセ行ク、人是ヲ見テ、アナ浅猿シ、去比大臣殿ノ許ニ仲綱ト云馬ノアリシヲコソ浅猿ト思シニ、今ハ又宗盛ト云馬ノ迷アリクコソ不思議ナレ……」。すなわち敗戦後に三井寺法師のした腹癒せが、都の人々の解釈の中で緊密な報復談として形成されて行く方向が汲み取れるのである。

一二 後世刑罰の一種として定められるが、ここは憎悪の念を晴らす残酷な私刑として言った。
一三 法螺貝と鉦。軍陣の合図に用いた。
一四 「王法」は仏法の対語で、王者の定めた規範・政治をいう。「牢籠」は衰えること。

あたれり。いま清盛入道が暴悪をいましめずんば、いづれの日をか期すべき。ここに、宮入御のことは、正八幡大菩薩、新羅大明神の冥助にあらずや。天神地類も影向し、仏慮神力も降伏をくはへましまさんこと、なじかはなかるべき。そもそも、北嶺は円宗一味の学地なり。南都はまた夏臈得度の戒場なり。牒奏のところになどか与せざるべき」と、一味同心に僉議して、山へも奈良へも牒状をつかはす。

山門に対するの状

まづ山門への牒状にいはく、

園城寺牒す、延暦寺の衙

殊に合力をいたし、当寺の仏法破滅を助けられんと欲するの状。

右、入道浄海、ほしいままに仏法を失ひ、王法をほろぼさんと欲す。愁嘆きはまりなきのあひだ、去んぬる十五日の夜、一院第二の皇子、不慮の難をのがれんがために、ひそかに入寺せしむ。ここに院宣と号し、官軍をはなちつかはすべきむね、その

一　皇室祖神としての八幡（応神帝）と園城寺の鎮守神としての新羅明神（素戔嗚尊）を挙げたのである。八幡は神仏習合の託宣があって「大菩薩」と号する。「正」は美称。新羅明神は園城寺の北院。五社鎮守の随一。智証大師の渡唐を守護したという。

二　天神地祇というに同じ。天地の神々。

三　神仏の霊が何かの形で現れること。

四　仏神の威力で悪魔・外道・敵などを押え鎮めること。「降服」は別語。

五　天台の法華一乗の教法を学ぶ地。如来の教法の理趣が唯一無二であることを「一味」という。

六　一夏九十日間戒律を修し、僧の資格（得度）を与える戒壇を持つ寺の意。

七　牒状を送ること。「牒」は本来は簡の意。転じて役所間の公文書をいう。

八　牒状の書き出しは「（差出者）牒ス、（宛先）ノ衙」となるのが通常の形式であった。「衙」は役所、ここは寺務所の意。

九　「入寺す」の敬語。

一〇　門徒法跡の略。門徒を統領する大寺の主僧の意であったが、宇多帝出家して仁和寺に入り門跡と称して以後は寺院の高い資格の称となる。ここは延暦寺・園城寺の二大寺が天台の法統を継いで対立していることをいう。二二九頁*印参照。

一一　鳥の羽をたたんだ時左右がうちちがう所。ここは

単に翅(つばさ)というに同じ。「如ク㆓車ノ二輪ノ㆒、如シ㆓鳥ノ二翅ノ㆒」（『延暦寺護国縁起』）。
一二「……と言へれば」の約。前文を大きくまとめて受けて、以下に結論を導き出す。漢文書簡体では「者」の字の訓とする。
一三 きっぱりと。時間的にいう「早く」から転じて、問題なく確かなことを強調する副詞。
一四 山門・寺門に分裂して以来、再び統合せず、九十年間抗争を繰り返していることをさす。
一五 園城寺は、天安二年（八五八）円珍が修造して延暦寺の別院としたことに端を発するため、山門側からは常に末寺と称した。
一六 若狭(わかさ)・越前・加賀などの北国で産する絹の、普通の寸法より丈(たけ)を長く織ったもの。
＊ **読み物**　軍記物語にはよく文書の引用が扱われている。宣旨・院宣・奏状・布告・牒状・願文(がんもん)等々の類である。親しみにくい漢文体で、文学的に面白いものとはいえず、まして平曲としての享受(きようじゆ)からいえば、耳だけでは到底理解しがたい。ここにはその牒状が四通も並んで掲載されているから、読者に読み飛ばされてもしかたがない。だがこの難かしい文書は歴史を語る上での権威ある証拠資料であり、そうした箇所をも語れることが琵琶法師の誇りだったのである。平曲の種目の中では「読み物」という、旋律性を抑えた独特の調子で語られる重要な曲であった。

聞こえありといへども［の噂があるが］、あへて出だしたてまつるにあたらず［〔当寺としては宮を〕わざわざお出し申す筋合はない］。当寺の破滅、まさにこの時にあたれり［今まさに目前にせまっている］。延暦、園城両寺は、門(もん)[一〇]跡(ぜき)二つにあひ分かるといへども［門流が〔山門寺門の〕両派に分れているが］、学ぶところはこれ円宗一味の教門なり［ともに天台の法門である］。たとへば鳥の左右の羽交(はがひ)[一一]のごとく、または車の両輪に似たり。一方欠(か)くるにおいては、いかでかその嘆きなからんや［どうして嘆かずにいられようか］。[一二]てへれば［それゆえ］、殊に合力(がふりよく)をいたし、当寺の仏法破滅をたすけられば、[一三]はやく[一四]年来の遺恨をわすれ［長年にわたる恨みを忘れ］、かさねて住山のむかしに復せん［再び〔我らが〕共に住んだよしみを回復しよう］。衆議(しゆぎ)かくのごとし。よつて牒件(くだん)のごとし［書状右の通りである］。

治承四年五月　日

とぞ書かれたる。

山門には［叡山では］、これを披見(ひけん)して、「こはいかに。当山[一五]の末寺として、『鳥の左右の羽交(はがひ)のごとく、車の両輪に似たり』と押して書く条(でう)［と強引に同格扱いで書くのは］、狼藉(らうぜき)なり［無礼である］」とて、返牒(へんでふ)を送らずと聞こえし。そのうへ、平家、近江(あふみ)米(ごめ)一万石、[一六]北国の織延絹(おりのべぎぬ)三千匹、山の往来に寄せらる［叡山への挨拶がわりに寄進した］。これを谷々［谷々峰］

峰々にひかれけるに（峰の各僧坊に分配されたところ）、にはかのことではあり、一人してあまた取る大衆もあり、また手をむなしくして（から手のまま何一つ取らない）一つも取らぬ衆徒もあり。何者のしわざにやありけん、落書[一]をぞしたりける。

　山法師[二]織延絹のうすくして
　　恥をばえこそかくさざりけれ

また、配分にもあたらぬ（分配にあずからなかった）大衆のよみたりけるやらん、

　織延[三]の一きれも得ぬわれらさへ
　　うすはぢをかく数に入るかな

座主[四]登山して、「園城寺一味はしかるべからざる」（三井寺に加担するのは穏当でない旨）よし、こしらへ給へば（言い含めなさったので）、（叡山は）宮の御方へは参らざりけり。

南都に対するの状

南都の牒状にいはく、

園城寺牒す、興福寺の衙

殊に合力を蒙つて（協力を願って）、当寺仏法破滅を助けられんと請ふ[五]の状。

右（右につき）、仏法殊勝なることは（仏法が殊にすぐれているのは）、王法をまぼらんがためなり（王法守護のためである）。王法ま

一　時事などを諷刺・批判する匿名の詩歌や文書。人の目につく場所に落し文されることが多いためこの名がある。

二　山法師の手に入れた織延絹は薄地なので、賄賂を受け取った恥をかくすことができなかったわい。「山法師」は比叡山の僧をいう。

三　織延絹の一きれも手に入れなかった私までが、この薄恥をかく仲間に入ってしまったではないか。

四　第五七代天台座主明雲僧正。一一一頁注二参照。

五　底本「うけのじやう」とあるを改める。

＊　**以仁王の三井寺入り**　以仁王の逃走経路を見ると、三条から東へまっすぐ行けるところを迂廻して、近衛河原の大宮・頼政邸の間を東へ抜けて如意越にかかっている。頼政の指示であろうし、内密の護衛もつけられたと想像できる。三井寺は頼義・義家以来清和源氏に縁の深い寺で、頼政の弟の良智・乗智という僧もおり、事件後処罰されている。頼政としては手づるを得てこの僧兵勢力の利用を考えていたろうが、事が事だけにあらかじめ根廻ししていたわけでもなく、以仁王を迎えて三井寺側でも動揺した。以仁王の弟でもある円恵法親王などは兄宮を都へ送り出そうと奔走したが、僧兵の強硬分子が頭としてきかずに日が経過した。『玉葉』の筆者兼実のこの間の記事は躍動している。

た長久なることは、すなはち仏法によるなり。去年(きよねん)よりこのかた、入道前(にふだうさき)の太政大臣(だいじやうだいじん)平(たひら)の清盛(きよもり)、ほしいままに王法をうしなひ〔破滅し〕、朝政を乱る。内外[六]につけ〔僧俗を問わず〕、うらみをなし嘆きをなすのあひだ〔恨みをふくみ嘆きをいだいていたところ〕、去んぬる十五日の夜、一院〔(後白河)〕第二の皇子〔(以仁王)〕、不慮の難をのがれんがために、にはかに入寺せしめ給ふ〔当寺にお入りなされた〕。ここに〔〔清盛は〕〕「院宣」と号し、官軍をはなちつかはすべきのむね〔官軍を派遣すべき旨言い寄こして〕、その責めありといへども〔〔宮の身柄につき〕たびたび催促があったが〕、衆徒、一向これを惜しみたてまつるによつて〔ひたすら宮に同情申し上げるゆえ〕、かの禅門〔(清盛)〕、武士を当寺に入れんと欲す。仏法といひ、王法(わうぼふ)といひ、まさに破滅せんとす。諸衆(しよしゆ)なんぞ愁嘆せざらんや。むかし唐の会昌天子(ゑしやうてんし)[七]、軍兵(ぐんびやう)をもつて仏法を滅(めつ)せんとせしむるのとき、清涼山(せいりやうざん)[八]の衆徒、合戦してこれを防ぐ。なんぞいはんや〔〔王権すらかくの通り〕ましてや〕、謀叛(むほん)八逆[九]のともがらにおいてをや〔八逆罪の犯人〔清盛〕を許してはならぬ〕。なかんづく南京は〔殊に奈良の我々としては〕、無例無罪、長者を配流せらる〔前例なく罪もない氏の長者をはいる〕。今度にあらずんばいづれの日にか会稽(くわいけい)[一〇]をとげんや〔恨みを報いようか〕。願はくは、衆徒、内(うち)には仏法の破滅を助け、外(ほか)には悪逆のたぐ〔悪逆の者どもを退〕

都の高倉院は昨年政変以来の情勢と事件に憔悴(しようすい)衰弱し切った。その高倉院からの迎えの使者に対して以仁王は「作レ色云汝欲レ搦レ我、更不レ可レ懸レ手云々」と激昂(げつこう)し、甲冑(かつちゆう)姿の僧兵七、八人が使者を追い払ってしまった。交渉で解決しようとしていた清盛もついに二十一日（事件発生後五日め）軍勢を三井寺へさし向ける。以仁王は「衆徒縦雖レ放二我於此地一可レ終レ命更不レ可レ入二人手一云々」と言い切り、「意気無二衰損一太以甲云々、見者莫レ不二感嘆一」とある。平家物語中の以仁王には痛々しいほどの優美さがあるが、事実は平家打倒を号令するに足る気骨ある宮だったのである。

六　「内」は仏法、「外」は仏法以外をいう。この後に「内(うち)には……外(ほか)には……」とあるのも同じ。

七　唐の武宗皇帝。「会昌」は治世の年号（八四一～八四六）。武宗は道士趙帰真(ちようきしん)・劉元清(りゆうげんせい)等を重んじて、仏教に迫害を加え、寺院四万を破却し、僧尼二十六万人を還俗(げんぞく)させ、仏像を破壊した。『唐書(とうじよ)』武宗紀、『仏祖統記』巻四十二等に見える。

八　中国の仏教三大霊場の一。山西省五台山の別称。

九　謀叛を含めた八逆罪の意。「八逆」は、律で謀反・謀大逆・謀叛・悪逆・不道・大不敬・不孝・不義をいい、国家の秩序を乱すものとして特に重く罰せられた。

一〇　「会稽の恥」に同じ。五二頁注四参照。

ひを退け、てへれば、同心の至り、本懐に足んぬべし。よつて牒件のごとし。

治承四年五月　日

とぞ書かれたる。

南都には、東大、興福両寺の大衆僉議して、やがて返牒[一]をぞ送られける。

興福寺の返牒

興福寺の牒、園城寺の衙

来牒一紙に載せられたり。入道浄海がために貴寺の仏法をほろぼさんとするのよしのことを牒す。

玉泉[二]、玉花両家の宗義を立つるといへども、金章、金句おなじく一代の教文より出づ。南京、北京ともにもつて如来の弟子たり。自寺、他寺たがひに調達魔障[三]を伏すべし。そもそも、清盛入道は平氏の糟糠[四]、武家の塵芥なり。祖父正盛[五]、蔵人五位[六]に仕へ、諸国受領の鞭をとる。大蔵卿為房[七]、加州の刺史のいに

一　返事の牒状。
二　天台・法相の二宗義。玉泉は中国天台開祖智者大師の住した玉泉寺をさし、玉花は法相宗開祖玄奘三蔵が唐の高宗の命によって玉花宮を大般若経の訳場としたことによる。
三　調達のごとき仏敵。「調達」は調婆達多の略。釈迦の従弟。釈迦に背いて様々な危害を加えようとし、死後無間地獄におちたという。「魔障」は仏道の障礙となる魔縁のこと。
四　「かす」と「ぬか」。「塵芥」とともに軽蔑の比喩。
五　出羽守正衡の子。讃岐・伊予・因幡・備前など諸国の国司を経任した。
六　藤原為房に仕えたことをいう。底本「くらんど五ゐににんじ」とあるが、「仕」を「任」と誤ったものであろう。他本によって改めた。
七　藤原氏勧修寺流。九二頁注一参照。為房の加賀守在任は寛治四年（一〇九〇）六月から、日吉社の神人の強訴によって同六年九月左遷されるまで。「刺史」は国司の唐名。
八　藤原氏六条流。一三七頁注八参照。播磨守在任は寛治八年二月から康和三年（一一〇一）七月まで。

九 国衙の庁で馬のことをつかさどる役人の長。
一〇 巻一「殿上闇討」参照。
一一 鳥羽院治世の間の唯一の失政として忠盛を憎んだ。「蓬壺」は仙人の住む蓬萊山。転じて院の御所。「瑕瑾」は美玉の惜しむべききず。
一二 仏教および仏教以外の諸学（特に儒学）に通じた学者。「英豪」はすぐれた学者の意。
一三 野馬台の詩のこと。梁の僧宝誌作と伝えられる難読回旋式の詩で日本の滅亡を予言したものという。吉備真備入唐の時これを示され、松尾明神・長谷観音の霊験により蜘蛛の這う糸をたどって読んだ。『江談抄』等に見える。「讖文」は予言の文。未来記。野馬台詩は後の言い方で、古くは野馬台讖と言ったらしい。ここは忠盛の不当の処遇が日本滅亡の予言を実証することだと悲しんだというのである。
一四 「青雲」は高位高官の比喩。
一五 白い茅で葺いた貧家。「白屋草屋、庶人居也」（『文選』張銑注）。「種」は出自。素姓。
一六 二三五頁注八参照。
一七 三台。三公。すなわち大臣の位をいう。
一八 近衛府の唐名で、近衛の大将・中将・少将をさす。
一九 公卿の唐名。九棘とも。
二〇 国司に任ぜられること。国司として赴任する時、しるしとして竹符を用い、半分を都に残し、半分を携行するところからいう。

しへ（た時）、検非違使に補せらるる（任命された）のところに、修理大夫顕季、播磨の（〔その国の〕）太守として、むかし（在任中〔国庁の〕）、厩の別当職に任ず。しかるに、親父忠盛昇殿をゆるされしとき、都鄙の老少みな蓬壺の瑕瑾をそねむ。内外の英豪（仏教儒教の学者は）、おのおの馬台の讖文に泣く。忠盛、青雲の羽交をかいつくろふといへども（立身して威儀をととのえはしたが）、世の民なほ（世間ではやはり）白屋の種をかろんず（出自の卑しさを軽蔑した）。名を惜しむ青侍は、その家にのぞむことなし（平家に仕官することを望まなかった）。しかるに、平治元年十二月、信頼、義朝追討せしとき、太上天皇（後白河）、一戦の功を感じて（ただ一度の戦功を賞して）、不次の賞を授け給ひしよりこのかた（異例の抜擢によって賞をお授けになって以来）、高く相国（大臣）にのぼり、かねて（併せて）兵仗を賜はる。男子、あるいは台階をかうむり（大臣の官を受け）、羽林につらなる（近衛の職に列した）。女子、あるいは中宮職にそなはり（中宮となり）、あるいは准三后の宣旨をかうむり、群弟庶子みな棘路をあゆむ（公卿の座に列した）。その孫、その甥、ことごとく竹符を裂く（国司となる）。しかのみならず、九州を統領し（日本全国を統治し）、百司を進退す（支配した）。みな奴婢僕従となり、一毛も心にたがへば（少しでもその意にそむくと）、皇侯といへどもこれをとらへ、片言も耳にさかへば（少しでも気に入らぬ言葉があると）、公卿といへどもこれをからむ［搦めとる］。ここをもつて、あるいは一旦の身命をのべんがため［一時の生命の安全をはからんがため］、あるいは片時（へんじ）の凌辱（りようじよく）をのがれんがため、万乗の聖主、なほ面諂（めんてん）の媚（こび）をなす［天子すらなお面前では おもねる］。重代の家君［代々主筋の藤原氏も］、かへつて膝行（しつかう）一の礼をいたす。代々相伝（さうでん）の家領をうばふといへども、上宰（しやうさい）二もおそれて舌を巻き［上席の施政者も畏怖して黙し］、官々相承（さうじよう）の荘園（しやうゑん）を取るといへども、権威にはばかりてものいふことなし。勝つに乗るのあまりに［勢いづいて調子に乗ったあげく］、去年［（治承三）］の冬十一月、太上皇帝［（後白河）］のすまひを追捕（ついぶく）し［御所を没収し］、博陸公（はくろくこう）三［関白（基房）］の身をおし流したてまつる。叛逆（ほんぎやく）のはなはだしきこと、まことに古今（ここん）に絶えたり［古今にその例を見ない］。そのときわれら、すべからく賊衆にゆきむかつて［当然これら国賊どもと対決して］、その科（とが）を問ふべしといへども［罪科を問うべきであったが］、あるいは神慮にはばかり、あるいは〔清盛が〕皇憲（くわうけん）を称するによつて［天皇の命令と称するので］、鬱（うつ）四胸（きよう）をおさへて［積る不満を抑えて］、光陰をおくるのあひだ［月日を過すうちに］、〔清盛は〕かさねて軍兵をおこし、一院［（後白河）］第二の宮［（以仁王）］の朱閣（しゆかく）［尊貴の御殿を］を押し囲みたてまつる。八幡三所（はちまんさんじよ）五、春日（かすが）六大明神、ひそかに影向（やうがう）をたれ［姿を現し］、仙蹕（せんひつ）七を捧げたてまつり［宮のお乗物をお捧げして］、貴寺におくりつけ、新羅（しんら）八の扉（とぼそ）にあづけたてまつる［新羅明神の社殿にお預け申した］。王法尽（わうぼふ）くべからざる［尽きるはずのないこと］

一 貴人の前でひざまずいて、膝（ひざ）で進退する礼法。臣下の礼。
二 底本「しやうさいに」とあるを改める。「上宰」は宰相に同じ。天子を輔佐し政治を行う者。
三 関白の唐名。ハクリクとも。
四 胸にわだかまる思い。胸のつかえ。覚一本・延慶本等「鬱陶」とする。心の晴れないことで同義語である。
五 皇室祖神である八幡が以仁王を守護したというのである。三所は応神帝・神功（じんぐう）皇后・玉依（たまより）姫をいう。
六 藤原氏の氏寺興福寺の立場から、藤原氏の氏神春日大明神も以仁王を守護したというのである。
七 皇族乗用の車駕（しやが）をいう。
八 新羅大明神。三三〇頁注一参照。
九 心識（心）を有する者の意で、衆生（しゆじよう）というに同じ。
一〇 人を殺傷する武器。ここは武力を行使する意でいう。諸本「胸気」「凶気」等種々の字を当てる。「凶器」の当て方を疑問視する注もあるが、延慶本や『寺門高僧記』所収のこの牒状「凶器」である。
一一 興福寺の末寺の意だが、奈良諸寺は興福寺別当の管理下にあり、興福寺からそれら諸寺へさらに牒状が発せられた。延慶本・盛衰記はその牒状（東大寺あてのもので代表）をも掲載している。
一二 書翰（しよかん）を受け取ったことをいう慣用の表現。「青鳥」

のよし明らけし（は〔これで〕明白である）。したがつて、貴寺身命を捨て守護したてまつるの条、含識[九]のたぐひ（生ある者は）、たれか（誰も心から）随喜せざらん（感謝せぬ者はない）。われら遠域にあつて（遠い奈良の地にいて）、その情を感ずるのところに（貴寺の志に感激していたところ）、清盛入道、なほ凶器[一〇]をおこして貴寺に入らんとするのよし（軍兵を起して貴寺に侵入しようとするとのこと）、ほのかにもつて承りおよぶ。かねて（〔我々は〕）用意をいたし、十八日辰の一点に大衆をおこして（午前八時に僧兵を召集して）、十九日諸寺（奈良諸寺に）牒送し、末寺[一一]に下知して（動員して）群衆を得て、のちに案内をのべんと欲するのところに（しかるのちご通知申そうとしていたところに）、青鳥[一二]飛び来たつて（使者が到着して）芳翰を投ず（届けた）。数日の鬱念、一時に解散す（積る思いは一時に晴れた）。かの唐家の清涼一山の苾蒭[一三]（唐の清涼山一山の僧侶は）、なほ武宗の官兵をかへす（追い返した）。いはんや和国南北両門の衆徒（日本の興福延暦両寺の）、なんぞ（どうして）謀臣の邪（邪悪）類を払はざらん（の徒を一掃せずにおこうか）。よく梁園[一四]左右の陣をかためて（高倉の宮の左右の陣を固めて）、よろしくわれら進発の告を待つべし。状（趣を）を察し、疑殆をなすことなかれ（ご懸念を抱くこと無用）。もつて牒件のごとし。

治承四年五月　日

とぞ書きたりける。

は使者。中国の仙女西王母が使者として三本足の青鳥を使うという伝説（『史記』司馬相如伝）による。

一三 園城寺の牒状にあった、清涼山の衆徒が会昌天子（武宗）の軍兵を押し返したという故事をさす。「苾蒭」は梵語で比丘、僧のこと。

一四 親王家をいう。梁の孝王の竹園から出た語。ここは以仁王をさす。底本「りやうゐん」。「両院」（三井寺の院々）の字も当て得るが、諸本や『寺門高僧記』等により「梁園」とする。

＊南都返牒の作者　この時交換された牒状について、園城寺側の作者は分らないが、興福寺からの返牒は信救得業という学僧が作文したということが巻七「木曾の願書」で明らかにされる。広本系では信救の紹介が特に詳細であり、彼の作文を種種掲載している。この時興福寺から奈良諸寺へ同意を促す牒状を送ったが、それも信救が書き、延慶本に載っている。もと勧学院の儒者出身の文才ある僧であったが、この牒状作文の罪で、宇治の合戦後平家の追捕を受け、漆を浴びて面相を変え、逃走して十郎蔵人行家と出逢い、同道して木曾義仲に身を寄せた。そこで大夫坊覚明と改名して、義仲の手書（書記）となって大活躍をすることになるのである。なお園城寺の記録である『寺門高僧記』にこの興福寺との往復の牒状が収められている。平家物語とほとんど同文であるがともに作者について記すことはない。

第三十六句　三井寺大衆揃ひ

頼政夜討の下知

同じき(五月)二十三日の夜に入りて、源三位入道(頼政)、宮(以仁王)の御前に参り、申しけるは、「山門はかたらひあはれず(叡山は呼びかけに応ぜず)、南都はいまだ参らず(興福寺からはまだ返事がありません)。事のびてはかなふまじ(行動が遅れては成就しますまい)。こよひ六波羅へ押し寄せ、夜討にせんと存ずるなり。その儀ならば(そうと決れば)、老少千余人はあらんずらん。老僧どもは、一如意が峰より二からめ手にまはるべし。若き者ども一二百人は、先立つて三白河の在家に火をかけて(民家を焼きながら)、下りへ焼きゆかば(低地に向って)、京、六波羅のはやりをの者ども(平家の血気にはやる若武者どもは)、『あはや、事いでくる』(あわや、大事出来)とて、馳せ向かはんずらん。そのとき、四岩坂、五桜本に引つ懸け、引つ懸け(馬を駆って再三襲いかかり)、しばしささへて防がんあひだに、六若大衆ども、大手より伊豆守大将として六波羅へ押し寄せ、風上より火をかけて、ひと揉み揉うで攻めんずるに(ひとしきり激しく攻めこんだならば)、なじか

一 如意山、また如意ヶ岳とも。三二〇頁注五参照。
二 軍陣の正面(大手)に対して、背面または側面。
三 比叡山・如意山の間に発し、西流して白川村に至り曲折して賀茂川に入る川。また京の都市繁栄が賀茂川東に及び洛東一帯を白河と呼ぶようになるが、ここは如意越えの山間部の川または白川村辺をさす。
四 如意越えより北の志賀越え途中の坂。
五 神楽岡東の原。如意越えの京都口。
六 底本「もし大しゆとも」。類本により改めた。この策戦諸本により差があり、本文の当否決定が困難である。
七 出自等不詳。延慶本「一能房」とする。「心海」は「真海」とする本もある。
八 三井寺をさす別称。延暦寺・叡山の別称「わが山」(二一八頁*印参照)に対抗して三井寺では固有称呼のように「わが寺」を頻繁に用いている。しかしこの一般的な用語を三井寺に独占することはできず、独善的な傾向だったようである。
九 不詳。八十余歳の老僧と紹介する本もある。キヤウシウとも読ませる。
一〇 鎧の縅の名。白・薄青・紺の三色の縞革を細く切って縅したもの。
一一 五条袈裟または白絹で覆面する僧兵の装束。裹頭という。特に僉議の時は全員がこの服装をした。

は太政入道、焼き出だして討たざるべき」とぞ申されける。（火の中から追い出して討てないことがあろう）

一如坊が長僉議の事

さるほどに、やがて大衆おこつて（決起して）僉議（せんぎ）しけり。そのうちに、平家の祈りしける（かつて平家の祈禱を勤めたという）七一如坊阿闍梨心海（いちにょばうあじゃりしんかい）といへる老僧あり。僉議の庭に（協議の場に）すすみ出でて申しけるは、「から申せばとて（こう申したからと言って）、〔私が〕平家の方人（かたうど）するとはおぼしめされ候ふまじ（味方をするとはお思いなされますな）。たとひさも候へ（かりにそうであったからとて）、いかでか（どうして）八わが寺の恥をも思ひ（寺門の恥をも思わず）、門徒の名をば惜しまでは候ふべき（わが宗門の徒たる名を惜しまないでおられましょう）。むかしは源平左右（さう）にあらそひて（左右に並び競って）、いづれ勝劣なかりしかども、平家世を取つて二十余年、天下（てんが）になびかぬ草木も候はず。内々の館（たち）のありさまも（六波羅内の各私邸の様子も）、小勢（こぜい）にてたやすう落しがたし（小勢では容易に攻め落すことができませぬ）。よくよくほかにはかりごとをめぐらし（別の計略をめぐらし）、勢（せい）をあつめて寄せ給ふべうや候ふらん（軍勢を集めてのち攻め寄せるがよろしゅうございましょう）」と、時刻をうつさんがために（引き延ばそうとして）、長々とぞ僉議しける。

九乗円坊（じょうゑんばう）の阿闍梨慶秀（けいしう）、一〇節縄目（ふしなはめ）の腹巻を着、一一頭（かしら）つつんで、僉議の庭にすすみ出でて申しけるは、「証拠をほかに引くべからず（〔われらの〕進退の根拠をほかに求める必要はない）。われらが一二本願一三浄御原（きよみばら）の天皇は、一四大友の王子に（〔の大軍に〕）一五おそれさせ給ひて（恐れをいだかせて）、大和の国

浄御原の天皇の物語

一二 仏菩薩が衆生（しゅじょう）救済のために誓願をたてることから転じて、寺院創建者・法会発起人をいう。園城寺創立は大友与多（おおとものよた）で、天武帝の勅許を仰いだので、天武帝御願寺と称するのである。五〇頁注六参照。

一三 天武帝。舒明（じょめい）帝皇子大海人（おおあま）皇子。天智帝の弟。皇太子となったが、大友皇子を憚（はばか）り吉野に隠退した。天智帝崩後兵を起し、弘文帝（大友皇子）を倒して帝位についた。壬申（じんしん）の乱という。飛鳥浄御原宮（あすかきよみはらのみや）を営む。

一四 天智帝皇子。弘文帝となる。壬申の乱に敗れて崩じた。

- 三四 舒明
  - 三八 天智
    - 四一 持統
    - 四三 元明
    - 三九 弘文（大友）
  - 四〇 天武（大海人）

一五「襲（おそ）はれさせ」とする本も多い。大海人皇子が吉野に逃れた時、大友皇子の討手を受けたという種々の伝説と関係があろう。「おそれさせ」はその誤記かとも疑われるが、『書紀』によれば、天智帝崩後弘文帝は山陵を造ると称して人夫を集め、近江・大和の間に監視を置き、吉野の糧道を絶つと聞えた。「天皇（天武）悪之因令二問察一、以知二事已実一」とある。覚一本等「はばからせ給ひて」とするは書紀の訓にもとづくか。『宇治拾遺』には「われは春宮（とうぐう）にてあれば勢も及ぶべからず、あやまたれなんとおそりおぼして」とあり、底本の形を誤りとはいえない。

吉野山を出でて、当国宇陀の郡を過ぎさせ給ひけるに、その勢わづかに十七騎。されども、伊賀、伊勢に越え、美濃、尾張の勢をもつて、つひに大友の王子をほろぼし、位につき給ひけり。『窮鳥ふところに入れば、人倫これをあはれぶ（これを哀れむのは人情である）』といふ本文あり。余は知らず（他の者は知らぬが）、慶秀が門徒においては（門弟たる者は）、こよひ六波羅へ押し寄せて討死せよ」とぞ申しける。円満院の大輔源覚が申しけるは、「僉議端多し。夜のふくるに、いそげや、すすめや」とぞ申しける。

如意が峰よりからめ手にむかふ老僧どもの大将軍には源三位入道。乗円坊の阿闍梨慶秀、律静坊の阿闍梨日胤、帥の法印禅智、禅智が弟子に義宝、禅永を先として、ひた兜（全軍武装の）六百余人ぞ向かひける。大手より向かふ若大衆には、円満院の鬼土佐、律静坊の伊賀の公、これ二人は、打ち物取つては鬼にも神にもあふべきといふ（刀剣類を手にすれば鬼にも神にも立ち向おうというほどの）一人当千の者どもなり。平等院には、因幡の竪者荒大夫、成喜院の荒土佐、角の六郎坊、島の阿闍梨。筒井の法師に卿の阿闍梨、悪少納言。北の

一　奈良県宇陀郡宇陀。伊賀の国との境に当る。『書紀』に「是時元従者、草壁皇子、忍壁皇子（以下舎人の名十一）之類廿有余人、女孺十有余人也、即日到二菟田吾城一」とある。「十七騎」には特に根拠はなかろう。強いて説明すれば、名を明記した者十三名に、二名が吾城で追いついている。大海人皇子・后と併せて十七名となる。延慶本「七騎」とする。

二　伊賀の名張に入り、伊勢の鈴鹿から伊勢神宮に至り、桑名より美濃に入る。先に召集した美濃・尾張等東国の兵と合し不破から近江へ攻め入ったのである。

三　「窮鳥入レ懐、仁人所レ憫」（『顔氏家訓』省筆篇）。「本文」は典拠ある漢文。

四　三井寺の門跡の一。山城の国愛宕郡岡崎にあった。源覚については出自等不詳。この後弁舌を奮ったり、宇治の合戦でも登場する。

五　つまらぬ議論が多いぞ。枝葉末節に走っている。「端」は末端の些細なこと。「ばし」（副詞句）と解するのは正しくない。用例「神モ人モ同　用ル処、此歌ノ事ハ端多シ」（『神道集』御神楽事）。

六　坂東平氏千葉常胤の子。頼朝の祈禱僧であった。

七　中納言大宰帥藤原俊忠の子。義宝・禅永は未詳。

八　以下僧兵たちの出自等については未詳。僧兵の名は法名のほか所属の寺院名、所住の坊名、職分・資格の肩書き、父兄の官職の略称、住所・出身地、あだ名等々を適宜組み合せた、寺内での通称というべきものである。

院には、金光院の六天狗、大輔、式部、能登、加賀、佐渡、備後等なり。五智院但馬、水尾の定連、四郎坊、松井の肥後、大矢の俊長。乗円坊の阿闍梨慶秀が坊の人六十人がうち、加賀の光乗、刑部俊秀[九]、[一〇]法師ばらには一来法師すぐれたる。堂衆[一一]には、筒井の浄妙明秀、小蔵の尊月、尊永、慈慶、楽住、かなこぶし[一二]の玄永坊。武士には、伊豆守仲綱、源大夫判官兼綱、六条[一三]の蔵人仲家、子息蔵人太郎仲光、[一四]下河辺の藤三郎清親、渡辺[一五]の省播磨の二郎、授薩摩の兵衛尉、長七唱、連の源太、与の馬允、競滝口、清、勧を先として、ひた兜一千余人、三井寺をこそうち立ちけれ。

三井寺には、宮入らせ給ふのちは、大関、小関掘り切つて、逆茂[一六]木をひいたりければ、堀に橋を渡し、逆茂木をのけんとしけるほどに、時刻おしうつりて、関路の鶏鳴きあへり。円満院の大輔源覚が申しけるは、「しばし。むかし秦の昭王のとき、孟嘗君[一七]が君のいましめをかうむりて召し籠められたりけるが、はかりごとをもつて

九　三四四頁注六参照。

一〇　寺内外の各種雑役に当る僧形の召使。

一一　下級僧。二〇三頁参照。

一二　鉄拳の意で、あだ名。

一三　源義賢（為義次男）の子。義仲の兄。久寿二年（一一五五）父が武蔵で討死した後、頼政に育てられ養子となっている。

一四　藤原氏秀郷流。下総の国葛飾郡下河辺荘の住人。名は清恒・行義とも伝える。宇治の合戦の後故郷に帰る。その子行平は、頼朝に従って功多く、下総古河を中心に利根川流域一帯を領する大名となる。

一五　他本ハブクと読む。嵯峨源氏。右馬允満の子。（一説左馬允任の子）。播磨二郎はその通称。授・与等の父。以下渡辺党の名は系図に種々あって明確ではないがほぼ右下のようになろう。

- 伝
  - 重—教
    - 連
    - 唱
  - 満—省
    - 授
    - 与
  - 昇—競
  - 計—清
  - 至—勧

一六　敵の侵入を防ぐため、木の枝先を外に向けて並べ結んだ柵。

函谷関の沙汰

一七　中国戦国時代の斉王の一族。田嬰の子。名は文。賤妾の子であったが賢才によって家を継ぎ、数千の人材を食客として抱えた。秦の宰相として招かれ、拘留されたが、秦王の寵姫に狐白裘を贈って逃れることができた。のち斉の宰相となって国力を増し、秦を苦しめた。『史記』孟嘗君列伝に詳しい。

逃げのがれけるときに、函谷(かんこく)[一]の関(くわん)にいたりぬ。鶏(にはとり)の鳴かぬかぎりは、この関の戸をひらくことなし。孟嘗君が三千の客(かく)のうちに、田客(でんがく)[二]といふ兵(つはもの)あり。鶏(にはとり)の鳴くまねをありがたうし〔またとなく巧みにしたので〕ければ、鶏鳴きつづくとぞ言ひける〔〔それを聞く〕鶏はつられて鳴くと言われた〕。〔その折も〕かれが高きところに登つて、鶏(とり)の鳴くまねをしたりければ、関路の鶏(にはとり)鳴きつたへて、みな鳴きぬ。〔関守は〕[三]鳥のそら音(ね)にばかされて、関の戸あけて通しけり。これも敵のはかりごとにてもやあらんずらん〔今の鶏の鳴き声も敵の計略で鳴かしたのかもしれぬ〕。ただ寄せよ」と申しけれども、[四]五月の短か夜なれば、はやほのぼのとぞ明けにける。

伊豆守のたまひけるは、「ただいまここにて鶏(とり)鳴いては、六波羅へは白昼(はくちう)にこそ寄せんずれ〔寄せることになる〕。夜討こそさりともと思ひつれ〔夜討ちならば[五]よもや負けまいと思ったが〕、昼軍(ひるいくさ)にはいかにもかなふまじ〔どうしても勝ち目はあるまい〕」とて、搦手(からめて)は如意が峰より呼び返す。大手は松坂[六]よりとつて返す。

若大衆(わかだいしゅ)どもが申しけるは、「これは所詮〔結局〕、一如坊が長僉議(ながせんぎ)にこそ〔のせいで〕夜は明けたれ〔夜が明けたのだ〕。その坊切れや〔その宿坊をぶちこわせ〕」とて押し寄せて、散々(さんざん)に打ち破る。

一　中国河南省洛陽から潼関(とうかん)に至る隘路(あいろ)に設けた関。秦(しん)の東方の出入口に当る。

二　田家の食客の意が人名のように伝えられたのであろう。

三　鶏の鳴きまね。孟嘗君(もうしょうくん)の故事をふまえた歌によく使われる。「夜をこめて鳥のそら音ははかるともよにあふ坂の関はゆるさじ」（『続拾遺集』雑、清少納言）、「相坂や鳥のそら音の関の戸もあけぬと見えてすめる月影」（『続拾遺集』秋上、藤原為家）。

四　陰暦五月は真夏に当り、いわゆる夏の短か夜であるが、古くは特に一カ月後半の遅い月の出から夜明けまでの短いことを言う例が多い。この夜討計画は五月二十五日の夜である。

五　「然(さ)ありとも」の約。いくら何でもまさか、という意の副詞。一筋の希望を信じる中世の慣用語である。

六　粟田口(あわたぐち)から山科(やましな)に通じる坂道。

＊　**頼政の戦略**　この謀叛に成算ありとすれば、頼政はどのような戦略を構想していたであろうか。諸国源氏に呼びかけるといっても反応は予測できない。もし以仁王令旨に応じて挙兵するとしても、散在する源氏の間に、一斉行動を起すような連絡のとれるはずもない。だがこの二十三日の未遂の夜討策には頼政の大戦略を想像するヒントがあるようである。兼綱が以仁王追捕に派遣された時はもちろん、その五日後に三井寺に軍勢が向けられる時でさえ、頼政がその中に加えられていたのだ

防ぎ戦ふ弟子、同宿、数十人討たれぬ。一如坊は、はふはふ六波羅へ参りて、このよしをいちいちに訴へ申されけれども、六波羅へは軍兵馳せあつまつて、騒ぐこともなかりけり。

第三十七句　橋合戦

（以仁王）宮は、山門、南都をもつてこそ、「さりとも」とおぼしめされつれども、「三井寺ばかりにてはいかにもかなふまじ」とて、（五月）同じき二十三日のあかつきに、南都へおもむき給ひける。

宮は、「蝉折」「小枝」と聞こえし漢竹[七]の御笛二つ持たせ給ひけり。蝉折は、鳥羽院の御時、黄金を千両、宋朝の帝へ奉らせ給ひたりければ、（宋の帝は）その御返報とおぼしくて、生身[八]の蝉のごとくに節ついたる漢竹の笛竹[九]、一節[一〇]わたさせ給ふ。（鳥羽院）「いかが、これほどの重宝をば左右

から（『玉葉』五・二一）、頼政の陰謀はよくよく秘密裡に進められていたのである。夜討の策と同様に、諸国に不揃いに起きる挙兵を以て平家追討軍を分散混乱させ、自分は都で最後まで鳴りをひそめ、機を見て手兵で一気に清盛の首級をあげるという恐ろしい戦法ではなかったろうか。清盛に信用されきっていた頼政には、以仁王が危地に追いこまれた今もなお保身の道は残されていたかもしれぬ。しかしそのすべてを放棄して、頼政は自ら家を焼いて謀叛者の名乗りをあげ、非運の皇子のもとに走った。その胸中の戦略も想像してみるだけであるが、その当時の武士たちの噂を『玉葉』は「散二在于諸国一之源氏末胤等、多以為二高倉宮之方人一、又近江国武勇之輩同以与レ之云々」と伝えている。その後の諸地方の反平家の挙兵の事実から見ても、令旨の効力を測定しつつ立てられた頼政の謀叛構想の重みを考えてみたい。

小枝・蝉折れの沙汰

七 寒竹・笛竹等とも書く。竹の一種で高さ二、三メートル。節・枝多く、葉は短く、幹は紫色を帯びる。笛材に適する。

八 竹は一節から二茎の枝が出る。枝を根元から削ぎ落した跡が蝉の羽に酷似していたのであろう。「生身」は正身とも。なま身の肉体。転じて実物。

九 笛材としての竹。

一〇 竹の一節分。

なく彫るべき」（簡単に笛に作ることはできぬ）とて、大納言僧正覚宗[一]に仰せて、壇（護摩壇）の上に立て、七日加持して彫らせ給へる御笛なり。おぼろけの御遊びには取りも出だされざりけるを（並たいていの管絃の催しの御席では取り出すこともなさらなかったのであるが）、あるときの御遊びに、高松の中納言実衡[二]の卿、御笛を賜はつて吹かれけるが、ただ世のつねの笛の様に思はれて（うっかりふつうの笛のように思われて）、膝より下に置かれたりければ、笛やとがめたりけん（笛がその無礼をとがめたのか）、そのとき蟬折れにけり。それよりしてぞ〔その後〕「蟬折」とはつけられける。この宮の伝はらせ給ひたりしを（受け継いでご所持なさっていたのを）、いまは御心細うやおぼしめされけん、泣く泣く金堂[三]の弥勒に奉らせ給ひけり（ご奉納なされた）。「龍花の御あかつき、〔菩薩に〕値遇[四]の御ためか（めぐり逢われるためか）」とおぼえて、あはれなりし御ことなり（しみじみと胸うたれることである）。

乗円坊の阿闍梨慶秀、鳩の杖[五]にすがり、宮の御前に参りて申しけるは、「この身はすでに齢八旬にたけ（八十歳で）、行歩かなひがたく候へば（歩行もままなりませぬゆえ）、いとま申してまかり留まり候（お別れ申して〔自分は〕ここにとどまります）。弟子にて候ふ刑部坊[六]俊秀を参らせ候（お供に差し上げます）。かの俊秀と申すは、相模の国の住人、山内の須藤刑部丞義通[七]が子なり。父須藤刑部は、平治の合戦のとき、故左馬頭義朝につい

一 治部少輔藤原家基の子。保延五年（一一三九）より十三年間園城寺長吏を勤め、叡山と熾烈な攻防を重ねた。「大納言僧正」の称については不詳。他本多く「大進僧正」とするがそれも不詳。広本系「覚祐僧正」とし、これは同時代（保延四年）に寺門系で天台座主となって辞退した鳥羽僧正覚猷のことと判断される。覚猷ならば大納言源隆国の子で、「大納言僧正」の称はふさわしい。

二 底本「さねゆき」を改める。藤原実衡。閑院流。権大納言仲実の長男。鳥羽院生母苡子は叔母、以仁王乳母子六条宗信は甥に当る。従兄に太政大臣となった三条実行があるので、底本は誤ったものか。

三 園城寺中院の中央に金堂（本堂）あり、弥勒菩薩を本尊として安置する。弥勒は兜率天の内院におり、釈迦の滅後五十六億七千万年に世に出て龍花樹の下に成道を遂げ、法会を開くと誓った仏。その出世の時機を「龍花の暁」という。

四 出会うこと。以仁王は現世での望みを捨て、弥勒出世の未来に生れ合せたいと、この笛を弥勒に捧げたのか、というのである。

五 老人の杖。鳩は餌にむせぶことがないというところから、杖の頭に鳩の形をつける。八十歳以上の功臣には宮中から賜う。

六 底本「きやうぶきやう」とあるを改める。父の刑部丞の職を坊名に用いたのである。

七 他本「俊通」とするのが正しい。義通は俊通の父。

て、六条河原にて討死つかまつり候ひぬ。いささかゆかり候ふによつて（いささかの縁故がございましたので）、幼少より跡懐にて（幼少より引き取って）[八]生ほしたてて（手ずから育てあげ）、心の底までも知りて候。これをば、いづくまでも召し具せらるべう候（どこまでもお召し連れ下さいませ）」と申しもあへず、涙にむせびければ、「いつのよしみに、さればかくは申すらん（〔特に恩義も与えぬに〕いつの情誼に感じてこうも親切に言ってくれるのか）」とて、宮も御涙にむせびおはします。しかるべき老僧どもをば留めさせ給へり。三位入道の一類（一族郎党）、三井寺法師、都合その勢一千余人、醍醐寺[九]にかかつて（を経由して）南都へおもむき給へり。

平等院にて合戦

さるほどに、宮は宇治と寺[一〇]（三井寺）とのあひだにて、六度まで御落馬あり。これは、去んぬる夜（前夜）、御寝もならざりつるゆゑなりとて（おやすみにならなかったせいだというので）、宇治の橋（〔敵に備えて〕）二間[一一]ひきはづし、平等院[一二]に入らせ給ふ。しばし御休息ありけり。宇治川に馬ども引きつけ、引きつけ（できるだけ引き寄せて）、冷やし、鞍、具足をこしらへなんどしける（馬具類の手入れなどをして）ほどに、六波羅には（いると）これを聞きて、「宮は、はや南都へおもむき給ふなり（向われたそうだ）」とて、平家の大勢追つかけたてまつる。

大将軍には入道の三男左兵衛督知盛[一三]、中宮亮通盛[一四]、薩摩守忠度[一五]。

藤原氏秀郷流の大族で、俊通の時相模の国山内に住んで姓とした。俊通は源義朝に従って平治の乱に討死。その子滝口俊綱もともに討死した（『平治物語』）。

八　父の亡きあとを引き取って懐に抱くように育てること。

九　山城の国宇治郡醍醐山にある真言宗の名寺。山科から宇治へ出る途中に当る。

一〇　単に「寺」といって三井寺をさした。比叡山延暦寺を単に「山」というのに対する。三三八頁注八参照。

一一　建築構造の単位で、柱と柱の間を一間とし、その二間分。ここは橋柱の間を二間分。

一二　山城の国久世郡宇治にある藤原頼通建立の名寺。鳳凰堂を中心とする荘厳美麗の建築で著名。平等院は天台末寺で執行は延暦寺・園城寺から交互に任命され、当時は園城寺の覚尊僧正であった。

一三　清盛の四男。当時左兵衛督兼丹波守。

一四　門脇中納言教盛の子。当時中宮亮兼越前守。

一五　忠盛の末子。清盛の弟。当時薩摩守。

一 藤原氏だが系譜不詳。忠綱はその子。
二 忠清の弟。景高はその子。
三 平盛俊。盛国の子。寿永三年（一一八四）一谷合戦で討死する。
四 姓氏系譜不詳。寿永二年篠原合戦で討死する。
五 いずれも平家の譜代の臣。斎藤は全国に諸流あるが、ここは伊勢の斎藤氏であろう。『平治物語』にも伊勢・伊賀の武士として伊藤・斎藤が列記されている。
六 山城の国宇治郡伏見山の東面、木幡の里に向う側をいう。
七 宇治橋の際。宇治橋は平等院の北、宇治川に架せられた奈良街道の要衝。長さ八十三間（約一五〇メートル）。
八 合戦の前後に全軍で大声を発すること。本来は軍神の送迎という宗教的な意味をもつものであったが、威嚇・誇示・気勢・凱歌など実際的な意味をもつようになる。ここは開戦の合図として敵味方交互に大声をあげること。
九 開戦の合図として敵味方が鏑矢を射合うこと。
一〇 兜の鉢より下にさげて後頭部を覆う部分。鎧の胴・袖・草摺と同様に、小札（鎧の材質となる鉄片または革片）を連ねて製した札板を数段（錣の場合は弧状のもので下方ほど大きい）縅して製する。敵の矢を防ぐために兜を前に傾けるのを「錣をかたぶく」という。
一一 終止形の文を重ねながら条件を勢いよく連ねてゆ

矢切の但馬のふるまひ

侍大将には上総守忠清[一]、太郎判官忠綱、飛騨守景家[二]、飛騨の太郎判官景高、越中の前司盛俊[三]、武蔵の三郎左衛門有国[四]、伊藤、斎藤[五]のしかるべき者ども、「われも」「われも」と進みけり。都合その勢二万余騎、木幡山[六]をうち越えて、宇治の橋詰[七]に押し寄す。「敵、平等院にあり」と見てければ〔見てとったので〕、橋よりこなたにて二万余騎、天もひびき、地も動くほどに、鬨[八]をつくること三箇度なり。先陣が「橋を引いたぞ〔橋板をはずしてあるぞ〕。あやまちすな〔誤って落ちるな〕」と言ひけれども、後陣はこれを聞きつけず、「われ先に」とかかるほどに〔攻めかかるうちに〕、先陣二百余騎押し落されて、水におぼれて流れけり。

宮の御方には、大矢の俊長、渡辺の清、勧が射ける矢ぞ、ものにも強く通りける。橋の両方の詰〔たもと〕にうち立つて矢合せ[九]〔戦闘開始の矢を射合った〕しけり。五智院の但馬は、長刀の鞘をはづし、兜の錣[一〇]をかたぶけて、橋は引いたり[一一]〔外してはあるし〕、敵には寄りあひたし〔当りたいし〕、錣をかたぶけて立ちたるところに、平家これを見て、差しつめ、引きつめ〔次々に矢をつがえては〕、散々に射る。但馬は、越ゆる矢をば〔高めの矢はかいくぐ〕

ついくぐり、さがる矢をば〔低めの矢は〕躍り越え、むかうて来る矢をば〔まともに向って来る矢は〕長刀にて切つて落す。敵も味方も、「あれを見よ」とて見物す。それよりしてぞ、「矢切の但馬」とは申しける。

筒井の浄妙のふるまひ

堂衆に筒井の浄妙明秀は、[一二]褐の直垂に、[一三]黒革縅の鎧着て、[一四]黒漆の太刀をはき、[一五]大中黒の矢負ひ、[一六]塗籠籐の弓のまん中取つて、好む[一七]白柄の長刀と取りそへて、橋のうへにぞすすみける。大音あげて名のりけるは、「日ごろは音にも聞き〔日ごろは噂にも聞き〕、いまは目にも見よ〔今はその目でよくも見よ〕。園城寺にはそのかくれなし。堂衆に筒井の浄妙坊明秀とて、一人当千の兵ぞや。平家の方にわれと思はん人々は、駆け出で給へ。見参せん〔お相手いたそう〕」と言ふままに〔と言うやいなや〕、[一八]二十五差したる矢を、差しつめ、引きつめ、散々に射けるに、十二人[一九]矢庭に射殺し〔たちどころに射殺し〕、十一人に手負ほせて〔手傷を負わせて〕、一つは残りて[二〇]箙にあり。弓をうしろへからと投げ捨て、箙も解いて川へ投げ入れ、敵「いかに」と見るところに〔どうしたことかと見ていると〕、[二一]貫脱いではだしになり、長刀の鞘をはづいて、橋の[二二]行桁をさらさらと走り渡る。人は恐れて渡ら

く語法。終止形中止法という。

一二 黒に近い濃紺の鎧直垂。

一三 札を黒染めの革紐で編んだ鎧。

一四 柄・鞘を黒い漆で塗った太刀。

一五 羽の斑文が上下白く中が大きく黒いもの。

一六 籐弦を巻いた上から全体に黒漆を塗った弓。普通は黒漆を塗った上に籐を巻き、籐の白さが見える。

一七 白木の柄。削ったまま塗装しない木の柄。

一八 箙に矢を差す定数。征矢（普通の矢）二十四に鏑矢一を差すのである。

一九 合戦用語で矢を射合っているその場。「矢庭に射殺す」とは、射当てて即死させることをいう。

二〇 矢を入れて右腰につける器。

二一 熊などの毛皮で包んだ靴。

二二 橋板をはずして露出した梁の縦の方向の材。

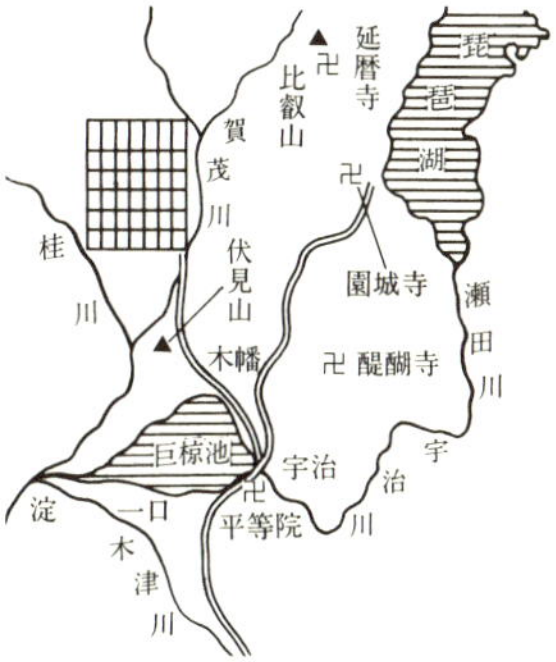

ねども、浄妙坊が心には〔の気持からすれば〕、一条、二条の大路とこそふるまひけれ〔大路でも行く思いで振舞った〕。長刀にて、むかふ敵五人なぎふせ、六人にあたるところに〔六人目に立ちあっていたところ〕、長刀の柄うち折つて捨ててけり。そののち、太刀を抜いで斬りけるが、三人斬りふせ、四人にあたる度に、あまりに兜の鉢に強う打ち当て、目貫のもとよりちやうど折れ、川へざぶと入る。いまは頼むところの腰の刀にて、ひとへに〔一途に〕「死なむ」〔死のうと決めてあばれまわった〕とくるひけり。

乗円坊の阿闍梨の召し使ひける下部のうちに、一来法師とて、生年十七歳になる法師あり。浄妙に力をつけんとて、続いて戦ひけるが、橋の行桁はせばし〔狭いし〕、通るべき様はなし〔傍を通りぬけようはないし〕、浄妙が兜の手先に手を置いて、「あしう候、浄妙坊」〔失礼つかまつる〕とて、肩をゆらりと越えてぞ戦ひける。一来法師はやがて討死してけり。

浄妙は、はふはふかへりて〔這うようにして〕、平等院の門前なる芝の上に鎧ぬぎ置いて、〔鎧の〕矢目を数へければ〔矢きずを数えてみると〕六十三ところ、裏かく〔鎧の裏まで通ったもの〕矢目五ところ、されど〔しかし〕ども〔さほど深い傷ではないので〕痛手ならねば、頭つつみ、弓切り折つて杖について、南都のか

一 都大路の中でも一条・二条通りは、御所の北辺・南辺の大路でもあり、賀茂祭の桟敷を設けることもあって、三条以下の大路よりも幅広く造られていた。

二 刀身の柄に入った部分が抜けぬように、目釘を通した穴のこと。

三 兜の吹返し（錣の両端が顔の左右の脇で折り返しになっているところ）の前部をいう。

四 矢の当った所。

五 裹頭装束したのである。三三八頁注一一参照。

＊僧兵 当時の寺院では、寺域・寺領の自警や、訴訟・紛争の強行解決のために武力を持っていた。いわゆる僧兵で、延暦寺の山法師、園城寺の寺法師、興福寺・東大寺の奈良法師など最も知られた。寺院では法務にたずさわる僧侶（学侶・学生）のほかに多数の下級僧が庶務・会計・雑役に従事するが、その多くは得度を受けない半俗僧で、行人・堂衆などという。この頃法師と呼ばれるのはさらに下級の雑役者である。これらが僧兵の主戦闘員で、その他寺領等から徴発した俗の労役者を加えたり、反面また主筋に当る学侶を突き上げてこれも武力化させた。堂衆を支配するのはまじめな修学僧ではだめで、学侶の中でも豪傑型が進出して来る。学侶の集団名が衆徒（大衆）である。一旦事あれば全寺上から下まで僧兵化する常置軍団で、

たへぞ落ち行きける。

第三十八句　頼政最後

源三位入道は、[六]長絹の直垂に、[七]科革縅の鎧着て、「いまを最後」と思はれければ、[八]わざと兜は着給はず。嫡子伊豆守仲綱は、[九]赤地の錦の直垂に、黒糸縅の鎧着て、「弓をつよく引かん」とて、これも兜は着ざりけり。

橋の行桁を浄妙が渡るを手本にして、三井寺の悪僧、渡辺の兵ども、走り渡り、走り渡り、戦ひけり。ひつ組んで川へ入るもあり。討死する者もあり。橋の上のいくさ、火の出づるほどこそ見えにけれ。

火の出るほどの激戦と見えた

先陣上総守忠清、大将（知盛）に申されけるは、「橋の上のいくさ、火の

武家の軍団が、事件の都度縁故の地から主従契約者を召集し編成するのに較べると恐ろしい戦力である。この時頼政が率いたのは五十騎程度で（『玉葉』『山槐記』）、頼政ほどの武将でも都で緊急に動員できる手勢はそのくらいなのであろう。僧兵勢力を利用するのは当然で有効な策であった。僧兵スタイルは、法衣に五条袈裟や白絹で覆面し、大太刀・長刀を持つ。時には衣の下または上に鎧を着る。合戦ともなれば法衣を捨てて完全武装である。堂衆はもともと宗教家といえるものではない。学侶に付き合って入寺した従者や、寺領から力仕事に引き抜かれて来た者が多いから、武者姿になって暴れるのは嬉しかったであろう。武士と違って主君や領地・妻子所従に対する責任もないし、仏様はついているし、大義名分は学侶が作ってくれるし、というわけで「橋合戦」には、そこに生れる独特の僧兵気質が生き生きと描かれている。

渡河の僉議

六　絹の一種。丈の長い絹とも、光沢ある絹とも、また横糸を太く織った絹ともいう。

七　「歯朶革縅」の訛。藍地に歯朶の葉の模様を白く染め抜いた革紐で縅した鎧。

八　兜の錣が肩にかぶさり、弓を引くのに手の動きが妨げられるので、頭部を危険にさらしても兜をかぶらなかったのである。

九　赤地に金銀で刺繡した鎧直垂。大将の服装。

出づるほどになりて候。かなふべしともおぼえ候はず（このままでは決着がつくとも思われませぬ）。今は川を渡すべきにて候ふが、をりふし五月雨のころにて、水量はるかにまさりて候。渡すほどにては（無理に渡せば）、馬、人、押し流され、失せなんず（死んでしまいましょう）。淀[一]、一口[二]へや向かひ候ふべき（向いましょうか）、河内路[三]をやまはり候ふべき」と申せば、下野の国の住人、足利[四]の又太郎すすみ出でて申しけるは、「おおそ[五]れある申しごとにて候へども（口はばったいことを申すようでございますが）、悪しう申させ給ふ上総殿かな（理の通らぬことを申される上総殿よ）。目にかくる敵を（目の前の敵を）ただいま討ちたてまつらで、南都へ入らせ候ひなば（〔宮が〕奈良へお入りなさったならば）、吉野[六]、十津川とかやの者ども参りて、ただいまも大勢にならせ給はんず（今にも大軍におなりなさるでしょう）。それはなほ御大事にて候ふべし（さらに重大事でございましょう）。いくさ延びてよきことは候はぬものを（長引いてよいことはございませぬぞ）。淀、一口、河内路をば天竺[七]、震旦の武士が参りて向かふべきか（向うのですか）。それも（それとても）、われわれどもこそ向かはんずらめ（われらが向うのでございましょう）。武蔵と下野とのさかひに、『坂東太郎[八]』と聞こえし（と称されて名高い）利根川といふ大河あり。故我杉[九]、長井[一〇]の渡とて、ともに大事の渡なり。秩父[一一]と足利と仲をたがひて、つねに合戦をつかまつり候。上野の国の住人、新田[一二]の入道かたらは（〔足利方に〕味方し）

一 山城の国久世郡淀町（今京都市伏見区）。宇治川が巨椋池を通過して木津川と合し、賀茂川・桂川も合して淀川となる辺。渡津が多かった。

二 山城の国久世郡久御山町。巨椋池が細流となって淀へ流れ出る辺。三方が沼で一方に口のある地形ゆえ「一口」と書く。

三 河内の国をいう。宇治の西方から迂回する案である。淀の下流淀川の南岸から迂回して宇治・奈良間へ出ようという案である。

四 藤原秀郷流。下野の国足利の住人。名は忠綱。太郎俊綱の子。

五 「おそれある」の訛。

六 吉野川流域および十津川上流の山岳地帯の武士。古来武勇に優れ義俠を以て知られていた。底本「きつがわ」とあるを改めた。

七 印度や中国の武士。「向かふべきか」は反語。ありえぬことを挙げて迂遠な策に皮肉を言ったのである。

八 利根川の異称。筑紫次郎（筑後川）、四国三郎（吉野川）に対していう。「利根川」は上野の国利根郡文殊山に発し、関東平野を東流して太平洋に入る大河。

九 下総の国猿島郡古河（今茨城県古河市）の南中田の辺か。後世中田の渡といい、古く古河の渡とも杉の渡とも称した。下野より武蔵に入る要路に当る。

一〇 武蔵の国大里郡長井村（今妻沼町）の辺か。上野より武蔵に入る要路に当る。

一一 坂東平氏の一流。平良文の子孫で武蔵の国秩父に住した一族。武蔵一円に勢力を張るに至る。

一二 清和源氏の一流。義家の孫大炊助(おおいのすけ)義重が上野の国新田を領して栄え新田氏の祖となった。「新田入道」は義重のことか。

一三 渡河するに馬を結びつないで一団となって渡ること。

一四 以下上野・下野の秀郷流藤原氏の支族。利根川・渡良瀬(わたらせ)川流域に住み、住所を姓とする。「兵庫」は部屋子(へやこ)、「小室」は大室が正しい。「大岡」「小深」は不詳。地図・印参照。

〔利根川流域坂東武者在所地図〕

足利又太郎宇治川下知

れて、搦手(からめて)にむかひ候ふが、秩父が方(かた)よりみな舟を破(わ)られて〔秩父方のためにみな舟をこわされて〕、新田入道、『人にたのまれながら、舟なければとて今ここを渡さずは、われらが〔わが一門にとって〕長き疵(きず)なるべし〔後々までの恥となろう〕、水におぼれて死なば死ね。いざ渡らん』とて、馬筏(むまいかだ)[一三]をつくりて、杉の渡をも渡せばこそ渡しけめ〔果敢に渡したからこそ渡り得たのです〕。坂東武者のならひとして、川をへだてつる敵を攻むるに、淵(ふち)、瀬(せ)をきらふ様やある〔川の深い浅いを選びませぬ〕。この川の深さ、浅さも、利根川にいかほどの〔どれほどの〕、劣り、まさりはよもあらじ〔相違があるというのです まずありますまい〕。いざ渡さん」とて、手綱(たづな)かい繰(く)り、まつ先にぞうち入れける。

同じく轡(くつばみ)を並ぶる兵(つはもの)ども、小野寺[一四]の禅師(ぜんじ)太郎、兵庫(ひやうご)の七郎太郎、佐貫(さぬき)の四郎太郎広綱(ひろつな)、大胡(おほご)、小室(こむろ)、深須(ふかず)、山上(やまがみ)、那波(なは)の太郎。郎等(らうどう)に金子の丹(たん)の二郎、弥(や)の六郎、大岡(おほをか)の安五郎(あんごらう)、切生(きりふ)の六郎、小深(こぶか)の次郎、田中の宗太(そうた)を先として、三百余騎ぞうち入れたる。

足利(あしかが)、大音声(だいおんじやう)をあげて下知(げぢ)しけるは〔指示したことは〕、「強き馬をば上手(うはて)に立てよ〔上流に入れよ〕。弱き馬をば下手(したて)になせ〔下流にせよ〕。馬の足のおよばんほどは〔川底にとどく間は〕、手綱(たづな)をくれて〔ゆるめて〕あゆませよ。はづまば（〔足が〕浮いたら手綱を引きしめて）手綱かい繰つて泳がせよ。さがらん者をば（遅れがちの者を）弓筈[一]にとりつかせよ。肩をならべて渡すべし。馬のかしら沈まば引きあげよ。いたう引いて（強く引き過ぎて）、引きかつぐな（ひっくりかえるな）。馬には弱く、水には強くあたるべし。敵射るとも、あひ引きすな（応じて射るな）。つねに錣をかたぶけよ（〔前に〕）。あまりにかたぶけて（だが傾けすぎて）、天辺[二]射さすな（射られるな）。かねに渡して（流れと直角に渡して）、あやまちすな（押し流されるな）。水にしなひて（水に逆らわずに）、渡せや、渡せ」と下知をして、三百余騎を一騎も流さず、むかひの岸にざつと渡す。

足利は、褐の直垂に、赤革[三]の鎧着て、白月毛[四]なる馬に金覆輪の鞍置いて乗つたりけり。鐙[五]ふんばり、つつ立ちあがつて、鎧の水うちはらひ、まづ名のりけるは、「朝敵将門をほろぼして、勧賞にあづかる（恩賞賜った）俵藤太秀郷[六]が十代、足利の太郎[七]俊綱が嫡男、又太郎。生年十八歳。か様[八]に無官無位なる者の、宮に向かひたてまつりて弓を引くことは、冥加のほど（神仏の加護に対して）、そのおそれすくなからず候へども（恐れ多きことでありますが）、弓も、矢も（弓矢の武運も）、冥加のほども、今日みな平家の太政入道殿の御身のうへにこそ（御身にかかっております）

一 弓の両端の弦をかける所。弓をさし延べて先につかまらせよ、というのである。

二 兜の頂の中央にある穴。天辺の穴。兜を着用した時、髻や烏帽子の先を出すために設けてある。

三 赤糸縅の革鎧。鎧の札は鉄・革等で製するその革のもの。

四 わずかに赤味を帯びた馬の毛色。「月毛」は当て字。鴾毛の意で鴾の羽裏に似た、葦毛のやや赤味ある毛色をいい、「白月毛」はそのさらに白味多いものをいう。

五 足踏みの意で、馬腹の両側にさげた足をかける具。指揮・名乗りなどの時これをふんばり、腰を鞍から浮かせて丈を高くする。

六 藤原秀郷。左大臣魚名の五男藤成の子孫。平貞盛を援けて平将門を討った。下野の国田原に住み田原藤太と称した。伝説に、琵琶湖の龍神の請いにより三上山の百足を射殺し、謝礼に無尽の米俵を得たといい、「俵藤太」と称する。

七 「太郎」は長男の意で一般に長男の通称とする。「又太郎」は太郎（長男）の子の太郎（長男）の意の通称。

八 武士でも官位・官職ある者はその肩書を通称に織りこむのだが、太郎の嫡男又太郎という名乗りは無官無位を露呈している。そのことを「か様に」といっ

平家軍渡河

候はんずれ。宮の御方にわれと思はん人々は駆け出で給へや。見参せん」と言ひ、平等院の門のまへに押し寄せ、をめいて戦ひけり。

これを見て、二万余騎うち入れて渡す。馬、人にせかれて、さすがに早き宇治川の水は、上へぞたたへたる。おのづから、はづるる水には、いづれもたまらず流れけり。いかがしたりけん、伊賀、伊勢両国の軍兵六百余騎、馬筏を押し切られ、水におぼれて流れけり。九萌黄、緋縅、一〇色々の鎧の、一一浮きぬ、沈みぬ、流れければ、一二神南備山のもみぢ葉の、峰のあらしにさそはれて、龍田川の秋の暮、一三堰にかかつて流れもやらぬにことならず。いかがしたりけん、緋縅の鎧着たる武者が三人、宇治の一四網代にかかつて揺られけるを、いかなる人や詠みたりけん、

一五伊勢武者はみな緋縅の鎧着て
　宇治の網代にかかりぬるかな

これは、伊勢の国の住人に、一六黒田の後平四郎、日野の十郎、鳥羽

た。たとえ戦闘でも身分・家格等の釣合った者同士で戦うのが作法であったので、忠綱は弁解を言うのである。

九 淡い黄緑色。葱（ねぎ）の萌え出る頃の色の意。ここは「萌黄縅」の略。

一〇 あの色この色の。現代語の副詞「いろいろ」（種々様々）よりも具体的にいちいちの色彩をさしている。

一一 完了の助動詞「ぬ」（終止形）を重ねて、現象の反復継続を表す。「浮きつ沈みつ」にくらべて、より傍観的な描写である。

一二 大和の国生駒郡龍田にある山。三室山とも。山の東に龍田川が流れ、紅葉の名所として知られる。

一三 土石で川をせきとめた所。

一四 氷魚（鮎の稚魚）をとるために川中に竹や木を編んで連ねた柵。宇治川・瀬田川のものが特に有名。

一五 伊勢武者は氷魚にちなんだ総緋縅の鎧を着て流されて、宇治川の網代にかかってしまったぞ。「緋縅」に「氷魚」をかけ、伊勢武者を網代にかかった魚と見なして皮肉に詠んだのである。盛衰記は初句「白児党」とする。この武士たちが伊勢古市の白児党の者だというのである。なお詠み手を諸本多くは伊豆守仲綱とし、延慶本・長門本は頼政とする。

一六 「黒田」「日野」「鳥羽」いずれも伊勢の地名。

の源六といふ者なり。黒田が弓筈(ゆはず)を岩のはざまにねぢ立て（岩のすきまにねじこんで）、かきあがりつつ（岸によじのぼって）、二人をも引きあげ、助けたりけるとかや。

そののち、大勢(たいぜい)川を渡して、平等院の門のうちへ、攻め入り、攻め入り、戦ひけり。

宮を南都へ先立てまゐらせて（奈良へ先発おさせ申して）、三位入道以下(いげ)残りとどまつて、ふせぎ矢[一]射けり。三位入道、八十になりていくさして、右の膝口(ひざぐち)射させて（射られて）、「今はかなはじ（もはや最後）」とや思はれけん、「自害せん」とて、平等院の門のうちへ引きしりぞく。敵追つかくれば、次男源大夫判官兼綱(げんだいふはうぐわんかねつな)、紺地(こんぢ)の錦の直垂(ひたたれ)に、緋縅の鎧着て、白葦毛(しろあしげ)なる馬に沃懸地(いつかけぢ)[二]の鞍置いて乗りたりけるが、中にへだたり（〔父と敵との〕間をさえぎり）、返しあはせ（馬を引き返し）、返しあはせ（引き返しして）、戦ひけり。上総守(かづさのかみ)（忠清）、七百余騎にてとり籠めて（これを取りかこんで）戦ひけるに、源大夫判官十七騎にて、をめいて戦ふ。上総守が放つ矢に、内兜(うちかぶと)[三]を射させて（射られて）ひるむところを（たじろぐところを）、上総守が童(わらは)[四]、三郎丸といふ者、押し並べて（〔兼綱に〕馬を押し並べ）むずと組んで落つ。判官手負ひたれども、三郎を取つて押さへ、首かき切つて

一　敵を近づけぬために射る矢。
二　鞍(くら)を漆で塗った上に金粉や銀粉を梨子地(なしじ)のようにそそぎかけたもの。
三　兜をかぶった内側、すなわち顔面や咽喉(のど)。
四　小姓(こしょう)の意だが、必ずしも少年とは限らない。元服の式をしないまま童姿(わらわすがた)で奉公している近習者。

次男兼綱討死の事

＊**宇治合戦の実録**　宇治の合戦は平家物語最初の軍語り(いくさがたり)であり、川・橋を隔てた特殊の情況の中に僧兵の活躍、坂東武者の渡河などを盛って、文芸的にも優れた章句となっている。都の人にとってもこの合戦は衝撃と関心を以て報道されたらしい。『玉葉』『山槐記』には特に詳しい。両書読み合せてみると、頼政方は僅(わず)か五十騎程であった。宇治橋を壊し、平等院で食事をとる所に平家勢三百余騎が追い付いた。橋合戦を、『書紀』壬申(じんしん)の乱の瀬田橋(せたのはし)攻防と似ているところから、虚構と見る意見もあるが、実際橋上の戦闘も行われたらしい。渡河の状は「忠清已下十七騎先打入、河水敢無レ深、遂得レ渡」（『玉葉』）とも、「忠景又追来、伴類十余騎作レ時打ニ入馬於河中一、橋上方有ニ歩渡瀬一、或又雖ニ深淵一以ニ馬筏一郎等二百余騎渡河」（『山槐記』）ともある。しかし渡河後、平家方は進むことのできぬ凄(すさ)まじい抵抗にあった。「其間彼是死者太

立ちあがらんとするところに、平氏の兵ども、「われも」「われも」と落ちかさなつて（馬から飛び下り折り重なって）、判官をつひにそこに討ちてげり。

三位入道は、釣殿[五]にて長七唱[六]を召して、「わが首取れ」とのたまへば、唱、涙をながし、「御首、ただいま賜はるべしともおぼえず（このままで頂戴できようとも思われませぬ）候。御自害だに召され候はば（せめてご自害なされましたならば〔何とか果せましょう〕）」と申しければ、入道、「げにも（もっともだ）」とて、鎧脱ぎ置き、高声に念仏し給ひて、最後の言こそあはれなれ（詠んだ辞世の歌が悲しくもいたましかった）。

[七]むもれ木の花さくこともなかりしに
　　みのなるはてぞかなしかりける

と、これを最後のことばにて、太刀のきつ先を腹に突き立て、たふれかかり、つらぬかれてぞ失せ給ふ（背後まで貫かれて命をおえられた）。このとき、歌詠むべうはなかつしかども（〔普通は〕こんな時に歌など詠めるものではなかったけれど）、「若きよりあながちにもてあそびたる道なれば（若い頃から一途にたしなんだ道なので）、最後までもわすれ給はざりけり」とあはれなり（〔思うと〕）。首をば、唱泣く泣く搔き落し、直垂の袖に包み、敵陣をのがれつつ、「人にも見せじ（誰にも見せまい）」と思ひければ、石にくくりあはせて（くくりつけて）、宇治川の深きところに沈めてけり。

頼政辞世　長七唱　頼政首かくす事

多、蒙㆑疵之輩不㆑可㆓勝計㆒、敵軍僅五十余騎、皆以不㆑顧㆑死、敢無㆓乞㆑生色㆒、甚以甲（剛）也云々、其中無㆘廻㆓兼綱之矢前㆒之者㆖、宛如㆓八幡太郎㆒云々」（『玉葉』）。これらは官軍の戦勝報告の中に伝えられた頼政主従の激闘玉砕の姿なのである。戦闘はおよそ二時間前後であろう。平等院の廊に三人の自殺者があり、一人は浄衣を着て首がなかった。頼政・兼綱・仲家等の首は得られたが、以仁王と仲綱については疑問が残った。又太郎忠綱の渡河の功名については記録に見えぬが、無官位の若者なので黙殺されたのであろう。延慶本には、その後忠綱に行賞のあるはずのところ、同時に渡した一族十六人が憤慨して賞の配分を要求したため沙汰やみになったという、武功の認定の複雑さを示す話題がある。

五　寝殿造りの西廊の南端の殿舎。池に臨むところからいう。平等院の釣殿は宇治川畔にあった。

六　渡辺教の子。当時渡辺党の代表者で、頼政の信任が篤かった。

七　埋れ木にも似た我が生涯に花咲くような思い出もなかったが、こうして身のなる果はかなしいことだ。「身」は「実」をかけ、「埋れ木」「花咲く」「実のなる」を縁語として連ね、自嘲の言葉をつづる。或いは「実のなる」には武将としての死を満足する思いも秘められているのであろうか。

伊豆守仲綱は、散々に戦ひ、痛手負うて、「今はかう」[一]とや思はれけん、自害してこそ伏しにけれ。その首をば、下河辺[二]の藤三郎清親が取つて、本堂の大床の下に投げ入れけり。

嫡子仲綱討死の事　三男仲家その子仲光討死の事

三男六条の蔵人仲家、その子蔵人太郎仲光も一所にて腹かつ切つてぞ伏しにける。この六条の蔵人と申すは、六条の判官為義が次男帯刀先生[三]義賢が子なり。父義賢は、久寿二年、武蔵の国大倉[四]にて、鎌倉の悪源太[五]義平がために討たれぬ。そののちみなし子にてありしを、源三位入道、子にして、蔵人になしたりしほどに、日ごろのちぎり[六]を変ぜず、今はか様に討死しけるこそ、弓矢取りのならひとはいひながら、あはれなりし事どもなり。

競滝口をば、平家の兵、「いかにもして生捕にせん」とて、面々に心をかけたりけれども、競も心得て、散々に戦ひ、自害してこそ失せにけれ。

円満院[七]の大輔は、矢種のあるほどは射つくして、「今は、宮はは

一　「今はかくこそあれ」の略言・音便。最後の覚悟をきめる時の慣用表現。
二　三四一頁注一四参照。
三　義賢は、上野の国多胡に住し多胡先生と称した。秩父重澄の婿となり、武蔵の国大倉の館にいたが、久寿二年（一一五五）甥の義平に急襲されて討死した。「帯刀」は東宮護衛の武士。「先生」はその隊長の称。子に仲家・義仲があり、仲家は都に残されたが、頼政はこれを引き取り、育てたのである。
四　武蔵の国比企郡大倉。秩父氏の拠点であった。今埼玉県菅谷村大蔵に館跡が残る。盛衰記は相模の国大倉（鎌倉市大倉か）とし、また武蔵の国荏原郡大蔵（今世田谷区）にも義賢館跡があるが、いずれも疑問。
五　義朝の長男。三浦義明の婿として相模に住する間、叔父義賢を討った。平治の乱に参加したが、敗れて刑死した。「悪」を冠するのは剛強の意とも、叔父を討ったためともいう。
六　主従・養父子等の関係を一定の法式によって結ぶことをいう。契約とも。
七　源覚。三四〇頁注四参照。

＊**以仁王謀叛の衝撃**　この事件をめぐる都の衝撃は大きかった。事件の初め右大臣兼実は『玉葉』に

るかに延びさせ給ひぬらん」と思ひければ、大太刀帯きながら長刀持ちて、敵の陣をうち破り、宇治川へ飛び入り、物の具一つも捨てずして、むかひの岸に泳ぎ着く。高き所にのぼりて、「平家の人々、これまでは御大事かな」と呼ばはつて、長刀にてむかひの方を招きつつ、三井寺にむかつてぞ帰りける。

第三十九句　高倉の宮最後

飛驒守景家は古き兵にて、「宮をば南都へ先立てまゐらせたるらん」と、いくさをばせで、五百余騎にて南都をさして追ひたてまつる。案のごとく、宮は二十四騎にて落ちさせ給ふに、光明山の鳥居のまへにて、飛驒守、宮に追つつきたてまつる。雨の降る様に射たてまつる。いづれが矢とは知らねども、宮の御側腹に矢一つ射立

「我国之安否只在二于此時一歟、伊勢太神宮、正八幡宮、春日大明神定有二神慮之御計一歟、於二一身一者中心無レ過、所レ憑只仏神三宝而已」(五・一六)と記した。帝位を賭けた謀叛であることは明白に分っており、結果いかんが貴族たちに大きな影響を及ぼすことも確かであった。当然以仁王の縁類は詮議され、「此間親二昵彼宮一之輩及雖二一度参入之人知音等一併被二尋捜一」(五・二一)という厳しさであった。平家の動揺も並々でなく、安徳幼帝も西八条邸に迎え、家財や婦女を避難させた。「彼一門其運滅尽之期歟、但王化不レ空、深可レ憑歟」(五・二一)と兼実は両端の感想を述べている。これに照応する合戦終結の感想は、「王化猶不レ堕レ地、逆賊遂被二擒殺一了、非二啻王化不一レ空、又是入道相国之運報也、可レ恐可レ恐」(五・二六)。以仁王・頼政を逆賊と言い切りながら、清盛に対する反感から、暗々の期待も寄せていた、当時の貴族の時勢批判を代表するものであろう。

高倉の宮最後

八 戦場の経験に富み、判断に優れた武者。ふるつわもの。「古き」には老練に対する賞讃の意がこもる。

九 山城の国相楽郡綺田にあった光明山寺。「鳥居」はその鎮守の鳥居。『山槐記』には以仁王が加幡河原で討たれたとの報道を記している。

てまゐらする。御馬にもたまらせ給はず落ちさせ給ふを（馬上でこらえきることがおできにならず落馬なされたところを）、兵（お側）ども落ちあひまゐらせて（にかけつけて）、やがて（たちまち）御首をぞ賜はりける。鬼土佐、荒土佐、荒大夫なんどといふ者ども、そこにてみな討死してんげり。御供つかまつる（宮のお供に選ばれたほどの荒法師で）ほどの悪僧の、そこにて一人も漏るるはなかりけり（そこで討死せず逃げた者は一人もなかった）。

宮の御乳母子に六条の佐大夫宗信は、ならびなき臆病者なりけるが、馬は弱し（馬は足弱であるし）、敵はつづく（敵は追って来るし）、せんかたなさに（逃げるに逃げられず仕方なしに）、馬より飛びおり、新羅が池[一]に飛び入りて、目ばかりわづかにさし出だしてふるひゐたれば、しばらくありて、敵、みな首ども取つて帰る。その中に、浄衣[二]着たる人の首もなきを（白衣を着た人で首もないのを）、蔀[三]に乗せて舁いて通るを（かついで通るのを）、「たれやらん（誰だろう）」と思ひて、恐ろしながらのぞいて見れば、わが主の宮にてぞましましける。「われ死なば、御棺に入れよ」と仰せられし小枝ときこえし笛も、いまだ御腰にぞさされたる。「走り出でて（とんで出て）、とりつきまゐらせばや（ご遺骸にお取りすがり申したい）」とは思へども、恐ろしければかなはず（恐ろしくてそれもできない）。ただ水の底にてぞ泣きゐたる。敵みな過ぎてのち、池よりあがつて、濡れたるもの

一　「新野が池」の誤り。山城の国綴喜郡、宇治と泉河の間にあった池。禁裏御領の贄野の池と称し、新野・仁井野等字を当てる。底本「しんら」は新野を新羅と読み誤った仮名書きであろう。

二　神事に着る白い狩衣。

三　格子に板を張った戸。担架に用いたのである。

六条の大夫宗信未練

＊以仁王生存説　以仁王の首級は都に入ったが、それを見知る者乏しく、（『愚管抄』には学問の師日野宗業が首実検に当ったともいうが）終始疑念がつきまとった。既に諸国源氏への令旨は発遣されており、それによる挙兵がこの後続くと、以仁王生存の風説が頻発することになる。『玉葉』からいくつかを挙げてみる。――宮と頼政が告札を発布しながら奥州に向った（治承四・九・二三）。宮が七月伊豆にいたが甲斐に行った。仲綱が随っている（同一〇・八）。菅冠者という琴・笛の名手が宮の生前出入りしていた。事件にまきこまれ同行して殺された。容貌優美で宮に似ている。宮が討たれたとは実はこの男のことであろう（同一〇・一九）。東国の源氏から伊勢に献じた告文が都に届いた。最勝親王宣によって軍を起す旨が書いてある（治承五・九・七）。相少納言宗綱法師が宮の在所につき尋問されたが知らぬという。しかし生存は確からしい（同一〇・八）等々。兼実は虚報であろうと言いつつ気にして書き留めているの

である。時勢は以仁王生存の幻影にゆさぶられること大きかったが、歴史の進行とともに忘れ去られる風説であった。平家物語でも諸本はこの風説に触れていないが、広本系では、元暦二年一谷(いちのたに)敗戦後の宗盛の次のような述懐を伝えている。「都ヲ出テ三年ノ程浦伝(ヅタヒ)島伝(ヅタヒ)シテ明シ晩(クラ)スハ事ノ数ナラズ、入道世ヲ譲(ユヅリ)テ福原ヘヲワシシ手合(アハセ)ニ高倉宮ヲ取逃シ奉リタリシホド心憂カリシ事コソ無(ナカ)リシカ」(延慶本六本「判官為平家追討西国ヘ下事」)。頼朝よりも、義仲よりも、義経よりも、以仁王のために滅び行くのかという無念の思いだったのである。

南都の大衆七千余騎御迎ひに参る事

首実検

四 伊賀山中に発し、山城南部に出て北流し淀川に入る。ここは奈良から上る大和街道が木津川に出会う、山城の国相楽(そうらく)郡木津の辺をさす。木津より井手まで大和街道は木津川に沿い、新野はその北に当る。奈良興福寺から木津まで六キロほどである。

五 興福寺の総門。

六 ほぼ五・五キロ弱。

七 和気(わけの)定成。『尊卑分脈(そんぴぶんみやく)』にはヤスシゲと読ませる。名医として知られた。「典薬頭」は典薬寮の長官。

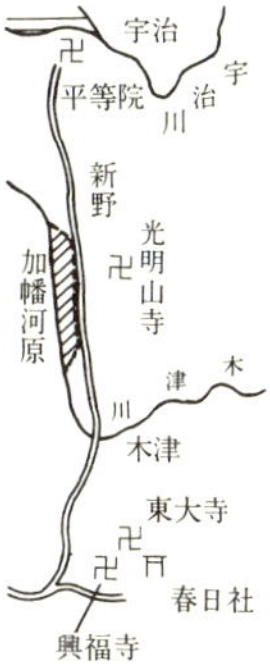

ども絞(しぼ)り着て、泣く泣く京へむかひてぞのぼりける。

南都(なんと)の大衆(だいしゆ)、先陣は木津川(きづ)[四]にすすみ、後陣(ごぢん)はいまだ興福寺(こうぶくじ)の南の大門(だいもん)[五]にぞゆらへたる〔進発できずにたむろしている〕。老少七千余騎、〔宮の〕御むかへに参りけるが、「宮ははや光明山の鳥居のまへにて討たれ給ひぬ」と聞こえしかば、大衆ども涙を流してひき返す。いま五十町[六]ばかりを待ちつけさせ給はで〔あと五十町ほどのところで援軍をお待ち受けになれないで〕討たれさせ給へる宮の御運のほどこそうたてけれ〔情けないことであった〕。

平家は、宮ならびに三位入道〔頼政〕の一類、三井寺法師、都合五百余人が首を取つて、夕べにおよんで京へ入る。兵(つはもの)ども、ののじり騒ぐことおびたたし〔わめき騒ぐ声はたいへんなものである〕。三位入道の首をば、長七唱(ちやうじつとなふ)が石にくくりあはせて、宇治川の深きところに沈めければ、人見ざりけり〔人は誰も見なかった〕。子どもの首は、みなたづね出だされたりけり〔各所からみな捜し出された〕。

宮の御首は、〔平家方には〕宮の御方へつねに参りかよふ人もなければ〔宮の御所に平生参上していた人もいなかったので〕、見知りまゐらせたる者もなし。典薬頭定成(てんやくのかみさだなり)[七]が、ひととせ〔先年〕御療治(れうぢ)のために召されたりしかば、「それぞ、見知りまゐらせん」〔定成ならば存じ上げていよう〕とて、召されけれども、所労とて参らず（病気中とのことで参上しない）。宮の年ごろ召されける女房一人召し出だされて、たづねられければ、御子を生みまゐらせける女房なれば（宮の御子をお生み申したほどの女房なので）、なじかは見損じたてまつるべき（どうして宮を見あやまり申すことがあろう）。御首を見まゐらせて、やがて涙にむせびけるにこそ（たちまち涙にむせんだので）、宮の御首には定まりけれ。宮の御額に疵のわたらせ給ひけるを（きずあとが残っておられた）。これは、ひととせあしき瘡の出で来させ給ひたりしを、典薬頭めでたう（すっかり）療治しまゐらせて、そのときはのがれさせおはせしが（命をおとりとめになられたが）、今あへなく失せさせ給ふぞあさましき（お討たれになったのはおいたわしい）。

若宮出家

宮は、腹々に御子あまたわたらせ給ふ（何人もの女性との間にお子たちが大勢おられた）。八条の女院[一]に、伊予守盛章[二]がむすめ、三位の局[三]とて侍ひける（の名でお仕えしていた）女房の腹にも若君[四]わたらせ給ひけり。この宮たちをば、女院、わが子のごとくおぼしめされて、御ふところにて育てまゐらせ給ひける（お手ずから大切にご養育なさっておられた）。高倉の宮の御謀叛おこさせ給ひて失せ給ふと聞こえしかば（御行方知れずと）、女院、「たとひいかなる御大事におよぶとも（どんな重大な事態にいたろうとも）、この宮たちをば、出だしたてまつるべしともおぼえず（ここからお引き渡しするつもりにはなれませぬ）」とて、惜しみまゐらせ給ひけり（おかばいなさった）。六波羅より、太政入道、池の中納[五]

＊宗信懺悔　池に隠れて誰にも知られぬはずの宗信の行為や内心が具体的に描かれているのは面白い。広本系では「命ハ能ク惜キ者哉トゾ覚ケル、御笛ハ御秘蔵ノ小枝也、此笛ヲハ我死ニタラム時ハ必ズ棺ニ入ヨトマデ被レ仰ケルトソ佐大夫ハ後ニ人ニ語リケル」（延慶本）として、宗信の懺悔談から発した話題だったと見られる。宗信はのち邦輔と改名し伊賀守になったとの後日談にも及んでいる。語り物系多くは宗信を「憎まぬ者こそなかりけれ」と批判し、懺悔談の痕跡を払拭して行く。

一　鳥羽院皇女暲子。生母は美福門院。近衛帝の同母姉。父院に愛され多くの所領を承けた。保元二年（一一五七）出家。二条帝准母となり、八条院と号した。この当時仁和寺常盤殿に住む。以仁王は女院の猶子となっていた。

二　高階盛章。宗章の子。久安四年（一一四八）より保元元年（一一五六）まで伊予守。次いで尾張守となり遠江守に転じて同年歿した。名は盛教・顕章・章秀等とも伝えるが、「盛章」が正しい。

三『建春門院中納言日記』に八条院の主な女房として見える。以仁王御子を男女一人ずつ生む。

四　安井の宮道尊（三六三頁参照）。仁和寺の守覚法親王に入室し、のち東寺長者・東大寺別当となる。安貞二年（一二二八）薨じた。

五　清盛の弟。六波羅池殿に住み「池の大納言」と称した。当時は権中納言。平家都落ちの時八条院を頼って都に留まり、一家存続し得た。

六 不詳。法橋隆雅女で宮内大輔親綱養女となった近衛院宰相がこの女性か。

＊**八条院と以仁王** 以仁王は八条院暲子の猶子であった。猶子は養子と違って名義上のことが多く、相続権もないのが普通だが、三位局が生んだ男女二子を二重に猶子としていた関係は重要である。女院は父鳥羽帝・母美福門院から併せて二百余の荘園を伝領していた。残された以仁王姫宮は建久八年（一一九七）八条院領の大部分を相続する。早世のためそれは再び女院に戻るが、その女院の心情から察して、以仁王にも相当の所領譲渡の約束があったと思われ、以仁王の謀叛がもし挫折しなかった時は、それは大きな経済的背景となったろうと言われている。女院に仕えた俊成女健御前が伝える女院像は、住居・服装・人の進退一切に拘泥せぬ寛闊な女性だった（『建春門院中納言日記』）。女帝候補に上ったこともあり、平重衡に対する義侠同情の話もある。ついに政治の表層には出なかったが、以仁王謀叛の背後を支える一つの存在であった。なお平家物語では八条院御所の手入れは合戦後のように読み取れるが、実際は以仁王逮捕令の出たすぐ翌日のことで、清盛は福原にいたまま、宗盛の指令で、御所に武士が乱入するなどの荒々しい情況があった（『玉葉』『山槐記』）。広本系にはそうした実態もうかがわれる。

言頼盛をもつて、「この御所に、高倉の宮の若君、姫君わたらせ給ふなる。姫君をば申すにおよばず、若君をば出だしまゐらせ給へ」と申せば、女院の御乳母宰相と申す女房に、中納言あひ具して、つねには参られ、日ごろはなつかしうこそおぼしめされしに、今かく申して参られたれば、あらぬ人の様にうとましくこそおぼしめせ。女院の御返事に「さればこそ。かかる聞こえありしあかつき、御乳母なんど、心をさなうも具したてまつりて出でにけるやらん、この御所にはわたらせ給はず」と御返事ありければ、中納言、「さては力およばず」とてましましけるに、太政入道、重ねてのたまひけるは、「なんでう、その御所ならではいづくにわたらせ給ふべき。その儀ならば、御所中をさがしたてまつれ」とて、使しきなみにありければ、中納言、すでにはしたなき事がらになり、門に兵を置きなんどして、「御所中をさがしたてまつるべし」と聞こえしかば、「こはいかがすべし」とて、御所中の女房たち、あきれ、騒がしく見えたり〔見えた〕。

若君、生年七歳にならせ給ひけるが、これを聞こしめし、女院の御前に参りて申させ給ひけるは、「今はこれほどの御大事に候へば、力およばず候〔どうにもなりませぬ〕。ただとくとく出ださせ給へ〔ただもう早々に私をお差し出し下さい〕」と申させ給へば、女院、「人の七つなんどは〔ふつうの子の七つといえば〕、いまだ何事も思はぬほどぞかし〔まだ何の思慮もない年頃です〕。われゆゑ〔ご自分のために〕大事出で来たらんことを、かたはらいたさに〔気にかけられて〕、かくのたまふいとほしさよ〔このようにおっしゃられるのがいじらしい〕。よしなかりける人を〔お世話のしがいもなかった方を〕、この六七年手慣れしことよ〔親しく育てたことよ〕」とて、御衣の袖をぞしぼらせまします。御母三位の局は申すにおよばず、女官[一]ども、局々[二]の女、童部にいたるまでも、涙をながし、袖をしぼらぬはなし。御母三位の局、泣く泣く御衣を召させたてまつり〔お召物をお着せ申して〕、出だしまゐらせ給ふも、ただ「最後の御いでたち」とぞおぼしめされける。中納言（頼盛）も、同じく袂をしぼりつつ、御車のしり輪[三]にまゐり、六波羅へわたしたてまつる。

前の右大将宗盛、この宮を一目見たてまつり、父の入道（清盛）に申され

一 官女。女房よりも下級の侍女。

二 八条院仕えの女房たちにさらに仕えている召使女や侍童たちをいう。

三 お供して同乗申し上げ。一三五頁注一〇参照。

＊以仁王の子女 「腹々に御子あまた」という以仁王の子女について判明する範囲で挙げておく。北陸宮—（三六三頁参照）名不詳。生母不詳。義仲が帝位に推したが実現せず、のち入洛して源姓を請うたが許されず、寛喜二年（一二三〇）卒した。真性—生母という女性が『尊卑分脈』に三人見える。藤原忠成女・忠成妹・藤原範兼女で、忠成妹は忠成養女となったものか。建仁二年（一二〇二）天台座主となる。成興寺宮とも称しているから、以仁王の没収された成興寺領を得たのであろう。道尊—本段に見える八条院猶子（三六〇頁注四参照）。法円—生母不詳。園城寺円満院に入り、園城寺長吏となる。嵯峨僧正と称する。道性—生母は殷富門院治部卿局。八条院猶子となり、仁和寺に入り法器の人と期待されたが、文治三年（一一八七）十八歳で入滅した。仁誉—生母不詳。園城寺に入る。女子では、八条院猶子となった姫宮—道尊同母妹（三六一頁＊印参照）。殷富門院猶子となった姫宮—生母は治部卿局。また『玉葉』（治承五・五・六）に吉野僧兵が以仁王の子を奉じて蜂起したとの報道を記すが実否・経緯不明である。なお殷富門院亮子は以仁王同母姉で、治承

けるは、「前の世にいかなるちぎりが候ひけん。[四]一目見たてまつりしより、あまりに御いとほしう思ひたてまつり候。この宮の御命には、宗盛かはり候はん」と申されければ、入道、「ものも知らぬ宗盛かな」と、しばしは聞きも入れ給はざりけるが、重ねて再三申されければ、「さらば、とくとく出家せさせたてまつりて、御室[五]へ入れたてまつれ」とぞのたまひける。右大将大きによろこびて、女院へこのよし申されければ、女院、御手を合はせてよろこばせましま す。御母三位の局の御心のうち、いかばかりうれしうおぼしめしけん。やがて御出家ありて、釈氏[六]に定まらせ給ふ。「安井の宮道尊」と申せしは、この宮のことなり。

また、奈良にも一所ましましけり。御乳人讃岐の重季[七]が出家せさせたてまつり、北陸道越中の国へ落ちくだりたりしを、木曾[八]、「主にしたてまつらん」とて、越中の国に御所造りて、もてなしたてまつりけるが、木曾上洛のとき、同じくこの宮も御のぼり[九]ありて、

四年四月末の辻風で殿宅破壊して後、以仁王邸に同宿した。俊成女京極局（成親妻）・健御前姉妹がこれに仕え、健御前は以仁王姫宮をお世話し、その後八条院に仕えている。

四　若宮に対する同情を釈明するのに、宿命的な因縁を理由としたのである。

五　仁和寺の御室。当時守覚法親王。後白河院皇子で、以仁王の同母兄であり、八条院の御所は仁和寺常盤殿であったから、若宮出家の処置としては寛大というべきであろう。「御室」は室（僧坊）の敬語で、宇多帝が譲位出家して仁和寺に入り「御室」と通称されたことから、代々法親王を迎える仁和寺法務の長をいう。

六　釈迦の一族の意で僧のこと。釈家。釈門。

七　底本「しげひで」とあるを改める。諸本多く「重秀」とするが誤り。広本系に乳母の夫で重季とするのが正しい。藤原道綱子孫楊梅流。讃岐三位季行の子。讃岐守の任歴がいつの頃かは未詳。その妻は藤原成兼女で以仁王とはまたいとこの関係になる。その縁で王子の養育に当っていたのであろう。王子を伴って北陸に下ったが、後帰洛して官途に復した。

八　源義仲。木曾で挙兵し、越後を攻略し越中に入り、新川郡宮崎（今朝日町）に御所を造ってこの王子を奉戴した。広本系および四部本にその記事がある。

九　「北陸宮〈加賀〉明日可ㇾ有二入洛一、今日就ㇾ寺云々」（『玉葉』寿永二・九・一九）。『百錬抄』にも見え、その時六歳とする。

元服ありしかば、「還俗の宮」とも申しけり。また「木曾の宮」とも申す。のちには、嵯峨の野入にわたらせ給ひしかば（お住まいになったので）、「野入の宮」とぞ申しける。

登乗の沙汰

むかし、登乗といふ相人あり。宇治殿（頼通）、二条殿（教通）をば、「ともに関白の相まします。御歳八十」と申したりしもたがはず。帥の内大臣（伊周）をば「流罪の相まします」と申したりしもたがはず。聖徳太子（聖徳太子が）、崇峻天皇を「横死の相まします」と申させ給ひたりしも、馬子の大臣に殺され給ひにき。かならず相人ともなけれども（必ずしも専門の人相見ではなくとも）、しかるべき人々はかうこそめでたくおはしますに（すぐれた人々はこのように見事に観相をなされたのであったが）、そもそも相少納言（伊長）は「めでたき相人」とこそ申せしに（すぐれた人相見と評判が高いのに）、この宮を見損じまゐらせて（高倉の宮の人相を拝見するのに誤って）、失ひたてまつること（〔宮を〕死にいたらしめ申したのは）そあさましけれ（なんとも情けないことであった）。

兼明親王、具平親王（両親王は）、「前の中書、後の中書の王」とて（と呼ばれて）、賢王、聖主の皇子にてわたらせ給ひしかども、つひに御位にもつかせ給はざれども、いつかは御謀叛おこさせ給ひし（いつご謀叛をお起しになったことがあろう）。また、後三条の院の第

一 野依とも。嵯峨の北山辺か（『山城名勝志』）。

二 諸本に「通乗」「登昭」等とも書く。『今昔物語』に「登照ト云フ僧」、『古事談』に相人で「洞昭」、『続古事談』に「登昭トイフ宿曜師」の種々の話があるが同一人であろう。『元亨釈書』にも『今昔』と同話が「通照」の名で載る。占相の名人だが出自等不詳。底本「とうじう」に斯道本により字を当てた。

三 「宇治殿」は宇治関白頼通。道長の長男。後一条・後朱雀・後冷泉三代の関白。薨年八十三。「二条殿」は大二条関白教通。頼通の弟。後冷泉・後三条・白河三代の関白。薨年八十。この予言のこと諸説話集に見えない。『古事談』に洞照が頼通の貴相を指摘し、ちょうど心中に関白を相続させようと思っていた父道長が驚く話があるが、やや関係するか。

四 藤原伊周。中関白道隆の子。大宰権帥に左遷された。『古事談』に相人伴別当が予言した話がある。

五 『聖徳太子伝暦』に太子が崇峻帝の眸の赤文を相して横死を予言した記事がある。崇峻帝は太子の叔父で、在位五年にして蘇我馬子に弑された。

六 醍醐帝第九皇子兼明。中務卿（唐名中書王）となり、具平親王に対し前中書王と呼ぶ。博学で聞えた。

七 村上帝第七皇子具平。中務卿となり、後中書王と呼ぶ。詩文音楽に優れた。

八 後三条院第三皇子。詩歌音楽に優れ人望あったが仁和寺花園に隠棲して元永二年（一一一九）薨じた。

九 後三条院第二皇子実仁。兄白河帝の東宮となった

三の皇子輔仁[八]の親王（後三条）をば、「東宮の御位ののちは（九（実仁）帝位につかれて後は）、かならずこの宮（輔仁）をば太子に立てまゐらせ給へ（皇太子に立て〔後の帝位をつがせ〕なさい）」と仰せおかせられたりしに（〔白河帝に〕ご遺言しておかれたのであったが）、東宮御かくれありしかども、白河の院、いかがおぼしめしけん（どうお考えになられたのか）、つひに太子にも立てまゐらせ給はず（〔輔仁を〕）。あまつさへ、この親王（輔仁）の御子[一〇]を御前にて源氏の姓をさづけたてまつりて、無位より一度に三位に叙して、やがて中将になしたてまつり給ひけり（ただちに中将に任じ申された）。これ花園の左大臣殿（有仁）の御ことなり。一世[一一]の源氏、無位より三位になることは、嵯峨の天皇の御子、陽院[一二]の大納言定の卿のほかは承りおよばず（聞いたことがない）。

また、高倉の宮討ちたてまつらんとて、調伏[一三]の法修せられける高僧たち、勧賞おこなはる（恩賞が行われた）。

前の右大将宗盛の子息、侍従清宗、三位して（〔父の功で〕三位に叙せられ）「三位の侍従」とぞ申しける。今年十二歳。「父の卿（宗盛）もこのよはひにては（この年齢の頃には）、わづかに兵衛佐にてこそおはせしに、おそろし、おそろし」とぞ人申しける。

これは、「源の以仁[一四]ならびに頼政法師追討の賞」とぞ聞書[一五]にはあり

が、応徳二年（一〇八五）薨じた。

一〇 源有仁。輔仁親王の子。十七歳源姓を賜り、従一位左大臣左大将に至る。容姿優美、諸道に優れて世に敬愛された。宮大将・花園左大臣等称する。

一一 皇族で賜姓源氏初代となった人。底本「一とせげんじ」とあるを改めた。

一二 嵯峨帝第十一皇子。嵯峨源氏第六。叔父淳和帝の寵深く、三位になり賜姓、大納言右大将に至る。号賀陽院・陽院・四条・楊梅。底本「やうぜいゐんの大なごんさださと」と誤る。他本も誤るもの多い。

＊ **実仁・輔仁親王**　後三条院は三子輔仁を愛し、長子白河帝に、次子実仁を太子に立て、その後輔仁に継がせよと遺詔したが、白河帝は実仁が早逝したあと愛子善仁（堀河）に立太子を経ずに位を譲り輔仁を遠ざけた。輔仁は永久元年（一一一三）堀河帝呪咀の嫌疑を受け、隠棲して終った。延慶本・盛衰記はこの経緯を説明するが、諸本は簡略な上、実仁東宮の件を欠くため記事が不正確である。底本には簡略曖昧ながら正確さが保たれている。

調伏・追討の勧賞

一三 魔障・怨敵を降伏する祈禱法。

一四 『玉葉』等所載の宣下文によれば「源以光」である。「源以光〈本御名以仁、忽賜ㇾ姓改ㇾ名云々〉」（『玉葉』五・一六）。「仁」は皇族の字ゆえ除いたもの。

一五 叙位任官等の理由を書いた文書。『玉葉』『山槐記』等にも見える（治承四・五・二〇）。

ける。「源の以仁」とは、高倉の宮を申しけり。まさしく太上法皇の御子を討ちたてまつるのみならず、凡人になしたてまつるぞあさましき。

第四十句　鵺

そもそも、この頼政と申すは摂津守頼光[一]が五代の後胤、三河守頼綱[二]が孫、兵庫頭仲政[三]が子なり。保元に御方にてまつ先駆けたりしかども、させる賞にもあづからず。平治にまた、親類を捨て[四]、参りたりしかども、恩賞これ疎かなり。重代の職なれば、大内の守護[五]うけたまはりて年久しかりしかども、昇殿[六]をばいまだゆるされざりけり。年たけ、よはひかたぶいてのち、述懐の和歌一首つかまつりてこそ昇殿をゆるされたりけれ。

一　多田満仲の長男。俗に音読してライクワウ。多田源氏の祖。名将の聞え高く、諸国守を歴任し、正四位下内蔵頭に至ったが、多田源氏の本拠が摂津の国であるところから特に摂津守を代表的肩書としている。

二　頼光の孫、頼国の子。三河・下総・下野等の国守となる。

三　頼綱の子。下野守を経て兵庫頭となる。歌人で勅撰集に十五首入集している。「兵庫頭」は兵部省に属する兵庫寮の長官。

四　平治の乱に頼政は当初内裏を占拠した義朝に与力したが、二条帝が内裏を脱出した後は義朝を見限り、官軍として清盛方に加わった。

五　大内裏の宿直警固の役。正式な職名ではなく、頼光以来源氏代々の慣行的任務であった。天皇警固というよりも、里内裏や行幸にもかかわりなく、地域としての大内裏を警固するのである。

頼政昇殿の歌並びに三位の歌

六　二六頁注九参照。昇殿を許されない者は官民ともにすべて地下人（殿上人に対して）と呼ばれる。

七　大内山の山番である私は、誰にも知られずひっそりと木の間越しにばかり月を仰いでおります。「大内山」は単に大内というに同じ。大内守護の地下の身を「大内山の山守」と言い、殿上で拝顔できぬ帝を「月」にたとえる。『千載集』『続詞花集』『頼政集』に載る。

八　よじのぼるべき手づるもない私は、しかたなく木の根元で椎の実を拾って世を過しております。「のぼ

[七]人知れず大内山のやまもりは
　木がくれてのみ月を見るかな

とつかまつり、昇殿したりけるとぞ聞こえし。

四位にてしばらく侍ひけるが、つねに三位に心をかけつつ、

[八]のぼるべきたよりなき身は木のもとに
　しゐをひろひて世をわたるかな

とつかまつりて[九]三位したりけるとぞ聞こえし。すなはち[一〇]出家し給ひて、[一一]今年は七十七にぞなられける。

頼政近衛院の時鵺を射る
堀河院の時怪事

この頼政、一期の高名とおぼえしは、近衛の院の御時、夜な夜なおびえさせ給ふことあり。[一二]大法、秘法を修せられけれども、しるしなし。人申しけるは、「[一三]東三条の森より黒雲ひとむらたち来たり、御殿に覆へば、そのときかならずおびえさせ給ふ」と申す。「こはいかにすべき」とて、公卿僉議あり。「所詮、源平の兵のうちに、しかるべき者を召して警固させらるべし」とさだめらる。

る」に昇進を、「椎」に「四位」をかける。この歌勅撰集および『頼政集』等になく、『慈元抄』に見える。

九 治承二年十二月従三位となる。七十五歳。

一〇 治承三年十一月出家。法名頼円、また真蓮とも。

一一 諸本七十五とするは誤り。底本は正しい。

＊**頼政と和歌説話**　二つの昇進和歌説話のうち「人知れず」の述懐歌は『頼政集』によれば、姪の宜秋門院丹後（弟頼行の女で歌人）に示したものだが、歌友の間に広まり、昇殿かなった時は清輔・重家・静憲・実定等々と祝いの贈答歌もあった。喧伝された和歌説話なのである。鴨長明の『無名抄』にも頼政の和歌の話がいくつもある。平家物語中の頼政の話もすべて和歌説話であることに気づく。彼が歌人だからというだけでなしに、彼を悼む歌友たちに語られた話材だったのであろう。長明の師俊恵の歌林苑は堂上・地下歌人の自由に交流する歌会で、頼政も重要な一員だったから、そういう所に生れた頼政物語もあったに違いない。なお頼政一家には、丹後のほかにも父仲政、子息仲綱、娘二条院讃岐など歌人が多く、渡辺党にも歌人がいた。

一二 二〇七頁注七参照。

一三 東三条院。二条南、洞院東にあった藤原氏長者の伝領する邸。邸内西北に角振の森があり、地主神角振・隼の社があった。大内裏からは東南に当る。

寛治のころ、堀河の天皇、かくのごとくおびえさせ給ふ御ことありけるに、そのときの将軍、前の陸奥守源の義家を召さる。義家は、香色の狩衣に、塗籠籐の弓持ちて、山鳥の尾にてはぎたるとがり矢二すぢとりそへて、南殿の大床に伺候す。御悩のときにのぞんで、弦がけすること三度、そののち御前のかたをにらまへて、「前の陸奥守、源の義家」と高声に名のりければ、聞く人みな身の毛もよだつて、御悩もおこたらせ給へり。

しかれば、「すなはち先例にまかせ、警固あるべし」とて、頼政をえらび申さる。そのころ兵庫頭と申すが、召されて参られけり。「わが身、武勇の家に生れて、なみに抜け、召さるることは家の面目なれども、朝家に武士を置かるるは、逆叛の者をしりぞけ、違勅の者をほろぼさんがためなり。されども、目に見えぬ変化のものをつかまつれとの勅定こそ、しかるべしともおぼえね」とつぶやいてぞ出でにける。

一 堀河帝の九歳より十五歳までの間の年号（一〇八七～九三）。
二 頼義の長男。八幡太郎と称する。寛治の頃は後三年役の直後で、四十八歳から五十四歳に当る。
三 黄色がかった薄赤色。
四 三四七頁注一六参照。
五 山鳥は雉子科の鳥、その尾は長く美しい。
六 鋭くとがった鏃をつけ、矢羽を四枚つけた矢。
七 「南殿」は紫宸殿。「大床」は寝殿造りの母屋の外側の一段低い、縁より内の細長い部屋。広廂とも。
八 普通は弦を弓筈にかけることをいうが、ここは魔よけの呪術として弦を引き鳴らすこと。鳴弦。弦打。
九 実際は頼政が兵庫頭となったのは久寿二年十月。近衛院崩御（同年七月）の後である。

＊**複合獣の謎**　鵼退治にはいろいろの解釈が試みられている。頼政の射芸は養由に比せられるが、太陽が十現れた時、養由がその九を射落すと種々の怪獣であったという話が『今昔物語』に載る。原拠は『山海経』の羿の射の話である。『山海経』には西王母はじめ複合鳥獣の記事がいくつもあり、頼政談に『山海経』の影響を指摘するのも一説である。また怪獣を十二支の組合せと見て、時刻・方位から解釈する説もある。（志田義秀氏「頼政の鵼退治伝説」参照）いずれも捨てがたい着眼である。帝の病気に頼政が蟇目（魔よけの大鏑矢）の法を行ったとすれば、それは四方位に関連す

る。寅（虎）・巳（蛇）・申（猿）は亥を加えれば十二方位を四分する。狸は古くは亥（猪）だったかもしれぬ。また猪早太が亥の象徴かとも思われる。即ち『月刈藻集』（三七一頁＊印参照）にも見える、帝の病魔退散の蟇目を四方へ放ったことが合成して怪獣征服談となったのではあるまいか。または方位でなく各時刻に射たと見ることもできる。また一方、射芸に飛鳥を落す話もよくあったことで、『十訓抄』にも見えるように、頼政が不吉の鳥を射たこともあり得たであろう。体に虎斑のあることから鵺はトラツグミとも呼ばれる。もし実体を知らず話だけが伝聞された時は怪鳥・怪獣を想像しやすいであろう。鵺退治説話は、頼政に経験された蟇目の法・射鳥の芸・和歌説話など単一ならぬ材料が交錯し、怪獣信仰とも結合して、説話もまた鵺的に展開したと言えるようである。

一〇 薄い黄緑色の狩衣。

一一 弓に籐弦をしげく巻いたもの。

一二 遠江国浜名郡猪鼻の住人。多田源氏支流という。

一三 黒い鷹の羽。「母衣」は母衣羽。左右の翼の羽。

一四 副詞で「出で来たりて」にかかる。

一五 一心に信仰する唱えごと。「帰命」は三宝（仏法僧）に帰順すること、「頂礼」は頂を相手の足下に伏せて最敬礼すること。

一六 「ひやう」は矢の飛ぶ擬音。その長音に引かれた連濁で、副詞「と」が「ど」となる。「どうど」も同じ。

頼政は、浅葱[一〇]の狩衣に、滋籐[一一]の弓持ちて、これも山鳥の尾にてはぎたるとがり矢二すぢとりそへて、頼みきりたる（深く信頼している）郎等、遠江の国の住人、猪の早太[一二]といふ者に黒母衣[一三]の矢負はせ、ただ一人ぞ具したりける（一人だけ伴って行った）。

夜ふけ、人しづまつて（寝しずまって）、さまざまに世間をうかがひ見るほどに（いろいろとあたりの様子をうかがって見ていると）、日ごろ人の言ふにたがはず、東三条の森のかたより、例の[一四]（例のごとく）ひとむら雲出で来たりて、御殿の上に五丈ばかりぞたなびきたる。雲のうちにあやしき、ものの姿あり（何かの形が見える）。頼政、「これを射損ずるものならば、世（この）にあるべき身ともおぼえず（世に生きていられる身とは思われぬ）。南無帰命頂礼[一五]、八幡大菩薩」と心の底に祈念して、とがり矢を取つてつがひ（弓につがえ）、しばしかためて（しばし狙いをさだめて）、ひやうど[一六]射る。手ごたへして、ふつつと立つ。やがて矢立ちながら（たちまち矢を射立てられたまま）南の小庭にどうど落つ。早太、つつと寄り、とつて押さへ、五刀こそ刺したりけれ（五回刀を突き刺したのであった）。そのとき、上下の人々、手々に火を出だし、これを御覧じけるに、かしらは猿、むくろは（胴体は）狸、尾は蛇、足、手は虎のすがたな

頼長の左府を以て獅子王を賜はる事

り。鳴く声は、鵺[一]にぞ似たりける。「五海女[二]」といふものなり。

主上、御感のあまりに、「獅子王」といふ御剣を頼政に下し賜はる。[三]頼長の左府これを賜はり次いで(いただき取り次いで)、頼政に賜はるとて(と言った折も折)、ころは卯月のはじめのことなりければ、雲居に(空に)ほととぎす、二声、三声おとづれて(鳴いて通った)過ぎける。頼長の左府、

[四]ほととぎす雲居に名をやあぐるらん

と仰せられたりければ、頼政、右の膝をつき、左の袖をひろげて、月をそば目にかけ(月を少し斜めに見上げて)、弓わきばさみて、

[五]弓張り月のいるにまかせて

とつかまつりて(下の句を詠んで)、御剣を賜はつてぞ出でにける(いただいて退出した)。「弓矢の道に長ずるのみならず、歌道もすぐれたりける」と、君も臣も感ぜらる。さてこの変化のものをば、うつほ舟[六]に入れて流されける(流されたということであった)とぞ聞こえし。

頼政は(その後)、伊豆[七]の国を賜はつて、子息仲綱受領し、わが身は丹波[八]の五箇の庄、若狭[九]の東宮川知行して、さてあるべき人の(そのまま無事に過しえた人が)、よしなき事(無謀な謀叛を思)

一 ツグミ科の鳥。体に縞斑があり、夜口笛に似た声で鳴き、「黄泉つ鳥」などと呼んで不吉とされた。

二 不詳。この称他本にはない。「海」は怪の借字かともいうが、「五海」は人体の五つの部分をいうので或は五海獣の訛か。

三 左大臣藤原頼長。保元の乱を起した。左大臣となったのは久安五年(一一四九)である。

四 ほととぎすが雲居の空になおも鳴きつつ上って行くが、そなたもこの宮中に名をあげたな。「雲居」は空と宮中とをかける。ほととぎすが鳴くことを「名のる」と詠むことから、「名をあぐ」に鳴く音と頼政の誉れとを併せ示し、「名を」に副詞「猶」をかける。

五 片割れの弓張り月が雲に入るにつれて、私もこの弓を射たまでです。「弓張り月」は上弦・下弦の月。それに弓の意を重ねる。「入る」「射る」は懸詞。

六 丸木を刳って中をうつろにし外をふさいだ船。死霊を運び、浄化の呪術力があると考えられた。

七 頼政が知行国主となって仲綱を伊豆守に任じたのである(四一頁注一〇参照)。ただしその時期は高倉帝承安二年(一一七二)頃であった。

八 丹波の国船井郡。保津川上流田原川辺。佐々木・四ッ谷・田原・生畑・世木の五村を併せ称するか。藤原頼長旧領であったから保元の乱の勧賞であろう(御剣取次ぎに頼長を登場させたのはその関連か)。頼政死後平宗盛領となり、平家滅亡後頼政の遺子頼兼が領

を思ひくはだて（い立って）、わが身も子孫もほろびぬるこそあさましけれ（嘆かわしいことである）。頼政はゆゆしうこそ申したれども（〔謀叛の見通しを〕頼もしいことに申したが）、遠国は知らず（ともかくも）、近国の源氏だにも馳せ参らず、山門（叡山）さへかたらひあはれざりしうへは（味方に引き入れることができなかった以上）、とかう申すにおよばず（〔勝敗について〕とやかく申すことはできない）。

また、去んぬる一〇応保のころ、二条の院の御在位のときは、鵺といふ化鳥禁中（宮中）に鳴いて、しばしば宸襟を悩ますことありき（帝のお心を悩ますことがあった）。先例をもつて、頼政を召されけり。ころは五月二十日あまりのまだ宵のことなるに、鵺ただ一声おとづれて、二声とも鳴かず。めざせども（狙おうとしてもどこともく）知らぬ闇ではあり（分らぬ闇ではあるし）、すがたかたちも見えざれば、矢つぼいづくとも定めがたし（矢の目標をどことも定めがたい）。頼政、はかりごとに（策をめぐらして）、まづ一一大鏑をとつてつがひ、鵺の声しつるところ、内裏のうへにぞ射あげたる。鏑の音におどろいて、虚空にしばしは（空中で暫くは）一二ひめいたり（鋭く鳴いていた）。二の矢を小鏑とつてつがひ、ふつと射切つて、鵺と鏑とならべてまへにぞ落したる。禁中ざざめいて（宮中はわきかえり）、御（帝の）感なのめならず（ご感心もひとしおで）、一三御衣をかづけさせ給ひけるに（褒美の御衣をお与えになったが）、そのときは大炊の

したことが『吾妻鏡』に見える。

九 若狭の国遠敷郡宮川保の新保か。本保の東に当る。小浜市の東方。同地に宮川荘もあるが、知行というには保がふさわしい。のち賀茂社領となる。

一〇 二条帝の時の年号（一一六一～六二）。

一一 鏑が大きく、射ると特に大きな音の出る矢。

一二 「ひ」は鵺の声。「めく」はその状を示す接尾語。

一三 褒美の禄として普通は女房の装束を賜る。これを頭または肩に載せて礼をするので、賜ることを「かづく」（自動詞四段、他動詞下二段。ここは他動詞）といい、禄を、かずけ物、纏頭などという。

頼政二条院の時再び鵺を射る

＊ **二度の鵺退治** 頼政の鵺退治は二度扱われ、一つは怪獣、一つは鳥である。『十訓抄』十「源三位頼政射鵺事并連歌事」には鳥の鵺を射た話があり、「弓張り月」の連歌も添えられて、平家物語と題材的に密接な関係が認められる。そこから膨張的に怪獣談が派生したとされる。『月刈藻集』には、「近衛院仁平三年ニ御モノノ気ニテ御悩アリシ蟇目ノ役ヲツトメシニ御気色平癒アリケリ、此時獅子トイヘル名剣タマハル」とあり、やはり「弓張り月」の連歌にも及んで、平家物語・『十訓抄』とも関連しながら、鳥を射たともしない。帝の病気に勇士が弦打ちをしたり、蟇目を射るのはよくあることで、『十訓抄』のさらに別の原形をそこに考えられるのである。

御門の右大臣公能公、これを賜はり次いで、頼政にかつげさせ給ふとて、「むかしの養由は、雲のほかの雁を射にき。いまの頼政は、雨のうちの鵺を射たり」とぞ感ぜられける。

五月闇名をあらはせるこよひかな

とおほせられたりければ、頼政、

たそがれどきも過ぎぬと思ふに

とつかまつり、御衣を肩にかけて退出す。そののち伊豆の国を賜はり、子息仲綱受領になし、わが身三位しき。

三井寺炎上

日ごろは山門の大衆こそ乱れがはしきことども申せしに、今度は穏便を存じて音もせず。南都、三井寺は事を乱し、あるいは宮を扶持したてまつり、あるいは御むかへに参る。「これ、もつぱら朝敵なり」とて、「奈良をも、三井寺をも攻めらるべし」とぞ聞こえける。

「まづ寺を攻めらるべし」とて、同じく二十六日、蔵人頭重衡、中

一 藤原公能（四三頁注七参照）。永暦二年八月右大臣で薨じており、九月に応保と改元。この登場は矛盾。頼政謀叛と閑院家の関連が暗示されているか。
二 養由基。中国戦国時代楚にいた弓の名人。神技を伝える話は多いが、雁を射たことは未詳。『戦国策』に見える魏の更羸射雁の神技が養由に誤られたものか。
三 見分けもつかぬ五月闇の今宵であるのに、そなたはよくも名をあらわしたことだ。
四 あれは誰かと問われるような夕暮も過ぎたと思いますが（名を申し上げました）。「誰そ彼（と確かめるような薄暗い時）」という語源を生かし、公能が名誉の意味で詠んだ「名をあらはす」を、問われて名のる意にとりなし、手柄に奢らぬ態度を示したのである。
五 三七〇頁の記事と重複。ともに時期は虚構。
六 清盛の五男。当時蔵人頭兼左近衛権中将。
七 教盛の長男。当時中宮亮兼越前守。
八 園城寺北院にあった公顕僧正所住の寺。以下園城寺内諸院の名。「花園院」は未詳。桂園院の誤りか。
九 近江の国志賀の人。園城寺に住むこと百余歳の後、智証大師円珍の来寺を予言し、これに寺地を譲って姿を隠した。弥勒菩薩の化身といわれる。
一〇 北院の中心である新羅善神堂をさす。「護法善神」は仏法擁護の神の汎称で、園城寺には五社鎮守があったが、その第一たる新羅明神の社である。
一一 仏舎利を安置する塔。

一二 大蔵経。釈迦一代の所説・戒律・仏弟子の所論等を記した叢書。
一三「法文」も「聖教」も同じく経文をいう。
一四 三界の主、すなわち印度の造物神。色界初禅天の高楼に住するという。
一五 天の諸神の奏する美しい音楽。
一六 龍神が受ける三種の苦。すなわち、熱風・熱砂に皮肉を焼かれる苦、龍宮に悪風吹き宝飾衣を失う苦、龍宮に金翅鳥入り来たり眷族を食う苦。琵琶湖に龍神の住むとされるところからここに引いたのであろう。
一七 大領（郡の長官）欠員の時の大領代理。ここは大友与多（五〇頁注六参照）が氏寺三井寺を建て、天智帝勅願寺崇福寺を合併したことを誤ったものか。

＊ **三井寺焼討の史実**　宇治の合戦の直後に三井寺が焼かれたのは虚構で、実際は半年以上後の十二月十一日であった。理由も、頼朝挙兵に応じた近江・美濃・尾張・伊賀・伊勢等の源氏を三井寺が支援したからである。もちろん頼政の布石が執拗にこの抵抗運動につながるわけである。宇治合戦の翌日、平家は僧兵の残党を攻め宇治・御室戸を焼討している。これらの情勢を圧縮して、宇治の合戦に続く間髪を入れぬ三井寺焼討が作られたのである。この件についても延慶本は長期にわたる平家と三井寺の抗争を記した後に、十一月十七日（この日付は正確ではないが）に三井寺焼討があったとしている。

宮亮通盛、その勢三千余騎、園城寺へ発向す。寺も思ひきりしか（寺でも覚悟をきめていたの）ば、逆茂木ひき、戦ひけり。大衆以下法師ばら三百人ぞほろびける。

その官軍、寺中に攻め入りて火をかけければ、焼くるところは、[八]本覚院、常喜院、真如院、花園院、大宝院、青龍院、鶏足院、普賢堂、[九]教待和尚の本坊（の像を安置した本坊と本尊など）ならびに本尊等、[一〇]護法善神の社壇、二階楼門、経蔵、灌頂堂。すべて堂舎、[一一]塔廟六百三十七宇、大津の在家（民家）千五百余地、焼きはらふ。わづかに金堂ばかりぞ残りける。大師（智証）の渡し給へる（中国から）[一二]一切経七千余巻、仏像二千余体も灰燼となる。[一三]法文聖教の焼けけぶり（焼けのぼる煙は）は、[一四]大梵天王のまなこもたちまちにくれ、[一五]諸天微妙のたのしびも、[一六]龍神三熱の苦しびも、（三井寺炎上の）炎にむせんでいよいよまさるらんとぞおぼえたる。

それ三井寺は、「近江の[一七]擬大領がわたくしの寺（個人の寺であったのを）たりしを、天智天皇に寄せたてまつりて（ご寄進申し上げて）、（天智帝の）御願所となす。もとの仏も（本尊も）かの帝（天智帝の）の御本尊（〔であった〕）。

しかるを生身の弥勒と聞こえ給ひし教待和尚[一]、百六十年おこなひて（修行して）、大師（智証）に付嘱し（譲り渡され）給ひ、覩史多天王[二]、摩尼宝殿[三]よりあまくだつて（この寺に）、はるかに龍花下生[四]（龍花樹の下に生れ変る暁を待っておられる）のあかつきを待たせ給ふ」と聞こえつるに、こはいかにしつることぞや。天智[五]、天武、持統、これ三代の皇帝の御宇、産湯の水を召されたりしによつてこそ、「三井寺」とは名づけけれ。かかる聖跡なれども、いまはなにならず（今はむなしい）。顕密[六]、須臾にほろびて（一瞬に滅びて）、伽藍さらに跡なし。三密[七]の道場もなければ、鈴[八]のこゑも聞こえず。一夏[九]の仏膳もなければ、閼伽[一〇]の音もせざりけり（供える水を汲む音もしない）。宿老[一一]、碩徳の明師はおこなひにおこたり（修行に励むこともなく）、受法相承[一二]の弟子は、また経教わかれたり（経文教法から遠ざかった）。

寺（三井寺）の長吏八条の宮[一三]、天王寺の別当をとどめられさせ給ふ（別当職を停止せられた）。僧綱十余人（その他）、解官せらる。悪僧（僧兵では）には、筒井の浄妙坊明秀にいたるまで三十余人ぞ流されける。

一　『元亨釈書』釈教待の伝によれば「年一百六十二歳」とある。
二　弥勒菩薩のこと。「覩史多」は梵音ツシタで兜率多・兜率・都史多等の字を当てる。三四四頁注三参照。兜率天の内院に弥勒菩薩が住する。三四四頁注三参照。底本「とりた天王」とあるを改める。
三　兜率天の弥勒菩薩の宮殿。「摩尼」は宝珠の名。
四　三四四頁注三参照。
五　「寺之西岩有二泉井一、天智天武持統三皇降誕時汲二此井水一為二浴湯一、俗因而号二御井寺一」（『元亨釈書』寺像志・園城寺）。さらに三帝にちなんで「三井寺」と称したという。
六　顕教と密教。顕教は衆生の機に応じて明瞭に説く教（他受用応化）をいい、密教は大日如来の幽玄にして秘密の真言の教（自受用法性）をいう。天台宗は顕密兼学の宗教である。
七　身密（手印）・口密（真言）・意密（本尊を観ずる）の総称。
八　振鈴。柄をつけて振り鳴らす仏具の鈴。
九　夏の九十日間一室に籠って修行すること。安居。
一〇　梵語で水の意。仏に供える水。
一一　「宿老」は修行を積んだ僧。「碩徳」は高徳の僧。
一二　師から教理や修法を受け継ぐこと。
一三　円恵法親王。後白河院皇子。以仁王入寺の責任を負って六月二十一日天王寺別当を罷免された。ただし当時園城寺長吏ではない。

解説

『平家物語』への途(みち)

水原一

軍記の流れ

「軍記」と呼ばれる文学は、武家社会の動乱闘争の時代と真正面から取り組んだという意味で、中世文学の中でも最も中世的な作品分野だといってよいであろう。闘争は人間の歴史のいつでも、どこでも絶えることなく展開してきた。だから歴史を題材とする作品には軍記的傾向をしばしば見出すことができる。たとえば『古事記』『日本書紀』の中にも、神や英雄の戦いの文学が少なからず指摘される。しかし、戦争そのものを中心題材とし、武人を主要登場人物とし、そこに文学としての課題や感動を打ち出し、しかもそれらが歴史の実在感に裏打ちされながら、一つの作品として独立している——というのは、やはり中世という時代にこそ現れてふさわしいものであった。日本の歴史の中で武士の時代といえば、中世・近世七百年に及ぶが、中世とは、いわば、近世の完成的武家時代を出現させるための長い摸索・混迷の期間であった。巨大な歴史の大河の中で、中世に集中した無数の合戦は、そのいちいちの動機の個別的な意味（野望・自衛・憎悪・誤解など）を超えて、結局は近世武家時代建設のための試行錯誤の連続にほかならなかったと言えるであろう。軍記は、そういう、〝時代を担う文学〟として中世に山脈のごとく連なって現れた。

中世という時代の始まりをどこに置くか——についてはさまざまな区切り方が可能なのであるが

（たとえば、白河院の院政開始、保元の乱、平家滅亡、頼朝の幕府創設、承久の変等々）、一般には保元の乱（一一五六）を以て中世の開幕と称するのである。それはきわめて理解しやすい常識にそっているというばかりではなく、その時代の人々にとっても切実な実感だったと考えられる。苦渋の思いをこめて歴史書『愚管抄』を綴った天台座主慈円は、

保元以後ノコトハ、ミナ乱世ニテ侍レバ、ワロキ事ニテノミアランズルヲ……。

と言い、また、

保元元年七月二日、鳥羽院ウセサセ給ヒテ後、日本国ノ乱逆ト云フコトハ起リテ後、武者ノ世ニナリニケルナリ。

と言った。乱世・乱逆の世・武者の世・わろき世——と慈円が自分の踏まえている時代を道破したその世の姿は、実に慈円の歿後四百余年にわたって日本の歴史を覆ったのである。

慈円が自ら進んで「わろき世」を書き留めようとしたのと同じ姿勢で、武士の合戦の文学が次々と作られていった。保元の乱の『保元物語』、平治の乱の『平治物語』、そして平家興亡を語る『平家物語』と、まるで三部作とでも呼びたい軍記の名作が中世開幕期四十年間の乱逆を次々と描き出し、赫然と文学史上に光彩を放った。乱世の到来に震動していた時代に、なぜ文学はいささかのたじろぎも示さずに、すかさずこれらの名作を世に送り出すことができたのであろうか。この不思議を解くためにしばらく軍記の源流について探ってみなければならない。

優艶華麗な平安文学の陰に、私たちは、承平の乱（九三五～九四〇）の平将門の謀叛を扱った『将門記』、それから、奥州前九年の役（一〇五一～一〇六二。古くは十二年合戦と呼んだ）に安倍氏を鎮圧した源頼義の征戦を扱った『陸奥話記』を見出す。いわゆる「初期軍記」と称せられる二作であ

る。頼義の子八幡太郎義家が清原氏の内紛を平定した後三年の役（一〇八三～一〇八七）を記す『奥州後三年記』という作品もあるが、現在伝えられているものは南北朝時代に書かれた『後三年合戦絵巻』の詞書であって、厳密には初期軍記の一つと数えることは躊躇されるのである。『将門記』も『陸奥話記』も、おそらく事変の後間もなく作られたもので、武家時代よりはるか以前に、史実としての合戦を題材とし、武人の戦闘事蹟を書いたこの二作は、明らかに軍記の芽生えとして重要なものであり、将門・頼義の武人造型や、合戦の意味づけにいろいろの評価を与えることができる。しかし事件経過の説き方には欠陥があり、文章は読みにくい和風漢文で書かれていて、広く読者を獲得する性質のものではなかった。その頃の文壇は何といっても女流文学の絢爛と咲き競う花苑であって、『将門記』も『陸奥話記』もそういう中では問題にされていなかった。中世軍記の源流を探ることによって辛うじて存在を認められるものだったのである。

この粗朴な初期軍記と見事な中世軍記出現との関係について気づいておかねばならないことがある。『将門記』から『陸奥話記』まではおよそ百年の時間の隔たりがある。『陸奥話記』から保元の乱勃発までがまたおよそ百年なのである。軍記史の伝統としてその百年—百年という飛び石の関係は、継承であると同時に懸隔なのである。平安時代には中央政権が日本全土を被覆してゆく中で、いくつもの地方的内乱があった。また、まだ階級的に固まっていない武士という特異な生活者が互いに争い戦うことも多かった。（将門のように国府を襲った暴徒の事件は将門以前に諸国に三十余件を数えうるのである）。けれどもそれらは記録史料の一こまに跡を止めたり、話題として語り伝えられていたりするものはあっても、作品化されるということはなかった。初期軍記の二作というのは、他にもっとあったものが散佚したのではなく、おそらく二作しかなかったのである。もっとも後三年合戦の場合は南北朝期制作の種本となる作品があったようではあるが、現在は不明である。仮に「後三年記」というべき軍記を認めたとしても、初期軍記のまばらに遠い飛び石は埋められるものではない。事実、初期軍記と中世軍記との間には、文体にも、構成にも、描写や批判の姿勢にも、文学としての魅力や、享受の形にまでも大きな差が認められる。その差を埋めたのは何であったろうか。

中世軍記は、王朝文壇の日陰から初期軍記だけを採り出して受け継いだのではなかった。文学の大きな流れをも受けとめていた。王朝文学を代表する「物語」の高雅な虚構美に代って、事実を語ろう、告げよう、とする文学の傾向が現れたことなどは考えてみなければならない。女流日記の類も事実の文学としての主張の現れだが、中世軍記の誕生には別な二種の影響があった。その一つは、歴史を見聞し経験し、これを語り伝えるという形をとる『大鏡』以下「鏡物」と総称される〃歴史物語〃であり、いま一つは庶民や地方の話題を掘りおこし、都会的・貴族趣味的な物語世界とはおよそ違った、耳目を疑うような驚異の事実を語らずにいられないという『今昔物語集』などの〃説話文学〃である。『大鏡』は都の北山雲林院の菩提講に集まった善男善女の中で、途方もなく長生した老翁が語る思い出話に仮託した歴史物語である。それは古く『日本書紀』以下書き継がれた漢文記録体の六国史の後を承けつつ、方法としては鮮やかな転換を見せた。そこでは歴史は見聞の経験者によって語られるのである。語られるに足る話題こそが歴史なのである。人物も同じで、政治家も学者も人格者も、そのような話題がつまりはその人間の造型なのである。中世の乱逆の事件を採り上げ、その乱世に生き、死んだ人々を採り上げるのには、この〃歴史を語る〃という姿勢こそが適切であった。

乱世には人々の既成の常識を突き崩す事柄が次々と起きる。乱世的人物は、目を見張るような、人間の可能性のある方向への極限を見せる。異常な事実を身を以て実現する。武勇も、智謀も、正義も、卑劣も、崇高も、凄惨も、あり得べしとも思われぬことの確かにあり得たと語るのが「説話」である。『今昔物語集』巻二十五には特に武士たちの説話が光っている。そこに嘆賞される武芸や剛健の精神は、中世軍記の武士像の形成に大きな影響を与えている。また貴族や都市の世界から広く外へ眼を向けて驚異の話題を渉猟する方法は、合戦をめぐってとめどなく広がる地域の中に文学的題材を掬い上げてゆく軍記の規模に活用された。

〝歴史語り〟と〝説話〟という王朝後半に生れた文学伝統を併せることによって、初期軍記のまばらな飛び石は中世軍記へつながる。忽然とした中世軍記の開花は、そうした土壌の上に納得できるのである。

なおまた、文学に急激に接近してきた仏教の影響についても注意を払っておく必要がある。仏教唱導の中から出た「説法」という文学的宗教活動や、僧侶の用いた和漢混淆文という新しい文体は、深閨の女流の筆では描き切れない乱世の歴史・事件を描くことができた。激烈で不可解なその乱世に対する解釈や批判のよりどころとして仏教思想の権威は大きいものであった。『一言芳談抄』に見えるある僧は説法の歴史を回想しながらこう語ったという。

むかしの上人は一期道心の有無を沙汰しき。次世の上人は法文を相談す。当世の上人は合戦物語云々。

ここに慨嘆されている「当世の上人」も、合戦物語を手段として、先輩たちのように法文を説き、道心を誘ったに違いなく、その合戦物語は付会的にであろうとも仏教思想とつながり合っていたのである。上人の合戦談と中世軍記との関係は、等記号で結ばれるものではあるまいが、仏教側から言っても、軍記側から言っても、その密接な提携は証明されるのである。中世軍記のあの朗誦に適した口調、会話・俗語・擬態語などの立体的語調、連続する漢語・仏教語などの文体の特徴は、王朝文学伝統とは違う新しいものであって、それは唱導の文体の採用されたものであることも疑えない。日常語化した漢語でも、ことさらに漢音を用いず呉音で読む例が多いが、呉音は仏徒の読みなのである。

さらにまた仏教に包含される諸学の中で、「声明」という音楽的研究が発達し、普及し、中世の音曲的文芸というべき今様・和讃・宴曲・謡曲などその影響を受けたが、琵琶を伴奏とする盲目法師の語り物もそのような一つとして発達した。中世軍記は主としてそういう芸能の方法に乗せて語られ、それは軍記の文学的生態の特色ともなった。いわば——その文学はどのように存在したのか——という問いに対して、〝琵琶法師の語り物〟であったと答え得るのである。『保元物語』『平治物語』『平家物語』『承久記』は琵琶法師が「四部の合戦状」と呼んで誇るべき演目としていた。とりわけて『平家物語』が最もよく語られたため、芸能としての名を「平家琵琶」と呼び、後に「平曲」ともいうのである。そうした文学生態的条件は、軍記の享受面だけでなく、成立問題にも少なからぬ関連をもったものと思われる。『徒然草』二百二十六段に見える『平家物語』成立の説——信濃前司行長が平家物語を作って盲目法師生仏に語らせた。生仏も行長に材料を提供したという——などは、盲目法師の語り物が軍記の中に採り入れられたり、知識人が軍記を作る際に、語り物としての効果的条件を文面に考慮したことなどを容易に想像させるわけなのである。

中世軍記はこのような、文学上のいろいろな影響をうけとめる形で出現したのである。そしてとりわけ『平家物語』は『保元物語』『平治物語』に数倍する規模を持ち、仏教的色彩を帯びた武士の文学として誕生した。それればかりでなく、他の軍記に乏しい王朝文学の抒情美の伝統をさえも吸収して、中世古典の最高峰として輝いた。

源平系譜

平家物語を歴史文学として読み解くためには、しばらく遡って源・平氏の氏族としての系譜や、その武士としての階級形成のことを考えておかねばならない。

王朝の皇室・貴族の世を支えた力として、源・平両氏は車の両輪とか、鳥の両翼とかにたとえられた。いつの時代にも中央政権の保全のために武力は必要であるし、武事を本務とする官職も制定されてはいるが、官職の肩書などにかかわらぬもっと忠実な、武力奉公のために生れて来たような体質の〃傭兵〃たちが政権の外壁を守るのが常である。王朝時代にいつの間にか階級的に形づくられてきた武士――「つはもの」「もののふ」「武者」などと呼ばれた――がそれであった。一家一門が相当の戦力を常時用意していて、貴族社会の中に奉仕的立場をわきまえつつ、従順に、勇敢に、機敏に働く、いわば番犬なのである。たまたま武官の職にありつけば彼等はそれをたいへんな名誉として、自分はもちろん子弟の名にもその官名が誇らかに用いられた。ふくれあがった藤原氏の支流なども傭兵的家系になっていったものが少なくないが、際立って頼もしい番犬が、皇室を遠祖に持ち、中央での奉仕と地方での武力とを調和させながら地歩を固めていった「源・平両氏」であった。正確には、清和天皇の皇子経基王に始まる清和源氏の諸流と、桓武天皇の皇子葛原親王を祖とする桓武平氏の主流がいわゆる「車の両輪」に当った。

上古以来皇室では国家的規模での相続問題を絶えず繰り返してきた。平安時代に入るとその問題処理法として、帝位候補者以外の皇子・皇孫を臣籍に降すのが常となった。賜姓である。文学史上耳に親しい在原・良岑・清原・高階・大江などもそれであるが、特に初期には「平」姓が、後には「源」姓が多く与えられた。『平家物語』の序章にはそのような桓武平氏誕生の経緯が示されている。一品式部卿葛原親王の子高見王が無位無官に終り、その子高望王が「上総介平高望」となって東国に赴任し、そのまま土着する。九世紀末、藤原氏の勢力が目ざましく伸張してきた頃である。都に望みのない賜姓平氏が東国に天地を求めて根を下ろす。当時の東国は未開の原野であり、日本の国土意識からいえば、陸奥という塞外蛮夷の異境に接した辺地であり、国家の構造の中ではともすれば遠心分離的な傾向を内蔵した。承平の乱に将門が諸国府を襲って謀叛の旗をかかげ、自ら「平親王」とか「新皇」とか称したのは、王孫高望を祖父に持つ貴種の自負意識が、東国のそういう地理条件に乗って踏み切った野望の途であった。だがこれを討伐した従兄貞盛は傭兵側の武人であった。貞盛は将門に殺された父国香の仇を討ったのではない。飽くまでも官軍の将として朝敵を平定する公戦を遂行したのである。この図式――地方豪族の武力的暴走と、中央の傭兵によるその鎮圧――はその後の歴史に繰り返され、傭兵としての武士はもう政権に欠くべからざるものとなって、貴族階級の末端に地歩を築いてゆくようになる。そして一方将門の乱を契機に実力を行使し出した平氏の人々が関八州のここかしこに根を下ろし、いわゆる坂東平氏――千葉・三浦・秩父・土肥・大庭・北条等々――の諸流となった。

長元元年（一〇二八）上総介平忠常（良文の孫。千葉氏祖）が乱を起し、同族の平直方（貞盛の曾孫。北条氏祖）が討伐に派遣されたが解決しない。清和源氏の名将頼信（満仲の子。頼光の弟）が交替して征討に当り忠常を降服させた。この時から東国は源氏の地盤となった。頼信の子頼義の前九年の合戦、その子義家の後三年の合戦には関東の武士が多く参戦し、源氏は赫奕たる武勲を輝かして関東を手中に収めた。坂東平氏諸流もその傘下に属した。

源氏は早くから頭領制と称すべき氏族団結を遂げていた。一族の中の血統・人格・武力・財力の秀でた者を主君として、一門がこれに臣従する形で活動するのである。前九年の合戦に頼義の援軍として大功のあった出羽の清原氏がこれを学んで頭領制を強行したが、一門の反感がつのって後三年の騒動の因となった。その後三年の合戦に苦戦している義家に加勢しようと、弟の新羅三郎義光が都の職を放擲して駆けつけたのは、単なる兄弟愛の美談以上に、頭領制への積極的支持の姿勢としての意味があったのである。（もっとも義光は後には一門の統制を乱すほどの独立意識を燃やし、甲斐・信濃に勢力圏を作った）。

そういう源氏方の実績に較べると、平氏は低迷の年月を空しくして、史上から消えたかに見えた。貞盛の子孫はまたいく筋かに分流し、受領や中央の下級職を勤める者は多かったが、特に武功を建てる機会もなく、頭領制も曖昧なままであった。貞盛の子維衡の時から所領や受領職によって伊勢・伊賀と縁を深め、関東で失った地盤をいささか補ってゆき、世に「伊勢平氏」と呼ばれた。正盛の時に至って、所領を皇室に寄進したり、東大寺と争って所領拡大をはかったり、源義親（義家の子、為義の実父）の乱を追討したり、僧兵の強訴を防いだり、という活溌な動きが目立つ。特に京都賀茂川東の六波羅の地に邸宅を構え、中央貴顕社会の一角にしがみついたことが注目される。

頼信系源氏はすでに六条堀川という都の中央に館を構え、王城警固の武家の名門として自他ともに許す存在となっていた。頼光系源氏は摂津・河内に勢力を持って都の中に居住し、貴族社会の末端につながる典型的傭兵となっていた。平氏の六波羅は当時はいわゆる川向うの市外地で、しかも鳥辺野の葬場に当っていた。新興武家としての平氏館はそうした土地柄に建設することで辛うじて都市人となり得たのである。しかしここは都から東方へ向う要道を扼するという意味では、中央政権にとっては、門柱に頑張る番犬の役割を果し得た。正盛の一流は傭兵伊勢平氏の頭領家となり、支流を臣下に結集した。平家の家老職ともいうべき家貞・貞能の一家、盛国・盛俊の一家などはその大きなものであった。

正盛は多くの国々の守を歴任した。国司の任期は四年だが、武門系の国司はその限られた期間の中で巧妙な布石を張るものである。私領を設けたり、在地の豪族を手なずけて、任終って帰京しても、婚姻や養子・猶子の名目で子弟を留め、彼等と主従契約を結んで、戦力を約束した。『平家物語』序章には「讃岐守正盛」の肩書が挙げられている。正盛の諸国守歴任の中でも西海での実力形成が並々でなかったことを意味するであろう。後に平氏末期の命脈がなお西海を舞台に支えられていた遠因がそこにある。伊勢平氏の西海経営は忠盛・清盛となおも継承され、「西海平氏」とでも呼びたい実績が積み重ねられた。日本の文化の動脈が都と大宰府とを結ぶ西の水路だった時代であるから、関東の失地を西海で回復してなお余りある隆昌の道を進むことになった。

『平家物語』序章に、史上の謀叛者代表の一人として挙げられた源義親は、八幡太郎義家の次男で、早世の兄に代って源氏の家を継ぐ人物であったが、対馬守であった時、違勅の罪で、康和三年（一一〇一）隠岐に配流となった。これに随わず出雲で乱行があったので、天仁元年（一一〇八）因幡守であった正盛に追討された。その後義親と名乗る盗賊が再三にわたって諸国に出没した。謎の多いことだが、清和源氏が大打撃を受けたのは確かである。源氏の栄光を代表する後三年の合戦は、清原家のお家騒動に首をつっこんだ私闘にすぎぬと判定されて何の行賞の沙汰もなかったため、義家は私領を削って将士に報い、源氏の財力疲弊していた頃だったから、義親事件は泣き面に蜂である。義家は義親配流の後、その子為義を自らの養子とした。白河院による院政の時代である。孫養子の為義を院の宿直に仕えさせ、自分は院の御幸の供を勤めたという。そして義親追討と前後して、孫為義に託した源氏の家に心を残したまま義家は他界した。その直後義家の弟義綱がまた一門私闘の嫌疑を受け、朝敵として抹殺された。追討使は十四歳の為義であった。一旦は甲賀山にたて籠って抵抗した義綱は為義来たると知って自ら降服した。少年為義はそういう一家の悲劇をふまえて源氏の頭領となっていった。義親事件も義綱事件も、余りに強まった源氏の武力を削ごうとする藤原政権の策謀だったか、とも言われている。源・平両氏を車の両輪といって讃えたのも、政権側からすれば番犬を操る巧妙な方策であったろう。それほどまた、他の武門の家々を引きはなして、院政下に傭兵の名門となっていったのである。

為義は陸奥守を願ったが許されなかった。頼義・義家二代に二度も長期の合戦のあった国へ為義を派遣することは危険視されたのである。「猶意趣残る国なれば、今為義陸奥守になりたらましかば、定めて基衡を亡ぼさんといふ志あるべきか」(『保元物語』)という朝廷の危惧は当っていたろうと思う。源氏の疲弊に比べて、後三年の役後最も幸運だったのは清原氏の養子となっていた藤原清衡で、勝利者側でただ一人陸奥に残り、奥州平泉に王国然とした勢力を築いている。もとをただせば、清衡の父経清は頼義の譜代の臣でありながら、安倍氏の女婿になって前九年合戦には敵側に廻り、捕えられ惨刑に処せられた人物である。為義の胸中に抑えがたいものがあったことは争えない。朝廷は他の国守に任じようとしたが為義は陸奥以外に望みはなく、生涯検非違使尉で通した。その代りに多くの子女を儲けて諸国に置いた。源氏の天下を実現させる布石だというのだから恐ろしい。事実、後年頼朝挙兵に呼応して平家に鉾先を向けた遺児は、三男義教、十男行家の他にも多くいたし、熊野別当に嫁いだ娘の鳥居禅尼は熊野勢力を平氏から源氏へ転回させてしまった。平家を滅亡に追いこんだ力は、頼朝・義仲・義経だけのものではなかったのである。為義八男鎮西八郎為朝が、勘当されて九州に追われ、そこで侵略の合戦に明け暮れたという話などは、為義の計画の好例であり、他の子息の遠国派遣にも一連の目的を読み取ることができる。

保延元年（一一三五）瀬戸内海に海賊が跳梁した。武勇の追討使として平忠盛と源為義が候補に上ったが、結局備前守でもあった忠盛が命ぜられた。鳥羽院が、

遣二為義一者路次国々自滅亡歟。（『中右記』保延元・四・八）

と仰せられたという。生涯いいところのなかった為義を凡庸の将と見る通説では、これをもその証拠とするが、不適格者なら最初から候補になりはしない。そこには陸奥守に任命してはならぬのと一連の、猛虎を檻から出す恐怖がある。だが、都にある限りこの猛虎は番犬なのである。

忠盛の海賊征討に十八歳の清盛も従軍したと思われる。追討四カ月で忠盛は日高禅師以下七十人の海賊の捕虜を連れて凱旋した。しかし多くは、西海で忠盛の家人とならぬ者を海賊に仕立てたのだ、と噂された。とすれば為義の流儀とは全く対照的な謀略性が忠盛にはあった。

白河院がお忍びで祇園女御という愛人のもとへ通う時も、忠盛は忠実に警固に当った。「女御」といっても綽名で、素生のわからぬ遊び女であったろうが、院の胤を懐妊した。院はこれを忠盛に賜うた。そして生れたのが清盛である――という「清盛皇胤説」は当時からささやかれていた。真偽は定めがたいが、それは忠盛の奉公の意味をよく言い得ていることはまちがいない。そうした番犬としての忍従を経て忠盛は下級貴族の席を獲得する。得長寿院造進などは受領の財力では朝飯前である。設

計の新奇・豪壮は忠盛の独壇場というものであったろう。院政期という新しい時代の中で忠盛は頼もしく、有能な人物だったのである。

院政の沼

院政は、摂関家私領の濫立を抑えることを第一課題とした、後三条院の発想であったが、院は延久四年（一〇七二）白河帝に譲位してわずか五カ月の後、何の実績も見ず崩御されたので、次の白河院を以て院政第一代とする。白河院は十四年間帝位にあった後、応徳三年（一〇八六）御子の堀河帝に譲位し、引き続き政務を執った。嘉承二年（一一〇七）堀河帝崩じて孫鳥羽帝が立ち、さらに保安四年（一一二三）曾孫崇徳帝となって、大治四年（一一二九）白河院崩御されるまで、実に四十三年にわたる白河院政が実現した。その間、成長した堀河帝には院政への反撥があったが、早世し、白河帝位時代から通算すれば五十七年に及ぶ年月の重みが、院政を既成事実化してしまうのである。その後、鳥羽院の院政が二十七年続いて、保元元年（一一五六）その崩御と同時に保元の乱が勃発した。白河・鳥羽二代通算して七十年になんなんとする院政が、乱逆の中世を導き出したのであり、武士の傭兵としての活動は結局はこの院政体制への奉公であった。覇者としての清盛や頼朝の政治的野望も、ひたすら院政との抗争の形で進退したのである。

『平家物語』を歴史文学として読み取るということには二通りの意味がある。現代常識的には、中世の開幕、武家の実力時代の到来を描いた先覚的文学——という規定の上に立った読み方であろう。それはたしかに否定されないのであるが、そうした歴史認識というのは、源平時代以後の歴史展開を見届け得た現代なればこその評価なのだという当然のことが、ともすれば忘れられがちなのである。あの源平史の潮の中に生きて死んだ人たちや、またそういう題材によって歴史の姿を把え、語り残そうとした人たちの自覚は、中世の夜明けを自分たちがかくのごとくに行動し、作品化している——などというものであるはずはなかった。いつの時代にも歴史認識とは、実現した過去の軌跡を受けとめることであって、未到来の闇は歴史ではなかった。五百年に及ぶ中世がまだ影も形もない時代に、人々にとってそれは希求や、不安や、悲願や、賭けではあっても、どうして「歴史」であり得ようか。源平の世の人々にとって「歴史」と呼び得るもの、彼等の足に踏みしめている「時代」と名づけ得るもの、——それは実質「院政期」の現実とその時間的意味にほかならなかったはずなのである。『平家物語』の歴史文学性というものを、後世から当てがった評価ではないもう一つの見方、もっと彼等の立場や心情を生々しく追体験する方法で探ってみる姿勢を私は欲しいと思う。

藤氏摂関時代には、天皇は藤原の某という外祖父の摂政あるいは関白によって、政治への意志を束縛されていた——というよりも、血統的には藤原氏の天皇だったのである。

藤氏摂関流からは、ひっきりなしに、そのために育て上げた令嬢を帝や東宮に送りこみ、皇子を誕生させて凱歌をあげ、その帝位を実現させてはまた幾人もの、そのために教育した令嬢を送りこむ。皇室と摂関家の関係を系図化してみれば、天皇の名が一代ごとに母系藤原氏側に引き寄せられ、吸い込まれてゆく形をありありと目で見てとることができる。院政はその傾斜を反転させた。後三条帝の生母は三条帝の皇女陽明門院禎子であり、白河帝の生母は藤原氏ではあるが閑院流の公成女茂子であった。摂関家の絶大な権勢に抑えられていた二・三流貴族が、この摂関家の血の薄い天皇・上皇の下に集まって来る。そして摂関家方式の婚姻政策を各貴族の家々が競って採用する。それはともすれば摂関家の令嬢を排除しかねないほどであった。試みに後三条帝以後の、天皇とその生母とを一覧してみよう。

七一代　後三条……三条皇女陽明門院禎子
七二代　白　河……閑院流藤原公成女茂子
七三代　堀　河……村上源氏顕房女賢子（かたこ）
七四代　鳥　羽……閑院流藤原実季女苡子（つむこ）
七五代　崇　徳……閑院流藤原公実女待賢門院璋子（たまこ）
七六代　近　衛……六条流藤原長実女美福門院得子
七七代　後白河……（崇徳に同じ）
七八代　二　条……摂関支流大炊御門（おおいみかど）経実女懿子（よしこ）
七九代　六　条……壱岐善盛女
八〇代　高　倉……平時信女建春門院滋子（しげこ）
八一代　安　徳……平清盛女建礼門院徳子

もはや摂関家の長老が外孫の帝のために政務の世話をやく口実はない。右の十一代の間摂関家から后妃が入内（じゅだい）したのは、崇徳帝の時の皇嘉門院聖子（ひでこ）（忠通女）だけで、それも一子の誕生もなく保元の乱の悲劇を迎えてしまった。右の一覧の中では二条帝だけが摂関家の血を間接には承（う）けている。外祖父大炊御門経実は後二条関白師通の弟である。その血統を反映したように二条帝は父の後白河院に反抗し、不孝の帝とさえ言われた。平治の乱にもそうした背後関係が見えるが、その抵抗も空しく、妾腹

の六条帝に譲位して、若くして崩御され、六条帝はまた童帝のまま平家政権に座を明け渡すことになる。（第三句「二代后」参照）

平氏の栄華は、この院政時代の婚姻政策の自由化の好機に、高倉・安徳二代にわたって外戚の地位を固めたことから始まった。建春門院滋子の父平時信の門流は桓武平氏ではあっても武家ではなかった。葛原親王長子高棟王が平姓となったのが遠祖で、武家の伊勢平氏系とは全く別れたままの下級貴族であった。桓武平氏の中に武家平氏と貴族平氏とがあったわけで、清盛が武門の頭領となって時信女時子を妻に迎え、文武両平氏は縁を結んだ。滋子は時子の妹である。小弁といって後白河院に仕えた女房だったが、寵愛を得て皇子を生んだ。保元・平治の大乱に勝って、上げ潮に乗っていた清盛は後白河院の信任も篤い頃であり、皇子の帝位を実現させて（高倉帝）、平家全盛の鍵を掌中にした。

こういう閨閥の退潮に焦った摂関主流では、他家から立った后妃を養女としたり、他家の血を引く皇子を養君としたり、しきりに苦肉の策を用いたが、劣勢いかんともすることはできなかった。

平氏と院政との結びつきは、忠盛が白河院・鳥羽院の北面として忠実な傭兵であった時からである。もともと法律的な約束などなかった院政には、変則的な組織や方法が強引に実行された。いつの世にも強いのは既成事実である。「北面」は院政の直接的な近臣たちを一括する便宜的な呼び方である。北面した部屋に伺候したから「北面」なので、職務も資格もわけがわからない。当初の名目は隠居所の警備のために武士が必要だということで、在位中に目をかけていた衛府の武勇の士などが集められた。源康季は文徳源氏の勇士だが、白河院北面の第一人者と言われ、その一家は代々院の北面の武者となった。清和源氏の一支流佐渡重実、弟の重時などの一家も同様であった。その他北面の家系を誇る武家は多い。もともと法律的束縛のない、しかも高貴この上ない院の生活には、無軌道の自由があった。家系も素生も知れぬ芸人や美童などを召し置く名目に、「北面」は便利至極である。『平家物語』には白河院の寵童今犬丸・千寿丸が北面の武士藤原為俊・盛重として立身したことが見える（第八句「成親大将謀叛」参照）。この二人の幼名は諸伝で逆に伝えるものも多い。好一対の寵童であり過ぎたための混乱らしい。それは『平家物語』の時代から見れば百年も昔のことでありながら、長く記憶される〝北面物語〟の一端だったであろう。『尊卑分脈』（南北朝時代に作られた系図集成）の藤原氏良門流を見ると、盛重（千寿丸）についてこんな注記がある。

周防国住人。童形之時候二北面一。白河院御寵童。元服之後近習。長門守高階経敏家人也。自二幼日一東大寺別当敏覚法印為二児童一召二仕之一。南都御幸之時白河院被レ及二天眼一即被レ召二出之一有レ寵。

東大寺の稚児を見初めた白河院が、貰いうけて子供姿のまま北面に伺候させ、高階経敏（信西入道の養父）の家人として武者に仕立て、お声がかりで藤原氏支流の養子としたのである。『続古事談』に盛重の逸話が見えるが、ただの美少年ではなく、武者としても名を揚げている。この盛重の養子に、信西入道の家人成景（信西最後の時出家して西景）がある。鳥羽院の寵童で、『雑秘別録』によれば笙の笛の名手であった。これもお声がかりで盛重の養子になって北面に伺候した。

同じく信西家人で、西景と並び称せられ、後白河院の権臣となった師光（西光法師）も同じで、これは院政の第一級の大物であった中御門中納言家成の養子となった。『尊卑分脈』の注記に、

侍子為二公卿子一例。依二勅定一。少納言入道信西家人也。後白川院近習。為二伝奏一。北面。仙洞御倉預。元舎人童……。

とある。伝奏・御倉預は院政の外交や財政を掌握する重職である。出自もわからぬ怪しい男が、成り上がって院の権臣となり、天台座主明雲を陥れたり、清盛をも倒そうとするに至るのである。養父の

家成は鳥羽院政の実権を握って、

挙二天下事一一向帰二家成一。（『長秋記』大治四・八・四）

とさえ言われた。『二中歴』には、史上十人の徳人（富豪）の中にこの家成が入っている。『平家物語』にちらちらと家成の名が見えるが、院政史を回顧する世代の人にはどうしても浮んでくる名前だったのである。その子が鹿谷事件の首謀者成親であった。

家成の富裕はもっぱら受領歴任の徳である。平治の乱の首謀者藤原信頼の父忠隆なども、「経二数国ノ刺史一家富財多」（『本朝世紀』久安六・八・二）と言われ、寺社建築寄進など度々成功を行って、子の信頼の昇進の基を作った。信頼はまた後白河院に「アサマシキ程ニ御寵」（『愚管抄』五）を受けたが、要するに男色の寵である。増長のあまり乱を起して滅びる。

一方、信頼と対立して倒れた藤原信西入道や、院政の「夜の関白」と怖れられた葉室顕隆をはじめ葉室・勧修寺家の名臣たちは、いま少し品のいい学問・政治・故実などの特技で、やはり院政に重きをなした。信西の妻朝子（紀伊の二位）は後白河院乳母であり、葉室・勧修寺家からも、堀河・鳥羽・崇徳帝乳母を輩出している。藤原氏閑院流も皇室の乳母を出すことからさらに進んで婚姻政策を活潑化させている。門閥・閨閥のほかに新しく財閥・傅閥が物を言う時代になってくるのであるが、いちいちの事例は挙げつくせない。院政はその政治的意義（摂関勢力の減殺、荘園濫立の停止等）の裏に、財物と、芸術と、男色と、養子縁組・主従契約の取引とを、無統制に沸騰させていたのである。

武士の傭兵的活動はこの乱脈な泥沼の中で、次第に確固としたものになってゆく。院政の第一課題であった荘園削減という荒療治も、文人型の受領には不向きで、院の息のかかった武家系の受領が忠実にこれを断行した。それに痛手を受けたのは摂関家ばかりではない。多くの荘園寄進を受けて財政の膨張に傲っていた大寺院が、暴力的に反撥してしばしば院体制を窮地に追いこんだ。怖いものなしであるはずの白河院が、「意のままにならぬもの、山法師と双六の賽」と弱音を吐いたというのは、他書には見えず、『平家物語』だけが伝えていることである。その他院政の沼の種々相は、『平家物語』にとって、まさに源平興亡史を乗せた「時代」の姿として、生きた記憶の中の「歴史」として語られているのである。

保元・平治

院政の沼は思いもよらぬ妖しい毒煙を噴き上げる。美貌の皇后待賢門院璋子は鳥羽院との間に多くの子女を産んだが、長子崇徳帝は実は白河院の胤だという噂があった。璋子は閑院流藤原公実の女である。生母光子（勧修寺流為方女）が堀河・鳥羽二代の乳母だった関係で、璋子は童女の頃から宮廷に出入し、白河院に愛された。鳥羽皇后となってもその鍾愛が続いたのである。鳥羽院は子の崇徳帝を「叔父子」と呼んで疎んじた。この頽廃的な話題は事実だったようである。鳥羽・崇徳父子が背負った宿命的な不幸が、中世乱逆の緒としての保元の乱を生み出すことになる。

白河院崩御の後、院政を執った鳥羽院は、成長した崇徳帝を退け、その弟でわずか三歳の近衛帝を位につけた。近衛母后は美福門院得子。六条流藤原長実女で、璋子を凌ぐ寵妃であった。政務から隔離された崇徳院は、しかし長子重仁の即位に期待しつつ鬱憤を怺えていた。近衛帝が久寿二年（一一五五）十七歳で崩じた時、それが実現するかに見えた。崇徳院自身の重祚もささやかれた。他に帝位資格者はない。しかし鳥羽院・得子の崇徳院に対する憎悪は深かった。崇徳院同母弟雅仁は愚昧・放縦と評され、全く帝位候補と考えられていなかったが、立太子の手順ぬきで抜打ち的にこれを帝位に据えた。後白河帝である。源平時代を操縦した怪物帝王後白河がここから史上に姿を現すのである。その王子守仁が早く生母（大炊御門経実女懿子）に先立たれていたのを得子が養育していた。近衛帝を失った得子はこの守仁を帝位につけようとする。そのために守仁の父（後白河）を不適任を承知で短期契約で一旦位につけたわけで、いわば帝位は美姫に私されていたのである。

憤慨する崇徳院の周囲に流言が飛んだ。――近衛帝の早逝は崇徳院と左大臣頼長及びその父前関白忠実の呪咀によるものだ――と。

弱体化した摂関家にも分裂の形勢があった。関白忠通は娘聖子（皇嘉門院）を崇徳院后に入れながら、鳥羽・得子体制に服従し切っている。院政に抵抗し続けてきたその父忠実の眼には次男の頼長こそ頼もしい。忠通の子は皆幼く、直線で関白職を継げないことは見えている。頼長を忠通の養子とし、氏の長者に推した。そして忠通の子供成長まで関白職をつながせようとする。これは別に珍しい相続方式ではなかったが、忠通は才気溢れる弟を警戒して、この屈折型相続法を拒み、父・弟と対立した。

流言は、体制側にとっての危険人物として、崇徳院と頼長とを一括して葬り去ろうとするものであった。近衛帝の霊が巫女に乗り移って自らの死因を告げたともいう。愛宕山の天狗の像の眼に呪いの釘が打ってあったという。頼長は日記『台記』（久寿二・八・二七）にこの流言を書いている。

怖畏不レ少。但禅閤及余唯知ニ愛護天公飛行一、未レ知三愛宕山有ニ天公像一、何況祈請乎。蒼天在レ上、白日照。怖怖。

「蒼天」とは無抵抗の窮迫者が誰にも語れぬ真情を訴える唯一の対象なのである。たとえば応天門事件の源信も、大宰府の菅原道真もただ蒼天を仰いで祈った。日記中のこの一語によって、呪咀事件の頼長の無実を知るべきであろう。そして流言をなした陰謀を洞察し、崇徳院もまた無実であったと類推すべきであろう。

しかし鳥羽院崩御の一カ月前、早くも崩御を予測した体制側は強力に武士を集めて、院と頼長とを脅やかした。そうした情勢の下に、父院の病気見舞も、葬儀参席さえも拒まれた崇徳院――、藤氏長者として伝領した東三条殿を没収された頼長――、仕立てられ、組み合わされた謀叛者たちはやむなく洛東白河殿に籠って若干の武士を召集したが、すでに手遅れであった。頼長は氏寺興福寺の僧兵の応援を待ったが、保元元年七月十一日官軍の急襲・焼討ちによって一気に勝負は決した。鎮西八郎為朝の豪快な防戦くらいが話題として語り伝えられた。

忠実な番犬であった武士たちは、ただ首輪の引く方向に無意志で動いている。彼等に何の動機もない保元の乱であったが、源氏では、現役の頭領義朝が朝廷側、老父為義が為朝など数人の子息を連れて院方に召集された。平氏でも現役の頭領清盛が子弟を率いて朝廷に召された。清盛は崇徳院皇子重仁の乳母子（継母池の尼が乳母）であったが、美福門院の策で、鳥羽院遺詔という絶対命令に呼び出され官軍になった。清盛としては岐路に立たされていたわけで、『保元物語』には戦闘を回避する臆病な清盛が描かれているが、崇徳院相手に戦える立場ではなかったろう。叔父忠正が子供を連れて院方に召された。こうして、主人の喧嘩を代行して肉親同士の番犬が殺傷し合うのである。そればかりでなく、敗者側は肉親の手で処刑された。至上命令で、拒否することはできない。一言でいえば、武士の文学としての『保元物語』は、忍従の歴史の上にようやく階級的成長を遂げるに至った傭兵の「傭兵ゆえの悲劇」であり、そのことの空しさを最も痛切に嚙みしめて刑死したのが老将為義であった。

保元の合戦は規模は小さかったが意味は重大だった。国家の大問題が武士の手に託され、その決定のためには、都を蹂躙（じゅうりん）しようとも、殿宅・寺社を焼き払おうとも憚（はばか）るところはないのである。流れ矢に当って死んだ頼長の屍（しかばね）は路傍に棄てられ、埋葬も許されないし、崇徳院は讃岐（さぬき）に流され、八年の幽囚の後、恨みを呑んで配所に薨（こう）じた。平安朝三百余年間絶えていた死刑が大量に強行された。こうした苛酷な処分が世を驚かした衝撃は、合戦そのものよりも怖ろしかったであろう。それらは後白河院の懐刀（ふところがたな）信西入道の独裁によるところであった。

保元の乱が終ってみると、源平両氏の均衡（きんこう）は完全に破れていた。父・弟を処刑して孤立した義朝は、功少なく賞多い清盛が信西と結んで一門栄えてゆくのを嫉（ねた）んだ。同じく信西を憎む藤原信頼が義朝に働きかける。「文にもあらず、武にもあらず、能もなく、芸もなし」（『平治物語』）と酷評されている暗愚の小人（しょうじん）だが、美男で、叔母が後白河院乳母だった縁もあり、寵愛されて権中納言右衛門督（うえもんのかみ）に昇ったが、なおあきたらず昇進を求めた。美福門院の構想どおり、後白河院は二条帝に譲って、乱脈な院政第三代が始まろうとしていた。

信西は後白河院身辺に小人が集まるのを厳しく妨げた。唐の玄宗・楊貴妃に寵愛された安禄山が結局謀叛を起した「長恨歌」の史話を、絵巻に作って献じ、院を諫（いさ）めた。この絵巻は信西の添え書きとともに三十年も後に藤原兼実の目に触れるところとなった。平治元年（一一五九）十一月十五日に献上したものであることもわかった。乱の一カ月前に予感したわけである。兼実は感激してこのことを日記『玉葉』（建久二・一一・五）に書き留めている。

信頼は信西を倒そうと企む。信頼の謀叛の構想は、二条帝親政の名を借りて、独裁権力を振うということだった。二条帝の乳母子で信頼の叔父に当る葉室惟方（これかた）や、二条帝の生母の義兄に当る大炊御門経宗、また美福門院の従兄弟で、娘を二条帝乳母にしている源師仲などが語られた。義朝も同じ清和源氏仲間に働きかけ、もはや番犬ではない武士自身の手による謀叛の幕が堂々と切って落される。清盛の熊野参詣の留守を狙って信頼・義朝は兵を起し信西入道を血祭りにあげた。大内裏を占拠し、二条帝を清涼殿の一隅黒戸御所に、院を大内裏の片隅一本御書所（宮中の図書館）に押し籠めた。院・帝の監禁の待遇差がこの謀叛の狙いを物語っている。信頼の独裁権は勅命を装って発動する。公卿・殿上人は逆らうことができなかった。逆らえば朝敵として処断される。しかし清盛がこの渦中に帰洛すると、情勢は微妙に揺れ動く。信頼の頼みとする経宗・惟方が、信頼の暴略ぶりに愛想をつかし、二条帝を清盛の六波羅館へ脱走させることに成功した。『愚管抄』の伝える清盛のこのための計略は周到をきわめている。二条帝を迎えて平家館は喚声をあげる。立場は逆転である。公卿殿上人らは潮の引くように内裏から姿を消し、六波羅へ殺到した。後白河院にも車が用意されて六波羅へ入る。ついでに助けられた形である。『平治物語』では単身仁和寺へ惨めな脱走をした話になっている。

野望の瓦解を知った義朝は自暴自棄的な戦闘に突入した。信頼も、多くの源氏の同族――同族意識よりも所詮は傭兵意識が強い――も戦意は喪失している。内裏も奪還され捨て鉢になって平家館へ押し寄せる義朝――。源平の歴史の中でこれほどの主力の対決の場は例がない。この戦を勝ち抜いた清盛の武将としての功績は莫大である。義朝は敗れ、東国へ逃れる途中、尾張で家臣に謀殺された。信頼も処刑された。番犬であることをやめた武士自身による野望に立ち上がったが、戦う者の一方は必ず敗れるという鉄則のままに敗北の悲劇を実現してしまった義朝であった。子息も非業の死をとげ、または捕えられて平治の乱は終る。

二十年の後、捕えられ、助命された遺児たちの世代が廻ってくる。信西の子息たちの時代でもある。

『平家物語』がその時代を受け持つのである。

この乱に終始惨めな無能ぶりをさらけ出してしまった後白河院は二条帝に頭が上がらない。仮寓した八条顕長邸の二階座敷を珍しがり、大路見物に明け暮れて、二条帝からそのはしたなさをたしなめられ、目隠し板を打ちつけられて口惜しがったりする。その頽勢挽回に清盛がまた大役を果した。二条帝親政を我が物顔に振舞う経宗・惟方を、院の密命を受けた清盛が処断した。平氏の傭兵としての活動はやはり院政のためのものだったのである。二条帝と後白河院との確執はこうして、第三代院政の地盤を固める方向に結着がついた。

『保元物語』『平治物語』の描く清盛像には故意の卑小化が見られる。多年の傭兵の歴史をここまで引き上げた武将としての功績は大きく、平治の合戦での大胆な帰京、細心な天皇脱出、皇居の無疵奪還、そして狂暴な義朝の猛攻を凌いで勝利をおさめた実力を過小評価すべきではない。第一級の武将といってよいはずである。さらに義妹滋子を盛り立てて、閨閥政策にも成功を収め、大宰府を掌握して積極的な対宋貿易促進を行った。多角的な手腕の持ち主であり、日本史上海外に眼を向けた点では最もスケールの大きな政治家の一人だったといえるだろう。

武力・財力を誇る平家の庇護の中で後白河院政はその泥沼に妖しい花を咲かせてゆく。院と建春門院滋子の周辺から歌舞・絵画などにも中世の新しいものが生れた。承安三年（一一七三）建春門院御所として最勝光院が建立されたが、その目を奪うばかりの華麗さは、そのような中世的新風の開幕であり、また同時に王朝的有閑美の残像でもあった。それは当然のことながら、あの厳島の社殿や納経に代表される平家文化とも相互に支え合っていた。時代の勝利者平家の栄光は、〝武家の貴族化〟という逆説的な方法で達成されることになるのである。

付録

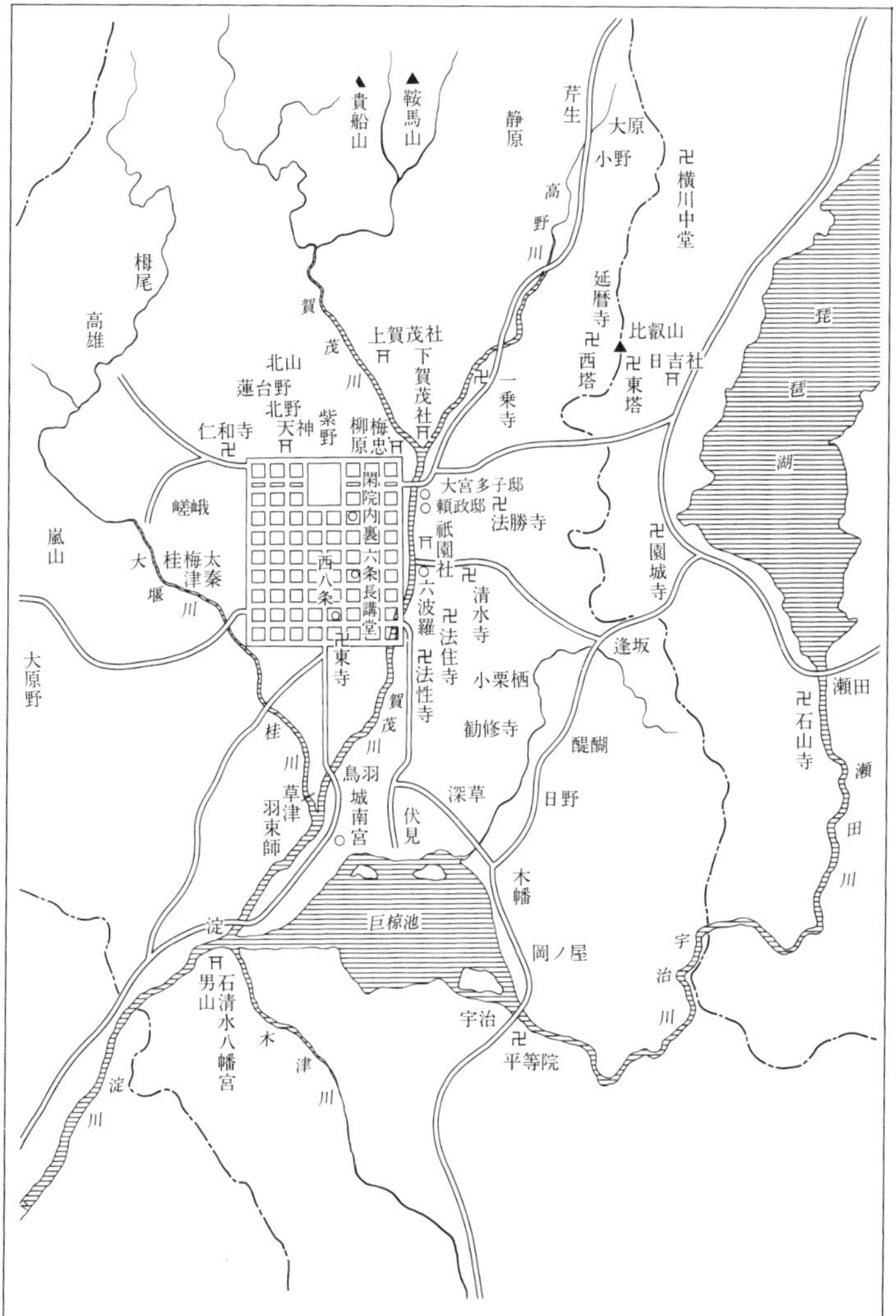
貴船山
鞍馬山
静原
芹生
大原
小野
横川中堂
高野川
延暦寺
比叡山
西塔
東塔
日吉社
琵琶湖
梅尾
高雄
賀茂川
上賀茂社
下賀茂社
北山
蓮台野
北野天神
紫野
一乗寺
仁和寺
柳原
梅忠
閑院
内裏
大宮多子邸
頼政邸
法勝寺
嵯峨
嵐山
大堰川
桂
梅津
太秦
西八条
六条長講堂
祇園社
六波羅
清水寺
園城寺
東寺
法住寺
法性寺
逢坂
大原野
小栗栖
勧修寺
醍醐
瀬田
石山寺
瀬田川
桂川
草津
羽束師
鳥羽城南宮
深草
伏見
日野
木幡
巨椋池
淀
男山
石清水八幡宮
岡ノ屋
宇治
平等院
宇治川
木津川
淀川

〔京都周辺地図〕

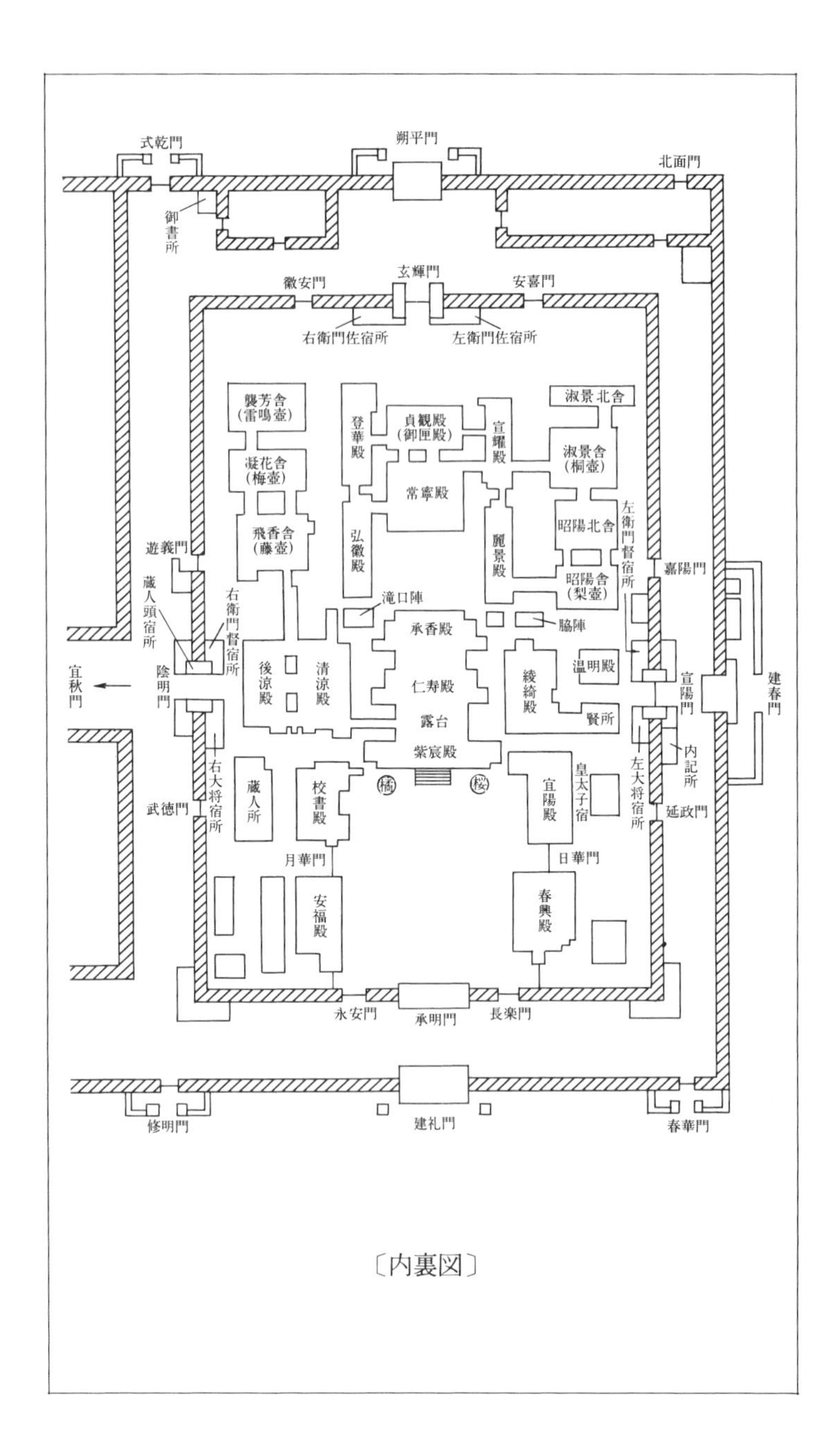
式乾門
朔平門
北面門
御書所
徽安門
玄輝門
安喜門
右衛門佐宿所
左衛門佐宿所
襲芳舎
(雷鳴壺)
登華殿
貞観殿
(御匣殿)
宣耀殿
淑景北舎
凝花舎
(梅壺)
常寧殿
淑景舎
(桐壺)
飛香舎
(藤壺)
弘徽殿
麗景殿
昭陽北舎
左衛門督宿所
遊義門
嘉陽門
昭陽舎
(梨壺)
蔵人頭宿所
右衛門督宿所
滝口陣
承香殿
脇陣
宜秋門
陰明門
後涼殿
清涼殿
仁寿殿
綾綺殿
温明殿
宣陽門
建春門
露台
賢所
紫宸殿
内記所
右大将宿所
橘
桜
皇太子宿
左大将宿所
蔵人所
校書殿
宜陽殿
武徳門
延政門
月華門
日華門
安福殿
春興殿
永安門
承明門
長楽門
修明門
建礼門
春華門

〔内裏図〕

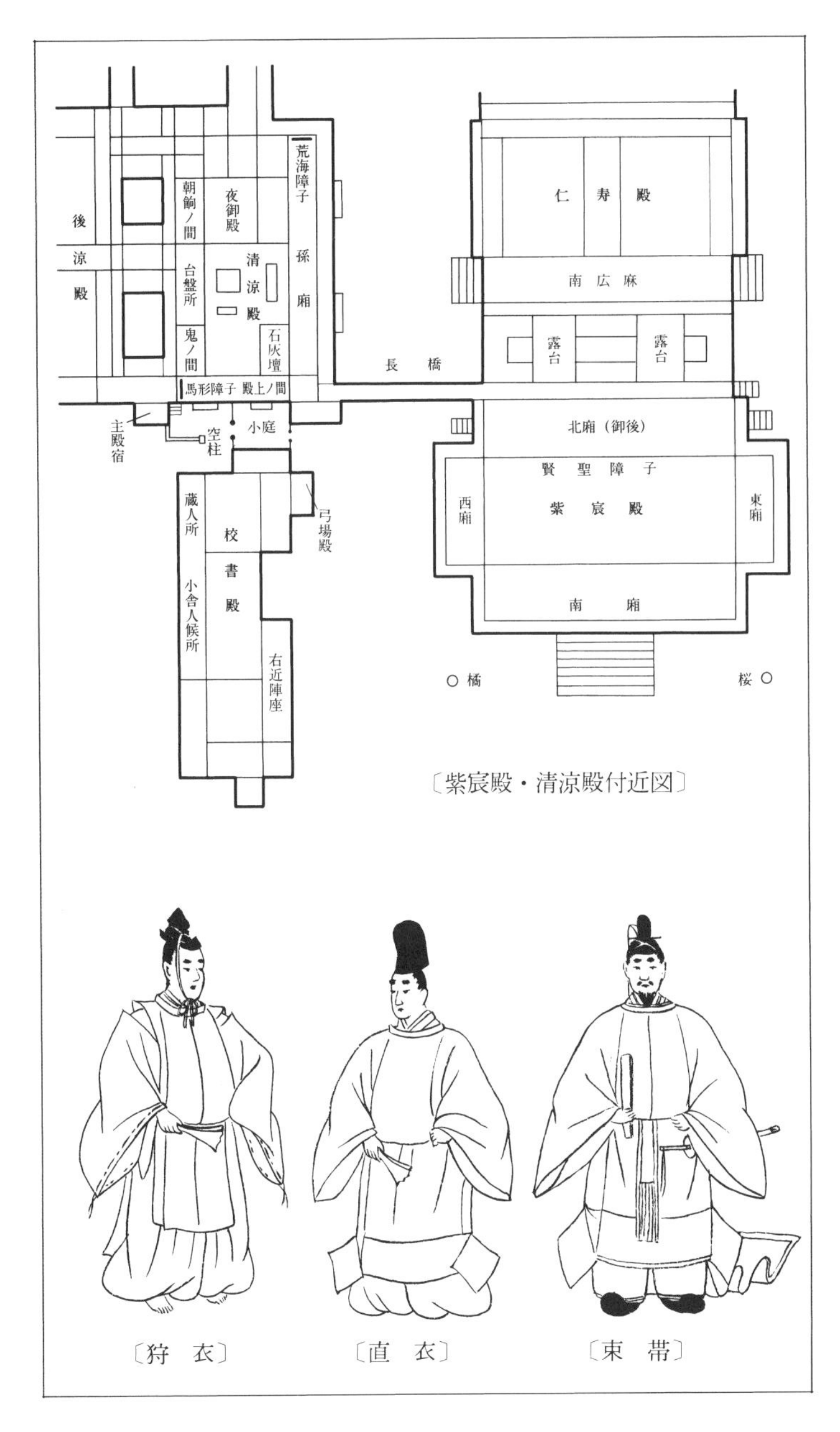

〔紫宸殿・清涼殿付近図〕

〔狩衣〕　〔直衣〕　〔束帯〕

〔水干〕〔直垂〕〔僧兵〕

〔馬・馬具〕

末筈
鍬形
鉢
真甲
障子板
征矢(中黒)
吹返
錣
弦
梅檀板
鳩尾板
鏑矢(切斑)
弓
袖
籠手
胸板
裾金物
胴(弦走)
脇楯
引合
太刀
腰刀(鞘巻)
端袖
箙
草摺
弦巻
鏑
直垂(鎧直垂)
鏃(雁股)
二所籐
脛当
貫
本筈

〔甲冑武装〕

皇室
村上 六二
冷泉 六三
円融 六四
花山 六五
一条 六六
三条 六七
後一条 六八
後朱雀 六九
後冷泉 七〇
後三条 七一
白河 七二
堀河 七三
鳥羽 七四
崇徳 七五
後白河 七七
二条 七八
六条 七九
小一条院
禎子（陽明門院）
行宗
基平
茂子
基子
輔仁
実仁
有仁
篤子
苡子
覚性
兵衛佐局
重仁
祇園女御
呈子（九条院）
懿子
壱岐善盛女
観子（宣陽門院）
摂関流
兼家
詮子
道長
道綱
道兼
道隆
定子
隆家
伊周
彰子（上東門院）
教通
頼宗
頼通
嬉子
歓子（小野后）
俊家
師実
宗通
女
師通
経実
経宗
伊通
（大宮）藤盛実女
伊実
忠実
敦文
媞子（郁芳門院）
女
忠通
仲光女
頼長＝多子
師長
聖子（皇嘉門院）
慈円
兼実
高階氏
業遠
成経
成章
業敏
泰仲
章行
経成
重仲
章尋
経敏
泰重
澄雲
通憲
泰経
女
栄子（浄土寺丹後）
村上源氏
師房
麗子
師忠
顕房
俊房
源頼国女
家忠（花山院）
師経
左兵衛局
女（長実室）
師時
師仲
坊門局（二条乳母）
師子
賢子
雅兼
信雅
国信
雅俊
雅実
女
女
寛雅
俊寛
成雅（蓮浄）
女
基房
基実
師家
基通
雅頼
雅定
顕通
雅通
明雲
証空
通親
南家貞嗣流
季綱
実兼
藤原兼永
友実
通憲（信西）
朝子（紀伊二位後白河乳母）
能兼
澄憲
静憲
貞憲
俊憲
脩範
成範
範季
源
範兼
範頼
範子
範季
範光
小督

〔皇室・貴族諸流関係系図〕

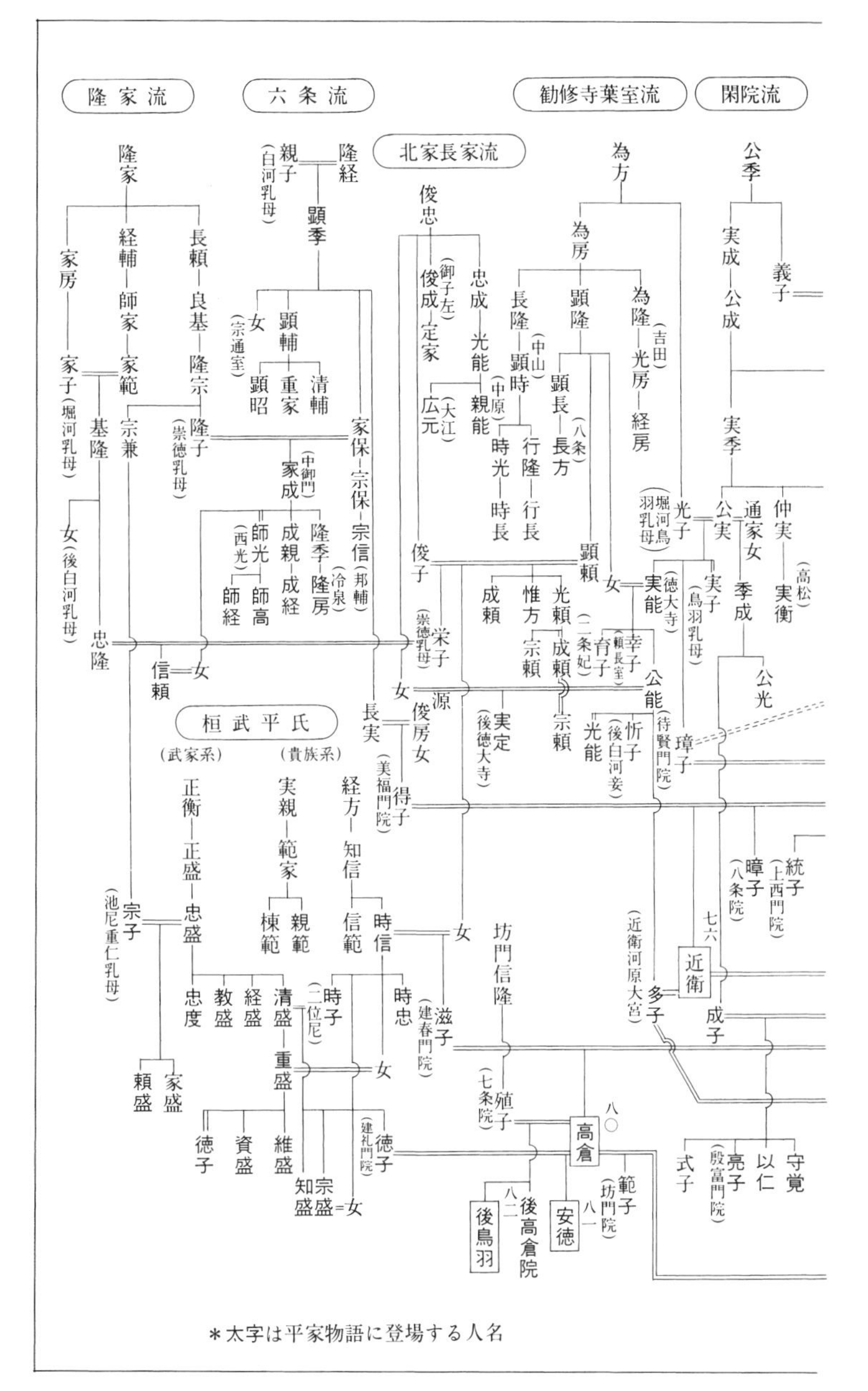
隆家流
六条流
勧修寺葉室流
閑院流
北家長家流
隆家
家房
経輔
長頼
師家
良基
家子（堀河乳母）
家範
隆宗
基隆
宗兼
隆子（崇徳乳母）
女（後白河乳母）
忠隆
信頼
女
親子（白河乳母）
隆経
顕季
女（宗通室）
顕輔
顕昭
重家
清輔
家保
宗保
宗信（邦輔）
家成（中御門）
師光（西光）
成親
隆季
師経
師高
成経
隆房（冷泉）
長実
女
俊忠
俊成（御子左）
定家
忠成
光能
広元（大江）
親能（中原）
俊子
栄子（崇徳乳母）
源
俊房女
為方
為房
長隆
顕隆
為隆（吉田）
顕時（中山）
光房
経房
顕長（八条）
長方
時光
行隆
時長
行長
顕頼
成頼
惟方
光頼
宗頼
成頼
宗頼
実定（後徳大寺）
光能
忻子（後白河妾）
育子（二条妃）
幸子（頼長室）
女
公季
実成
義子
公成
実季
光子（堀河鳥羽乳母）
公実
通季
家女
仲実
実能（徳大寺）
実子（鳥羽乳母）
季成
実衡（高松）
公能
公光
璋子（待賢門院）
多子（近衛河原大宮）
暲子（八条院）
統子（上西門院）
七六
近衛
成子
式子
亮子（殷富門院）
以仁
守覚
桓武平氏
（武家系）
（貴族系）
正衡
正盛
忠盛
宗子（池尼重仁乳母）
忠度
教盛
経盛
清盛
時子（二位尼）
頼盛
家盛
重盛
女
徳子
資盛
維盛
知盛
宗盛
女
実親
範家
棟範
親範
経方
知信
信範
時信
時忠
女
滋子（建春門院）
得子（美福門院）
坊門信隆
殖子（七条院）
八〇
高倉
徳子（建礼門院）
八二
後鳥羽
後高倉院
八一
安徳
範子（坊門院）
＊太字は平家物語に登場する人名

新潮日本古典集成〈新装版〉

平家物語 上

平成二十八年四月二十五日 発行

校注者 水原 一

発行者 佐藤隆信

発行所 株式会社 新潮社

〒一六二-八七一一 東京都新宿区矢来町七一

電話 〇三-三二六六-五四一一（編集部）

〇三-三二六六-五一一一（読者係）

http://www.shinchosha.co.jp

印刷所 大日本印刷株式会社

製本所 加藤製本株式会社

装画 佐多芳郎／装幀 新潮社装幀室

組版 株式会社DNPメディア・アート

ISBN978-4-10-620843-0 C0393

古事記　西宮一民校注

千二百年前の上代人が、ここにいる。神々の哄笑は天にとどろき、ひとの息吹は狭霧となって野に立つ……。宣長以来の力作といわれる「八百万の神たちの系譜」を併録。

日本霊異記　小泉道校注

仏教伝来によって地獄を知らされた時、さまざまな説話、奇譚が生れた。雷を捕える男、空飛ぶ仙女、冥界巡りと地獄の業苦——それは古代日本人の幽冥境。

今昔物語集本朝世俗部（全四巻）　阪倉篤義　本田義憲　川端善明校注

爛熟の公家文化の陰に、新興のつわものたちの息吹き。平安から中世へ、時代のはざまを生きる都鄙・聖俗の人間像を彫りあげた、わが国最大の説話集の核心。

古今著聞集（上・下）　西尾光一　小林保治校注

貴族や武家、庶民の諸相を神祇・管絃・好色等に分類し、典雅な文章の中に人間のなまの姿を写して、人生の見事な鳥瞰図をなした鎌倉説話集。七二六話。

太平記（全五巻）　山下宏明校注

北条高時に対する後醍醐天皇の挙兵から足利政権確立まで、その五十年にわたる激動の時代と勇猛果敢に生きた人間を、壮大なスケールで描く軍記物語。

竹取物語　野口元大校注

親から子に、祖母から孫にと語り継がれてきたかぐや姫の物語。不思議なこの伝奇的世界は、美しく楽しいロマンとして、人々を捉えて放さない心のふるさとです。

方丈記 発心集　三木紀人 校注

痛切な生の軌跡、深遠な現世の思想――中世を代表する名文『方丈記』に、世捨て人の列伝『発心集』を併せ、鴨長明の魂の叫びを響かせる魅力の一巻。

歎異抄 三帖和讃　伊藤博之 校注

善人なほもつて往生を遂ぐ、いはんや悪人をや――罪深く迷い多き凡夫であることの自覚に立つ親鸞の言葉は現代人の魂の糧。書簡二二通を併録し、恵信尼文書も収める。

徒然草　木藤才蔵 校注

あらゆる価値観が崩れ去った時、批評家兼好の眼が躍る――人間の営為を、ある時は辛辣に、ある時はユーモラスに描きつつ、人生の意味を鋭く問う随筆文学の傑作。

本居宣長集　日野龍夫 校注

源氏物語の正しい読み方を、初めて説いた「紫文要領」。和歌の豊かな味わい方を、懇切に手引きした「石上私淑言」。宣長の神髄が凝縮された二大評論を収録。

謡曲集（全三冊）　伊藤正義 校注

謡曲は、能楽堂での陶酔に留まらず、自ら読んで謡う文学。あでやかな言葉の錦を頭注で味わい、舞台の動きを傍注で追う立体的に楽しむ謡いの本。

世阿弥芸術論集　田中 裕 校注

初心忘るべからず――至上の芸への厳しい道程を説き、美の窮極に迫る世阿弥。奥深い人生の知恵を秘めた「風姿花伝」「至花道」「花鏡」「九位」「申楽談儀」を収録。

萬葉集（全五巻）　青木・井手・伊藤 清水・橋本 校注

名歌の神髄を平明に解き明す。一巻・巻第一〜巻第四　二巻・巻第五〜巻第九　三巻・巻第十〜巻第十二　四巻・巻第十三〜巻第十六　五巻・巻第十七〜巻第二十

古今和歌集　奥村恆哉 校注

いまもし、恋の真只中にいるなら、「恋歌」を、愛する人に死なれたあとなら、「哀傷」を読んでほしい。華やかに読みつがれた古今集は、むしろ、慰めの歌集だと思う。

和漢朗詠集　大曽根章介 堀内秀晃 校注

漢詩と和歌の織りなす典雅な交響楽――藤原文化最盛期の平安京で編まれ、物語や軍記をはじめとする日本文学の発想の泉として生き続けた珠玉のアンソロジー。

梁塵秘抄　榎克朗 校注

遊びをせんとや生まれけん、戯れせんとや生まれけん……源平の争乱に明け暮れた平安後期の民衆の息吹きが聞こえてくる流行歌謡集。編者後白河院の「口伝」も収録。

山家集　後藤重郎 校注

月と花を友としてひとり山河をさすらう人生詩人、西行――深い内省にささえられたその歌は祈りにも似た魂の表白。千五百首に平明な訳注を付した待望の書。

新古今和歌集（上・下）　久保田淳 校注

美しく響きあう言葉のなかに人生への深い観照が流露する、藤原定家・式子内親王・後鳥羽院などによる和歌の精華二千首。作者略伝をはじめ充実した付録。

新潮日本古典集成

- 古事記　西宮一民
- 萬葉集　一～五　青木生子　井手至　伊藤博　清水克彦　橋本四郎
- 日本霊異記　小泉道
- 竹取物語　野口元大
- 伊勢物語　渡辺実
- 古今和歌集　奥村恆哉
- 土佐日記　貫之集　木村正中
- 蜻蛉日記　犬養廉
- 落窪物語　稲賀敬二
- 枕草子　上・下　萩谷朴
- 和泉式部日記　和泉式部集　野村精一
- 紫式部日記　紫式部集　山本利達
- 源氏物語　一～八　石田穣二　清水好子
- 和漢朗詠集　大曽根章介　堀内秀晃
- 更級日記　秋山虔
- 狭衣物語　上・下　鈴木一雄
- 堤中納言物語　塚原鉄雄
- 大鏡　石川徹
- 今昔物語集　本朝世俗部　一～四　阪倉篤義　本田義憲　川端善明
- 梁塵秘抄　榎克朗
- 山家集　後藤重郎
- 無名草子　桑原博史
- 宇治拾遺物語　大島建彦
- 新古今和歌集　上・下　久保田淳
- 方丈記　発心集　三木紀人
- 平家物語　上・中・下　水原一
- 金槐和歌集　樋口芳麻呂
- 建礼門院右京大夫集　糸賀きみ江
- 古今著聞集　上・下　西尾光一　小林保治
- 歎異抄　三帖和讃　伊藤博之
- とはずがたり　福田秀一
- 徒然草　木藤才蔵
- 太平記　一～五　山下宏明
- 謡曲集　上・中・下　伊藤正義
- 世阿弥芸術論集　田中裕
- 連歌集　島津忠夫
- 竹馬狂吟集　新撰犬筑波集　木村三四吾　井口壽
- 閑吟集　宗安小歌集　北川忠彦
- 御伽草子集　松本隆信
- 説経集　室木弥太郎
- 好色一代男　松田修
- 好色一代女　村田穆
- 日本永代蔵　村田穆
- 世間胸算用　金井寅之助　松原秀江
- 芭蕉句集　今栄蔵
- 芭蕉文集　富山奏
- 近松門左衛門集　信多純一
- 浄瑠璃集　土田衞
- 雨月物語　癇癖談　浅野三平
- 春雨物語　書初機嫌海　美山靖
- 與謝蕪村集　清水孝之
- 本居宣長集　日野龍夫
- 誹風柳多留　宮田正信
- 浮世床　四十八癖　本田康雄
- 東海道四谷怪談　郡司正勝
- 三人吉三廓初買　今尾哲也